张少康文集

第七卷

中国文学理论批评史(下)

北京大学出版社
PEKING UNIVERSITY PRESS

图书在版编目(CIP)数据

张少康文集. 第七卷,中国文学理论批评史. 下 / 张少康著. —北京:北京大学出版社,2024.5

ISBN 978-7-301-34377-7

Ⅰ.①张… Ⅱ.①张… Ⅲ.①中国文学—文学批评史—文集 Ⅳ.①I-53

中国国家版本馆 CIP 数据核字(2023)第 163707 号

书　　　名	张少康文集·第七卷:中国文学理论批评史(下) ZHANG SHAOKANG WENJI · DI-QI JUAN: ZHONGGUO WENXUE LILUN PIPINGSHI (XIA)
著作责任者	张少康　著
责任编辑	徐　迈
标准书号	ISBN 978-7-301-34377-7
出版发行	北京大学出版社
地　　　址	北京市海淀区成府路 205 号　100871
网　　　址	http://www.pup.cn　新浪微博:@ 北京大学出版社
电子邮箱	编辑部 wsz@ pup.cn　总编室 zpup@ pup.cn
电　　　话	邮购部 010-62752015　发行部 010-62750672 编辑部 010-62752022
印　刷　者	涿州市星河印刷有限公司
经　销　者	新华书店
	650 毫米×980 毫米　16 开本　31.75 印张　500 千字 2024 年 5 月第 1 版　2024 年 5 月第 1 次印刷
定　　　价	148.00 元

未经许可,不得以任何方式复制或抄袭本书之部分或全部内容。
版权所有,侵权必究
举报电话:010-62752024　电子邮箱:fd@pup.cn
图书如有印装质量问题,请与出版部联系,电话:010-62756370

第七卷说明

第六卷与本卷收入《中国文学理论批评史》上下卷。1995年我曾与日本福冈大学教授刘三富先生合作出版《中国文学理论批评发展史》。当时我应邀在日本九州岛大学任教两年,其间与刘三富先生为挚友,刘三富先生对我的批评史原稿唐宋部分提出过不少很好的意见,最后以我们两人名义出版,回国后我对原书做了重写,补充了很多新内容,书名改为《中国文学理论批评史》,就没有再署刘三富先生的名字,2005年由北京大学出版社出版。

目 录

第十五章　苏轼和北宋前期的文学理论批评 / 1
第十六章　黄庭坚和北宋后期的文学理论批评 / 34
第十七章　南宋文学理论批评的新发展 / 57
第十八章　严羽《沧浪诗话》和诗禅说的发展 / 88
第十九章　金元的文学理论批评 / 113

第四编　中国文学理论批评的繁荣和鼎盛
——明清时期

概　说 / 141
第二十章　明代复古主义文学思潮的产生与发展 / 143
第二十一章　阳明心学和明代中后期的文艺新思潮 / 167
第二十二章　明代小说理论批评的发展 / 197
第二十三章　明代的戏曲理论批评 / 225
第二十四章　王夫之和叶燮的诗歌理论 / 243
第二十五章　金圣叹和清代的小说理论批评 / 289
第二十六章　李渔和清代的戏曲理论批评 / 327
第二十七章　清代前中期的诗词理论 / 347
第二十八章　桐城派的文论和章学诚、阮元的文学观 / 402

第五编　中国文学理论批评和西方文艺美学的交汇
——近代时期

概　说 / 425

第二十九章　传统文学思想的总结和革新 / 427

第三十章　谭献、陈廷焯、况周颐和近代词论 / 449

第三十一章　梁启超和新兴资产阶级的文学理论批评 / 464

第三十二章　王国维的文学思想和《人间词话》/ 483

后　记 / 504

第十五章 苏轼和北宋前期的文学理论批评

第一节 北宋初期的时文与古文之争

宋代文学思想和文学理论批评的发展,基本上是延续唐代特别是中唐以后的文学思想和文学理论批评而向前发展的。由于历史条件的新变化,文学思想和文学理论批评的状况,也有了许多新的特点,从而促使中唐以来以偏重文学的社会教育作用和偏重文学的艺术美的两大派,在理论上进一步深化了。

由于北宋初期政治局面的相对稳定,经济的恢复与发展,儒学复古主义思潮又有了新的发展,而且演变为持续数百年的宋明理学,成为封建社会后期的统治思想。但是,随着民族矛盾、社会矛盾的逐渐激化,人民苦难的加深,佛教,特别是禅宗之学,也有了大的发展,广泛地流行于社会各个阶层。理学和禅宗对文学思想的影响很大,前者把文学当作宣传礼教的工具,在文与道的关系上重道轻文,甚至只讲道而不讲文;后者则和庄学相结合,追求超脱现实、玲珑透彻的艺术境界,特别强调含蓄深远的艺术美的创造。这两种文学思想的矛盾、融合和交叉发展,遂成为宋元明清文学思想发展的一个基本特点。这也是儒家思想和佛老思想在新历史时期中相互影响、相互矛盾又相互吸收的一种表现。儒家文学思想在宋代的集中表现,也是极端化的表现,就是宋代道学家的文学思想,这可以周敦颐、邵雍和程颢、程颐为代表,而宋代风靡一时的江西诗派,正是在道学家文学思想影响下,在文学创作和理论批评领域所派生出来的一个意欲改变道学家"重道轻文"倾向的诗歌流派。宋代受佛老思想影响的文学思想流派,就是承继晚唐司空图文学思想、以苏轼和严羽为代表的注重艺术审美特征一派。不过,这两派并不是绝对对立的,而是互相有所吸收的。当然还有许多人是介乎这两大派之间的,有的基本站在道学家一边,但对艺术的审美特征又有比较清醒的认识,有的是偏重艺术美的,但在文学的社会功用方面又持道学家的观点。在大量宋代诗话中,从文学思想的角度来看,基本情况也是如此。

北宋初期的时文与古文之争,从根本上说,也是重政教还是重艺术的不同主张的分歧。宋初盛行的"时文",是指模仿五代的"今体"。五代文体是学习晚唐李商隐的,但侧重于讲究声律对偶。"今体"之名源于李商隐的《樊南甲集序》,它是与"古文"相对而说的,"往往咽噱于任、范、徐、庾之间",其特点是"好对切事,声势物景,哀上浮壮,能感动人"。这是指以四六骈偶为基础的一种偏重艺术形式美的文体。范仲淹《唐异诗序》中说:"五代以还,斯文大剥;悲哀为主,风流不归。"而北宋初年则继五代之余绪,"学步不至,效颦则多。以至靡靡增华,愔愔相滥。仰不主乎规谏,俯不主乎劝诫"。北宋统一全国后,随着儒家思想的复兴,自然会要求建立一种经世致用的文风。首先起来对"时文"进行激烈批评的是柳开和王禹偁。柳开(947—1000),字仲涂,大名(今河北大名县)人。他原名肩愈,字绍元,表示要继承和发扬韩愈、柳宗元的事业。他指责当时文章"华而不实",唯以"刻削为工,声律为能"(《上王学士第三书》)。"轻淫侈靡,张皇虚诈,苟从时欲,求顺己利。"(《答臧丙第三书》)柳开提倡古文,也是为了恢复古道。他在《应责》一文中说:"不以古道观吾心,不以古道观吾志,吾文无过矣。""吾之道,孔子、孟轲、扬雄、韩愈之道;吾之文,孔子、孟轲、扬雄、韩愈之文也。"因此他所说的古文,"非在辞涩言苦,使人难读诵之,在于古其理,高其意,随言短长,应变作制,同古人之行事,是谓古文也"。柳开的古文理论在强调恢复古道的同时,比较注重要对现实有积极作用。其《上王学士第四书》说:"文籍之生于今久也矣。天下有道则用而为常法,无道则存而为具物,与时偕者也。夫所以观其德也,亦所以观其政也,随其代而有焉,非止于古而绝于今矣。"然而在文的创作上,柳开并没有什么新见解,而且有重道轻文的倾向。与柳开同时的王禹偁(954—1001)也说:"咸通以来,斯文不竞,革弊复古,宜其有闻。"(《送孙何序》)他认为:"夫文,传道而明心也。古人不得已而为之也。"(《答张扶书》)他在文的写作上,特别推崇韩愈的理论与实践,他说:"吾观吏部之文,未始句之难道也,未始义之难晓也。"因此他以韩愈的"不师今,不师古,不师难,不师易,不师多,不师少,惟师是"为宗旨,提倡平易流畅的文风。他和柳开不同的是,对文和道两方面都很重视。对诗的要求也和文一样,以风骚为准则,以杜甫、白居易为楷模,他在《前赋〈春居杂兴〉诗二首,间半岁不复省视,因长男嘉祐读〈杜工部集〉,见语意颇有相类者,咨于予,且意予窃之也。予喜而作诗,聊以自贺》中说:"本与乐天为后进,敢期子美是前身。从今莫厌闲官职,主管风骚胜要津。"北宋的古文提倡者大体都是诗文并论的,这和唐代古文家稍有不同。柳、王等人虽然提出了以"古文"反对"时文"的鲜明主张,但由于他们在古文理论和实践上并没有什么新的创造,所以影响并不大,也没有能改变当时的华艳文风。而以杨亿(974—1020)、刘筠、钱惟演为代表的崇尚晚唐李商隐的西昆体诗文,却因适应北宋建国初期的升平气象,而有了大的发展。杨亿在《西昆酬唱集序》中说他们"历览遗编,研味前作,挹其芳润,发于希慕",故其作品,"雕章丽句,脍炙人口"。西昆体实际上是对"时文"的继承和发展,《神宗旧史》云:"国朝接唐五代末流,文章专以声病对偶为工,剽剥故事,雕刻破碎,甚者若俳优之辞。杨亿、刘筠辈,其学博矣,然其文亦不能自拔于流俗,反吹波扬澜,助其气势,一时慕效,谓其文为昆体。"不过,西昆派以模仿李商隐为目标,与"时文"之侧重声病也有些不同,然其以富艳华丽为尚,则是一致的。但是随着儒学复古主义思潮的深化,提倡古文的理论与实践也有了很大的发展,从而开展了对西昆派诗文的激烈批评。

石介(1005—1045),字守道,兖州奉符(今山东泰安)人,世称徂徕先生。他是最早起来反对西昆体的重要人物,他在《怪说》中篇对杨亿指名道姓地进行了猛烈的攻击:"今杨亿穷妍极态,缀风月,弄花草,淫巧侈丽,浮华纂组;刓镵圣人之经,破碎圣人之言,离析圣人之意,蠹伤圣人之道。"遂使天下为文不宗"六经",而以杨亿之文章为宗;不崇文武周孔之道,而尽信杨亿之道;是之谓"怪"。石介所提倡的文是儒家伦理道德之文、三纲五常之文、经世致用之文,它与愉悦情性的审美之文,自然是大异其趣的。他在《上蔡副枢书》一文中说:"今夫文者,以风云为之体,花木为之象,辞华为之质,韵句为之数,声律为之本,雕镂为之饰,组绣为之美,浮浅为之容,华丹为之明,对偶为之纲,郑卫为之声。浮薄相扇,风流忘返;遗两仪、三纲、五常、九畴而为之文也,弃礼乐、孝悌、功业、教化、刑政、号令而为之文也。"虽然他也指出了西昆体诗文内容贫乏、片面追求形式美的创作倾向,但是他所理解的文的含义是十分宽泛的,大体上相当于文化之"文","故两仪,文之体也;三纲,文之象也;五常,文之质也;九畴,文之数也;道德,文之本也;礼乐,文之饰也;孝悌,文之美也;功业,文之容也;教化,文之明也;刑政,文之纲也;号令,文之声也"。这个"文"的含义实际上并不包括艺术文学在内,石介对艺术文学实际上是采取了一种否定的态度,而把儒家礼教和文学等同为一,抹杀了文学的审美特征,具有比柳开更加偏激的重道轻文倾向,成为理学家文论的先声。他对西昆体的批评显然具有很大的片面性。西昆体虽然有内容空泛、文风颓靡的缺点,但对艺术美的追求也不应全部否定。而注重声律对偶的骈文,虽然遭到唐代古文家的批评和反对,但是经过李商隐的提倡和写作在晚唐复兴,也充分说明了它是不应该被全盘否定的。然而,宋代的古文提倡者尤其是理学家,却采取了比唐代古文家更为激烈的态度,石介正是一个最早的代表。

第二节 欧阳修的"穷而后工"论和梅尧臣的"平淡"论

欧阳修(1007—1072),字永叔,庐陵(今江西吉安县)人,号醉翁,又号六一居士。欧阳修为天圣八年(1030)进士,曾官至枢密副使、参知政事,参加过范仲淹的政治改革,是北宋前期的文坛领袖,在诗词文的创作上都有很高的成就,是宋代文学和文学思想发展的奠基者,影响十分深远。欧阳修和梅尧臣是好朋友,他们经常在一起研讨诗文创作问题,文学观点比较接近,有许多共同的见解,但又各有所长。欧阳修的文学思想是比较全面的,他对唐代白居易、韩愈注重文学社会功用一派和皎然、司空图注重文学审美特征一派的文学思想都有所吸收,既要求文学创作有充实的思想内容,积极干预社会现实,又十分了解文学创作的特点,深入地探讨了文学的艺术美创造问题。

欧阳修在文学思想上最有价值的是他发展了韩愈"不平则鸣"的思想,提出了"穷而后工"的重要见解。他在《梅圣俞诗集序》中说:

> 予闻世谓诗人少达而多穷。夫岂然哉？盖世所传诗者，多出于古穷人之辞也。凡士之蕴其所有，而不得施于世者，多喜自放于山巅水涯。外见虫鱼草木风云鸟兽之状类，往往探其奇怪，内有忧思感愤之郁积，其兴于怨刺，以道羁臣寡妇之所叹，而写人情之难言，盖愈穷则愈工。然则非诗之能穷人，殆穷者而后工也。

欧阳修这里所说的"穷"，主要是指政治上的穷达之"穷"，而不是指生活上的穷困，有理想、有抱负的文人，也就是"士之蕴其所有，而不得施于世者"，政治上不得志，受排挤、遭迫害，只能隐身江湖草野山林田园，借诗文来寄托其济世安民的壮志，抒发其对现实黑暗的怨愤不满，以及种种忧思、苦闷、压抑、感慨之情。诗人写自然之奇妙，寄人情之难言，往往都是有所寓意，怨刺兴讽有所为而发。并非诗能穷人，实是穷者而后工，愈穷而愈工。这说明文学虽是作家心灵的流露，但都有其深刻的现实根源。在政治上处于逆境的文人往往更能使他对现实有清醒的认识，从而创作出有充实内容、有深刻思想的优秀文学作品。同时，也使他有充裕的时间去潜心于艺术，能更深入地去钻研艺术的表现方法，创造独特的艺术风格和形式。故欧阳修在《薛简肃公文集序》一文中说："君子之学，或施之事业，或见于文章，而常患于难兼也。盖遭时之士，功烈显于朝廷，名誉光于竹帛，故其常视文章为末事，而又有不暇与不能者焉。至于失志之人，穷居隐约，苦心危虑，而极于精思，与其有所感激发愤，惟无所施于世者，皆一寓于文辞。故曰穷者之言易工也。如唐之刘、柳，无称于事业；而姚、宋不见于文章。"

作为这种"穷而后工"文学主张的思想基础是欧阳修对文与道关系的看法。欧阳修对文和道两方面都是很重视的。他一方面接受了韩愈文以载道的思想，反对当时受西昆体影响的不良文风。他说："文章丽矣，言语工矣，无异草木荣华之飘风，鸟兽好音之过耳也。"(《送徐无党南归序》)对当时"学者务以言语声偶摘裂，号为时文，以相夸尚"(《苏士文集序》)的情况，他是很不满意的。所以特别赞扬苏舜钦独挺流俗之中，"为古歌诗杂文""于举世不为之时"。另一方面他又更多地吸收了柳宗元重视道的现实性的思想。在《与张秀才第二书》中明确指出："然而述三皇太古之道,舍近取远,务高言而鲜事实,此少过也。君子之于学也,务为道;为道必求知古;知古明道,而后履之以身,施之于事,而又见于文章而发之,以信后世。"他认为古代圣贤之所以能不朽,是因为他们学道而能"修之于身,施之于事,见之于言",即或不能施之于事和见之于言,但道的内容应该是合乎现实需要的,而并不是玄虚的空论。论道也不必"务高远之为胜",而应该使之"切于事实",为人们所易知。他说孔子之后,唯孟子最知道,"然其言,不过于教人树桑麻、畜鸡豚;以谓养生送死,为王道之本"。所以,在欧阳修看来,文以载道应当落实到解救时弊上。其《与黄校书论文章书》说文章不仅要"见其弊",而且要"识其所以革之者",做到"其文博辩而深切,中于时病而不为空言",这才算是"知其本",才真正是"文章系乎治乱之说"的意义所在。只有对欧阳修论道的内容有正确的认识,我们才能真正理解他在《答吴充秀才书》中提出"大抵道胜者文不难而自至"所含的深意。他所谓"道胜",并不只是指对儒家古道的学习和研究,而更重要的是在如何运用它去解决现实问题。所以他说:"先辈学精文雄,其施于时,又非待修誉而为重,力而后进者也。"如果只注意文字之工,而"弃百事不关于心",认为"吾文士也,职于文而已",这就是许多学者"未始不为道,而至者鲜焉"的缘由所在。他在《答祖择之书》中又说:"学不师,则守不一;议论不博,则无所发明而究其深。"他批评祖择之的文章"言高趣远,甚善;然所守未一,而议论未精,此其病也"。实际就是指他学道而不去关心现实问题、解决现实问题,亦即不能"施之于事"。因此,"师经必先求其意。意得则心定,心定则道纯,道纯则充于中者实,中充实则发为文者辉光,施于事者果毅"。他强调文学创作必须从狭隘的个人圈子中走出来,而与整个社会的荣衰、国家的兴亡联系起来,所以他在《读李翱文》中批评韩愈的《感二鸟赋》,而赞扬李翱《幽怀赋》的"忧世之言"。如果道之不行,不能"施之于事",那么就只好"为穷者之诗",发"羁愁感叹之言"了。可见欧阳修对文学创作是非常重视其内容的充实和有补于世的,进一步发展了韩愈、柳宗元这方面的思想。

欧阳修虽然讲"道胜者文不难而自至",但并不轻视文,而是十分重视对文的修饰的。这"穷而后工"的"工",就包含着他对艺术上精益求精的深深赞赏。他对文学作品的内容和形式关系的看法是比较全面的。他既首先肯定内容的主导作用,同时又充分注意到了形式的重要性及其相对的独立性。在《代人上王枢密求先集序书》一文中,他引用《左传》中所记孔子的话,"言之无文,行而不远",作了进一步发挥,他说:"言以载事,而文以饰言。事信言文,乃能表见于后世。《诗》《书》《易》《春秋》,皆善载事而尤文者,故其传尤远。"文章之传与不传,传得远与不远,不仅和所载之事信不信有关,而且和言之文不文有关。故云:"夫文之行,虽系其所载,犹有待焉!""六经"之需待孔子"删正",即是明证。

然而,欧阳修对文学创作的艺术形式之重视,并未停留在一般儒家对内容和形式关系的看法上,他对文学的审美特征有相当深刻的认识,而且明显地受到唐代司空图一派的影响。他对诗与一般非艺术文章的区别也有较清醒的认识,明确提出"诗出于民之情性"(《诗本义·定风雅颂解》),"六经"之中,《诗》与其他五经不同,"《易》《书》《礼》《乐》《春秋》,道所存也。《诗》关此五者,而明圣人之用焉"(《诗本义·诗解统序》)。因此他认识到文学有它特殊的形式,十分重视意境的创造。他著有《六一诗话》,是以诗话为名的最早的一部诗话著作,对后来诗话的发展有很大的影响。在《六一诗话》中,他曾引用了梅尧臣论诗歌创作的一段名言,其实这也是他自己的见解。他说:

> 圣俞尝语余曰:"诗家虽率意而造语亦难。若意新语工,得前人所未道者,斯为善也。必能状难写之景,如在目前;含不尽之意,见于言外,然后为至矣。贾岛云'竹笼拾山果,瓦瓶担石泉';姚合云'马随山鹿放,鸡逐野禽栖'等,是山邑荒僻,官况萧条;不如'县古槐根出,官清马骨高'为工也。"余曰:"语之工者固如是。状难写之景,含不尽之意,何诗为然?"圣俞曰:"作者得于心,览者会以意,殆难指陈以言也。虽然亦可略道其仿佛。若严维'柳塘春水漫,花坞夕阳迟',则天容时态,融和骀荡,岂不如在目前乎?又若温庭筠'鸡声茅店月,人迹板桥霜',贾岛'怪禽啼旷野,落日恐行人',则道路辛苦,羁愁旅思,岂不见于言外乎?"

欧阳修在他自己的诗论中也有许多类似的看法,例如他在《试笔》"郊岛诗穷"条中说："然二子名称高于当世，其余林翁处士用意精到者，往往有之。若'鸡声茅店月，人迹板桥霜'，则羁孤行旅、流离辛苦之态，见于数字之中；至于'野塘春水漫，花坞夕阳迟'，则春物融怡，人情和畅，又有言不能尽之意。兹亦精意刻琢之所得者耶？"又"谢希深论诗"条说："往在洛时，尝见谢希深诵'县古槐根出，官清马骨高'；又见晏丞相常爱'笙歌归院落，灯火下楼台'。希深曰：'清苦之意在言外，而见于言中。'晏公曰：'世传寇莱公诗云"老觉腰金重，慵便枕玉凉"，以为富贵。此特穷相者尔。能道富贵之盛，则莫如前言。'亦与希深所评者类尔。二公皆有情味，而善为篇咏者，其论如此。"又其"温庭筠严维诗"条云："余尝爱唐人诗云：'鸡声茅店月，人迹板桥霜。'则天寒岁暮风凄木落，羁旅之愁，如身履之。至其曰'野塘春水漫，花坞夕阳迟'，则风酣日煦，万物骀荡，天人之意，相与融怡。读之便觉欣然感发，谓此四句，可以坐变寒暑。诗之为巧，犹画工小笔尔。以此知文章与造化争巧可也。"由此可见，要求诗歌创作能"状难写之景，如在目前；含不尽之意，见于言外"，实是欧阳修与梅尧臣的共同主张。所谓"状难写之景，如在目前"者，即是刘勰《文心雕龙·隐秀》篇所说的"秀"；而"含不尽之意，见于言外"者，即是刘勰所说的"隐"。南宋张戒《岁寒堂诗话》曾引《隐秀》篇佚文云："刘勰云：'情在词外曰隐，状溢目前曰秀。'"欧、梅之说正是对刘勰"隐秀"说和刘禹锡"境生于象外"说的发挥，也是从情景交融角度对诗歌意境美学特征的阐述，并且对诗歌审美意象和艺术境界分别从物境和心境两方面提出了具体的创作要求。其实，司空图所说"直致所得，以格自奇"，"近而不浮，远而不尽"，即有"状难写之景，如在目前"之意；而所谓"韵外之致""味外之旨"，也正是从"含不尽之意，见于言外"而来。因此，欧、梅之论，也是对司空图诗歌意境论的进一步发展。他们的这种诗论主张对宋代诗话曾产生了相当深远的影响。

对这种诗歌意境的创造，欧阳修特别强调要自然传神，使之能"与造化争巧"。他在《集古录跋尾·唐元结阳华岩铭》中说："君子之欲著于不朽者，有诸其内而见于外者，必得于自然。"在《答苏子美离京见寄》中他说苏舜钦"少虽尝力学，老乃若天成"。其《试笔》中"李白杜甫诗优劣说"条十分推崇李白自然天成的艺术特色，他说："杜甫于白，得其一节，而精强过之。至于天才自放,非甫可到也。"欧阳修并不否定艺术上的精雕细刻,也并不否定韩愈、孟郊的怪奇诗风,但是他认为最终还是要合乎自然。传神是与要求自然分不开的,是与造化争巧的基本方法。其《题薛公期画》中说:"善言画者,多云鬼神易为工。以谓画以形似为难,鬼神,人不见也。然至其阴威惨淡,变化超腾,而穷奇极怪,使人见辄惊绝;及徐而定视,则千状万态,笔简而意足,是不亦为难哉!"欧阳修从神似和形似关系的角度,对"画鬼魅易,画犬马难"的传统说法提出了不同意见。他认为如果注重传神的话,则要把鬼神画得栩栩如生、神态毕露,也同样是很难的。这里虽然是论画,但其原理则通于诗。故他在《盘车图》诗中说:"古画画意不画形,梅诗咏物无隐情。忘形得意知者寡,不若见诗如见画。"所谓"画意不画形""笔简而意足",使之"忘形得意",都是强调传神而不以形似为主的意思。在自然、传神的前提下,欧阳修对艺术的风格美不主一格,而提倡多样化。他的两位好朋友、当时的著名诗人梅尧臣与苏舜钦在诗歌艺术风貌上是很不同的,苏诗豪气纵横、雄壮奔放,梅诗古健奇秀、平淡清新,欧阳修对他们都很赞赏,《六一诗话》论二家诗体云:"子美笔力豪隽,以超迈横绝为奇;圣俞覃思精微,以深远闲淡为意,各极其长,虽善论者不能优劣也。"《水谷夜行寄子美、圣俞》说:"子美气尤雄,万窍号一噫。""梅翁事清切,石齿漱寒濑。""二子双凤凰,百鸟之嘉瑞。"其《答苏子美离京见寄》说苏舜钦"其于诗最豪,奔放何纵横!"其《忆山示圣俞》说梅尧臣"惟思得君诗,古健写奇秀"。对于韩愈、孟郊那种穷奇险怪的诗风,他也给予了很高的评价。在《读蟠桃诗寄子美》中说:"韩孟于文词,两雄力相当。篇章缀谈笑,雷电击幽荒。众鸟谁敢和,鸣凤呼其凰。"

　　梅尧臣(1002—1060),字圣俞,宣州宣城(今安徽宣城)人。梅尧臣曾官至尚书都官员外郎,但仕途坎坷,穷困潦倒,很不得志。故他曾以欧阳修比韩愈,而自比孟郊。他的诗写得很好,所以欧阳修说他是"穷而后工"。梅尧臣的文学思想和欧阳修是比较一致的,他也特别强调文学作品要有充实的内容,有深刻的社会现实意义,而反对片面追求语言文字之工。他说:"圣人于诗言,曾不专其中,因事有所激,因物兴以通。自下而磨上,是之谓国风;雅章及颂篇,刺美亦道同。不独识鸟兽,而为文字工。屈原作《离骚》,自哀其志穷,愤世嫉邪意,寄在草木虫。迩来道颇丧,有作皆言空;烟云写形象,葩卉咏青红;人事极谀谄,引古称辨雄;经营唯切偶,荣利因被蒙。遂使世上人,只曰一艺充,以巧比戏弈,以声喻鸣桐。嗟嗟一何陋,甘用无言终!"(《答韩三子华韩五持国韩六玉汝见赠述诗》)他指出诗歌是诗人有感于现实事物,心情受到激发,兴会标举,与外界物境相融合而产生的。可见他对诗歌艺术的审美特点是认识得很清楚的。他对屈原的评价是很深刻、很正确的,同时也以生动典型的例子证实了欧阳修的"穷而后工"论。梅尧臣和欧阳修一样,反对无病呻吟、阿谀奉承的华艳之作,痛恨那些只写烟云葩卉、人事谀谄,追求烦琐声律对偶的空洞之作。他在《答裴送序意》中也说:"我于诗言岂徒尔,因事激风成小篇。辞虽浅陋颇克苦,未到二雅未忍捐。安取唐季二三子,区区物象磨穷年。"为此,他十分赞赏欧阳修的创作,说他:"直辞鬼胆惧,微文奸魄悲。不书儿女书,不作风月诗。唯存先王法,好丑无使疑。安求一时誉,当期千载知。"(《寄滁州欧阳永叔》)

梅尧臣对诗歌艺术的意境创造是相当重视的,他的主要论述已见上引欧阳修《六一诗话》。特别值得注意的是,他认为"状难写之景,如在目前;含不尽之意,见于言外"的诗歌意境,乃是作者和读者共同创造的,即所谓"作者得于心,览者会以意,殆难指陈以言也"。这是对意境审美特征的极为深刻的阐述。因为唐代对意境美学特征的研究,是侧重在作者的创造方面,而梅尧臣则突出了读者再创造的意义。在意境塑造的方法上,梅尧臣强调以生动传神为主,同时要做到形神并重,使之真实自然,而夺造化之巧。其《观居宁画草虫》云:"今看画羽虫,形意两俱足。行者势若去,飞者翻若逐。拒者如举臂,鸣者如动腹。跃者趯其股,顾者注其目。乃知造物灵,未抵毫端速。毗陵多画工,图写空盈幅。宁公实神授,坐使群辈伏。"此所谓"形意两俱足",实是唐代张九龄"意得神传,笔精形似"(《宋使君写真图赞序》)之意,虽系论画,实亦论诗。故其《毛君宝秘校将出京示予诗因以答之》说:"观君百篇诗,善画人形容。毫发无不似,落笔任横纵。"无论是诗是画,他都要求形神并茂而达到"巧夺造化深"(《传神悦躬上人》)的高超水平。

梅尧臣诗论中最值得我们重视的是对诗歌"平淡"的美学风貌之推崇。他有关"平淡"的论述非常多,在《林和靖先生诗集序》一文中说:"其顺物玩情为之诗,则平澹邃美,读之令人忘百事也。"其《读邵不疑学士诗卷杜挺之忽来因出示之且伏高致辄书一时之语以奉呈》一诗则说:"作诗无古今,唯造平淡难。"《依韵和晏相公》说:"因吟适情性,稍欲到平淡。"《和绮翁游齐山寺次其韵》说:"重以平淡若古乐,听之疏越如朱弦。"欧阳修在《六一诗话》中也说他"以闲远古淡为意"。诗歌艺术上的"平淡",是一种很高的美学境界。它不是浅显、近俗的艺术描写所能达到的,是以精心锤炼而无人为痕迹、由极工极巧而臻天生化成的理想境界。欧阳修在《鉴画》一文中说:"萧条淡泊,此难画之意;画者得之,览者未必识也。故飞走、迟速、意浅之物易见,而闲和、严静、趣远之心难形。若乃高下向背、远近重复,此画工之艺尔,非精鉴者之事也。"诗画的道理是一样的,诗歌创作能进入平淡的境界,正是艺术上炉火纯青的表现。

诗歌艺术上的平淡论在唐代皎然的诗论中已有体现,其"诗有六迷"中有"以缓慢而为澹泞"之说,澹泞,即澹泊也。其在"诗有六至"中说:"至丽而自然,至苦而无迹,至近而意远。"又"取境"条说:"取境之时,须至难至险,始见奇句。成篇之后,观其气貌,有似等闲,不思而得,此高手也。"都是讲最终要达到平淡境界之意。梅尧臣对皎然也是很心折的,他在《次韵和长吉上人淮甸相遇》一诗中曾说:"前辈尝有言,清气散人脾,语妙见情性,说之聊解颐。始推杼山学,得非素所师。此固有深趣,吾心久已知。"所谓"杼山学",即指皎然诗学也。陶渊明诗在艺术上之所以难以企及就在于这种平淡。梅尧臣提倡"平淡",自然也以陶诗为典范。故其《答中道小疾见寄》云:"诗本道情性,不须大厥声。方闻理平淡,昏晓在渊明。"唐人诗中尤以王维、韦应物最具平淡的特色,故司空图说:"右丞苏州趣味澄复,若清沅之贯达。"(《与王驾评诗书》)又说:"王右丞韦苏州,澄澹精致,格在其中,岂妨于遒举哉?"(《与李生论诗书》)梅尧臣的"平淡"论是对司空图思想的进一步发挥。从平淡论的历史发展中,可以看出它与释老思想有密切的关系,它是和诗人超脱现实的空静心境联系在一起的。梅尧臣《林和靖先生诗集序》认为平淡之作"其辞主乎静正,不主乎刺讥,然后知趣尚博远寄适于诗尔"。所以诗兴和禅心常常是结合在一起的。其《寄题梵才大士台州安稳堂》云:"诗兴犹不忘,禅心讵云著,所以得自然,宁必万缘缚。"这种平淡论对苏轼和宋元明清诗论都产生了很大影响。

这里我们还要顺便提一下著名的政治改革家、诗人和文学家王安石的文学观点。王安石(1021—1086),字介甫,号半山老人。临川(今江西抚州)人。王安石在宋神宗时提倡改革、实行新法,影响甚大。他又是著名的文坛领袖人物,他的文学观受他的政治思想影响,侧重于强调实用,是对先秦法家文学思想的继承与发展。其《上人书》说:"尝谓文者,礼教治政云尔。"又说:"且所谓文者,务为有补于世而已矣;所谓辞者,犹器之有刻镂绘画也。诚使巧且华,不必适用;诚使适用,亦不必巧且华。要之以适用为本,以刻镂绘画为之容而已。不适用,非所以为器也;不为之容,其亦若是乎?否也。然容亦未可已也,勿先之,其可也。"不过,他论文虽重在"适用",但并不否定艺术形式,只是强调形式不要先于内容而已,故他自己的诗歌创作,仍然是非常讲究艺术技巧的。例如宋人洪迈《容斋随笔》说王安石著名的绝句《泊船瓜洲》中最脍炙人口的两句:"春风又绿江南岸,明月何时照我还。"一个"绿"字,就曾颇费一番推敲之功。他先用"到",觉得不好,又改为"过",还不满意,改为"入"或"满",也不好,最后用了"绿",才满意定稿。从艺术意境的创造上看,确是以用"绿"为最好,生气勃勃,余味无穷。由此可见,在对艺术性的重视方面,王安石和先秦法家还是不同的。作为诗人和文学家,王安石懂得文学和一般非文学文章是不一样的,没有艺术性也就不成其为文学。因此,同样是强调实用的文学观,他比先秦法家又有所发展,不像先秦法家那样重质而轻文。

第三节　苏轼的文学思想和创作理论

北宋最重要的文学家和文学理论批评家是苏轼,他的文学思想和创作理论,是很有特色、很有创造性的,他虽然没有像《文心雕龙》那样的文学理论批评专著,但他的诗文题跋,结合自己的创作经验和体会,对艺术创作理论提出了一系列重要见解,形成了一个比较完整的体系,这是非常可贵的。

苏轼(1037—1101),字子瞻,号东坡居士,眉山(今四川眉山)人。苏轼青年时代有远大的理想抱负,提出过许多改革政治的有益建议,但是他和当时的新党与旧党在政见上都有所不和,因此仕途坎坷,虽曾官至翰林学士、礼部尚书,但多次被贬,大部分时间任地方官吏,晚年还被贬到岭南的惠州和海南的琼州。然而不幸的遭遇也使他有机会更多地接触社会和人民,饱览祖国的大好河山,专心致志于文学创作,穷而后工,成为伟大的文学家。由于政治上的挫折,他对释老思想发生了很大的兴趣,并从中得到精神上的安慰与解脱,因此他在文学思想和创作理论上,受庄学和禅学的影响很深。

苏轼从自己的遭遇和经历出发,非常赞成欧阳修的诗人"穷而后工"说。其《僧惠勤初罢僧职》诗云:"非诗能穷人,穷者诗乃工。"《病中大雪数日未尝起观虢令赵荐以诗相属戏用其韵答之》诗云:"诗人例穷蹇,秀句出寒饿。"《九日次定国韵》云:"黄金散行乐,清诗出穷愁。"《次韵仲殊雪中游西湖》诗云:"秀语出寒饿,身穷诗乃亨。"《次韵徐仲车》诗云:"恶衣恶食诗愈好,恰似霜松啭春鸟。"《僧清顺新作垂云亭》诗云:"天怜诗人穷,乞与供诗本。"虽然苏轼很多讲的是生活上的穷困,而非政治上的穷困,但这两者是不可分的,生活上的穷困,常常是因政治上的穷困而造成的。政治抱负无法实现,只能借诗歌来抒发其"愤世嫉邪意",所以苏轼主张文学创作应当"有为而作""言必中当世之过"(《凫绎先生诗集叙》)。其《题柳子厚诗》说:"诗须要有为而作,用事当以故为新,以俗为雅,好奇务新,乃诗之病。"《书黄鲁直诗后》也说黄庭坚诗"不为无补于世"。苏轼在创作思想上主张要发乎自然,"不能不为之为工",其《南行前集序》云:"夫昔之为文者,非能为之为工,乃不能不为之为工也。山川之有云雾,草木之有华实,充满勃郁,而见于外,夫虽欲无有,其可得耶?自少闻家君之论文,以为古之圣人有所不能自已而作者;故轼与弟辙为文至多,而未尝敢有作文之意。"文学创作应当是感到非写不可才作,而不是说能作就作。诚如他自己所说,这确是受他父亲影响所致。苏洵在《上欧阳内翰书》中就说他自己写文章是在"胸中之言日益多,不能自制",方"试出而书之","再三读之"始"浑浑乎觉其来之易矣"。其在《仲兄字文甫说》一文中说,"天下之至文",是"非能为文而不能不为文也",如风水相激,自然成文,"无意乎相求,不期而相遭,而文生焉。是其为文也,非水之文也,非风之文也",所以说"'风行水上,涣。'此亦天下之至文也"。这也正是苏轼的文学思想和创作理论的一个重要出发点。

然而,苏轼在文学思想和创作理论上的主要贡献,是在研究文学本身的特殊艺术规律方面。这一方面,他主要是受庄学和禅学美学思想的影响,对司空图的诗歌理论十分钦佩,在《书黄子思诗集后》一文中特别欣赏司空图的"味在咸酸之外"说,还说他的《与李生论诗书》"盖自列其诗之有得于文字之表者二十四韵,恨当时不识其妙"。他和欧阳修、梅尧臣一样,醉心于"妙在笔墨之外"的诗歌艺术,赞扬"苏李之天成,曹刘之自得,陶谢之超然",以"淡泊""远韵"为最高境界。然而他不同于前人之处,是没有停留在对诗歌意境的一般描述上,而是结合艺术创作的过程,具体地探讨了如何才能创造出这种意境的问题。他在诗、文、词、书、画等方面都有很高的造诣,善于总结自己丰富的创作实践经验,并从美学理论上加以概括和升华,创造性地提出了许多带有规律性的重要文艺创作理论。这些我们可以从下列几方面来加以论述。

一、论艺术创作中"知"与"能"的关系。苏轼认为无论文学还是艺术创作,都包含着两个基本的方面:一是作者对所要表现的事物是否认识得很清楚、很正确,二是对已经认识了的事物如何运用艺术方式充分地把它表现出来。这两方面,陆机在《文赋》小序中称之为"知"与"能",苏轼则称之为"道"和"艺"(或称为"技"),实际就是艺术创作中的认识和实践问题。但陆机的看法是:"非知之难,能之难也。"认为主要是实践困难,认识并不困难。苏轼则认为两者都很重要,他在《跋秦少游书》中说:"技进而道不进,则不可。少游乃技道两进也。"在《书李伯时山庄图后》中又说:"有道有艺。有道而不艺,则物虽形于心,不形于手。"苏轼这里所说的"道",不是儒家之道,而是指事物固有的内在特点和规律。它和《日喻》中所说的"道"是一致的。其云:

> 南方多没人,日与水居也。七岁而能涉,十岁而能浮,十五而能浮没矣。夫没者岂苟然哉?必将得于水之道者。日与水居,则十五而得其道;生不识水,则虽壮,见舟而畏之。故北方之勇者,问于没人,而求其所以没,以其言试之河,未有不溺者也。故凡不学而务求道,皆北方之学没者也。

此所谓"水之道",就是说的水的规律;只有认识和掌握了水的规律,才能在水中自由出没,即使在急流旋涡中也照样优游自在。《庄子·达生》篇所说吕梁丈夫蹈水故事中的"蹈水有道乎"和"从水之道而不为私",其"道"含义也是如此。苏轼《日喻》论"道"显然受了庄子的深刻影响。

从艺术创作来说,要做到"道进",要能够"有道",就正是要使"物形于心"。艺术家必须对自己的创作对象,有十分深刻的认识和了解,要懂得它的特点和规律。"南方多没人"也是因为"日与水居",天天和水打交道,才精通"水之道"的。苏轼在《文与可画筼筜谷偃竹记》中说文同画竹"有道",这是和他热爱竹子、熟悉竹子分不开的。他为洋州太守时曾在筼筜谷竹林中修筑了一个亭子,作为朝夕游处之地,并与其妻游乐于其中,"烧笋晚食"。苏轼《和文与可洋川园池三十首·筼筜谷》云:"汉川修竹贱如蓬,斤斧何曾赦箨龙?料得清贫馋太守,渭滨千亩在胸中。"正因为他懂得竹子的特点,了解竹子的生长发展规律,有千亩修竹在胸,"心识其所以然",所以才能和"庖丁解牛""轮扁斫轮"一样,而把握竹之"道"。

但是,只有"道"而没有"艺"或"技",也是无法创造艺术作品的。艺术家不仅要认识和了解创作对象,而且还要有高超的艺术表现能力和丰富的表现技巧,善于把创作对象生动形象地描绘出来。不只要使物"形于心",而且要使物"形于手",做到内外齐一、心手相应。这个问题,苏轼在《与谢民师推官书》中曾作了相当透彻的分析:

> 孔子曰:"言之不文,行而不远。"又曰:"辞,达而已矣。"夫言止于达意,即疑若不文,是大不然。求物之妙,如系风捕影,能使是物了然于心者,盖千万人而不一遇也,而况能使了然于口与手者乎?是之谓辞达。辞至于能达,则文不可胜用矣。

苏轼所谓"了然于心",即是指对"道"的深刻领会;而所谓"了然于口与手",即是指"艺"或"技"的精到纯熟。只有既"了然于心",又"了然于口与手",才能艺术地再现"物之妙"。苏轼认为这就是孔子所说"辞达"的深意所在。不过,孔子的"辞达"只是强调文章要通顺、确切地表达作者的思想感情而已,这当中自然也有知与能的问题,但是从文学创作过程的艺术构思和艺术表现两方面来论"辞达",运用《庄子·天道》篇的"得之于手,而应于心"来解释孔子的"辞达",则是苏轼的创造性发展。他在《答虔倅俞括奉议书》中也说过类似的看法:"孔子曰:'辞,达而已矣。'物固有是理,患不知之,知之患不能达之于口与手。所谓文者,能达是而已。"由此也可看出,苏轼对文学艺术创作中知和能的论述是很全面、很深刻的,他看到了两者之间相互依存的密切关系,不知也就无所谓能,不能则知也就落空了。他要求文学家、艺术家既要知之深,又要善于能,认为这是进行文学艺术创作的基本前提。

二、论艺术构思中的"虚静"与"物化"。苏轼认为在文学艺术的创作过程中,要使创作对象("物")"了然于心",从文学家、艺术家的主体方面说,必须要进入"虚静""物化"的精神境界。这样,才有可能排除各种与创作无关的主观或客观因素之干扰,对"物"作深入的观察和研究,从而充分地掌握它的内在特点和规律。他在《送参寥师》一诗中说:"欲令诗语妙,无厌空且静。静故了群动,空故纳万境。阅世走人间,观身卧云岭。咸酸杂众好,中有至味永。诗法不相妨,此语更当请。"所谓"空静",本是佛学术语,指一种超脱俗尘、空无寂静的精神境界,它和老庄提倡的"虚静"虽属不同的思想体系,但就文学家、艺术家进行创作构思前应具备的心灵状态来说,有相通和一致的地方。空静在艺术构思中的作用,苏轼已说得很清楚:一是"了群动",即是诗人对宇宙间事物发展变化规律可以了解得很清楚;二是"纳万境",即是诗人可以把现实世界里的种种奇观异景统统摄取到自己的脑海中,供诗人在艺术构思时选择、综合之用,作为创造审美意象的素材。空静的精神状态可以使诗人和艺术家更好地集中精力去"阅世走人间,观身卧云岭",深入地去观察和研究现实世界,进入到"其神与万物交,其智与百工通"(《书李伯时山庄图后》)的"神思"境界。这时,艺术家才能达到兴会神旺、万象竞萌、才气横溢、心灵手巧的最佳创作状态,艺术家的主体和创作对象的客体融合为一、难分彼此,这就是庄子所说的"物化"。

苏轼在《书晁补之所藏与可画竹三首》中说:"与可画竹时,见竹不见人。岂独不见人,嗒然遗其身。其身与竹化,无穷出清新。庄周世无有,谁知此凝神。"由于心灵空静,全部精力专注于竹,故"见竹不见人""嗒然遗其身"。所谓"身与竹化",即是"物化"。庄子在《达生》篇中曾说:"工倕旋而盖规矩,指与物化,而不以心稽。""指与物化"说明艺术表现的水平已经与被表现的对象没有区别了。而要达到"指与物化",首先要达到"心与物化"。庄子《齐物论》中说:"昔者庄周梦为胡蝶,栩栩然胡蝶也。自喻适志与,不知周也。俄然觉,则蘧蘧然周也。不知周之梦为胡蝶与,胡蝶之梦为周与?周与胡蝶,则必有分矣。此之谓物化。"在梦中庄周与胡蝶合而为一,并不分彼此,这就是"物化"。其实,这也就是"道"的境界,诸如庖丁解牛、轮扁斫轮、梓庆削木为鐻等故事中,庖丁、轮扁、梓庆等工匠都是达到了"心与物化"境界的。它运用到文学艺术创作中便是指文学家的心和外界的物之辩证结合。苏轼的《琴诗》写道:"若言琴上有琴声,放在匣中何不鸣?若言声在指头上,何不于君指上听?"琴声正是手指和琴结合的产物,而手指则是听从于心灵的指挥的,必须做到心与琴化,方能有最美妙的琴声。"其身与竹化",才会使绘画"无穷出清新",达到神化的奇妙境界。"物化"是中国古代对创作过程中创作主体和客体高度融合统一状态的理论概括,也是一个具有深刻哲理意义的美学命题,而正是苏轼把它从哲学范畴发展到艺术创作,并在理论阐述中作了更为具体的发挥。

三、论艺术想象和形象捕捉。苏轼对文学艺术的构思和创作过程有相当深入的研究和分析,这是和他有丰富的创作实践经验分不开的。他认为不论是诗还是画,审美意象的构成都要经过一个"妙想"的过程。其《次韵吴传正枯木歌》云:

> 天公水墨自奇绝,瘦竹枯松写残月。梦回疏影在东窗,惊怪霜枝连夜发。生成变坏一弹指,乃知造物初无物。古来画师非俗士,妙想实与诗同出。龙眠居士本诗人,能使龙池飞霹雳。君虽不作丹青手,诗眼亦自工识拔。龙眠胸中有千驷,不独画肉兼画骨。但当与作少陵诗,或自与君拈秃笔。东南山水相招呼,万象入我摩尼珠。尽将书画散朋友,独与长铗归来乎。

李公麟,字伯时,号龙眠居士,是当时著名的画家和诗人。《宣和画谱》说他"深得杜甫作诗体制而移于画",善于把诗和画在艺术创作中融合在一起。苏轼从总结他的创作经验得出"古来画师非俗士,妙想实与诗同出"的结论。"妙想",即是指艺术想象,因为它不是一种抽象的思维活动,而是和外界的各种生动景象紧密地联系在一起的感性的、形象的思维活动。"妙想"早在东晋顾恺之的画论中就已经提出来了。他在《魏晋胜流画赞》中说绘画创作需经画家"迁想妙得"而成,"迁"是指推移、变迁,指画家的艺术思维活动不停留在具体对象上,而要超越对象,不受对象束缚,开展自由想象,从而构成奇妙的审美意象。他评魏晋画家画伏羲、神农"居然有一得之想",《论画》中说临摹古画必须"全其想",也都是指"妙想"的意思。在"妙想"的阶段,会有无数生动景象涌入艺术家的脑海之中,如苏轼所说,"东南山水相招呼,万象入我摩尼珠","摩尼珠"是佛学术语,也称如意宝珠,即指人的心。当李公麟画马之际,其脑海中即有无数奔腾的骏马,所谓"胸中有千驷"也。比苏轼稍晚的惠洪在其《冷斋夜话》中曾说苏轼的诗与文都有"妙观逸想"之特点,往往不受常情、常理的束缚,而以"反常合道"的"奇趣为宗"。

诗人在"妙想"的过程中,必须善于把握机遇,捕捉住灵感萌发、兴会标举时刻所闪现的奇妙景象。他在《腊日游孤山访惠勤惠思二僧》一诗中说:

> 天欲雪,云满湖,楼台明灭山有无。水清出石鱼可数,林深无人鸟相呼。腊日不归对妻孥,名寻道人实自娱。道人之居在何许,宝云山前路盘纡。孤山孤绝谁肯庐,道人有道山不孤。纸窗竹屋深自暖,拥褐坐睡依团蒲。天寒路远愁仆夫,整驾催归及未晡。出山回望云木合,但见野鹘盘浮图。兹游淡泊欢有余,到家恍如梦蘧蘧。作诗火急追亡逋,清景一失后难摹。

孤山冬日,雪景灿然,云压湖面,楼台明灭,鱼游清泉,鸟呼深林,高僧参禅于竹屋之中,拥褐坐睡在团蒲之上,心情淡泊,与世无争,真有如世外桃源一般。苏轼游山访友归来,遥望山巅云木回合,野鹘盘桓于浮屠之上,不禁浮想联翩、万象迭现,此时诗兴勃发、情意正浓,他立即不失时机地把脑海中浮现的生动景象描绘了下来。苏轼凭自己长期丰富的创作经验,深深懂得"作诗火急追亡逋,清景一失后难摹"。

苏轼说"求物之妙,如系风捕影"(《与谢民师推官书》),正是指创作灵感的涌现不可能持续很长时间,它常常是会很快消逝的。诚如陆机《文赋》所说,"应感之会"是"来不可遏,去不可止,藏若景灭,行犹响起"。感兴高潮之到来,并不是神秘而不可测的,它是诗人和艺术家长期积累生活经验的结果,如清人袁守定所说:"得之在俄顷,积之在平日。"(《占毕丛谈》)然而它又有偶然性,它往往是在一种特殊的情景之触发下出现的,大多数是一瞬间的闪念,如不及时抓住马上就会无影无踪。苏轼在谈到蜀人孙知微作画时说:"始,知微欲于大慈寺寿宁院壁作湖滩水石四堵,营度经岁,终不肯下笔。一日,仓皇入寺,索笔墨甚急,奋袂如风,须臾而成,作输泻跳蹙之势,汹汹欲崩屋也。"孙知微之所以"营度经岁"而不肯下笔,是为了等待创作灵感的到来,为此他付出了艰苦的劳动。一旦灵感涌现、意象丛生,他就飞快地冲进寺内提笔即画,确有刻不容缓之势,其原因就是为了及时捕捉瞬间闪现的形象。此虽论画,而其原理则通于诗,与上言冬日游孤山作诗是一样的。

形象的闪现虽是短暂的,却是艺术家惨淡经营的产物,而且也并不排斥艺术家可以有一个使之深化的过程。苏轼在《文与可画筼筜谷偃竹记》一文中说:"竹之始生,一寸之萌耳,而节叶具焉。自蜩腹蛇蚹以至于剑拔十寻者,生而有之也。今画者乃节节而为之,叶叶而累之,岂复有竹乎?故画竹必先得成竹于胸中,执笔熟视,乃见其所欲画者,急起从之,振笔直遂,以追其所见,如兔起鹘落,少纵则逝矣。"这里提出的画竹必先得"成竹于胸"的思想,是对中国古代"意在笔先"创作原则的发挥。"意在笔先"本是六朝以来书画理论中的重要指导思想,它强调艺术家在构思和创作过程中,必须先形成生动鲜明的审美意象,然后再落笔进行创作。苏轼说文与可画竹不是"节节而为之,叶叶而累之",而是要先形成完整的竹的形象,它是对构思中涌现出来的"千亩""修竹"提炼、加工,按照艺术家的理想创造出来的"人化"了的竹的形象,有"成竹于胸",然后才能用艺术方法把它物质化为具体的画,变成"手中之竹"。这也是历来诗歌创作的美学原则,故清人沈德潜在《说诗晬语》中说:"写竹者必有成竹在胸,谓意在笔先,然后着墨也。惨淡经营,诗道所贵。倘意旨间架,茫然无措,临文敷衍,支支节节而成之,岂所语于得心应手之技乎?"艺术家所要捕捉的正是兴感高潮中形成的胸中之成竹,因此,当它一出现就要"急起从之,振笔直遂,以追其所见",否则它就"如兔起鹘落,少纵则逝矣"。

四、论形象塑造的"随物赋形"和生动"传神"。苏轼对艺术形象的描绘和刻画也有过许多重要的论述。文学创作离不开对外界的人和事的描写,而现实中的事物是纷繁复杂、多姿多态的,人物也各有各的个性气质、风貌神采,即使是神话传说中的妖魔鬼怪,亦无不有自己特殊的形状姿态、精神气派,这自然也不过是现实的投影而已。因此苏轼认为对艺术形象描绘和刻画的总的原则是:"随物赋形""尽物之态"。其实,这个思想在陆机《文赋》中已有所表露,即所谓"虽离方而遁圆,期穷形而尽相"。苏轼则在陆机思想的基础上,结合创作实际作了更为深入、系统的论述,并且有了许多新的发挥。他在《文说》一文中说:

> 吾文如万斛泉源,不择地皆可出,在平地滔滔汩汩,虽一日千里无难。及其与山石曲折、随物赋形而不可知也。所可知者,常行于所当行,常止于不可不止,如是而已矣。其他虽吾亦不能知也。

苏轼以泉水流经高低不平的山石而随物赋形为例,说明他自己的创作原则是符合创作对象本身的内在特点,顺乎自然、恰到好处地表现事物的本质特点,以便准确地描绘出它的真实状态。当然这也要建立在对客观事物的深刻观察上,即所谓"观物"要"审"(见《书黄筌画雀》),艺术家要熟悉生活,虚心学习,有"耕当问奴,织当问婢"(《书戴嵩画牛》引古语)的精神。"随物赋形"的"物",从比喻本身说是指自然事物,但作为文学创作的原则来说,也同时可以指社会生活内容。所谓"常行于所当行,常止于不可不止",即是要求作家应该尊重现实生活本身的内在规律性,而不以自己的主观偏见去任意改变它。

苏轼强调"随物赋形"的目的在要求艺术形象的刻画应以合乎自然造

化为最高标准。他在《书蒲永昇画后》一文中说:"唐广明中,处士孙位始出新意,画奔湍巨浪,与山石曲折,随物赋形,尽水之变,号称神逸。""随物赋形",然后方能"尽水之变",充分地表现水的汹涌澎湃之种种自然态势,而具有"神逸"之妙。"神逸",是指生气勃勃,神采飘逸,天生化成,而无任何人工痕迹的理想艺术境界。他在著名的《滟滪堆赋》中写道:"江河之大与海之深,而可以意揣,唯其不自为形,而因物以赋形,是故千变万化而有必然之理。"水虽然本身无形,但因物赋形而千变万化,又有它内在的必然之理。宇宙间任何事物也都是如此。艺术创作本身并无固定格式,所以苏轼曾说"诗无定律"(《次韵王定国得晋卿酒相留夜饮》),它也因创作对象(物)的千变万化而赋以不同的形,所以形象描写的准则应当是"随物赋形"而"尽物之态",这样才能达到和自然同化的最高审美理想。苏轼赞扬文与可的书法时说:"美哉多乎!其尽万物之态也。霏霏乎其若轻云之蔽月,翻翻乎其若长风之卷旆也,猗猗乎其若游丝之萦柳絮,袅袅乎其若流水之舞荇带也。"(《文与可飞白赞》)书法是一种象征艺术,它不可能具体地描绘客观事物,但要在风貌神态上给人以真实自然之感。其《欧阳少师令赋所蓄石屏》一诗中说:"古来画师非俗士,摹写物象略与诗人同。"欧阳修石屏上所画的"峨嵋山西雪岭上万岁不老之孤松",它处在"崖崩涧绝可望不可到,孤烟落日相溟蒙"的环境中,形象极为生动、逼真,"含风偃蹇得真态,刻画始信天有工"。物象摹写得好不好,要看能否得"真态",得"真态"方能达到天工自然之美,而无人工雕琢之痕迹。苏轼在《高邮陈直躬处士画雁》一诗中说:"野雁见人时,未起意先改,君从何处看,得此无人态?"所谓"无人态",即是指自然真态。作家对艺术形象的描绘和刻画,达到了这样的水平方为超代高手。

要得自然真态的关键在如何把握好形神关系,努力做到以传神为主而形神并茂。苏轼是中国古代对传神理论阐述得最充分、最深刻的文艺理论批评家。苏轼特别强调艺术创作中传神的重要性,他在《书鄢陵王主簿所画折枝二首》之一中写道:

> 论画以形似,见与儿童邻。赋诗必此诗,定非知诗人。诗画本一律,天工与清新。边鸾雀写生,赵昌花传神。何如此两幅,疏淡含

精匀！谁言一点红，解寄无边春！

对苏轼这首诗的理解，颇有分歧。有的人认为苏轼只讲神似而否定形似，所以晁说之诗云："画写物外形，要物形不改。诗传画外意，贵有画中态。"作为晚辈，晁说之没有直接对苏轼之论表示非议，而是从正面强调形似是不可否定的。明代杨慎就明确提出：苏轼"言画贵神，诗贵韵也。然其言有偏，非至论也"。而至晁说之和苏诗出，"其论始为定，盖欲以补坡公之未备也"（《历代诗话续编》本《升庵诗话》卷十三）。清代方薰《山静居画论》中也说晁说之"特为坡老下一转语"。然而宋人葛立方在《韵语阳秋》中则认为苏轼不过是强调"以气韵为主尔"，并非否定形似而谓可以"画牛作马"也。金代王若虚《滹南诗话》也认为"论妙于形似之外，而非遗其形似"。显然，葛立方、王若虚的理解是符合苏轼本意的。从上面苏轼关于随物赋形的论述中，可以清楚地看出他是并不否定形似的，但是他认为神似是更高层次的要求，无论诗人还是画家都不应该拘泥于形似，而务必以传神为目标，方能有"天工与清新"之妙。

如何才能传神呢？苏轼认为要善于抓住体现创作对象之"神"的特殊的"形"，着力加以刻画和描写，使之起到传神的作用。这就是顾恺之所说的"以形写神"，也即《书鄢陵王主簿所画折枝二首》中说的以"一点红"体现"无边春"。宋陈善《扪虱新话》说："唐人诗有'嫩绿枝头红一点，动人春色不须多'之句。"宋代《王直方诗话》记载："荆公作内相时，翰苑中有石榴一丛，枝叶茂盛，惟发一花。公诗云：'秾叶万枝红一点，动人春色不须多。'"无边的春色正是借"一点红"来表现的。"一点红"是具体的形，然而也是传"无边春"之神之所在。苏轼的《传神记》从理论上总结了创作上的经验，发展了顾恺之的"以形写神"论，认为传神的关键在找到创作对象"得其意思所在"的特殊的"形"，并对之作突出的描写。"神"总是要借助于一定的"形"来体现的，但并不是所有的"形"都能传神的，只有把握了最能体现创作对象神态的"形"，才有可能使艺术创作具有传神写照之妙。他说："传神与相一道，欲得其人之天，法当于众中阴察之。今乃使人具衣冠坐，注视一物，彼方敛容自持，岂复见其天乎？"也就是说，要善于观察对象的自然天性，在他真情流露时方能见出其特殊个性与精神本质,以及体现这种特殊个性与精神本质的"形"之所在。他又说:"凡人意思,各有所在,或在眉目,或在鼻口。虎头云:颊上加三毛,觉精采殊胜。则此人意思盖在须颊间也。优孟学孙叔敖,抵掌谈笑,至使人谓死者复生,此岂举体皆似,亦得其意思所在而已。使画者悟此理,则人人可以为顾、陆。"每个创作对象都有"得其意思所在"之特殊的"形",而"得其意思所在"正是指体现对象本质特征的所在,也就是说要"得所以然"(《李潭六马图赞》)。

在《净因院画记》一文中,苏轼对传神的实质又作了进一步论述,这就是著名的"常形""常理"说。其云:

> 余尝论画,以为人禽宫室器用皆有常形,至于山石竹木、水波烟云,虽无常形,而有常理。常形之失,人皆知之,常理之不当,虽晓画者有不知。故凡可以欺世而取名者,必托于无常形者也。虽然,常形之失,止于所失,而不能病其全。若常理之不当,则举废之矣。以其形之无常,是以其理不可不谨也。世之工人,或能曲尽其形,而至于其理,非高人逸才不能辨。与可之于竹石枯木,真可谓得其理者矣。如是而生,如是而死,如是而挛拳瘠蹙,如是而条达遂茂。根茎节叶、牙角脉缕,千变万化,未始相袭,而各当其处,合于天造,厌于人意。盖达士之所寓也欤!

任何事物都有外在的"形"和内在的"理"。然而,有的事物是有相对固定的外在形态的,如人、禽、宫室、器用等;有的事物则没有相对固定的外在形态,如山石竹木、水波烟云等。当然这是比较而说的,人、禽、宫室等也都各自有不同的形状,石、竹、水波等也不能说一点常形都没有,石是块状的,竹是条状的,不过形态更为不确定而已。但是,不管"形"是确定的还是不确定的,要"曲尽其形"毕竟还是比较容易的。而事物的"常理",即体现其特殊本质的内在规律,则往往比较难以把握,也更不容易用艺术方法将之表现出来,只有"高人逸才"方能"得其理"。文与可画竹之所以能"得其理",是因为他不论是画竹的何种特殊形态,或生,或死,或缩,或茂,都能体现竹的"常理",善于在充分体现"常理"的情况下,使竹的"根茎节叶、牙角脉缕"每个部分"千变万化,未始相袭",而又能"各当其处",以传竹之神。由此可以得出这样的结论:艺术家如果能把握创作对象"得其意思所在"的"形",又能充分表现出创作对象内在的"常理",就可以达到传神写照的最好效果。

五、论艺术创作中的法度和自然。文学艺术创作中的法度和自然的关系,是一个非常重要的问题。法度是指创作的具体规则,它是前人创作经验的总结,任何人在创作中都会自觉不自觉地受到它的影响。但是文学艺术创作又不能完全受其控制,循规蹈矩,亦步亦趋,从而丧失自己的革新、创造精神。苏轼对此有深刻的体会,他在《评草书》中说:"吾书虽不甚佳,然自出新意,不践古人,是一快也。"尤其是《诗颂》说得更明白:

冲口出常言,法度去前轨。人言非妙处,妙处在于是。

法度不是不要,而是不能拘泥于"前轨",要灵活自然,随创作对象的具体情况而不断有所变化。诗歌的妙处正是在脱口而出,不受法度的束缚、限制,顺乎自然又不失法度。这就是"无法之法"(《跋王荆公书》)。他在《与谢民师推官书》中提出的"文理自然,姿态横生"之作,当然也只有遵循"无法之法"才能创作出来的。从这个原则出发,他最反对搜索枯肠、堆砌雕琢的创作倾向。其《次韵孔毅父集古人句见赠五首》诗云:"诗人雕刻闲草木,搜抉肝肾神应哭。"他认为时人学杜大都不得法,其原因即在不懂"无法之法"的道理,不能顺乎自然从自己的创作实际出发。他说:"天下几人学杜甫,谁得其皮与其骨?划如太华当我前,跛牂欲上惊嶓崒。名章俊语纷交衡,无人巧会当时情。前生子美只君是,信手拈得俱天成。"其《书韩幹牧马图》也说:"鞭箠刻烙伤天全,不如此图近自然。"自然天成之作是无成法可依的,这点无论诗文书画都是一样的。苏轼在《石苍舒醉墨堂》诗中说他自己的书法创作是"兴来一挥百纸尽,骏马倏忽踏九州。我书意造本无法,点画信手烦推求"。

所以,"无法之法"也就是自然之法。任其自然而不违背艺术创作的规律,看似无法而又有法,这才是最高的法。故苏轼在《书所作字后》中说:"浩然听笔之所之,而不失法度,乃为得之。"这种自然之法有其内在妙

理,他在《书吴道子画后》一文中说:

> 诗至于杜子美,文至于韩退之,书至于颜鲁公,画至于吴道子,而古今之变、天下之能事毕矣。道子画人物,如以灯取影,逆来顺往,旁见侧出,横斜平直,各相乘除,得自然之数,不差毫末,出新意于法度之中,寄妙理于豪放之外,所谓游刃余地,运斤成风,盖古今一人而已。

此处所说"逆来顺往,旁见侧出,横斜平直"者,即指其画之变化无穷,出人意料,冲破常规,不拘成法,而"各相乘除,得自然之数",配合得非常协调,"不差毫末",有其内在的、合乎规律的自然之法。新意迭出,均存于自然法度之中;妙理生辉,略寄于雄浑豪放之外。故其创作有如庖丁之游刃有余,郢匠之运斤成风,与造化相契,和自然合一。所以他极其欣赏庄子的"天籁"之美,《跋石钟山记后》云:"钱唐东南,皆有水乐洞,泉流空岩中,皆自然宫商。又自灵隐下天竺,而上至上天竺,溪行两山间,巨石磊磊如牛羊,其声空沓然,真若钟声。乃知庄生所谓天籁者,盖无所不在也。"天籁就是一种"自然宫商",它比人为的音乐要美得多。"自然宫商"并无人为的格律,然而又有优美的节奏存乎其间,使人听来赏心悦目,这就是"无法之法"。因此,艺术家必须由人工而臻天工,以达到艺术的最高境界。其《跋蒲传正燕公山水》一文云:"燕公之笔,浑然天成,粲然日新,已离画工之度数,而得诗人之清丽也。"此谓燕公之画摆脱了画院画工的工笔规矩,而具有文人画的潇洒写意,故清新自然、浑然天成,而无人为造作之痕迹。苏轼是最崇尚"天工"的,他不仅提出了"诗画本一律,天工与清新"的基本审美原则,而且多次赞扬天工之奇妙。如《巫山》诗云:"天工运神巧,渐欲作奇伟。""天工"中自有其法度,但它不是固定的常法,而是自然的"无法之法"。

六、论艺术意境的创造。苏轼非常重视诗歌的艺术意境,他在《题陶渊明饮酒诗后》一文中说:"'采菊东篱下,悠然见南山。'因采菊而见山,境与意会,此句最有妙处。近岁俗本皆作'望南山',则此一篇神气都索然矣。""见"和"望"虽只一字之差,但于意境之深远与否关系极大。若改为"望"字,则悠然自得、无罣无碍之心态就体现不出来,自然神气索然没有意味了。苏轼懂得意境必须在具体描写之外,给人以无穷的联想。所以在《书黄子思诗集后》一文中,竭力推崇司空图的"味外之旨"说,认为钟(繇)、王(羲之)书法"萧散简远,妙在笔画之外",至颜(真卿)、柳(公权)虽"集古今笔法而尽发之","而钟、王之法益微。至于诗亦然"。"苏(武)、李(陵)之天成,曹(植)、刘(桢)之自得,陶(渊明)、谢(灵运)之超然,盖亦至矣。而李太白、杜子美以英玮绝世之姿,凌跨百代,古今诗人尽废;然魏晋以来,高风绝尘,亦少衰矣。""独韦应物、柳宗元发纤秾于简古,寄至味于澹泊,非余子所及也。"而司空图所论则正是对钟、王、韦、柳艺术特色的极好概括。故云:司空图"论诗曰:'梅止于酸,盐止于咸,饮食不可无盐梅,而其美常在咸酸之外。'盖自列其诗之有得于文字之表者二十四韵,恨当时不识其妙,予三复其言而悲之"。此"二十四韵"当指《与李生论诗书》中司空图所举自己二十四联味在"咸酸之外"的诗作。而司空图要求诗歌在咸酸之外有"醇美"之味,正是指诗歌意境的"象外之象,景外之景"特征所产生的美学效果。

苏轼十分推崇艺术意境的"象外之景""言外之意"。他在比较王维和吴道子的绘画时,认为王维之所以超出吴道子,就是因为王维更富有象外之趣。《王维吴道子画》云:"吴生虽妙绝,犹以画工论。摩诘得之于象外,有如仙翩谢笼樊。吾观二子皆神俊,又于维也敛衽无间言。"王维之画犹如其诗,"摩诘本诗老,佩芷袭芳荪。今观此壁画,亦若其诗清且敦"。他在《题文与可墨竹》中赞扬文与可道:"诗鸣草圣余,兼入竹三昧。时时出木石,荒怪轶象外。"景生象外,正是艺术意境的最基本特征,在文学创作中即是言有尽而意无穷。《野老记闻》记载苏轼曾说:"意尽而言止者,天下之至言也。然而言止而意不尽,尤为极致。"无言之言,无声之音,无画之画,才是最高的境界。所以苏轼特别欣赏陶渊明的无弦琴之妙用,能借它寄托难以言喻的无限情意。其《破琴诗》云:"破琴虽未修,中有琴意足。""悬知董庭兰,不识无弦曲。"虽无琴声而音乐意境宛然在耳。他在《跋赵云子画》中提出绘画要"笔略到而意已具",此"工者不能"。而于书法则应"锋藏画中,力出字外"(《试吴说笔》),"字外出力中藏棱"(《孙莘老求墨妙亭诗》)。总之,只有在"其意已逸于绳墨之外"的状态下,方能具有含蓄深远、余味无穷的艺术意境。

苏轼在艺术意境的创造上,发挥了梅尧臣的平淡论,他在《评韩柳诗》中说:

> 柳子厚诗在陶渊明下,韦苏州上。退之豪放奇险则过之,而温丽靖深不及也。所贵乎枯澹者,谓其外枯而中膏,似澹而实美。渊明、子厚之流是也。若中边皆枯澹,亦何足道。佛云:如人食蜜,中边皆甜。人食五味,知其甘苦者皆是,能分别其中边者,百无一二也。

所谓"外枯",是指其意境外在形式之朴素平淡;所谓"中膏",是指意境之内在含义之丰富充实。故有不尽之意深藏其中,而愈嚼愈有味,"似澹而实美"也。他又说:"吾于诗人无所甚好,独好渊明之诗。渊明作诗不多,然其诗质而实绮,癯而实腴,自曹、刘、鲍、谢、李、杜诸人,皆莫及也。"(苏辙《子瞻和陶渊明诗集引》所引)这里的"质而实绮,癯而实腴",也就是"外枯而中膏,似澹而实美"的意思。外表质朴平淡而内实绮丽丰腴,这是对梅尧臣平淡论的补充和发展。周紫芝《竹坡诗话》云:"东坡尝有书与其侄云:'大凡为文,当使气象峥嵘,五色绚烂,渐老渐熟,乃造平淡。'余以不但为文,作诗者尤当取法于此。"其实东坡所说本不限于文,也可包括诗甚至书画艺术。绚烂之极而归于平淡,这是更高的境界。

在这里附带说一下苏轼弟弟苏辙有关文气的论述。苏辙(1039—1112),字子由,他在《上枢密韩太尉书》中,提出了"文者,气之所形;然文不可以学而能,气可以养而致"的观点,这是对传统文气论的一个新的发展。中国古代以庄子为代表的道家文气论所指的是一种先天禀赋的自然之气,不是后天修养可以改变的,曹丕所论之文气受此影响,故云"气之清浊有体,不可力强而致";以孟子为代表的儒家文气论,所指的是属于后天修养而得的、具有政治伦理道德色彩的气,韩愈所论之气即属此种内容。苏辙所论之气也属于这种儒家之气,但他对如何"养而致"补充了新的见解。孟子的"我善养吾浩然之气",是由一种内省的功夫所获得的;韩愈的"气盛言宜"是认真学习儒家经典而培养起来的;苏辙则在此基础上,更强调作家对自然和社会的观察、体会和亲身实践的作用。他说道:"孟子曰:

'我善养吾浩然之气。'今观其文章,宽厚宏博,充乎天地之间,称其气之小大。太史公行天下,周览四海名山大川,与燕赵间豪俊交游,故其文疏荡,颇有奇气。此二子者,岂尝执笔学为如此之文哉?其气充乎其中,而溢乎其貌,动乎其言,而见乎其文,而不自知也。"他还说他自己居家所与游者,只不过邻里乡党之人,其见闻也不过方圆百余里,"百氏之书",无非古人之"陈迹",故皆"不足以激发其志气",为此他决定外出遨游,"求天下奇闻壮观,以知天地之广大"。他"过秦汉之故都,恣观终南、嵩、华之高;北顾黄河之奔流,慨然想见古之豪杰。至京师,仰观天子宫阙之壮与仓廪、府库、城池、苑囿之富且大也,而后知天下之巨丽。见翰林欧阳公,听其议论之宏辩,观其容貌之秀伟,与其门人贤士大夫游,而后知天下之文章聚乎此也"。这就说明对自然和社会的观察与实践,实是养气之最好、最重要的方法。苏辙的文气论因此也就超越了前人,跨上了一个新的台阶。

第四节　道学家的主理抑情文学观及其影响

宋代是理学产生、发展和盛行的时代。理学是中国传统儒学在新的历史时期之新发展,它是适应封建社会中后期政治、思想、文化需要而产生的新儒学,也是宋、元、明、清时代封建社会的正统思想。理学的核心仍是在继承传统的儒家之道,维护儒家的仁义道德、伦理纲常,并把它上升到哲理的高度,着重从孔子所不多讲的"性与天道"亦即宇宙观的方面,对儒家之道作了深入的发挥。理学只是对宋以后儒学的一个统称,实际在理学内部有许多不同派别,主要有程(程颢、程颐)、朱(熹)理学和陆(九渊)、王(阳明)心学两大派。理学的核心是讲"理"(即"天道")为宇宙万物的本源,而儒家的伦理道德则是"天理"的体现,凡是不符合儒家伦理道德的思想、行为,则被斥之为违背"天理"的"人欲"而加以排斥。因此理学的基本纲领是"存天理,灭人欲",其实质是为了巩固封建统治秩序,从思想上抑止和消灭一切不利于封建统治的因素。理学的盛行使封建礼教更加细密、更加严格,成为束缚人们思想感情的精神枷锁。由于理学的目的是宣传儒家之道,所以也被称为道学,理学家也称为道学家。

宋代理学的繁荣发展对文学思想的影响很大。占统治地位的理学,要求一切文学艺术都服从于它的需要,成为宣扬理学思想的说教工具。道学家在"存天理,灭人欲"思想的指导下,对文学艺术也发表过许多看法,要求文学艺术必须赤裸裸地鼓吹封建礼教、传播孔孟之道,不允许出现任何不符合封建伦理道德的思想感情。宋代理学的产生和发展,与唐代中期兴起的儒学复古主义思潮是有关系的,是在北宋的政治、经济条件下的进一步发展。但是唐代中期儒学复古主义的提倡者主要是文学家,他们在儒学义理上并无多少新发展,而主要是借此带动了"古文"(包括诗歌方面的新乐府创作等)的空前繁荣发展,在语体改革方面作出了重大贡献。宋代理学的产生,最初也是与提倡古文联系在一起的,如理学先驱的"宋初三先生"中孙复、石介都是很有名的古文提倡者。但是他们的重点转向提倡儒道,发展儒道的义理,而对"文"比较轻视,到了周敦颐、邵雍和二程则已完全转向儒学义理探讨,而对"文"已不感兴趣了,并且认为如果重视"文"的写作,就会妨碍对儒学义理的探讨。为此,他们在文学观上片面强调文学的社会功用,抹杀了文学的独立性,否定了文学的美学特征,这无论在理论批评上,还是在创作实践上,对文学发展都产生了很不好的影响。

周敦颐(1017—1073),字茂叔,道州营道(今湖南道县)人。晚年在庐山莲花峰下筑濂溪书堂讲学,故世称濂溪先生。他在《周子通书》的《文辞》篇中提出了著名的"文以载道"说,其云:"文所以载道也,轮辕饰而人弗庸,徒饰也。况虚车乎?……文辞,艺也;道德,实也。笃其实而艺者书之;美则爱,爱则传焉,贤者得以学而至之,是为教。故曰:'言之无文,行之不远。'……然不贤者,虽父兄临之,师保勉之,不学也;强之,不从也。……不知务道德而第以文辞为能者,艺焉而已。噫!弊也久矣。"周敦颐的"载道"和唐代韩愈、柳宗元的"明道"、李汉的"贯道"表面上没有多少区别,但实际的侧重点很不同:韩、柳的出发点是在文,着重在说明文应当有充实内容,目的是写好文;濂溪的出发点则在"道",着重在说明文只是道的载体,所以不能以文为目的。他明显地表示了对"艺"(即"文")的轻视,认为以文为能者是病,其弊已久,而之所以要有"文",只是为了使"道"得以传之久远。而他所说的"道",也只在其本身义理方面,而不像韩、柳重在现实社会内容方面。他又说:"圣人之道入乎耳、存乎心,蕴之为德行,行之为事实。彼以文辞而已者,陋矣。"总之,不把文章写作作为一种独立的事业,而只把它看作理学的一个附属品,实际也就否定了文学独立存在的价值。

与他观点接近的是邵雍(1011—1077),字尧夫,祖籍范阳(今河北涿州附近),随父迁共城(今河南辉县),后移居洛阳,有自编诗集《伊川击壤集》。他在自己的诗集序中虽然引用了《毛诗大序》有关诗歌抒情言志的论述,但又从理学观点作了许多引申发挥,其结果是否定了《毛诗大序》主张诗歌是"吟咏情性"的思想,而强调诗歌应是"天理""人性"的体现。他说人的感情有七者(即指《礼记·礼运》所说喜、怒、哀、惧、爱、恶、欲),而其要有二:身也,时也。"谓身则一身之休戚也,谓时则一时之否泰也。""身之休戚,发于喜怒;时之否泰,出于爱恶。殊不以天下大义而为言者,故其诗大率溺于情好也。"人之溺于情,往往难以自拔,不能控制,因此无法做到"以天下大义而为言",故云:"情之溺人也,甚于水。"而"水能载舟,亦能覆舟",所以诗歌写情是很危险的,任凭感情自由发展,就是放纵人欲,就会冲破"天理"的规范,损害"天理"。为了维护"天理",不使人欲横流,那就要使诗歌能够"不累于性情"。所以诗人必须压抑自己的情,不因物感而有所动,甚至忘去自己的情感("情累都忘去")。这样,"以道观道,以性观性,以心观心,以身观身,以物观物",即可使诗歌体现"天理"(即"性"),而不会伤于"人欲"(即"情")了。《毛诗大序》所云:"诗者,志之所之也。在心为志,发言为诗。情动于中而形于言。""情发于声,声成文谓之音。"本是很重视"情"的,虽然这"情"也是"发乎情,止乎礼义"之"情",但邵雍则将其中的"情""忘去",而代之以"性"(即"天理"),于是,就变成了"因闲观时,因静照物,因时起志,因物寓言,因志发咏,因言成诗,因咏成声,因诗成音",从而取消了诗歌的抒情本质。情理对立,主理抑情,是道学家文学观的基本特征。

二程又进一步发展了周敦颐、邵雍的思想。程颢(1032—1085),字伯淳,世称明道先生。程颐(1033—1107),字正叔,世称伊川先生,为程颢亲弟。二程是洛阳(今属河南)人,均为周敦颐的学生。他们的学说有完整的体系,以"天理"为万物本源,把"天理"神化,认为封建等级制度和伦理道德均是"天理"的体现,从而为理学奠定了基础,被称为"洛学"。他们的著作除各自有文集外,尚有杨时为他们编的《粹言》二卷,朱熹编的《河南程氏遗书》(即《二程语录》)二十五卷,《外书》十二卷,程颐的《易传》《经说》等,后人辑为《河南二程全书》。有关文学的论述以程颐为多,有些语录已分不清是程颢还是程颐,故将他们二人文学观合在一起论述。二程对文学并非不懂,然而从理学思想出发,他们反对文学的独立价值,提出了"作文害道""学诗妨事"的极为偏激的主张。《二程语录》载程颐之答问云:

> 问:作文害道否?
> 曰:害也。凡为文不专意则不工,若专意则志局于此,又安能与天地同其大也。书曰"玩物丧志",为文亦玩物也。吕与叔有诗云:"学如元凯方成癖,文似相如始类俳。独立孔门无一事,只输颜氏得心斋。"此诗甚好。古之学者,惟务养情性,其他则不学。今为文者,专务章句,悦人耳目;既务悦人,非俳优而何?

把文章写作说成是"玩物丧志",认为不专意则不工,专意则局限于文,就会忘掉"天理"大义,有害于道,并说文人类似俳优,十分低贱。因此他反对作文,并批评韩愈把文和道的关系弄颠倒了,不是因道而文,而是因文而道。程颐说:"退之晚年为文,所得处甚多。学本是修德,有德然后有言。退之却倒学了,因学文,日求所未至,遂有所得。"他认为古代圣贤没有专门学"为文"的,也没有以文学为专业的。从这种思想出发,对写诗自然就更反对了。

> 或问:诗可学否?
> 曰:既学时须是用功,方合诗人格,既用功,甚妨事。古人诗云:"吟成五个字,用破一生心。"又谓"可惜一生心,用在五字上"。此言甚当。

他认为人不应该把一生心血都花在诗歌写作上,那样太可惜了。他把诗看作是"闲言语",并竭力贬低杜甫,他说:"且如今言能诗无如杜甫,如云:'穿花蛱蝶深深见,点水蜻蜓款款飞。'如此闲言语道出做甚。"由于认为文学只是载道之工具,程颐《答朱长文书》云:"人能为合道之文者,知道者也,在知道者,所以为文之心。"文除了载道之外没有独立存在的价值,因此把抒情写景的内容都当作毫无意义的"闲言语"。

道学家对文学创作的否定,在实践中是行不通的,但是他们的文学思想对文学创作和文学理论批评的发展,却产生了较为深刻的影响。道学家把文学理论上的一些基本问题给搅乱了,这主要有以下几点:

第一,对文学创作上情和理的关系,作出了错误的论断,强调说理而否定抒情,提倡言志而反对缘情。情和理的关系在中国古代一直是个有争议的问题,从先秦到魏晋曾经历了一个由言志到缘情的过程,这是和儒家思想的产生、发展和衰落相联系的。儒家由于注重文学的社会政治功用,把文学看作仁义礼乐和伦理纲常的说教工具,所以强调文学是表现思想的,其言志内容主要是政治抱负,其后虽也提出"志"中有"情",承认诗歌也有"吟咏情性"的一面,但"情"不能越出"礼义"的界限。至陆机《文赋》提出"诗缘情而绮靡"后,文学的抒情本质才得到重视,并得到充分的肯定。特别是刘勰在《文心雕龙》中对情理关系作了比较科学的论述,指出情和理都是构成文学作品内容的重要因素,要求作品"理融而情畅",做到情中有理,理中有情。唐代的文学创作和文学理论批评主流是情理并重的,其间虽有偏向一面的主张,但不占主要地位。这种情况到宋代发生了变化,由于道学家主理抑情思想的影响,宋诗主理成为后来公认的事实,而文学理论批评也受到此种影响,它比较明显地反映在江西诗派的文学思想中。于是遂有严羽为纠正此种倾向而提出的"诗有别趣,非关理也"之说,从而使情理关系问题在其后数百年中成为诗歌理论中的一个重要争论焦点。

第二,在文学创作的思想和艺术关系亦即质和文的关系上,道学家的观点表现了突出的重质轻文、重思想不重艺术的片面性。由此他们否定了文学本身的独立价值,贬低了文学家、艺术家的地位。

第三,在文学观念上复归到古代文学和非文学混同为一的状态,取消了文学的美学特征,抹杀了文学和非文学的界限。中国古代文学观念有一个十分复杂的演进过程,特别是经过六朝时期对文学和非文学的辨析,文学的特殊本质逐渐为人们所认识,可是到宋代由于道学家思想的影响,又走了回头路。它的直接后果便是作者在文学创作中用写一般非文学文章的方法来写诗,以文字、议论、才学为诗,用抽象思维来代替形象思维,用过多的议论说理和堆砌典故来代替文学的感情抒发和形象描写,而不重视意境的创造。

第四,否定了文学的具体性和现实性,把它变成了抽象的理学心性义理的图解,使之成为理学"语录讲义之押韵者",这样就把文学和生气勃勃的现实生活隔离开了。

道学家对文学的否定虽不可能为绝大多数人所接受,但是由于理学的繁荣发展和在社会生活中地位的日益增长,他们的思想观点对文学创作和文学理论批评的影响,则是不可低估的。

第十六章　黄庭坚和北宋后期的文学理论批评

第一节　黄庭坚的文学思想和创作理论

黄庭坚和秦观、张耒、晁补之同为"苏门四学士",是北宋著名诗人,与苏轼并称"苏黄",被认为是宋代最有影响的江西诗派之开山鼻祖。虽然他和苏轼是同时代人,但他的文学思想和创作理论与苏轼不太一样,苏轼的文学思想代表了北宋前期的特点,而黄庭坚则开北宋后期乃至南宋一代风气,所以我们把他放在本章论述。

黄庭坚(1045—1105),字鲁直,号山谷道人,晚年号涪翁,洪州分宁(今江西修水县)人。治平四年(1067)进士,熙宁五年(1072)为北京国子监教授,元丰三年(1080)授知太和县。在当时的新旧党争中,他的基本政治态度是和苏轼一致的,不过比苏轼更超脱一些,其仕途升沉也与苏轼差不多。哲宗即位,高太后听政,旧党掌权,山谷于元丰八年被召为秘书省校书郎,元祐二年(1087)除著作佐郎,六年迁起居舍人。这段时间山谷发展较为顺利,在京师形成的以苏轼为首文人圈子中,山谷是其中重要人物,在文学上成就较大,诗名卓著。绍圣之后,新党执政,山谷屡遭贬斥,并被流放,于崇宁四年(1105)死于宜州。黄庭坚在思想上明显地受到当时理学的影响,他十分推崇周敦颐,说他"人品甚高,胸中洒落如光风霁月,好读书,雅意林壑"(《濂溪诗序》)。山谷自己十分注重内省心性修养功夫,并直接影响到他的文学创作和文学思想。和理学之融合佛、道一样,山谷的思想也是以儒为主而糅合佛、道。他在文学创作上提倡学习杜甫、韩愈,但能自成一家,如张耒所说:"不践前人旧行迹,独惊斯世擅风流。"(《读黄鲁直诗》)在诗歌创作上创造了一种奇峭清新的风格,并具有散文化的特点,是宋诗的典型代表。

黄庭坚是文学家而不是道学家,在对待文和道的关系上,他是属于欧、苏一派而和周、邵、二程不是一路的。他是重视和肯定文学的独立性及其价值的。但是他在文学思想和创作理论上，则和欧、苏走的不是一路，而受儒家正统和理学思想影响较深。他在《次韵杨明叔四首序》中说："文章者，道之器也；言者，行之枝叶也。"他的诗歌创作如洪炎《豫章黄先生退听堂录序》中所说："其发源以治心修性为宗本，放而至于远声利、薄轩冕，极其致，忧国爱民，忠义之气蔼然见于笔墨之外。"晁补之《书鲁直题高求父扬清亭诗后》云："鲁直于治心养气，能为人所不为，故用于读书、为文字，致思高远，亦似其为人。"不过他兼好佛道，其诗也有超脱高逸的一面。故苏轼说："读鲁直诗，如见鲁仲连、李太白，不敢复论鄙事。""鲁直诗文，如蝤蛑、江瑶柱，格韵高绝，盘飱尽废。"（《书鲁直诗后二首》）黄庭坚的文学思想和创作理论，在苏轼之后别树一帜，成为宋代影响最大的江西诗派之开创者，其主要特点有以下几方面：

第一，他肯定诗歌"忿世疾邪"的怨刺作用，但又要求不可过分激烈，必须符合温柔敦厚之旨。他在《胡宗元诗集序》中说："士有抱青云之器而陆沉林皋之下，与麋鹿同群，与草木共尽，独托于无用之空言，以为千岁不朽之计。谓其怨邪？则其言仁义之泽也。谓其不怨邪？则又伤己不见其人。然则其言，不怨之怨也。"又说胡宗元之诗"其兴托高远，则附于《国风》，其忿世嫉邪则附于《楚辞》"。他对"陆沉林皋之下"文人的同情，对怨刺之言的肯定，大约也是与他自己的遭遇有关系的。然而他又特别反对愤激怒骂的诗歌，其《书王知载朐山杂咏后》云：

> 诗者，人之情性也，非强谏争于廷，怨忿诟于道，怒邻骂坐之为也。其人忠信笃敬，抱道而居，与时乖逢，遇物悲喜，同床而不察，并世而不闻；情之所不能堪，因发于呻吟调笑之声，胸次释然，而闻者亦有所劝勉，比律吕而可歌，列干羽而可舞，是诗之美也。其发为讪谤侵陵，引颈以承戈，披襟而受矢，以快一朝之忿者，人皆以为诗之祸，是失诗之旨，非诗之过也。

这段话常常遭到研究者的批评指责，有人认为他是反对诗歌直接干预现实、表现社会政治内容，其实并没有准确理解山谷的本意，是欠妥的、不全面的。山谷在这里是强调诗歌是"人之情性"的体现,"情之所不能堪",而后才"发于呻吟调笑之声",以充分宣泄内心感情,使"胸次释然"。诗歌作为艺术有自己的特点,"比律吕而可歌,列干羽而可舞,是诗之美也"。它是在这种美的形式中传达诗人的思想感情,并进而感染读者起到"劝勉"的作用。因此文学创作,尤其是诗歌,不同于政论杂著或书信应用文一类非文学文章,它要求含蓄蕴藉,而不能过分直露,所以"强谏争于廷,怨忿诟于道",甚至"怒邻骂坐""讪谤侵陵","以快一朝之忿",是不符合诗歌艺术特点的,并非诗之本旨。他在《答洪驹父书》中劝他的外甥洪刍说:"《骂犬文》虽雄奇,然不作可也。东坡文章妙天下,其短处在好骂,慎勿袭其轨也。"也是这个意思。为其编定诗文集的外甥洪炎说:"老杜《新安》《石壕》《潼关》《花门》之什,白公《秦中吟》《乐游园》《紫阁村》诗,则几于骂矣,失诗之本旨也。"(《豫章黄先生退听堂录序》)显然是循山谷之说而来,但主要也是从诗歌应当更加含蓄蕴藉的角度来说的。后来明末清初的王夫之也很不喜欢"谩骂"之诗,他曾说杜甫"朱门酒肉臭,路有冻死骨"之类诗"为宋人谩骂之祖,定是风雅一厄"(见其《唐诗评选》中杜甫《后出塞》评语)。我们当然不能说王夫之也是反对诗歌表现社会现实生活内容。不过,黄庭坚的说法也有片面性,愤激怒骂在文学创作中也不是绝对不能有,在不损害文学本身审美特征的情况下,写得尖锐激烈一些,不仅是可以的,而且有时也是很必要的。黄庭坚由于受理学思想的影响,主张诗歌要表现"忠信笃敬,抱道而居"的高尚品格,强调儒家诗教的温柔敦厚、主文谲谏,而他又特别重视诗歌含蓄蕴藉的艺术形式美,此外,他正处于新旧两党交替上台的动辄得咎的政治局面,自然也有怕因诗得祸的因素,在这种种复杂原因的影响下,就更加反对赤裸裸的谩骂之作了,这也是可以理解的。

第二,提倡诗歌创作要"以理为主",有精博的学问为基础,这是黄庭坚文学思想和创作理论的核心。他的许多具体的诗歌创作主张观是由此而申发出来的。其《与王观复书》云:

> 所送新诗,皆兴寄高远,但语生硬,不谐律吕,或词气不逮初造意时,此病亦只是读书未精博耳。"长袖善舞,多钱善贾",不虚语也。

> 南阳刘勰尝论文章之难云："意翻空而易奇,文征实而难工。"此语亦是沈、谢辈为儒林宗主时,好作奇语,故后生立论如此。好作奇语,自是文章病。但当以理为主,理得而辞顺,文章自然出群拔萃。观杜子美到夔州后诗,韩退之自潮州还朝后文章,皆不烦绳削而自合矣。

黄庭坚在这里非常集中地提出了文学创作成败的关键,在有无精深广博的学问和能否做到"以理为主"。黄庭坚此处所说的"理",其含义比较复杂,主要有两层意思:一、它有类似于苏轼所说的"文理自然"之理的意思,指文学作品内在的逻辑发展规律,把握了这种"理",文辞的运用也就能流畅自如、恰到好处,行于所当行,止于不可不止,即所谓"理得而辞顺"。二、它虽不是专指理学家抽象的义理之理,但有道理之理亦即作品内容所包含的思想观点之理的意思。从这个意义上讲,"理得而辞顺"和刘勰在《文心雕龙·情采》篇中说的"理定而后辞畅"、《体性》篇说的"理发而文见",意思是一样的。如果说他所举杜甫到夔州后写的诗主要是体现了前一层"理"的含义的话,那么,他所举韩愈自潮州还朝后的文章,则主要是体现了"理"的后一层意思。由于黄庭坚说的"理"有多层意义,所以他的后学可以从不同的角度去理解它,并产生不同的影响。然而不论从哪一层意思说,"理"的来源都是在学问,黄庭坚又特别强调文学家要有精深广博的学问,认为这是能否使文章"理得而辞顺"的关键。因而他所说"以理为主"的后一层意思对后来创作实际影响比较大。

黄庭坚说王观复的诗"皆兴寄高远",然而文字表达则不行,用语"生硬""不谐律吕",他所说王观复诗"或词气不逮初造意时",即是《文心雕龙·神思》篇"方其搦翰,气倍辞前;暨乎篇成,半折心始"之意。黄庭坚认为产生上述这些弊病的根本原因是"读书未精博耳"。故在《论作诗文》中说:"词意高胜,要从学问中来尔。"其《与徐师川书》云:"诗政欲如此作。其未至者,探经术未深,读老杜、李白、韩退之诗不熟耳。"又其《题王观复所作文后》云:"王观复作书,语似沈存中,他日或当类其文,然存中博极群书,至于《左氏春秋传》、班固《汉书》,取之左右逢其原,真笃学之士也。观复下笔不凡,但恐读书少耳。"文学家应该有广博的知识学问,这本是许多文学理论批评家早就提出过的。陆机在《文赋》中说要"颐情志于典坟",刘勰《文心雕龙·神思》篇说要"积学以储宝,酌理以富才",认为这是创作前的必要准备。要求诗人同时也是学者,这是中国古代文学理论批评的一个传统特点。但前人都没有把掌握丰富的知识学问看作是唯一的条件,而黄庭坚却把这种要求绝对化了。他要求诗人有精博的学问,并指出它对文学创作成败起着重要的作用,这并不错,然而诗人毕竟还有其不同于学者的特殊的艺术才华,知识学问不能代替文学创作,六朝的钟嵘在《诗品序》中已经讲得很清楚,他很反对那种"虽谢天才,且表学问"的创作倾向。可是对这后一方面,黄庭坚是注意得不够的。他把学问是否深厚广博,看作是决定文学创作水平高低的唯一因素,把学习前人作品当作文学创作的源泉,因此要求文学家必须在熟读和研究前人作品、充分领会其精神实质基础上,来创作自己的作品。如他在《与王立之》中说:"若欲作楚词,追配古人,直须熟读楚词,观古人用意曲折处讲学之,然后下笔。"不过,黄庭坚并不是主张要因袭模仿古人,他是反对直接因袭模仿古人的,而是强调必须在学古中化出新意,并创造自己特有的新风格。黄庭坚自己曾说:"文章最忌随人后。"(《赠谢敞王博喻》)"听它下虎口著,我不为牛后人。"(《赠高子勉四首》)在论书法时也说:"随人作计终后人,自成一家始逼真。"(《以右军书数种赠丘十四》)从学习古人创作中推陈出新,创造自己新的诗歌意境与风格,这本来是无可非议的,但是推陈出新应当以表现现实生活的需要为基础,以合乎自然造化为标准,要在学习古人同时向现实生活学习,如刘勰所说要"研阅以穷照",这样才能懂得如何"扬弃"古人之作,而有不同于古人的革新和创造。如果只在古人的圈子里转来转去,不管如何创新求变,总不免有剽窃模拟之嫌。黄庭坚诗学的积极意义是在其学古不泥古而求新变,而其严重的缺陷与不足则正是在将创新求变局限于学古的范围之内,只有充分估计到黄庭坚诗学这两个方面,才能对他在文学理论批评史上的地位和作用,作出合乎实际的评价。

第三,"夺胎换骨""点铁成金"是体现黄庭坚上述文学思想的具体创作方法。"点铁成金"是黄庭坚在《答洪驹父书》中提出来的,他在这封书信里谆谆告诫其外甥洪刍,要他多读古人的书和文章,并鼓励他说,"少加意读书,古人不难到也"。建议他"熟读司马子长、韩退之文章","更须治经,探其渊源",然后"可到古人耳"。接着强调指出：

> 老杜作诗,退之作文,无一字无来处,盖后人读书少,故谓韩、杜自作此语耳。古之能为文章者,真能陶冶万物,虽取古人之陈言入于翰墨,如灵丹一粒,点铁成金也。

"夺胎换骨"说未见山谷文集,而最早见惠洪《冷斋夜话》卷一所引,其云：

> 山谷云：诗意无穷,而人之才有限,以有限之才,追无穷之意,虽渊明、少陵,不得工也。然不易其意而造其语,谓之换骨法；窥入其意而形容之,谓之夺胎法。

不论是"夺胎换骨"还是"点铁成金",都是指学习古人作品,达到融会贯通的程度,然后从中得到启发,以构成自己作品的诗意和境界。关于"夺胎换骨"法,惠洪曾举具体例子加以说明：

> 如郑谷《十日菊》曰："自缘今日人心别,未必秋香一夜衰。"此意甚佳,而病在气不长。西汉文章雄深雅健者,其气长故也。曾子固曰："诗当使人一览语尽而意有余,乃古人用心处。"所以荆公《菊》诗曰："千花万卉凋零后,始见闲人把一枝。"东坡则曰："万事到头终是梦,休、休、休,明日黄花蝶也愁。"又如李翰林诗曰："鸟飞不尽暮天碧。"又曰："青天尽处没孤鸿。"然其病如前所论。山谷作《登达观台》诗曰："瘦藤拄到风烟上,乞与游人眼界开。不知眼界阔多少,白鸟去尽青天回。"凡此之类,皆换骨法也。顾况诗曰："一别二十年,人堪几回别。"其诗简拔,而立意精确。舒王作《与故人诗》云："一日君家把酒杯,六年波浪与尘埃。不知乌石江边路,到老相逢得几回。"乐天诗曰："临风杪秋树,对酒长年身。醉貌如霜叶,虽红不是春。"东坡南中诗曰："儿童误喜朱颜在,一笑那知是醉红。"凡此之类,皆夺胎法也。

可见,换骨法是指吸取古人精彩的诗意境界而不袭其辞,别创新语来表现之;而夺胎法则是参考古人诗意而重新加以形容,以创造新的诗意境界。实际上也就是在学习前人作品时,如何从意和辞两方面做到"以俗为雅,以故为新",从而创造出既能得古人真髓、又不同于古人、有自己新的风貌特色的作品。"夺胎换骨""点铁成金"包含着方法和目的两方面的意思,对古人的著作用"夺胎换骨"的方法加以改革创新,使之由铁而成金,创造出比古人更好的作品,才是最终目的。这些之所以成为江西诗派的传宗秘诀,也不是偶然的。金代的王若虚说:"鲁直论诗有夺胎换骨、点铁成金之喻,世以为名言。以予观之,特剽窃之黠者耳。"这个批评确实击中了要害,但也是不全面的、过于简单化的。黄庭坚的"夺胎换骨""点铁成金",并非完全没有积极一面。文学创作不可能完全摆脱和离开前人的创作,它总是在总结前人经验的基础上向前发展的。因此,认真学习古人的作品,吸收其有益成分不仅是必要的,也是不可避免的。而在学习古人作品时如何努力做到"以故为新",充分体现独创精神,在古人已经达到的水平上前进一步,又不流于简单化地模仿抄袭,这正是黄庭坚"夺胎换骨""点铁成金"有价值的地方。

所以,黄庭坚反复要求学诗者对古人诗文必须读深、读透,融会贯通,善于领会其精神实质,而不能生吞活剥,仅得其皮毛。他在《跋书柳子厚诗》中说:

> 予友生王观复作诗,有古人态度,虽气格已超俗,但未能从容中玉佩之音,左准绳,右规矩尔。意者读书未破万卷,观古人之文章,未能尽得其规摹及所总览笼络,但知玩其山龙黼黻成章耶?

读书不仅要"破万卷",而且要得古人文章之"规摹",善于"总览笼络",得其要领,把古人作品中的丰富营养汲取过来变成自己的血肉,这样在自己的创作中方能化古人之迹而有新意。如果只"知玩其山龙黼黻成章",就不可能从容自如地驾驭古人文章,做到"左准绳,右规矩","中玉佩之音",也不可能创作出有新意的好作品。他提出学习古人作品要能"识",也就是要能体会到什么是它最精彩的地方。《苕溪渔隐丛话》前集引《潜溪诗眼》云：

> 山谷言，学者若不见古人用意处，但得其皮毛，所以去之更远。如"风吹柳花满店香"，若人复能为此句，亦未是太白。至于"吴姬压酒劝客尝"，"压酒"字他人亦难及。"金陵子弟来相送，欲行不行各尽觞"，益不同。"请君试问东流水，别意与之谁短长"，至此乃真太白妙处，当潜心焉。故学者先以识为主，禅家所谓正法眼，直须具此眼目，方可入道。

必须识得古人之用意处，然后潜心进行钻研，才能化出古人诗意，创造一种新的境界。否则，如果学仅得其皮毛，而不识其真正"妙处"，那么离古人就愈来愈远，更谈不上超越古人另创新路了。

第四，讲究严密的法度，是黄庭坚文学创作理论的核心。苏轼是主张"无法之法"、以自然为法的，而黄庭坚则和苏轼正好相反，他是主张要严格地遵循法度的。其《论作诗文》云："作文字须摹古人，百工之技，亦无有不法而成者也。"在《答洪驹父书》中说："凡作一文，皆须有宗有趣，终始关键，有开有阖，如四渎虽纳百川，或汇而为广泽，汪洋千里，要自发源注海耳。"这也是说明作文无论如何变化，总不能越出基本的法度。他认为杜诗韩文最具备严密的法度，故以此为学习诗文创作的最高典范，这是和他在创作思想上注重精深的人工刻画分不开的。黄庭坚的学杜学韩自然是侧重在艺术方面的，但对他们的人品和思想，以及创作中的忧国忧民内容，也是很赞赏的。不过，由于他处在北宋新旧两党交替执政的复杂政治旋涡之中，对政治迫害的恐惧和明哲保身的处世态度，使他自己不可能写出杜甫、韩愈那种尖锐揭露现实弊病的作品，也不赞成写那样的作品。这确是他的短处，但我们也不应据此就说他学杜学韩学偏了，对他加以否定。

黄庭坚论文学创作的法度是从学习杜甫的过程中引发出来的。《苕溪渔隐丛话前集》引陈师道云："豫章之学博矣，而得法于少陵，故其诗近之。"宋人李颀《古今诗话》云："《名贤诗话》云：黄鲁直自黔南归，诗变前体。且云：'须要唐律中作活计，乃可言诗。如少陵渊蓄云萃，变态百出,虽数十百韵,格律益严。盖操制诗家法度如此。'"(郭绍虞《宋诗话辑佚》谓《竹庄诗话》引,系出《西清诗话》)可见,黄庭坚正是从杜甫的律诗特别是后期律诗中,总结、研究诗歌创作的法度规则,并以此来指导自己诗歌创作的,所以十分推崇杜甫到夔州以后的诗歌。杜甫对自己的创作要求很严,不仅诗意构成经过"惨淡经营",而且字句、格律推敲极为认真,曾说:"为人性僻耽佳句,语不惊人死不休"(《江上值水如海势聊短述》),"孰知二谢将能事,颇学阴何苦用心"(《解闷》),"思飘云物外,律中鬼神惊"(《敬赠郑谏议十韵》),"美名人不及,佳句法如何?"(《寄高三十五书记》)黄庭坚由此进一步强调法度的重要,并反复告诫他的后学,必须认真研究学习杜诗韩文的内在法度。他的学生范温在《潜溪诗眼》中说:

> 山谷言文章必谨布置,每见后学,多告以《原道》命意曲折。后予以此概考古人法度,如杜子美《赠韦见素》诗云:"纨袴不饿死,儒冠多误身。"此一篇立意也,故使人静听而具陈之耳。自"甫昔少年日",至"再使风俗淳",皆儒冠事业也。自"此意竟萧条"至"蹭蹬无纵鳞",言误身如此也。则意举而文备。故已有是诗矣,然必言其所以见韦者,于是有"厚愧真知"之句,所以真知者,谓传诵其诗也。然宰相职在荐贤,不当徒爱人而已,士故不能无望,故曰"窃效贡公喜,难甘原宪贫"。果不能荐贤,则去之可也,故曰"焉能心怏怏,只是走踆踆"。又将入海而去秦也,然其去也,必有迟迟不忍之意,故曰"尚怜终南山,回首清渭滨"。则所知不可以不别,故曰"常拟报一饭,况怀辞大臣"。夫如此是可以相忘于江湖之外,虽见素亦不得而见矣,故曰"白鸥没浩荡,万里谁能驯"终焉。此诗前贤录为压卷,盖布置最得正体,如官府甲第,厅堂房室,各有定处,不可乱也。韩文公《原道》与《书》之《尧典》盖如此,其佗皆谓之变体可也。盖变体如行云流水,初无定质,出于精微,夺乎天造,不可以形器求矣。然要之以正体为本,自然法度行乎其间。譬如用兵,奇正相生,初若不知正而径出于奇,则纷然无复纲纪,终于败乱而已矣。

范温在记叙了山谷对法度的严格要求后,具体分析了杜甫《赠韦见素》

一诗的内在"命意曲折",作为山谷学生,按其老师意图所作的发挥,当是符合山谷提倡法度的旨意的。由此我们可以知道黄庭坚所说的法度主要是指诗文的命意、布局、格律、章法、句法、字法等具体艺术形式和技巧。特别是诗歌的句法,山谷尤为重视,曾多次讲到:

  传得黄州新句法,老夫端欲把降幡。
           ——《次韵文潜立春日三绝句》
  句法俊逸清新,词源广大精神。
           ——《再用前韵赠子勉四首》
  寄我五字诗,句法窥鲍谢。
           ——《寄陈适用》
  句法提一律,坚城受我降。
           ——《子瞻诗句妙一世乃云效黄庭坚体……》

黄庭坚曾赞扬陈师道说:"其作诗渊源,得老杜句法,今之诗人不能当也。"(《答王子飞书》)《苕溪渔隐丛话前集》引《后山诗话》云:"鲁直言:杜之诗法出审言,句法出庾信,但过之耳。"可见,黄庭坚对杜诗的句法是十分佩服的。他对诗歌句法的讲究,也有其家学渊源。《苕溪渔隐丛话前集》引《洪驹夫诗话》云:"山谷父亚夫,诗自有句法,山谷书其《大孤山》《宿赵屯》两诗刻石于落星寺,两诗警拔,世多见之矣。……山谷句法高妙,盖其源流有所自云。"宋人论诗之重句法,大约和黄庭坚有密切关系。所谓句法实际就是具体的诗法。诗歌是由诗句组成的,尤其是律诗,虽只有八句,但每句每联都有讲究,起句结句颈联颔联,各有不同特点,而格律的和谐更涉及每一个字。句法既有关整首诗的意境,也包括用字优劣,于是就有诗眼、句眼之说。黄庭坚在《赠高子勉四首》诗中说:"拾遗句中有眼,彭泽意在无弦。"而范温遂有《潜溪诗眼》之作。与句法相配则有字法,黄庭坚在《荆南签判向和卿用予六言见惠次韵奉酬四首》诗中说:"覆却万方无准,安排一字有神。更能识诗家病,方是我眼中人。"其《题意可诗后》又说:"宁律不谐,而不使句弱;用字不工,不使语俗,此庾开府之所长也,然有意于为诗也。"黄庭坚对法度的规范虽然很严、很具体,但仍然要求不落斧凿痕迹,努力做到妥帖自然,使之"不烦绳削而自合"(《与王观复书》),决"不可守绳墨,令俭陋也"(《答洪驹父书》)。

黄庭坚的注重法度,确有王若虚所说的问题:"鲁直欲为东坡之迈往而不能,于是高谈句律,旁出样度,务以自立而相抗,然不免居其下也。"(《滹南诗话》)但是应当看到重视具体的诗法,细致地探讨艺术技巧,也是必要的、有价值的,不应该简单否定。黄庭坚的法度论,从"夺胎换骨""点铁成金"基本原则,到具体的诗法、句法、律法、字法,曾深深地影响了北宋后期一直到南宋的整个诗坛,黄庭坚以后的宋人诗话中这一类论述比比皆是,甚至反对江西诗派的严羽在《沧浪诗话》中也有不少诗法论,黄庭坚的法度论对元、明、清三代都有不小的影响。

第二节　江西诗派的形成与北宋诗话的发展

黄庭坚的诗歌创作和诗法理论对他周围的学生、亲戚影响很大,遂成为一个文学观点一致、诗歌风格相近的流派。南宋陆九渊在《与程帅》中说:"杜陵之出,爱君悼时,追蹑《骚》《雅》,而才力宏厚,伟然足以镇浮靡,诗家为之中兴。自此以来,作者相望。至豫章而益大肆其力,包含欲无外,搜抉欲无秘,体制通古今,思致极幽眇,贯穿驰骋,工力精到,一时如陈、徐、韩、吕、三洪、二谢之流,翕然宗之,由是江西遂以诗社名天下,虽未极古之源委,而其植立不凡,斯亦宇宙之奇诡也。"以江西诗派为名,则起于吕本中之《江西诗社宗派图》,其序云:"国朝文物大备,穆伯长、尹师鲁始为古文,成于欧阳氏,歌诗至于豫章始大出而力振之,后学者同作并和,尽发千古之秘,亡余蕴矣。录其名字,曰江西宗派,其原流皆出豫章也。"据吕本中所列,黄庭坚为其祖,下有陈师道、潘大临、谢逸、洪朋、洪刍、饶节、祖可、徐俯、林修、洪炎、汪革、李錞、韩驹、李彭、晁冲之、江瑞本、杨符、谢薖、夏倪、林敏功、潘大观、王直方、善权、高荷,共二十五人。后人亦将吕本中列于其中,为二十六人。这些人中将近一半不是江西人,有的人并无诗流传下来,系因黄庭坚和多数成员为江西人,故称江西诗派。他们的诗歌创作除陈师道等少数人成就较高外,大都远远赶不上黄庭坚;在文学思想和创作理论上,则皆本于黄庭坚,是对黄庭坚诗学的阐述和发挥,新的具有独创性的内容不多。黄庭坚诗学内容大致可以"理""学"

"法"三字来归纳,而陈师道等人的诗论也基本上不出这个范围。被吕本中列入江西诗派的诗人中,有诗论著作流传下来的并不多,其中比较重要的有陈师道、洪刍、韩驹、李錞等,王直方、吕本中则已入南宋。不过,北宋后期有的诗话作者虽未列入江西诗派,但其内容、观点则属于江西诗派,如范温《潜溪诗眼》、潘淳《潘子真诗话》等。

江西诗派的形成与发展对北宋诗话的发展起了重要的促进作用。宋代是诗话的兴起和繁荣时期。关于诗话的起源,自清代以来有不少学者作过探讨。清人何文焕编《历代诗话》,认为诗话的最早渊源可追溯至上古三代。他在乾隆庚寅写的《历代诗话序》中说:"诗话于何昉乎?赓歌纪于《虞书》,六义详于古序,孔孟论言,别申远旨,《春秋》赋答,都属断章。三代尚已。汉魏而降,作者渐夥,遂成一家言。洵是骚人之利器,艺苑之轮扁也。"其后章学诚在《文史通义·诗话》篇中说"诗话之源,本于钟嵘《诗品》",而实滥觞于经传。章学诚认为《孟子·公孙丑上》引孔子所说"为此诗者,其知道乎"及《论语·子罕》引孔子所说"未之思也,夫何远之有","此论诗而及事也"。他又说《诗经·大雅·烝民》"吉甫作诵,穆如清风",《诗经·大雅·嵩高》"其诗孔硕,其风肆好","此论诗而及辞也"。同时,他又指出:"《诗品》思深而意远",并"深从六艺溯流别","此意非后世诗话家流所能喻也"。然而,后世诗话作为一种特殊文学批评形式,实与三代经传论诗及钟嵘《诗品》已有很大不同。章学诚实际上也看到了这一点,他曾说:"自孟棨《本事诗》出,乃使人知国史叙诗之意;而好事者踵而广之,则诗话而通于史部之传记矣。间或诠释名物,则诗话而通于经部之小学矣。或泛述闻见,则诗话而通于子部之杂家矣。"而这后二条,则"宋人以后较多"。后来,罗根泽先生即据此认为诗话出于唐人本事诗,如孟棨《本事诗》、罗隐《续本事诗》(已佚)等,而本事诗出于笔记小说,如唐人范摅《云溪友议》之类。(见《中国文学批评史》第二册)这些论说都很有价值,但是,我们认为还是郭绍虞先生在《清诗话·前言》中所说更为妥善。他说:"诗话之体,顾名思义,应当是一种有关诗的理论的著作。溯其渊源所自,可以远推到钟嵘的《诗品》,甚至推到孔、孟论诗的片言只语。但是严格地讲,又只能以欧阳修的《六一诗话》为最早的著作。"

诗话,即是论诗之话,实际上是指关于诗歌的杂著,其中包括诗人及其诗作的各种相关问题。欧阳修《六一诗话》的自序云:"居士退居汝阴,而集以资闲谈也。"司马光《温公续诗话》序云:"《诗话》尚有遗者,欧阳公文章名声虽不可及,然记事一也,故敢续书之。"可见,最早的诗话是以"记事"和"资闲谈"为目的而写的。大体来说是记载诗人生平逸事、诗歌创作背景、诗坛种种状况、诗歌优劣品评、创作理论主张、具体艺术技巧,以及诗人、诗歌相关的各种事情等。从现存诗话来看,北宋前期诗话并不多。在黄庭坚和江西诗派兴起之前,除欧阳修、司马光的诗话外,现存仅刘攽《中山诗话》,其他尚有存目数种,如《王禹玉诗话》《潘兴嗣诗话》等,其书早佚。至于《东坡诗话》等则系后人从其文集等著作中摘取有关诗歌论述编辑的,并非原作。诗话的大量出现,是在北宋后期南宋初期,正是黄庭坚和江西诗派活跃时期,这种现象并非偶然。因为黄庭坚和江西诗派注重诗人的学问和讲究具体的诗法,提倡向前人学习,特别是向杜甫、韩愈等著名唐代诗人学习,强调字字有来历,对格律和文字推敲得很细、很具体,甚至可以说很琐碎。而且黄庭坚周围有很多学生,他们相互之间对诗歌创作有过许多研究讨论,这都为诗话写作提供了丰富的内容,在客观上大大促进了诗话的迅速发展。江西诗派的许多人都有诗话著作,例如陈师道有《后山诗话》、洪刍有《洪驹父诗话》、李錞有《李希声诗话》,而范温、潘淳虽未被吕本中列入《江西诗社宗派图》,但均从山谷学诗,其《潜溪诗眼》及《潘子真诗话》亦皆以阐述江西派诗法为主。稍晚一些,则如王立之的《王直方诗话》、吕本中的《童蒙诗训》《紫微诗话》等。在这个诗话发展的高潮时期,有很多诗话在诗学思想上是属于江西诗派的,也有一些诗话是对江西诗派有批评的,总之不管是赞成还是反对,都和江西诗派有密切关系,江西派诗法是北宋后期到南宋诗话中的一个主要内容。诗话内容也比欧阳修、司马光时期的"资闲谈""记事"更加扩大了。许𫖮在《彦周诗话》的序中说:"诗话者,辨句法,备古今,纪盛德,录异事,正讹误也。若含讥讽,著过恶,诮纰缪,皆所不取。"又黄彻《䂬溪诗话》自序云:"平居无事,得以文章为娱,时阅古今诗集,以自遣适。故凡心声所底,有诚于君亲,厚于兄弟朋友,嗟念于黎元休戚,及近讽谏而辅名教者,与予平日旧游所经历者,辄妄意铺凿,疏之窗壁间。"而陈俊卿为其诗话所写的序中也引黄彻所言:"时取古人诗卷,聊以自娱。因笔论其当否,且疏用事之隐晦者以备遗忘。"这些大约就是诗话的主要内容了。

北宋的诗话除《六一诗话》外,比较有价值的、在宋代文学理论批评发展中有一定代表意义的,尚有《冷斋夜话》《潜溪诗眼》《石林诗话》等,这里就其有关诗学理论和创作技巧的论述,略作介绍。

《冷斋夜话》作者为惠洪,一名德洪,字觉范,据其《寂音自序》所云"本江西筠州新昌喻氏之子",而方回《瀛奎律髓》卷十六洪觉范《京师上元》诗批语谓姓彭,未知孰是。又方回于其《上元宿岳麓寺》诗批曰:"考韩子苍(韩驹)觉范墓志,熙宁四年辛亥生。"知他生于1071年,与其《自序》云宣和五年(1123)五十三岁说相符。方回又引墓志说他"建炎二年戊申卒",知他死于1128年,与《郡斋读书志》所说"建炎中卒"也相符。《冷斋夜话》所记并非全是有关诗的内容,故《郡斋读书志》《直斋书录解题》等皆列入子部小说家类,但十之八九为诗话,多记北宋元祐(1086—1094)间诸大家的诗作及逸事,尤以苏、黄为多。惠洪尚有《天厨禁脔》,为诗格类著作,其内容可与《冷斋夜话》互为补充。惠洪好游权门,故不无夸张虚诞之词,但对诗学也有一些真知灼见。他的诗学观点受苏轼影响较大,例如,他在论到苏轼诗时指出:"诗者,妙观逸想之所寓也,岂可限以绳墨哉!"说明诗歌乃是奇妙的艺术想象之产物,它往往会越出常情、常理,"如王维作画雪中芭蕉,自法眼观之,知其神情寄寓于物,俗论则讥以为不知寒暑"。他重视诗歌的趣味,曾记载苏轼评柳宗元《渔翁》一诗云:"诗以奇趣为宗,反常合道为趣。熟味此诗有奇趣,然其尾两句虽不必亦可。"可见此种奇趣正在诗歌含蓄不尽的言外之意,故要求诗歌不要说尽,给读者留有充分的想象余地。惠洪在《天厨禁脔》中评诗也重在含有"不尽之意"。他和苏轼一样强调诗歌的自然天成之美。《天厨禁脔》中赞扬"笔力高妙,殆若天成",其论诗歌的"三趣"都有这种特色:"脱去翰墨痕迹,读之令人想见其处,此谓之奇趣也。""其词语如水流花开,不假工力,此谓之天趣。天趣者,自然之趣耳。""吐词气宛在事物之外,殆所谓胜趣也。"他也很重视诗歌创作中主体和客体的结合,《冷斋夜话》中曾记载了黄庭坚的一段话:"山谷云:天下清景,初不择贤愚而与之遇,然吾特疑端为我辈设。"并举苏轼、王安石诗以为例证。后来王国维在《人间词话》

中曾引用此段话,说明诗人善于以艺术眼光去观察外界景物。惠洪也十分强调诗歌要创造含意深远的传神意境,其《天厨禁脔》中云:"东坡曰:'善画者,画意不画形;善诗者,道意不道名。'故其诗曰:'论画以形似,见与儿童邻;作诗必如此,定非知诗人。'借如赋山中之境,居人清旷,不过称山之深,称住山之久,称其闲逸,称其寂默,称其高远。能道其意者,不直言其深,而意中见其深也,如文靓诗……"以下又举贾岛、王维(两例)、皎然之诗,说明"不直言其住山之久,而意中见其久""不直言其闲逸,而意中见其闲逸""不直言其寂默,而意中见其寂默""不直言其高远,而意中见其高远"。这显然是承继皎然在《诗式·辨体有一十九字》中"意中之静""意中之远"说而来。在创造意境的技巧方面,惠洪曾引王安石、黄庭坚有关动静关系的论述。其云:"荆公曰:前辈诗云:'风定花犹落',静中见动意;'鸟鸣山更幽',动中见静意。山谷曰:此老论诗,不失解经旨趣,亦何怪耶?唐诗有曰:'海日生残夜,江春入旧年'者,置早意于残晚中。有曰:'惊蝉移别树,斗雀堕闲庭'者,置静意于喧动中。东坡作《眉子研》诗,其略曰:'君不见长安画手开十眉,横云却月争新奇。游人指点小鬟处,中有渔阳胡马嘶。'用此微意也。"此外,惠洪也论述了黄庭坚关于"夺胎换骨"和"点铁成金"的表现方法,并举了很多例子加以说明。他对黄庭坚也是很崇拜的,但诗学思想和苏轼更接近。

《潜溪诗眼》作者范温,字元实,生卒年不详。其父范祖禹,曾撰《唐鉴》,范温为秦观女婿,吕本中表叔。《潜溪诗眼》已佚,《说郛》本仅三条,当系后人所辑。郭绍虞《宋诗话辑佚》收有二十九条,其中《说郛》两条系《王直方诗话》中文,其他大部分为《苕溪渔隐丛话》所引,当是可信的。郭绍虞《宋诗话考》云:"此书著录,见《郡斋读书志》《直斋书录解题》及《文献通考》,而如《渔隐丛话》《诗人玉屑》以及《野客丛书》《草堂诗话》诸书均加称引,知宋时比较流行。"《郡斋读书志》说他"学于黄庭坚",从诗话名字和现存各条内容看,其诗学观点属江西诗派,以论诗法为主。所谓"诗眼"即是指句法、字法之类,也包括一篇命意之关键所在。如郭绍虞先生《宋诗话考》所说:"书中'句法以一字为工'条,举孟浩然诗'微云澹河汉,疏雨滴梧桐',以为'工在澹、滴字',此即诗眼也。又'句法'条举杜诗'不知西阁意,肯别定留人',以为'肯别邪?定留人邪?山谷尤爱其深远闲雅'云云,此亦诗眼也。"范温于《诗眼》"炼字"条云:"好句要须好字,如李太白诗:'吴姬压酒唤客尝',见新酒初熟,江南风物之美,工在'压'字。老杜《画马》诗:'戏拈秃笔扫骅骝',初无意于画,偶然天成,工在'拈'字。柳诗:'汲井漱寒齿',工在'汲'字。工部又有所喜用字,如'修竹不受暑','野航恰受两三人','吹面受和风','轻燕受风斜','受'字皆入妙。老坡尤爱'轻燕受风斜',以谓燕迎风低飞,乍前乍却,非'受'字不能形容也。"这些关键词也都是"诗眼"之所在,所谓"句法以一字为工,自然颖异不凡,如灵丹一粒,点铁成金也"。在"律诗法同文章"条,他说:"古人律诗亦是一片文章,语或似无伦次,而意若贯珠。"并具体分析了杜甫的《十二月一日》《闻官军收河南河北》《游子》《题桃树》等诗的命意脉络,说明其内在的严密诗法。要求在法度的基础上讲究自然,"夺乎天造",这也是黄庭坚诗学的特点之一,它在《潜溪诗眼》中也有体现。在对诗法的领会方面,有两点值得注意:一是贵识,二是善悟,二者皆为受禅学影响而来。前者见"学诗贵识"条,其云:"以识为主,如禅家所谓正法眼者。"后者见"樱桃诗"条,其云:"老杜樱桃诗云:'西蜀樱桃也自红,野人相赠满筠笼。数回细写愁仍破,万颗匀圆讶许同。'此诗如禅家所谓信手拈来,头头是道者。直书目前所见,平易委曲,得人心所同然,但他人艰难,不能发耳。"禅家之所谓"信手拈来,头头是道",即是指一种妙悟的境界。这些也是受黄庭坚影响的结果,并且对后来严羽的诗论也有一定影响。

《潜溪诗眼》中有论韵的一条,钱钟书《管锥编》自《永乐大典》卷八〇七中录出,并且说:"宋人谈艺书中偶然征引(指引《潜溪诗眼》中语),皆识小语琐,惟《永乐大典》卷八〇七《诗》字下所引一则,因书画之'韵'推及诗文之'韵',洋洋亍数百言,匪特为'神韵说'之弘纲要领,抑且为由画'韵'而及诗'韵'之转捩进阶。严羽必曾见之,后人迄无道者。"(《管锥编》第四册,中华书局1979年版,1361页)然此段与《苕溪渔隐丛话》《诗人玉屑》等所引《潜溪诗眼》内容相比,似非同一水平之语,且未见后人称引,可靠与否尚待进一步研究。至于说严羽"必曾见之",实无任何根据,而谓"特为'神韵说'之弘纲要领",亦有武断之嫌。不过此段既见《永乐大典》,无论如何还是比较早的,其释"韵"之含义为"有余意之谓韵",并认为它是由书画而及文学,与"神""理"等的含义各有不同,还是比较符合实际的。韵味之特征是在于象外、言外、味外,自谢赫之言"气韵生动",至司空图之言"韵外之致",梅尧臣之"含不尽之意见于言外",实际早已论到此意,而严羽、王士禛之诗论并非由此条论韵而来,是显而易见的。明末陆时雍《诗镜总论》之论"韵",亦与此条无直接关系。不过,应该说此条论"韵",对"韵"的含义之阐说及其在不同艺术部门的发展,还是很有价值的。然而有的研究者就此条大做文章,认为它曾产生了巨大影响,实是不够妥当的。

《石林诗话》作者叶梦得(1077—1148),字少蕴,自号石林居士。《石林诗话》的写作时间,说法不一。郭绍虞《宋诗话考》引褚逢椿序叶廷琯校刻本谓"少蕴公卒于绍兴年间,而是书不及南渡后人,当作于靖康(1126)以前。"又说:"《四库总目提要》以其'论诗推崇王安石者不一而足,于欧阳修、苏轼诗皆有所抑扬于其间,盖梦得本绍述余党,故于公论大明之后,尚阴抑元祐诸人'。似又谓其成书或在建炎初年(1127—1128),此时杨万里、陆游诸人尚年幼,故不论及。又《四库书目》在《岩下放言》提要中谓'梦得老而归田,耽心二氏',则诗话中有以禅喻诗之说,或亦是晚年所见如此。据是论断,则《提要》之说似更较长。要之梦得之写此书,不在党禁方严之时则可断言。至其对元祐诸人,谓为竭力推尊,固不尽合事实,但谓其蓄意阴抑,似亦未然。平心而论,书中议论尚属公允,正不必从党争角度视之。"郭先生此说是比较稳妥的,从党争角度去判断是书之写作年代颇不妥当,还是褚逢椿说较为可信,所以我们把它作为北宋末年的著作来论述。

《石林诗话》是一部理论价值比较高的诗话著作。如果说《冷斋夜话》是一部与苏轼文学观相近的诗话,《潜溪诗眼》是一部体现江西诗派诗歌理论的有代表性的诗话,那么《石林诗话》则是一部对黄庭坚和江西诗派有所批评,而对严羽诗学有所启发的重要诗话,这三部诗话正好反映了北宋诗话在诗学思想上的三个主要方面。《石林诗话》在诗学理论上值得注意的有三条:

第一,它以禅宗妙悟境界来比喻诗歌的艺术境界,已启严羽诗论之先声。卷上有云:

> 禅宗论云间有三种语:其一为随波逐浪句,谓随物应机,不主故常;其二为截断众流句,谓超出言外,非情识所到;其三为函盖乾坤句,谓泯然皆契,无间可伺。其深浅以是为序。余尝戏谓学子言,老杜诗亦有此三种语,但先后不同。"波漂菰米沉云黑,露冷莲房坠粉红"为函盖乾坤句;以"落花游丝白日静,鸣鸠乳燕青春深"为随波逐浪句;以"百年地僻柴门迥,五月江深草阁寒"为截断众流句。

此"云间"当为"云门",此三种语即为著名的"云门三句",见《五灯会元》云门宗德山缘密禅师章:"我有三句语示汝诸人:一句函盖乾坤,一句截断众流,一句随波逐浪。作么生辨?若辨得出,有参学分;若辨不出,长安路上辊辊地。"这是指禅家领悟佛性由浅到深的三种不同境界,叶梦得对之作了切合诗学的具体解释,并举杜甫的《秋兴八首》之七、《题省中院壁》《严公仲夏枉驾草堂兼携酒馔得寒字》三首诗中各一联,来说明诗歌上的三种不同境界。以"泯然皆契,无间可伺"为最高,指与自然冥契的化工境界;以"超出言外,非情识所到"为次,指意在言外、含蓄深远的神妙境界;以"随物应机,不主故常"为再次,指随物赋形、描绘生动的画工境界。叶梦得之以禅悟论诗与江西诗派之以禅悟论诗不同,江西诗派重在悟诗法,而叶梦得重在悟诗境。这种以禅喻诗、以禅境论诗境的思想,对后来严羽的诗论是很有影响的。

第二,强调意与境会,注重描写即目所见,创造浑然天成、不落痕迹的诗歌艺术境界。卷中有云:

> "池塘生春草,园柳变鸣禽。"世多不解此语为工,盖欲以奇求之耳。此语之工,正在无所用意,猝然与景相遇,借以成章,不假绳削,故非常情所能到。诗家妙处,当须以此为根本,而思苦言难者,往往不悟。

此下引钟嵘《诗品》中序论书写即目所见,提倡"直寻",反对排比典故一段,并说:"余每爱此言简切,明白易晓,但观者未尝留意耳。自唐以后,既变以律体,故不能无拘窘,然苟大手笔,亦自不妨削镂于神志之间,斫轮于甘苦之外也。"这种提倡自然天成的美学观是和苏轼比较一致的,其间多少含有对江西诗派以学问为诗、以文字为诗的不满与批评。此又可从卷上论欧阳修诗之语中得到印证:"欧阳文忠公诗始矫'昆体',专以气格为主,故其言多平易疏畅,律诗意所到处,虽语有不伦,亦不复问。而学之者往往遂失于快直,倾囷倒廪,无复余地。"叶梦得对在诗中堆砌典故、炫耀学问,甚为不满。卷上又说:"长篇最难,晋魏以前,诗无过十韵者。盖常使人以意逆志,初不以序事倾尽为工。"而就其主张书写即目所见而言,《石林诗话》又对后来杨万里的诗论有一定启发。其卷下又云:

> 诗语固忌用巧太过,然缘情体物,自有天然工妙,虽巧而不见刻削之痕。老杜"细雨鱼儿出,微风燕子斜",此十字殆无一字虚设。雨细著水面为沤,鱼常上浮而淰,若大雨则伏而不出矣。燕体轻弱,风猛则不能胜,唯微风乃受以为势,故又有"轻燕受风斜"之语。至"穿花蛱蝶深深见,点水蜻蜓款款飞",深深字若无穿字,款款字若无点字,皆无以见其精微如此。然读之浑然,全似未尝用力,此所以不碍其气格超胜。

他并不反对工巧的刻画,但是要求做到"虽巧而不见刻削之痕",不能"用巧太过"而露人工痕迹。他也讲究用字精微,然而要以"气格超胜"为上,使"读之浑然,全似未尝用力"。故其推崇王安石诗也在这里,其云:"王荆公晚年诗律尤精严,造语用字,间不容发。然意与言会,言随意遣,浑然天成,殆不见有牵率排比处。如'含风鸭绿鳞鳞起,弄日鹅黄袅袅垂',读之初不觉有对偶。至'细数落花因坐久,缓寻芳草得归迟',但见舒闲容与之态耳。"这些都可以看出他已觉察到江西诗派之弊病,而有从中脱出之明显迹象。

第三,以"初日芙渠"与"弹丸脱手"为诗歌的理想境界。他指出最理想的诗歌意境应当有"初日芙渠"之清新秀丽、自然可爱,如"弹丸脱手"般的圆熟流利、自由晓畅。其卷下云:

> 古今论诗多矣,吾独爱汤惠休称谢灵运为"初日芙渠",沈约称王筠为"弹丸脱手"两语,最当人意。"初日芙渠",非人力所能为,而精彩华妙之意,自然见于造化之妙,灵运诸诗,可以当此者亦无几。"弹丸脱手",虽是输写便利,动无留碍,然其精圆快速,发之在手,筠亦未能尽也。然作诗审到此地,岂复更有余事。韩退之《赠张籍》云:"君诗多态度,霭霭春空云。"司空图记戴叔伦语云:"诗人之词,如蓝田日暖,良玉生烟。"亦是形似之微妙者,但学者不能味其言耳。

郭绍虞先生说叶梦得这种主张,"是亦正与沧浪所谓'不涉理路,不落言筌'及'透彻玲珑不可凑泊'者同一意旨"。这是有道理的。叶梦得所欣赏的不是黄庭坚和江西诗派那种"点铁成金"的诗法,而是自然天成、含蓄深远的诗歌意境。故其论七言诗亦重在"气象雄浑",有"言外之意",而不满意于韩愈之"意与语俱尽"。

所以,《石林诗话》虽然在诗学理论上并没有很多新见解,但在宋代文学思想的发展上却是有比较重要地位的,它开启了南宋反江西诗派诗学思想之先河。

第三节 北宋的词论和李清照的《论词》

词的创作是从唐代开始出现的,经过晚唐五代的发展,到宋代形成繁荣兴旺的高潮。词是配乐演唱的,是乐府之一种,它的产生和中唐以后市民文艺的发展有密切关系。词以描写个人生活为主,尤以写爱情为多,入于"艳科",所以历代文人一般都不收入自己文集,认为是不登大雅之堂的作品。由于这种原因,初期词的题材比较狭隘,风格也大都偏于绮丽婉约,至五代南唐后主李煜的词书写亡国之痛,使词的创作在内容和风格上有较大的突破。北宋初期词的创作仍然以婉约为主,而柳永则是最突出的代表。但是,到苏轼那里词的创作发生了很大变化,苏轼"以诗为词",风格豪放,使词的题材和境界都大大地扩大了,于是词就有所谓婉约和豪放两大派。由于词的创作在内容和题材上的特殊性,以及不收入个人文集的情况,在创作上反倒很少受理学思想的影响和束缚,因为在道学家看来,词当然更是"玩物丧志"的俳优之作了。这样,词的创作就比较注意艺术美,讲究意境的创造,重视文辞的华美和声律、用典、对偶等技巧。所以从词的理论上说,词对艺术方面也就更为重视一些。

北宋的词论除李清照有较为完整的一篇《论词》外,大都只有一些比较零散的论述,词论的中心是围绕婉约、豪放两派的争论而展开的。反映北宋前期婉约派词论观点的是晏幾道为其词集《乐府补亡》(即《小山词》)写的自序,他说自己"往者浮沉酒中,病世之歌词不足以析酲解愠,试续南部诸贤绪余,作五、七字语,期以自娱。不独叙其所怀,兼写一时杯酒间闻见,所同游者意中事",无非是以此作为歌儿舞女伴唱之用,达到"娱宾遣兴"的目的。而苏轼的某些有关词的论述则多少体现了豪放派的观点,他认为词在本质上是和诗一样的。其《祭张子野文》云:"微词婉转,盖诗之裔。"《与蔡景繁》云:"颁示新词,此古人长短句诗也。"同时,他又曾将陶渊明的《归去来兮辞》和韩愈的《听颖师弹琴》,经过"稍加檃括,使就声律",而改写为词。可见,在他看来,词和诗的不同主要是:词采用长短句的形式配乐而歌唱,它在内容上与诗并无区别。他不喜欢以柳永为代表的婉约派词,而喜欢豪放壮阔的词。在《答陈季常》一文中说:"又惠新词,句句警拔,诗人之雄,非小词也。"又其在《与鲜于子骏》中也说:"近却颇作小词,虽无柳七郎风味,亦自是一家。呵呵。数日前猎于郊外,所获颇多,作得一阕,令东州壮士抵掌顿足而歌之,吹笛击鼓以为节,颇壮观也。"他对秦观写的词有学柳永的倾向很不满意,据《历代词话》卷五引《高斋词话》(郭绍虞谓当系曾慥《高斋诗话》)所载云:"少游自会稽入都,见东坡,东坡曰:'不意别后公却学柳七作词。'少游曰:'某虽无学,亦不如是。'东坡曰:'"销魂当此际",非柳七语乎?'"不过苏轼对"清新婉丽"的词也并不否定,在《跋黔安居士渔父词》中说:"鲁直作此词,清新婉丽。问其得意处,自言以水光山色,替却玉肌花貌。此乃真得渔父家风也。"

苏轼在词的创作上对传统的突破,他对豪放派词的推崇和对婉约派词的批评,自然也就引起了维护词的传统创作方法者之不满。例如,陈师道就曾说:"退之以文为诗,子瞻以诗为词,如教坊雷大使之舞,虽极天下之工,要非本色。今代词手,惟秦七黄九尔,唐诸人不逮也。"(《后山诗话》)《苕溪渔隐丛话后集》引《复斋漫录》所载晁补之论苏、黄词云:"东坡词,人谓多不谐音律,然居士词横放杰出,自是曲中缚不住者。黄鲁直间作小词,固高妙,然不是当家语,自是着腔子唱好诗。"晁补之对苏词还是肯定的,并认为其不协音律也是可以原谅的,而对黄庭坚则多批评之意,总的说也还是以为词自有其本身特点,与诗是不一样的,而严格的音律则是词的必要条件。北宋这两种对立的词学观点,从表面上看是婉约和豪放两派之争,而实际上是对词不同于其他文学形式之特点有不同的看法。苏轼认为词和诗没有什么大区别,只不过在字句形式上是有一定规则的长短句而已,苏轼并不是不重视声律,也懂得词是配乐而唱的,但认为声律不应妨碍内容的表达和感情的抒发。而婉约派词学家则认为词在内容和形式上都有与诗不同的特点,不能用写诗的方法来写词,词有自己的"本色"和"当家语"。这一方面最有代表性的是李清照的《论词》。

李清照(1084—约1151),号易安居士,为李格非之女,赵明诚之妻。李清照是中国古代一位杰出的女词人,她的《论词》是一篇很有名的词学文章,其论本朝词人去世最晚者为贺铸(1052—1125),而未及南宋词人,故知当写于北宋末年。她在《论词》中提出词不同于诗,"别是一家",主要理由是声律运用不一样:"盖诗文分平侧,而歌词分五音,又分五声,又分六律,又分清浊轻重。且如近世所谓《声声慢》《雨中花》《喜迁莺》,既押平声韵,又押入声韵。《玉楼春》本押平声韵,又押上去声,又押入声。本押仄声韵,如押上声则协,如押入声则不可歌矣。"对于五音、五声、清浊轻重等,李清照没有解释。五音,可能是指发音部位而言,如唇、齿、舌、喉、鼻等。五声,当是指宫、商、角、徵、羽。六律,指阳六律和阴六吕,合称律吕。清轻为阳,重浊为阴。押韵,谓本平声则可通侧声,而不分上去入;若本侧声,则与上去入不可通。可见,李清照认为词的声律要求是非常严格的,比诗的声律要复杂得多。因此,她是很不赞成以写诗的方法来作词的。李清照在提出词"别是一家"的同时,还论述了词的历史发展,指出词是在开元天宝间"乐府声诗并著"的情况下产生和发展起来的。她肯定南唐二主李璟、李煜的词"尚文雅",语"甚奇",但又指出是"亡国之音",故微露贬意。她赞扬柳永的词反映本朝盛况,并能"变旧声,作新声","大得声称于世",然而又说他"虽协音律,而词语尘下",批评他低俗不雅。对张先、宋祁、宋庠、沈唐、元绛、晁端礼,则说:"虽时时有妙语,而破碎何足名家。"她指出晏殊、欧阳修、苏轼等皆"学际天人"的大才,"作为小歌词,直如酌蠡水于大海",但认为他们的词"皆句读不葺之诗尔,又往往不协音律",又说王安石、曾巩"文章似西汉,若作一小歌词,则人必绝倒,不可读也"。他们往往以诗为词而不知词"别是一家",在音律上和诗有很大差别。后来,晏幾道、贺铸、秦观、黄庭坚虽知词"别是一家",可是,"晏苦无铺叙,贺苦少典重,秦即专主情致,而少故实,譬如贫家美女,虽极妍丽丰逸,而终乏富贵态。黄即尚故实,而多疵病;譬如良玉有瑕,价自减半矣"。由此可知,李清照论词是以适于歌唱的严密音律和内容,以及文辞上的铺叙、典重、情致、故实,为其审美标准的。铺叙是指词的表现方法,描写细腻,词意浑成,而又层层深入。典重是指词的风格,不纤巧,不轻佻,沉着、典雅。情致是指词的情韵风致,须含蓄深远。故实是指用事,即典故,须用得贴切、自然。这些成为婉约派词在理论上的典型代表。以往的评论者对李清照的词论颇多贬斥,但这是不够公允的。她不赞成以诗为词是为了强调词有自己的特殊性,这有一定的合理性,词作为一种新兴的文学形式,应当有不同于诗的特点。何况她并不是只反对豪放派苏轼的以诗为词,也反对欧阳修、晏殊等婉约派词人的以诗为词。至于她对词的创作提出的铺叙、典重、情致、故实四个方面对词的思想和艺术的要求,虽也体现了某些贵族妇女的审美观,但也有许多纯属艺术方面的内容,对提高词的艺术水平是很有意义的。作为中国文学理论批评史上绝无仅有的女性文学批评家,李清照表现了杰出的智慧和才华,这是十分难能可贵的。

第十七章　南宋文学理论批评的新发展

第一节　吕本中的"活法"论和朱熹的文道一贯论

南宋时期文学思想在继承北宋后期文学思想的基础上又有了新的发展,其主要特点是比较重视对文学特征的探讨,并对违背艺术本身规律的错误倾向,展开了比较尖锐、激烈的批评,文学理论批评的发展出现了崭新的面貌。

江西诗派的诗歌理论在北宋南宋之交有了新的发展,由比较规矩、死板的诗法论变为比较自由、灵便的"活法"论,并从一个新的角度发展了"悟入"说。其代表人物是吕本中(1084—1145),字居仁,人称东莱先生。其诗论著作有《紫微诗话》和《童蒙诗训》,前者多记当时诗坛琐事和某些诗作、诗句,论诗之语甚少,理论价值不大;后者见郭绍虞辑《宋诗话辑佚》,主要是论诗歌创作的具体技巧。他最重要的一些理论见解则见于刘克庄《后村先生大全集》卷九十五所引《夏均父集序》,以及胡仔《苕溪渔隐丛话前集》卷四十九所引《与曾吉甫论诗第一帖》与《第二帖》。黄庭坚和江西诗派由于讲究严格的法度规矩,注重格律、章法、句法、字法、诗眼、用典等具体技巧,以"夺胎换骨""点铁成金"为秘诀,必然会使诗歌创作受到拘束,不能自由地、畅快地抒情言志,吕本中提出"活法"正是为了救弊补偏,而不是对江西诗派的否定。其《夏均父集序》云:

> 学诗当识活法。所谓活法者,规矩备具,而能出于规矩之外;变化不测,而亦不背于规矩也。是道也,盖有定法而无定法,无定法而有定法。知是者,则可以与语活法矣。谢元晖有言,"好诗(按:此下或云脱'流'字)转圆美如弹丸",此真活法也。近世惟豫章黄公,首变前作之弊,而后学者知所趣向,毕精尽知,左规右矩,庶几至于变化不测。然余区区浅末之论,皆汉、魏以来有意于文者之法,而非无意

于文者之法也。

吕本中这里所说的"活法",从字面上看与苏轼所说"自然之法"似乎没有什么不同,然而实质上是有原则差别的。苏轼讲的"无法之法"是崇尚自然天成,而没有任何前提条件的;吕本中所说的"有定法而无定法,无定法而有定法"的"活法",则是在以"夺胎换骨""点铁成金"为中心的江西诗法基础上所说的"活法",是学习"豫章黄公""左规右矩"而至"变化不测"。因此它是对黄庭坚诗法论的修正,而不是对苏轼"无法之法"的继承。这可以从《童蒙诗训》中所说具体的运用"活法"例子中看出来。例如"学者先读古诗及曹诗"条云:"读《古诗十九首》及曹子建诗,如'明月入我牖,流光正徘徊'之类,诗皆思深远而有余意,言有尽而意无穷也。学者当以此等诗常自涵养,自然下笔不同。"他强调的是从涵养古人诗句中去获得"言有尽而意无穷"的境界,《紫微诗话》说他自己"深爱义山'一春梦雨常飘瓦,尽日灵风不满旗'之句,以为有不尽之意"。又《童蒙诗训》中"前人文章句法"条云:"前人文章各自一种句法。如老杜'今君起舵春江流,予亦江边(按:杜诗作"沙边")具小舟','同心不减骨肉亲,每语见许文章伯',如此之类,老杜句法也。东坡'秋水今几竿'之类,自是东坡句法。鲁直'夏扇日在摇,行乐亦云聊',此鲁直句法也。学者若能遍考前作,自然度越流辈。"说明只要遍考前人不同类型句法,自能有所体会而超越前人,从而达到"有定法而无定法,无定法而有定法"的"活法"境界。这是一种更加精妙的、不露痕迹的"夺胎换骨""点铁成金",例如其"黄陈学义山"条云:"义山《雨》诗'撼撼度瓜园,依依傍水轩',此不待说雨,自然知是雨也。后来鲁直、无己诸人,多用此体,作咏物诗不待分明说尽,只仿佛形容,便见妙处。如鲁直《醯醢诗》云:'露湿何郎试汤饼,日烘荀令炷炉香。'"这比一般有剽窃痕迹的"夺胎换骨",显然要更为高级,不易为人觉察。所以吕本中的"活法",在某种意义上正是要把苏轼和黄庭坚在法度问题上的不同主张互相融合起来,其"苏黄诗不可偏废"条云:"读《庄子》令人意宽思大敢作。读《左传》使人入法度,不敢容易。此二书不可偏废也。近世读东坡、鲁直诗亦类此。"既肯定黄的法度,又要求参考苏的不拘法度,这是吕本中"活法"论的主要特点。他虽然在《童蒙诗训》中所论大都为黄庭坚和江西诗派的理论,但也有不少地方表现出他对苏轼自然神到、意尽言止文学思想的赞赏,例如,他说:"自古以来,语文章之妙,广备众体,出奇无穷者,唯东坡一人。""老苏作文,真所谓意尽而言止也,学者亦当细观。"他调和苏、黄,也可以从他对苏、黄的批评中看出来。如"学古人文字须得其短处"条说:"东坡诗有汗漫处;鲁直诗有太尖新、太巧处:皆不可不知。东坡诗如'成都画手开十眉','楚山固多猿,青者黠而寿',皆穷极思致,出新意于法度,表前贤所未到。然学者专力于此,则亦失古人作诗之意。"他力图把两家特点磨平一些,使之互相靠拢,说明他的诗论旨在吸收苏轼的某些诗论思想,对江西诗派理论加以改革。虽然他没有脱出江西诗派的基本体系,但却为突破江西诗派的藩篱打开了一条通道。

吕本中所提出的"悟入"说,虽并非他的发明,而是对江西诗派悟入说的发挥,但也有其新的特点,他的"悟入"是针对"活法"而提出来的。其《与曾吉甫论诗第一帖》云:

> 宠谕作诗次第,此道不讲久矣,如本中何足以知之。或励精潜思,不便下笔;或遇事因感,时时举扬;工夫一也。古之作者,正如是耳。惟不可凿空强作,出于牵强,如小儿就学,俯就课程耳。《楚词》、杜、黄,固法度所在,然不若遍考精取,悉为吾用,则姿态横出,不窘一律矣。如东坡、太白诗,虽规摹广大,学者难依,然读之使人敢道,澡雪滞思,无穷苦艰难之状,亦一助也。要之,此事须令有所悟入,则自然越度诸子。悟入之理,正在工夫勤惰间耳。如张长史见公孙大娘舞剑,顿悟笔法。如张者,专意此事,未尝少忘胸中,故能遇事有得,遂造神妙;使他人观舞剑,有何干涉。非独作文学书而然也。

吕本中认为与其按照《楚辞》、杜、黄法度来创作,不如"遍考精取,悉为吾用"而使"姿态横出,不窘一律"更好,这正是说的"活法"之优点,而"活法"之运用必须靠"悟入"。吕本中所说"悟入",兼取苏、黄两家之意,既有诗境之悟,又有律法之悟。他认为"悟入之理,正在工夫勤惰间耳",故其《童蒙诗训》也说:"作文必要悟入处,悟入必自工夫中来,非侥幸可得也。如老苏之于文,鲁直之于诗,盖尽此理也。"说明他所主张的悟,不全是顿悟而是在渐悟基础上的顿悟,勤于修行则必有大彻大悟之一天,所以他强调要认真学习、"遍参诸方",然后才能真正进入悟境;或如张旭专心书法、时刻不忘,方能观公孙大娘之舞而悟笔法。故这种"悟"又首先依赖于"识"。其"鲁直识渊明退之诗"条云:"渊明、退之诗,句法分明,卓然异众,惟鲁直为能深识之。学者若能识此等语,自然过人。"能否深识是能否妙悟的前提,所以,"学诗须熟看老杜、苏、黄,亦先见体式,然后遍考他诗,自然工夫度越过人"。由"识"而"悟",这对后来严羽的诗学思想是很有启发的。

江西派诗人把学习古人作为文学创作的主要源泉,规摹古人,亦步亦趋,大部分人不能做到像黄庭坚那样在学古中有所创新,对此,吕本中提出了比较尖锐的批评。他说:"老杜诗云'诗清立意新',最是作诗用力处,盖不可循习陈言,只规摹旧作也。鲁直云'随人作诗终后人';又云'文章切忌随人后',此自鲁直见处也。近世人学老杜多矣,左规右矩,不能稍出新意,终成屋下架屋,无所取长。独鲁直下语,未尝似前人而卒与之合,此为善学。如陈无己力尽规摹,已少变化。"然而他没有看到江西派诗人这种弊病的根源其实还是在黄庭坚那里,黄庭坚的创新是以古人为师出发的创新,而不是以自然为师、以现实为师、以心灵为师出发的创新,最终不能避免蹈袭古人之弊,更何况其下者!吕本中虽反对"屋下架屋,无所取长",主张"作文不可强为",但并不能摆脱仅以古人为师的框框。他说:"作文不可强为,要须遇事乃作,须是发于既溢之余,流于已足之后,方是极头,所谓既溢已足者,必从学问该博中来也。"可见,他还是在黄庭坚"词意高胜,要从学问中来"的前提下立论的,不过他确实已经看到了江西诗派的致命弱点,认为他们学古而不能从中脱出,没有新的创造,缺少宏大壮阔的气势,实际上已"失山谷之旨"。他在《与曾吉甫论诗第二帖》中说:"诗卷熟读,深慰寂寞。蒙问加勤,尤见乐善之切,不独为诗贺也。其间大概皆好,然以本中观之,治择工夫已胜,而波澜尚未阔,欲波澜之阔去,须于规摹令大,涵养吾气而后可。规摹既大,波澜自阔,少加治择,功已倍于古矣。试取东坡黄州已后诗,如《种松》《医眼》之类,及杜子美歌行及长韵近体诗看,便可见。若未如此,而事治择,恐易就而难远也。"

退之云:'气,水也;言,浮物也。水大则物之浮者大小毕浮,气之与言犹是也,气盛则言之长短与声之高下皆宜。'如此,则知所以为文矣。曹子建《七哀诗》之类,宏大深远,非复作诗者所能及,此盖未始有意于言语之间也。近世江西之学者,虽左规右矩,不遗余力,而往往不知出此,故百尺竿头,不能更进一步,亦失山谷之旨也。"因此吕本中以"活法"为中心的诗论主张,对改革江西诗派的理论、促进诗歌理论批评的健康发展,还是作出了贡献的。

与江西诗派诗论发展相类似,南宋道学家的文学思想,也比北宋前期道学家的文学思想有所进步,不再对文学采取贬斥和否定的态度,也注意到了文学本身的特征。这比较集中地体现在朱熹的文学思想上。

朱熹(1130—1200),字元晦,一字仲晦,是南宋最有名的理学思想家。朱熹的文学思想在一些基本观点上和北宋的道学家是一致的,但由于他学识渊博,思路开阔,有很高的文学修养,诗也写得很好,所以他对文道关系的论述,不像周、程那样偏激、绝对。朱熹主张文道一贯,文即是道。据《朱子语录》的记载,他认为苏轼说"吾所谓文,必与道俱",是把道和文分开了,变成"文自文,而道自道","待作文时,旋去讨个道来,入放里面,此是它大病处"。故他指出:"道者,文之根本;文者,道之枝叶。惟其根本乎道,所以发之于文,皆道也。三代圣贤文章,皆从此心写出。文便是道。"他也不赞成李汉的"文者贯道之器"说,他说:"这文皆是从道中流出,岂有文反能贯道之理。文是文,道是道,文只如吃饭时下饭耳。若以文贯道,却是把本为末。以末为本,可乎?"在他看来,文就是道,道就是文,两者是不可分的。把文作为贯道之器,则仍然是把文和道分开了。他在《读唐志》中批评韩愈及其后学"裂道与文以为两物,而于其轻重缓急、本末宾主之分,又未免于倒悬而逆置之也"。因此,朱熹的文道观和韩、柳是不同的,其"道外无物"说,实际上也就是道外无文之意,即离开了道,文也就没有意义了。从这点说,他的文道观和二程似乎没有什么区别,然而,他的目的是在强调文必须以道为本,而不是完全否定文。其《与汪尚书》中明确提出他反对的是只讲文而不议其理之是非,他说:"若曰惟其文之取,而不复议其理之是非,则是道自道,文自文也。道外有物,固不足以为道,且文而无理,又安足以为文乎。盖道无适而不存者也,故即文以讲道,则文与道两得,而一以贯之,否则亦将两失之矣。中无主,外无择,其不为浮夸险诐所入,而乱其知思也者几希。"他并不认为文就可以不要,他曾清楚地说过:"大率要七分实,只二三分文。""文字到欧、曾、苏,道理到二程,方是畅。"(见《朱子语类》)他并没有把文看作可有可无的东西,而且很注意文的艺术性和如何写好"文"的方法。他说:"东坡文字明快,老苏文雄浑,尽有好处。如欧公、曾南丰、韩昌黎之文,岂可不看?柳文虽不全好,亦当择。合数家之文择之,无二百篇,下此则不须看,恐低了人手段。"他认为熟读前人文章,并学习仿作,然后"文章自会高人"。他在《答王近思》中说:"试取孟、韩子,班、马书,大议论处,熟读之,及后世欧、曾、老苏文字,亦当细考,乃见为文用力处。今人多见出庄子题目,便用庄子语,殊不知此正是千人一律文章。若出庄子题目,自家却从别处做将来,方是出众文字也。"朱熹不像二程那样认为"作文害道""学诗妨事",他是很懂得文学的特点的,只是他更强调文学创作要体现理学的义理,"今人作文皆不足为文,大抵专务节字,更易新好生面辞语;至说义理处,又不肯分晓。观前辈欧、苏诸公作文,何尝如此?圣人之言,坦易明白,因言以明道,正欲使天下后世由此求之";"贯穿百氏及经史,乃所以辨验是非,明此义理,岂特欲使文词不陋而已?义理既明,又能力行不倦,则其存诸中者,必也光明四达,何施不可。发而为言,以宣其心志,当自发越不凡,可爱可传矣"。在充分体现义理的前提下,他仍然要求文辞愈美愈好。

朱熹在诗论方面的见解更明显地体现了这种特点。他认为强调诗歌创作也要把体现义理放在第一位,其《清邃阁论诗》云:"今人不去讲义理,只去学诗文,已落第二义。"他在《答杨宋卿》中论诗即本于此种思想,他说:

> 熹闻诗者,志之所之。在心为志,发言为诗。然则诗者,岂复有工拙哉?亦视其志之所向者高下如何耳。是以古之君子,德足以求其志,必出于高明纯一之地,其于诗固不学而能之。至于格律之精粗,用韵属对、比事遣辞之善否,今以魏晋以前诸贤之作考之,盖未有用意于其间者,而况于古诗之流乎?近世作者,乃始留情于此,故诗有工拙之论,而葩藻之词胜,言志之功隐矣。

朱熹所说的"志",是指合乎儒家义理道德的"高明纯一"之志,而评价诗歌优劣的标准即是"其志之所向者高下",志高德纯则"诗固不学而能之",至于格律、对偶、遣词等,则魏晋以前的诗人均"未有用意于其间",至近世作者才"留情"于这些艺术技巧,遂使"言志之功隐矣"。从这些论述看似乎朱熹和二程一样否定诗的艺术性,其实,朱熹的主旨是在反对离开内容、不讲义理而专意于追求诗的艺术技巧,并非不要艺术技巧。他对诗是很懂行的,对诗的本质和特点有比较深刻的认识,其《诗集传》序说:"《诗》者,人心之感物而形于言之余也。"又说,《国风》"多出于里巷歌谣之作。所谓男女相与咏歌,各言其情者也"。他充分肯定诗歌的抒情特点,对诗歌以比兴为主的传统艺术表现特点有很深刻的理解,并能脱开汉儒以美刺释比兴的框框,对比兴作出比较符合实际的解释。《诗集传》释"比"云:"比者,以彼物比此物也。"释"兴"云:"兴者,先言他物以引起所咏之辞也。"释"赋"云:"赋者,敷陈其事而直言之者也。"这是对赋比兴的比较科学的阐述,而不像汉儒那样以政教善恶去牵合。他对孔子所说诗"可以兴"的理解也表现出了他对诗歌艺术特征的认识,在《四书章句集注》中他注释此"兴"是"感发意志",亦即激发人的情感意兴,引起人的审美趣味,这是很有见地的。特别值得我们注意的是,朱熹在《答何叔京》一文中对《诗经·大雅·棫朴》中"兴"的方法和《周易》立象以尽意关系的分析:

> "倬彼云汉"则"为章于天"矣;"周王寿考"则"何不作人"乎(原注:"遐"之为言"何"也)。此等语言自有个血脉流通处,但涵泳久之,自然见得条畅浃洽,不必多引外来道理言语,却壅滞却诗人活底意思也。周王既是寿考,岂不作成人材?此事已自分明,更著个"倬彼云汉,为章于天",唤起来便愈见活泼泼地,此"六义"所谓"兴"也。"兴"乃兴起之义。凡言"兴"者,皆当以此例观之。《易》以言不尽意而立象以尽意,盖亦如此。

按,《棫朴》云:"倬彼云汉,为章于天。周王寿考,遐不作人。"意思是说:

宽广的银河啊，满天都是辉光；周文王长寿无疆，培养和造就了多少人才啊。朱熹认为"兴"和"立象以尽意"是很相似的，都是一种带有象征性的比喻，意藏于象中，这正是文学的美学特征。从诗歌创作过程中作家的主体修养来说，朱熹也强调"虚静"的重要性，他说："今人所以事事做得不好者，缘不识之故。只如个诗，举世之人，尽命去奔做，只是无一个人做得成诗。他是不识，好底将做不好底，不好底将做好底。这个只是心里闹、不虚静之故。不虚，不静，故不明；不明，故不识。若虚静而明，便识好物事，虽百工技艺，做得精者，也是他心虚理明，所以做得来精。心里闹，如何见得。"诗歌创作需要作者有很高的"识"的水平，而这种"识"必须在内心"虚静"的条件下，方能获得。朱熹所说的"识"，和江西诗派所说的"识"不同，他不是指对前人诗歌的识别能力，而是指对客观事物的认识能力，亦即对创作对象的认识能力和认识水平。

朱熹论诗注重法度，强调学习古人，要求做到"气韵高古""笔力老健"。其《跋病翁先生诗》云：

> 此病翁先生少时所作《闻筝诗》也，规模意态，全是学《文选》乐府诸篇，不杂近世俗体，故其气韵高古而音节华畅，一时辈流少能及之。逮其晚岁，笔力老健，出入众作，自成一家，则已稍变此体矣。然余尝以为天下万事，皆有一定之法；学之者，须循序而渐进，如学诗则且当以此等为法，庶几不失古人本分体制，向后若能成就变化，固未易量，然变亦大是难事，果然变而不失其正，则纵横妙用，何所不可？不幸一失其正，却似反不若守古本旧法，以终其身之为稳也。李、杜、韩、柳初亦皆学《选》诗者，然杜、韩变多，而柳、李变少。变不可学，而不变可学，故自其变者而学之，不若自其不变者而学之。

朱熹在这里虽然主张"自其不变者而学之"，但并不是不主张变，他要求的变是在继承前贤优秀艺术传统的基础上有所创造、有所前进，这就是"不失古人本分体制"而能"纵横妙用"，但学变如不得法而"一失其正"，则不如学不变而求稳为好。他讲究学诗要有"一定之法"，注重诗歌的句法，他曾说："古人诗中有句，今人诗更无句，只是一直说将去。这般诗，一日作百首也得。如陈简斋诗:'乱云交翠壁,细雨湿青松。暖日薰杨柳,浓阴醉海棠。'他是什么句法。"又说:"苏子由爱《选》诗,'亭皋木叶下,陇首秋云飞',此正是子由慢底句法。某却爱'寒城一以眺,平楚正苍然',十字却有力。"这些观点和江西诗派是一致的。

朱熹对诗歌的历史发展也有过很重要的评论,这就是他在《答巩仲至》第四书中提出的"三变"说。其云:

> 至于佳篇之贶,则意益厚矣。顾惟顿拙于此,岂敢有所与,三复以还,但知赞叹而已。然因此偶记顷年学道未能专一之时,亦尝间考诗之原委,因知古今之诗凡有三变。盖自书传所记,虞夏以来,下及魏晋,自为一等。自晋宋间颜、谢以后,下及唐初,自为一等。自沈、宋以后,定著律诗,下及今日,又为一等。然自唐初以前,其为诗者,固有高下,而法犹未变。至律诗出,而后诗之与法,始皆大变。以至今日,益巧益密,而无复古人之风矣。故尝妄欲抄取经史诸书所载韵语,下及《文选》、汉魏古词,以尽乎郭景纯、陶渊明之所作,自为一编,而附于《三百篇》《楚辞》之后,以为诗之根本准则。又于其下二等之中,择其近于古者,各为一编,以为之羽翼舆卫。其不合者,则悉去之,不使其接于吾之耳目,而入于吾之胸次,要使方寸之中无一字世俗言语意思,则其为诗,不期于高远而自高远矣。

朱熹论诗歌发展的三变,表现了明显的复古思想,并且对近体律诗加以贬斥。这里除了具有道学家的偏见以外,也是与他对"近世诗人"不能"识得古今体制,雅俗乡背","不曾透得此关,而规于近局"的不满有关,他希望通过学古来纠正当时的不良创作倾向。

第二节 陆游论"工夫在诗外"和杨万里的"去词""去意"论

如果说吕本中已经为突破江西诗法打开了通路的话,那么,陆游和杨万里则是沿着这条通路冲出了江西诗法的藩篱,从创作实践和理论批评两方面开创了诗歌美学的一个新天地。从南宋初年起对江西诗派的批评就逐渐有所发展,例如张戒在《岁寒堂诗话》中对苏、黄诗风及其影响就进行了尖锐的批评,但是理论上的批评必须结合创作实践,方能产生更大的作用。陆游和杨万里正是首先从创作上摆脱江西诗派影响而走出了自己的新路,创造了自己独特的艺术风格,同时又在理论批评上有了自己的建树,并对后来文学思想的发展产生了影响。陆游和杨万里原来都是江西诗派中人,开始都是学江西诗法创作的,但是他们从创作实践中认识到了江西诗派的弊病,不再局限于仅仅模仿学习,只在"夺胎换骨""点铁成金"和章法、句法、字法中求活路,而是阔大眼界,向自然和社会学习,生动具体地再现生活的真实,以自然天成为最高审美标准。

陆游(1125—1210),字务观,号放翁,越州山阴(今浙江绍兴)人,是南宋著名的爱国主义诗人。他本师事江西诗人曾几,也学习吕本中的诗,其《吕居仁集序》记载曾几曾对他说"君之诗渊源殆自吕紫微",赞扬过吕本中的诗文"汪洋闳肆,兼备众体,间出新意,愈奇而愈浑厚,震耀耳目,而不失高古"。他对曾几说诗也相当佩服,其《追怀曾文清公呈赵教授赵近尝示诗》云:"忆在茶山听说诗,亲从夜半得玄机。常忧老死无人付,不料穷荒见此奇。律令合时头帖妥,工夫深处却平夷。人间可恨知多少,不及同君叩老师。"他也讲过一些与江西诗派一致的诗论观点,如《夜吟》云:"六十余年妄学诗,工夫深处独心知。夜来一笑寒灯下,始是金丹换骨时。"然而他从实际创作中体会到,像他这样注重诗歌的社会内容、要求真实抒写自己感情的诗人,是不可能按照江西诗法亦步亦趋地去创作的。他在《示儿》诗中说:"文能换骨余无法,学但穷源自不疑,齿豁头童方悟此,乃翁见事可怜迟。"所以他对吕本中等提倡"活法""悟入"的主张比较感兴趣,认为文章要"能超然自得"(《杨梦锡集句杜诗序》),"切忌参死句"(《赠应秀才》),并由此而脱出江西诗派的窠臼。

陆游的诗论非常突出的一点是重视文学和现实生活的联系,要求文学创作积极地干预现实,所以在他的创作中处处洋溢着强烈的爱国主义激情。他生活的时代正是民族矛盾十分尖锐的时期,苟安江南的宋王朝岌岌可危,陆游认为在这样的民族存亡关头,士大夫不应当只写些风花雪月的流连光景之作,而应该抒发自己爱国主义的豪情壮志、激励整个民族同仇敌忾的高昂精神,所以他对花间派词人的创作十分不满,曾在《跋花间集》一文中极其尖锐地指出:"方斯时,天下岌岌,生民救死不暇,士大夫乃流宕如此,可叹也哉!"这虽然是对唐末五代文人的批评,实际上也是针对现实、有感而发之词。他继承和发扬了司马迁"发愤著书"的思想,在《澹斋居士诗序》中说:

> 诗首《国风》,无非变者,虽周公之《豳》亦变也。盖人之情,悲愤积于中而无言,始发为诗。不然,无诗矣。苏武、李陵、陶潜、谢灵运、杜甫、李白,激于不能自已,故其诗为百代法。国朝林逋、魏野以布衣死,梅尧臣、石延年弃不用,苏舜钦、黄庭坚以废绌死。近时江西名家者,例以党籍禁锢,乃有才名。盖诗之兴本如是。
>
> 绍兴间,秦丞相桧用事,动以言语罪士大夫,士气抑而不伸;大抵窃寓于诗,亦多不免。若澹斋居士陈公德召者,故与秦公有学校旧,自揣必不合,因不复与相闻。退以文章自娱,诗尤中律吕,不怨不怒,而愤世疾邪之气,凛然不少回挠。其不坐此得祸,亦仅脱尔。

陆游在这里列举历代有理想、有抱负的文人,他们抑郁不得志而借诗来抒发其愤激之情,说明诗歌的产生本是情积于中不得不发之结果。他在这里提出的诗歌价值观颇不同于一般,更不同于江西诗派诸人的观点,他认为不论是陶、谢还是李、杜,其诗歌之所以为百代法,主要还不是在艺术上的登峰造极,而是在其诗中无法自已的汹涌激情。陆游这种思想也在《曾裘父诗集序》一文中有所体现,他说:"古之说诗曰言志。夫得志而形于言,如皋陶、周公、召公、吉甫,固所谓志也。若遭变遇谗,流离困悴,自道其不得志,是亦志也。然感激悲伤,忧时闵己,托情寓物,使人读之至于太息流涕,固难矣。"文学必须以真情感人,而这又首先要求诗人自己对现实有深刻认识,能够把自己的切身遭遇和社会环境联系起来,"感激悲伤,忧时闵己,托情寓物",方能使自己的作品使人读后"太息流涕"。他这种对文学与现实关系的看法,也是促使他不得不甩开江西诗派而走自己的新路之内在思想因素。

因此,陆游在诗歌创作上主张"工夫在诗外",而不是在诗内,也就是说,诗人要写好诗不能只在具体的艺术技巧上下功夫,而必须首先重视诗人自己品德的修养,要具备高尚的精神情操,有高昂强烈的爱国激情、疾恶如仇的鲜明爱憎,"悲愤积于中而无言",满怀"愤世疾邪之气",这才是关键。其《示子遹》云:"我初学诗日,但欲工藻绘;中年始少悟,渐若窥宏大。怪奇亦间出,如石漱湍濑。数仞李杜墙,常恨欠领会。元白才倚门,温李真自《郐》。正令笔扛鼎,亦未造三昧。诗为六艺一,岂用资狡狯。汝果欲学诗,工夫在诗外。"从自己切身的创作经验中,陆游体会到早年的"但欲工藻绘",对诗歌创作来说实际并未入门,至中年而稍有觉悟以"宏大"为目标,虽有进步而仍未领会诗歌"三昧",直至晚年,方懂得"工夫在诗外"的道理。什么是陆游所说的诗外功夫?有的研究者认为是指道学家所说的道德学问,从表面上看这也有道理,陆游确是有道学家思想影响的,他曾学诗于曾几、吕本中,而这二人也都是道学家中人物,然而陆游的道德学问之内容已与一般道学家不同,有很强的现实性,主要在关心国计民生、民族存亡,所以他的诗外功夫是指诗人要从现实生活中汲取诗情,获得创作的冲动和不可自已的情感激荡,这才是真正的诗家"三昧"。其《九月一日夜读诗稿有感走笔作歌》写道:

> 我昔学诗未有得,残余未免从人乞。力孱气馁心自知,妄取虚名有惭色。四十从戎驻南郑,酣宴军中夜连日。打球筑场一千步,阅马列厩三万匹;华灯纵博声满楼,宝钗艳舞光照席;琵琶弦急冰雹乱,羯鼓手匀风雨疾。诗家三昧忽见前,屈贾在眼元历历。天机云锦用在我,剪裁妙处非刀尺。世间才杰固不乏,秋毫未合天地隔。放翁老死何足论,《广陵散》绝还堪惜。

陆游在汉中一带的从军生活,是十分丰富而具有浪漫色彩的,它也给陆游的诗歌创作提供了广阔的天地,使他诗兴大发,左右逢源,进入了不能自已的状态。这种创作实践也使他体会到这才是创作的正路,并在不知不觉之中深深地领略了"诗家三昧"的涌现。同时也更加深刻地认识到江西诗派仅从古人作品中找出路,不管怎样"夺胎换骨""点铁成金",也还是"从人乞",毕竟是一条死胡同。诗法不是固定不变的,而是应当不断有所创新,如能以现实生活为依据,才能有生生不息、日新月异之活力。故其《题庐陵萧彦毓秀才诗卷后》说:"法不孤生自古同,痴人乃欲镂虚空。君诗妙处吾能识,正在山程水驿中。"说明诗歌的妙处正在现实的山程水驿之中,所以诗人既要有广博的知识学问,也要有现实生活的丰富经验。"诗岂易言哉! 一书之不见,一物之不识,一理之不穷,皆有憾焉。""大抵诗欲工,而工亦非诗之极也。"(《何君墓表》)

为此,陆游对江西诗派追求字字有出处、无一字无来历的诗歌创作倾向,作了相当有力的批评,他在《老学庵笔记》中说:

> 今人解杜诗,但寻出处,不知少陵之意,初不如是。且如《岳阳楼》诗:"昔闻洞庭水,今上岳阳楼。吴楚东南坼,乾坤日夜浮。亲朋无一字,老病有孤舟。戎马关山北,凭轩涕泗流。"此岂可以出处求哉? 纵使字字寻得出处,去少陵之意益远矣。盖后人元不知杜诗所以妙绝古今者在何处,但以一字亦有出处为工。如《西昆酬唱集》中诗,何曾有一字无出处者,便以为追配少陵,可乎? 且今人作诗,亦未尝无出处,渠自不知。若为之笺注,亦字字有出处,但不妨其为恶诗耳。

他在这里虽没有直接说出杜诗"妙绝古今者"究竟在何处,但从前所引《澹斋居士诗序》,即可知其意所指是在杜甫之"激于不能自已"之忧国忧民心情,而所谓无一字无来历,则并非杜诗真正价值之所在,这正是对江西诗派学杜而不得法的尖锐批评。所以,陆游反对诗歌创作上的雕琢、奇险,崇尚自然天成,注重凛然气骨。其《读近人诗》中说:"雕琢自是文章病,奇险尤伤气骨多。君看大羹玄酒味,蟹螯蛤柱岂同科。"又其《读陶诗》云:"陶谢文章造化侔,篇成能使鬼神愁。君看夏木扶疏句,还许诗家更道不?"他非常钦佩和赞同杜甫所说的"或看翡翠兰苕上,未掣鲸鱼碧海中",特别欣赏具有英雄豪迈、气魄宏大艺术风貌的作品,他说:"屈宋死千载,谁能起九原? 中间李与杜,独招湘水魂。自此竟摹写,几人望其藩? 兰苕看翡翠,烟雨啼青猿。岂知云海中,九万击鹏鲲。更阑灯欲死,此意与谁论?"(《白鹤馆夜坐》)此种茫茫云海中大鹏翱翔的气势风貌,是和碧海涛涛之中鲸鱼上下翻滚的景象相类似的。他十分推崇岑参的边塞诗,说:"公诗信豪伟,笔力追李杜","工夫刮造化,音节配韶護"(《夜读岑嘉州诗集》)。陆游的这种文学思想很明显是对以杜甫和白居易为代表的重视文学和现实关系的文学观的继承和发展。

杨万里是和陆游一样从江西诗派中跳脱出来而独自成家的另一位重要诗人和文学理论批评家。杨万里(1127—1206),字廷秀,号诚斋,吉州吉水(今江西吉水县)人。他在思想上颇受道学家的影响,其诚斋之号即从理学家提倡的"正心诚意"而来。杨万里在诗歌创作上早年也学江西诗派诗法,但他从自己的创作实践中也体会到只学习前人、拘泥于格式化的法度是没有出路的。他在《诚斋荆溪集序》中说他的学诗经历道:"予之诗,始学江西诸君子,既又学后山五字律,既又学半山老人七字绝句,晚乃学绝句于唐人。学之愈力,作之愈寡。"他后来为官荆溪,"阅讼牒,理邦赋",在繁忙而又丰富的生活实际中,"诗意时日往来于予怀",待到有暇作诗,"忽若有寤","于是辞谢唐人,及王、陈、江西诸君子,皆不敢学,而后欣如也。试令儿辈操笔,予口占数首,则浏浏焉,无复前日之轧轧矣"。当他在诗歌创作上由师法古人而转向师法自然后,不仅诗兴高涨,而且也不觉得作诗之难了。他说:"自此每过午,吏散庭空,即携一便面,步后园,登古城,采撷杞菊,攀翻花竹,万象毕来献予诗材。盖麾之不去,前者未仇,而后者已迫,涣然未觉作诗之难也。盖诗人之病,去体将有日矣,方是时,不惟未觉作诗之难,亦未觉作州之难也。"以自然景物和现实生活为法,不再跟在古人脚后亦步亦趋,这既是对吕本中"活法"的继承,又是对"活法"的重大发展,他大胆地甩掉了"夺胎换骨""点铁成金"这些法度规矩的束缚,在创作中以自然为标准,这才是真正的"活法"。所以他焚毁了早年学江西诗派写的诗千余篇(见《江湖集序》),致力于清新活泼、生动自然的诗歌创作,从而形成了具有独特风格的"诚斋体"。

杨万里在诗歌理论批评上也竭力提倡独创,师法自然,以无法为法。他在《跋徐恭仲省干近诗》中说:"传派传宗我替羞,作家各自一风流。黄陈篱下休安脚,陶谢行前更出头。"他不赞成从学习古人创作中去化腐朽为神奇,而要求能超出古人而创造自己独特的艺术风格。所以他说:"道子之画,鲁公之字,子美之诗,盖兼百家而无百家,旷千载而备千载者也。"(《罗德礼补注汉书序》)他提出的诗歌创作主张是以自然为师,从现实生活中去寻找诗歌创作的源泉。在这方面他和陆游的观点是一致的,不过陆游偏重与国家、民族存亡休戚相关的重大社会生活内容,而杨万里则侧重清新秀丽的自然山水景物和富有生活气息的普通悲欢际遇。所以他说:

> 城里哦诗枉断髭,山中物物是诗题。欲将数句了天竺,天竺前头更有诗。
> ——《寒食雨中同舍人约游天竺得十六绝句呈陆务观》
> 山思江情不负伊,雨姿晴态总成奇。闭门觅句非诗法,只是征行自有诗。
> ——《下横山滩头望金华山》
> 春花秋月冬冰雪,不听陈玄只听天。
> ——《读张文潜诗》
> 不是风烟好,何缘句子新。
> ——《过池阳舟中望九华》
> 江山岂无意,邀我觅新诗。
> ——《丰山小憩》

杨万里深深地感到他之所以能写出许多清新活泼的诗作,都是因为江山、风烟、征行、"春花秋月冬冰雪"为之提供的诗题,而并非自"闭门觅句""哦诗断髭"而得来。能以自然为师,就有取之不尽、用之不竭的极其丰富的创作源泉,因此,自然也就没有什么成法可据,必然只能是以无法为法,其《酬阁皂山碧崖道士甘叔怀赠美名人不及佳句法如何十古风》古风二首中说:"问侬佳句如何法,无法无盂也没衣。"故而他体会到"老夫不是寻诗句,诗句自来寻老夫"(《晚寒题水仙花并湖山》)。所以,他认为学诗亦如理学家之悟义理之透脱,并没有一定成法。他说:"学诗须透脱,信手自孤高。衣钵无千古,丘山只一毛。句中池有草,子外目俱蒿。可口端何似,霜螯略带糟。"(《和李天麟二首》)杨万里虽被人称为善悟"活法"的诗人,如周必大就说"诚斋万事悟活法",但他在论诗中并不说"活法",而是强调"无法",因为他的以自然为法,比吕本中所谓的"夺胎换骨""点铁成金"前提下的"活法"大大地前进了一步,已经相当彻底地抛弃了江西诗法,开辟了一条诗歌创作的新路。

从师法自然、以无法为法的诗歌创作思想出发，杨万里认为诗歌艺术美的主要标志是在超乎词、意之外的涵泳不尽的"风味"上，为此，他提出了著名的"去词""去意"论。其《颐庵诗稿序》云：

> 夫诗，何为者也？尚其词而已矣。曰："善诗者去词。""然则尚其意而已矣。"曰："善诗者去意。""然则去词去意，则诗安在乎？"曰："去词去意，而诗有在矣。""然则诗果焉在？"曰："尝食夫饴与荼乎？人孰不饴之嗜也？初而甘，卒而酸。至于荼也，人病其苦也，然苦未既，而不胜其甘。诗亦如是而已矣。
>
> 昔者暴公谮苏公，而苏公刺之。今求其诗，无刺之之词，亦不见刺之之意也。乃曰："二人从行，谁为此祸？"使暴公闻之，未尝指我也，然非我其谁哉？外不敢怒，而其中愧死矣。《三百篇》之后，此味绝矣。惟晚唐诸子差近之。《寄边衣》曰："寄到玉关应万里，戍人犹在玉关西。"《吊古战场》曰："可怜无定河边骨，犹是春闺梦里人。"《折杨柳》曰："羌笛何须怨杨柳，春光不度玉门关。"《三百篇》之遗味，黯然犹存也。近世惟半山老人得之，予不足以知之，予敢言之哉？

诗歌无非词与意，然而杨万里认为好诗必须"去词""去意"，而后方有真正的诗味在。他以食糖与苦茶的不同特点作比喻，食糖是先甜而后酸，而食苦茶则是先苦而后甜，而诗正像荼一样，要使人感到越吟越有味，越读越想读，看似枯槁实丰腴，看似平淡实绮丽，如他在《施少才蓬户甲稿后序》中说的："吾读其文，槁乎其无文也，又取读之，则腴乎其有文矣。读其诗，杳乎其无诗也，又取读之，则琅乎其有诗矣。"这样的诗含有无穷的意趣，能起到余音绕梁三日不绝的效果。所谓"去词""去意"，即是要不拘泥于词和意，重在创造具有含蓄不尽、超绝言象的深远意境，这从他所举出的三联唐人诗例就可以看出来。他的"去词""去意"论，正是对司空图的味在"咸酸之外"和"象外之象，景外之景"论的继承和发展。其《习斋论语讲义序》中说："读书必知味外之味，不知味外之味而曰'我能读书'者，否也。《国风》之诗曰：'谁谓荼苦，其甘如荠。'吾取以为读书之法焉。夫食天下之至苦，而得天下之至甘，其食者同乎人，其得者不同乎人矣。"

这其实不止是读书之法,也是作诗之法。食苦而得甘,这只有懂诗的人才能体会到。能得"苦而甘者"、能懂"淡而非淡者",才会得"味外之味"。他在《诚斋诗话》中就一再说到诗歌创作必须有言外之意、味外之味,方为至妙之作。他说:"诗已尽而味方永,乃善之善也。"并举杜甫诗"明年此会知谁健,醉把茱萸仔细看"等为例来加以说明,并引林谦之所说,认为杜甫这两句诗"意味深长,悠然无穷"。又说:"诗有句中无其辞,而句外有其意者。《巷伯》之诗,苏公刺暴公之谮己,而曰:'二人同行,谁为此祸。'"此说与上引《颐庵诗稿序》中意思是一样的。前所谓"去意",指去外露的字面之意;此之谓"句外有其意",指隐含于字面之意以外的"言外之意"。"去意"之"意"与"句外有其意"之"意",其含义是不同的,必须分辨清楚。

杨万里在《江西宗派诗序》中所提出的"以味不以形"的诗论标准是和"去词""去意"论紧密相关的。他说:

> 江西宗派诗者,诗江西也,人非皆江西也。人非皆江西,而诗曰江西者何?系之也。系之者何?以味不以形也。东坡云:"江瑶柱似荔子。"又云:"杜诗似太史公书。"不惟当时闻者哑然,阳应曰诺而已,今犹哑然也。非哑然者之罪也,舍风味而论形似,故应哑然也,形焉而已矣。高子勉不似二谢,二谢不似三洪,三洪不似徐师川,师川不似陈后山,而况似山谷乎?味焉而已矣。酸咸异和,山海异珍,而调胹之妙出乎一手也。似与不似,求之可也,遗之亦可也。
>
> 大抵公侯之家有阀阅,岂惟公侯哉,诗家亦然。窭人子崛起委巷,而一旦纡以银黄,缨以端委。视之言公侯也,貌公侯也。公侯则公侯乎尔,遇王谢子弟,公侯乎?江西之诗,世俗之作,知味者当能别之矣。

这篇文章表面上看是论江西诗派的,实际上则是从诗歌创作的形神关系上进一步发挥了其"去词""去意"论。这里的"味"是与"形"相对的,指风味,和诗味之味含义不太一样,是指风神气味之意,风味和形似的关系实际上就是风神和形貌的关系。风神气味是内在的而不是外在的,如拘泥于形貌则不可得，必当于形貌之外去领略和体会。诗歌所具有的直观的词和意是属于形貌方面的问题，故须在"去词""去意"后，方能懂得其内含的风味之所在。从形貌上看，江瑶柱怎么会似荔子呢？杜诗与太史公书形貌也绝不相同。然而从其两两之间的风味来说则确是很相似的。这篇文章还讲到了法度和风味的关系，他以李、杜、苏、黄四家为例，指出："四家者流，一其形，二其味；二其味，一其法者也。"他把这四家分为两类，李、苏是所谓"无待者神于诗者"，杜、黄则是所谓"有待而未尝有待者，圣于诗者"。前者是说李、苏是完全以自然造化为师，有天生化成之妙，完全不待于人为的法度，如"子列子之御风也"，此"无待"之说即出于庄子；后者说明杜、黄虽有严密的法度，但由于他们运用得纯熟微妙，所以看不出有人为法度之痕迹，如"灵均之乘桂舟、驾玉车也"，故亦如无法度或以自然为法一样。因此，无论李、苏还是杜、黄，都能以风味为主，而不是以形似为主。然而在杨万里的心目中，实际还是把李、苏的"无待者神于诗"放在更高的地位的。

杨万里的文学思想对文学的社会教育作用也是十分重视的。他在论《诗经》的《诗论》一文中，认为诗歌乃是矫正天下与个人之"不善"，而使之变"善"的重要手段。因为要矫正"不善"，必须使人懂得"不善"之可耻，而感到有"愧"，而羞愧之情主要产生于臣下百姓的议论，而诗歌就要表现这种议论，以达到矫正"不善"的目的。"以议天下之善不善，此《诗》之所以作也。"这种强调文学社会功用的思想和陆游是比较一致的。但同时他对诗歌的艺术特点也是很懂的，其《黄御史集序》一文中说："诗非文比也，必诗人为之；如攻玉者必得玉工焉，使攻金之工代之琢，则窳矣。"诗有它不同于一般文章的美学特征，因此无诗才者是不可能写好诗的。虽然他们也可以"挟其深博之学，雄隽之文，于是檃括其伟辞以为诗，五七其句读，而平上其音节"，这自然也可算作诗，但是总"不如流出之自然也"。因为诗歌是人的感情之流露，它是以感兴为其特点的。故而杨万里把诗歌创作分为上、中、下三等，"兴"最上，"赋"其次，而"赓和"最下。他在《答建康府大军库监门徐达书》中说："大抵诗之作也，兴上也，赋次也，赓和不得已也。我初无意于作是诗，而是物是事适然触乎我，我之意亦适然感乎是物。是事触先焉，感随焉，而是诗出焉，我何与哉？天也。斯之谓兴。或属意一花,或分题一草,指某物课一咏,立某题征一篇,是已非天矣。然犹专乎我也,斯之为赋。至于赓和,则孰触之,孰感之,孰题之哉?人而已矣。""诗至和韵,而诗始大坏矣。故韩子苍(按:韩驹)以和韵为诗之大戒也。"把"兴"看作诗歌艺术的重要美学特征,说明他是很懂艺术的,这实际上已为严羽之重"兴趣"诗论开了先河。

第三节 南宋诗话的繁荣和张戒的《岁寒堂诗话》

南宋时期诗话有了更大的发展,比北宋更加繁荣了。在两宋所存上百种诗话中,南宋诗话占有十之六七,而且更为重要的是南宋诗话发展中,"资闲谈"的部分逐渐淡化,而评诗句、论法则的内容逐渐增多,理论色彩越来越浓厚了。有比较系统的理论观点、形成完整诗论主张的重要诗话著作,大部分产生于南宋。从理论批评的内容上看,南宋诗话除了继承北宋诗话有较多论江西诗法的内容外,受吕本中"活法"论的影响,批评江西诗法、批评苏黄诗风、以禅喻诗、注重诗歌意境创造的论述大大地增多了,直接导致严羽激烈反对江西诗派理论的产生。南宋诗话中最重要的、最有理论价值的有张戒《岁寒堂诗话》、葛立方《韵语阳秋》、姜夔的《白石道人诗说》、严羽的《沧浪诗话》和范晞文《对床夜语》,除《沧浪诗话》将在下节专论外,其他几部书的内容和特点兹分别介绍如下。

张戒的《岁寒堂诗话》是南宋前期最富理论价值的重要诗话。张戒是南宋初年人,生卒年不详,为宣和六年(1124)进士,绍兴五年(1135)赵鼎荐为国子监丞,曾为殿中侍御史、司农少卿等,其事附《宋史·赵鼎传》。《岁寒堂诗话》一书,诚如郭绍虞《宋诗话考》所指出,历来受到很高评价。如潘德舆《养一斋诗话》云:"吾于宋人诗话,严羽以外,只服张戒《岁寒堂诗话》为中的。"张宗泰《跋岁寒堂诗话》说:"戒名不甚著,诗亦不多见,而其持论,乃远出诸家评诗者之上。"这些说法都是很中肯的。《岁寒堂诗话》原本已佚,旧存一卷,《武英殿聚珍版丛书》据《永乐大典》辑出,又加上《说郛》本内容,分为两卷,上卷为理论批评总论,下卷专论杜甫的重要诗篇。上卷是一篇相当完整的诗学论文,而不像别的诗话一样是由一段段零散的语录集合而成,是接近于后来叶燮《原诗》那样的著作,这在当时的诗话中显得特别突出。

张戒的诗论虽然受道学家思想影响,有较浓厚的封建礼教色彩,以《毛诗大序》为基本指导思想,主张温柔敦厚、不冒犯君上等较为保守的观点,但是《岁寒堂诗话》的主要价值并不在这里,它的可贵之处是在对诗歌的思想内容和艺术形式的关系有比较正确的认识,特别是对诗歌艺术的美学特征有相当深入的理解,对苏、黄诗风和江西诗派的弊病有很清醒的认识,并作出了尖锐又很有分寸的批评。张戒在《岁寒堂诗话》中强调诗歌创作要以表现实内容为主,而不应当把形式技巧放在第一位。这也是对江西诗派的一种批评。他提出诗歌创作要正确理解"言志"与"咏物"的关系,他说:

> 建安陶、阮以前,诗专以言志;潘、陆以后,诗专以咏物。兼而有之者,李、杜也。言志乃诗人之本意,咏物特诗人之余事。古诗苏、李、曹、刘、陶、阮本不期于咏物,而咏物之工,卓然天成,不可复及。其情真,其味长,其气胜,视《三百篇》几于无愧,凡以得诗人之本意也。潘、陆以后,专意咏物,雕镌刻镂之工日以增,而诗人之本旨扫地尽矣。谢康乐"池塘生春草",颜延之"明月照积雪"(按:此为谢灵运作,此误),谢玄晖"澄江净如练",江文通"日暮碧云合",王籍"鸟鸣山更幽",谢朓"风定花犹落",柳恽"亭皋木叶下",何逊"夜雨滴空阶",就其一篇之中,稍免雕镌,粗足意味,便称佳句,然比之陶、阮以前苏、李古诗,曹、刘之作,九牛一毛也。大抵句中若无意味,譬之山无烟云,春无草树,岂复可观。

张戒把咏物看作"诗人之余事",并不是反对咏物,而是强调应以"言志"为主,咏物也是为了言志,不能为咏物而咏物,如果为咏物而忘了言志,就失去了诗人的本意了。像谢灵运等的名句,虽也能够"粗足意味",但与古人名作相比,总觉诗人之情志不太明朗,而主要是以咏物之精美为胜,因此他认为这些名句总是要低一头,难与古人媲美。他说:"然诗者,志之所之也。情动于中而形于言,岂专意于咏物哉?子建'明月照高楼,流光正徘徊',本以言妇人清夜独居愁思之切,非以咏月也,而后人咏月之句,虽极其工巧,终莫能及。渊明'狗吠深巷中,鸡鸣桑树颠',本以言郊居闲适之趣,非以咏田园,而后人咏田园之句,虽极其工巧,终莫能及。"由此可见,张戒是十分看重诗歌的思想内容的。所以他特别提出刘勰在《文心雕龙·情采》篇中所说的"为情而造文"与"为文而造情"的不同倾向,说"子建、李、杜皆情意有余,汹涌而后发者也","若他人之诗,皆为文造情耳"。而且他认为诗歌的思想内容应当有爱国的、进步的意义,这自然是和他在当时的社会政治环境下能站在比较正确的政治立场有关系的。他是支持岳飞而为秦桧所迫害并被逐罢官的,故《四库全书总目提要》称其"论事切直""亦鲠亮之士也"。所以他特别推崇杜甫的诗歌,赞扬其"忠义之气,爱君忧国之心",说杜诗中有的诗句"乃圣贤法言,非特诗人而已"。

然而,张戒并不因为重视诗歌的思想内容而轻视诗歌的艺术形式,相反地,他是很重视诗歌的艺术形式,而且很懂得诗歌的艺术美的。所以他既要求诗歌必须道得人心中事,同时又要含蓄而有余蕴,要有味在咸酸之外的深远意境。为此他对元(稹)、白(居易)、张(籍)、王(建)乐府诗,既充分肯定其能"道得人心中事"的优点,又尖锐地指出了他们的作品过于直露、缺少余蕴的致命弱点:"元、白、张籍、王建乐府,专以道得人心中事为工,然其词浅近,其气卑弱。"又说:"《国风》云:'爱而不见,搔首踟蹰。''瞻望弗及,伫立以泣。'其词婉,其意微,不迫不露,此其所以可贵也。《古诗》云:'馨香盈怀袖,路远莫致之。'李太白云:'皓齿终不发,芳心空自持。'皆无愧于《国风》矣。杜牧之云:'多情却是总无情,惟觉尊前笑不成。'意非不佳,然而词意浅露,略无余蕴。元、白、张籍,其病正在此,只知道得人心中事,而不知道尽则又浅露也。后来诗人能道得人心中事者少尔,尚何无余蕴之责哉。"他认为既要善于"道得人心中事",又要"余蕴"深远,这才是最好的诗歌。而要"道得人心中事",并不一定要说尽,他说:"元、白、张籍诗,皆自陶、阮中出,专以道得人心中事为工,本不应格卑,但其词伤于太烦,其意伤于太尽,遂成冗长卑陋尔。""若收敛其词,而少加含蓄,其意味岂复可及也。"所以,他非常重视诗歌意境的创造,特别引用刘勰的"情在词外曰隐,状溢目前曰秀"(按:此不见今本《文心雕龙》,当为《隐秀》篇之佚文),以及梅尧臣的"含不尽之意,见于言外;状难写之景,如在目前",说明诗歌意境的美学特征。并且提出诗歌意境描写当以"中的"为最高标准,什么是"中的"呢?他举《诗经》和古诗为例分析道:

"萧萧马鸣,悠悠旆旌",以"萧萧""悠悠"字,而出师整暇之情状,宛在目前。此语非惟创始之为难,乃中的之为工也。荆轲云:"风萧萧兮易水寒,壮士一去兮不复还。"自常人观之,语既不多,又无新巧,然而此二语遂能写出天地愁惨之状,极壮士赴死如归之情,此亦所谓中的也。古诗"白杨多悲风,萧萧愁杀人","萧萧"两字处处可用,然惟坟墓之间,白杨悲风,尤为至切,所以为奇。乐天云:"说喜不得言喜,说怨不得言怨。"乐天特得其粗尔。此句用"悲""愁"字,乃愈见其亲切处,何可少耶?诗之工,特在一时情味,固不可预设法式也。

张戒的"中的"说,是指诗歌的意境描写,必须善于将难写之景生动真实地呈现在读者的面前,把诗人内心深处难以言喻的意蕴,借助意境而充分地传达给读者。由于强调意境创造,故张戒论诗重在韵、味、才、气,他说:"韵有不可及者,曹子建是也。味有不可及者,渊明是也。才力有不可及者,李太白、韩退之是也。意气有不可及者,杜子美是也。"韵、味是意境所蕴含的美学内容,才、气则是创造意境的必要条件。

张戒诗论中很值得注意的一点是他认识到了意境创造和用事、押韵等文字技巧之间的关系,用事、押韵应该是服从于意境创造需要的,而不能以用事、押韵代替意境的创造。他说:"诗以用事为博,始于颜光禄而极于杜子美。以押韵为工,始于韩退之而极于苏、黄。"然而与创造"含不尽之意"的诗境相比,"用事押韵,何足道哉!""苏黄用事押韵之工,至矣尽矣,然究其实,乃诗人中一害,使后生只知用事押韵之为诗,而不知咏物之为工,言志之为本也,风雅自此扫地矣"。以言志、咏物为主,妥善地处理用事押韵,才是创作的正确方向。张戒对苏、黄以用事押韵为工的批评是有道理的,他还说:"《国风》《离骚》固不论,自汉魏以来,诗妙于子建,成于李、杜,而坏于苏、黄。余之此论,固未易为俗人言也。子瞻以议论作诗,鲁直又专以补缀奇字,学者未得其所长,而先得其所短,诗人之意扫地矣。"他对苏、黄诗的成就有估计不足的一面,但对苏、黄诗风的弊病一面则是看得非常清楚的。他实际上已经很明白地指出了苏、黄诗中以议论为诗、以学问为诗、以文字为诗的倾向,并指出他们的后学没有学到其长处,反倒发展了他们的短处。这就是后来严羽对江西诗派批评的先导。在南宋初年苏、黄诗风盛极一时之际,张戒能独树一帜,批评苏、黄诗风,确是难能可贵的。

葛立方的《韵语阳秋》也是南宋前期一部比较有价值的诗话。葛立方(?—1164),字常之,绍兴八年(1138)进士,官至吏部侍郎,其事附《宋史·葛宫传》。《韵语阳秋》成书于隆兴元年(1163),其自序写于隆兴二年,则作者写此序后不久就去世了。《韵语阳秋》共有二十卷,内容较为庞杂,可以代表宋代诗话的一般情况。郭绍虞先生在《宋诗话考》中曾扼要地概括其内容云:"是书凡二十卷,其分卷之故,虽无编例可考,然按其内容,似亦略以类聚。大抵第一二两卷论诗法诗格,三四两卷则论诗之本事,五六两卷重在考证,七八两卷多涉用事,九十两卷则多评史之作,十一卷论仕宦升沉之况,十二卷述死生达观之理,十三卷重在地理,十四卷多论书画,十五卷则述歌舞音乐,十六卷则述花鸟虫鱼,十七卷述医卜杂技,十八卷则论人识鉴,十九及二十卷则岁时风俗饮食妇女之属附焉。"这些方面大概可以包括宋诗话所涉及的各种内容,自卷五以后虽非直接论诗歌创作,但所有各卷的论述都是与诗歌及诗人有关系的。或是论诗歌中反映的内容,或是论诗人的状况,故从《韵语阳秋》可以大致看到宋代诗话的基本面貌。

从诗歌理论批评的角度说,《韵语阳秋》有三点值得注意。第一是论诗歌创作的灵感,也就是诗兴的问题。葛立方很重视灵感在诗歌创作中的作用。他曾指出:"自古工诗者,未尝无兴也。观物有感焉,则有兴。"说明灵感是诗歌创作的基本要素,没有灵感也就不会有诗。而灵感的来源则是外界事物的触发,故必"感物"方易有"兴"。诗歌创作灵感的产生往往是有偶然性的,如遇干扰则很快会消失。葛立方曾举具体诗例来说明这一点:

> 诗之有思,卒然遇之而莫遏,有物败之则失之矣。故昔人言覃思、垂思、抒思之类,皆欲其思之来,而所谓乱思、荡思者,言败之者易也。郑綮诗思在灞桥风雪中驴子上,唐求诗所游历不出二百里,则所

谓思者,岂寻常咫尺之间所能发哉!前辈论诗思多生于杳冥寂寞之境,而志意所如,往往出乎埃壒之外。苟能如是,于诗亦庶几矣。小说载谢无逸问潘大临云:"近日曾作诗否?"潘云:"秋来日日是诗思。昨日捉笔得'满城风雨近重阳'之句,忽催租人至,令人意败,辄以此一句奉寄。"亦可见思难而败易也。

所谓诗思"多生于杳冥寂寞之境",是说诗人必须有不受内心杂念和外界事物干扰的虚静精神境界,方能使万象迭现而文思泉涌,灵感自然也就会顺利到来,这和外物触感是不矛盾的。有了"杳冥寂寞"之心态,而又处于"灞桥风雪中驴子上"的环境中,灵感就很容易产生了。第二,葛立方论诗主张思致平淡、浑然天成,反对雕琢堆砌、怪奇险僻,要求创造韵味深远的含蓄意境。他说:"诗人首二谢,灵运在永嘉,因梦惠连,遂有'池塘生春草'之句。玄晖在宣城,因登三山,遂有'澄江净如练'之句。二公妙处,盖在于鼻无垩、目无膜尔。鼻无垩,斤将曷运?目无膜,篦将曷施?所谓浑然天成,天球不琢者与?"葛立方这种"天球不琢"的思想是和苏轼的审美观点一致的,重在天生化成,而无人工痕迹。他认为"陈腐之语,固不必涉笔,然求去其陈腐不可得,而翻为怪怪奇奇不可致诘之语以欺人,不独欺人,而且自欺,诚学者之大病也"。这里他虽未曾明言,实际上是对江西诗派弊病的一种批评。他对江西诗派的"夺胎换骨""点铁成金"也有过一些客观的介绍,并引诗例作了解释,然而他的诗歌美学思想还是更侧重平淡自然,他说:"陶潜、谢朓诗皆平淡有思致,非后来诗人怵心刿目雕琢者所为也。""大抵欲造平淡,当自组丽中来,落其华芬,然后可造平淡之境。"并引用梅尧臣关于平淡的论述和李白的"清水出芙蓉,天然去雕饰"相联系,说明"平淡而到天然处,则善矣"。他也很钦佩梅尧臣有关意境特征的论述,他说:"梅圣俞云:'作诗须状难写之景于目前,含不尽之意于言外。'真名言也。"第三,他强调神似,不重形似,以气韵生动为上,不以精细刻饰为高。他十分欣赏欧阳修、苏轼有关形神关系的论述,并对其含义作了准确的阐述。他说:"欧阳文忠公诗云:'古画画意不画形,梅诗写物无隐情。忘形得意知者寡,不若见诗如见画。'东坡诗云:'论画以形似,见与儿童邻。赋诗必此诗,定知非诗人。'或谓:'二公所论,不以形似,当画何物?'曰:'非谓画牛作马也,但以气韵为主尔。'谢赫云:'卫协之画,虽不该备形妙,而有气韵,凌跨雄杰。'其此之谓乎?陈去非作《墨梅诗》云:'含章檐下春风面,造化工成秋兔毫。意得不求颜色似,前身相马九方皋。'后之鉴画者,如得九方皋相马法,则善矣。"此虽是论画,实亦是论诗。东坡之论容易被人误解为只要神似不要形似,好像"形"就可以随便画,似不似都无所谓,其实,这是一种误会,苏东坡并不是不要形似,诚如葛立方所说,"非谓画牛作马也,但以气韵为主尔"。《韵语阳秋》的这些诗学观点,表明他是竭力推崇欧、苏的创作思想的,而与以黄庭坚为首的江西诗派之诗学思想不大一样的。由此可以看出南宋诗话发展中的一个基本倾向,即文学思想从人工雕饰逐渐趋向天工自然。

姜夔的《白石道人诗说》是南宋后期、《沧浪诗话》产生以前的一部很有理论价值的重要诗话。姜夔(约1155—1221),字尧章,号白石道人。姜夔是南宋末年著名的词人、诗人,他深谙音律,精通艺术,善能自制词谱,是很有才华的。姜夔的诗学思想是上承杨万里而下开严羽的,《白石道人诗说》也与所有其他的诗话不同,他没有举什么诗例,也很少论到诗人的具体创作,大都是言简意赅的理论主张之阐述。《诗说》的中心思想是要求诗歌创作必须含蓄蕴藉,富有诗外之余味、言外之深意,使意与景相统一,"意中有景,景中有意"。这也是和苏轼的诗学思想一致的。他说:"语贵含蓄。东坡云:'言有尽而意无穷者,天下之至言也。'山谷尤谨于此。清庙之瑟,一唱三叹,远矣哉!后之学诗者,可不务乎?若句中无余字,篇中无长语,非善之善者也;句中有余味,篇中有余意,善之善者也。"追求"余味""余意",正是注重艺术意境创造、强调诗歌审美特征的表现。他把诗歌的词和意分为四种情况:一是词意俱尽,二是意尽词不尽,三是词尽意不尽,四是词意俱不尽。他解释道:词意俱尽,并非说词穷理尽,而是"急流中截后语"。意尽词不尽,是说"意尽于未当尽处,则词可以不尽矣"。词尽意不尽,并非"遗意"也,"辞中已仿佛可见矣"。但最高级的则是词意俱不尽,因为"不尽之中,固已深尽之矣"。这实际上是讲的四种意境之不同艺术表现方法,它们都是以体现"余味""余意"为目的的。不同的表现方法,就会有不同"风味",他说:"一家之语,自有一家之风味。如乐之二十四调,各有韵声,乃是归宿处。"这种不同的表现方法,形成不同的风味,故诗歌意境从艺术美的角度说,主要有四种"高妙":"碍而实通,曰理高妙;出自意外,曰意高妙;写出幽微,如清潭见底,曰想高妙;非奇非怪,剥落文采,知其妙而不知其所以妙,曰自然高妙。"与"词意俱不尽"一样,"自然高妙"也是最高级的。它就像绘画中的"逸品"一样,与造化相契合,有浑然天成之妙。这和后来严羽所说"透彻玲珑,不可凑泊"已很接近了。欲达到这种水平,就要靠"悟",他说:"文以文而工,不以文而妙,然舍文无妙,胜处要自悟。"诗歌的妙处不在文字之工,而在文外之妙,而这是要依赖于"悟",才能体会到的。这种"悟"与江西诗派之悟"夺胎换骨""点铁成金"不同,而是与苏轼之"暂借好诗消永夜,每逢佳处辄参禅"一致的,此也正是后来严羽讲悟之意。所以他论诗讲究气象、体面、血脉、韵度,气象要"浑厚",体面要"宏大",血脉要"贯穿",韵度要"飘逸",这也与后来严羽的观点很接近。姜夔在其诗集之两篇《自序》中曾说自己的领悟:"作者求与古人合,不若求与古人异;求与古人异,不若不求与古人合而不能不合,不求与古人异而不能不异。"亦即所谓"学即病,顾不若无所学之为得"。这其实也就是杨万里之"辞谢唐人,及王、陈、江西诸君子,皆不敢学,而后欣如也"。

范晞文的《对床夜语》在严羽的《沧浪诗话》之后,是南宋末年一部比较有理论价值的诗话。范晞文,字景文,生卒年不详,晚年入元,但《对床夜语》有其友冯去非于景定三年(1262)写的序,当作于南宋后期。郭绍虞《宋诗话考》说:"是书全为论诗之语,不甚述考证笺释及琐闻杂说,虽不如《沧浪诗话》之自成系统,然在宋人诗话中亦不失为佳本。"范晞文的诗学思想是承继严羽的,但是在某些方面有新的发明,颇有精到之处。其中最重要的是有关情景关系的分析,对方回产生了直接影响,并开王夫之论情景之先河。范晞文首先提出了"情景交融"的重要美学范畴,他说:

> 老杜诗:"天高云去尽,江迥月来迟。衰谢多扶病,招邀屡有期。"上联景,下联情。"身无却少壮,迹有但羁栖。江水流城郭,春风入鼓鼙。"上联情,下联景。"水流心不竞,云在意俱迟。"景中之情也。"卷帘唯白水,隐几亦青山。"情中之景也。"感时花溅泪,恨别鸟惊心。"情景相触而莫分也。"白首多年疾,秋天昨夜凉。""高风下木

叶,永夜揽貂裘。"一句情一句景也。固知景无情不发,情无景不生,或者便谓首首当如此作,则失之甚矣。

这里范晞文对情景交融的美学特征作了相当深刻而辩证的分析,他从诗歌艺术构思过程说明情景是相互依存、不可分离的。"景无情不发",不是说客观的景本身不存在,而是说诗中之景如无情则不发;"情无景不生",不是说主观的情本身不存在,而是说诗中之情如无景则不生。情和景两者都是客观地存在着的,但这时并没有诗歌,只有当它们相互结合、融为一体后,才有了诗歌。他在这里把情景交融的状况分为三种不同的类型:第一种是情中景,即以抒情为主而情中含景,主观色彩比较突出;第二种是景中情,即以写景为主而景中寓情,客观描写比较明显;第三种是情景相触而莫分,不知何者为景、何者为情,情景浑然一体。一般地说,第三种最高明,不过前两种也各有其特长,当以诗歌本身而论,不应以何种表现方法来分优劣。范晞文在这里对中国古代文学理论中的情景关系作了十分清楚的概括,从文学思想的历史渊源上说,正是对刘勰的"情以物兴""物以情观"说的继承和发展,并在新的历史条件下,从理论上作出了新的创造和发明。

宋代周弼编《三体唐诗》体现江湖派观点,选录七言绝句、七言律诗、五言律诗,其序中提出"四虚""四实"之说,谓律诗中四句或写景,或言情,写景为实,言情为虚。范晞文对周弼将情景虚实列为三格(四实为第一格、其次四虚、再次虚实相半),也作了具体分析。他认为这对初学诗者也未尝没有好处,"刻鹄不成尚类鹜",但应当理解其精神实质,"有识高见卓不为时习熏染者,往往于此解悟",体会其以各种方式达到情景交融之目的。否则,如"四实","昧者为之,则堆积窒塞,而寡于意味矣"。他又说:"'四虚'序云:不以虚为虚,而以实为虚,化景物为情思,从首至尾,自然如行云流水,此其难也。否则偏于枯瘠,流于轻俗,而不足采矣。姑举其所选一二云:'岭猿同旦暮,江柳共风烟。'又:'猿声知后夜,花发见流年。'若猿,若柳,若花,若旦暮,若风烟,若夜,若年,皆景物也。化而虚之者一字耳,此所以次于四实也。"这里他引用周弼所说的"不以虚为虚,而以实为虚,化景物为情思",实是中国古代抒情诗创作的一个十分重要的美学原则,即自然的人化,它也是意境构成中的一个重要方法。至于第三格所谓虚实相半,即是律诗中四句二实二虚,或前虚后实,或前实后虚。前者他举司空曙《云阳馆与韩绅宿别》等为例:"乍见翻疑梦,相悲各问年。孤灯寒照雨,深竹暗浮烟。"后者他举刘长卿的《穆陵关北逢人归渔阳》为例:"楚国苍山古,幽州白日寒。城池百战后,耆旧几家残。"然而,对后人来说这些只能作参考,而不应简单模仿,故他说:"今之言唐诗者多尚此。及观其作,则虚者枯,实者塞,截然不相通,徒驾宗唐之名而实背之也。"这些都可以看出他的识见比周弼要高出一头。

对诗歌意境,范晞文也有一些很好的分析,他认为诗歌意境应当含义深远,余味无穷,其云:"诗在意远,固不以词语丰约为拘。然开元以后,五言未始不自古诗中流出,虽无穷之意,严有限之字,而视大篇长什,其实一也。如'旧里多青草,新知尽白头',又'两行灯下泪,一纸岭南书',则久别乍归之感,思远怀旧之悲,隐然无穷。"又论意境中情景描写之逼真云:"'马上相逢久,人中欲认难。''问姓惊初见,称名忆旧容。''乍见翻疑梦,相悲各问年。'皆唐人会故人之诗也。久别候逢之意,宛然在目,想而味之,情融神会,殆如直述。"这些分析实际上就是对梅尧臣"状难写之景如在目前,含不尽之意见于言外"的具体发挥。此外,他还分析了意境中的动静关系:"'风定花犹落,鸟鸣山更幽。'前辈谓上句置静意于动中,下句置动意于静中,是犹作意为之也。刘长卿'片云生断壁,万壑遍疏钟',其体与前同,然初无所觉,咀嚼既久,乃得其意。"此当是对《冷斋夜话》所引王安石之论的发挥。

从对以上几部诗话的分析中,我们可以看出南宋诗话比北宋诗话有较大的发展,主要是对诗歌的创作理论和美学特征的分析和探讨,对诗歌的具体鉴赏和批评,都大大地增多了,而且有的还提出了极为重要的系统理论主张,这就是下章我们将要论述的《沧浪诗话》。

第四节　南宋的词论

南宋词的创作是以辛弃疾为代表的豪放派词为主流的,陆游、辛弃疾、陈亮、刘过和稍后的刘克庄、刘辰翁等都写了不少激昂慷慨的爱国主义词作,故在词的理论批评方面也以豪放派词论为多。南宋初期比较重要的有胡寅和王灼。胡寅(1098—1156),字明仲,颇有爱国思想,受到秦桧等的排挤迫害,其词论特别推崇苏轼豪放词,而不喜欢以柳永为代表的婉约词。他认为"词曲者,古乐府之末造也。古乐府者,诗之旁行也"。所以从根本上词的本质也是诗,是诗的一个分支而已。他在《题酒边词》中说:"柳耆卿后出,掩众制而尽其妙,好之者以为不可复加。及眉山苏氏,一洗绮罗香泽之态,摆脱绸缪宛转之度,使人登高望远,举首高歌,而逸怀浩气超然乎尘垢之外。于是《花间》为皂隶,而柳氏为舆台矣。"他指出:"诗出于《离骚》《楚词》,而《离骚》者,变风变雅之意,怨而迫、哀而伤者也。""然文章豪放之士,鲜不寄意于此者。"说明豪放词实是《离骚》传统的继承者,苏轼也是如此。这在当时是对苏词的一个最高评价。

王灼的《碧鸡漫志》是南宋一部很重要的、比较完整的词曲论著。王灼(1081—1160),字晦叔,号颐堂,生活在北宋末南宋初。《碧鸡漫志》自序说其书之作自乙丑(绍兴十五年)至己巳(绍兴十九年),历时约四年,共为五卷。他首先指出词实际上就是古代的乐府,他说:"今人于古乐府,特指为诗之流,而以词就音,始名乐府,非古也。""古歌变为古乐府,古乐府变为今曲子,其本一也;后世风俗益不及古,故相悬耳。而世之士大夫,亦多不知歌词之变。"对唐末五代词,他既批评它缺乏"高韵",但还是肯定其"奇巧",他说:"唐末五代,文章之陋极矣,独乐章可喜,虽乏高韵,而一种奇巧,各自立格,不相沿袭。"对宋词的评价,值得注意的有三点:第一,他对苏轼的豪放词给予了极高的评价。他说:"东坡先生以文章余事作诗,溢而作词曲,高处出神入天,平处尚临镜笑春,不顾侪辈。或曰:'长短句中诗也。'为此论者,乃是遭柳永野狐涎之毒。诗与乐府同出,岂当分异?"又说:"长短句虽至本朝盛,而前人自立,与真情衰矣。东坡先生非心醉于音律者,偶尔作歌,指出向上一路,新天下耳目,弄笔者始知自振。今少年妄谓东坡移诗律作长短句,十有八九不学柳耆卿则学曹元宠,虽可笑,亦毋用笑也。"王灼对说苏词是以诗为词的观点给予了严厉的批评,其立论要害即在强调词在本质上就是诗。第二,他虽然推崇豪放派的词,但是并不否定婉约派的词,也对他们给予了充分的肯定。他说:"贺方回、周美成、晏叔原、僧仲殊各尽其才力,自成一家。贺、周语意精新,用心甚苦,毛泽民、黄载万次之。叔原如金陵王、谢子弟,秀气胜韵,得之天然，将不可学，仲殊次之；殊之赡，晏反不逮也。张子野、秦少游俊逸精妙；少游屡困京、洛，故疏荡之风不除。"由此可见，王灼的词论在总体上还是比较稳妥的。第三，他批评得最厉害的是柳永和李清照，主要原因是认为柳"浅近卑俗"，而李"闾巷荒淫"。他评柳永说："柳耆卿《乐章集》，世多爱赏该洽，序事闲暇，有首有尾，亦间出佳语，又能择声律谐美者用之，惟是浅近卑俗，自成一体，不知书者尤好之。予尝以比都下富儿：虽脱村野，而声态可憎。"他又评李清照说："易安居士，京东路提刑李格非文叔之女，建康守赵明诚德甫之妻，自少年便有诗名，才力华赡，逼近前辈，在士大夫中已不多得。若本朝妇人，当推词采第一。赵死，再嫁某氏，讼而离之，晚节流荡无归。作长短句，能曲折尽人意，轻巧尖新，姿态百出。闾巷荒淫之语，肆意落笔，自古搢绅之家，能文妇女，未见如此无顾忌也。"他对柳、李的批评体现了受传统儒家礼教影响的某些偏见，不过从他具体的评论看，对柳、李词在艺术上还是有不少肯定的。

南宋后期围绕着对辛弃疾词的评价，提倡豪放派词的理论主张较为突出。如辛弃疾的学生范开在《稼轩词序》中说："世言稼轩居士辛公之词似东坡，非有意于学坡也，自其发于所蓄者言之，则不能不坡若也。坡公尝自言，与其弟子由为文至多，而未尝敢有作文之意，且以为得于谈笑之间而非勉强之所为。公之于词亦然：苟不得之于嬉笑，则得之于行乐；不得之于行乐，则得之于醉墨淋漓之际。""是亦未尝有作之之意，其于坡也，是以似之。"因而辛词皆是不得不为之作，但其内容则又和苏轼之作不同，辛弃疾处于民族危亡之际，具有强烈的爱国主义思想，他的词作是其爱国激情和英豪壮气之直接抒写，"故其词之为体，如张乐洞庭之野，无首无尾，不主故常；又如春云浮空，卷舒起灭，随所变态，无非可观。无他，意不在于作词，而其气之所充，蓄之所发，词自不能不尔也"。然而他的词还有苏轼所没有的"清而丽，婉而妩媚"的一面。南宋末年，刘克庄在《辛稼轩集序》中也是批评柳永词而竭力推崇辛稼轩词的。他说道："世之知公者，诵其诗词而已。前辈谓有井水处皆唱柳词。余谓耆卿直留连光景，歌咏太平尔；公所作大声鞺鞳，小声铿鍧，横绝六合，扫空万古，自有苍生以来所无。其秾纤绵密者，亦不在小晏、秦郎之下。"宋元之交，刘辰翁《辛稼轩词序》中对苏东坡及辛稼轩词也给予了很高的评价，其云："词至东坡,倾荡磊落,如诗,如文,如天地奇观,岂与群儿雌声学语较工拙;然犹未至用经、用史,牵《雅》《颂》入《郑》《卫》也。自辛稼轩前,用一语如此者必且掩口。及稼轩横竖烂熳,乃如禅宗棒喝,头头皆是;又如悲箛万鼓,平生不平事并尽厄酒,但觉宾主酣畅,谈不暇顾。词至此亦足矣。"可见这时词论中之所以对豪放派肯定较多,是和当时的社会政治状况有密切关系的。

第十八章 严羽《沧浪诗话》和诗禅说的发展

第一节 严羽的生平和思想

严羽的《沧浪诗话》是中国古代最重要的一部诗话著作,它有系统的理论主张,特别是提倡以禅喻诗、强调"别材""别趣"、以"妙悟"和"兴趣"为中心、师法盛唐的诗学思想,涉及诗歌美学中的一些重大理论问题,曾对元明清三代的文学理论批评,乃至绘画等艺术理论批评,产生了极为深远的影响。

严羽,字丹邱,一字仪卿,福建邵武人,自号沧浪逋客,其确切生卒年不详,据近年来研究者考证,以其《沧浪吟卷》中之《促刺行》及《庚寅纪乱》两诗内容,联系当时史实加以推测,大约生于绍熙年间。现存严羽的诗歌中唯一涉及其年龄的是《促刺行》,其中曾说:"三年走南复走北,岁暮归来空四壁,邻翁为我长叹息。人生四十未为老,我已白头色枯槁。"可见写此诗时当为四十岁左右。然而此诗作于何时,研究者各有不同看法。一说是严羽"避地江、楚"归来时所写。一说是漫游吴越归来所写。我认为当以前说为是。据《续资治通鉴》的记载,南宋绍定二年(1229)冬,"江西、福建、湖南灾荒,老弱转沟壑,壮者遂为盗贼"。此次暴动首领为晏彪(晏头陀)。"初,盗起闽中,朝廷以陈韡为福建路总捕使,讨平之;至是又躬往邵武督捕余盗。贼首晏彪迎降,韡以彪力屈方降,非其本心,斩之。"事亦见《宋史·陈韡传》。严羽当是绍定二年冬,因家乡不安定而离家"避地江、楚",于绍定四年末回到邵武。他诗集后《庚寅纪乱》一诗记载此事,庚寅为绍定三年,此诗写于乱定之后,当作于绍定四年,与《促刺行》写于同一年。由此上推四十年,严羽当生于绍熙三年(1192)左右。又据台北所藏元刊本《沧浪严先生吟卷》前黄公绍于至元二十七年(1290)写的序(参见黄景进《严羽及其诗论之研究》),说"余幼时见东乡诸儒藏严诗多,甚恨不及传",又其《跋吴昇在轩记》中说,淳祐十二年(1252)他曾在邵武受教于叶采,时其年尚轻,故黄公绍所谓"幼时"当在淳祐中,即1245年前后,显然此时严羽已去世。又《沧浪吟卷》中可以大致考定写作年代的最晚的一首诗是《送吴仪甫之合肥谒杜帅》,杜帅即杜杲,是邵武人,嘉熙二年为淮西制置使兼知庐州,其帅淮西当在1238年至1241年(淳祐元年),此诗当作于1239年至1240年间。此外,魏庆之的《诗人玉屑》已收入了全部《沧浪诗话》的内容,书前有淳祐甲辰(1244)黄昇的序,可知严羽死于1240年至1244年间,即理宗嘉熙末至淳祐初。

严羽一生隐居不仕,据黄公绍序说,其为人"粹温中有奇气,尝问学于克堂包公。为诗宗盛唐,自《风》《骚》而下,讲究精到。石屏戴复古深所推敬,自号沧浪逋客,江湖诗友目为'三严',与参、仁同时,皆家莒溪之上"。严羽早年隐居生活状况,可以从他的朋友上官良史《寻严丹丘东潭居二首》诗的描写中看出来:"爱子东溪幽,抱被来同宿。山家无膏火,然薪代明烛。闲窗何所有,古书三五束。鸟栖月上时,还见檐前竹。"严羽在《山居即事》一诗中也说:"稍欣入林深,已觉烦虑屏。霜果垂秋山,归禽度岚岭。纷纷叶易积,漠漠云欲盛。涧底寂无人,松萝窅然暝。惟闻山鸟啼,月上柴门静。终岁寡持醪,延欢聊煮茗。群书北窗下,帙乱谁能整。"所以他思想里也有道家思想的影响,"默坐空斋夜,寂寂道心生"(《空斋》),他在《游仙六首》诗中也说:"秋涧夜瑟瑟,月露明团团。寒衣步涧月,忽见双飞鸾。上有腾空仙,天风飘佩环。清歌映岩谷,粲若玉炼颜。愿升绿云去,随君向仙关。咽食长不老,何用思人间。"但是,他是不是真心不问世事而潜心隐居呢?不是的。他本是一个有雄心壮志、有理想抱负的人,也非常关心处在民族危亡之秋的南宋社会现实,只是在当时那种是非颠倒、腐朽黑暗的社会条件下,不愿和污浊同流,而不得不隐居避世。他在《放歌行》中云:"进贤之冠兮高乎发危,山玄之佩兮长乎陆离,苟非其道兮曷如蕙带而荷衣。尧舜邈其不逢兮,我之心其孰得而知。宁轻世肆志兮,采商山之芝。与其突梯滑稽,有口如饴,据高位而自若,钓厚禄而无疑,则余有蹈东海而死耳,诚非吾之所忍为。"由此可见严羽的高洁人品,他对南宋小朝廷只图苟安享乐,不思复国进取的状况是非常不满的。在那个卖官鬻爵、小人得势的时代,像他这样的正直之士,在仕途上是不会有什么发展的。对此,他是很清醒的。他有两首写给冯熙之的诗颇能表现他的这种心情,其《惜别行赠冯夫子东归》云:"自顾沉迷类蜀庄,爱君才术过冯唐。座中然诺两相许,一饮不觉连百觞。下悲世事及危乱,上话古昔穷兴亡。高歌未断唾壶缺,起坐落日神飞扬。"又其《行子吟》云:"昨夜客游初,结交重豪迈。高冠湛卢剑,志若轻四海。白首悔前图,蹉跎天一隅。寒冬剑门道,失路空踟蹰。深林聚豺虎,绝壁号猩鼯。雪深车轴折,征马惊啼呼。何当返故处,餐黍居田庐。泪下不能去,肠转如辘轳。"严羽在"避地江、楚"期间,充满了郁郁不得志的感伤心情,他在《避乱途中》中说:"回首兵戈地,遗黎见几人。他乡空白发,故国又青春。多难堪长客,偷生愧此身。本无匡济略,叹息谩伤神。"其《登豫章城》又云:"奈何平生志,郁抑江湖间。凛凛秋风来,茫茫落日晚。长忧生白发,沉想忘朝饭。向来经济士,本是碌碌人。萧曹刀笔吏,樊灌屠贩臣。徒步取勋业,汉道为光新。我今何为者,飘飘去乡国。狂歌豫章城,醉卧风江碧。但取英雄笑,终惭倜傥生。名当以德载,事耻因人成。独酌还独酌,哀歌还寂寞。安得凌风翰,为君拂寥廓。"他之所以"避地江、楚",除了躲避家乡动乱之外,也有在仕途上寻找出路的目的,如《思归引》说:"欲归即归亦由我,不待功成何不可。尧舜不能屈由巢,自余王侯何足交。武陵春水绿堪染,就中亦有桑麻郊。近闻秦人笑相语,待我东溪种碧桃。"带有一种明显的干谒不成、思归隐居的无奈心情。

严羽避乱归来,是在绍定四年末,不久著名诗人戴复古来到福建,他绍定五年(1232)在邵武任军学教授,时王埜(字子文)任邵武太守,严羽和他们颇多诗酒往来。严羽有《早春寄潜斋王使君》云:"忽忆使君联骑去,此时乘兴几衔杯。"戴复古写有《昭武太守王子文日与李贾严羽共观前辈一两家诗及晚唐诗因有论诗十绝子文见之谓无甚高论亦可作诗家小学须知》,他们的关系是很好的。严羽《沧浪诗话》的写作当亦在此期间。故戴复古《祝二严》云:"羽也天姿高,不肯事科举。风雅与骚些,历历在肺腑。持论伤太高,与世或龃龉。长歌激古风,自立一门户。"他对当时以江西诗派为代表的诗坛现状和对四灵、江湖派的批评,自然会遭到时人不满的。绍定六年(1233)戴复古离开邵武回浙江家乡,写有《祝二严》留别,严羽写有《送戴式之归天台歌》。戴诗有云:"我老归故山,残年能几许? 平生五百篇,无人为之主,零落天地间,未必是尘土。再拜祝二严,为我收拾取。"严诗有云:"手持玉杯酌我酒,付我新诗五百首。"并说:"君骑白鹿归仙山,我亦扁舟向吴越。"但是严羽并未能马上漫游吴越,因为戴复古走后不久,邵武又发生一次动乱,即在端平元年(1234),但是很快被王埜平定,严羽有《平寇上王使君》一诗详细记载其经过。戴复古已离开,但写有《客自邵武来言王埜使君平寇》诗。乱定之后,严羽大概就开始了漫游吴越的漂泊生活。他此次外出漫游的时间,有的研究者认为大约有三年(见陈伯海《严羽身世考略》),但是从严羽自己诗中的叙述和诗歌内容的背景来看,他这次离开家乡漫游吴越一带,肯定不止三年,而是经历了将近十年之久。其《再送赖成之出都》一诗当是在临安时所作,其云:"荆吴渺渺孤舟远,江海悠悠白发新。万事蹉跎堪更问,十年离别亦何频。"当他转辗江西回邵武的途中,有《临川逢郑遐之云梦》一诗云:"天涯十载无穷恨,老泪灯前语罢垂。"当他回到家乡之后,赖成之也自"荆吴"经江西回到邵武,严羽有《赖成之还自江西感旧有作》,其云:"十年心事两蹉跎,南北东西别恨多。今日樽前重把手,相看争奈白头何。"所以严羽回到家乡显然已是在他晚年,故现存他的诗大都是漂泊异乡之作。

他漫游吴越这段时期,正是南宋王朝的多事年代,由于严羽恰好活动在南宋首都临安及其周围一带,所以他对当时发生的一些重大政治事件都了解得非常清楚,而且大都在他的诗中有所反映。绍定五年十二月,蒙古遣使王檝至宋协议破金,宋王朝由史嵩之派邹伸之使蒙古,蒙古许以灭金后以河南地归宋。绍定六年十月,南宋派孟珙、江海帅兵二万北上伐金,与蒙古元帅塔齐尔相约,并攻蔡州(金哀宗由汴京迁至蔡州)。端平元年(1234)正月,破蔡州,金亡。三月,理宗"诏遣太常寺主簿朱扬祖、阁门祇候林拓诣洛阳省谒八陵"(《续资治通鉴》,下凡未注明出处者,所引均同此书)。六月,赵范、赵葵建议收复三京,理宗命即日进兵。八月,蒙古军队南下,大败宋军,三京复失。端平二年六月,蒙古命皇子库端、库春分别领兵进攻巴蜀和江淮。七月,南宋秘书郎庄文太子府教授应㒷请理宗建储。端平三年三月,赵范在襄阳"朝夕酣狎,民讼、边防,一切废弛",遂引起宋军内部南北军交争,北军主将王旻、李伯渊投降蒙古,襄阳重镇陷落,南宋朝野震动。四月,蒙古军由襄阳直逼江陵,理宗遂命学士吴泳起草"罪己诏"。十月,"蒙古破固始县。淮西将吕文信、杜林率溃卒数万叛。六安、霍丘皆为群盗所据"。这些情况在严羽的诗中都有很清楚的反映。如《北伐行》云:"王师北伐何仓卒,六郡丁男亳州骨。空见朝陵奉使回,群盗翻来旧京阙。襄阳兵马天下雄,尚书兄弟才杰同。偏裨入救嗟已晚,万国此恨何时终。"对仓促北伐、三京复失、襄阳失守表示了深深的感慨,可见其对民族危亡的深切关怀。又《四方行》:"四方群盗苦未平,况闻中原多甲兵。百年仇耻幸已雪,何意复失东西京。呜呼机事难适至,成败君看岂天意。战骨连营漫不归,空流烈士中宵泪。"也反映了他同样的心情。其《有感六首》其一对襄阳失陷后蒙古军向巴蜀和江淮的进攻感到十分忧虑:"误喜残胡灭,那知患更长。黄云新战路,白骨旧沙场。巴蜀连年哭,江淮几郡疮。襄阳根本地,回首一悲伤。"他对那些投降蒙古的南宋将领极其愤恨,《有感六首》其六云:"传闻降北将,犹未悔狂图。忍召豺狼入,甘先矢石驱。圣朝何负汝,天意必亡胡。试看东山寇,如今更有无。"对于理宗的立储问题他也非常关心,《有感六首》之五云:"陛下春秋盛,谦卑每责躬。得无劳圣虑,犹未定储宫。付托关神器,乾坤在至公。早闻宣诏册,欢喜万方同。"嘉熙元年(1237)五月,"行都大火,延烧民庐五十三万"。理宗下"诏蠲临安府城内外征一月"。嘉熙四年正月,"彗星出于营室",理宗下罪己诏云:"朕德不类,不能上全三光之明,下遂群生之和,变异频仍,咎证彰灼,夙夜祗惧,不遑宁康。乃正月辛未,有流星见于营室,太史占厥名曰彗,灾孰大焉。"是时,"临安大饥,饥者夺食于路,市中杀人以卖,隐处掠卖人以徼利;日未晡,路无行人"。六月,江浙闽等地发生严重的旱灾、蝗灾。杜范还都时言:"旱暵荐臻,人无粒食,楮券猥轻,物价腾踊,行都之内,气象萧条,左浙近辅,殍死盈道,流民充斥,剽掠成风。"严羽在其诗中对此也十分关注,其《有感六首》之四云:"灾异时时见,群情恐惧中。修禳今日急,反侧向来同。社稷堪多难,安危系数公。残生江海去,老作一渔翁。"其《舟中苦热》一诗云:"年衰愁作客,秋近苦思家。蝗旱三千里,江淮儿女嗟。"嘉熙元年十月,蒙古军进攻黄州、安丰失利,于嘉熙二年派王檝到南宋议和,要求南宋每年向蒙古进贡"银绢各二十万",大臣中或主和或反对,意见不一。自此至嘉熙四年王檝曾数次到南宋,五月因和议未决,隐忧致疾而卒。严羽《有感六首》有两首是写和亲之事的,其三云:"闻道单于使,年来入国频。圣朝思息战,异域请和亲。今日唐虞际,群公社稷臣。不妨盟墨诈,须戒复车新。"他看到蒙古之议和不是真心,希望朝廷重臣要有警惕。其二云:"哀痛天灾日,丝纶罪己深。王师曾北伐,胡马尚南侵。谋国知谁计,和亲岂圣心。愿闻修实德,听纳谏臣箴。"他对理宗还是寄予了很大期望的。然而,严羽生活在南宋末年灾难深重的时代,统治集团十分腐朽,投降卖国者比比皆是,严羽虽想有所作为,但也只能感叹而已!不过在当时他确是一位颇有爱国思想和民族感情的诗人,在《沧浪吟卷》中除上述诗作外,还有不少愤激感时的诗作,例如"感时须发白,忧国空拳拳"(《庚寅纪乱》),"何日匈奴灭,中原得晏然"(《出塞行》)等。又如《梦中作》《从军行》等诗,也都鲜明地表现了他热切的爱国激情,忧国伤时之心,溢于言表。因此,他的诗歌理论特别强调学习盛唐、学习李杜,希望在诗歌中展现一个繁荣富强祖国的风貌和气派。说他"内崇王、孟而阴抑少陵"(朱东润《沧浪诗话参证》,载《中国文学批评论集》),实在是不符合实际的。他的《沧浪诗话》在宋人诗话中确有鹤立鸡群之姿,构成一完整的理论体系,下面我们按其理论体系的几个要点,分别加以论述。

第二节 论"别材""别趣"

严羽的《沧浪诗话》从表面上看似乎主要是讲诗与禅的关系,其实他的诗论中心是在探讨宋代诗歌创作和理论批评中存在的主要问题,并提出解决的方法和途径。宋代的诗歌创作和理论批评自苏轼以后,黄庭坚和江西诗派的理论和创作几乎主宰了整个诗坛。严羽的《沧浪诗话》所提出的一系列理论观点都是针对江西诗派的弊病的。他在《答出继叔临安吴景仙书》中说:"仆之《诗辩》,乃断千百年公案,诚惊世绝俗之谈,至当归一之论。其间说江西诗病,真取心肝刽子手。"因此我们要研究严羽的诗论,必须对宋代诗歌创作和理论批评发展状况及其主要问题,特别是江西诗派的功过,有正确的理解和分析。中国古代诗歌发展到唐代,已经达到了古典诗歌艺术的最高峰。宋诗要在此基础上有新的特色、新的创造,必须另辟蹊径,改革已有的艺术表现方法和表现技巧,建立自己独特的艺术风格。宋诗的发展也确实按照这个方向走出了自己的新路,它运用唐宋古文创作的方法来写诗,形成了别具一格的散文化特点,议论和说理的成分大大地增多了,典故的运用也更加普遍了。然而,古文所包含的范围十分广泛,其性质也是各不相同而极其复杂的。古文中有文学散文,也有大量非文学的应用文章,这里文学和非文学的界限很不容易分清楚,由此造成了文学观念上的混乱,并且给诗歌的散文化带来了很复杂状况。在总体上不违背诗歌艺术审美特性的前提下,散文化使宋诗有了超越唐诗的新发展,细腻流畅而富有理趣,议论深邃而饶有兴味,如苏轼的"不识庐山真面目,只缘身在此山中",陆游的"山重水复疑无路,柳暗花明又一村"等,的确是理趣盎然,发人深思。但是散文化在另一方面,又容易使人忽略诗歌艺术的审美特性,把它变成押韵的文章,以大段的议论代替生动的形象,以枯燥的说理代替感人的抒情,以典故的堆砌代替幽美的意境,以险僻的文辞和烦琐的声律代替逼真自然、如在目前的情景描写,从创作构思过程的思维特点来说,则是以抽象的理论思维代替具体的艺术思维。这样,就会走上违背艺术本身规律的错误创作道路。但是这在苏轼、黄庭坚诗歌创作中还并没有成为很严重的问题,因为他们两人,尤其是苏轼,是很懂得诗歌的美学特征的,并没有因为散文化而忽略了诗歌艺术本身的特殊规律。苏轼是非常重视具有味外之味的意境创造的,他虽然喜欢以说理、议论为诗,然而富有"理趣"而不坠"理障",不因议论而失去形象。特别是他在诗学理论上较多地承继了皎然、司空图一派的思想,和他的创作实践并不完全一致。黄庭坚和苏轼相比,显然要更偏重说理、用事、押韵之工,而且在理论上也强调说理,主张"以理为主""精读千卷书""无一字无来历",追求奇险怪僻,认为"词意高胜,要从学问中来",注重学习古人法度,"夺胎换骨""点铁成金",在诗学思想上和苏轼之重自然天成很不相同,代表了讲究文字雕琢、典故堆砌的另一种创作倾向,但他在创作中也还是比较注意诗歌的艺术美的。可是他们的后学特别是以黄庭坚为宗师的江西诗派,则片面地发展了这种创作风气,恰如张戒所说的,"子瞻以议论为诗,鲁直又专以补缀奇字,学者未得其所长,而先得其所短,诗人之意扫地矣"。从黄庭坚开始,宋诗的散文化逐渐走向它的反面,以议论、用事、押韵为工,而不重视意象之精妙和意境之深远,这不能不说是诗歌发展中的一个危机。故而严羽在《沧浪诗话》中说:

"本朝人尚理而病于意兴。"特别是在《诗辩》中,他指出以江西诗派为代表的宋代诗人,违背了诗歌的艺术规律,"近代诸公乃作奇特解会,遂以文字为诗,以才学为诗,以议论为诗。夫岂不工,终非古人之诗也。盖于一唱三叹之音,有所歉焉。且其作多务使事,不问兴致;用字必有来历,押韵必有出处,读之反复终篇,不知着到何在。其末流甚者,叫噪怒张,殊乖忠厚之风,殆以骂詈为诗。诗而至此,可谓一厄也"。对宋诗创作中存在的这个问题,明清的许多诗学家也有过许多类似评述,例如李东阳在《怀麓堂诗话》中说:"宋人于诗无所得。所谓法者,不过一字一句,对偶雕琢之工,而天真兴致,则未可与道。"何景明在《汉魏诗序》中说:"宋诗言理。"胡应麟《诗薮》中说:"禅家戒事理二障,余戏谓宋人诗,病政坐此。苏、黄好用事,而为事使事障也;程、邵好谈理,而为理缚理障也。"清人吴乔《围炉诗话》引《诗法源流》云:"唐人以诗为诗,宋人以文为诗;唐诗主于达性情,故于三百篇近,宋诗主于议论,故于三百篇远。"他们中有的人虽有偏爱唐诗之嫌,但就其评论内容说是基本符合实际的。江西诗派是宋诗中这种违反诗歌艺术规律的主要代表,从南宋开始虽然也有一些诗人和诗歌理论批评家对江西诗派提出批评,在创作上也有不少变化,摆脱江西诗法的框框,后来四灵、江湖派诗人又以贾岛、姚合和晚唐诗人为效法榜样,但都没有能改变江西诗派的主导地位,如朱竹垞在《裘司直集序》中所说:"宋自汴梁南渡,学者多以黄鲁直为宗。……终宋之世,诗集流传于今者,惟江西最盛。"严羽批评江西诗派,对四灵、江湖派也不满,认为他们虽"自谓之唐宗,不知止入声闻、辟支之果,岂盛唐诸公大乘正法眼者哉!"

严羽的"别材""别趣"说,正是针对宋诗的这种弊病而提出来的。他说:

> 诗有别材,非关书也;诗有别趣,非关理也。然非多读书,多穷理,则不能极其至。所谓不涉理路,不落言筌者,上也。诗者,吟咏情性也。盛唐诸人惟在兴趣,羚羊挂角,无迹可求。故其妙处,透彻玲珑,不可凑泊,如空中之音,相中之色,水中之月,镜中之象,言有尽而意无穷。

严羽的"别材""别趣"说是其整个诗学理论的基本出发点,对此后人争议也最多,各家的理解也颇多分歧。"别材",可以有两种理解,一是将"材"释为"材料"之意,指诗歌创作要有特别的材料,而不是书本知识所构成的,有人认为就是陆游所说的"工夫在诗外"之意。一是认为"材"与"才"通,即是"才能"之意,指诗歌创作要有特别的才能,而不是学了许多书本知识就能写好诗的。我们认为前一种说法不大符合严羽的原意,而后一种说法比较切合严羽的本意。严羽是并不反对诗歌创作以前人为法的,他提倡的是"以盛唐为法",而不是像陆游那样以社会现实生活为法。也就是说,"别材"不是讲的诗歌创作的源泉问题,而是讲的诗歌创作不能只靠书本学问,而需要诗人有不同于学者的一种特别才能。学者不一定都能成为诗人,诗人也不一定都是学者,而宋人往往不懂得这一点,遂以议论、才学、文字为诗。郭绍虞先生的《沧浪诗话校释》为我们研究严羽提供了丰富的材料,但是他认为后人对严羽"诗有别材,非关书也"的非议皆因误"书"为"学"的说法是不妥的。其实,书和学在古人说是没有什么区别的,他们所谓学问就是书本知识。严羽提出"非关书也"正是为了反对"以才学为诗",他说:"孟襄阳学力下韩退之远甚,而其诗独出退之之上者,一味妙悟而已。"这就是"诗有别材,非关书也"的典型例子。"别趣",是讲诗歌有和一般说理、议论文章不同的特别的趣味,不是发发议论、讲讲道理就可以成为诗歌的。这是指诗歌必须要有美的形象,感发人的意志,激动人的感情,能引起人的审美趣味,而不能只有干巴巴的议论和枯燥无味的说理,这正是针对"以议论为诗"而提出来的。

严羽并没有完全否定"书"和"理",也不是说诗人可以不需要"书"和"理",他紧接着就说:"然非多读书、多穷理,则不能极其至。"此两句《诗人玉屑》中引作:"而古人未尝不读书,不穷理。"这两种不同的版本,虽在重视"书"和"理"的程度上略有不同,其基本意思都是一样的,认为诗人必须要读书、穷理,多读书即是要有广博的学问,多穷理即是要通晓人情物理,但是这仅仅是诗人自我修养的必要条件,并不能以此来代替诗歌创作。这里涉及了诗和学的关系、诗和理的关系两个重要问题。诗和学的关系,其争论并非始自宋代,它早在六朝时期已经非常突出,它是中国古代文学思想发展上一个基本理论问题。南朝尤其是齐梁时期用事之风特盛,如颜延之就以用典多出名,钟嵘在《诗品》的中品序中就进行过尖锐的批评,对"虽谢天才,且表学问"的状况,给予了辛辣的讽刺。这个问题在唐代总的说并不很突出,但在中唐的韩愈、孟郊创作中又有所滋长,追求文字上的险怪奇僻,严羽以韩愈和孟浩然作比较,即是为了说明这一点。到了宋代,由于理学泛滥的影响,诗歌散文化的影响,苏、黄诗风的影响,堆砌典故、掉书袋的现象就相当严重了,故张戒说是"诗人中一害"。严羽并没有废学的意思,而只是说诗不等于学,这本来是很明白的。清人沈德潜在《说诗晬语》中说:"严仪卿有'诗有别才,非关学也'之说,谓神明妙悟,不专学问,非教人废学也。"而许多人对严羽的责备,只不过是表现了他们对诗的无知而已。以学代诗现象的一再出现,也是和中国古代文学观念上的混乱有关系的,许多人分不清广义的文章中哪些是文学,哪些不是文学,不了解非文学的文章和文学作品在创作上的原则区别,于是就用写非文学文章的方法来写诗,错误地认为只要有了学问就能写好诗了。诗和理的关系也是如此,也是中国文学思想发展早就存在的问题。六朝时玄言诗的缺点即是没有处理好诗和理的关系,所以钟嵘说它是"理过其辞,淡乎寡味"。严羽并不否定诗中要有"理",但是他认为"理"不能以抽象的、概念的形式出现,而应当隐含于"意兴"之中。他在《沧浪诗话·诗评》中曾说:"诗有词理意兴。南朝人尚词而病于理;本朝人尚理而病于意兴;唐人尚意兴而理在其中;汉魏之诗,词理意兴,无迹可求。"这里所说的词、理、意兴关系,实际上就是语言、思想、形象的关系,"意兴"即是"别趣"的所在,是感情激荡时出现的现象,是指诗歌审美意象所具有的感发人的情志、激起人的审美趣味的特征,文学创作应该以形象塑造为中心,以抒发感情为目的,寓理于其中,而以语言为表达手段,要像唐朝人那样以"吟咏情性"为主,"尚意兴而理在其中"。严羽所说的"不涉理路,不落言筌",其目的在反对宋人的以说理为诗,以文字为诗,把诗变成押韵文章,或成为文字游戏,以致抹杀了诗歌的缘情本质,由于他对以江西诗派为代表的、宋诗创作中违背艺术规律的倾向,感到深恶痛绝,所以话说得过头了一些。如果从文学创作构思不应当用抽象的理论思维方式来理解,"不涉理路"是正确的,但是从一般文学创作过程来说,实际上并不是完全"不涉理路"的,像杜甫的《北征》《自京赴奉先县咏怀五百字》等,都有一些理性思维的内容,直接表现在诗句中,也有不少议论,但如清人沈德潜所说,其议论"带情韵以行",并不影响它总体的审美形象。至于说"不落言筌",则是强调诗歌要不拘泥于语言文字,而富有言外之意,并不是不要语言文字。

对严羽的"不涉理路,不落言筌"说,清人冯班攻击最为激烈,他在《钝吟杂录》卷五《严氏纠谬》中说:"沧浪云:'不落言筌,不涉理路。'按此二言似是而非,惑人为最。"他又分析道:

> 至于诗者,言也。言之不足,故长言之,长言之不足,故咏歌之。但其言微,不与常言同耳,安得有不落言筌者乎?诗者,讽刺之言也。凭理而发,怨诽者不乱,好色者不淫,故曰"思无邪"。但其理玄,或在文外,与寻常文笔言理者不同,安得不涉理路乎?沧浪论诗,止是浮光掠影,如有所见,其实脚根未曾点地,故云盛唐之诗,"如空中之色,水中之月,镜中之象"。种种比喻,殊不如刘梦得云:"兴在象外",一语妙绝。又孟子言:"说诗者不以文害辞,不以辞害志,以意逆志,是为得之。"更自确然灼然也。呜呼!可以言此者寡矣。沧浪只是"兴趣"言诗,便知此公未得向上关捩子。

其实,冯班这里对诗与理关系的理解,与严羽并没有什么不同,他所谓"但其理玄,或在文外,与寻常文笔言理者不同",也就是严羽所说寓理于意兴之中的问题。冯班所谓"但其言微,不与常言同耳",也就是严羽所说的"羚羊挂角,无迹可求","言有尽而意无穷"之意,即所谓"不落言筌"也。因此,严羽的"别材""别趣"论从阐明诗歌的艺术特征和批评宋诗中违背艺术规律方面说,原是无可非议的,而且是相当深刻的。后人的指责大都是受正统儒家思想的影响和是因文学观念上的混乱而产生的偏见。

严羽对诗歌艺术的特点归纳为"兴趣"二字,他最佩服的盛唐诗人之所以不可及,就在于他们"惟在兴趣"。"兴趣"指的是什么,历来研究者说法不一,颇多分歧。对"兴趣"的确切理解,需要从严羽本人的解释和"兴趣"说的历史渊源两方面来认识。严羽在《沧浪诗话》中有三种说法:

一是兴趣,说"盛唐诸人惟在兴趣";二是兴致,说"近代诸公""多务使事,不问兴致";三是意兴,说"唐人尚意兴而理在其中"。这兴趣、兴致、意兴三者基本意思是一样的,只是用在不同的地方,其中含意略有侧重而已:兴趣侧重趣,兴致侧重兴,意兴侧重意象(意)。由此可以更全面地了解"兴趣"的内涵。讲诗歌的"兴"有悠久的历史,孔子讲诗"可以兴",朱熹释"兴"为"感发意志",又释为"托物兴辞",指诗歌由托物兴辞而构成的审美意象,能使人产生精神振奋、情绪激动的效果,这正是说的诗歌的审美作用。到汉儒讲"六义",把"兴"作为诗歌的一种具体艺术表现方法,角度和含义均有所不同。但是在中国文学理论批评史上一直存在着一种与经生家不同的诗学家的解释,他们把"兴"看作诗歌的基本艺术特征,如钟嵘说"兴"是"文已尽而意有余",王昌龄《诗格》中也非常重视"兴",认为"自古文章,起于无作,兴于自然"。诗歌必待"兴发意生",始可创作,并要看前人佳作以"发兴"。杜甫等许多诗人和诗学理论批评家所讲的"诗兴"或"感兴",都是指有感于外物而产生的创作冲动和灵感不可遏止的勃发。皎然在《诗式》中说"兴"即"象下之意"。在严羽之后,黄宗羲在《汪扶晨诗序》中说:"其意句就境中宣出者,可以兴也。"王夫之在《唐诗评选》中说:"'诗言志,歌永言';非志即为诗,言即为歌也。或可以兴,或不可以兴,其枢机在此。"严羽说的"兴"是和他前后的诗学家们所讲的"兴"一致的,正是指诗歌的美学特征,"不问兴致"就是不重视诗歌的美学特征,所以他说重在"兴趣"的诗歌"言有尽而意无穷"。诗歌的"趣"也不是严羽最早提出的,现在我们看到论文学的趣,较早的是刘勰《文心雕龙》,其中论到"趣"共有十五处之多,如"风趣"(《体性》:"风趣刚柔,宁或改其气"),"情趣"(《章句》:"斯固情趣之指归"),"辞趣"(《明诗》:"辞趣一揆"),"旨趣"(《颂赞》:"挚虞品藻,颇为精核,至云杂以风雅,而不变旨趣"),"万趣"(《镕裁》:"万趣会文,不离辞情"),"生趣"(《章表》:"应物制巧,随变生趣"),"趣幽"(《练字》:"故陈思称:扬马之作,趣幽旨深"),"趣合"(《丽辞》:"反对者,理殊趣合者也"),等等,从刘勰所引,可知最早论"趣"的是曹植,可惜原文已见不到了。由上述各条来看,刘勰所说的"趣",乃是与"理""旨"相对,产生于文学形象("应物制巧")之中,而蕴含于情辞之内的,并与作家的个性、气质有密切关系,因此,它正是指文学作品美学特征所具有的审美趣味。论诗中之趣,则钟嵘在《诗品》中论阮籍诗云:"厥旨渊放,归趣难求。"论郭璞诗云:"乃是坎壈咏怀,非列仙之趣也。"论谢瞻等云:"殊得风流媚趣。"这种趣是和他所强调的诗歌的味是差不多的,有趣乃有味。唐代论诗趣者亦不少,空海《文镜秘府论》南卷论体部分曾讲到"断辞趣理,微而能显"(或疑系引刘善经《四声指归》文),当是受刘勰《体性》篇影响之说。皎然《诗议》中也论到"趣",其云:"状飞动之趣,写真奥之思。"(《文镜秘府论》引为"状飞动之句")托名王昌龄的《诗中密旨》所讲诗有三格:"一曰得趣,二曰得理,三曰得势。"并解释"得趣"云:"谓理得其趣,咏物如合砌,为之上也。"晚唐司空图在著名的《与王驾评诗书》中说:"右丞、苏州趣味澄夐,若清沇之贯达。"司空图的诗论对严羽的影响是很明显的,他所说的"趣味"和严羽的"兴趣"是接近的。"兴"侧重于从作者的角度说,"趣"侧重于从读者的角度说,其实都是指诗歌的美学特征,说"兴趣"意思就更全面了。"意兴"的说法也是唐代就出现了的,《文镜秘府论》所引王昌龄《诗格》说:"凡诗,物色兼意下为好,若有物色,无意兴,虽巧亦无处用之。"又说:"诗有平(王利器谓当作'凭')意兴来作者,'愿子励风规,归来振羽仪。嗟余今老病,此别恐长辞。'盖无比兴,一时之能也。"这两处"意兴"都是指诗人有所感触而萌发的具体的情意状态,它必须是和物象联系在一起的,所引徐陵的诗虽无景物,但是属于情中景一类,并不是抽象的理性的概念。"意兴"有突发性、偶然性,具有直觉思维的特点,它往往不是理念的产物,而是直观的产物。严羽的"意兴"也正是这个意思,尚"意兴"则理自然寓于其中,这样的诗就有"兴趣"。

由于"惟在兴趣",所以诗歌就有含蓄深远、韵味无穷的意境。严羽对这种意境艺术特征的描绘是:"羚羊挂角,无迹可求","透彻玲珑,不可凑泊"。据说羚羊晚上睡觉时,角挂在树上身体缩成一团,最灵敏的猎狗也闻不到其气味,无法找到它的踪迹,严羽借此说明这种意境精彩绝伦而又浑然天成,没有任何人工痕迹,并且具有朦朦胧胧之美,"如空中之音,相中之色,水中之月,镜中之象,言有尽而意无穷"。空中之音,若闻若寂,相中之色,似见似灭,水中之月,非有非无,镜中之象,亦存亦亡。这和司空图所引戴叔伦的话,"蓝田日暖,良玉生烟,可望而不可置于眉睫之前",确是非常相似的。意境具有虚实结合的特点,它若有若无,似虚似实,象外有象,景外有景,让人感到有无穷的言外之意、韵外之致、味外之旨。明人对此颇有一些足以帮助我们深入理解的分析,例如李梦阳说:"古诗妙在形容之耳,所谓水月镜花,所谓人外之人、言外之言。宋以后则直陈之矣,于是求工于字句,所谓心劳日拙者也。形容之妙,心了了而口不能解,卓如跃如,有而无,无而有。"(《论学下》)又如王廷相也说:"夫诗贵意象透莹,不喜事实黏着,古谓水中之月,镜中之影,可以目睹,难以实求是也。""言征实则寡余味也,情直致则难动物也;故示以意象,使人思而咀之,感而契之,邈哉深哉,此诗之大致也。"(《与郭价夫学士论诗书》)然而,严羽这种对意境的形象描绘,并不是直接受司空图影响而来,他的这种比喻大半是从佛学,特别是禅宗那里来的。《说无垢称经·声闻品》云:"一切法性皆虚妄见,如梦如焰,如健达缚城;一切法性皆分别心所起影像,如水中月,如镜中像。"《师友诗传续录》载王士禛曾经说:"严仪卿所谓如镜中花,如水中月,如水中盐味,如羚羊挂角,无迹可求,皆以禅喻诗,内典所云不即不离,不粘不脱,曹洞宗所云参活句是也。"但他对意境美学特征的认识和体会,则确实与司空图有异曲同工之妙,这是不可否认的事实。

第三节 论"妙悟"

诗歌是以"兴趣"为其特点的,而"兴趣"是不能靠知识学问来获得的,它要靠"妙悟"来领会和掌握。"妙悟"本是佛学术语,尤为禅宗所重,指对佛法的心解和觉悟,而严羽则是"借禅以为喻",以"定诗之宗旨",其所谓"妙悟"是针对"兴趣"而说的。他说:"论诗如论禅","大抵禅道惟在妙悟,诗道亦在妙悟"。在《答出继叔临安吴景仙书》中,他也说:"以禅喻诗,莫此亲切。是自家实证实悟者,是自家闭门凿破此片田地,即非傍人篱壁、拾人涕唾得来者。"他是自己感到以禅喻诗最能说明诗的特点,因此从根本上说,他是为了论诗才说禅,而不是为了论禅而说诗,所以当吴景仙向他提出"说禅非文人儒者之言"时,他回答说:"本意但欲说得诗透彻,初无意于为文。其合文人儒者之言与否,不问也。"为什么严羽会认为以禅喻诗最为亲切、最能说明问题呢?这就需要从"妙悟"

的佛学含义说起,丁福保编《佛学大辞典》释曰:"妙悟,(术语)殊妙之觉悟。唐《华严经》十二曰:'妙悟皆满,二行永断。'《涅槃无名论》曰:'玄道在于妙悟,妙悟在于即真。'"禅宗的妙悟,其特点是以心传心,不立文字,教外别传。这种对佛性的领悟,是不可言喻的,只能自己心里去体会,如人喝水,冷暖自知,谁也不可能说清楚。例如《五灯会元》释迦牟尼佛条记载:"世尊(释迦牟尼)在灵山会上,拈花示众。是时众皆默然,唯迦叶尊者破颜微笑。世尊曰:'吾有正法眼藏,涅槃妙心,实相无相,微妙法门,不立文字,教外别传,付嘱摩诃迦叶。'"于是摩诃迦叶遂为禅宗初祖。自六祖慧能后,南宗影响愈来愈大,北宗则逐渐销匿。南宗重在顿悟,慧能是不识字的,早年在投奔五祖弘忍大师前,尝遇尼无尽藏者读《涅槃经》,遂听之。尼执卷问字,惠能答曰:"字即不识,义即请问。"尼曰:"字尚不识,曷能会义?"答曰:"诸佛妙理,非关文字。"尼惊,以为有道之人。后至弘忍处,五祖说:"岭南人无佛性,若得为佛?"慧能反问:"人即有南北,佛性岂然?"五祖遂知是异人。弘忍故意不教他在跟前学佛,而让他到槽厂去打杂,后五祖为传衣钵,命众徒各作一偈,神秀上座作偈云:"身是菩提树,心如明镜台。时时勤拂拭,莫使惹尘埃。"弘忍看后叹曰:"后代依此修行,亦得胜果。"但实际并不满意。慧能听念此偈,遂请别驾张日用题一偈于壁上,在神秀偈之旁,其云:"菩提本无树,明镜亦非台。本来无一物,何处惹尘埃?"五祖遂秘传法衣于他,命他隐于怀集、四会之间。后慧能至南海于法性寺遇印宗法师,夜于廊庑间闻二僧争论风扬刹幡究为幡动抑或风动,遂云:既非风动,亦非幡动,乃是心动。印宗窃闻,竦然异之,尊为"肉身菩萨"。故知禅宗妙悟,即心即佛,实相无相,不缘文字,其妙无穷。严羽认为诗歌艺术之奥秘,既非语言所能表达清楚,亦非理论所可阐说明白,必须"自家实证实悟""凿破此片田地",从大量上乘佳作中,凭借内在的直觉思维,从内心去感受和体验,方能默会艺术三昧,领略其间奥秘。这就是诗家的妙悟,它和禅家的妙悟,又是何等相似!由此可见,严羽以妙悟论诗,其实质是在强调诗歌艺术有自己特殊的特点,从主体对客体的关系、心对物的关系上说,它不是理性的认识,而是直感的默契。正是从这一点上说,以禅喻诗,而同归妙悟,确是"莫此亲切"!

严羽认为对于诗家来说,妙悟是高于一切的,因为艺术家必须懂得艺术的特殊规律,诗人必须深谙诗家之三昧,所以他说:"惟悟乃为当行,乃为本色。"诗人当然要以把握诗歌的美学特征作为自己最主要的目的,善于熟练驾驭各种艺术表现方法,故自然要以妙悟为"当行"、为"本色"。把领会诗歌艺术的特殊性作为诗人创作最重要的条件,在理论上提得如此明确,强调得如此突出,这在严羽以前还没有过。严羽还认为对诗家三昧的领会,各人有程度深浅的差别,诗歌创作实践方面也有水平高下之区分,因而悟也有透彻之悟和一知半解之悟的不同。诗家之悟是与学习前人作品有关系的,前人作品则又有第一义与第二义之别,第一义之作是指那些艺术水平最高、体现诗歌的美学特征最为突出的优秀作品,第二义之作是指那些总体水平不低,但有明显毛病,不堪为学者之榜样,故非学诗之正门大道。由第一义之作悟入,称为第一义之悟;由第二义之作悟入,则称为第二义之悟。由第一义悟入,可以达到透彻之悟,从这个意义上讲,第一义之悟与透彻之悟是一致的。但是第一义之悟也可以是一知半解之悟,这是和学诗者本人的悟性有密切关系的。不过,由第一义悟入即使达不到透彻之悟,终究比第二义之悟要好,不会走入邪门歪道,所谓"虽学之不至,亦不失正路",毕竟还是"直截根源"的路子。如果从第二义悟入,则因为"路头一差",就要"愈骛愈远",不但达不到透彻之悟,甚至连一知半解之悟也不一定能达到,可能会变成"野狐外道"。严羽所重还是在透彻之悟,由此而强调第一义之悟的重要性,明代前后七子只讲第一义之悟,而忽略了严羽的最终目的是在透彻之悟,因而陷入因袭模拟,故其创作不能达到上乘水平,也无法进入透彻之悟的境界。

以禅喻诗,讲究悟入,并非始于严羽,而有相当久远的历史。诗与禅的联系开始于唐代,随着禅宗的发展,许多诗人都学禅,特别是王维在他的许多山水田园诗中善于将禅意融入诗心,使诗境与禅境合一,故其诗歌更加含蓄深远、余味无穷。如常建之"山光悦鸟性,潭影空人心"被王士禛认为有禅悟之妙,其原因也在此。殷璠首先从理论批评上提出了这个问题,说明"意在言外"的诗境常常是和"善写方外之情"有密切联系的。中唐时期,皎然、灵澈、权德舆、刘禹锡等人论诗歌意境,均与禅理紧密相连。宋代禅宗有了更大发展,文人学禅更为普遍,例如苏轼、黄庭坚均为禅宗居士,并被列入禅宗法嗣。《五灯会元》在东林总禅师法嗣下有"内翰苏轼居士",黄龙心禅师法嗣下有"太史黄庭坚居士"。诗与禅的结合在理论和创作中,都有了极大的发展,以禅悟论诗也相当普遍了。然而,宋代的诗禅说,诚如郁源《严羽诗禅说析辨》所指出的,从一开始就有两种不完全相同的倾向。这可以苏轼和黄庭坚在禅悟与诗歌创作关系理解上的差别来说明。苏轼以禅悟说诗重在对自然天成、超脱空灵的诗歌意境之妙悟,对具有味外之味、象外之象、景外之景的诗歌意境美学特征之领会;而黄庭坚的禅悟说则侧重在对诗法,包括章法、句法、字法、律法等的妙悟,对"夺胎换骨""点铁成金"的领会。刘熙载在《艺概·诗概》中说道:"东坡诗,善于空诸所有,又善于无中生有,机括实自禅悟中来,以辩才三昧而为韵言,固宜其舌底澜翻如是。"又说:"滔滔汩汩说去,一转便见主意,《南华》《华严》最长于此。东坡古诗惯用其法。"郭绍虞先生在《〈沧浪诗话〉以前之诗禅说》一文中说东坡的《琴诗》"妙语解颐已近禅悟",又说它的《诗颂》"亦已逗露此意",至其《送参寥师》及《夜直玉堂携李之仪端叔诗百余首读至夜半书其后》"则更和盘托出,无余蕴矣"。前一首诗是说诗人须有空静心态,而后方能创作出有"至味"的作品,后一首诗中所说"暂借好诗消永夜,每逢佳处辄参禅",正是指诗歌的意境而言的,讲诗歌妙境与禅境相仿,具有含蓄不尽之余味,如参禅一般。故其《次韵叶致远见赠》云:"一技文章何足道,要言摩诘是文殊。"然而,黄庭坚的诗禅说则和苏轼不完全相同,其《奉答谢公定与荣子邕论狄元规孙少述诗长韵》所云:"自往见谢公,论诗得濠梁。"任渊注云:"言有所悟入也。"其诗又云:"无人知句法,秋月自澄江。"秋月澄江即是指禅悟而言,唐永嘉玄觉禅师《证道歌》云:"一月普现一切水,一切水月一月摄。"可见其禅悟的目的在领会句法之妙。黄庭坚也要求"入神",但他是由"诗律""句法""诗眼"等人工雕琢途径而达到的神奇境界,与苏轼之从天生化成、无法之法而达到神化境界,是很不相同的。故苏、黄之后论诗禅关系者,虽也都讲悟,但角度不大一样,有偏向苏的,也有偏向黄的。例如吴可比较接近苏轼,他在《藏海诗话》中虽对苏、黄两人都很推崇,然于苏更为钦佩,要求诗歌"风韵飘然","含不尽之意见于言外",其论"悟"云:"凡作诗如参禅,须有悟门。少从荣天和学,尝不解其诗云:'多谢喧喧雀,时来破寂寥。'一日于竹亭中坐,忽有群雀飞鸣而下,顿悟前语。自尔看诗,无不通者。"足见其悟乃是由直觉感受中领会诗意,与苏轼之论文同画竹颇为相似。其《学诗诗》云:"学诗浑似学参禅,竹榻蒲团不记年。直待自家都了得,等闲拈出便超然。"此言熟参诸家诗后则自然悟入,而后作诗则头头是道,信手写出,即为超妙。至其所言"跳出少陵窠臼外,丈夫志气本冲天","春草池塘一句子,惊天动地至今传",则更表明其与黄庭坚之不同,而与苏轼之重在妙悟自然天成之意境十分相似。龚相、赵蕃均曾和其诗,龚云:"学诗浑似学参禅,悟了方知岁是年。点铁成金犹是妄,高山流水自依然。"又云:"学诗浑似学参禅,几许搜肠觅句联。欲识少陵奇绝处,初无言句与人传。"这明显是对以黄庭坚为首的江西诗派诗法的批评,当亦是属于苏学一派。赵云:"学诗浑似学参禅,要保心传与耳传。秋菊春兰宁易地,清风明月本同天。"其诗禅观则亦同龚相。韩驹在《赠赵伯鱼》一诗中也说到诗与禅的关系,其云:"学诗当如初学禅,未悟且遍参诸方,一朝悟罢正法眼,信手拈出皆成章。"郁源谓韩驹论"悟"属黄庭坚一路,也有一定道理,观《诗人玉屑》引陵阳先生《室中语》,确有不少关于诗法、句法、字法等论述,不过,他亦多有不满黄庭坚之意,如谓"使事要事自我使,不可反为事使",对偶要"不为绳墨所窘",实皆为对黄庭坚之微辞,他与苏轼一样重在"命意",如郭绍虞所说,韩驹对于吕本中将其列入江西诗派"殊不乐""其学原出苏氏",则其论"悟"与吕本中一样,系兼有苏、黄两家之特点。江西诗派诗人之论"悟",大都受黄庭坚影响,重在学习前人法度,深入体会"夺胎换骨""点铁成金"之妙,但从北宋末年、南宋初年开始,如韩驹、吕本中等都同时兼取苏轼论"悟"的意思。虽然如曾季貍《艇斋诗话》所说:"后山(陈师道)论诗说换骨,东湖(徐俯,字师川)论诗说中的,东莱(吕本中)论诗说活法,子苍(韩驹)论诗说饱参,入处虽不同,其实皆一关捩,要知非悟不可。"然而后山、师川之说与东莱、子苍之说,显然还是有区别的。吕、韩都比较"活",虽然他们论"悟"、讲"活法"并没有离开江西诗法,也还在"夺胎换骨""点铁成金"的大范围之内,但由"活法"的通路可以突破江西诗法,而与苏轼的思想靠拢。这可以从曾几的《读吕居仁旧诗有怀其人作诗寄之》看得很清楚:

> 学诗如参禅,慎勿参死句。纵横无不可,乃在欢喜处。又如学仙子,辛苦终不遇。忽然毛骨换,政用口诀故。居仁说活法,大意欲人悟,常言古作者,一一从此路。岂惟如是说,实亦造佳处。其圆如金弹,所向若脱兔。风吹春空云,顷刻多态度。锵然奏琴筑,间以八珍具。……

曾几虽然也讲"毛骨换""用口诀",但他所谓"勿参死句"、"纵横"自在、"圆如金弹""所向若脱兔"等,则不仅与苏轼之"行云流水""兔起鹘落"十分接近,而且与严羽的思想也相差无几了。

不过,严羽的诗禅说和他以前的诗禅说相比,虽然有明显的历史继承关系,但也有较大的不同,或者说有了很大的发展。这主要表现在以下两个方面:首先,严羽的诗禅说是非常明确、非常自觉地从反对"江西诗病"的角度提出来的,是为了说明诗歌艺术的美学特征,所以他所说的"悟"与江西诗派的"悟"是不同的,甚至对立的。他"妙悟"的对象是诗歌艺术特有的、和一般非文学文章不同的"兴趣"。因为诗歌这种非关"理"、非关"书"的"别材""别趣",作者和读者都只有通过"妙悟"方能把握。其次,严羽的诗禅说有比较完整的理论体系,它以妙悟为中心,分别阐述了"识""第一义""顿门""透彻之悟""镜花水月"等五个互相联系、逐步深入的基本要点。这些都是佛学术语,严羽借此来比喻说明诗歌创作和鉴赏过程中的主要环节,他不是将诗纳入禅宗的理论体系,而是以诗歌美学为轴心,灵活地运用这些禅宗术语以求"说得诗透彻"。"识",不是指一般的理性认识,它在佛学中是指内心对外境的判别,丁福保解释:"心对于境而了别,名为识。"又引《唯识论》云:"识为了别。""识以了境为自性。"这种佛学的"识"带有形象性和直观性,用它来论诗符合诗歌的艺术特性,因为诗歌是艺术形象,要识别诗歌的"家数""体制",区分其优劣,达到"若辨苍素"的水平,不能只靠理性认识,还要依赖于直觉感受的能力,所以用佛学的"识"来说明对诗歌的艺术鉴赏,确实是非常贴切的。对诗歌艺术的高水平的鉴赏能力,要靠认真学习优秀诗人的作品来培养。如果所学作品不是最好的诗歌,就培养不出高水平的艺术鉴赏能力,所以有"第一义""第二义"的不同。以佛学来说,具正法眼者称为第一义;以诗学来说,严羽认为只有盛唐名作才是第一义之作,必须"熟参"第一义之作,方能有"真识"。因此初学诗时"入门须正,立志须高",这一点非常重要,如不从第一义悟入,则就会"有下劣诗魔入其肺腑之间",乃至"愈骛愈远",如能"以汉魏晋盛唐为师",则"久之自然悟入",这就叫作"直截根源",也就是"顿门"。这样的悟才是"透彻之悟",而不是"一知半解之悟"。由此而创作的诗歌,自然也就会有"羚羊挂角,无迹可求"之妙,呈现出镜花水月一般的艺术风貌。可见,严羽的诗禅说比他以前各家之诗禅说,是大大地高出一头的,在理论上也都要深刻得多,系统得多。它对后世之所以会有如此巨大的影响,绝不是偶然的。

第四节　论"以盛唐为法"

严羽重在兴趣,以妙悟言诗,其最终落脚点是在"以盛唐为法"。他在《诗辩》中认为盛唐诸公乃是"大乘正法眼者",而当时"正法眼之无传久矣",此实乃"诗道之重不幸",为了彻底改变这种状况,他才"借禅以为喻,推原汉魏以来,而截然谓当以盛唐为法"。严羽认为盛唐诗歌是体现这种"兴趣"的最突出典型,所以说"盛唐诸人惟在兴趣",盛唐诗的高超艺术成就,构成了具有自己鲜明特色的"盛唐气象"。严羽在其《诗评》中说:"唐人与本朝人诗,未论工拙,直是气象不同。"在《答出继叔临安吴景仙书》中又说:"盛唐诸公之诗,如颜鲁公书,既笔力雄壮,又气象浑厚。"由于严羽竭力提倡,"盛唐气象"遂成为与"建安风骨"并驾齐驱,甚至超过"建安风骨",而名扬后世的诗歌史上最重要艺术现象。那么,严羽所理解的盛唐诗歌的艺术特色是什么呢?也就是说,盛唐气象的主要内容又是什么呢?这可以联系严羽《沧浪诗话》中的《诗法》《诗评》来研究。《诗法》是讲诗歌创作的,它是从怎样才能创作出具有盛唐诗艺术特色的作品角度提出来的。《诗评》是按照是否合乎盛唐诗艺术特色的标准来评价历代诗人及其作品的。严羽认为盛唐诗歌之所以不可及,正在于它有镜花水月般的、富有"兴趣"的、"言有尽而意无穷"的诗歌意境,故谓"尚意兴而理在其中",恰如清人翁方纲《石洲诗话》所说:"盛唐诸公,全在境象超诣。"盛唐这种诗歌意境在严羽看来,至少包含着下面几个主要的艺术特征,而这些同时也是严羽对诗歌创作的要求:

第一,有浑然一体的整体意象美。所谓"羚羊挂角,无迹可求",即对浑然一体的形象描绘,故他在《答出继叔临安吴景仙书》中特别提出了"健""浑"两字差别问题:"又谓(按:指吴景仙)盛唐之诗,雄深雅健。仆谓此四字,但可评文,于诗则用健字不得。不若《诗辩》雄浑悲壮之语,为得诗之体也。毫厘之差,不可不辨。坡、谷诸公之诗,如米元章之字,虽笔力劲健,终有子路侍夫子时气象。盛唐诸公之诗,如颜鲁公书,既笔力雄壮,又气象浑厚,其不同如此。只此一字,便见吾叔脚根未点地处也。"他认为这个"浑"是盛唐诗的最基本艺术特色之一,故《诗评》中说:"李杜数公,如金鸡擘海,香象渡河。"这正是雄壮、浑厚之意。所以他赞扬古诗是"气象混沌,难以句摘",建安诗是"全在气象,不可寻枝摘叶"。严羽强调诗歌意象的整体美,是和司空图一致的。司空图在《与李生论诗书》中批评贾岛时,就体现了这种思想,他说:"贾浪仙诚有警句,视其全篇,意思殊馁,大抵附于蹇涩,方可致才,亦为体之不备也。"严羽在《诗证》中也说:

> 柳子厚"渔翁夜傍西岩宿"之诗,东坡删去后二句,使子厚复生,亦必心服。谢朓"洞庭张乐地,潇湘帝子游。云去苍梧野,水还江汉流。停桡我怅望,辍棹子夷犹。广平听方籍,茂陵将见求。心事俱已矣,江上徒离忧",予谓"广平听方籍,茂陵将见求"一联删去,只用八句,尤为浑然。不知识者以为何如?

严羽在这里表达了和苏轼相同的看法,他对谢朓《新亭渚别范零陵》一诗所提出的修改意见也是很有见解的。因为注重浑然一体的美,所以他既反对"寻枝摘叶",也反对添枝加叶。

第二,有韵味深长的朦胧含蓄美。严羽认为盛唐诸公之诗由于"尚意兴",故含蓄蕴藉、韵远味深,有无穷无尽的言外之意。为此,他在《诗法》中论诗歌创作,要求"语忌直,意忌浅,脉忌露,味忌短"。语忌直者,是指诗歌语言要委婉,意思不可直白说出。意忌浅者,是指诗歌含意要深远,不可流于浮浅。脉忌露者,是指诗歌表达要凝练而具有跳跃性,可以省去许多中间环节,使意义脉络较为隐蔽,而不显露在外。味忌短者,即是指诗歌要有味外之味,韵外之致。他还说诗歌创作"不必太著题,不必多使事",以便情味隽永,而发人深省。这正是他从盛唐诗歌中总结出来的艺术经验。他在《诗辩》中所强调的"不涉理路""不落言筌",也是为了使诗歌含蓄凝练,而不至于径直剖露。故特别痛恨"叫噪怒张,殊乖忠厚之风,殆以骂詈为诗"的倾向。他特别推崇阮籍,说"黄初之后,惟阮籍《咏怀》之作,极为高古,有建安风骨",是和阮籍的诗作十分含蓄,"言在耳目之内,情寄八荒之表"(钟嵘《诗品》),有密切关系的。后来,《师友诗传续录》中记载的王士禛说"唐诗主情,故多蕴藉;宋诗主气,故多径露",即是承严羽而来。

第三,有不落痕迹的自然化工美。严羽论盛唐诗歌"透彻玲珑,不可凑泊"的意境,就体现了天生化成而无任何人为造作痕迹的特点。他又说:"盛唐人,有似粗而非粗处,有似拙而非拙处。"这就是合乎自然的一种表现。陶明濬《诗说杂记》云:"拙则近于古朴,粗则合于自然。"严羽评李白诗云:"观太白诗者,要识真太白处。太白天材豪逸,语多率然而成者。学者于每篇中,要识其安身立命处可也。"他又说李白的诗是"天仙之词""人言太白仙才",这都是强调李白诗的自然天成之美。所以他反对作和韵诗,说"和韵最害人诗",把诗歌变成文字游戏,必然会使其丧失自然真美。他从这个角度出发十分欣赏蔡琰的《胡笳十八拍》,说它"浑然天成,绝无痕迹,如蔡文姬肺肝间流出"。他评六朝诗人,说"陆士衡独在诸公之下",其原因即在于陆机之诗雕缋绮错,少自然之趣,无直致之奇。他又说"颜不如鲍,鲍不如谢",是因为颜延之诗"镂金错彩"、堆砌典故,而鲍照之诗"雕藻淫艳,倾炫心魂"(萧子显《南齐书·文学传论》),都不如谢灵运清新自然,有"芙蓉出水"之美。他还提出:"谢所以不及陶者,康乐之诗精工,渊明之诗质而自然耳。"由于重在真切自然,故沧浪论诗歌创作,提出:"须是本色,须是当行。"陶明濬《诗说杂记》释道:"本色者,所以保全天趣者也。故夷光之姿,必不肯污以脂粉;蓝田之玉,又何须饰以丹漆?此本色之所以可贵也。当行者,谓凡作一诗,所用之典,所使之事,无不恰如题分,未有支离灭裂,操末续颠,而可以为诗者也。"严羽还说作诗"最忌骨董,最忌衬贴"。骨董,是指排比琐碎的典故,乃至运用怪僻的古字;衬贴,郭绍虞谓是过度刻画、过求贴切之意。这都是影响诗歌自然真美的技巧方法。沧浪还说:"押韵不必有出处,用事不必拘来历。""须参活句,勿参死句。""意贵透彻,不可隔靴搔痒;语贵脱洒,不可拖泥带水。"也都是从诗歌必须合乎天然而不应矫揉造作的角度来说的。

第四,有抑扬顿挫的诗歌格律美。严羽之推崇盛唐诗歌,其重要原因之一是近体律诗的成熟和完备。他在《诗辩》中说到"截然谓当以盛唐为法"下,曾加有小注云:"后舍汉魏而独言盛唐者,谓古律之体备也。"说明在他看来,近体诗的严密格律是构成"盛唐气象"的重要因素之一。严羽在《诗法》中说:"律诗难于古诗;绝句难于八句;七言律诗难于五言律诗;五言绝句难于七言绝句。"严格地讲,这种说法是不太科学的,但从把握不同的艺术形式来看,也并非没有一定的道理。近体诗的声律形成了诗歌抑扬顿挫的语言音乐美,这在盛唐诗歌中体现得尤为突出,所以殷璠在《河岳英灵集》中说:"开元十五年后,声律风骨始备矣。"他把声律和风骨均备看作是盛唐诗歌艺术的基本特征。声律和韵味是不可分的,诗歌的韵味也常常体现在声律之中,所以严羽说:"孟浩然之诗,讽咏之久,有金石宫商之声。"盛唐诗的声律美具有自然和谐的特点,它虽有严密的格律,但又不死守格律,拘限声病,因而抑扬顿挫、铿锵有力,流畅而不塞碍。所以严羽对沈约等人的四声八病说有很尖锐的批评,他说:"作诗正不必拘此,弊法不足据也。"他反对格律过于细密而影响思想内容的表达和艺术形式的自然,认为必要的时候可以打破格律的限制,如他说到"有律诗彻首尾不对者"时,曾指出"盛唐诸公有此体",并列举孟浩然《舟中晚望》诗、李白《牛渚夜泊》诗等为例,说"皆文从字顺,音韵铿锵,八句皆无对偶者"。诗歌的声律和气势有不可分割的关系,音韵铿锵,自然和谐,诗歌就会有通畅的气势,故严羽说:"下字贵响,造语贵圆。""音韵忌散缓,亦忌迫促。""词气可颉颃,不可乖戾。"律诗除声律对偶之外,还讲究发端、结句,即"起结"。严羽说:"发端忌作举止,收拾贵在出场。"毛先舒《诗辩坻》释云:"发端忌作举止,贵高浑也;收拾贵在出场,须超远也。"盛唐诗的起结都非常讲究,杜甫就有"篇终接混茫"之说。

对于严羽之提倡学习盛唐,历来研究者有过许多不同的解释:或谓纠正江西诗派之学杜而不得其法;或谓反对江湖、四灵之提倡学晚唐贾岛、姚合、许浑;或谓与南宋后期的政治形势有关,体现了严羽的爱国主义思想。这些也都有一定道理,然而最根本的原因是在严羽论诗以"兴趣"为主,而盛唐诗是最重"兴趣"的,江西诗派则以学问、道理代替"兴趣",江湖四灵虽反江西诗派,然晚唐贾岛、姚合等则偏向于苦吟、怪异,更非诗之正路,离"兴趣"颇远,故严羽提出"截然谓当以盛唐为法",是以"兴趣"言诗的具有途径,目的是强调诗歌艺术的美学特征。严羽的"以盛唐为法",确有其识见超人的一面,因为盛唐诗歌确实达到了中国古典诗歌艺术的高峰,成为后代难以企及典范,然而严羽诗论的致命弱点也正在这里,他把诗歌创作的源泉完全归之于学习古人,而忽略了效法自然、向现实生活学习的主要方面,因而他并不能从根本上破除江西诗派在古人作品中求生计、找出路的弊病,就这一点说,还不如陆游、杨万里之能看出江西诗派的要害所在,当然也就更赶不上苏轼之清醒与识见之卓越了。不过,严羽诗论自有他的巨大历史贡献,又是苏、陆、杨等人所不及的,这需要我们从中国古代文学理论批评的历史发展中去考察。

严羽《沧浪诗话》是中国古代浩瀚的诗话中,最有理论价值、产生了极为深远影响的一部不朽著作。自从《沧浪诗话》诞生之后,论诗者罕有不涉及它的,不管是赞成他的观点还是反对他的观点,都要就此发表自己的看法,而且不只是文学,在绘画、书法等艺术领域也受到它的影响,例如绘画理论上的南北宗问题的提出,就明显地受到严羽的思想启发,董其昌以禅论画实际上是严羽诗禅说在绘画领域的扩大和发展。郭绍虞先生早就指出过,明代前后七子的"诗必盛唐"说,就是严羽的第一义之悟和以盛唐为法思想之具体发挥,而清代王渔洋的神韵说,则正是对严羽兴趣说和诗禅说,特别是对他"透彻之悟"说的继承和发展。而其他各家诗论也都不能离开严羽诗论所涉及的几个重大理论问题。毫无疑问,严羽《沧浪诗话》在中国文学理论批评发展史上是具有非常突出的重要地位的,造成这种状况的原因,主要是《沧浪诗话》涉及了中国古代文学思想发展中的几个重大的带有根本性的理论问题,例如诗和学的关系、理和趣的关系、诗和禅的关系,以及意境的美学特征,等等。这些本来是长期有过争论或大家一直在努力探求的问题,而严羽则对这一系列重大问题,非常尖锐、非常明确地提出了自己的很有深度的系统看法,这就不能不受到诗坛的广泛注意,引起理论批评领域的热烈争论。严羽以前这些问题很多人都曾接触到,也提出过不少重要的见解,但是大都是从某一侧面发表看法,对实质性理论问题的认识,多少还有点模糊,不是十分清晰,自发的感受性的成分比较多,而理论的自觉性比较差。严羽则自觉地鲜明地从理论上对以往的有关论述作了一个总结,并且提出了自己的新见解。例如,诗与学、诗与理的问题,从根本上说是对文学本质的认识问题。中国古代人的文学观念,由于受儒家政教思想和经世致用思想的影响,往往把文学和非文学的应用文章混淆在一起,统称为"文",模糊了文学和非文学的界限,因此不能科学地认识文学作为艺术的美学特征,而常常用纯粹逻辑思维的方法去写诗,或是以堆砌典故、炫耀学问去代替诗歌创作。自六朝的文笔之争到唐代关于诗和文创作异同的探讨,虽然也有不少人在研究这个问题,但是从没有人像严羽这样对诗和学、诗和理的关系作出如此明确的结论,对于这个长期以来使人们感到困惑的难题,作了一个清楚而明快的了断。又比如意境的美学特征问题,从唐代开始有不少的研究,但都没有人能像严羽这样以"兴趣"为中心,以镜花水月为比喻,作过如此精彩的描绘,并对其"羚羊挂角,无迹可求","透彻玲珑,不可凑泊","言有尽而意无穷"的特征,作了如此全面、准确的论述。所以王国维说严羽的"兴趣"、王士禛的"神韵"和他的"意境",实际是一回事。所以,《沧浪诗话》在中国文学理论批评史上确有其十分特殊的重要历史地位,这是我们应当给予足够估价的。

第十九章　金元的文学理论批评

第一节　王若虚的"自得"论和"形神"论

金元时期的文学理论批评大体可以分两个阶段：金代在北方和南宋对峙，但在相当长的时期内，文学上没有什么成就。至元好问出，而方有大的改观。郝经《遗山先生墓铭》说："金源有国，士务决科干禄，置诗文不为；其或为之，则群聚讪笑，大以为异。委坠废绝，百有余年，而先生出焉。"金代文学思想也具有北方特色，比较注重内容的充实，虽亦取南方华丽，而颇杂"挟幽并之气"（同上，郝经语）。有宋一代盛行的江西诗法，虽也流行于金代，但一些重要的文学家对之并不太感兴趣，文学理论批评方面较有成就的是王若虚和元好问。元代则主要是继承南宋的，但也吸取了金代文学思想的特色，它是由两宋到明代文学思想发展的一个过渡，文学理论批评方面的代表人物是方回、张炎和元代四大诗人虞集、杨载、范梈、揭傒斯以及元末的杨维桢。金元文学理论批评的主要成就是：进一步扩展了宋代从苏轼到严羽一派的文学思想，对其中某些重要的理论问题，例如形神关系、情景关系、自然与法度关系等，作了较为深入的探讨和研究，并继续对江西诗派的弊病进行了尖锐的批评。即使是系统发挥江西诗派理论的方回，实际上也已和江西诗派的早期理论有了许多不同，明显地靠向苏轼和严羽的一边。同时这个时期戏曲和小说的理论批评也发展起来了。

王若虚（1174—1243），字从之，号滹南遗老，槁城（今河北保定）人。他在金代做过一些不太大的官，主要成就是在经史考古和文学批评方面，后一方面的主要著作是《滹南诗话》三卷和《文辨》四卷。王若虚在文学理论批评上的主要贡献是推崇苏轼的文学思想和创作理论，对黄庭坚和江西诗派进行了相当尖锐的批评。他诗论中比较有新意的地方有两点：一是提出了"与元气相侔"的"自得"说，二是对苏轼的形神理论作了比较准确的阐述。

王若虚和严羽的时代是差不多的,从批评江西诗派来说,他们一南一北遥相呼应,都是很激烈的;但是批评江西诗派的出发点不同,严羽是为了强调诗歌的艺术美,而王若虚则是为了强调诗歌思想内容的主导作用。他曾引其舅周昂之语说:"文章以意为主,以言语为役。主强而役弱,则无令不从。今人往往骄其所役,至跋扈难制,甚者反役其主。"(《金史·周昂传》引此段下尚有两句:"虽极辞语之工,而岂文之正哉!")并在此段话下评曰:"可谓深中其病矣!"他对当时那些肆意贬低白居易的人非常反感,曾写有《王子端云"近来陡觉无佳思,纵有诗成似乐天",其小乐天甚矣,予亦尝和为四绝》对之进行了批评,其中有云:"恐君犹是管窥天""后生未可议前贤"。并赞扬白居易道:

妙理宜人入肺肝,麻姑搔痒岂胜鞭。世间笔墨成何事,此老胸中具一天。

百斛明珠一一圆,丝毫无恨彻中边。从渠屡受群儿谤,不害三光万古悬。

他在《诗话》中说:"张舜民谓乐天新乐府几乎骂,乃为《孤愤吟》五十篇以压之,然其诗不传,亦略无称道者,而乐天之作自若也。公诗虽涉浅易,要是大才,殆与元气相侔,而狂斐之徒,仅能动笔,类敢谤伤,所谓'尔曹身与名俱灭,不废江河万古流'也。"他对白居易的赞赏主要是在"妙理宜人",而又平易自然,能写出真实性情,所谓"与元气相侔"。他对许多人鄙薄白居易的浅俗很不以为然,其云:

郊寒白俗,诗人类鄙薄之。然郑厚评诗,荆公、苏、黄辈,曾不比数,而云:"乐天如柳阴春莺,东野如草根秋虫,皆造化中一妙。"何哉?哀乐之真,发乎情性,此诗正理也。

又说:

> 乐天之诗,情致曲尽,入人肝脾,随物赋形,所在充满,殆与元气相伴。至长韵大篇,动数百千言,而顺适惬当,句句如一,无争张牵强之态。此岂拈断吟须、悲鸣口吻者之所能至哉!而世或以"浅易"轻之,盖不足与言矣。

他这里提出了一个很重要的思想,便是文学要"与元气相伴",它包含着两方面的意思:一是感情真切,自胸中流出;二是形式自然,如天生化成。他称这种"与元气相伴"的作品为"自得"之作,他说:"古之诗人,虽趣尚不同,体制不一,要皆出于自得。"王若虚这种"与元气相伴"的"自得"说,是对苏轼无法之法、自然天成的创作思想之继承与发展。他就"谢灵运梦见惠连而得'池塘生春草'之句,以为神助"一事,引叶石林、惠洪、张九成等之论,说明其妙正在自然,并且指出:"予谓天生好语,不待主张,苟为不然,虽百说何益。"

从崇尚自然天成、提倡"元气""自得"出发,他非常尖锐地提出了苏、黄比较问题,并且明确地认为黄远不如苏。他说:

> 东坡,文中龙也,理妙万物,气吞九州,纵横奔放,若游戏然,莫可测其端倪。鲁直区区持斤斧准绳之说,随其后而与之争,至谓未知句法,东坡而未知句法,世岂复有诗人?而渠所谓法者,果安出哉?老苏论扬雄,以为使有孟轲之书,必不作《太玄》。鲁直欲为东坡之迈往而不能,于是高谈句律,旁出样度,务以自立而相抗,然不免居其下也,彼其劳亦甚哉,向使无坡压之,其措意未必至是。

他指出苏、黄的差别即在于:苏是气势豪壮,纵横奔放,如行云流水,无迹可寻;而黄则是拘泥于"斤斧准绳""高谈句律",欲另辟蹊径,而不能不为"法"所限,故必然只能居苏之下。说到底,山谷最多只能达到人工之奇,而难与东坡天工之妙相抗衡。他说:"山谷之诗,有奇而无妙,有斩绝而无横放,铺张学问以为富,点化陈腐以为新,而浑然天成,如肺肝中流出者,不足也。此所以力追东坡而不及欤?"他在文集中有《山谷于诗每与东坡相抗,门人亲党遂谓过之,而今之作者,亦多以为然,予尝戏作四绝》,讥

笑了黄庭坚追苏轼而不及,对江西诸子更是十分鄙薄,其云:

> 骏步由来不可追,汗流余子费奔驰。谁言直待南迁后,始是江西不幸时。
>
> 信手拈来世已惊,三江衮衮笔头倾。莫将险语夸勍敌,公自无劳与若争。
>
> 戏论谁知是至公,蜻蜓信美恐生风。夺胎换骨何多样,都在先生一笑中。
>
> 文章自得方为贵,衣钵相传岂是真。已觉祖师低一著,纷纷法嗣复何人。

他竭力赞扬了苏轼之作"骏步"高远,而庭坚诸人虽汗流奔驰亦难追其后尘,费尽心机的人为险语岂能与信手拈来之化工妙言相比?"夺胎换骨"虽说也花样众多,然而从"文章自得方为贵"的角度来说,唯有一笑而已。他认为文学创作只要出于"自得",能"辞达理顺","皆足以名家",完全用不着以"句法绳人",所以,"鲁直开口论句法,此便是不及古人处。而门徒亲党以衣钵相传,号称法嗣,岂诗之真理也哉?"王若虚很深刻地指出所谓"夺胎换骨"的本质,实际上就是一种变相的模拟和剽窃。他直截了当地说道:"鲁直论诗,有夺胎换骨、点铁成金之喻,世以为名言,以予观之,特剽窃之黠者耳。"当然,物有同然之理,人有同然之见,语意之间不可能"完全不见犯",然而,古人并不专门去讲究这些,不为同而嫌,不为异而夸,无非是"随其所自得而尽其所当然而已",如果不以"自得"为尚,而局限于从古人作品中去化腐朽为神奇,是不可能达到苏轼那种"行云流水"的境界。由此可见,王若虚对江西诗派的批评和严羽同样,也是极为尖锐的。不过王若虚主要是反对江西诗派不重视真实自然地抒写情性、过分追求形式上的人工雕琢,和严羽的批评在侧重点上不同。

在诗歌的艺术描写上,王若虚主张以传神为主,而形神并重。他在《诗话》卷二对苏轼的《书鄢陵王主簿所画折枝》中的传神论思想作了较为深入的分析,他说:

> 东坡云:"论画以形似,见与儿童邻。赋诗必此诗,定非知诗人。"夫所贵于画者,为其似耳。画而不似,则如勿画。命题而赋诗,不必此诗,果为何语。然则坡之论非欤?曰:论妙在形似之外,而非遗其形似,不窘于题,而要不失其题,如是而已耳。世之人不本其实,无得于心,而借此论以为高。画山水者,未能正作一木一石,而托云烟杳霭,谓之气象。赋诗者茫昧僻远,按题而索之,不知所谓,乃曰格律贵尔。一有不然,则必相嗤点,以为浅易而寻常,不求是而求奇,真伪未知,而先论高下,亦自欺而已矣,岂坡公之本意也哉?

他批评了那些不学无术之人对苏轼所论的歪曲,指出他们不过是借此掩饰自己的低能和浅薄而已。他认为苏轼此论并无否定形似之意,其目的主要是为了强调传神的重要性。王若虚在这里说明:无论是绘画还是诗歌,虽然以传神为最高美学原则,但仍须以形似为出发点,若无形似的基础,则传神也就落空了。东坡之论确实也容易为人所误解,以为形似不重要,往往造成诗画的基本功还不行,就盲目追求传神,其结果自然是与苏轼的本意背道而驰了。所以,王若虚的解释也是对苏轼所论的一个很好的补充。王若虚这种对形神关系的看法,特别是对形似重要性的看法,显然也是受白居易影响的结果。白居易在《画记》一文中曾说:"画无常工,以似为工;学无常师,以真为师。"强调绘画要"形真而圆,神和而全"。他也把形似作为绘画的基础,同时达到神化妙境,所谓"学在骨髓者,自心术得;功侔造化者,有天和来"。王若虚十分推崇白居易的创作,同时也很欣赏他的形神并重的创作思想。

第二节 元好问的《论诗绝句三十首》

元好问(1190—1257),字裕之,号遗山,太原秀容(今山西忻州)人。他生活在金元之际,是当时著名的诗人和文学家。他的《中州集》里有很多关于文学理论批评的论著,但其文学思想比较集中地体现在《论诗绝句三十首》中。他的论诗绝句不止这三十首,不过,最有价值的是这一组。自觉地以绝句形式论诗,大约始于杜甫《戏为六绝句》,以后有很多人继作,近人郭绍虞、钱仲联、王遽常先生编有《万首论诗绝句》。然自杜甫之后,直接标明"论诗"的论诗绝句并不多,多数也影响不大,比元好问稍前有南宋戴复古之《论诗十绝》,至元好问之《论诗绝句三十首》出,始产生深远的影响。郭绍虞先生说戴、元二人皆"源本少陵",然"戴氏所作,重在阐说原理;元氏所作,重在衡量作家"(《中国文学批评史》下册之一)。这大体是符合实际情况的。不过,戴氏十绝也有论作家的,而元氏也往往是在论作家过程中引申出重要文学创作原理,或是论原理而举作家为例,似亦难以绝对区分。元明清时期,特别是清代,论诗绝句数量浩瀚,尤其是王士禛有著名的《戏仿元遗山论诗绝句三十二首》,在诗论史上有十分重要的地位,后如袁枚等又有仿元遗山论诗绝句之作,因此元遗山的《论诗绝句三十首》也就更为人们所重视。

元好问在其《论诗绝句三十首》中,以绝句形式评论了历代诗歌的发展,并对许多重要诗人发表了自己的看法,从而清楚地反映了他提倡元气自然,反对人为雕琢的基本文学思想,同时对江西诗派进行了很尖锐的批评。他在第一首中曾清楚地表明了这一组《论诗绝句三十首》的写作目的:"汉谣魏什久纷纭,正体无人与细论。谁是诗中疏凿手,暂教泾渭各清浑。"他正是以诗中疏凿手自居的。他在《中州集》里的一些序跋题记中,也有不少有关文学的论述,其内容、观点是和《论诗绝句三十首》中思想一致的,可以互相印证。他的文学思想值得我们注意的有以下几方面:

第一,他和王若虚一样,认为诗歌乃是人的"元气"之自然流露,应当体现人的真情实感,所谓"荡元气于笔端,寄妙理于言外"(《陶然集序》),故他说"子美之妙"正在"观其诗,如元气淋漓,随物赋形",此"释氏所谓'学至于无学'者耳"(《杜诗学引》)。他这种"元气"说,实际就是后来"性灵"说的前导。他说《诗经》中的许多作品,如"匪我愆期,子无良媒","自伯之东,首如飞蓬","爱而不见,搔首踟蹰","既见复关,载笑载言"等,实际都是"小夫贱妇满心而发,肆口而成"之作(《陶然集诗序》)。他在《新轩乐府引》中也说:"《诗三百》所载,小夫贱妇幽忧无聊赖之语,时猝为外物感触,满心而发,肆口而成者尔。"这"满心而发,肆口而成",也即是后来袁宏道给张幼于信中所说的"信心而出,信口而谈"之意。他认为这种心、口的和谐统一,乃是因为能够"由心而诚,由诚而言,由言而诗也","夫惟不诚,故言无所主,心口别为二物,物我邈其千里"(《杨叔能小亨集引》)。由此可见,其元气说的提出是与受理学思想的影响分不开的。从诗歌是"元气"的自然显现、人的真实情性流露的思想出发,元好问特别欣赏扬雄的"心声""心画"说,其《论诗绝句三十首》云:

> 心画心声总失真,文章宁复见为人?高情千古《闲居赋》,争信安仁拜路尘。

他非常反对虚伪而不真实的文学创作,要求文学作品必须真实地体现作家内心精神境界,做到文品与人品的统一。他指出文学创作乃是人的感情受到外界事物激荡,胸中郁结了不得不发之意气,才泄之于作品的。所以他对阮籍的《咏怀》诗、陈子昂的《感遇》诗评价都很高,他说:

> 纵横诗笔见高情,何物能浇块磊平?老阮不狂谁会得,"出门一笑大江横"。
> 沈宋横驰翰墨场,风流初不废齐梁。论功若准平吴例,合著黄金铸子昂。

阮籍的诗含有极为深沉的愤激和悲慨,而陈子昂的诗也是充满了愤懑和不平,他们不是以辞藻华艳取胜,而是以情意真切见长,所以在诗歌发展史上具有十分重要的地位。

第二,在体现"元气"、真情基础上,他比较喜欢有风云壮阔的英雄气概的作品,而对缠绵悱恻的儿女情长之作不太感兴趣,明显地表现了北方的文学风貌特色。他说:

> 曹刘坐啸虎生风,四海无人角两雄。可惜并州刘越石,不教横槊建安中。
> 邺下风流在晋多,壮怀犹见缺壶歌。风云若恨张华少,温李新声奈尔何!

遗山非常推崇"建安风骨",对三曹、七子的作品评价很高,认为他们比江东诸谢的风韵要更有价值。其《自题中州集后》第一首云:"邺下曹刘气尽豪,江东诸谢韵尤高。若从华实评诗品,未便吴侬得锦袍。"他受钟嵘《诗品》的影响很深,所以对刘琨的作品是很欣赏的,主要是赞扬他体现爱国激情的"清刚之气"。他对张华的评价,也和钟嵘相近,其诗下自注云:"钟嵘评张华诗:'恨其儿女情多,风云气少。'"对那些描写儿女情长的作品,他是很看不起的。所以说:"有情芍药含春泪,无力蔷薇卧晚枝。拈出退之山石句,始知渠是女郎诗。"据《世说新语》记载,王敦每逢酒后,辄吟咏曹操的诗句:"老骥伏枥,志在千里;烈士暮年,壮心不已。"并以如意打唾壶,壶口尽缺。由此可见,元遗山论诗重在有雄心壮志,有爱国思想,强调内容的充实,反对只追求形式的华艳。他又说:

  斗靡夸多费览观,陆文犹恨冗于潘。心声只要传心了,布谷澜翻可是难。

其诗下自注云:"陆芜而潘净,语见《世说》。"诗歌的目的是在充分传达内心的感情,而不是为了斗靡夸多,堆砌辞藻。他的评诗标准是华实并重,而以实为主的。

  第三,元好问在诗歌创作上主张自然天成而无人工痕迹,清新秀丽而无雕琢之弊。他赞扬陶渊明的创作说:

  一语天然万古新,豪华落尽见真淳。南窗白日羲皇上,未害渊明是晋人。

渊明之诗与他的人品一样,豪华落尽、真诚袒露,唯见天然本相,而无任何人为之修饰,人所不可企及之处,也正是在这里。故其《新轩乐府引》谓"东坡圣处,非有意于文字之为工,不得不然之为工也"。《陶然集诗序》亦云:"东坡海南以后,皆不烦绳削而自合,非技进于道者能之乎!"自然天成之妙不仅仅指清新秀丽之作,也包括了豪迈慷慨之作,他说:"慷慨歌谣绝不传,穹庐一曲本天然。中州万古英雄气,也到阴山敕勒川。"那种"天苍苍,野茫茫,风吹草低见牛羊"的景象同样也充满了天生化成之美。他认为优秀的诗歌应当有"笼络古今,移夺造化"之能,虽然是人工创作,然而能臻炉火纯青之境界,则自有天机之妙,而不复见人为之迹。因此,他在《杜诗学引》中说杜诗之所以"元气淋漓",也是由于其作如"九方皋之相马,得天机于灭没存亡之间,物色牝牡,人所共知者为可略耳"。

元好问之所以提倡自然清新之美,是和他对文学创作源泉的认识有密切关系的。他认为真正优秀的诗作,不是闭门觅句、断须苦吟,千方百计从古人作品中翻出新意,化腐朽为神奇而得来,而是应该有切身感受,使心与境会,直书即目所见,方有天然神韵,而含有余味不尽之醇美。他说:

> 眼处心生句自神,暗中摸索总非真。画图临出秦川景,亲到长安有几人!

所谓"眼处心生"者,即后来王夫之所谓"即景会心"也,这是一种直观的感受,既非来自书本,亦非理性思考之结果。他十分重视亲身经历的意义与作用,对杜甫根据自己切身体会、亲见亲闻所写的许多感人诗作,评价非常之高,而对后人的模拟之作很不感兴趣。遗山这种思想是对钟嵘"直寻"说和皎然、司空图这方面思想的继承和发展,并和杨万里的效法自然思想一致,直接启发了王夫之所说"身之所历,目之所见,是铁门限"的"现量"说之提出。这样的作品不需要人为的雕饰,而自有天籁、天乐之美,故他又说:

> 切响浮声发巧深,研摩虽苦果何心?浪翁水乐无宫徵,自是云山韶濩音。

所谓"云山韶濩音"是一种浑然一体、元气充沛之作,有天然醇美之音而不借助于声律,故一切人为声韵格律在它面前均黯然失色。

第四,遗山认为诗歌于"情性之外不知有文字",必须"寄妙理于言外"。他指出唐人和苏轼之诗,其妙正是在懂得这一点。其《陶然集诗序》中曾就"方外之学"和诗学的不同,作了比较分析,他说:"诗家所以异于方外者,渠辈谈道,不在文字,不离文字;诗家圣处,不离文字,不在文字。唐贤所谓'情性之外不知有文字云耳'。"方外之学其目的在论道,而并不在文字工拙,然而又不得不借文字来表达,故云"不离文字";而诗家则不能离开文字,它是语言的艺术,必须运用语言文字来表达的,然而其真正妙处,则又不在语言文字上,故云"不在文字"。把"不离文字"而又"不在文字"作为"诗家圣处",其实也就是要求诗歌应有言外之意,味外之味,在平淡自然中见出奇妙,而不是去人为地追求奇僻险怪。故云:"奇外无奇更出奇,一波才动万波随。"遗山所欣赏的是"眼处心生句自神"的"奇",此种"奇"的思想,也与司空图的诗学思想有直接关系。司空图在其《与李生论诗书》中曾说"直致所得,以格自奇",在《诗赋》中又提出了"知非诗诗,未为奇奇"的问题。

第五,从上述思想出发,他对江西诗派弊病进行了尖锐的批评,指出他们的作品丧失了清新自然之美,而陷入了在古人作品中求生计、闭门觅句的可怜境地。他说:

> 池塘春草谢家春,万古千秋五字新。传语闭门陈正字,可怜无补费精神。

此诗第三句是用黄庭坚《病起荆江亭即事》中"闭门觅句陈无己"之故事,第四句则为王安石《韩子》中原句。清人宗廷辅《古今论诗绝句辑注》曾谓:"后山诗纯以拗朴取胜。'池塘生春草',何等自然。"此诗以谢灵运与陈师道相比,高度赞美了谢灵运的"芙蓉出水"之美,而对以陈师道为代表的江西诗派之"闭门觅句"式创作进行了辛辣的讽刺与嘲笑。他很不喜欢跟在古人之后亦步亦趋,然而江西诗派的弱点也正是在这里。他说:"窘步相仍死不前,唱酬无复见前贤。纵横正有凌云笔,俯仰随人亦可怜。"此虽是批评作和韵诗的,但也可看作是对江西诗派创作的批评。即使是江西诗派之祖黄庭坚,遗山也明确地表示了不满意,指出他学杜而未得其真髓,仅得其皮毛。他说:

>古雅难将子美亲,精纯全失义山真。论诗宁下涪翁拜,未作江西社里人。

对这首诗的理解颇有分歧,翁方纲《石洲诗话》卷八谓此"并非不满西江社也",又说"唐之李义山,宋之黄涪翁,皆杜法也。先生撮在此一首中,真得其精微矣"。则是认为遗山乃肯定黄庭坚者,此实是对遗山之曲解。他还认为"池塘春草"一首"亦并非斥陈后山也,此皆力争上游之语"。其实这是因为翁方纲之肌理说,提倡以学问为诗,与黄庭坚诗论思想一致,故曲为之说而已。宗廷辅云:"查初白云:'涪翁生拗锤炼,自成一家,值得下拜。'此读宁为宁可之宁也,故为调停,非先生意。宁下者,岂下也。"宗说是对的,遗山对山谷之不满在许多地方都可看出来。如《杜诗学引》中说"故谓杜诗为无一字无来处亦可也,谓不从古人中来亦可也",显然也是针对黄山谷的。其《自题中州集后五首》云:"北人不拾江西唾,未要曾郎借齿牙。"更是对江西之鄙弃。遗山的诗学思想是和苏轼比较一致的,但他对苏轼诗中与黄庭坚一致的以学问、议论、文字为诗之倾向,也是不赞成的。他说:"金入洪炉不厌频,精真那计受纤尘。苏门果有忠臣在,肯放坡诗百态新?"他还说:"只知诗到苏黄尽,沧海横流却是谁?"对苏黄诗风产生的流弊,是认识得很清楚的。

第三节 方回《瀛奎律髓》的"格高"论和"情景合一"论

元代承继江西诗派文学主张的代表人物是方回。方回(1227—1307),字万里,号虚谷,歙县(今安徽歙县)人。他是宋末进士,后曾降元为官。他的文学批评著作主要是编撰大型唐宋律诗评选本《瀛奎律髓》,还有《文选颜鲍谢诗评》,他的《桐江集》与《桐江续集》中也有一些诗文论著。方回为学崇尚朱熹,颇受道学家影响,其文学思想则承江西诗派,被认为是江西诗派之中兴,但他对江西诗派之弱点颇有所纠正,是对它的总结和改造。正如方孝岳《中国文学批评》所说,方回"为江西派的护法,而且也是江西派的救弊者"。方回在《瀛奎律髓序》中说:"'瀛'者何?十八学士登瀛洲也。'奎'者何?五星聚奎也。……斯登也,斯聚也,而后八代、五季之文弊革也。文之精者为诗,诗之精者为律。所选,诗格也。所注,诗话也。学者求之,髓由是可得也。"可见,《瀛奎律髓》是集选诗、评点、诗话为一体之作,是方回文学思想精髓之所在。

方回在文学理论批评上的新贡献,主要有两点:一是论"格高",二是论情景合一。所谓"格高",研究文学批评史者有各种不同说法:方孝岳谓"是注意于意在笔先,先在性情学问上讲求的"(《中国文学批评》),郭绍虞谓"虚谷之所谓格高,即后山之所谓换骨"(《中国文学批评史》下册之一),复旦大学《中国文学批评史》谓"既指诗歌苍劲自然的风格,又指诗歌中所反映的高尚真率的人格",这些解释都有一定道理,但似又不够完善,总觉与虚谷所说并不完全一致。方回《瀛奎律髓序》中说"所选,诗格也",则其所谓格者,即诗格也。此诗格实际是指诗歌之立意,立意直接影响到诗歌的情调、风味,《文镜秘府论·南卷·论文意》中曾说:"意是格,声是律,意高则格高,声辨则律清。"姜夔《白石道人诗说》中也曾提出"意格欲高"之说。方回所说"格高"当是承此而来的。诗歌的立意,即是指审美意象的构想,包含着思想内容、精神品格和艺术风貌、意境特色诸方面。对意格之高下的看法,也与方回本人的思想情操有密切的关系。方回提出江西诗派"一祖三宗"之说,见其《瀛奎律髓》卷二十六评陈简斋《清明》诗时所说:"呜呼古今诗人当以老杜、山谷、后山、简斋四家为一祖三宗,余可预配飨者有数焉。"这就是从强调"格高"出发的。其卷二十四评梅圣俞《送徐君章秘丞知梁山军》一诗时说道:"宋人诗善学盛唐而或过之,当以梅圣俞为第一。善学老杜而才格特高,则当属之山谷、后山、简斋。"他对简斋之学杜尤为钦佩,其卷一评陈简斋《与大光同登封州小阁》时说:"老杜诗为唐诗之冠。黄、陈诗为宋诗之冠。黄、陈学老杜者也。嗣黄、陈而恢张悲壮者,陈简斋也。"卷二十四评其《送熊博士赴瑞安令》时又说:"简斋诗气势浑雄,规模广大。"而他之所以对简斋评价这样高,乃是认为其诗格之高可上追杜甫,卷十三评简斋《十月》诗时说:"简斋诗独是格高,可及子美。"此当是指其因北土沦陷而形成的"恢张悲壮",与杜甫因忧国忧民而形成的沉郁悲慨甚为相似。纯正的思想内容和老成的艺术境界之融合,是方回所提倡的"格高"之基本含义。也就是说,在思想内容方面,诗歌应当体现诗人远大的理想抱负,高尚的精神情操,表现广阔的社会内容;在艺术形式方面,要做到自然天成,雄浑劲健,雅而不俗,意境深远,具有含蓄不尽之余味。他的"格高"论还可从他对杜甫和晚唐诗人的不同评价中看得很清楚。他说:"老杜诗所以妙者,全在阖辟顿挫耳,平易之中有艰苦。"(卷十评杜甫《春日江村》)故其诗格高。他批评四灵、江湖派诗歌体格卑下浅俗,是因为他们学习晚唐姚合、贾岛,其诗歌气象窄小,过于细碎。方回说姚合:"诗不及浪仙,有气格卑弱者,如'瘦马寒来死,羸童饿得痴。''马为赊来贵,童因借得顽。'皆晚辈之所不当学。"(卷二十四评姚合《送李侍御过夏州》)他又说姚合"与贾岛同时而稍后,似未登昌黎之门",其诗作"格卑于岛,细巧则或过之","有《官况》三十首,赵紫芝多选取配贾岛,以为《二妙集》,盖四灵之所宗也"。江湖派学许浑,而方回说许浑"其诗出于元白之后,体格太卑,对偶太切。陈后山《次韵东坡》有云:'后世无高学,举俗爱许浑'";"而近世晚进,争由此入,所以卑之又卑也"(卷十四评许浑《晓发鄞江北渡寄崔韩二先辈》)。他又说:"予谓诗家有大判断,有小结裹。姚(合)之诗专在小结裹,故四灵学之。五言八句,皆得其趣,七言律及古体则衰落不振。又所用料,不过花、竹、鹤、僧、琴、药、茶、酒,于此几物,一步不可离,而气象小矣。是故学诗者必以老杜为祖,乃无偏僻之病云。"(卷十评姚合《游春》)所谓"大判断"和"小结裹",就是说的格高和格低之差别所在。大判断则诗歌气魄宏大、开阖自如,小结裹则纤巧斗合、细碎近俗。他评杜甫《春远》诗时说:"后四句全是感慨,前四句言春事而起势浑雄,无一字纤巧斗合。大抵老杜集,成都时诗胜似关、辅时,夔州时诗胜似成都时,而湖南时诗又胜似夔州时,一节高一节,愈老愈剥落也。"(卷十)所谓"愈老愈剥落"者,即老成也,它和晚唐卑浅,在诗格高下方面适成鲜明对照。可见,方回的"格高"论,实是对江西诗派之救弊补偏、引上正路之良药,也是对当时流行的江湖、四灵之尖锐批评。

方回在《瀛奎律髓》的评诗过程中,曾对诗歌情景关系提出了一些很有价值的见解。卷十六评张耒《冬至后》诗时,他批评了宋代周弼编《三体唐诗》时提出的"定四实四虚,前后虚实为法",认为在实际创作中"本亦无定法",反对用机械的固定的死法去指导创作。他指出诗歌创作中的情和景是不可分离的,不能简单地划分为一句景、一句情,他在卷一评杜甫《登楼》时,说诗中"锦江春色来天地,玉垒浮云变古今"一联"景中寓情"。其卷十五评杜甫《旅夜书怀》时说杜诗五律常常是"中两句言景物,两句言情","若四句皆言景物,则必有情思贯其间"。特别是在卷二十三评杜甫《江亭》时说:

> 老杜诗不可以色相声音求。如所谓"圆荷浮小叶,细麦落轻花","市桥官柳细,江路野梅香","柱穿蜂溜蜜,栈缺燕添巢","细雨鱼儿出,微风燕子斜","芹泥香燕嘴,花蕊上蜂须",他人岂不能之?晚唐诗千锻万炼,此等句极多,但如老杜"水流心不竞,云在意俱迟",即如(清人李光垣《瀛奎律髓刊误》谓"即如"二字为衍文)"片云天共远,永夜月同孤",景在情中,情在景中,未易道也。又如"寂寂春将晚,欣欣物自私","江山如有待,花柳更无私",作一串说,无斧凿痕,无妆点迹,又岂只是说景者之所能乎?

他从分析杜诗出发,强调指出"景在情中,情在景中",情景两者在优秀的诗歌中是很难分的,不能说这是情语、那是景语,因此像周弼那样把律诗中各联生硬地区分为情景虚实,四虚四实,是很荒谬的,也是完全没有道理的。他在卷十二评杜甫《秋野》五首时说:"读老杜此五诗,不见所谓景联,亦不见所谓颔联,何处是四虚?何处是四实?虚中有实,实中有虚,景可为颔,颔可为景,大手笔混混乎无穷也,却有一绝不可及处。五首诗五个结句,无不吃紧着力,未尝有轻易放过也。然则真积力久,亦在乎熟之而已。"此所谓"颔联"即指情联也,而所谓虚实,即是指情虚景实也。方回对情景关系的论述,进一步发展了范晞文的思想,并给王夫之论情景关系以很大启发,是在情景关系上由范晞文到王夫之的中介。同时,这也是他超出江西诗派的地方。

此外,方回对江西诗派的一个重大发展是他认识到了诗歌之美,贵在自然天真、富有韵味,而不在语言工拙、学问深浅。其在《赵宾旸诗集序》一文中说:

> 古之人虽闾巷子女风谣之作,亦出于天真之自然。而今之人反是,惟恐夫诗之不深于学问也,则以道德性命、仁义礼智之说,排比而

成诗,惟恐夫诗之不工于言语也,则以风云月露、草木禽鱼之状,补凑而成诗,以哗世取宠,以矜己耀能。愈欲深而愈浅,愈欲工而愈拙。此其故何也?青霄之鸢非不高也,而志在腐鼠,虽欲为凤鸣,得乎?是故诗也者,不可以勇力取,不可以智巧致。学问浅深,言语工拙,皆非所以论诗。

其重视自然天真说,是比较倾向于苏轼的,而其论"学问浅深,言语工拙,皆非所以论诗",则与严羽之反对以才学为诗、以文字为诗,也相差无几了。至于其批评"以道德性命、仁义礼智之说,排比而成诗",更是鲜明地表现了对受道学影响的文学创作之不满。可见,方回虽以江西诗派之中兴者面目出现,实际上吸收了南宋以来反江西诗派者的许多重要思想,有意识地纠正了江西诗派的一些主要弊病,而对江西诗派作了重大的改革。

第四节　张炎论词的"清空"和"意趣"

张炎(1248—1320?),字叔夏,号玉田,又号乐笑翁,是宋末元初的著名词人。宋亡时他三十二岁,《词源》是他晚年之作,前有钱良佑序,写于1317年(元仁宗延祐四年)。张炎的《词源》是宋元时期最重要的一部词论著作,其中所体现的文学思想与司空图、严羽相接近,可以说是司空图、严羽诗论思想在词学理论方面的延伸。他虽然是由格律派词论出发的,被认为是格律派词人在理论上的代表,但实际上他和传统格律派词论有很大的不同。传统格律派词论重在音律和典故,而张炎则是更重视词的意境创造,特别讲究"清空"和"意趣"之重要意义。他说:

> 词要清空,不要质实;清空则古雅峭拔,质实则凝涩晦昧。姜白石词如野云孤飞,去留无迹。吴梦窗词如七宝楼台,眩人眼目,碎拆下来,不成片段。此清空质实之说。梦窗《声声慢》云:"檀栾金碧,婀娜蓬莱,游云不蘸芳洲。"前八字恐亦太涩。如《唐多令》云:"何处合成愁,离人心上秋。纵芭蕉不雨也飕飕。都道晚凉天气好,有明月、怕登楼。前事梦中休,花空烟水流,燕辞归、客尚淹留。垂柳不

萦裙带住,谩长是,系行舟。"此词疏快却不质实。如是者集中尚有,惜不多耳。白石词如《疏影》《暗香》《扬州慢》《一萼红》《琵琶仙》《探春》《八归》《淡黄柳》等曲,不惟清空,又且骚雅,读之使人神观飞越。

所谓"清空"与"质实",可以从不同角度来理解:在词的修辞风格上,"清空"之词,"古雅峭拔"、自然流畅,"质实"之词,则"凝涩晦昧"、雕琢堆砌;在词的构思上,"清空"之词,想象丰富、神奇幻妙,"质实"之词,从实构建、质朴具体;在词的形象塑造上,"清空"之词,重在神理超越,"质实"之词,则泥于形质。所以,在词的艺术意境上,"清空"之词,注重虚境的作用,虚虚实实,实实虚虚,如"蓝田日暖,良玉生烟",仿佛"空中之音,水中之月"一般,善于启发读者联想能力,"使人神观飞越",进入一个广阔的幻想世界之中,给人以丰富的回味余地;"质实"之词,较多在实境上下功夫,虽然具体详瞻,花团锦簇,但往往因说得太尽,描绘过细,反而缺少余味。张炎还以姜夔的词和吴梦窗的词为例,说明姜以"清空"为胜,故如"野云孤飞,去留无迹";而吴则以"质实"为长,故如"七宝楼台,眩人眼目,碎拆下来,不成片段"。

"清空"和"意趣"是不可分割的,有"清空"之要妙,始有"意趣"之盎然,"质实"之作,不可能有"意趣"。正如严羽在《沧浪诗话》中所说那样,只有如镜花水月一般的"透彻玲珑,不可凑泊"之诗作,方能有"言有尽而意无穷"之"兴趣"。词的"意趣"之实质也就是严羽所说诗的"兴趣"。故张炎在《意趣》一节中说:"词以意为主,不要蹈袭前人语意。"下面举东坡《水调歌头》《洞仙歌》、王安石《桂枝香》、姜夔《暗香》《疏影》等词说:"此数词皆清空中有意趣,无笔力者未易到。""意趣"和"兴趣",说法虽略有差异,然都是指诗词意境所蕴含的审美趣味而言的,只是角度各有侧重而已。"意趣"主要是从作品来说的,而"兴趣"则主要是从作者的方面来说的。由于其"意趣"是从"清空"中来,故尚清丽高远,淡雅浑成,而不喜欢俗媚浅近、浓艳拘谨。张炎评周邦彦词云:"美成词只当看他浑成处,于软媚中有气魄,采唐诗融化如自己者,乃其所长;惜乎意趣却不高远。所以出奇之语,以白石骚雅句法润色之,真天机云锦也。"张炎提倡的"清空"和"意趣",是和高雅联系在一起的,要求"骚雅""古雅""雅正"。他虽然属于注重格律、偏向婉约、并对豪放派颇有微词的词学理论家,说"辛稼轩、刘改之作豪气词,非雅词也,于文章余暇,戏弄笔墨为长短句之诗耳",然而他之反对"豪气词",主要是指其缺少含蓄,"风流蕴藉"不足,并不反对词要有宏大气魄。所以,他批评周邦彦一派之词"失之软媚而无所取",赞扬秦观词"气骨不衰,清丽中不断意脉",又说苏轼词"如《水龙吟》咏杨花、咏闻笛,又如《过秦楼》《洞仙歌》《卜算子》等作,皆清丽舒徐,高出人表;《哨遍》一曲,隐括《归去来辞》,更是精妙,周秦诸人所不能到"。张炎有家学渊源,精通词的音律,强调"词之作必须合律",但他又指出"律非易学,得之指授方可;若词人方始作词,必欲合律,恐无是理,所谓'千里之程,起于足下',当渐而进可也"。更为重要的是他提出"音律所当参究,词章先宜精思",并没有把音律作为唯一的标准,这都可以看出他和传统格律派的理论是很不同的,他提倡的"清空"和"意趣"实际是和豪放派有所靠近,而不是像夏承焘先生在《词源注·前言》中所说的"和豪放派的距离就更远一程了",也更不能说苏、辛等豪放派作家作的婉约词和张炎的"清空"标准"更其格格不入"了,张炎论"清空"而有"意趣",所举的例子就有苏轼的《洞仙歌》等豪放派的婉约作品。

从词的具体创作方法上说,张炎的许多论述也是和苏轼、严羽很接近的。例如他主张作品要有"自然而然"之美,提倡"本色语","特立清新之意,删削靡曼之词"。评写"离情"之作,认为"全在情景交炼,得言外意","如'劝君更尽一杯酒,西出阳关无故人',乃为绝唱"。他又说词中小令和诗中绝句一样,"末句最当留意,有有余不尽之意始佳"。咏物则要做到"不留滞于物",用事则要做到"不为事所使"。因此,张炎的《词源》及其"清空"说、"意趣"说之所以对后代词学产生了深远的影响,是和它在文学思想上和苏轼、严羽相接近,并且是对他们的思想在词学领域的发展这一点分不开的。

第五节 小说、戏曲理论批评的萌芽

金元时期文学理论批评发展的一个十分值得我们重视的新现象是小说、戏曲理论批评的萌芽与发展,它为文学理论批评发展开辟了一个新的

阶段。小说、戏曲是在唐宋时期逐渐发展、繁荣起来的,理论批评总是落后于创作的,尤其是小说戏曲在封建社会里是被人瞧不起的,地位十分低下,优伶、说书者是和贱役一样受人轻视的,一般正统文人对之不屑一顾,所以理论批评的发展就更为迟缓。但是,随着小说、戏曲创作上成就日益突出,不能不逐渐引起人们的注意,于是就有人开始对小说、戏曲的创作进行研究。有关小说、戏曲的论述早在唐宋就已有了一些,但是大都是零星的、点滴的,因此,我们把它合在金元部分一起研究。

小说理论批评产生于何时,是和对小说的产生和发展之看法有关系的。有的研究者把先秦时期的"小说"概念和小说的产生联系起来看,于是把神话传说、寓言故事、笔记杂录等,都当作小说,其实这是不科学的。先秦两汉时期所说"小说"或"小说家",无论是《庄子·外物》篇中说的"饰小说以干县令,其于大达亦远矣",或者是班固《汉书·艺文志》中说的"小说家者流,盖出于稗官。街谈巷语,道听途说者之所造也",还是桓谭《新论》中说的"若其小说家,合丛残小语,近取譬论,以作短书",其含义均和唐宋以后的小说和小说家完全不同。严格意义上的小说,从唐代开始才有。这是明代胡应麟在《少室山房笔丛》中提出的。鲁迅先生很重视这个说法,在《中国小说史略》中,他指出:

> 小说亦如诗,至唐代而一变,虽尚不离于搜奇记逸,然叙述宛转,文辞华艳,与六朝之粗陈梗概者较,演进之迹甚明,而尤显者乃在是时则始有意为小说。胡应麟(《笔丛》三十六)云:"变异之谈,盛于六朝,然多是传录舛讹,未必尽幻设语,至唐人乃作意好奇,假小说以寄笔端。"其云"作意"、云"幻设"者,则即意识之创造矣。

所谓"作意"即是指自觉的创作,所谓"幻设"即是指虚构的方法,自觉地运用虚构的方法去创作,这才是真正的小说,故鲁迅说是"意识之创造"。这和记载街谈巷议、奇闻逸事,是有本质不同的。因此,由唐人传奇、宋元话本到明清小说,是中国小说发展的基本历程,唐以前只能说是小说的准备时期。

小说理论批评自然也要按照小说本身发展历程来研究,不能把那些对不是小说的"小说"的论述当作小说理论批评来看待。唐人虽有很优秀的传奇小说，但由于它们的地位不高，没有引起人们足够的重视。从理论批评方面看，只有传奇作者对自己创作意图的一些简要的说明，也许这就是小说理论批评的萌芽吧。如李公佐在《谢小娥传》末说："知善不录，非《春秋》之义也，故作传以旌美之。"又如沈既济在《任氏传》末说他写这篇传奇是"揉变化之理，察神人之际，著文章之美，传要妙之情，不止于赏玩风态而已"。这和《诗经》中某些篇作者在诗末阐明自己创作意图是一样的，还不能算是一种自觉的文学批评。到宋代才开始有了一些比较自觉的批评，然而也还是很零碎的。值得注意的主要有南宋洪迈。洪迈（1123—1202），字景卢，著有《夷坚志》《容斋随笔》等。他对小说颇有认识，清人陈莲塘所编《唐人说荟》例言中曾引有洪迈论唐人小说一段话："唐人小说，不可不熟，小小情事，凄惋欲绝，洵有神遇而不自知者，与诗律可称一代之奇。"洪迈《容斋随笔》卷十五也有类似的记载："大率唐人多工诗，虽小说戏剧，鬼物假托，莫不宛转有思致，不必颛门名家而后可称也。"这里有两点值得注意：一是对小说价值给予了充分肯定，认为它可与唐代诗律并称"一代之奇"。二是对唐人传奇的艺术水平给予了很高评价，指出其情节曲折，生动感人，"小小情事，凄惋欲绝"；即使是"鬼物假托"亦合于人情物理，"莫不宛转有思致"。他对小说的虚构特征了解得很清楚，在《夷坚乙志·序》中，他说《夷坚志》一书，凡"天下之怪怪奇奇尽萃于是矣"。这些奇闻逸事，虽如《庄子》《齐谐》"虚无幻茫，不可致诘"，但"皆不能无寓言于其间"，它们来源于民间，乃是"耳目相接"之产物，似乎"皆表表有据依"，然而实际上都是虚幻的，欲考其实，只能去见"乌有先生而问之"。洪迈《夷坚志》搜罗很广，大部分不能算是严格意义上的小说，只是民间传说的怪异之事，例如六朝志怪一类，但他认识到这是借虚构故事以"寓言于其间"，则是合乎小说的基本特征的。除洪迈外，宋代尚可提及的还有赵令畤在《元微之崔莺莺商调蝶恋花词》中对元稹《莺莺传》的评价，他说"自非大手笔孰能与于此"，可见对其文是十分赞赏的，而他认为写得最好的是对崔莺莺这个人物形象的描绘，他说道："夫崔之才华婉美，词彩艳丽，则于所载缄书诗章尽之矣，如其都愉淫冶之态，则不可得而见，及观其文，飘飘然仿佛出于人目前，虽丹青摹写其形状,未知能如是工且至否?"小说的关键是在人物形象,理论批评的中心也应当在这里,赵令畤虽然并没有自觉地意识到这一点,但他从阅读的感受中体会到了崔莺莺形象的鲜明生动,所以他的评论对后来的小说理论批评的发展是很有启发的。

元代小说理论批评比宋代又有所发展,这主要表现在两个方面:一是评点的萌芽,二是对话本的批评。小说的评点是从诗文评点发展过来的,诗文评点是从文章评点开始的。最初只有对文章佳处用线画出或用圈圈出,宋代理学家教弟子读书时常用此法,《朱子语类·读书法》有先以某笔抹出、再以某笔抹出之说。最早文章评点本有吕祖谦的《古文关键》、楼昉的《崇古文诀》、谢枋得的《文章规范》、真德秀的《文章正宗》等,这都是为当时科举考试用的。圈点的发展就是加上文字的评述,黄庭坚在《大雅堂记》中说读杜诗之美者,"尝欲随欣然会意处,笺以数语"。而谢枋得《唐诗绝句注》,实际就是一种评点本。这种文章评点已有夹批、眉批和文前总评等不同方式。宋末元初著名评点家有方回和刘辰翁。方回《瀛奎律髓》是对律诗评点,据叶德辉《书林清话》说,方回"亦好评点唐宋人说部、诗集",但其评说部之作已不见。刘辰翁(1232—1297),字会孟,号须溪,他的评点著作明人曾汇集有《刘须溪批评九种》,包括班马异同评、老子、庄子、列子、世说新语、李长吉歌诗、王摩诘诗、杜工部诗、苏东坡诗、陆放翁诗、王安石诗等。由于《世说新语》传统认为是志人小说,而刘辰翁对它的评点又侧重于其中有关人物思想性格、精神风貌的评论,所以对后来小说评点影响很大,被认为是小说评点之滥觞。明人许自昌的《樗斋漫录》中曾说,小说评点在李卓吾之前,最重要的就是刘辰翁。他对《世说新语》的评点,在用语和方法上与后来的小说评点也是很接近的。今举数例如下:

　　《世说新语》:袁彦伯为谢安南司马,都下诸人,送至濑乡。将别,既自凄惘,叹曰:"江山辽落,居然有万里之势。"
　　刘辰翁批云:黯然销魂,直是注情语耳,未在能言。
　　《世说新语》:王子敬语谢公,公故萧洒。谢曰:"身不萧洒,君道身最得,身正自调畅。"

> 刘辰翁批云:语本不足道,而神情自近,愈见其真。

> 《世说新语》:谢太傅寒雪日内集,与儿女讲论文义。俄而雪骤,公欣然曰:"白雪纷纷何所似?"兄子胡儿曰:"撒盐空中差可拟。"兄女曰:"未若柳絮因风起。"公大笑乐。即公大兄无奕女,左将军王凝之妻也。

> 刘辰翁批云:有女子风致,愈觉撒盐之俗。

由此可见,刘辰翁的评点确能将人物的感情、风貌、语言之特征揭示出来,言简意赅,一语中的。

对话本小说的评论是和说话艺术的盛行密切相关的,说话也就是说书、讲故事,话本就是说话人所用的底本。后来白话小说即是在说话基础上发展起来的。说话兴起于唐代,在中唐已相当发达,故元稹《酬翰林白学士代书一百韵》一诗有"翰墨题名尽,光阴听话移"的记载,并于其下注云:"又尝于新昌宅说《一枝花》话,自寅至巳,犹未毕词也。"到宋代说话有了更大的发展,成为十分繁荣的民间艺术,其盛况在孟元老《东京梦华录》、灌圃耐得翁《都城纪胜》、周密《武林旧事》、吴自牧《梦粱录》等书中均有不少记载。北宋的汴京、南宋的临安都有很多的"瓦舍""勾栏",在这些游乐场中都有专业的说话人。《都城纪胜》还指出说话有各种不同的类型,或是说银字儿(如烟粉、灵怪、传奇),或是说公案(皆搏刀赶棒及发迹变泰之事),或是说铁骑儿(谓士马金鼓之事),或是说经(谓演说佛书),或是说参请(谓宾主参禅悟道等事),或是讲史书(讲说前代书史文传、兴废战争之事),或是合生(与起令随令相似,各占一事),等等。但这些书中几乎没有什么理论批评方面的内容,只有罗烨的《醉翁谈录》涉及一些有关小说理论批评的问题。其中比较重要的有以下几点:第一,他指出了小说艺术的社会教育作用,"言其上世之贤者可为师,排其近世之愚者可为戒。言非无根,听之有益"。说话者虽然只是讲故事,但其中包含着对世事的褒贬是非,所谓"春浓花艳佳人胆,月黑风寒壮士心。讲论只凭三寸舌,秤评天下浅和深"。第二,小说家即说话人并非浅薄之辈,而是博通古今、能言善辩、才华横溢、感情丰富的人。《醉翁谈录·小说开辟》论说话人之才能云:

> 夫小说者，虽为末学，尤务多闻。非庸常浅识之流，有博览该通之理。幼习《太平广记》，长攻历代史书。烟粉奇传，素蕴胸次之间；风月须知，只在唇吻之上。《夷坚志》无有不览，《琇莹集》所载皆通。动哨、中哨，莫非《东山笑林》；引倬、底倬，须还《绿窗新话》。论才词有欧、苏、黄、陈佳句；说古诗是李、杜、韩、柳篇章。举断模按，师表规模，靠敷演令看官清耳。只凭三寸舌，褒贬是非；略嚼万余言，讲论古今。说收拾寻常有百万套，谈话头动辄是数千回。说重门不掩底相思，谈闺阁难藏底密恨。辨草木山川之物类，分州军县镇之程途。讲历代年载废兴，记岁月英雄文武。有灵怪、烟粉、传奇、公案，兼朴刀、捍棒、妖术、神仙。自然使席上风生，不枉教座间星拱。

这一段叙述，对说话人的各方面才能都作了详细的描绘，也是对他们的学识智慧、艺术才华的极为热烈的赞美。第三，指出说话艺术对听众具有强烈的艺术感染力，能使他们心灵激荡，与故事中的人物同忧伤、共欢喜，感情十分投入。所谓"说国贼怀奸从佞，遣愚夫等辈生嗔；说忠臣负屈衔冤，铁心肠也须下泪。讲鬼怪令羽士心寒胆战；论闺怨遣佳人绿惨红愁。说人头厮挺，令羽士快心；言两阵对圆，使雄夫壮志"。第四，对说话人的艺术技巧和水平，也作了很好的分析："讲论处不滞搭，不絮烦；敷演处有规模、有收拾。冷淡处提掇得有家数，热闹处敷演得越久长。"这些评论应该说是比较全面也比较深刻的。

中国古代的戏曲理论批评和诗、词、文、小说等的理论批评不太一样，因为它是一种综合性的艺术，包括了诗词、音乐、表演、唱腔、说白、舞蹈等很多方面。中国古代戏剧的传统特点是歌唱和演戏的结合，并有许多舞蹈动作，唱在戏剧中占有十分重要的地位。因此戏曲理论批评也就和其他文学形式的理论批评有所不同，其内容涉及的面比较广，有许多是音律、唱腔和表演技巧方面的问题。我们在这里着重讨论其中属于戏剧文学部分的理论批评，而不涉及其他艺术范围的内容。

中国古代戏剧产生于何时，学术界颇有争议。一般认为唐代崔令钦《教坊记》中记载的"踏摇娘"，它出现于南北朝，已初步具备了戏剧的雏形。宋代开始有了关于杂剧的议论,如《苕溪渔隐丛话》引《吕氏童蒙训》对杜甫诗与苏东坡诗比较时,曾说东坡诗"如作杂剧,打猛诨入,却打猛诨出也"。宋元之际开始出现了一些有关戏曲的论著,如燕南芝庵的《唱论》、周德清的《中原音韵》等,但都是以论音律、唱腔为主,从戏剧文学的角度论述较多的是宋末元初的胡祗遹(1227—1295),字绍开,号少凯,又号紫山,有《紫山大全集》。其《赠宋氏序》一文对戏剧和现实生活的关系、戏剧艺术的社会作用等,提出了一些很重要的看法,他说:

> 乐音与政通,而伎剧亦随时所尚而变。近代教坊、院本之外,再变而为杂剧。既谓之杂,上则朝廷君臣、政治之得失,下则闾里市井、父子、兄弟、夫妇、朋友之厚薄,以至医药、卜筮、释道、商贾之人情物理,殊方、异域风俗语言之不同,无一物不得其情,不穷其态。以一女子而兼万人之所为,尤可以悦耳目而舒心思。

可见,杂剧所反映的社会生活内容是相当广泛的,而且十分真实具体、生动感人。其《优伶赵文益诗序》曾赞扬了赵文益的表演,说他"耻踪尘烂,以新巧而易拙,出于众人之不意、世俗之所未尝见闻者",并指出"变新"是戏剧艺术非常重要的特点,只有善能"变新"方可使"观听者多爱悦",如"醯盐姜桂,巧者和之,味出于酸咸辛甘之外,日新而不袭故常,故食之者不厌"。特别是他在《黄氏诗卷序》中,对戏剧艺人提出的"九美"要求,说明他非常重视演员的素质,其云:

> 女乐之百伎,惟唱说焉。一、姿质浓粹,光彩动人;二、举止闲雅,无尘俗态;三、心思聪慧,洞达事物之情状;四、语言辨利,字真句明;五、歌喉清和圆转,累累然如贯珠;六、分付顾盼,使人人解悟;七、一唱一说,轻重疾徐,中节合度,虽记诵闲熟,非如老僧之诵经;八、发明古人喜怒哀乐、忧悲愉佚、言行功业,使观听者如在目前,谛听忘倦,惟恐不得闻;九、温故知新,关键词藻,时出新奇,使人不能测度、为之限量。九美既具,当独步同流。

这"九美"之中包括了演员的身材长相、神态风度、表演技巧、文化素质、艺术修养等许多方面,而且也涉及演员如何真实生动地塑造剧中人物形象,以及演员和观众的关系等重要理论问题。

周德清(1277—1365),字挺斋,其《中原音韵》写成于元泰定元年(1324),主要讲北曲创作的音韵,其后附有《作词十要》,论曲词的写作,重点是讲戏曲语言,也讲到押韵、用事、对偶等。他认为曲词的语言可作乐府语、经史语、天下通语,而不可作俗语、蛮语、谑语、嗑语、市语、方语、书生语、讥诮语等。他提出:"未造其语,先立其意,语、意俱高为上。短章辞既简,意欲尽;长篇要腰腹饱满,首尾相救。造语必俊,用字必熟,太文则迂,不文则俗,文而不文,俗而不俗。要耸观,又耸听,格调高,音律好,衬字无,平仄稳。"戏曲的语言是按照立意的要求来运用的,所以要先立意。造语要俊,用字要熟,但不能太文,又不能太俗。这都是适合于歌唱的要求的,要让人在听唱时能听得懂,听得明白。燕南芝庵的《唱论》见于元代杨朝英编的散曲选集《乐府新编阳春白雪》卷首,主要是讲戏曲演唱的声乐理论和歌唱方法,其中也涉及各种唱调的风格特征,如其十七宫调每一种的风格都不相同:正宫唱,惆怅雄壮;道宫唱,飘逸清幽;大石唱,风流蕴藉;小石唱,旖旎妩媚;等等。

元代钟嗣成(1279?—1360?),字继先,号丑斋,是元代的杂剧作家,他的《录鬼簿》是一本记载戏曲作家及其作品的著作。其书按作家时代、名望、与作者相知与否等分为六类,有的仅记载其著作,有的记载其事迹,有的两者均有,凡与钟嗣成相知而已经亡故者,还写有吊词,是研究戏曲史的重要历史资料。书中也反映了钟嗣成对戏曲的看法和对戏曲作家的评价。他在自序中说,这些戏曲作家虽然"门第卑微,职位不振",但是都有"高才博识",实与圣贤君臣、忠孝士子可相提并论,可是并不像"圣贤之君臣,忠孝之士子",会有人将其"著在方册",虽为已死之鬼,而实为"虽鬼而不鬼者",为此,他要替这些"湮没无闻"的戏曲作家"传其本末,吊以乐章",即对前代之作者亦"叙其姓名,述其所作",使这些"已死未死之鬼,作不死之鬼,得以传远",并有助于"初学之士,刻意词章,使冰寒于水,青胜于蓝,则亦幸矣"。他对这些被认为是低贱的戏曲作家给予了很高的评价和热烈的赞美,甘于为他们树碑立传。书中记载作者一百五十二人,作品共四百余种。他为宫天挺所写吊词云:"豁然胸次埽尘埃,久矣声名播省台。先生志在乾坤外,敢嫌天地窄,更词章压倒元白。凭心地,据手策,数当今,无比英才。"对他的才华给以极高评价。又说郑光祖之作品,"名香天下,声振闺阁",赞美他"锦绣文章满肺腑,笔端写出惊人句",然而也指出他"贪于俳谐,未免多于斧凿"的缺点。在鲍天祐的小传中则说他"跬步之间,惟务搜奇索古而已。故其编撰,多使人感动咏叹"。在为沈拱写的吊词中,说他"举笔为文善解嘲,天生才艺藏怀抱"。钟嗣成的《录鬼簿》在戏曲史上有很重要的价值,明初贾仲明曾为之增补了不少内容。元末明初的夏庭芝,字伯和,号雪蓑,所著《青楼集》是记载城市青楼伎女状况的,而其中有相当一部分是讲戏曲演员,因而它和《录鬼簿》有相辅相成的意义。例如记珠帘秀云:"杂剧为当今独步;驾头、花旦、软末泥等,悉造其妙。"记顺时秀云:"姿态闲雅。杂剧为闺怨最高,驾头诸旦本亦得体。"又记南春宴云:"姿容伟丽。长于驾头杂剧,亦京师之表表者。"《青楼集》也是一部研究戏曲史的重要资料书,可惜于理论批评方面涉及甚少。

　　元末明初在戏剧理论批评上较重要的文学家杨维桢(1296—1370),字廉夫,号铁崖,又号东维子。杨维桢是诗人,对古代诗词很熟悉,而戏曲中主要部分实际上也是由诗词构成的,所以他在《周月湖今乐府序》中说:"夫词曲本古诗之流,既以乐府名编,则宜有风雅余韵在焉。苟专逐时变,竞俗趋,不自知其流于街谈市谚之陋,而不见夫锦脏绣腑之为懿也,则亦何取于今之乐府,可被于弦竹者哉?"说明戏剧中的曲子应当具有诗词传统之美,这样就可以提高戏剧的美的水平。为此,他对戏曲提出了"宜其于文采音节兼济而无遗恨也"的要求,他说:"士大夫以今乐府鸣者,奇巧莫如关汉卿、庾吉甫、杨淡斋、卢疏斋;豪爽则有如冯海粟、滕王霄;酝藉则有如贯酸斋、马昂父。其体裁各异,而宫商相宣,皆可被于弦竹者也。继起者不可枚举,往往泥文采者失音节,谐音节者亏文采,兼之者实难也。"同时,他提出戏曲具有讽谏的作用,并不仅仅只是一种娱乐。其《优戏录序》云:"观优之寓于讽者,如'漆城''瓦衣''两税'之类。皆一言之微,有回天倒日之力,而勿烦乎牵裾伏蒲之勃也。则优戏之伎虽在诛绝,而优谏之功岂可少乎?他如安金藏之剖肠,申渐高之饮鸩,敬新磨之勉戮疲令,杨花飞之易乱主于治,君子之论且有谓台官不如伶官。"他对戏曲的讽谏所起的社会政治作用,给予了很高的评价。在《朱明优戏序》一文中,他特别指出像戏车、走丸、吞刀、吐火、扛鼎一类杂技,"皆不如俳优侏儒之戏,或有关于讽谏,而非徒为一时耳目之玩也",并且这种讽谏作用又都是寓于对现实生活的真实生动的描绘之中的,如《尉迟平寇》《子卿还朝》等"一谈一笑真若出于偶人肝肺间,观者惊之若神",以使教育作用和美学作用紧密地结合在一起。在对戏曲作家深切同情、对戏曲热情歌颂的同时,元末明初也出现了另一种倾向,这就是对戏曲提出了宣传封建礼教的要求,最有代表性的便是高明。高明,字则诚,约生于元大德年间,他曾创作了著名的《琵琶记》。从他的创作思想来看应该说是比较复杂的:《琵琶记》既体现了他对当时现实黑暗的不满,对生活在水深火热中下层人民的同情,对中国古代妇女传统美德的歌颂和赞美;也表现了他肯定和维护封建伦理道德,要求戏曲作品宣传封建礼教的正统文人之保守思想。后一方面他曾在《琵琶记》的开场词中说得很明确:"今来古往,其间故事几多般。少甚佳人才子,也有神仙幽怪,琐碎不堪观。正是不关风化体,纵好也徒然。"这说明当戏曲由民间艺人和接近他们的下层文人,逐渐向封建社会上层和正统文人发展的时候,戏曲创作思想也必然要发生变化。不过我们对高明的戏曲观也不应该只看他公开的宣言,还要从他创作本身所反映的整体思想去考察,这样才能比较确切地、全面地作出符合实际的评价。

第四编
中国文学理论批评的繁荣和鼎盛
——明清时期

概　说

　　明清是我国文学理论批评发展的鼎盛时期。明清两代都是文学批评多元化发展的时代,从文学创作方面说,诗文的创作逐渐衰落,虽然作家和作品的数量不少,也不可能再有唐宋时代的那种风采,但戏剧、小说的创作则进入了一个繁荣发展的高潮,和这种创作状况相适应,文学理论批评也改变了诗文理论批评占多数的状况,呈现出诗文、戏剧、小说理论批评分途发展而又殊途同归的局面。不过,尽管诗文创作的高峰期已过,但是诗文的理论批评却并没有衰退,而有了更大的发展,特别是在明末清初,达到了中国文学理论批评史上最为繁荣兴旺的鼎盛时期。这个时期诗文理论批评的意义不再仅仅是评论当代的诗文,而是在对整个中国古代诗文创作进行整体的评论,研究其历史经验,并对中国古代的文艺美学传统作出理论上的总结。所以,从明清文学理论批评的成就及其深度和广度来看,诗文理论批评仍然占有主要地位,而且对小说戏剧理论批评有着很深刻的影响。中国古代的小说戏剧理论批评中的一些美学原则,大都是从诗文理论批评中移植过来的,在这个基础上按照小说戏剧的特点有所发挥,从而建立起以"评点"为中心的、具有我国特色的小说和戏剧理论批评体系。"评点"的形式也是从诗文的评点中引用过来的,但是这个在诗文批评中没有多少影响的形式,却在小说戏剧批评中得到重大的发展。这当然是和小说戏剧的文学形式特点有关系的。

　　整个明代文学理论批评的发展,是围绕着复古和反复古的主要思潮展开的。明代的前中期基本上是由前后七子的复古主义文学思潮统治的天下,当然,我们对复古主义的文学思潮也要有分析,他们是为了确立一种优秀的民族文学经典形式,把秦汉散文和盛唐诗歌作为理想的范本,这也不是完全没有价值的。但是他们在文学发展的继承和创新方面,忽略了创新的重要性,犯了根本性的错误。这也许是封建社会开始走向覆亡时期,在思维方式上所产生的极端形而上学影响。随着封建社会的逐渐崩溃和没落,新的反封建、反皇权的民主主义思想因素之萌芽,从明代中叶起文艺上出现了一股前所未有的新思潮,它的基本特征是:强调文艺是未受封建"闻见道理"污染的纯洁心灵之体现,是具有个性解放色彩的自由情性之抒发,提倡真情而反对假理,主张师心而反对复古,它与传统的言志载道、美刺讽谏文艺思想形成了鲜明的对立,而具有很明显的叛逆性。这股文艺新思潮萌芽、潜伏在复古高潮中,而到嘉靖、万历时则形成一股汹涌澎湃的急流,以李贽、焦竑、汤显祖、公安三袁为代表,一直到晚明形成一个高潮。与此相应的是在文学创作上也有许多新的特点,注重个性的自由和解放,甚至赤裸裸地表现"人欲"。但是这股文艺新思潮也存在着明显的缺点,特别是由反对复古而走向轻视传统,乃至于抛弃传统,所以在明末清初又出现了回归传统的思潮。不过他们已经和前后七子有根本的不同,他们并没有否定这股文艺新思潮的基本观点,而是在此基础上吸收前后七子的长处,把师心和师古融为一体。

进入清代后,文学创作和晚明相比有较大的变化。清朝在军事上是强大的,但是从社会发展阶段上说还是落后的。清代初年竭力提倡程朱理学,所以晚明那股注重个性和人性解放的思潮一度受到严重压抑,文学创作上出现了大批道貌岸然的才子佳人小说。不过,文学理论批评反而很活跃,成就卓著的名家非常多。如诗文理论批评方面的王夫之、叶燮、王士禛、沈德潜、袁枚,小说理论批评方面的金圣叹、毛宗岗、张道深,戏剧理论批评方面的李渔等,他们分别都从不同的角度,对我国古代文学理论批评发展中的一些重大争论问题,以及古代文学的审美特征和艺术表现方法作了认真的总结,并提出了自己的独到见解。晚明那股具有思想解放色彩的文艺新思潮经过清初的沉寂之后,至乾隆时期又开始有新的发展,这就是以袁枚为代表的性灵派的出现,它成为封建社会后期文艺思想发展中极富生命活力的重要方面。这个时期有关文学理论批评的论述非常之多,保存下来的资料也是极其丰富的,但是,其中也有相当多的部分,只是重复古人已经说过的内容而并无多少新意,因此,我们的论述也和前面略有不同,更侧重于阐说在理论上有新的发展和创见的部分,而不是泛泛地对有过文学论述的人逐个加以介绍。

第二十章 明代复古主义文学思潮的产生与发展

第一节 明初的文学思想和高棅的《唐诗品汇》

朱元璋是在恢复汉制的号召下推翻元朝、建立大明帝国的,所以明初在文化思想上竭力推崇汉唐盛世,复古思想较为浓厚。朱元璋为了巩固其封建专制统治,加强对人民的思想控制,竭力推行程朱理学,建立了科举考试制度,以八股文取士。据《明史·选举志》说,"其文略仿宋经义,然代古人语气为之,体用排偶",八股考试是从"四书五经"中出题,而"四书"则是以朱熹的注释为依据的,明成祖还敕令编纂了《性理大全》。这种八股取士的方法本身对士人的思想不可避免地要产生深刻影响:一是要钻研程朱理学,确立封建礼教在思想意识上的主导地位;二是要学习儒家经典,提倡复古模拟的学风。因此,明初自洪武至宣德、正统的近百年间,文学思想以明道宗经为主导倾向,诗歌创作比较推崇盛唐,在文学理论上没有多少新的特色。被朱元璋称为"开国文臣之首"的宋濂(1310—1381),认为"文之至者,文外无道,道外无文","必期无背于经,始可以言文";文务在"明道",而"道在六经",故"文至于六经,至矣尽矣","道积于厥躬,文不期工而自工"(《徐教授文集序》)。"大抵为文者,欲其辞达而道明耳";而欲道之明,"必能知言养气,始为得之"(《文原》)。所以,文章之作,当以"群经为本根,迁、固二史为波澜"(见其《叶夷仲文集序》引黄文献所云)。其《答章秀才论诗书》纵论诗歌之历史发展,亦以风骚为标的,而以盛唐李、杜为大家,提倡在师古的前提下能自成一家。"其上焉者,师其意,辞固不似而气象无不同;其下焉者,师其辞,辞则似矣,求其精神之所寓,固未尝近也。""为诗当自名家,然后可传于不朽。若体规画圆,准方作矩,终为人之臣仆,尚乌得谓之诗哉?""古之人其初虽有所沿袭,末复自成一家言,又岂规规然必于相师者哉?"宋濂文学思想在明初颇有代表性,如贝琼(1314—1378)认为诗文创作都必须根于经而合于道,其《唐宋六家文衡序》中说:"抑尝闻儒先君子之论文者,务合于道,非徒以其词高一世为工也。若六家者,虽于道有浅深,皆本诸经为说,铲驳而复纯。"并要求善于"知师古为事",而不"梏于昏愚怠惰"。他论诗宗盛唐李、杜,其《乾坤清气序》说:"诗盛于唐,尚矣。盛唐之诗,称李太白、杜少陵而止。""宋诗推苏、黄,去李、杜为近,逮宋季而无诗矣。"但又主张"法诸古,参诸今",成为"非李、杜而李、杜者"。明初著名的诗人高启(1336—1374),虽并不强调明道宗经,而崇尚诗歌创作的"自得之乐",认为"古人之于诗,不专意而为之也"(《缶鸣集序》),但是在具体创作上,则主张学古师古而后自成一家,所谓"必兼师众长,随事摹拟,待其时至心融,浑然自成,始可以名大方,而免夫偏执之弊矣"(《独庵集序》)。实际上浑然自成不足而模仿之迹甚显,故《四库全书总目提要》谓其"拟汉魏似汉魏,拟六朝似六朝,拟唐似唐,拟宋似宋,凡古人之所长,无不兼之"。这对后来前后七子的文学思想是很有影响的。宋濂的学生方孝孺(1357—1402),在文学思想上也是和上述几人一致的。他说:"凡文之为用,明道、立政二端而已。"(《答王秀才书》)文章当"以法六经为务",以秦汉文为准,"立言者必如经而后可,而秦汉以下,无有焉"(《与郭士渊论文》)。诗歌也是如此,"苟出乎道,有益于教而不失其法,则可以为诗矣"。而"近世之诗,大异于古。工兴趣者超乎形器之外,其弊至于华而不实;务奇巧者窘乎声律之中,其弊至于拘而无味。或以简淡为高,或以繁艳为美,要之皆非也"(《刘氏诗序》)。在提倡复古方面,方孝孺主张师其道而不师其辞,"师其道而求于文者,善学文者也;袭其辞而忘道者,不足与论也";"不师古非文也,而师其辞又非也。可以为文者,其惟学古之道乎?""其辞不泥乎古,务自己出,而无艰深俚陋之病"(《张彦辉文集序》)。他认为学习古人不是要仿其形迹,而是要效法其心神默会之妙,无论诗文皆是如此。"故工可学而致也,神非学所能致也,惟心通乎神者能之。""庄周之著书,李白之歌诗,放荡纵恣,惟其所欲,而无不如意,彼岂学而为之哉!其心默会乎神,故无所用其智巧,而举天下之智巧莫能加焉。""当二子之为文也,不自知其出于心而应于手,况自知其神乎?"故而"效古人之文者,非能文者也,惟心会于神者能之"。这种思想和后来何景明、王世贞是比较接近的。方孝孺论诗也主张学《诗经》，他在《谈诗五首》中说："举世皆宗李杜诗，不知李杜更宗谁？能探《风》《雅》无穷意，始是乾坤绝妙词。"其《读朱子感兴诗》一文中说："《三百篇》后无诗矣。非无诗也，有之而不得诗之道，虽谓之无亦可也。"他的这些观点是对宋濂等思想的继承和发展。

明初文学理论批评上比较重要、有新的创见、影响又比较大的是高棅。高棅(1350—1423)，字彦恢，后来改名廷礼，号漫士，福建长乐人。他是明初研究唐诗的专家，他编的《唐诗品汇》不仅是一本影响深远的唐诗选本，而且是继方回《瀛奎律髓》后，以评选结合的方式体现自己诗学思想的又一部重要诗论著作。《唐诗品汇》的出现是明初诗歌创作上复古崇唐思潮发展的一个突出表现，对后来前后七子文学思想有直接的启导作用。高棅的诗学思想按照他自己在《唐诗品汇》凡例中所说，主要是受林鸿和严羽的影响。其云：

> 先辈博陵林鸿尝与余论诗：上自苏李，下迄六代，汉魏骨气虽雄，而菁华不足。晋祖玄虚，宋尚条畅。齐梁以下，但务春华，殊欠秋实。唯李唐作者，可谓大成，然贞观尚习故陋，神龙渐变常调，开元天宝间，神秀声律粲然大备，故学者当以是楷式。予以为确论。后又采集古今诸贤之说，及观沧浪严先生之辩，益以林之言可征，故是集专以唐为编也。

林鸿与高棅同为"闽中十才子"，鸿为其首，比高棅年长。"鸿论诗，大指谓汉魏气骨虽雄，而菁华不足。晋祖玄虚，宋尚条畅，齐梁以下但务春华，少秋实。惟唐作者可谓大成。然贞观尚习故陋，神龙渐变常调，开元、天宝间声律大备，学者当以是为楷式。闽人言诗者率本于鸿。"(《明史·文苑传》)据钱谦益引林垐所写高棅墓志中云，林鸿"独唱鸣唐诗，其徒黄玄、周玄继之"，钱又云林鸿"之学唐诗，摹其色象，按其音节，庶几似之矣"。(《列朝诗集小传·高棅传》)高棅在《唐诗品汇》前所录"历代名公叙论"三十四条中，严羽一人就占了十四条，可见他对严羽是十分钦佩的。

高棅《唐诗品汇》的诗学思想是对严羽《沧浪诗话》中以盛唐为法思

想的进一步发挥,主要有以下三点:

第一,确立了唐诗的发展分为初、盛、中、晚四个时期,而以盛唐为正宗、为学习楷模。严羽在《沧浪诗话》中将唐诗的发展分为唐初体、盛唐体、大历体、元和体、晚唐体五个不同时期。元人杨士弘所编《唐音》,将大历体与元和体合为中唐,但他又不区分唐初和盛唐,实际分为唐初盛唐、中唐、晚唐三阶段。明初苏伯衡在《古诗选唐序》中也提出盛唐诗、中唐诗、晚唐诗的区分问题,并说:"自李唐一代之诗观之,晚不及中,中不及盛。"然至高棅始明确分为初唐、盛唐、中唐、晚唐四个时期,并分为正始、正宗、大家、名家、羽翼、接武、正变、余响、傍流等九个品目,四唐和九品的关系是:"大略以初唐为正始,盛唐为正宗、大家、名家、羽翼,中唐为接武,晚唐为正变、余响,方外异人等诗为旁流。间有一二成家特立与时异者,则不以世次拘之,如陈子昂与李白列在正宗,刘长卿、钱起、韦、柳与高、岑诸人同在名家者是也。"分四唐、列九品目的是区别不同时代的特点、不同诗人的水平的高下,这是因为"有唐三百年诗众体备矣,故有往体、近体、长短篇、五七言律句绝句等制,莫不兴于始,成于中,流于变,而陊之于终,至于声律、兴象、文词、理致,各有品格高下之不同"(《唐诗品汇总叙》)。高棅区分四唐的标准表面看似乎是以时代来划定的,实际上他还是更重在"声律、兴象、文词、理致"的"品格高下",所以他把应属于初唐的陈子昂列为正宗,又把应属于中唐的刘长卿、钱起、韦应物等也列入名家中。

第二,他进一步强调了辨体的重要性。严羽在《答出继叔临安吴景仙书》中说:"作诗正须辨尽诸家体制,然后不为旁门所惑。"并认为自己"于古今体制,若辨苍素,甚者望而知之"。并问吴景仙道:"吾叔试以数十篇诗,隐其姓名,举以相试,为能别得体制否?"高棅在《唐诗品汇总叙》中说:"今试以数十百篇之诗,隐其姓名,以示学者,须要识得何者为初唐,何者为盛唐,何者为中唐,为晚唐,又何者为王、杨、卢、骆,又何者为沈、宋,又何者为陈拾遗,又何为李、杜,又何为孟,为储,为二王,为高、岑,为常、刘、韦、柳,为韩、李、张、王、元、白、郊、岛之制,辩尽诸家,剖析毫芒,方是作者。"辨体的目的是正确认识不同时代、不同诗人的"精粗邪正,长短高下","别体制之始终,审音律之正变"。这里涉及诗人、时代、作品三个方面:"观诗以求其人,因人以知其时,因时以辩其文章之高下、词气之盛衰,本乎始以达其终,审其变而归于正。"而这又非"穷精阐微,超神入化,玲珑透彻之悟,则莫能得其门而臻其壶奥矣"。辨体,是一个艺术鉴赏问题,辨体能力的强弱,与艺术鉴赏水平的高下有直接关系。艺术鉴赏既有客观性也有主观性,从前者来说,诗歌艺术水平的优劣和诗人艺术成就的高下,都是有客观标准的,例如时代盛衰对文学的影响,"时有废兴,道有隆替,文章与时高下,与代终始,向之君子岂可泯然其不称乎?"就诗人来看,才能学识、气质性格各有不同;就文学作品来看,有成功不成功、水平高不高之差异。从后者来说,对诗歌艺术水平的优劣和诗人艺术成就的高下的评价,又是与鉴赏者的文学观和美学观密切相关的,也就是说,按什么标准去辨别优劣高下,不同的鉴赏者是不一样的。那么,高棅的辨体标准又是什么呢?这可从他对盛唐诸诗人的评论中看出来,他提倡的是"盛世之音""大雅之音",在艺术标准上颇受殷璠、严羽的影响,崇尚"雅正冲淡,体合风骚",故其评陈子昂云:"音响冲和,词旨幽邃,浑浑然有平大之意。"他列陈子昂、李白为正宗,以杜甫为大家,可以看出他是更欣赏自然飘逸、神化无迹之作,而主张出乎天工、依乎无法之法的,其评李白为:"天才纵逸,轶荡人群","朱子尝谓太白诗如无法度,乃从容于法度之中,盖圣于诗者"。他对气势雄浑的古体诗是比较喜欢的,所以选的也比较多。对李白和杜甫二家,他虽以之为盛唐之主要代表,但实际上显然是更为推崇李白的,这大约是和明初注重表现太平盛世气象有关的。故其五古、七古、五绝、七绝、五律、七律、排律各类诗选中,李白均在"正宗",而杜甫之五绝、七绝均在"羽翼"目中,其他在"大家",以其选诗数看,李白各体共选四百零二首,杜甫各体共选二百九十四首。

第三,格调说的萌芽。元代方回在《瀛奎律髓》中评选律诗重在格高,实已隐含着格调说的因素,高棅在《唐诗品汇》中则初步体现了格调说的思想。他在总叙中说的"品格高下",实际上包含着格与调两方面。他说杨士弘《唐音》"颇能别体制之始终,审音律之正变",即是指格与调的问题。其五古部分说"神龙以还,品格渐高,颇通远调",虽是引用殷璠之说,但也和他的整体思想是一致的。王偁在洪武二十七年(1394)写的《唐诗品汇序》中说:"余尝闻之漫士之论诗曰:诗自《三百篇》以降,汉魏质过于文,六朝华浮于实,得二者之中,备风人之体,惟唐诗为然。然以世次不同,故其所作亦异。初唐声律未纯,晚唐气习卑下,卓卓乎其可尚者,又惟盛唐为然。"此所谓"声律未纯"是指"调",而"气习卑下"则是指"格"。格的含义,如前论方回"格高"时所说是指诗的立意,亦即诗歌的审美意象之构想,按高棅的说法就是指诗的兴象、文词、理致;而调的含义,即是指由声律所形成的诗歌音乐美,以及由这种音乐美所产生的悠远之韵味。故诗歌的格调是与时代的审美风尚和诗人的品行人格、精神风貌、创作个性分不开的,它是时代风格和作家风格的结合体。本来,诗歌的格调虽可以有高下之分,但从根本上说,不同时代、不同诗人应有自己独特的格调,前人的格调只能作为参照,而不能简单地模仿,否则就没有了自己的创造性。研究诗歌的格调是必要的,但不能把学习前人的高格调当作自己创作的唯一目标,格调说的弊病正是在这里。所以格调说的产生和发展,往往是和文学上的复古、模拟思潮联系在一起的。

高棅的《唐诗品汇》从它作为学唐诗之门径来说,确是很有价值的,然而从它区分四唐、强调辨体、提倡格调来说,都偏重于学古,而缺乏独创精神,并成为明代文学上复古模拟思潮的前奏,其书"终明之世,馆阁宗之"(《明史·文苑传》),对明代文学思想发展产生了深远的影响。

第二节 前后七子的文学思想和创作理论

明代从永乐以后到成化年间,文学上是以"三杨"(杨士奇、杨荣、杨溥)为代表的雍容典雅的台阁体和以李东阳为首的茶陵派先后占据主要地位的。台阁体所体现的太平盛世文风,是明初以来政治比较稳定、经济比较繁荣的状况在文学思想上的反映,但是也明显地缺乏新的特色,比较平庸。与此同时,由于理学的复兴,台阁体也对文学创作产生了不小的影响。茶陵派的兴起正是力图改变这种文风,其代表人物是李东阳。李东阳(1447—1516),字宾之,号西涯,湖南茶陵人,著有《怀麓堂诗话》。李东阳在文学思想上也是推尊严羽,崇唐抑宋,提倡格调的,其论直接启迪了前后七子的文学理论批评。他在文学理论批评上有一些很值得注意的见解:第一,他对唐宋诗之不同从理论上作了比较分析,他说:"唐人不言诗法,诗法多出宋,而宋人于诗无所得。所谓法者,不过一字一句,对偶雕琢之工,而天真兴致,则未可与道。其高者失之捕风捉影,而卑者坐于黏皮带骨,至于江西诗派极矣。"(《怀麓堂诗话》)他对宋诗贬得过分,是不妥当的,不过他推崇唐诗主要是认为诗歌应重在"天真兴趣",而不在字句"对偶雕琢之工",其论和严羽的思想是一致的。第二,他注意到了诗歌的意象。意象的概念自刘勰提出后,在文学批评中的正式运用是很少的,明人运用较多,而李东阳为最早。他说:"'鸡声茅店月,人迹板桥霜。'人但知其能道羁愁野况于言意之表,不知二句中不用一二闲字,止提掇出紧关物色字样,而音韵铿锵,意象具足,始为难得。"他又说:"韩退之《雪》诗,冠绝今古。其取譬曰:'随风翻缟带,逐马散银杯。'未为奇特。其模写曰:'穿细时双透,乘危忽半摧。'则意象超脱,直到人不能道处。"从"意象具足"看,他认为意象是由意与象两方面构成的,而云"意象超脱"则是指浑然一体的形象,说明意与像是不可分割的。故他又说:"'乐意相关禽对语,生香不断树交花。'论者以为至妙。予不能辩,但恨其意象太著耳。"这也是指整体形象而言的。在诗歌批评中这样明确地使用意象的概念,他以前还没有过。第三,他论诗重在音律声调,认为诗的本质在于声。他说:"诗在六经中别是一教,盖六艺中之乐也。乐始于诗,终于律,人声和则乐声和。又取其声之和者,以陶写情性,感发志意,动荡血脉,流通精神,有至于手舞足蹈而不自觉者。"所以诗和文的不同也是在于此,诗之"有异于文者,以其有声律讽咏,能使人反复讽咏以畅达情思,感发志气,取类于鸟兽草木之微,而有益于名教政事之大,必其识足以知其奥,而才足以发之,然后为得及天机物理之相感触,则有不烦绳墨而合者"(《沧洲诗集序》)。但是诗歌的声音之美,应当合乎自然,形成"自然之声",它除了平仄押韵之外,还有声调上的"轻重、清浊、长短、高下、缓急之异",律诗的字数平仄都相同,其调则唐、宋、元等均不同。要从声调上去区别不同时代、不同作者的差别,是李东阳论诗的一个重要思想。所以他所说的"格调"含义,也就有了不同于以前的新特点,他扩大了"调"的内容,并以格调作为辨体的标准。他说:"试取所未见诗,即能识其时代格调,十不失一,乃为有得。"第四,他虽已有提倡复古的倾向,但他不赞成机械模仿,他说:"诗贵不经人道语。自有诗以来,经几千百人,出几千万语,而不能穷,是物之理无穷,而诗之为道亦无穷也。"他也反对"以意徇辞",而主张"以辞达意"。他要求诗歌"圆活生动",反对泥于死法。他说:"律诗起承转合,不为无法,但不可泥。"王世贞在《艺苑卮言》卷六中说:"长沙之于何李也,其陈涉之启汉高乎?"认为李东阳乃是前七子之先声,然钱谦益在《列朝诗集小传·李东阳传》中则扬长沙(李东阳)而抑何、李,并于传后附论,认为王世贞在晚年已经改变了这种看法,"自悔其少壮之误,而悼其不能改作也",还引其《书西涯古乐府后》一文为证。钱说强调李东阳不赞成模拟剽窃,因而和何、李不同是对的,但李东阳主张学习唐诗、提倡格调,确对何、李有先导作用,王世贞《艺苑卮言》所说也是指此,而其自悔少壮之误,亦非指上引卷六中两句,故钱说有偏激之处。不过由此也可见李东阳与前后七子之异同。

明代从弘治、正德之交到隆庆、万历之际的近百年间,以前后七子为代表的复古模拟文艺思潮占据文坛主要地位,这是明初以来文学思想发展的必然结果。李梦阳(1473—1530),字天赐,又字献吉,号空同子。何景明(1483—1521),字仲默,号大复。李、何二人,还有徐祯卿、边贡、王廷相、康海、王九思,并称为前七子。他们文学思想的核心是强调复古,《明史·李梦阳传》说:"梦阳才思雄骜,卓然以复古自命,弘治时,宰相李东阳主文柄,天下翕然宗之,梦阳独讥其萎弱,倡言文必秦汉,诗必盛唐,非是者弗道。"《文苑传序》又云:"永、宣以还,作者递兴,皆冲融演迤,不事钩棘,而气体渐弱。弘正之间,李东阳出入宋元,溯流唐代,擅声馆阁。而李梦阳、何景明倡言复古,文自西京、诗自中唐而下一切吐弃。操觚谈艺之士翕然宗之。明之诗文,于斯一变。"文学上复古思潮的勃兴,其目的是用一种高标准来振兴文学,改变明初以来文坛上没有生气的局面。李梦阳的文学思想主要体现在诗歌理论批评方面,他虽在《空同子论学》中说过"西京之后作者无闻矣",但其他有关文章写作的论述很少。说他主张"诗必盛唐",是后人就其诗学倾向而言的,他本人并没有作过这样简单的概括。他学习古诗根据体制的差异而有所不同,认为"诗至唐,古调亡矣"(《缶音序》),对元、白、韩、孟、皮、陆亦甚为不满(参见其《与徐氏论文书》),所以主张古体学习汉魏,近体学盛唐,其目的是要取法乎上,学习古代最优秀的作家、作品,如严羽所说的从第一义悟入。何景明曾说:"秦无经,汉无骚,唐无赋,宋无诗。"(《杂言》)他认为:"予谓古书自六经下,先秦、两汉之文,其刻而传者,亦足读之矣。"又说:"盖诗虽盛称于唐,其好古者,自陈子昂后,莫若李、杜二家,然二家歌行、近体诚有可法,而古作尚有离去者,犹未尽可法之也。故景明学歌行、近体,有取于二家,旁及唐初、盛唐诸人,而古作必从汉、魏求之。"(《海叟集序》)其主张是和李梦阳一样的。对于唐宋诗的比较,李梦阳在《缶音序》中说:"宋人主理不主调,于是唐调亦亡。黄、陈师法杜甫,号大家,今其词艰涩,不香色流动,如入神庙,坐土木骸,即冠服与人等,谓之人可乎?夫诗比兴错杂,假物以神变者也,难言不测之妙。感触突发,流动情思,故其气柔厚,其声悠扬,其言切而不迫。故歌之心畅,而闻之者动也。宋人主理,作理语,于是薄风云月露,一切铲去不为,又作诗话教人,人不复知诗矣。诗何尝无理,若专作理语,何不作文而诗为邪?"他指出宋诗之不如唐及唐以前古诗,其根本问题是在以理易情,以理语代替形象,专在文辞上下功夫,这就和诗歌的艺术特征相违背,而和非文学的一般实用文章没有区别了。在这方面,他和何景明的看法是一致的。何景明在《汉魏诗集序》中也说过:"唐诗工词,宋诗谈理。"李梦阳对宋诗的评价虽然很不全面,抹杀了其成就,但对其弊病的理论分析还是很深刻的。同时他在这篇文章中还批评了当时流行的所谓"性气诗",其实那不过是对理学思想的一种形象化描写,借风云月露、鸢飞鱼跃来进行理学说教,故李梦阳说:"今人有作性气诗,辄自贤于'穿花蛱蝶'、'点水蜻蜓'等句,此何异痴人前说梦也。即以理言,则所谓'深深'、'款款'者何物邪?《诗》云:'鸢飞戾天,鱼跃于渊',又何说也?"宋诗之主理,实是与理学之影响分不开的。

李梦阳复古主义文学思想的核心是在提倡学习古人格调,遵循古人的法式,所谓"高古者格,宛亮者调"(《驳何氏论文书》),要求诗歌做到"格古、调逸、气舒、句浑、音圆、思冲、情以发之,七者备而后诗昌也"。为此就要学习古人"法式",此点他在《答周子书》中说得很清楚:"仆少壮时,振翮云路,尝周旋鹓鸾之末,谓学不的古,苦心无益。又谓文必有法式,然后中谐音度。如方圆之于规矩,古人用之,非自作之,实天生之也。今人法式古人,非法式古人也,实物之自则也。当是时,笃行之士,翕然臻向,弘治之间,古学遂兴。"学古并落实到法式上,这是他的基本思想。何景明批评他写诗"刻意古范,铸形宿镆,而独守尺寸"(《与李空同论诗书》),认为

"子高处是古人影子"(李梦阳《驳何氏论文书》引何语),正是从这一点提出来的。拘泥于古人法式,容易陷入形迹上的模拟蹈袭,所以何景明说他学古与李梦阳不同,"仆则欲富于材积,领会神情,临景构结,不仿形迹"。比较重视诗歌意象的合于自然,他说:"夫意象应曰合,意象乖曰离,是故乾坤之卦,体天地之撰,意象尽矣。"主张学古要舍筏登岸,不落形迹。所以他说:"今为诗不推类极变,开其未发,泯其拟议之迹,以成神圣之功,徒叙其已陈,修饰成文,稍离旧本,便自扤楻。如小儿倚物能行,独趋颠仆。虽由此即曹、刘、即阮、陆、即李、杜,且何以益于道化也?佛有筏喻,言舍筏则达岸矣,达岸则舍筏矣。"(《与李空同论诗书》)这就是李、何的分歧所在,同为学古,一重形迹,一重神情。不过,李梦阳所提出的"法式",从理论上说还是比较灵活的,所以他认为何景明其实不了解自己说的"法式"之含义。他说:

> 短仆者必曰:"李某岂善文者,但能守古而尺尺寸寸之耳。必如仲默,出入由己,乃为舍筏以登岸。"斯言也,祸子者也。古之工,如倕,如班,堂非不殊,户非同也,至其为方也,圆也,弗能舍规矩。何也?规矩者,法也。仆之尺尺而寸寸者,固法也。假令仆窃古之意,盗古形,剪截古辞以为文,谓之影子,诚可。若以我之情,述今之事,尺寸古法,罔袭其辞,犹班圆倕之圆,倕方班之方,而倕之木,非班之木也。此奚不可也?夫筏我二也,犹兔之蹄,鱼之筌,舍之可也。规矩者,方圆之自也,即欲舍之,乌乎舍?

他认为学习古人"法式",是学其中古今所"必同者","以我之情,述今之事","罔袭其辞","故不泥法而法尝由,不求异而其言人人殊"。其实,何景明也没有否定古今有共同之法,也讲究"法同则语不必同",只是对"法"的理解有不同,李梦阳比较实,何景明比较虚。文学创作有一些基本规律是古今相同的,如刘勰在《文心雕龙》中就总结、归纳了许多理论原则,这确是应该学习和继承的,如果李梦阳所说"必同"的"法式"是指这些基本规律,那也并不错;问题是他所理解的"法式"之具体内容,实际上并非古今不易之文学创作普遍规律,如他《再与何氏书》中说:"大抵前疏者后必密,半阔者半必细,一实者必一虚,叠景者意必二。此予之所谓法,圆规而方矩者也。""法"只不过是前人的某种艺术表现方法而已,而且正是后人需要突破而不应当袭用的。他自己尚且如此,而追随他的人之理解,恐怕还不如他。而且,即使是文学创作的基本规律也是需要在创作实践中不断丰富和发展的,也不是一成不变的。所以像他那样提倡"尺寸古法",必然要走上模拟形迹的道路,而不能避免剽窃蹈袭之弊病。他自己就说过:"夫文与字一也,今人模临古帖,即太似不嫌,反曰能书。何独至于文,而欲自立一门户邪?"(《再与何氏书》)何景明看到了他理论上的这种缺点,也指出了他问题之所在,因此主张学古而重在领会神情,不仿形迹,但是他从根本上说在文学思想上和李梦阳并无多大区别,他也认为"诗文有不可易之法",这就是"辞断而意属,联类而比物",然而这也并非什么必须遵循的"不可易之法",故李梦阳批评他说:"假令仆即今为文一通,能使辞不属,意不断,物联而类比矣,然于中情思涩促,语嵚而硬,音生节拗,质直而粗,浅谫露骨,爱痴爱枯,则子取之乎?"(《驳何氏论文书》)何景明所谓的"不可易之法",和李梦阳的"法式",实际上也差不了多少。

不过,李梦阳论"法式"值得我们注意的一点是,他认为这"法式",就古人说,并非"自作",而是"天生"的;就今人说,也实是"物之自则",这就为他诗学思想中重情、重真、重自然的另一方面打开了通路。他在《诗集自序》中引曹县王叔武言云:"夫诗者,天地自然之音也。今途咢而巷讴,劳呻而康吟,一唱而群和者,其真也,斯之谓风也。孔子曰:'礼失而求之野。'今真诗乃在民间。而文人学子,顾往往为韵言,谓之诗。""出于情寡而工于词多也。""真者,音之发而情之原也。"李梦阳是同意这个观点的,他对自己的诗集之不符合"天地自然之音"感到"惧且惭",并说:"予之诗,非真也。王子所谓文人学子韵言耳,出之情寡而工之词多者也。"他认为诗歌是人的真情之自然发泄,其《张生诗序》云:"夫诗发之情乎!声气其区乎?正变者时乎?"《诗集自序》又引王叔武语云:"夫途巷蠢蠢之夫,固无文也。乃其讴也,咢也,呻也,吟也,行咕而坐歌,食咄而寤嗟,此唱而彼和,无不有比焉兴焉,无非其情焉,斯足以观义矣。"人内心感情受到外物的触动,自然"口之为吟,手之为诗"。"情者动乎遇者也。""遇者物也,动者情也。情动则会,心会则契,神契则音,所谓随遇而发者也。"(《梅月先生诗序》)从表面上看,诚如郭绍虞先生所说,这是接近于后来公安派思想的,不过,他和公安派的思想基础和出发点均有很大不同。李梦阳是从学古的角度出发,追溯到《诗经》三百篇,肯定诗之源乃出于民间百姓之真情流露,接受以《礼记·乐记》《毛诗序》为代表的汉儒诗学思想,是对"情动于中而形于言""人心之动,物使之然"的发挥,所以他同意王叔武"夫诗者,天地自然之音也"的观点,但是在他看来,诗歌后来发展到汉魏和盛唐才达到了古体和近体的最高峰,而且他的学古主要是学习其艺术表现方法,而不是其思想内容,因此这和他提倡学古、遵循古人"法式",是并不矛盾的,也不存在他晚年改变了早年复古思想的问题。不过,从这后一方面向前发展是可以达到否定其复古思想的结果的,并且对后来受心学思想影响的反复古文学思潮也是有启发的,只是他并没有发展这个思想,而且在强烈的复古情绪下,也不可能去发展这个思想。

前七子中除李、何外,在文学理论批评上比较有贡献的是徐祯卿。徐祯卿(1479—1511),字昌毅,著有《谈艺录》,深受后来很多文学批评家的赞赏。他在《谈艺录》中着重论述了诗歌的本质和特点,认为诗歌的本源在"情","情者,心之精也。情无定位,触感而兴,既动于中,必形于声"。所谓"心之精"实即人之心灵也,情受外界事物的感触而起兴,遂动之于中而发之于声,即是诗也。故云:"盖因情以发气,因气以成声,因声而绘词,因词而定韵,此诗之源也。"然而,"情"之奥妙必由"思"以发之,而不同的人之"思"又各不相同,"气"又有强弱、有力无力,"词"彩运用亦因"才"而异,人之"才"又有禀赋之不同,所以就有不同的创作,而形成"诗之流"。故而,"诗者乃精神之浮英,造化之秘思也"。诗是人内在心灵情思之外在显现,而"情能动物,故诗足以感人"。因为,"凡厥含生,情本一贯,所以同忧相瘁,同乐相倾者也"。徐祯卿的这种看法与李梦阳肯定诗歌是"音之发而情之原"的思想是比较接近的,也可以说是对李梦阳思想的一种发展。

从强调"情"是诗之本源出发,徐祯卿进一步指出诗歌创作乃是诗人"妙骋心机,随方合节"的产物,故其创作并无一定的常法或死法,"或约旨以植义,或宏文以叙心,或缓发如朱弦,或急张如跃楛,或始迅以中留,或既优而后促,或慷慨以任壮,或悲凄以引泣,或因拙以得工,或发奇而似易。此轮匠之超悟,不可得而详也"。因为人的情各不相同,故其表现形式也各异,应当按其情的特点来运用文辞,"夫情既异其形,故辞当因其势"。不同的情,有不同的势;不同的势,有不同的辞。由此可知,文学创作并无定法。"譬如写物绘色,倩盼各以其状;随规逐矩,圆方巧获其则。此乃因情立格,持守圜环之大略也。"徐祯卿的"因情立格"说实际上是对复古模拟创作思想的突破,也是对它的一个有力的批评。诗歌既是诗人内心感情的体现,岂能有固定的"法式"?"若夫神工哲匠,颠倒经枢,思若连丝,应之杼轴,文如铸冶,逐手而迁,从横参互,恒度自若。此心之伏机,不可强能也。"这些观点已经很接近后来王夫之对前后七子的批评。所以,七子虽以复古为共同旗帜,而有模拟之弊病,但他们各人的文学思想并不完全相同,而且也已经蕴含着否定复古模拟的思想因素。如徐祯卿本与唐寅、祝允明、文徵明齐名,为"吴中四才子"之一,如钱谦益《列朝诗集小传》所说,"其持论于唐名家独喜刘宾客、白太傅,沉酣六朝散华流艳文章烟月之句,至今令人口吻犹香"。其文学思想原本与李、何不同,只是"登第之后,与北地李献吉游,悔其少作,改而趋汉、魏、盛唐,吴中名士颇有'邯郸学步'之诮。然而标格清妍,摛词婉约,绝不染中原伧父槎牙臲卼之习,江左风流,故自在也"。

到了明代嘉靖、隆庆年间,以李攀龙、王世贞为首,并有谢榛、宗臣、梁有誉、徐中行、吴国伦作呼应的后七子兴起,把复古主义的文艺思潮又推向了一个新的高潮。李、王与何、李并称,成为明代中期百余年间文坛的领袖人物。李攀龙(1514—1570),字于鳞,号沧溟,山东历城(今济南)人。《明史·文苑传》说他"持论谓文自西京,诗自天宝而下,俱无足观,于本朝独推李梦阳";"其为诗,务以声调胜,所拟乐府,或更古数字为己作,文则聱牙戟口,读者至不能终篇"。钱谦益在《列朝诗集小传》中说他"高自夸许,诗自天宝以下,文自西京以下,誓不污吾毫素也"。李攀龙在《答冯通书》中说:"秦、汉以后无文矣。"又在《送王元美序》中说:"必得所欲与左氏、司马千载而比肩。"他的复古主张比李梦阳更为激烈,即使对唐诗也只肯定其近体,对唐代古诗颇多贬斥,其《选唐诗序》云:"唐无五言古诗,而有其古诗。陈子昂以其古诗为古诗,弗取也。七言古诗唯杜子美,不失初唐气格,而纵横有之。太白纵横,往往强弩之末,间杂长语,英雄欺人耳。"他在文学理论批评上并无多少建树,其影响主要在以创作实践其复古主张,并与王世贞等结诗社,以主盟文坛。王世贞在《李于鳞先生传》中曾说:"于鳞既以古文辞创起齐鲁间,意不可一世学;而属居曹无事,悉取诸名家言读之。以为纪述之文厄于东京,班氏姑其佼佼者耳。不以规矩,不能方圆;拟议成变,日新富有。今夫《尚书》《庄》《左氏》《檀弓》《考工》《司马》,其成言班如也,法则森如也。吾摭其华而裁其衷,琢字成辞,属辞成篇,以求当于古之作者而已。"故其模拟之痕迹较前七子尤为明显。只求作品像古人,而不注意在古人基础上有自己的独创性,那还有什么意义呢?这种状况连王世贞也是不满的,他在《艺苑卮言》卷七中说:"李于鳞文,无一语作汉以后,亦无一字不出汉以前。""于鳞拟古乐府,无一字一句不精美,然不堪与古乐府并看,看则似临摹帖耳。"表面上是赞美,实际上是很尖锐的讽刺和嘲笑。

　　王世贞(1526—1590),字元美,号凤洲,又号弇州山人,江苏太仓人。他和李攀龙的关系,很像何景明和李梦阳的关系。王世贞继李攀龙之后主盟文坛二十多年,又有著名的《艺苑卮言》,不但论诗而且兼及词、曲、书、画等其他艺术,在文艺理论批评方面比李攀龙的成就和影响要大得多。故钱谦益虽竭力攻击前后七子,但对王世贞还是比较佩服的,他在《列朝诗集小传》中说:"元美之才,实高于于鳞,其神明意气,皆足以绝世。"又《明史·文苑传》云:"世贞始与李攀龙狎主文盟,攀龙殁。独操柄二十年。才最高,地望最显,声华意气笼盖海内。一时士大夫及山人、词客、衲子、羽流,莫不奔走门下。片言褒赏,声价骤起。其持论,文必西汉,诗必盛唐,大历以后书勿读,而藻饰太甚。晚年,攻者渐起,世贞顾渐造平淡。"王世贞虽然在提倡复古方面与李攀龙齐名,但不赞成像李攀龙那样拘守尺寸,模拟蹈袭,而主张灵活多变,神化无迹,重视表现性情之真,讲究诗歌意境的创造,强调作家的天赋才能和对艺术的灵敏悟性,实已开公安派文学思想之先河,在诗学理论上是很有贡献的。他在《艺苑卮言》卷一中论诗云:"世人《选》体,往往谈西京建安,便薄陶谢,此似晓不晓者。毋论彼时诸公,即齐梁纤调,李、杜变风,亦自可采,贞元而后,方足覆瓿。"卷三又论文云:"西京之文实。东京之文弱,犹未离实也。六朝之文浮,离实矣。唐之文庸,犹未离浮也。宋之文陋,离浮矣,愈下矣。元无文。"从些论述看,确和李攀龙是一致的。但是,王世贞没有停留在这一步,他只是认为秦汉之文和盛唐之诗是最高的境界,然而从具体诗歌创作来说,则不应该是简单的模仿,而应该学习古人艺术经验中适合自己创作的方面,灵活地学习运用,而不能跟在古人后面亦步亦趋,生搬硬套,受其束缚。所以他说:"大抵诗以专诣为境,以饶美为材,师匠宜高,捃拾宜博。"(卷一)诗歌创作必须注重意境的创造,运用生动丰富的艺术表现方法。古诗之妙正在其神与境会,妙合自然,故"忽然而来,浑然而就,无岐级可寻,无色声可指"。盛唐七律,"篇法之妙有不见句法者;句法之妙有不见字法者。此是法极无迹,人能之至,境与天会,未易求也"。而在表现方法上完全可以按照实际情况有多种多样的变化,"有俱属象而妙者,有俱属意而妙者,有俱作高调而妙者,有直下不对偶而妙者,皆兴与境诣,神合气完使之然"。并且他认为诗歌必须注重自然神到的意境创造,"境与天会""兴与境诣""神与境会""神与境合""神与境触",务必要"信手拈来,无非妙境",使"情景妙合,风格自上,不为古役,不堕蹊径者,最也"。这些主张比后七子的何景明又大大进了一步。因此他所说的"格调"也具有新的特点,他说:"才生思,思生调,调生格。思即才之用,调即思之境,格即调之界。"认为格调生于才思,格调之高超在才思之深远广博,故学习古人的格调,不可在形貌上模拟因袭,而要在扩大自己的才思上下功夫。可见,王世贞的学古比李梦阳、何景明、李攀龙等,要远远高出一头。

特别值得注意的是,王世贞主张要把学古和师心结合起来,而不是以学古来代替师心。他在《艺苑卮言》卷一中有一段很重要的论述:

> 李献吉劝人勿读唐以后文,吾始甚狭之,今乃信其然耳。记闻既杂,下笔之际,自然于笔端搅扰,驱斥为难。若模拟一篇,则易于驱斥,又觉局促,痕迹宛露,非斫轮手。自今而后,拟以纯灰三斛,细涤其肠,日取《六经》《周礼》《孟子》《老》《庄》《列》《荀》《国语》《左传》《战国策》《韩非子》《离骚》《吕氏春秋》《淮南子》《史记》、班氏《汉书》,西京以还至六朝及韩柳,便须铨择佳者,熟读涵泳之,令其渐渍汪洋。遇有操觚,一师心匠,气从意畅,神与境合,分途策驭,默受指

挥,台阁山林,绝迹大漠,岂不快哉!世亦有知是古非今者,然使招之而后来,麾之而后却,已落第二义矣。

学古而又不能"痕迹宛露",就在于要熟读古人的优秀作品,涵泳于胸中,但在自己创作时则要"一师心匠",使"气从意畅",而达到"神与境合"。这里既表现了王世贞与李攀龙共同的复古主张,又表现了他反对模拟形迹,提倡神气自然,不拘泥成法,而抒写真情的思想。这后一方面思想显然是更为重要的,它是可以通向公安派的。他还曾明确指出:"剽窃模拟,诗之大病。"又说陆机诗"病不在多而在模拟,寡自然之致"(卷三)。尤其是他在《章给事诗集序》的一段话,就和公安派的理论很相似了。他说:

> 自昔人谓言为心之声,而诗又其精者。予窃以诗而得其人,若靖节之言,澹雅而超诣;青莲之言,豪逸而自喜;少陵之言,宏奇而饶境;左司之言,幽冲而偏造;香山之言,浅率而尚达,是无论其张门户树颐颉,以高下为境,然要自心而声之,即其人亦不必征之史,而十已得其八九矣。后之人好剽写余似,以苟猎一时之好,思蹐而格杂,无取于性情之真,得其言而不得其人,与得其集而不得其时者,相比比也。

他肯定"言为心之声",强调创作要"自心而声之",善于表达"性情之真",批评"好剽写余似,以苟猎一时之好",他的这种文学思想是和当时以王阳明为代表的心学思想的发展及其对文学的渗透有密切关系的。从理论上说,这和后来公安派之批评前后七子,实在无多大区别。而且这种思想并非他后期才有,他写作此文时不过四十一二岁,他的《艺苑卮言》前六卷成书于嘉靖三十七年(1558),后二卷于嘉靖四十四年,当时他还不到四十岁,但已经多次反复论述了这种看法。他反对"以性情之真境,为名利之钩途"的"诗道日卑"状况,在论及明代诗歌发展时,于肯定前七子反对台阁体的功绩同时,又尖锐地指出:"然而正变云扰,剽拟雷同,信阳(指何景明)之舍筏,不免良箴,北地(指李梦阳)之效颦,宁无私议?"李攀龙之再起,他虽充分肯定其"中兴之功,则济南(指李攀龙)为大矣",但随即指出:"今天下人握夜光,途遵上乘,然不免邯郸之步,无复合浦之还,则以深造之力微,自得之趣寡。"只是晚年时对早年竭力倡导复古颇有悔意而已,其《书李西涯古乐府后》云:"余作《艺苑卮言》时年未四十,方与于鳞辈是古非今,此长彼短,未为定论。至于戏学世说,比拟形似,既不切当,又伤猥薄,行世已久,不能复秘,姑随事改正,勿令多误后人而已。"其《宋诗选序》也提出"代不能废人,人不能废篇,篇不能废句"之说,显然对早年主张有较大修正。不过,他之所以成为后七子的代表人物,除了他和李攀龙共同主盟文坛以外,从文学思想总的方面看,他毕竟是始终高举复古大旗的,对模拟古人而能不露痕迹的创作,还是肯定的。他说:"亦有神与境触,师心独造,偶合古语者。如'客从远方来''白杨多悲风''春水船如天上坐',不妨俱美,定非窃也。"又说:"模拟之妙者,分歧逞力,穷势尽态,不唯敌手,兼之无迹,方为得耳。""乃至割缀古语,用文已漏,痕迹宛然,如'河分冈势''春入烧痕'之类,斯丑方极。"因此,他和公安派还是有根本性质上的不同。

王世贞的审美观在前后七子中也是比较有特点的,与重视性情之真相联系,他十分强调自然天成的化工之美,所谓"化工造物之妙,与文同用"(卷三)。他说谢灵运的诗"至秾丽之极,而反若平淡;琢磨之极,而更似天然,则非余子所可及也"(《书谢灵运集后》)。又评古乐府诗是"发自性情,规沿风雅,大篇贵朴,天然浑成;小语虽巧,勿离本色"(《书李西涯古乐府后》)。并批评李攀龙无"化工"之美:"于鳞生平,胸中无唐以后书停蓄,古始无往不造,至于叙致宛转,穷极苦心,然仆犹以为顾、陆、张、王之肖物,神色态度了无小憾,比之化工,尚隔一尘。"(《答陆汝陈》)重视化工自然之美的思想,也体现在他对古代许多诗人的评论中。其评陶潜云:"渊明托旨冲澹,其造语有极工者,乃大人思来,琢之使无痕迹耳。后人苦一切深沉,取其形似,谓为自然,谬以千里。"其评李、杜云:"太白以气为主,以自然为宗,以俊逸高畅为贵;子美以意为主,以独造为宗,以奇拔沉雄为贵。"又论王维云:"凡为摩诘体者,必以意兴发端,神情傅合,浑融疏秀,不见穿凿之迹,顿挫抑扬,自出宫商之表可耳。"王世贞的这些思想,可以说和明代中叶以后的文艺新思潮很接近了。

后七子中另一个值得重视的是谢榛,他有点像前七子中的徐祯卿。

谢榛(1495—1575),字茂秦,号四溟山人,著有《四溟诗话》,又称《诗家直说》。谢榛是后七子中最年长的一个,与王、李结诗社,被推为社长,"以布衣执牛耳",后因与李攀龙不合,被开除出七子之列。钱谦益《列朝诗集小传》说:"当七子结社之始,尚论有唐诸家,茫无适从,茂秦曰:'选李、杜十四家之最者,熟读之以夺神气,歌咏之以求声调,玩味之以裒精华。得此三要,则造乎浑沦,不必塑谪仙而画少陵也。'诸人心师其言,厥后虽争摈茂秦,其称诗之指要,实自茂秦发之。"(又见《四溟诗话》卷三)谢榛的《四溟诗话》在论述诗歌的本质特征和诗歌创作方面有不少精辟的见解,是明代很有价值的一部诗话。他对诗歌创作虽也主张学古,但和王世贞一样,也强调要表现"性情之真",他说:"《三百篇》直写性情,靡不高古。"(《四溟诗话》卷一)又说:"今之学子美者:处富有而言穷愁,遇承平而言干戈;不老曰老,无病曰病。此摹拟太甚,殊非性情之真也。"(卷二)而且他还提出了"文随世变"的重要思想,他说:"今学之者,务去声律,以为高古;殊不知文随世变,且有六朝、唐、宋影子,有意于古,而终非古也。"(卷一)虽然他是从学古的角度所说的"文随世变",但这对模拟蹈袭正好从根本上给予了否定,文因时代之变而变也是后来他人批评前后七子的重要理论依据之一。

  谢榛诗论中比较有价值的地方是对诗歌艺术构思、创作方法和艺术鉴赏的论述。关于艺术构思,他很强调酝酿创作灵感的重要性,他说:"凡作文,静室隐几,冥搜邈然,不期诗思遽生,妙句萌生,且含毫咀味,两事兼举,以就兴之缓急也。"(卷三)他认为诗兴的萌发要靠"天机":"诗有天机,待时而发,触物而成,虽幽寻苦索,不易得也。"(卷二)欲使天机骏发,不可"疲其神思",待"阅书醒心,忽然有得,意随笔生,而兴不可遏,入乎神化,殊非思虑所及"(卷四)。若能"思入杳冥,则无我无物",而达到物化的境界,"诗之造玄矣哉!"故"凡作诗,悲欢皆由乎兴,非兴则造语弗工"。"熟读李、杜全集,方知无处无时而非兴也"(卷三)。由虚静生思而感兴勃发,由感兴勃发神思旺盛,由神思旺盛而进入物化境界,诗歌的艺术构思方能顺利地完成。关于诗歌创作,他有两点颇独到的见解:一是对诗歌的艺术真实性提出了"贵乎同不同之间"的观点,他说:"或问作诗中正之法。四溟子曰:贵乎同不同之间;同则太熟,不同则太生。二者似易实难。握之在手,主之在心。使其坚不可脱,则能近而不熟,远而不生,此惟超悟者得之。"(卷三)所谓"熟",就是"同";所谓"生",就是"不同"。作品既要近乎生活,有真实性,又和生活不完全相同,是谓"近而不熟";从另一方面说,作品应当不同于现实生活,但又要和生活相近,是谓"远而不生"。所以,诗歌创作不可太逼真,要"含糊"一些,反而更好。他说:"凡作诗不宜逼真,如朝行远望,青山佳色,隐然可爱,其烟霞变幻,难于名状;及登临非复奇观,惟片石数树而已。远近所见不同,妙在含糊,方见作手。"只有似真非真,才能促使读者发挥自己想象,而更觉丰富多彩。于是,他得出了艺术和生活应当"半生半熟""方见作手"的思想,这是他对艺术和生活关系的非常精辟的论述。二是对诗歌创作中的情景关系提出了比前人更进一步的看法。他指出情、景是诗歌的两个基本要素:"夫情景有异同,模写有难易,诗有二要,莫切于斯者。"(卷三)而诗歌的产生是由于两者的结合,他说:"夫情景相触而成诗,此作家之常也。"(卷四)诗歌创作中的情和景是相互依存的,缺少了一方,另一方也就不存在了。所以说:"作诗本乎情景,孤不自成,两不相背。"从情景两者的关系来看,"景乃诗之媒,情乃诗之胚;合而为诗,以数言而统万形,元气浑成,其浩无涯矣"(卷三)。情景相融而自然浑成,元气浩瀚似化工造物,这才是诗歌的最高境界。关于诗歌的鉴赏,他也提出了一些颇为新颖的看法。首先,他提出诗歌有"可解、不可解、不必解",这是针对诗歌的艺术特征而提出的鉴赏原则。所谓"可解",是指诗歌中含义很具体明确的描写,作者的寓意或寄托很清楚的部分。所谓"不可解",是指诗歌中随兴而生、带有偶然性的并无很确定意义的部分。他说:"黄山谷曰:'彼喜穿凿者,弃其大旨,取其发兴于所遇林泉、人物、草木、鱼虫,以为物物皆有所托,如世间商度隐语,则诗委地矣。'予所谓'可解、不可解、不必解',与此意同。"(卷一)所谓"不必解",是指诗歌中那些需要读者自己去领略、体会的部分,这些"若水月镜花,勿泥其迹可也"。所以对诗歌的批评鉴赏,必须懂得诗歌的特征,而千万不可理解得很死板。其次,他强调欣赏诗歌要善于分辨同中之异,懂得不同诗作的不同艺术特色。因为"作诗譬如江南诸郡造酒,皆以曲米为料,酿成则醇味如一","其美虽同",但是"善饮者"却能分辨出其中的差异:"此南京酒也,此苏州酒也,此镇江酒也,此金华酒也。"(卷三)鉴赏诗歌也要像"善饮者"那样,在许多优秀的诗作中还要善于看出其各自的独特之处。刘勰在《文心雕龙·知音》篇中曾经说过:"见异,唯知音耳。"谢榛正是发挥了刘勰的这种思想。最后,他还指出对有些精粹的诗作之鉴赏,需要"三剥其皮,乃得佳味"。他说:"凡诗文有剥皮者,不经宿点窜,未见精工。"这是说艺术鉴赏要求鉴赏者对作品进行深入的分析,要经过反复的思考、琢磨,才能掌握其要领。由上所述,可见谢榛在后七子中确是非同一般,他对诗歌艺术是有非常深刻的体会的。

第三节　复古高潮中的别派支流

在前后七子主盟文坛的将近一百年中,也有一些和七子在文学思想、创作理论上不太一致的文学流派和文学理论批评家,他们多数也受到复古思潮的影响,但在具体文学主张上和七子又不大相同,他们中比较重要的有杨慎和嘉靖年间的王慎中、唐顺之等人。

杨慎(1488—1559),字用修,号升庵,四川新都人,著有《升庵诗话》十二卷。杨慎是李东阳的门下,比李梦阳略晚,在诗学思想上也是提倡复古,推崇汉魏盛唐的,但是他不赞成七子的绝对化主张,其中心思想是"人人有诗,代代有诗"(《李前渠诗引》),强调学诗路子要广,不局限于汉魏盛唐,所以钱谦益《列朝诗集小传》中说他:"乃沉酣六朝,揽采晚唐,创为渊博靡丽之词,其意欲压倒李、何,为茶陵别张壁垒。"他论诗也和严羽一样重性情,不满于宋人的以理为诗,其《升庵诗话》卷四曾说:"唐人诗主情,去《三百篇》近;宋人诗主理,去《三百篇》却远矣。"然而他对宋诗并不像李、何那样全盘否定,他认为宋诗中也有不少佳作,并不亚于唐人。卷十二"莲花诗"条举张文潜《莲花》、杜衍《雨中荷花》、刘美中《夜度娘歌》、寇平仲《江南曲》云:"亡友何仲默尝言:'宋人书不必收,宋人诗不必观。'余一日书此四诗,讯之曰:'此何人诗?'答曰:'唐诗也。'余笑曰:'此乃吾子所不观宋人之诗也。'仲默沉吟久之曰:'细看亦不佳。'可谓倔强矣。"这是对何景明的辛辣嘲笑。其"刘原父《喜雨》诗"条说:"此诗无愧唐人,不可云宋无诗也。""文与可"条又举其《闲乐》等八首诗云:"此八诗置之开元诸公集中,殆不可别。今曰'宋无诗',岂其然乎?"又说寇准《南浦诗》"妙处不减唐人"。又说宗泽的《华阴道二绝》、岳飞的《湖南僧寺诗》中"潭水寒生月,松风夜带秋"之句,"唐之名家,不过如此"。同时他指出,即使是盛唐诗人,其作也未必都好,卷十一"劣唐诗"条云:"学诗者动辄言唐诗,便以为好,不思唐人有极恶劣者。如薛逢、戎昱,乃盛唐之晚唐。"这都是对他"人人有诗,代代有诗"思想的具体发挥。杨慎诗论中另一个比较重要的思想是对宋人"诗史"说的批评。卷十一"诗史"条云:

> 宋人以杜子美能以韵语纪时事,谓之"诗史"。鄙哉！宋人之见,不足以论诗也。夫六经各有体:《易》以道阴阳,《书》以道政事,《诗》以道性情,《春秋》以道名分。后世之所谓史者,左记言,右记事,古之《尚书》《春秋》也。若《诗》者,其体其旨,与《易》《书》《春秋》判然矣。《三百篇》皆约情合性而归之道德也,然未尝有道德字也,未尝有道德性情句也。二《南》者,修身齐家其旨也,然其言"琴瑟""钟鼓","荇菜""芣苢","夭桃""秾李","雀角""鼠牙",何尝有修身齐家字耶？皆意在言外,使人自悟。至于变风变雅,尤其含蓄。言之者无罪,闻之者足以戒。如刺淫乱,则曰"雍雍鸣雁,旭日始旦",不必曰"慎莫近前丞相嗔"也；悯流民,则曰"鸿雁于飞,哀鸣嗷嗷",不必曰"千家今有百家存"也；伤暴敛,则曰"维南有箕,载翕其舌",不必曰"哀哀寡妇诛求尽"也；叙饥荒,则曰"牂羊羵首,三星在罶",不必曰"但有牙齿存,可堪皮骨干"也。杜诗之含蓄蕴藉者,盖亦多矣,宋人不能学之。至于直陈时事,类于讪讦,乃其下乘末脚,而宋人拾以为己宝,又撰出"诗史"二字,以误后人。如诗可兼史,则《尚书》《春秋》可以并省。又如今俗《卦气歌》《纳甲歌》,兼阴阳而道之,谓之"诗《易》",可乎？

杨慎这一大段论述中对"诗史"说的批评,有很可贵的精辟见解,也有片面的不确切的地方。宋人誉杜甫以"诗史"之称,确有文学观念上的模糊、混淆文学和历史区别的错误,因此他们甚至从杜诗中来考证唐时的酒价,认为诗歌中所写皆为历史事实,是用写历史的方法来进行文学创作,如杨慎所说"直陈时事,类于讪讦",忽略了文学的形象特征,不懂得艺术真实不同于生活的真实,诗歌以抒写性情为本,可以而且必须有虚构想象,不要求其内容都符合历史事实。宋人在"诗史"问题上的错误,是宋代文学思想发展中片面强调以文为诗,而模糊文学与非文学的界限、抹杀文学的美学特征之典型表现。因此,杨慎提出的批评是很有价值的,后来王夫之对此曾有进一步的发挥。不过,在这里以《诗经》和杜诗相比,肯定《诗经》而批评杜诗,则是不妥当的,不能把宋人对"诗史"认识上的错误归咎于杜甫。杜甫的一部分诗作曾深刻地反映了唐代某些重大的历史事件,借此表达了自己深厚的忧国忧民感情,有巨大的思想深度和历史意义,这是应当充分肯定的。杜甫的这些诗作并没有违背诗歌创作本身的艺术规律,即使是大段议论也是带情韵以行,仍然具有强烈的艺术感染力。从这方面讲,称他的这些诗为"诗史",这是无可厚非的,故宋人之说也不能全部否定。至于他们对"诗史"的错误理解和发挥,那是他们的问题,而不是杜甫的问题。所以对杨慎批评"诗史"的说法,应当给予正确的分析。

在前后七子之间,嘉靖年间有所谓"嘉靖八才子",即王慎中、唐顺之、陈束、赵时春、熊过、任瀚、李开先、吕高,他们原先也是随前七子李、何的,钱谦益《列朝诗集小传》说王慎中"与一时名士所谓八才子者,切劘为诗文,自汉以下无取焉"。但后来学唐宋古文,"始尽弃其少作,一意为曾、王之文",尤其得力于曾巩,与唐顺之齐名,天下号王、唐,这就是一般所说唐宋派。唐宋派擅长文章写作,而于诗歌创作则比较一般。由于唐宋以来的古文范围很广,包括了很多非文学的应用文章,而严格意义上的文学散文并不多,又因为唐宋以来的文学理论批评诗文分论,所以像唐宋派那样主要是关于文章写作的论述中,涉及的文学理论问题并不太多。其中对文学创作影响比较大的,是唐顺之的本色论。唐顺之(1507—1560),字应德,一字义修,号荆川。他早年"为文始尊秦汉,颇效空同",后来受王慎中影响,学习唐宋,"尽改其少作"。在诗歌创作方面,他也不满意于何、李的模拟蹈袭,和陈束一起努力矫正之。《明史·文苑传》说:"当嘉靖初,称诗者多宗何、李,束与顺之辈厌而矫之。"唐顺之的文学思想已经可以看出受王阳明心学思想影响的迹象,他在《寄黄大尚书》中说为学要"洗涤心源",以"还其青天白日不欲不为之初心",此"初心",亦即本心,实际上也是诗文的本源。他在《与洪方洲》中说:"近来觉得诗文一事,只是直写胸臆,如谚语所谓开口见喉咙者,使后人读之,如真见其面目,瑜瑕俱不容掩,所谓本色,此为上乘文字。"可见"本色"的含义就诗文来说,即是"直写胸臆",把内心的真实面目毫无遮掩地呈现出来。本色的概念并非唐顺之首先提出,刘勰早在《文心雕龙·通变》篇中就说:"夫青生于蓝,绛生于蒨,虽逾本色,不能复化。"本色原义是指本来的颜色,刘勰借用到文学上指作品本身独有的特点。宋代严羽在《沧浪诗话》中说:"惟悟乃为当行,乃为本色。"此"本色"是指诗歌创作要靠妙悟是它的独有特点,和其他非文学文章不同。陈师道《后山诗话》说:"退之以文为诗,子瞻以诗为词,如教坊雷大使之舞,虽极天下之工,要非本色。"这是说诗、词、文各有自己的创作特点,这是其本色,不容混淆。张炎在《词源》中说:"句法中有字面,盖词中一个生硬字用不得,须是深加锻炼,字字敲打得响,歌诵妥溜,方为本色语。"唐顺之则和他以前的各种本色论都不全相同,他的本色论是讲诗文创作的一种美学原则,必须直抒胸情,自然流出,而不加雕琢,方是最美的佳作。

在《答茅鹿门知县》其二中,他对这种本色论作了相当充分的发挥。他说:

> 至如鹿门所疑于我本是欲工文字之人,而不语人以求工文字者,此则有说。鹿门所见于吾者,殆故吾也,而未尝见夫槁形灰心之吾乎?吾岂欺鹿门者哉!其不语人以求工文字者,非谓一切抹搽,以文字绝不足为也,盖谓学者先务,有源委本末之别耳。
>
> "文莫犹人,躬行未得",此一段公案,姑不敢论,只就文章家论之。虽其绳墨布置,奇正转折,自有专门师法,至于中一段精神命脉骨髓,则非洗涤心源,独立物表,具今古只眼者,不足以与此。今有两人,其一人心地超然,所谓具千古只眼人也,即使未尝操纸笔呻吟,学为文章,但直据胸臆,信手写出,如写家书,虽或疏卤,然绝无烟火酸馅习气,便是宇宙间一样绝好文字;其一人犹然尘中人也,虽其专专学为文章,其于所谓绳墨布置,则尽是矣,然番来覆去,不过是这几句婆子舌头语,索其所谓真精神与千古不可磨灭之见,绝无有也,则文虽工而不免为下格。此文章本色也。即如以诗为谕,陶彭泽未尝较声律、雕句文,但信手写出,便是宇宙间第一等好诗。何则?其本色

高也。自有诗以来,其较声律,雕句文,用心最苦而立说最严者,无如沈约,苦却一生精力,使人读其诗,只见其捆缚龌龊,满卷累牍,竟不曾道出一两句好话。何则？其本色卑也。本色卑,文不能工也,而况非其本色者哉？

他认为本色有高卑之不同：本色高者不讲究文字雕饰之工,而能"直据胸臆,信手写出",则自然具有"真精神与千古不可磨灭之见",这就是宇宙间的绝好文字；本色卑者费尽心机讲究文字的雕琢之工,精心布置安排,"苦却一生精力",然而"真精神与千古不可磨灭之见",反而"绝无有也",故只能是"下格"文字。此所以陶渊明之诗非沈约之诗可比拟,而成为第一等好诗之缘由也。他进一步指出,先秦诸子如儒、道、墨、名、阴阳、纵横各家"虽其为术也驳,而莫不皆有一段千古不可磨灭之见。是以老家必不肯剿儒家之说,纵横必不肯借墨家之谈,各自其本色而鸣之为言。其所言者,其本色也"。由此,自然今人之创作也应当以充分表达自己的"千古不可磨灭之见"为目的,而完全不必去模拟剿袭前人作品了。而且他还认为只要是直抒胸情的真精神,即使艺术上比较粗糙,"虽或疏卤",也仍然是绝好文字。他的这些观点已大大地突破和超越了唐宋派以古为师的框框,也比稍后的王世贞要激进得多,实际上成为公安派的前奏,不过在那个复古迷雾笼罩着的时代,他又没有抛弃复古的旗帜,并用本色论来自觉地批判复古思潮,所以没有能产生很大的影响,也不可能形成多大的气候,但他毕竟预告了一个彻底否定复古模拟的文艺新思潮不可避免地将要到来。

第二十一章　阳明心学和明代中后期的文艺新思潮

第一节　王阳明心学和明代文艺新思潮的兴起

明代从嘉靖后期开始，文艺上出现了一股新的思潮，至隆庆、万历起逐渐扩大，并发展成为包括诗文、戏曲、小说乃至书画各个领域共同的主导倾向，从而代替了绵延一二百年的复古主义文艺思想。这股文艺新思潮核心是：强调文学源于人的心灵，以师心代替师古，要求文学冲破礼教的藩篱，摆脱理学的羁绊，充分体现人的个性，主张任性而为，不受任何束缚，以真实、自然、与化工造物同体为最高审美原则。它在文学理论批评上的集中表现，就是性灵说和情真说。这股文艺新思潮的出现，是和明代中叶的政治、经济状况变化分不开的。这时封建专制制度已发展到它的晚期，统治集团内部十分腐朽，随着生产力的迅猛发展、商品经济的空前繁荣、资本主义萌芽因素的产生，思想文化领域也必然要随之发生变化。作为封建社会正统思想的程朱理学演变为王守仁的阳明心学，也是这个时代的必然。王守仁认为理学家所说的"天理"并非存在于人心之外的宇宙间，而是存在于每个人的内心中，所以心外无物，心外无理，存在于人心中的理即是"良知"。因而人们不必外向学习"天理"，而只需内省寻求"良知"，内心的"灵明"，可以容纳整个世界。阳明心学的出发点当然还是为了维护和巩固封建统治，在人们对程朱理学的信仰已经不是那么稳固的情况下，要求人们由心外求理转向心内求理，通过内省功夫而不是通过外在学习，去获得对封建道德准则的认同。然而，由于强调心内求理，"致良知"，客观上却为否定天理、反对封建礼教打开了通路。既然重在人们自己的内心省察，而人们的内心思想实际上是各不相同的，因此就可以对"理"有各种不同的认识和理解。后来泰州学派之提出"百姓日用即道"，就是这样的产物，它也为对封建传统的叛逆提供了理论依据。阳明心学对文艺思想的影响,主要是在文艺的本源和创作上强调了心的重要作用,认为文艺的源泉在人之心,文艺创作应当真实地再现人的心灵世界。

王守仁(1472—1529),字伯安,人称阳明先生,主要活动在弘治、正德年间,一直到嘉靖初,和李梦阳、何景明同时。他早年"与李空同诸人游,刻意为词章",也受过复古思潮的影响,但很快放弃了词章,而全力钻研道学。他的心学思想对文学的影响,首先在比他稍晚的唐宋派的王慎中和唐顺之身上有所体现。王慎中、唐顺之和王学都有很密切的关系,王慎中曾受学于王畿,据李开先所写《遵岩王参政传》说,他"与龙溪王畿讲解王阳明遗说,参以己见,于圣贤奥旨微言,多所契合,曩惟好古,汉以下著作无取焉,至是始发宋儒之说读之,觉其味长,而曾、王、欧氏之文尤可喜"。可见他论文宗旨的变化,是与阳明学的影响有关的。在《明水文集序》中,他赞扬阳明弟子"临川明水陈公"传播和捍卫阳明学,"其志可谓卓而其功可谓勤矣",并说他"惟其学之不谬,故著为古文词,吟咏性情,敷扬理事,莫不有古作者之法",而且"自有机杼,未尝规规仿合形似而以为传也"。他已经体会到诗歌实出于人内心不得不发之真情,故云"其为言之美",乃"性情之效,而非镕铸意义、雕琢句律之所及也"(《顾洞阳诗集序》)。他引杭淮之言说,诗"亦各随其才量之所得,而发之于性,动于其中,触于其外因有不得不然者耳"(《双溪杭公诗集序》)。他还认为诗歌"冲口肆意,而欣戚促舒",可以就中"察见真机"(《五子诗集序》)。唐顺之也很敬仰阳明之学,他在给阳明弟子季本的信中说:"虽然,愿先生益深所养,使此心虚壹而静,自所独然,不必尽是也;众所共然,不必尽非也。却意见以融真机,则古圣贤之精,将于是乎在,而况其经乎?"(《与季彭山书》)正是从心学思想出发,他说:"窃意六艺之学皆先王所以寄精神心术之妙,非特以资实用而已。"(《与顾箬溪中丞书》)他的文学思想和心学联系比王慎中要更为明显直接,他强调"直写胸臆"、提倡本色的文学思想就是建立在心学基础上的。不过,唐宋派总还是没有离开复古的大旗,所以他们不能促使整个文坛的面貌发生根本性的变化,掀起一个崭新的文艺思潮,而只能在复古的前提下成为一个支流别派。到嘉靖年间的徐渭,才有了较大的变化。

徐渭(1521—1593),字文清,后改字文长,自号青藤道士、天池山人,山阴(今浙江绍兴)人。徐渭治学颇受阳明学说影响,他在《自为墓志铭》中说"少知慕古文词,及长益力。既而有慕于道,往从长沙公究王氏宗",其师季本(1485—1563),字明德,号彭山,官至长沙知府。季本曾师事阳明,"及新建伯阳明先生以太朴卿守制还越,先生造门师事之,获闻致良知之说,乃悉悔其旧学,而一意于圣经"(徐渭《师长沙公行状》);并与王畿亦多所交往,亦曾师事之。徐渭在《先师彭山先生小传》中说他"其后往师新建,闻良知之旨,益穷年治经,心悟手书,忘昼夜寒暑","时讲学者多习于慈湖之说,以自然为宗,惧其失良知本旨,因为《龙惕说》以挽其敝,识者谓其有功于师门"。徐渭深受彭山影响,很推崇其治学思想,在《奉师季先生书》中所说"解书惟有虚者活者可以吾心体度而发明之"之说即自彭山而来,而此种治学方法正是阳明心学之特点。在《诗说序》中赞美季本《诗说解颐》能"用吾心之所通,以求书之所未通",其说超出常人"卓而专"也。徐渭文学思想的特点是抛弃了复古的旗帜,并开始对复古模拟思想进行了尖锐而深刻的批评。他在《论中四》对盲目地崇古拟古的思想进行了十分尖锐的批评,认为他们是不懂得古今时代有所不同,有发展、有差异是很自然的事,他说:"夫词其始也,而贵于词者曰兴也,故词一也。古之字于词者如彼,而人兴,今之字于词者如此,而人亦兴,兴一也,而字二耳。""故夫诗也者,古《康衢》也,今渐而里之优唱也,古《坟》也,今渐而里唱者之所谓宾之白也,悉时然也,非可不然而故然之也。"诗的原理是古今相同的,都是"兴",但由于历史的发展,时代的差异,其文字和表达方式自然也就不同了。而且从历史发展来看,事物是不断进步的,今总是胜于古的,盲目复古实际就是一种倒退。他指出:"故夫准文与诗也者,则《坟》与宾,《康》与里,何可同日语也。至兴则文固不若宾,《康》不胜里也,非独小人然,大人固且然也。今操此者,不务此之兴,而急彼之不兴,此何异夺裘葛以取温凉,而取温凉于兽皮也,木叶也,曰为其为古也,惑亦甚矣。"这种违背历史发展规律的复古主义思想,也是使文学创作丧失真实性的根本原因,他说:"今之为词而叙吏者,古衔如彼,则今衔必彼也。而叙地者,古名如彼,今名必彼也。其他靡不然。而乃忘其彼之古者,即我之今也,慕古而反其所以真为古者,则惑之甚也。"紧接着他又极其严厉地批评了这种复古思想的弊端:"虽然,之言也,殆为词而取兴于人心者设也,如词而徒取兴于人口者也,取兴于人耳者也,取兴于人目者也,而直求温凉于兽与木也,而以为古者,则亦莫蔽于今矣。何者?悉袭也,悉剿也,悉潦也,一其奴而百其役也,其最下者,又悉朦也,悉刖也,悉自雷也,悉求唐子而不出域也,悉青州之药丸子也。"他这种从进化论思想出发对复古思想的批判,也是对历史上王充、葛洪、萧统等人的"踵事增华"说的进一步发展。

在批评复古模拟之弊的基础上,他提出了诗歌创作贵"出于己之所自得",而不"窃于人之所尝言"的重要思想,他在《叶子肃诗序》中说:"人有学为鸟言者,其音则鸟也,而性则人也。鸟有学为人言者,其音则人也,而性则鸟也。此可以定人与鸟之衡哉。今之为诗者,何以异于是。不出于己之所自得,而徒窃于人之所尝言,曰某篇是某体,某篇则否,某句似某人,某句则否,此虽极工逼肖,而己不免于鸟之为人言矣。"他把那些复古模拟者称为"鸟为人言"者,实是一种十分辛辣的讽刺和嘲笑。为此他强调诗歌创作应当"本于情"而"写其胸膈",在《肖甫诗序》中他说:"古人之诗本乎情,非设以为之者也。是以有诗而无诗人。迨于后世,则有诗人矣,乞诗之目多至不可胜应,而诗之格亦多至不可胜品,然其于诗,类皆本无是情,而设情以为之。夫设情以为之者,其趋在于干诗之名,干诗之名,其势必至于袭诗之格而剿其华词。审如是,则诗之实亡矣,是之谓有诗人而无诗。"模拟复古就是"有诗人而无诗",其目的不过是"干诗之名",而真正的诗歌是从以情为本出发,是情之不得不发的结果,所以就不会去剿袭古人,而要求寻找与自己情感相适合的艺术形式和表现方法。其于《胡大参集序》中又说:"然予窃怪之,今世为文章,动言宗汉西京,负董、贾、刘、杨者满天下,至于词,非屈、宋、唐、景,则掩卷而不顾。及叩其所极致,其于文也,求如贾生之通达国体,一疏万言,无一字不写其胸膈者,果满天下矣乎?或未必然也。于词也,求如宋玉之辨,其风于兰台,以感悟其主,使异代之人听之,犹足以兴,亦果满天下矣乎?亦或未必然也。"他文中虽未明指,但其批判的矛头显然是直接指向前后七子的。当然由于徐渭所处的时代,正是王、李主盟文坛,复古声势浩大的时代,他"居又僻在越,以故知之者少"(陶望龄《刻徐文长三集序》),他的著作未能得到广泛传播,至他死后三十余年,袁宏道游东中,得其残帙,以后方得到流传。但他虽不能左右当时文坛的倾向,但亦不与之同流合污,钱谦益在《列朝诗集小传》中说:"文长讥评王、李,其持论迥绝时流。"并说袁宏道、陶周望"相与激赏,谓嘉靖以来一人"。袁宏道于其《徐文长传》中曾说:"先生诗文倔起,一扫近代芜秽之习,百世而下,自有定论。"陶望龄《刻徐文长三集序》中也说他"自负甚高,于世所称主文柄者,不能俯出游其间,而时方高谭秦汉盛唐,其体格弗合也"。徐渭的文学思想实际上成为明代中后期文艺新思潮的先驱,尤其对公安派文学思想有深刻影响。

第二节 李贽的"童心说"

明代文艺上的新思潮是在嘉靖、万历时期思想文化界反理学、反传统的浪潮中壮大起来的,和徐渭差不多同时的李贽,是这股体现了人性觉醒、思想解放浪潮的主要代表人物。他在接受阳明心学特别是泰州学派思想基础上,发展为对封建礼教和传统观念的批评,特别是他所提出的著名的"童心说",为这股文艺新思潮奠定了哲学政治思想和文艺美学思想的基础。由于李贽是从反理学、反传统,提倡有人性解放色彩的"自然之性"出发,来反对文艺上的复古思潮的,所以具有前所未有的深刻性,也就和徐渭等人有了很大的不同。

李贽(1527—1602),又名载贽,号卓吾,又号宏甫,别署温陵居士,福建晋江(今泉州)人。他受阳明心学特别是泰州学派的思想影响很深,对王畿、罗近溪十分佩服,受佛学特别是禅宗的影响也很深。李贽是明代后期的一位杰出的思想家和文学家,他对中国封建社会后期以宋明理学为代表的官方正统思想,作了十分尖锐激烈的揭露和批判,并进而对以孔子为代表的儒家传统观念提出了大胆的怀疑和批评,而且鲜明地要求维护"人欲",主张男女平等,他的这些异端思想在当时具有很强烈的叛逆性,带有启蒙主义的思想解放色彩。他无情地揭发了口不离程朱理学、标榜"存天理、灭人欲"的道学家的极端虚伪性,指出他们不过是"欺世盗名",而借"讲道学而后为富贵之资",故"阳为道学,阴为富贵,被服儒雅,行若狗彘"(《三教归儒说》),"口谈道德而心存高官,志在巨富",表面上自诩要"厉俗而风世",实际上他们正是"败俗伤世者"(《又与焦弱侯》)。

特别可贵的是，他对把孔子尊为至高无上圣人的传统观念提出了怀疑，认为千百年来之所以是非不分、黑白不辨，乃是因为人们都不敢相信自己的是非标准，而"咸以孔子之是非为是非，故未尝有是非耳"(《藏书·世纪列传总目前论》)。李贽并不是否定孔子，他曾很明白地说过："人皆以孔子为大圣，吾亦以为大圣。"(《题孔子像于芝佛院》)但他认为孔子也是普通人，而不是神，他除了"惟酒无量，不及乱"之外，"其余都与大众一般"(《四书评》)。虽然孔子是圣人，但不能"以孔夫子之定本行罚赏"(《藏书·世纪列传总目前论》)，别人也不一定就没有高过孔子的见解。他认为圣人和凡人应该是平等的，"圣人不曾高，众人不曾低"(《复京中友朋》)，"麒麟与凡兽并走，凡鸟与凤凰齐飞"(《答耿司寇》)。他这种看法并不是贬低圣人，而是提高凡人的地位，强调凡人中也不是没有才华出众、智慧过人、与圣人不相上下之辈。他在《答以女人学道为见短书》中，表现出了某种程度的男女平等思想，认为女子之识见未必都比男子低下，他说："谓人有男女则可，谓见有男女岂可乎？谓见有长短则可，谓男子之见尽长，女人之见尽短，又岂可乎？"他以历史事实为例说："自今观之：邑姜以一妇人而足九人之数，不妨其与周、召、太公之流并列为十乱；文母以一圣女而正《二南》之风，不嫌其与散宜生、太颠之辈并称为四友。"这在当时也确是石破天惊之语。更为值得我们注意的是，他针对程朱理学"存天理、灭人欲"的基本纲领，专门提出了重视人欲、保护人欲，并使它得到自由发展的重要思想。他主张要顺应人的"自然之性"(《初潭集》卷八)，充分满足人们自然的欲望要求，人人都有私心，也就有私欲，这是"自然之理"(《藏书·德业儒臣后论》)，所以要"率性之真"(《答耿中丞》)，任其自然地发展，而不应当限制它、束缚它，这是以带有个性解放色彩的观念来反对封建的禁欲主义。他认为满足人们的基本物质要求，是人们的起码欲望，而这就是"天理"，不应该把天理和人欲对立起来。他在《答邓石阳》中说："穿衣吃饭即是人伦物理，除却穿衣吃饭，无伦物矣。"他从肯定人欲的角度出发，所以也很同情农民起义，十分痛恨贪官污吏，百姓之所以"铤而走险"，乃是由于被官吏逼迫而基本生活欲望得不到满足。他在《因记往事》中说当时横行海上三十余年的林道乾，虽为"海盗"而实际上是英雄，有二十分才、二十分胆、二十分识，"唯举世颠倒，故使豪杰抱不平之恨,英雄怀罔措之戚,直驱之使为盗也"。因为国家专用那些"只解打恭作揖,终日匡坐,同于泥塑",或学为奸诈,"又揆入良知讲席,以阴博高官"之人,他们"一旦有警,则面面相,绝无人色,甚至互相推委",于是林道乾之辈"横行自若"。国家如果不弃置像林道乾辈"有才有胆有识之者",并"用之为郡守令尹,又何止足当胜兵三十万人已耶?""又设用之为虎臣武将,则阃外之事可得专之,朝廷自然无四顾之忧矣。"正是从这种思想出发,他十分同情水浒英雄,冠《水浒传》以"忠义"之名。

李贽的文艺思想正是建立在这样具有叛逆性的社会政治思想基础上的,其核心是提倡"真情",反对"假理",它集中反映在《童心说》一文中。他认为凡"天下之至文",都是出自未经理学"闻见道理"之类污染的"童心"的。什么是"童心"呢?即天真无邪的儿童之心。"夫童心者,绝假纯真,最初一念之本心也。"故而"夫童心者,真心也"。世界上只有初生儿童之心是所谓"赤子之心",它没有一点虚假的成分,是最纯洁最真实的,没有受过社会上多少带有某种偏见的流行观念和传统观念影响。而当时一般人则都失却了童心,这是因为"盖方其始也,有闻见从耳目而入,而以为主于其内而童心失。其长也,有道理从闻见而入,而以为主于其内而童心失"。而这种"道理闻见,皆自多读书识义理而来也"。古代的圣人并非不读书,但是他们读书是为了"护此童心而使之勿失焉",不像当时那些"学者","反以多读书识义理而反障之也"。他所谓的障碍童心的"道理闻见",是针对道学家所崇奉封建礼教、伦理道德以及与此相关的传统观念而说的。"童心既障,于是发而为言语,则言语不由衷;见而为政事,则政事无根柢;著而为文辞,则文辞不能达。非内含以章美也,非笃实生辉光也,欲求一句有德之言,卒不可得。所以者何?以童心既障,而以从外入者闻见道理为之心也。"李贽的"童心",正是指人的本性,人的自然之性。"童心"之美,亦即人性之美,自然本性之美。以"童心"为"天下之至文"之源,也就是强调作家必须写出摆脱了理学桎梏的人性之美,方为最美之佳作。童心一失,"以闻见道理为心矣,则所言者皆闻见道理之言",全都是"以假人言假言,而事假事文假文"了。"言虽工,于我何与?"所以,凡"天下之至文,未有不出于童心焉者也"。"出于童心"即出于真心,其所表达者即是"真情",而出于"闻见道理"、丧失童心之文,即是假文,其所表达的则是"假理"。提倡"真情",而反对"假理",亦即是肯定"人欲"而反对"天理",提倡人性而反对理学"理性",要求恢复被封建礼教扭曲了的人的自然本性。毫无疑问,这是一种对封建礼教具有叛逆性的、有启蒙思想色彩的文艺主张,它反映了由社会政治思想上的解放而导致文艺思想上的解放!

从"童心说"出发,李贽认为真正的文学创作绝不是像道学家所说的"代圣贤立言",更不是为了进行虚伪的仁义道德说教,而应当是人们郁结于胸中的真情实感不得不发之产物,是内心"绝假纯真"的"童心"之流露。其《杂说》一文中说:"且夫世之真能文者,比其初皆非有意于为文也。其胸中有如许无状可怪之事,其喉间有如许欲吐而不敢吐之物,其口头又时时有许多欲语而莫可所以告语之处,蓄极积久,势不能遏。一旦见景生情,触目兴叹;夺他人之酒杯,浇自己之垒块;诉心中之不平,感数奇于千载。"可见,呈现"真心"(即"童心")的文学,必须是胸中真实感情之自然流露,这才是好作品,而矫揉造作、虚伪雕琢者,皆非真心的文学。他甚至对古代圣人的著作,也提出了相当尖锐的批评,他说:"然则《六经》《语》《孟》,乃道学之口实,假人之渊薮也,断断乎其不可以语于童心之言明矣。"所以,他坚决反对复古模拟之作,认为并不是古人的一定就好,今人的就一定不好,从表现"童心"出发,他认为对古人亦步亦趋必然要丧失"童心"。他说:

> 苟童心常存,则道理不行,闻见不立,无时不文,无人不文,无一样创制体格文字而非文者。诗何必古选,文何必先秦。降而为六朝,变而为近体,又变而为传奇,变而为院本,为杂剧,为《西厢曲》,为《水浒传》,为今之举子业,大贤言圣人之道,皆古今至文,不可得而时势先后论也。故吾因是而有感于童心者之自文也,更说甚么《六经》,更说甚么《语》《孟》乎!

在这段著名的论述中,他非常有力地批驳了盛行于当时文坛的复古主义文学思潮,在论述文学历史发展的时候明确地强调了"变"的观念,文学作品的优劣不是以古今来分的,不能以时势先后来论,只要出于童心,即使是举子业也无可厚非。任何时候任何人都有自己的"童心",因此也有自己的"至文",文学都是随着历史的发展而发展的,各个时代都有自己的代表性作品,不能说只有先秦之文、盛唐之诗才是最好的。李贽的这些思想在公安派那里又得到了进一步的发展。

与创作体现"童心"的"至文"相适应,李贽在艺术上提出了要达到"化工"、传神之美,也就是"以自然之为美"的思想。他在《杂说》中说:

> 《拜月》《西厢》,化工也;《琵琶》,画工也。夫所谓画工者,以其能夺天地之化工而其孰知天地之无工乎?今夫天之所生,地之所长,百卉具在,人见而爱之矣。至觅其工,了不可得,岂其智固不能得之欤!要知造化无工,虽有神圣,亦不能识知化工之所在,而其谁能得之?由此观之,画工虽巧,已落第二义矣。文章之事,寸心千古,可悲也夫!

李贽所说的"画工",即是指人工;而"化工",则是指天工。人工虽"工巧至极",终究还是"似真非真","入人之心者不深",如《琵琶记》高则诚虽"已殚其力之所能工,而极吾才于既竭。惟作者穷巧极工,不遗余力,是故语尽而意亦尽,词竭而味索然亦随以竭";而"化工",例如《西厢》《拜月》,则"意者宇宙之内,本自有如此可喜之人,如化工之于物,其工巧自不可思议尔"。这种强调"化工"造物的美学观,是与其主张写自然真情密切相关的,其《读律肤说》一文中曾说道:"盖声色之来,发于情性,由乎自然,是可以牵合矫强而致乎?故自然发于情性,则自然止乎礼义,非情性之外复有礼义可止也。惟矫强乃失之,故以自然之为美耳,又非于情性之外复有所谓自然而然也。"李贽在这里有力地驳斥了文学创作应该"发乎情,止乎礼义"的儒家传统观念,指出自然发乎情性,礼义即在其中,不必另外用什么礼义来束缚,只有这样才符合于自然之美;而以礼义外加之,人为牵合,必然反失自然之美,那样也就不可能达到"化工"之美,至多不过"画工"之美而已。因为提倡"化工"之美,故要求文学作品不能有任何人为雕琢痕迹,他在《杂说》一文中说:

> 追风逐电之足,决不在于牝牡骊黄之间;声应气求之夫,决不在于寻行数墨之士;风行水上之文,决不在于一字一句之奇。若夫结构之密,偶对之切;依于理道,合乎法度;首尾相应,虚实相生:种种禅病皆所以语文,而皆不可以语于天下之至文也。

必如《水浒》《西厢》等"天下之至文",方可具备"化工"之美也。因为从"童心"出发,故人各有自己真情,各有自己性格,而文自然也有各自不同的格调,绝不能以古人格调为格调,一律相求,这也是对前后七子提倡格调的批评。故《读律肤说》又云:"性格清彻者,音调自然宣畅;性格舒徐者,音调自然疏缓;旷达者自然浩荡,雄迈者自然壮烈,沉郁者自然悲酸,古怪者自然奇绝。有是格,便有是调,皆情性自然之谓也。莫不有情,莫不有性,而可以一律求之哉!然则所谓自然者,非有意为自然而遂以为自然也。若有意为自然,则与矫强何异!故自然之道,未易言也。"所谓"化工"之美,实际上就是造化自然之美,它本是中国古代庄学、玄学、禅学美学思想的一个主要内容,而李贽又把它和反理学、反传统、反复古结合在一起,成为当时文艺新思潮的重要特色,并从表现自然人性至美的角度赋予了新的意义。公安三袁是李贽的朋友,也是他的学生,他们的文学思想是在李贽"童心说"的基础上发展起来的,也是对李贽思想的进一步发展。同时,焦竑、汤显祖、冯梦龙等又分别在诗文、戏曲、小说等不同方面扩展了李贽的思想,从而成为一个颇有气势,并对文坛产生了深刻影响的文艺新思潮。

第三节 焦竑和汤显祖的"情真"说

焦竑(1541—1620),字弱侯,号澹园,明代著名学者,倾向泰州学派,为耿定向学生,"讲学以(罗)汝芳为宗"(《列朝诗集小传》)。他是李贽的朋友,书信往来颇多,对李贽十分钦佩。李贽死后,焦竑曾为他编印《李氏遗书》。焦竑的文学思想和李贽、三袁比较接近,受童心说的影响,提倡"自得"之作,主张表现"性灵"和抒写"深情",反对复古派的模拟剽窃。他在《雅娱阁集序》中说:"诗非他,人之性灵之所寄也。苟其感不至,则情不深,情不深,则无以惊心而动魄,垂世而行远。"他所说的"性灵",实际也就是李贽所说的"童心",而"情"之"深"也正是要求写出内心之真实感情,即他评苏轼兄弟文章时所说的"浮华剥而真实见"。所以他十分赞赏苏轼"行于所当行""止于不可不止"的任乎自然的"自得"之作,说两苏氏"发之为文,如江河滔滔汩汩,日夜不已,冲砥柱,绝吕梁,历数千里而放之于海,虽舒为安流,激为怒涛,变幻百出,要以道其所欲言而止。故世代递更,好憎屡变,而二子之文,卒与《六经》为不朽。何者?彼诚有所自得也"(《刻两苏经解序》)。故凡"天下之至文"都是内心真实思想感情、认识体会的自然流露,其在《与友人论文》中说:"庄、老之于道,申、韩、管、晏之于事功,皆心之所契,身之所履,无丝粟之疑,而其为言也,如倒囊出物,借书于手,而天下之至文在焉,其实胜也。"这样的文学作品就能"了然于口与手","横口所发,皆为文章;肆笔而书,无非道妙","读者人人以为己之所欲言,而人人之所不能言也"(《刻苏长公集序》)。必须合乎自然,发乎真情,而不应该矫揉造作,无病呻吟。其《竹浪斋诗集序》云:"诗也者,率其自道所欲言而已,以彼体物指事,发乎自然,悼逝伤离,本之襟度,盖悲喜在内,啸歌以宣,非强而自鸣也。"所以他解释孔子的"辞达"也和苏轼差不多:"世有心知之而不能传之以言,口言之而不能应之以手。心能知之,口能传之,而手又能应之,夫是之谓词达。"(《刻苏长公外集序》)

从这样的文学观点出发,他对前后七子的复古模拟思想进行了很尖锐的批评。他在《与友人论文》中指出"古之词"原是"不以相袭为美"的,例如:"《书》不借采于《易》,《诗》非假途于《春秋》也。"文学创作不是不要学习古人,吸收前人的创作经验,而是须要认真学习的,不过不能模拟剽窃,应当"脱弃陈骸,自标灵采,实者虚之,死者活之,臭腐者神奇之",并引韩愈所说:"惟古于词必己出,降而不能乃剽贼。"在《文坛列俎序》中,他更直接指名批评了李攀龙:"近代李氏倡为古文,学者靡然从之。不得其意,而第以剽略相高,非是族也,摈为非文。噫!何其狭也。"他还指出古代圣贤之所作,乃是其各自"灵气"之所泄,不能说只有某一时代之作才是好的,别的时代作家作品就都不好,其《竹浪斋诗集序》说:"古贤豪者流,隐显殊致,必欲泄千年之灵气,勒一家之奥言,错综《雅》《颂》,出入古今,光不灭之名,扬未显之蕴,乃其志也。倘如世论,于唐则推初、盛而薄中、晚,于宋又执李、杜而绳苏、黄,植木索涂,缩缩焉循而无敢失,此儿童之见,何以伏元和、庆历之强魄也。"焦竑和三袁是好朋友,他的思想对三袁有直接的影响。

汤显祖(1550—1616),字义仍,号若士,又号海若,别号清远道人,江西临川(今抚州)人,明代著名的文学家、戏剧家。汤显祖早年师罗汝芳,他的思想也受阳明心学特别是泰州学派的影响。他对以王、李为代表的后七子复古模拟文学思潮十分不满,钱谦益说:"万历中年,王、李之学盛行。黄茅白苇,弥望皆是。文长、义仍,崭然有异。"又说:"(汤显祖)尝谓:'我朝文字以宋学士为宗,李梦阳至琅琊,气力强弱巨细不同,等赝文耳。'万历间,琅琊二美(按:指王世贞、王世懋)同仕南都,为敬美太常官属。敬美唱为公宴诗,不应。(按:此亦见汤显祖《复费文孙》)又简括献吉、于麟、元美文赋,标其中用事出处及增减汉史唐诗字面,流传白下,使元美知之。元美曰:'汤生标涂吾文,异时亦当有标涂汤生者。'(按:此亦见汤显祖《答王澹生》)自王、李之兴,百有余岁。义仍当雾雺充塞之时,穿穴其间,力为解驳。归太仆之后,一人而已。"(《列朝诗集小传》袁宏道传及汤显祖传)其《点校〈虞初志〉序》一文曾说:"昔李太白不读非圣之书,国朝李献吉亦劝人弗读唐以后书。语非不高,然未足以绳旷览之士也。""太白故颓然自放,有而不取,此天授,无假人力;若献吉者,诚陋矣!"他对王、李的复古模拟是十分反感的。

汤显祖论文,无论是诗文还是戏曲小说,都重在一个"情"字。他认为不管什么体裁的文学作品,只要是真实的情至之语,皆为天下之至文。他说:"世总为情,情生诗歌,而行于神。"(《耳伯麻姑游诗序》)他解释古人"诗言志"云:"志也者,情也。"(《董解元西厢题辞》)他在《牡丹亭记题词》中说杜丽娘之所以感人者,即在其情之至深:"天下女子有情宁有如杜丽娘者乎!梦其人即病,病即弥连,至手画形容传于世而后死。死三年矣,复能溟莫中求得其所梦者而生。如丽娘者,乃可谓之有情人耳。情不知所起,一往而深,生者可以死,死可以生。生而不可与死,死而不可复生者,皆非情之至也。梦中之情,何必非真。天下岂少梦中之人耶?必因荐枕而成亲,待挂冠而为密者,皆形骸之论也。"正是这种生死不渝的真挚之情,使杜丽娘的形象发出了夺目的光辉,从而深深地铭刻在人们的心中。所以汤显祖坚决反对在文学作品中进行理学的说教,写些抽象而又虚伪的道理,他在《寄达观》一文中十分赞赏达观的"情有者理必无,理有者情必无"之说,认为"真是一刀两断语"。如果从文学作品的情理关系上看,这种说法是比较绝对化的,但是,从反对道学家的"天理",而充分肯定百姓的"人欲"角度说,则是很有战斗性的。"人生而有情。思欢怒愁,感于幽微,流乎啸歌,形诸动摇。或一往而尽,或积日而不能自休。盖自凤凰鸟兽以至巴渝夷鬼,无不能舞能歌,以灵机自相转活,而况吾人。"(《宜黄县戏神清源师庙记》)故优秀的文学作品能够做到"无情者可使有情,无声者可使有声"。人人都有情,而每个人的情又不相同,因为各人均有不同之个性。其《董解元西厢题辞》云:"万物之情,各有其志。董以董之情而索崔、张之情于花月徘徊之间,余亦以余之情而索董之情于笔墨烟波之际。董之发乎情也,铿金戛石,可如抗而如坠。余之发乎情也,宴酣啸傲,可以以翱而以翔。"

文学作品中的深至真情来源于作家的灵性,不仅是情生诗歌,而且诗行于神。"其诗之传者,神情合至,或一至焉;一无所至,而必曰传者,亦世所不许也。"(《耳伯麻姑游诗序》)此所谓神,也就是指作家的灵性。其《合奇序》云:"予谓文章之妙不在步趋形似之间。自然灵气,恍惚而来,不思而至。怪怪奇奇,莫可名状。非物寻常得以合之。苏子瞻画枯株竹石,绝异古今画格,乃愈奇妙。若以画格程之,几不入格。米家山水人物,不多用意。略施数笔,形像宛然,正使有意为之,亦复不佳。故夫笔墨小技,可以入神而证圣自非通人,谁与解此。"他以苏轼和米芾的画为例,说明文艺创作全靠"灵气"而后方能"入神",而古代不朽的经典也都是"天地间奇伟灵异高朗古宕之气"见于斯篇,故"神矣化矣"!他又在《序丘毛伯稿》一文中说:"天下文章所以有生气者,全在奇士。士奇则心灵,心灵则能飞动,能飞动则下上天地,来去古今,可以屈伸长短生灭如意,如意则可以无所不如。"然后灵气飞动的奇士并不是很多的,"天下大致,十人中三四有灵性。能为伎巧文章,竟伯什人乃至千人无名能为者"。因此,"独有灵性者自为龙耳!"(《张元长嘘云轩文字序》)汤显祖的这种强调真情、灵气,反对复古模拟的文学思想,也贯穿在他对戏曲的许多的具体批评中,这些我们将在论明代戏曲理论部分再作叙说。

第四节　公安三袁的"性灵"说

明代这股文艺新思潮的最突出代表是公安三袁。三袁都是湖北公安县人,故习惯称之为公安派。袁氏三兄弟的长兄是袁宗道(1560—1600),字伯修,有《白苏斋类集》;其次是袁宏道(1568—1610),字中郎,有《袁中郎全集》;最小的是袁中道(1570—1623),字小修,有《珂雪斋集》。他们三人中以袁宏道的成就和影响最大。三袁都是李贽的学生,与焦竑、汤显祖、董其昌等均为好友。公安派的文学思想虽以袁宏道为代表,然实由长兄袁宗道首发之。钱谦益《列朝诗集小传》论宗道云:"伯修在词垣,当王、李词章盛行之日,独与同馆黄昭素,厌薄俗学,力排假借盗窃之失。于唐好香山,于宋好眉山,名其斋曰'白苏',所以自别于时流也。其才或不逮二仲,而公安一派实自伯修发之。"他在《论文》上下两篇中不仅提出了文章应当直抒心胸的主张,而且对以王、李为代表的模拟蹈袭之复古文风进行了有力的批评。他首先指出:"口舌代心者也,文章又代口舌者也。展转隔碍,虽写得畅显,已恐不如口舌矣;况能如心之所存乎?故孔子论文曰:'辞,达而已。'达不达,文不文之辨也。"他又说古今语言有差异,今人看来奇奥的古文,在当时"安知非古之街谈巷语耶?""左氏去古不远,然传中字句,未尝肖《书》也。司马去左亦不远,然《史记》句字,亦未尝肖左也。至于今日,逆数前汉,不知几千年远矣。自司马不能同于左氏,而今日乃欲兼同左、马,不亦谬乎?"他说李梦阳正因为不懂得这个道理,所以"篇篇模拟",后人遂"视为定例,尊若令甲。凡有一语不肖古者,即大怒骂为野路恶道"。袁宗道并不是认为不要学古,但是"学其意,不必泥其字句也"。这个"意"也不是指重复古人文章的思想内容,而是学其今天尚可参考的方法,如"古文贵达,学达即所谓学古也"。在《答陶石篑》一文中,他说:"摸拟文字,正如书画赝本,决难行世。"不过对前后七子中各人的不同情况,以及他们的后学情况,他都是有分析的,并不一律看待。他指出:李梦阳"诸文,尚多己意,纪事述情,往往逼真"(《论文》上),王世贞才华远远高出众人,有其"自家本色","毕竟不是历下(按:指李攀龙)一流人"(《答陶石篑》)。在反复古的同时,袁宗道提出了"士先器识而后文艺"的思想,认为作家必须要重视"立本","人品"高尚,"学问"渊博,"器识深沉浑厚",则文章自然宏伟。"故君子者,口不言文艺,而先植其本。""其器若万斛之舟,无所不载也。""其识若登泰巅而瞭远,尺寸千里也。"如果能做到这样,那么,"振球琅之音,炳龙虎之文,星日比光,天壤不朽,岂比夫操觚属辞,矜骈丽而夸月露,拟之涂粺土羹,无神缓急之用者哉!"由此可见,袁宗道的文学思想里,对作家的人品、学识和作品的思想内容还是相当重视的,也是要求很高的。这一方面他比他的两个弟弟都要突出,而且也是对当时流行的复古模拟、千篇一律的不良文风的有力打击。

公安派文学思想的核心是提倡抒写性灵,表现内心真情,反对模拟剽窃,亦步亦趋蹈袭古人,故后人均以袁宏道的"独抒性灵,不拘格套"来概括其基本特点。袁氏三兄弟中,袁宏道贡献最大,其理论也最全面、最系统,故钱谦益《列朝诗集小传》说:"中郎之论出,王、李之云雾一扫,天下之文人才士始知疏瀹心灵,搜剔慧性,以荡涤摹拟涂泽之病,其功伟矣。"袁宏道以"性灵"为中心的文学思想,可以从下列四个方面来加以分析:

首先是"真",提倡诗文创作必须抒写作家的性灵,表现内心的真实感情,应该是自然天性的流露,反对任何的因袭模拟、剽窃仿作。在《序小修诗》中,他赞扬其弟小修的诗道:

> 大都独抒性灵,不拘格套,非从自己胸臆流出不肯下笔。有时情与境会,顷刻千言,如水东注,令人夺魄。其间有佳处,亦有疵处,佳处自不必言,即疵处亦多本色独造语。然予则极喜其疵处;而所谓佳者,尚不能不以粉饰蹈袭为恨,以为未能尽脱近代文人气习故也。

这就是公安派著名的性灵说,其特点就是一个"真"字,只要文学作品是真性灵、真感情的流露,即使是"疵处"亦是"佳者",因为它既不"剿袭摸拟,影响步趋",也不走"文准秦汉""诗准盛唐"之路,所以虽其疵处也是"本色独造语"。故凡"情至之语,自能感人,是谓真诗,可传也"。所以即使是里巷歌谣也比无病呻吟的拟古之作要好得多。他说:"今闾阎妇人孺子所唱《擘破玉》《打草竿》之类,犹是无闻无识真人所作,故多真声,不效颦于汉魏,不学步于盛唐,任性而发,尚能通于人之喜怒哀乐嗜好情欲,是可喜也。"袁宏道认为只有出自"性灵"之作,方是"真诗""真声",这种思想显然是对李贽童心说的进一步发挥。袁宏道的朋友江盈科在给袁宏道《敝箧集》写的序中说:"要以出自性灵者为真诗尔。……流自性灵者,不期新而新;出自模拟者,力求脱旧而转得旧。由斯以观,诗期于自性灵出尔,何必唐,何必初与盛之为沾沾哉?"袁宏道的性灵说和李贽的童心说一样,也是建立在不受道学家的"天理"束缚,肯定"人欲",主张思想解放、个性解放的叛逆思想基础上的。他在《识张幼于箴铭后》一文中说:"性之所安,殆不可强。率性而行,是谓真人。"主张人要"各任其性",即是倡导"人欲",使之自由发展,而不受儒家礼教的限制。这样的"真人",吐露其"真情",即为"真诗"也。其"独抒性灵"之含义和实质正在于此!故他说人们的苦乐,也皆要任其自行发展,"始知人有真苦,虽至乐不能使之不苦;人有真乐,虽至苦亦不能使之不乐"(《王以明》)。所以诗文创作务在"信腕信口,皆成律度,其言今人之所不能言,与其所不感言者"(《雪涛阁集序》)。

　　从这样一个立足点出发,袁宏道对前后七子的复古模拟恶劣文风,作了尖锐有力的严厉批评。他在给丘长孺的信中说:"大抵物真则贵,真则我面不能同君面,而况古人之面貌乎?唐自有诗也,不必《选》体也;初、盛、中、晚自有诗也,不必初、盛也。李、杜、王、岑、钱、刘,下迨元、白、卢、郑,各自有诗也,不必李、杜也。赵宋亦然。陈、欧、苏、黄诸人,有一字袭唐者乎?又有一字相袭者乎?"所以,"古有不尽之情,今无不写之景,然则古何必高,今何必卑哉"。说无一字相袭也许过分了一些,不过其基本思想是对的,每个时代、每个作家都有自己的特殊风格,都有自己的独创性,这样文学才能健康地发展,才能青出于蓝而胜于蓝,如果都一样那也就没有文学了。袁宏道在给张幼于的信中又说:

　　　　至于诗,则不肖聊戏笔耳。信心而出,信口而谈。世人喜唐,仆则曰唐无诗;世人喜秦、汉,仆则曰秦、汉无文;世人卑宋黜元,仆则曰诗文在宋元诸大家。昔老子欲死圣人,庄生讥毁孔子,然至今其书不废;荀卿言性恶,亦得与孟子同传。何者?见从己出,不曾依傍半个古人,所以他顶天立地,今人虽讥讪得,却是废他不得,不然粪里嚼查,顺口接屁,倚势欺良,如今苏州投靠家人一般。记得几个烂熟故事,便曰博识;用得几个见成字眼,亦曰骚人。计骗杜工部,囤扎李空同,一个八寸三分帽子,人人戴得。以是言诗,安在而不诗哉?不肖恶之深,所以立言亦自有矫枉之过。

对前后七子及其追随者的剽窃模拟文风,袁宏道确是深恶痛绝之极,给予了尖刻的讽刺与嘲笑。他不惜一切地努力矫正之,言虽偏激而理直气壮,在当时确实是起到了振聋发聩、惊世骇俗的积极作用。他在《叙姜陆二公同适稿》中又进一步指出:当时吴中文风因受七子影响,"剽窃成风,万口一响,诗道寝弱。至于今市贾佣儿,争为呕吟,递相临摹,见人有一语出格,或句法事实非所曾见者,则极诋之为野路诗,其实一字不观,双眼如漆,眼前几则烂熟故实,雷同翻复,殊可厌秽"。本来吴中文学是很有特点的,从高启到沈周、吴中四子(唐寅、祝允明、文徵明、徐祯卿),到唐顺之、归有光等,都是有个性、有特点、有创造性的,颇具风流才情。袁宏道说:"大抵(隆)庆、(万)历以前,吴中作诗者,人各为诗;人各为诗,故其病止于靡弱,而不害其为可传。庆、历以后,吴中作诗者,共为一诗;共为一诗,此诗家奴仆也,其可传与否,吾不得而知也。"这种变化是由于受后来徐祯卿之投向七子并较早去世,以及王世贞与李攀龙一起主盟文坛的影响所至,"揆厥所由,徐、王二公实为之俑"。故当时之为诗者"中时论之毒","诗安得不愈卑哉"!袁宏道在《叙梅子马王程稿》一文中还专引梅子之言云:"诗道之秽,未有如今日者。其高者为格套所缚,如杀翮之鸟,欲飞不得;而其卑者,剽窃影响,若老妪之傅粉;其能独抒己见,信心而言,寄口于腕者,余所见盖无几也。"袁宏道意欲力挽诗道之卑,以"信心而言,寄口于腕"的"真人"之"心灵"来矫正复古之弊。

其次是"变",强调"变"是公安派批评复古模拟文学思潮的理论基础。他指出历史是不断发展变化的,不能认为只有某一个时代的文学才是最好的,不同的时代各有不同的创造,否则就没有文学的历史发展了。这个"变"的思想自然也是接受了李贽的童心说的思想影响,但是在袁宏道那里又有了重大的发展。其在《叙小修诗》中说:"秦汉而学《六经》,岂复有秦汉之文?盛唐而学汉魏,岂复有盛唐之诗?唯夫代有升降,而法不相沿,各极其变,各穷其趣,所以可贵,原不可以优劣论也。"随着时代的发展和进步,故文学的创作方法也有新的特点,而不是代代相互沿袭,必须极其变化之致,方各有其特殊之趣味,使"诗之奇之妙之工之无所不极,一代盛一代"(《与丘长孺》),这才是文学"可贵"之所在。时代变了,文学自然也必须变,即同一时代的不同作家、同一作家之不同作品,也应当各有不同的特点,要有创造性的变化方有存在之价值,雷同因袭就没有存在的价值了。即使是"时文",也就是八股文,也有一个"变"的问题。"不穷新而极变,则不时。""不时则不隽。""非独文家心变,乃鉴文之目,则亦未始不变也。"(《时文叙》)因为文章是体现性灵的,作家的心灵是随着时代的变化而变化的,而批评家、鉴赏家的眼光也是随着时代的变化而变化的,作品不同,批评标准也不同,这是时代的必然。

从"变"的角度必然要提出一个继承和创新的问题。袁宏道在著名的《雪涛阁集序》中,对因"时"而"变"的文学发展中的"因"和"革"的关系作了非常深刻而辩证的分析。这是对刘勰在《文心雕龙》中提出的"通变"观的进一步发展。他说:

> 文之不能不古而今也,时使之也。妍媸之质,不逐目而逐时。是故草木之无情也,而鞓红鹤翎,不能不改观于左紫溪绯。唯识时之士为能堤其隙而通其所必变。夫古有古之时,今有今之时,袭古人语言之迹而冒以为古,是处严冬而袭夏之葛者也。《骚》之不袭《雅》也,《雅》之体穷于怨,不《骚》不足以寄也。后之人有拟而为之者,终不肖也,何也?彼直求《骚》于《骚》之中也。至苏、李述别及《十九》等篇,《骚》之音节体致皆变矣,然不谓之真《骚》不可也。

袁宏道在这里指出真正的继承,不是模仿,而应当是新的创造与发展。"时"的变化,必然要引起"物"的变化,这是自然规律,为此就要有"通变"的观念,而不能剿袭传统。《骚》之继《雅》,不是袭其面目,而是继承其"怨"的精神。苏、李诗及《古诗十九首》表面上看来与《骚》之音节体制都不一样了,但却是《骚》之精神的真正继承者。只有革新才能真正有继承,没有革新就不可能有真正的继承,这是袁宏道论"变"的一个非常有价值的地方。它对后来叶燮的诗论有直接的影响。袁宏道论"变"的另一个重要思想是"法因于敝而成于过",也就是说一种倾向发展到后来,必然会走向自己的反面,而为另一种矫正此种流弊的新倾向所代替。事物往往有两面性,它的优点往往同时掩盖着它的弱点。"矫六朝骈丽叮饳之习者,以流丽胜,叮饳者,固流丽之因也。然其过在轻纤。盛唐诸人以阔大矫之;已阔矣,又因阔而生莽,是故续盛唐者,以情实矫之;已实矣,又因实而生俚,是故续中唐者,以奇僻矫之;然奇则其境必狭,而僻则务为不根以相胜,故诗之道,至晚唐而益小。"优点发展到极点,就会产生弊病,于是必然会发生变化,而为新的特点所替代。"变"乃是事物发展的必然结果,一成不变是不符合事物发展规律的,因而也是不符合文学创作发展规律的。这样一种对"变"的理解,就非常有力地驳斥了复古主义的文艺思潮和创作理论。所以当公安派文艺思想发展起来后,以王、李为代表的复古主义文艺思潮就渐渐地低落下去了。

再次是"趣",由于提倡性灵,要求作家有自己的个性,其作品自然要有特殊的"趣"。一讲到公安派的"趣",有很多研究者都对之持否定态度,认为它不过是一种士大夫的闲情逸趣,是缺乏社会生活内容的,只是一种"小摆设"而已。其实这种评价是很不公道的。公安派提倡的"趣",指的是一种审美感受、审美趣味,它明显地带有时代的色彩。袁宏道在《叙陈正甫会心集》一文中对此有明确的论述。他说:

> 世人所难得者唯趣。趣如山上之色,水中之味,花中之光,女中之态,虽善说者不能下一语。唯会心者知之。今之人慕趣之名,求趣之似,于是有辨说书画、涉猎古董以为清;寄意玄虚、脱迹尘纷以为远;又其下则有如苏州之烧香煮茶者。此等皆趣之皮毛,何关神情。夫趣得之自然者深,得之学问者浅。当其为童子也,不知有趣,然无往而非趣也。面无端容,目无定睛,口喃喃而欲语,足跳跃而不定,人生之至乐,真无逾于此时者。孟子所谓不失赤子,老子所谓能婴儿,盖指此也。趣之正等正觉,最上乘也。山林之人,无拘无缚,得自在度日,故虽不求趣,而趣近之。愚不肖之近趣也,以无品也,品愈卑故所求愈下,或为酒肉,或为声伎,率心而行,无所忌惮,自以为绝望

于世,故举世非笑之不顾也,此又一趣也。迨夫年渐长,官渐高,品渐大,有身如桎,有心如棘,毛孔骨节俱为闻见知识所缚,入理愈深,然其去趣愈远矣。

袁宏道所提倡的这种自然之趣,也是从李贽童心说思想的基础上生发出来的。他指出不同思想、精神、情操的人有不同的"趣",最上乘的"趣"则是天真无邪的童子之趣,即孟子所说"赤子之心"、老子所谓"能婴儿"也。所以,真正的"趣"是"得之自然者深,得之学问者浅"。可见,他的"趣"是和一般官僚道学的"趣"不同的,官愈大,"闻见知识"愈多,离真正的"趣"就愈远。他认为真正的"趣"是出自"童心"之"趣",愈是不受理学污染就愈有"趣",愈是"率性而行"者愈有"趣"。这说明袁宏道所提倡的"趣",是和李贽的"童心"一样,具有反理学、反传统的鲜明的时代精神,是反映了当时要求思想解放、个性自由色彩的新的启蒙思潮的,是一种有积极意义的健康的审美趣味。他所说的"山上之色,水中之味"等等正是这种"自然之趣"的表现。从这种审美理想出发,他自然会要求文学表现真性情、真性灵,做到"情真而语直"(《陶孝若梦中呓引》),并在艺术上倾向于平淡、天真的自然美,提出"淡"的主张。"淡"是自然之"趣"的体现。其《叙咼氏家绳集》云:

> 苏子瞻酷嗜陶令诗,贵其淡而适也。凡物酿之得甘,炙之得苦,唯淡也不可造;不可造,是文之真性灵也。浓者不复薄,甘者不复辛,唯淡也无不可造;无不可造,是文之真变态也。风值水而漪生,日薄山而岚出,虽有顾、吴,不能设色也,淡之至也。元亮以之。东野、长江欲以人力取淡,刻露之极,遂成寒瘦。香山之率也,玉局之放也,而一累于理,一累于学,故皆望岫焉而却,其才非不至也,非淡之本色也。

"淡"是文学创作的"真性灵""真变态"在艺术风貌和审美特征上的具体体现,是事物的本色美、自然美,它也是当时这股文艺新思潮在审美理想上的共同特征。

袁宏道的文艺观和美学观也有明显的片面性,由于主张要"率性""自然",人要任自己的欲望去行事,不受一切束缚,也容易走上另一个极端,比如讲"趣",只要自然、任性就好,于是就容易使某种不健康的审美趣味也得以发展。他所说"愚不肖"之人或以酒肉为趣,或以声伎为趣,"率心而行""亦一趣也",就有这种流弊。公安派往往满足于创作山水游记小品而缺少有深刻社会意义的作品,而且常常流于浅俚,也是与此有关的。

最后是"奇",袁宏道在文艺创作上提倡"淡"的同时,也讲究文学创作要"奇",但他的"奇"和一般所讲的"奇"有所不同,并非人为造作之"奇",而是指符合人之真性情、不模仿前人而极其自然者为"奇"。他在《答李元善》中说:"文章新奇,无定格式,只要发人所不能发,句法字法调法,一一从自己胸中流出,此真新奇也。"这种"新奇",就在于它不师法前人,而师法自然,凭心而出,此方为"新奇"之高格。其《叙竹林集》云:

> 往与伯修过董玄宰(按:即董其昌)。伯修曰:"近代画苑诸名家,如文徵仲、唐伯虎、沈石田辈,颇有古人笔意不?"玄宰曰:"近代高手,无一笔不肖古人者。夫无不肖,即无肖也,谓之无画可也。"余闻之悚然曰:"是见道语也。"故善画者,师物不师人;善学者,师心不师道;善为诗者,师森罗万象,不师先辈。法李唐者,岂谓其机格与字句哉?法其不为汉、不为魏、不为六朝之心而已。是真法者也。

所谓"师森罗万象"者,即是指师法自然也。不师前人成法,而以变化无穷的自然为法,也就是以无法为法,这就是他所说"新奇"的基本特征。他又说:"今夫时文,一末技耳。前有注疏,后有功令,驱天下而不为新奇不可得者,不新则不中程故也。夫士即以中程为古耳,平与奇何暇论哉?王以明先生为余业举师,其为师能以不法为法,不古为古,故余为叙其意若此。"可见,袁宏道提倡的"新奇",实际也是对他的性灵说的一个补充。

袁宏道的弟弟袁中道的文学思想和他是基本一致的,很多方面可以为其兄作补充。袁小修对其兄中郎在廓清以王、李为代表的复古模拟迷雾中的作用,给予了比较充分的论述。他在《中郎先生全集序》中说:

> 嗟乎,自宋、元以来,诗文芜烂,鄙俚杂沓。本朝诸君子出而矫之,文准秦、汉,诗则盛唐,人始知有古法。及其后也,剽窃雷同,如赝鼎伪觚,徒取形似,无关神骨。先生出而振之,甫乃以意役法,不以法役意,一洗应酬格套之习,而诗文之精光始出。如名卉为寒氛所勒,索然枯槁,而杲日一照,竟皆鲜敷。如流泉壅闭,日归腐败,而一加疏瀹,波澜掀舞,淋漓秀润。至于今天下之慧人才士,始知心灵无涯,搜之愈出,相与各呈其奇,而互穷其变,然后人人有一段真面目溢露于楮墨之间。即方圆黑白相反,纯疵错出,而皆各有所长,以垂之不朽,则先生之功于斯为大矣。

虽然中郎是其兄长,但是小修的论述并非夸张溢美之词,而是比较符合客观实际的。晚明文坛风气的变化,一洗模拟蹈袭之沉垢,中郎确是立了大功的。特别应当提出的是,小修对中郎在文学理论和创作实践上的缺点和不足并不回避,而是能正面指出,这是很不容易的。在《蔡不瑕诗序》中他说:"今人好中郎之诗者忘其疵,而疵中郎之诗者掩其美,皆过矣。"其《阮集之诗序》又说,对当时诗道之病,"先兄中郎矫之,其意以发抒性灵为主,始大畅其意所欲言,极其韵致,穷其变化,谢华启秀,耳目为之一新。及其后也,学之者稍入俚易,境无不收,情无不写,未免冲口而发,不复检括,而诗道又将病矣"。这虽是追随中郎的后学之病,但实与中郎思想之片面性有关。"先兄中郎矫之,多抒其意中之所欲言,而刊去套语,间入俚易。"他认为后学之辈"于诗之一道,未必有中郎之才之学之趣,而轻效其颦,似尤为不可耳"(《答须水部日华》)。如果后学之辈要真正成为有功于中郎者,就应当"学其发抒性灵,而力塞后来俚易之习"(《阮集之诗序》)。

小修在文学思想方面,其基本方面是和中郎一致的,也以倡导性灵为主,提倡"以真人而为真文"(《淡成集序》),而不满于七子派之剽袭格套,不过他对前后七子反对以台阁体为代表的芜陋习气功绩还是肯定的。他在为中郎《解脱集》写的序中说:"夫文章之道,本无今昔,但精光不磨,自可垂后。唐、宋于今,代有宗匠,降及弘、嘉之间,有缙绅先生倡言复古,用以救近代固陋繁芜之习,未为不可,而剿袭格套,遂成弊端。后有朝官,递为标榜,不求意味,惟仿字句,执议甚狭,立论多矜,后生寡识,互相效尤,如人身怀重宝,有借观者,代之以块,黄茅白苇,遂遍天下。中郎力矫敝习,大格颓风。"可见,他认为这种"颓风"的造成,主要是后学之辈发展了七子的弊端所至,而对七子本身的历史作用并不否定。从性灵的观点出发,他对宋、元诗的评价也和七子完全不同。他在《宋元诗序》中说:"宋、元承三唐之后,殚工极巧,天地之英华,几泄尽无余。为诗者处穷而必变之地,宁各出手眼,各为机局,以达其意所欲言,终不肯雷同剿集,拾他人残唾,死前人语下。"虽然瑕瑜互见,但是"取裁胗臆,受法性灵,意动而鸣,意止而寂,即不得与唐争盛,而其精采不可磨灭之处,自当与唐并存于天地之间"。对于文学发展,小修也持"变"的观点,但是他认为从创作角度看,无非是"性情"和"法律"的交互变化。故其《花雪赋引》云:"是故性情之发,无所不吐,其势必互异而趋俚;趋于俚,又将变矣,作者始不得不以法律救性情之穷。法律之持,无所不束,其势必互同而趋浮;趋于浮,又将变矣,作者始不得不以性情救法律之穷。"由此也可以看出袁中道对提倡性灵之弊是有比较清醒的认识的。

对于诗文的美学风貌,袁中道也主张自然平淡,不过他吸取了苏轼的"绚丽之极归于平淡"的思想,提出了"绘"和"素"的问题。他在《程晋侯诗集序》中说:"诗文之道,绘素两者耳。三代而上,素即是绘。三代而后,绘素相参。盖至六朝而绘极矣。颜延之十八为绘,十二为素;谢灵运十六为绘,十四为素。夫真能即素为绘者,其惟陶靖节乎?非素也,绘之极也。宋多以陋为素而非素也。元多以浮为绘而非绘也。国朝乘屡代之素,而李、何绘之,至于今而绘亦极矣。""绘"即是"人巧","素"即是"天真",前者为人工,后者为天工。他还指出,由于陶渊明能"即素为绘",故最能"得恬澹之趣者也"。其《餐霞集小序》中又说:"至平常,至绚烂;至绚烂,至平常。天下之至文无以加焉。"抒发性灵之文的淡趣,正是绚烂之极而归于平淡的表现。其《成元岳文序》又云:"时义虽云小技,要亦有抒自性灵,不由闻见者。古人云——从自己胸臆中流出,自然盖天盖地,真得文字三昧。盖剪彩作花与出水芙蓉,一见即知,不待摸索也。"他强调要绚烂之极而归于平淡,是对中郎论"淡"的一个补充,这样可使淡而不至流于浅,素而不至流于陋,盖亦防止中郎之偏而产生流弊也。

继公安之后,有以钟惺和谭元春为代表的竟陵派。钟惺(1574—1625),字伯敬,号退谷,竟陵(今湖北天门)人。谭元春(1586—1637),字友夏,亦竟陵人。他们一起评选《古诗归》十五卷、《唐诗归》三十六卷,合为《诗归》五十一卷,其宗旨是在继承公安派性灵说的基础上,以"幽深孤峭"矫公安之俚俗,一时以"钟谭体"著称天下,人谓"竟陵派",曾产生了较大的影响。但是正像钱谦益所批评的,"当其创获之初,亦尝覃思苦心,寻味古人之微言奥旨,少有一知半见,掠影希光,以求绝出于时俗。久之,见日益僻,胆日益粗,举古人之高文大篇铺陈排比者,以为繁芜熟烂,胥欲扫而刊之,而惟其僻见之是师,其所谓深幽孤峭者,如木客之清吟,如幽独君之冥语,如梦而入鼠穴,如幻而之鬼国"(《列朝诗集小传·钟提学惺》)。钱谦益的批评虽然过于尖刻了一些,但还是击中竟陵派的要害的。竟陵派的文学思想和创作主张,集中体现在钟惺的《诗归序》中,其云:

> 今非无学古者,大要取古人之极肤极狭极熟,便于口手者,以为古人在是。使捷者矫之,必于古人外,自为一人之诗以为异,要其异,又皆同乎古人之险且僻者,不则其俚者也;则何以服学古者之心!无以服其心,而又坚其说以告人曰,千变万化不出古人。问其所为古人,则又向之极肤极狭极熟者也。世真不知有古人矣。惺与同邑谭子元春忧之。内省诸心,不敢先有所谓学古不学古者,而第求古人真诗所在。真诗者,精神所为也。察其幽情单绪,孤行静寄于喧杂之中;而乃以其虚怀定力,独往冥游于廖廓之外。如访者之几于一逢,求者之幸于一获,入者之欣于一至。不敢谓吾之说,非即向者千变万化不出古人之说,而特不敢以肤者狭者熟者塞之也。

此所谓"取古人之极肤极狭极熟"者,当是指承七子之余绪者,而所谓"于古人外,自为一人之诗以为异"者,当是指公安派及其后学,钟惺则正是为矫七子与公安之弊,而提出了"察其幽情单绪,孤行静寄于喧杂之中"的主张。他所说的"真诗",即谭元春《诗归序》中所说"真有性灵之言",实际也就是公安派所说的自"性灵"流出之作,不过钟、谭认为这种"真诗"存在于人的"幽情单绪"和"孤诣""孤怀"之中,于是竭力追求"深幽孤峭",其结果自然是像钱谦益所批评的那样,"以僻涩为幽峭,作似了不了之语,以为意表之言,不知求深而弥浅;写可解不解之景,以为物外之象,不知求新而转陈"(《列朝诗集小传·谭解元元春》)。实际上,钟惺、谭元春在文学理论上并没有什么有价值的新贡献。他们欲矫公安之弊,实际上他们的取径比公安派的诗歌创作道路更为狭隘,所以,一直受到后来诗论家的批评。

第五节 明代中后期的"神韵"说

明代中叶从隆庆、万历开始,一方面是以李贽和公安派为代表的文艺新思潮的崛起,对复古模拟的文艺创作风气进行了猛烈的冲击,另一方面复古主义文学思潮也发生了很大的变化,由提倡格调而逐渐向提倡神韵转化,这方面的代表人物是隆庆、万历年间的胡应麟和崇祯年间的陆时雍。他们的诗歌创作理论对清代王士禛的诗歌理论有直接的影响。

胡应麟(1551—1602),字元瑞,自号少室山人,后又更号石羊生,浙江兰溪人。他万历初在乡中举,但长久不能登第,于是筑室山中,勤于读书著述,学识渊博,对诗颇有卓见。他的文学论著主要是《诗薮》二十卷,系统地评论了历代诗歌的发展,也发表了他对诗歌创作的许多重要理论见解,此外,在他的《少室山房笔丛》中还有一些重要的小说理论等其他文学论述。胡应麟在文学思想上也是属于后七子派的,他和王世贞的关系非常密切,对王十分推崇,认为"诗家之有弇州,证果位之如来也,集大成之尼父也"(见《列传诗集小传》所转述)。王世贞专为他写了很长的《石羊生传》。他的《诗薮》论历代诗歌也特别突出盛唐诗的成就,但是,胡应麟虽然提倡学古,却并不赞成模拟因袭。他发展了王世贞在《艺苑卮言》中强调诗歌创作要注重神化无迹、表现性情之真的一面,注重诗歌审美意象的神韵之美,具备天然本色,显然是受到他那个时代文艺新思潮的冲击,而对前后七子文学复古思想的一种革新,因此和公安派思想较为接近。他认为文学在历史发展中是不断变化发展的,各个时代各种文体都有其长处,发展了杨慎"人人有诗,代代有诗"的思想。《诗薮》卷一开始就说:"四言变而《离骚》,《离骚》变而五言,五言变而七言,七言变而律诗,律诗变而绝句,诗之体以代变也。《三百篇》降而《骚》,《骚》降而汉,汉降而魏,魏降而六朝,六朝降而三唐,诗之格以代降也。上下千年,虽气运推移,文质迭尚,而异曲同工,咸臻厥美。"这种文学发展观和袁宏道《雪涛阁集序》中所说文学随时而变的思想颇有共同之处。他又说:"诗至于唐而格备,至于绝而体穷。故宋人不得不变而之词,元人不得不变而之曲,词胜而诗亡矣,曲胜而词亦亡矣。"充分肯定文学发展中变的必然性和合理性,认为变的结果是一种新的创造,并不比前代水平低,自有其自己长处。他说:"《国风》《雅》《颂》,温厚和平;《离骚》《九章》,怆恻浓至;东西二京,神奇浑璞;建安诸子,雄赡高华;六朝俳偶,靡曼精工;唐人律调,清圆秀朗,此声歌之各擅也。"他很重视文学发展和时代的关系,曾说:"文章关世运,讵谓不然!"(以上均见卷一,下凡不注明内外编者,均为内篇。)这是和前后七子复古思想很不同的地方。他在推崇学习古诗的同时,主张诗歌创作应当"从心所欲","信口"而出,发乎真情。他认为诗歌创作最重要的是要懂得"变化二端","变则标奇越险,不主故常;化则神动天随,从心所欲"(卷五)。他赞扬斛律金的《敕勒歌》"成于信口,咸谓宿根",其妙"正在不能文者,以无意发之,所以浑朴莽苍,暗合前古"(卷三)。又说:"两汉之诗,所以冠古绝今,率以得之无意;不惟里巷歌谣,匠心信口,即枚、李、张、蔡,未尝锻炼求合,而神圣工巧,备出天造。"(卷二)这样的诗歌是人的天真发现,胸中感情的自然流露。他说汉乐府诗"矢口成言,绝无文饰,故浑朴真至,独擅古今"(卷六)。他之所以推崇严羽的以禅喻诗,正是因为"诗则一悟之后,万象冥会,呻吟咳唾,动触天真"。即使是学习古人,也要达到"功深日远,神动机流,一旦吮毫,天真自露"(卷二)。他批评明诗云:"胜国歌行,多学李长吉、温庭筠者,晦刻浓绮,而真景真情,往往失之目前。"(卷三)他对信口而发、合乎天造、动乎真情、抒写真景之作的欣赏,与公安派的文学创作思想也是很接近的。

胡应麟在诗歌创作的艺术美方面,特别重视具有神韵的审美意象之创造。"意象"概念是他评诗的主要术语,他曾说:"古诗之妙,专求意象。"又说:"汉仙诗,若上元、太真、马明,皆浮艳太过,古质意象,毫不复存,俱后人伪作也。"(卷一)他认为意象刻画成功与否,是诗歌艺术创造的中心问题。他说明初高启的拟古乐府"虽格调未遒,而且意象时近。"(卷二)刘邦的《大风歌》"虽词语寂寥,而意象靡尽"(卷三)。这种对意象的重视是和他对诗歌本质的认识直接相关的。他曾明确指出诗歌的本质即是情景两者的融合,他说:"作诗不过情景二端。"一般律诗是中四句"二言景,二言情","若老手大笔,则情景混融,错综惟意,又不可专泥此论"(卷四),意象实际上就是情景结合的产物。他也常常用"兴象"的概念,其含义和"意象"是基本一致的。但意象一般说都有景物描写,而兴象则可以是没有景物而纯为抒情形象。如他说王勃的诗《宋杜少府之任蜀川》等作,"终篇不着景物,而兴象婉然,气骨苍然,实首启盛中妙境"(卷四)。对诗歌意象之美,他认为关键在于是否有神韵。他说:"盛唐气象浑成,神韵轩举。"又说:"大率唐人诗主神韵,不主气格。"(卷五)并举李白《塞下曲》、孟浩然《望洞庭湖赠张丞相》、王维《从岐王过杨氏别业应教》、王湾《次北固山下》等盛唐绝作,说:"视初唐格调如一,而神韵超玄,气概闳逸,时或过之。"对宋诗则认为除苏轼外大都缺少神韵,"宋人学杜得其骨,不得其肉;得其气,不得其韵;得其意,不得其象;至声与色并亡之矣。如无己哭司马相公三首,其瘦劲精深,亦皆得之百炼,而神韵遂无毫厘"。可见他说的神韵主要是从总结盛唐诗的艺术特色中来的。神韵之作首在含蓄蕴藉,富有余味。所以他批评韩愈之诗虽"有大家之具,而神韵全乖,故纷拿叫噪之途开,蕴藉陶镕之义缺"(以上均卷四)。又说:"七言律,唐以老杜为主,参之李颀之神,王维之秀,岑参之丽。"然而,"岑调稳于王,才豪于李,而诸作咸出其下,以神韵不及二君故也","嘉州词胜意,句格壮丽而神韵未扬",不如王、李之"几于色相俱空"(卷五)。神韵之另一特色在自然天成、真情毕露,绝无人工斧凿痕迹。所以他说曹子建"明月照高楼,流光正徘徊",有"神韵迥出"之妙。汉乐府"兴象浑沦,本无佳句可摘,然天工神力,时有独至"。《古诗十九首》"结构天然,绝无痕迹,非大冶镕铸,何能至此?""汉人诗,质中有文,文中有质,浑然天成,绝无痕迹,所以冠绝古今。"(卷二)神韵概念最早是南齐谢赫在《古画品录》中提出的,其本意乃在强调艺术作品的风神气韵,胡应麟在诗论中运用这个概念,自然也是体现了这种含义的。他说:"作诗大要不过二端:体格声调,兴象风神而已。"这"兴象风神"即是指诗歌审美意象的神韵之美。"体格声调有则可循,兴象风神无方可执。""譬则镜花水月,体格声调,水与镜也;兴象风神,月与花也。必水澄镜朗,然后花月宛然。"(卷五)可见在胡应麟的思想里,格调是具体的、外在的,神韵是虚幻的、内在的,而神韵比格调要重要得多,格调只是体现神韵的一种手段。所以在胡应麟那里,已经开始了由格调向神韵的转变,也可以说是对格调说的一种救弊之举。神韵之美讲究要有言外之意、韵外之致,他说:"审言'风光新柳报,宴赏落花催。'摩诘'兴阑啼鸟换,坐久落花多。'皆佳句也。然报与催字极精工,而意尽语中;换与多字觉散缓,而韵在言外。观此可以知初盛次第矣。"(卷四)这种韵味是和诗歌声律有密切关系的,他说孟浩然"五言不甚拘偶者,自是六朝短古,加以声律,便觉神韵超然,此其占便宜处。"(卷二)中国古代诗歌是要吟咏的,诗歌的韵味常常是从悠扬婉转的音乐美中体现出来的,所以有神韵的诗歌也就有无穷的趣味,如他评汉乐府和《古诗十九首》时所说:"随语成韵,随韵成趣,辞藻气骨,略无可寻,而兴象玲珑,意致深婉,真可以泣鬼神,动天地。"(卷二)胡应麟这种对神韵的理解,以及他对神韵的强调,直接对清代的王士禛诗论产生了很重要的影响。

陆时雍,字仲昭,浙江桐乡人,生卒年不详。他编有《诗镜》九十卷,其中《古诗镜》三十六卷,《唐诗镜》五十四卷。《四库全书总目提要》说它"大旨以神韵为宗,情境为主"。前有《总论》一篇,丁福保收入《历代诗话续编》。陆时雍的诗歌美学观点和胡应麟是很接近的,是对胡应麟诗学思想的继承与发展。明人之以意象论诗,除王世贞、胡应麟外,应数陆时雍,他在《诗镜总论》中常常以意象优劣作为评论标准,如说南朝梁代多艳词,但"所难能者,在风格浑成,意象独出"。又说:"齐梁老而实秀,唐人嫩而不华,其所别在意象之际。""古人善于言情,转意象于虚圆之中,故觉其味之长而言之美也。"他也认为诗歌的艺术美主要在使审美意象具有神韵的特色,"诗之佳,拂拂如风,洋洋如水,一往神韵,行乎其间。"他在评论一些诗人佳句时说:"'池塘生春草',虽属佳韵,然亦因梦得传。'林壑敛暝色,云霞收夕霏',语饶雾色,稍以椎炼得之。'白云抱幽石,绿筱媚清涟',不琢而工。'皇心美阳泽,万象咸光昭',不淘而净。'杪秋寻远山,山远行不近',不修而妩。'猿鸣诚知曙,谷幽光未显','岩下云方合,花上露犹泫',不绘而工。此皆有神行乎其间矣。"他对于神韵的理解是,神与韵各有其特点。他说:"何逊以本色见佳,后之采真者,欲摹之而不及。陶之难摹,难其神也;何之难摹,难其韵也。何逊之后继有阴铿,阴、何气韵相邻,而风华自布。"他论神重在神化无迹,论韵重在味远而长。大致说来,以真情发之,以气韵行之,神而无迹,则神韵自在其间矣。他十分重视一个"情"字,认为"情"是人精神之所聚,"精神聚而色泽生,此非雕琢之所能为也。精神道宝,闪闪著地,文之至也。晋诗如丛彩为花,绝少生韵。士衡病靡,太冲病憍,安仁病浮,二张病塞。语曰:'情生于文,文生于情。'此言可以药晋人之病"。他十分讲究诗人要有灵心慧口,认为这样就可以使诗歌无"俗韵""俗趣",而有"极韵极趣",如能做到"率真以布之,称情以出之,审意以道之,和气以行之,合则以轨之,去迹以神之",则自能避免种种俗韵俗趣之病。他的要求是"离象得神,披情著性"。他说:"是故情欲其真,而韵欲其长也,二言足以尽诗道矣。"他深受晚明真情说的影响,把真情的自然流露看作神韵美的基础,故提出:"绝去形容,独标真素,此诗家最上一乘。"陆时雍在诗学思想上也是重复古的,但是已经完全不同于七子,而和公安派思想比较接近,竭力要把师古和师心统一起来。所以他主张诗歌创作要避免"过求",所谓"过求"是说过分注重人工之巧,而使诗歌丧失自然之美、天工之美。"每事过求,则当前妙境,忽而不领。古人谓眼前景致,口头言语,便是诗家体料。""诗之所以病者,在过求之也,过求则真隐而伪行矣。"但是诗歌的"真",又不能表现得太死、太实、太尽,那样就没有含蓄蕴藉的风味了。故他又说:"诗贵真,诗之真趣,又在意似之间。认真则又死矣。""真"而要在"意似"之间,这样方有无穷的余味。他说:"人情物态不可言者最多,必尽言之,则俚矣。知能言之为佳,而不知不言之为妙,此张籍、王建所以病也。"诗歌的韵味正是在此"不言""意似"之中,故陆时雍论神韵而更重一个"韵"字。他说:"有韵则生,无韵则死;有韵则雅,无韵则俗;有韵则响,无韵则沉;有韵则远,无韵则局。物色在于点染,意态在于转折,情事在于犹夷,风致在于绰约,语气在于吞吐,体势在于游行,此则韵之所由生矣。"陆时雍对"韵"的重视,说明在陆时雍看来神韵之美主要在于无穷的韵味,而这种韵味又是和诗歌的形态描写分不开的,为此他提出了韵与色的关系。"色"即诗之色相,亦即诗的具体形象描写,如梅尧臣所说"状难写之景,如在目前"也,而"韵"正是所谓"含不尽之意,见于言外"也。所以他说:"诗之所贵者,色与韵而已矣。""乃韵生于声,声出于格,故标格欲其高也;韵出为风,风感为事,故风味欲其美也。有韵必有色,故色欲其韶也;韵动而气行,故气欲其清也。"陆时雍有关神韵特别是韵的论述,对王士禛有关神韵论的阐述,也有明显的影响。

第二十二章　明代小说理论批评的发展

第一节　小说评点的盛行及其文学批评特征

明代的小说理论批评也和小说创作的情况一样,可以分为对文言小说的批评和对白话小说的批评。文言小说在明代虽然很多,但是成就并不高,一则是因为模仿唐宋传奇,而无新的创造发展,二则是对小说特点的认识不足,只是记载奇闻逸事,往往停留在六朝志人志怪的水平上面。因此虽然明初已有《剪灯新话》等作品出现,后来又有《虞初志》等编选唐宋以来传奇的总集,但是,有关文言小说的理论批评并不很发达,涉及的创作理论问题比较少,即使有些论述,也比较肤浅。直到晚明,一些著名的白话小说理论批评家也注意到文言小说,并对之有评点,才稍有起色,不过主要还是对唐人传奇的名篇之评论,然而对明代的文言小说,由于其本身水平较低,所以也没有很深刻、很有价值的理论批评内容。明代小说理论批评的成就主要是在对白话小说的批评上。

中国古代白话小说理论批评的产生和发展比较晚,其原因有二:一是白话小说这种文学形式的发展和成熟比较晚,书面的白话小说主要集中在明清两代;二是白话小说的社会地位比较低,被正统文人看作是不登大雅之堂的低贱的市井通俗文学。到了明代中叶以后,这种情况才发生了变化。不仅出现了大批优秀的作品,而且由于一些有影响的进步思想家、文学家(如李贽、袁宏道等)的大力提倡,白话小说的社会地位有所提高,许多文化水平较高的文人也开始写作白话小说。于是,白话小说理论批评也很快发展起来了。明代白话小说理论批评主要是围绕着四部不朽的长篇巨作(《三国演义》《水浒传》《西游记》《金瓶梅》)和著名的白话短篇汇编"三言""二拍"而展开的。四部长篇小说代表四种不同的主要题材:历史演义、英雄传奇、神魔鬼怪和社会人情,因此对这四部小说以及它们的续书的批评,也各有不同的特点,其所涉及的主要文学理论问题也各有侧重,不完全相同。例如关于历史演义小说评论比较集中在历史真实和艺术真实的关系问题上,英雄传奇小说有一个如何描写英雄人物的问题,神魔小说有一个对浪漫主义的认识问题,社会人情小说则牵涉到对现实阴暗面的暴露和批评问题。明代白话小说理论批评的发展,首先是从对《三国演义》的批评开始的,因为《三国演义》成书比较早,大约在元末明初。《三国演义》目前所存最早刻本是明代嘉靖年间刊本,但书前有明弘治甲寅庸愚子的序,说明在弘治年间已有刻本。庸愚子为金华人蒋大器,他这篇序是现存明代最早的白话小说评论。嘉靖本有壬午修髯子即关西人张尚德序。从嘉靖年间开始,对白话小说的批评就多起来了。《水浒传》最早刻本当是嘉靖年间的郭武定本,今未见。据高儒《百川书志》记载,《水浒传》原本一百回成书的时间可能还要早。李开先在《词谑》中引嘉靖八子之语:"《水浒传》委曲详尽,血脉贯通,《史记》而下,便是此书。"又如熊大木,字钟谷,是嘉靖时的书坊主人,他编过不少历史演义和英雄传奇小说,在一些书的序中也对小说理论发表过一些重要见解。著名的《西游记》作者吴承恩(1500?—1582?),字汝忠,也有过一些对浪漫主义小说的重要看法。到隆庆、万历年间,小说理论批评发展进入高潮时期。现存最早《水浒传》一百回本前有天都外臣(或谓即汪道昆)的序,写于万历己丑年(1589),是为最早的《水浒传》序。万历年间各种题材的长篇小说就非常多了,小说批评的一大发展是开始有了评点。小说的评点自然是从对诗文的评点发展来的,但它的盛行则要归功于李贽。李贽是最早评点白话小说的,他的小说评点又以批点《水浒传》最为出名,是当时影响最大的一个小说评点家。继李贽之后有许多人对小说进行评点,例如:余象斗(1548?—1637?),字仰止,又名文台,号三台山人,批评过《水浒传》《三国演义》等。陈继儒(1558—1639),字仲醇,号眉公,诗文书画均擅长,批评过《唐书演义》《列国志传》等多种小说。他们都是很有名的评点家。还有许多人托名李贽、陈继儒等评点小说。小说评点遂发展成为小说理论批评的主体。而到万历后期至崇祯时期关于小说的论著就很多了。它主要体现在大量的小说序跋中,其中有些作者如:冯梦龙(1574—1646),字犹龙,又字子犹、耳犹;凌濛初(1580—1644),字玄房,号初成,又名凌波;袁于令(1592—1674),原名韫玉,字令昭,号吉衣主人、幔亭过客等;他们都是很有名的小说批评家。同时在一些文人的笔记杂著中也有不少论述,例如像胡应麟的《少室山房笔丛》、谢肇淛的《五杂俎》等,都有不少精彩的论述。

一般说,小说理论批评可以归纳为三种不同的类型:一是对作品的评点,这是最主要的方式;二是为小说写序或跋;三是笔记杂著中的一些片段记载和评述,很少比较系统的长篇理论分析。因此,总的说,小说理论批评的内容是比较零碎的,但是,其中也有很多精彩、独到、深刻的见解。尤其是作为小说理论批评的主要形式——评点,又有其他形式不可取代的优点和长处。袁无涯刻本《出像评点忠义水浒全传》卷首《发凡》中说:

> 书尚评点,以能通作者之意,开览者之心也。得则如着毛点睛,毕露神采;失则如批颊涂面,污辱本来,非可苟而已也。今于一部之旨趣,一回之警策,一句一字之精神,无不拈出,使人知此为稗家史笔,有关于世道,有益于文章,与向来坊刻,夐乎不同。如按曲谱而中节,针铜人而中穴,笔头有舌有眼,使人可见可闻,斯评点所最贵者耳。

评点是一种沟通作者和读者的方式,它可以提高读者的欣赏能力,使读者充分理解作品的内容与作者的意图。阅读优秀的评点作品,会感到好像有一位非常熟悉和了解作品的人,在随着读者的阅读,逐字逐句逐段逐回地进行讲解,使读者对作品的思想和艺术都能有清楚、透彻的了解。托名袁宏道所写的《东西汉通俗演义序》曾写道:"里中有好读书者,缄嘿十年,忽一日拍案狂叫曰:'异哉!卓吾老子吾师乎!'客惊问其故,曰:'人言《水浒传》奇,果奇。予每检《十三经》或《二十一史》,一展卷,即忽忽欲睡去,未有若《水浒》之明白晓畅,语语家常,使我捧玩不能释手者也。若无卓老揭出一段精神,则作者与读者,千古俱成梦境。'"由此可见评点之重要作用。此序作者又说:"吾安得起龙湖老子于九原,借彼舌根,通人慧性,假彼手腕,开人心胸,使天下共以信卓老者信演义,爱卓老者爱演义也。"小说评点这种批评方法特别能"通人慧性""开人心胸",当然这首先决定于评点者的水平,但评点者也和这种方法有密切关系。由于评点者是在对全书有总体把握、深刻理解的情况下来评论其中的某一部分的,所以能揭示出这具体的片段在全书中的地位和作用,并善于看出人物的一句话、一个动作在表现和刻画人物性格中的意义和特点,而这些在读者一般的阅读过程中是常常容易忽略掉的。评点的形式也是多种多样的,有的是以一两个字来提示其思想意义或艺术特征,如"画""妙""真""趣""如画""传神""奇文""活写"等等;有的则可大段发挥其中的深层含意,如金圣叹评武松打虎联系赵松雪画马,苏轼画雁诗论"无人态",来说明此段文字在艺术描写上和诗画艺术美学传统之间的联系。评点的方法是十分灵活的,或是眉批,或是行间夹批,或是插入行文中间评述,或是回前总评,或是回后总评,乃至全书总评,均可视评论内容多少和如何更有利于发挥评点效果而自由选择。评点是随着小说情节的发展、故事的进程,一步步揭示出作者的创作目的和艺术表现方法的,使读者对任何一个细节描写、任何一句话,都不会轻轻放过。所谓"一部之旨趣,一回之警策,一句一字之精神,无不拈出"。它还可以提醒读者注意作者前后描写之间的联系,并进行比较;了解作者有意布下的伏线,以及其对后面描写所起的作用。评点方式所具有的最大特点是理论与实际的紧密结合,评点中所提出的一些理论问题,都是密切联系创作实际的,都有具体创作实例为根据,而不是泛泛空论。当然,评点这种方式也有它本身形式带来的缺点,它往往受一部作品或作品中某一部分的限制,不能从理论上进一步展开,作比较深入的全面、系统分析,有时显得很零碎。因此,我们研究中国古代的小说理论批评,必须把评点、序跋、笔记杂著中的有关内容综合起来加以分析,否则就不能反映小说理论批评的全貌。明代的小说理论批评包括对白话小说和文言小说两方面的评论,但以对白话小说的评论为多,也重要得多,涉及的理论范围也比较广。许多小说评点的艺术标准是从诗文书画的理论批评中移植过来的,例如形似和神似、画工和化工、虚写和实写、实录和夸饰等,因此它和正统诗文理论批评的关系是十分密切的。但是由于小说这种文学体裁和诗文有较大的区别,所以在小说理论批评中又有不少针对小说艺术特点而提出的美学范畴和艺术标准,有许多新的批评角度,如人物性格、情节结构、人物语言、细节描写等,并具有中国的民族传统特色,这就大大地丰富了中国古代文学理论批评的宝库。

第二节　李贽《忠义水浒传序》及其《水浒》评本的真伪问题

李贽在中国古代小说理论批评的发展史上有极其重要的地位,是明代最重要的小说理论批评家。他较早开始评点白话小说,并且把小说批评和社会批评紧密地结合在一起,运用小说批评来宣传反道学、反传统的叛逆思想。他对历来被正统文人看不起的小说和戏曲,给了极高的评价,称《水浒传》《西厢记》等为"天下之至文",从而极大地提高了小说戏曲的地位。在他去世后,许多书坊主人在刻印小说戏剧作品时要冠以"李卓吾先生批评"之名,足以说明他的影响之深远。但也正是这种缘故,我们今天对署名他批评的小说戏曲之真伪也发生了疑问,而很难确切地断定是否真是他评点的本子。

现在我们看到署名李卓吾批评的小说,比较重要的有《水浒传》和《三国演义》的好几种版本。李卓吾是否评点过《三国演义》,没有直接有力的材料的情况下,很难加以断定。但是,李贽对《水浒传》作过详细的评点,则是可以肯定的。现存他的《焚书》中有《忠义水浒传序》一文,他在书信《与焦弱侯》中也说过:"《水浒传》批点得甚快活人,《西厢》《琵琶》涂抹改窜得更妙。"(《续焚书》卷一)特别是在袁中道的《游居柿录》卷九曾有这样一段记载:

> 万历壬辰(按:当为1592年)夏中,李龙湖方居武昌朱邸。予往访之,正命僧常志抄写此书(按:指《水浒传》),逐字批点。常志者,乃赵瀫阳门下一书吏,后出家,礼无念为师。龙湖悦其善书,以为侍者,常称其有志,数加赞叹鼓舞之,使抄《水浒传》。每见龙湖称说《水浒》诸人为豪杰,且以鲁智深为真修行,而笑不吃狗肉诸长老为迂腐,一一作实法会。

由此可以进一步证明李贽确实评点过《水浒传》,而且是很详细地"逐字批点"。特别是他还记载了李贽对《水浒》英雄的看法,盛称诸人为豪杰,这是和李贽在《忠义水浒传序》中的看法一致的。其中对鲁智深的评价尤为值得重视,对我们研究李贽所评《水浒传》是哪种本子,是很重要的证据。目前所存题为李卓吾先生批评的《水浒传》主要有两种本子:一为容与堂刻本《李卓吾先生批评忠义水浒传》一百回本,一为袁无涯刊刻、杨定见《小引》中称为他所藏、题李贽评的《出像评点忠义水浒全传》一百二十回本。另一种《李卓吾评忠义水浒传》一百回本,为芥子园刻本,基本上和袁无涯本同,只有少量批语为袁本所无,当出自袁本,故可不论。容与堂本和袁无涯本(简称容本和袁本)究竟哪一本是李卓吾所评,或两本皆非李卓吾所评,需要进行严肃认真的考订研究。学术界对此颇有争议。近年来有一种颇占优势的看法是:容本系伪托,实际上为叶昼所评,而袁本则被认为是李贽所评原本,只是又有叶昼等人的加评。此种说法以叶朗先生的《叶昼评点〈水浒传〉考证》一文最有代表性(载《古代文学理论研究》第五辑,后收入其《中国小说美学》),并称叶昼为"明代文艺界的一位大评论家",说他对《水浒传》的评点,"是小说评点的实际开端"。黄霖、韩同文《中国历代小说论著选》亦取叶朗说,认为容本题李卓吾评而实为叶昼伪托。复旦大学版《中国文学批评史》中册,袁震宇、刘明今《明代文学批评史》等也取叶说,似乎已成定论。其实,仔细考察起来,此说是很可疑的,并无一条确证。容本评点的文学理论价值是比较高的,但这功劳是否应当归于叶昼是大可商榷的,看来对此还要作深入的考辨。

叶朗先生所谓容本系叶昼所评的说法,除根据戴望舒《袁刊〈水浒传〉之真伪》(载吴晓铃编《小说戏曲论集》)的一条论据外,从对容本内容分析的角度提出了三点补充,而这三点显而易见是站不住脚的。第一,叶说容本评语前署李贽的名号多于李贽《藏书》评语中名号,是伪托者模仿李贽的名号而"过分地膨胀了",这是完全没有说服力的。《藏书》评语已用了"李生曰""卓翁曰""李和尚曰""李长者曰""卓吾子曰""李秃翁曰"等,容本不过增加了"秃翁曰""卓翁曰""卓吾老子曰"等几种,没有什么明显区别。而且李贽自己说"《水浒传》批点得甚快活人",《水浒》的性质又不同于严肃的《藏书》,多署几种很接近的名号,又有什么值得奇怪的呢?其实它反而说明容本是李贽所评的可能性较大。第二,叶说容本评语中对宋江的评价与《忠义水浒传序》中评价不一致、有矛盾。这个说法也是不确切的。李贽在序中赞扬宋江"忠义",认为水浒之众"未有忠义如宋公明者",而无批评宋江之处,这是确实的。但是叶文说容本只是大骂宋江为"罪之魁,盗之首","假道学,真强盗"等,则有很明显的以偏概全之嫌。事实上容本评语中对宋江之接受招安、"才大胆大识大"、善能用人等《忠义水浒传序》中肯定宋江之处,也都是竭力赞扬的,两者并无不同。此点马成生先生《容与堂本〈水浒〉李卓吾评非叶昼伪托辨》一文论之甚详,很有说服力。(载华中工学院出版社《中国古代小说理论研究》)李贽在序中要从总体上充分肯定《水浒》英雄,自然只突出宋江"忠义"一面,而略去了作为"强盗"的一面,不过李贽对宋江一类人物一贯都是既肯定其"忠义",又指责其为"强盗"的。对于他们作为"强盗"的一面,李贽虽同情其"官逼民反"的事实,然而从根本上说是不赞成的。这种思想在其《因记往事》对林道乾的评价上可以看得很清楚,因此不能说容本评语和李贽《序》对宋江的评价是矛盾的。第三,叶文认为现存《李卓吾先生批评三国志演义》是叶昼伪托,其书评语风格与容本接近,以此作为容本系叶昼所评的旁证。这种说法也很值得斟酌。因为《李卓吾先生批评三国志演义》中虽有几处出现"梁溪叶仲子谑曰"文字,但并不能由此断定此书即是叶昼评本。叶昼可以在李贽原评本上又加上自己的评语,并把自己的名字标出来。至少我们不能排斥这样一种可能:叶昼等人只是在李贽原评本上作了增补或改动。由此可见,叶文补充的三条论据实际不能成立,它们都不能证明容本为叶昼所评。

至于叶文所据戴望舒提出的一条根据,其实也是猜测性的。戴文的依据是明末钱希言《戏瑕》中的说法。《戏瑕》卷三"赝籍"条云:

> 比来盛行温陵李贽书,则有梁溪人叶阳开名昼者,刻画摹仿,次第勒成,托于温陵之名以行。往袁小选(修)中郎尝为余称李氏《藏书》《焚书》《初潭集》、批点《北西厢》四部,即中郎所见者,亦止此而已。数年前,温陵事败,当路命毁其籍,吴中锓藏书版并废。近年始复大行。于是有李宏父批点《水浒传》《三国志》《西游记》《红拂》《明珠》《玉合》数种传奇,及《皇明英烈传》,并出叶笔,何关于李。……昼,落魄不羁人也,家故贫,素嗜酒,时从人贷饮,醒即著书,辄为人持金鬻去,不责其值,即所著《樗斋漫录》者也。近又辑

《黑旋风集》行于世,以讥刺进贤,斯真滑稽之雄已。

戴望舒即由此肯定《水浒》为叶昼所评,又据钱希言所说叶昼编《黑旋风集》,与容本卷首《批评水浒传述语》说李贽"手订《寿张令黑旋风集》",后又附告"本衙已精刻《黑旋风集》《清风史》将成矣,不日即公海内",两者正好相符,进一步证明容本为叶昼所评。其实,这也是一种猜测。因为容本"述语"署名为怀林所写,显然是书商伪作,因怀林早在李贽生前已去世。钱希言《戏瑕》并未说明叶昼伪托李贽所评是哪一种版本《水浒传》,而《戏瑕》写于1613年,此时容本(1610)、袁本(1612)均已出版,两本评语内容和风格很不相同。钱希言所说伪托李贽批评之"赝籍"是在"吴中"(即今江苏吴县,在苏州附近)出版的,《樗斋漫录》说袁本《水浒》正是由杨定见"携至吴中",其刊行正在钱希言写《戏瑕》的前一年。而容与堂本则是在杭州刻的,虽然苏杭相隔不很远,但在当时交通情况下,吴中人士也不是很容易就能得到杭州所刻之书的。显然钱氏所说叶昼伪托《水浒》评本,指袁本的可能性要大得多。而且,钱氏本人似亦未见过李贽之著作,仅听袁小修说到有《藏书》等四部,就认定没有李贽批评之《水浒传》,显然不符合事实。钱氏又说《樗斋漫录》的作者是叶昼,而此书题为许自昌著。许和叶同时,也有交往,叶曾为许之戏剧《桔浦记》写过题记。许自昌有什么必要请叶昼代他写书而以自己名字出版呢?故《戏瑕》之言往往不大可靠。至于盛于斯的《休庵影语》和周亮工的《因树屋书影》中的有关记载,不过是因袭《戏瑕》之说而已。当《戏瑕》出版之时,盛于斯才十二三岁,而周亮工则刚出生不久。所以,以钱氏之言用推测来断定容本为叶昼所评,实在是很草率且缺乏说服力的。

为了研究李卓吾《水浒》评本的真伪,我们先要分析一下袁本是否为李贽所评原本的问题。叶朗先生认定袁本系李贽所评原本的依据只有一条,即袁小修《游居柿录》卷九的记载。袁小修说:"袁无涯来,以新刻卓吾批点《水浒传》见遗。予病中草草视之。"他接着回忆1592年在武昌见李贽评《水浒》之事,文已见前引。然后说:"诸处与昔无大异,稍有增加耳。"正是1614年夏天的事,距1592年已二十二年。叶文认为袁小修所说"诸处与昔无大异,稍有增加耳",指的是李贽的评语,所增加的是卷首《发凡》和征田虎、王庆部分的评语,系袁无涯等人所加,由此肯定袁本即李贽评本。叶朗先生并说:"谁如果要否定袁刊本是李贽的评点本,那他就必须拿出证据证明袁中道的日记是伪造的。"(着重点为原文所有)然而恰恰是在这里叶朗先生出现了因疏忽而产生的失误。袁中道的日记当然不是伪造的,而叶朗先生对袁小修日记内容的理解却是不正确的。袁小修这里所说的"诸处与昔无大异,稍有增加耳",显然不是指李贽的评语,而是指《水浒传》的文字和版本。我们知道《水浒传》的版本是十分复杂的,有繁本,有简本,有一百回本,有一百一十五回本,一百二十回本等。李贽在为僧无念向焦竑要《水浒传》时就说:"闻有《水浒传》,无念欲之,幸寄与之,虽非原本亦可;然非原本,真不中用矣。"(《复焦弱侯》,见《李温陵集》卷四)此封书信写于1590年,时李贽尚未评点《水浒传》。可见,当时《水浒传》的版本就很有讲究。同时,我们还要看到古人所谓"批点",并非都有评语,而往往只是在精彩处文字旁边加圈和点。即使有评语,在金圣叹之前,眉批和夹批都是很简单的,常常只是一两个字,如"妙""画""传神"之类。从袁小修看见李贽批点的《水浒传》到袁无涯送来刻本,其间时隔二十多年,又加上小修在武昌只是去拜访李卓吾时看到常志在抄写,并未看到全书,不可能对李贽批点的《水浒传》的评语知道很多,更不可能详细地记住其评语;而袁无涯送刻本来时,他又正在"病中",只是"草草视之",怎么可能对两本的评语作比较,并发表意见呢?很明显,他说的"诸处与昔无大异",是指这两个本子均为繁本,文字上基本相同;而"稍有增加",是指袁本为一百二十回,李贽批本为一百回本,袁本比李贽批本多了征田虎、王庆部分,这是李贽评本所没有的。李贽评本为百回本,这是大家都承认的,因为他的《忠义水浒传序》中讲到了"破大辽""征方腊",而并未涉及征田虎、王庆之事。袁本在卷首刊载李贽此序时,将原文中"灭方腊"三字改为"剿三寇",此正说明袁本并非李贽原评本,袁无涯等为模糊李评百回本与他们的百二十回本之差异,遂将李贽的原文作了窜改。岂不知这一改动,反倒暴露了袁刊本非李贽原评本的真面目!袁小修在相隔二十多年后对这两个本子的比较,只能说一个大致的版本差异,绝不可能对批点评语记得那么清楚并作出比较,这是显而易见的事实。而且我们应当看到古人对一部书,尤其是版本复杂的书,首先是注重其内容和文字、版本优劣，而不会像我们研究小说理论的人那样，往往只注意评语内容，而忽略文字、版本问题。弄清楚了袁小修这段日记的正确内容，就可以了解它不仅不能证明袁本即是李贽评本，而且正好说明了袁本并非李贽评本。同时，根据盛于斯《休庵影语》的记载，叶昼伪托李贽所评《水浒》则是一百二十回本，而非一百回本。因其本有"称平河北、定淮西者，所以吐宋家怏怏不平之气也"的内容，此即征田虎、王庆也。

的确，杨定见是李贽的学生，二人关系也比较密切，袁无涯与李贽也有过交往。袁本所载杨定见《小引》中说："吾探吾行笥，而卓吾先生所批定《忠义水浒传》及《杨升庵集》二书与俱，挈以付之。无涯欣然如获至宝，愿公诸世。"许自昌《樗斋漫录》说李评本的情况是："李有门人，携至吴中，吴中士人袁无涯、冯犹龙等，酷嗜李氏之学，奉为蓍蔡，见而爱之，相与校对再三，删削讹缪，附以余所示《杂志》《遗事》，精书妙刻，费凡不赀，开卷琅然，心目沁爽，即此刻也。"由此记载，看似乎袁本确系李贽原评本了，但细一研究，则疑问甚多。据袁小修《李温陵传》说："所读书皆钞写为善本，东国之秘语，西方之灵文，《离骚》、马、班之篇，陶、谢、柳、杜之诗，下至稗官小说之奇，宋元名人之曲，雪藤丹笔，逐字仇校，肌襞理分，时出新意。"如果袁本确为李贽之原评本，则又何劳"相与校对再三，删削讹缪"？李贽评《水浒》在1592年，他去世时为1602年，而袁本刊行于1612年左右，时李贽已死十余年，距他评《水浒》已二十来年。《戏瑕》中所说李贽死后"当路命毁其籍"，这倒是符合事实的，有许多材料可证。谈迁《国榷》卷七十九云："近至通州，距都四十里，招致蛊惑，乞敕礼部回籍治罪，毁其书。"《闽书》卷一百五十二载沈铁《李卓吾传》亦云："尔时，部议并毁其书刻。"而且李贽在《与焦弱侯》中说到批点《水浒》《西厢》后，紧接着说："念世间无有读得李氏所观看的书者，况此间乎！惟有袁中夫可以读我书，我书当尽与之，然性懒散不收拾，计此书（指《坡仙集》）入手，随当散失。"可见，他的书既不随便给人，自己也并不认真保存，礼部又命毁其书，他批点的《水浒传》能否保存下来，是很可怀疑的事。他死后，其书大行，而过了十余年杨定见才携至吴中，这也是令人怀疑的。如袁本确为李贽原评本，则袁无涯等又何必硬加田虎、王庆部分，伪造评语，窜改序文,这岂非更加弄巧成拙了吗?

那么,容本是否有可能是李贽的原评本呢?目前看也还没有确证。容本卷首所载小沙弥怀林谨述的四篇文字显然不是原作,《述语》中两次讲到此本文字一仍原本,完全是刊行说明的口气,而怀林早在李贽生前已逝,怎么可能为此书刻本写《述语》呢!不过,《述语》四段文字是否原为怀林所写,而后来经书商根据出版需要而作了修改,加进了某些内容,就难以断定了。如果容本确为李贽原评本,前面有怀林的几段文字,倒也不无可能。因为怀林之死在1598年(参看王利器《〈水浒〉李卓吾评本的真伪问题》,载《文学评论丛刊》第二辑),而李卓吾评《水浒》是在1592年。怀林虽是李贽的侍者,实际上却是李贽的忘年之交。其人聪明过人,才智横溢。《焚书》中《三大士像议》一文即系怀林之记叙,而李贽将其收入《焚书》。《焚书》中《偈二首答梅中丞》后还附了怀林的答偈。其《豫约》《寒灯小话》《真师二首》等文中均有不少引用怀林之语。特别是《哭怀林》四首中说:"年少才情亦可夸,暂时不见即天涯。""交情生死天来大,丝竹安能写此中!"可见,李贽与怀林之深厚情谊。从怀林的言谈、议论来看,颇得其师李贽精髓,因此也不能排斥这四段文字是书商在怀林原作基础上修改刊行的可能。从容本文字上看,是与郭武定本较一致的、比较好的版本,又是一百回本,与李贽《忠义水浒传序》一致。但也没有充足的证据可以说明它就是李贽的原评本。

李贽对《水浒传》的看法,可以和评点本比较的,主要是《忠义水浒传序》一文,此外,就是前引袁小修《游居柿录》中的有关记载。如果我们以这些确切可靠的李贽对《水浒》的看法,同时参考李贽的《藏书》《焚书》这两部书中的思想和风格,来与容本、袁本作比较的话,那么,容本显然更接近李贽,而袁本则相去甚远。这可以从下面几方面看出来:第一,从评语思想内容和文字风格上看,袁本和李贽很不相同,绝不可能出自李贽之手;而容本和李贽在思想和风格上十分相似,且评点人性格鲜明,可与李贽所说"《水浒传》批点得甚快活人"互相印证。例如李贽在《因记往事》中,既说林道乾是"巨盗""逋寇",然而又肯定他有大才,说自己不"敢望道乾之万一",同情他为官府所逼不得不为盗,愤恨当权者之不能任用贤才,而那些当知府、郡守的反远远不如林道乾之类"盗贼",此种思想在容本《水浒》评语中比比皆是,语气上也十分相似。第十七回评曰:"鲁智深、杨志却是两员上将,只为当时无具眼者,使他流落不偶。若庙堂之上得有一曹正、张青其人者,亦何至此哉!李卓吾为之放笔大笑一场。"第十二回评曰:"杨志是国家有用人,只为高俅不能用他,以致为宋公明用了。可见小人忌贤嫉能,遗祸国家不小。"第四十五回评曰:"呜呼!天下岂少有用之人哉,特无用之者耳!如石家三郎,杨雄用之,便得他气力。""今天下岂少石秀其人哉,特无杨雄耳!可叹可叹!"第五十七回评曰:"卓吾曰:一僧读到此处,见桃花山、二龙山、白虎山都是强盗,叹曰:当时强盗直恁地多。余曰当时在朝强盗还多些。"

第二,袁小修日记中说"龙湖称说水浒诸人为豪杰,且以鲁智深为真修行,而笑不吃狗肉诸长老为迂腐"这一点,容本评语显然是符合李贽看法的,而袁本则无此种看法。容本于鲁智深喝酒、吃狗肉、打折山亭、大闹禅堂的几段文字中连连夹批"佛"字,袁本则无。而回末总评则更为明显:

  容本:李和尚曰:此回文字分明是个成佛作祖图。若是那班闭眼合掌的和尚,决无成佛之理。何也?外面模样尽好看,佛性反无一些,如鲁智深吃酒打人,无所不为,无所不做,佛性反是完全的,所以到底成了正果。算来外面模样,看不得人,济不得事。此假道学之所以可恶也与?

  袁本:赵员外剃度鲁达,非仅教以避难也。只因其刚心猛气,姑劝他做和尚,庶几可以摧抑之。

  袁本:智深好睡,好饮酒,好吃酒,好打人,皆是禅机,此惟真长老知之,众和尚何可与深言。

从这两本的不同评语中可以看出,容本所评与袁小修日记所说李贽看法完全一致,而袁本则明显不同,说明它绝不可能是李贽评本。

第三,从对宋江的态度来看,袁本对宋江一味歌颂、赞扬,甚至对那些道学气的表现也给以肯定,很显然是因为李贽《忠义水浒传序》对宋江肯定很高,而故意牵合的。甚至连李贽所痛恨的道学气、头巾气也加以肯定,殊不知这样一来反而暴露了其伪托之真面目。因为如上文所说,李贽在《序》中主要是强调宋江等水浒英雄乃是由于朝廷腐败被逼啸聚水浒的,他们本质上都是大智大勇的"忠义"豪杰,但是李贽对他们做"强盗"本身是不赞成的,这和《因记往事》中的思想是一致的。所以,他在《序》中要充分肯定"水浒之众,皆大力大贤有忠有义之人",则必然要对他们的首领宋江给予较高的评价:"独宋公明者身居水浒之中,心在朝廷之上,一意招安,专图报国,卒至于犯大难,成大功,服毒自缢,同死而不辞,则忠义之烈也!"但仍认为他们是"啸聚水浒之强人"。容本对宋江等人做"强盗",确实流露了明显的否定态度,但对他们的才华是肯定的,对他们的遭遇是同情的,并借此对贪官污吏的腐败表示了强烈的愤恨和谴责,因此表面上似乎和李贽《序》中思想不完全一致,实际上反而更接近李贽的真实思想。容本第三十七回评语说:"宋公明每至尽头处,便有救星,的是真命强盗。"又如"梁山泊吴用举戴宗 揭阳岭宋江逢李俊"一回,容本和袁本的评语就很不同:

容本:李和尚曰:凡是有用人,老天毕竟要多方磨难他。只如宋公明,不过一盗魁耳,你看他经了多少磨难。此揭阳岭上,其一也。若是那些饱食暖衣、平风静浪的骄子弟,真是槛羊圈豕。

袁本:公明只以忠孝两字为重,说到逆天理、违父教,便泪如雨下,似曾读书识字过来,可敬可畏。

正文中写到宋江不愿落草,不肯逆天理、违父教,袁本的夹批是"千载陨涕",容本的眉批是"的确是个假道学"。又如原文写花荣要替他开枷,"宋江道:'贤弟,是甚么话!此是国家法度,如何敢擅动!'"容本在此处夹批:"腐。"可见,两本在对待道学家崇奉的"天理""父教"等方面,态度是截然不同的。而容本在和李贽痛恨道学这一点上是比较一致的。

第四,从评点的总体内容上看,容本主要是借批评《水浒》来进行社会批评,抨击朝廷腐朽黑暗,痛骂贪官污吏,揭露假道学的虚伪性,赞扬"率性而行"的言行。容本第十三回回评写道:"李生曰:晁盖、刘唐、吴用都是偷贼底。若不是蔡京那个老贼,缘何引得这班小贼出来?"第二十一回回评写道:"李秃老曰:朱同、雷横、柴进不顾王法,只顾人情,所以到底做了强盗。若张文远倒是执法的,还是个良民。或曰:'知县相公也做人情,如何不做强盗?'曰:'你道知县相公不是强盗么?'"表面看好像是说《水浒》英雄是盗贼,可实际矛头是针对大大小小的酷吏赃官的。第四回评语云:"人说鲁智深桃花山上窃取了李忠、周通的酒器,以为不是丈夫所为,殊不知智深后来作佛正在此等去(处)。何也?率性而行,不拘小节,方是成佛作祖根基。"这些和李贽的思想及《忠义水浒传序》的内容是很接近的。李贽的《忠义水浒传序》实际上是一篇尖锐的社会批评文章,它赋予《水浒传》以"忠义"之名,就是为了说明在那个"冠履倒施,大贤处下,不肖处上"的社会里,"忠义"并"不在朝廷,不在君侧,不在干城腹心",而在"水浒",这是对当时社会黑暗的愤怒揭露和批判。他说:"《水浒传》者,发愤之所作也。"又说:"施、罗二公身在元,心在宋;虽生元日,实愤宋事。是故愤二帝之北狩,则称大破辽以泄其愤;愤南渡之苟安,则称灭方腊以泄其愤。敢问泄愤者谁乎?则前日啸聚水浒之强人也,欲不谓之忠义不可也。是故施、罗二公传《水浒》而复以忠义名其传焉。"其实都是针对明代当时的社会状况之批评。容本也有一些关于小说人物描写得比较精彩的艺术分析,指出了《水浒》在刻画人物性格方面的特点,这与他在《玉合》《昆仑奴》《拜月》《红拂》等文中对戏剧人物的描写的评论,以及他在《童心说》《杂说》中对小说戏剧的批评,是可以联系得上的,在审美层次和艺术水平上是一致的。而袁本则有许多八股气很浓的一般性评论,如"照应""点明收上文""紧提此句,是不留根本""二句解破""前用显着,后用暗着"之类。这些自然也不会是李贽所评。当然这些还不能充分证明容本就是李贽原评本,但可说明容本比袁本显然要更接近李贽原本,而袁本则基本上可以肯定不是李贽原评本。

这里还值得我们注意的是,袁小修在《珂雪斋集》中的《答袁无涯》一文。袁小修在这篇文章中除指出袁无涯所刻袁中郎《敝箧集》中《游二圣禅林》一诗中的错字外,还答复袁无涯说中郎诸集仅少数"未入梓","至于与人札子,草草附去,或不存稿者有之,未可据以为尚有藏书未出也"。此正是为了防止袁无涯出版袁中郎著作的赝品。其下接着说:"近日书坊赝刻,如《狂言》等,大是恶道,恨未能订正之。李龙湖书,亦被人假托搀入。可恨可恨!比当至吴中与兄一料理也。"据他同时给夏道甫信中说"与兄行年各近五十",可知此书大约写于1619年冬。而袁无涯给他送一百二十回《水浒传》则是在1614年夏,当时他在病中未细看,后来想必是看过的,所以这封信中所说李龙湖书被掺假。其中是否也包括袁本《水浒》在内,也值得研究,故而袁小修十分害怕袁无涯再出版袁中郎著作的赝品。可见,袁无涯作为书商,刻印名人著作是不很严肃的。因此,我们可以得出如下一些比较稳妥的结论:第一,容本和袁本都不能断定为李贽原评本,但容本与李贽原评本比较接近,而袁本则与之相去甚远。容本可能包含了较多李贽原评的内容,但肯定也有不少掺假的成分。袁本刊行比容本晚两年很可能参考过容本,故有个别评语是一样的,有一部分是相近的。第二,目前不能断定容本是叶昼的伪托本,袁本是否叶昼伪托也还缺少有力的证据,只能说是可能性比较大而已。叶昼可能托名李卓吾作过《水浒传》《三国演义》等书的评点,也可能是在李贽的原评上增加了一些评语,但究竟哪个本子、哪些部分是他的评点已不可考。在这种情况下,贸然把叶昼坐实为容本的评点者,称他为"明代文艺界一位大评论家","是小说评点的实际开端",是极不妥当的。第三,虽然目前不能断定这两个本子的实际执笔评点者,其真伪也难以确切考定,但这并不影响我们对这两个本子的评点价值给予实事求是的估计,也不会贬低它们在小说评点发展过程中的地位和作用,正好像许多小说序跋,已无法考定其作者,而并不影响它们在小说理论批评史上的意义一样。第四,李贽有关《水浒传》的评点内容虽不能确切考定,但他在小说评点史上的开创性地位是不容否定的,他对小说评点发展的巨大影响,也是无可置疑的。

第三节 明代小说批评发展中的几个基本理论问题

明代从嘉靖、万历之交开始,在具有启蒙色彩的文艺新思潮和李贽等人的影响下,小说理论批评形成了一个繁荣发展的高潮,涉及了许多重要的文学理论问题,给了著名的小说理论批评家金圣叹以极大的启发,并为清代和近代小说理论批评的发展奠定了基础。但是,明代的小说论著并不集中在一个或几个人身上,除李贽外没有成就很突出的小说评点家,而所题李贽评点的书又有一个真伪问题,因此我们将在这里综合评点、序跋、笔记等论著中的内容,对其中所体现的重要理论问题,作一个概括性的分析。

第一,极大地提高了小说的地位和作用。

提高通俗小说的地位,高度评价它的社会教育作用,这是明代小说批评首先提出的重要问题。中国古代小说、戏曲的地位是很低的,在正统文坛上主要是诗文,小说、戏曲是被人们看不起的,它们和杂技、游戏等一样被视为消遣品。所以明代的小说批评发展中,首先强调小说应当和正统诗文有同样的地位,认为小说是"六经国史之辅",有益于"世道人心"。弘治年间蒋大器以庸愚子名义所写的《三国志通俗演义序》中说《三国志通俗演义》"文不甚深,言不甚俗,事纪其实,亦庶几乎史,盖欲读诵者,人人得而知之,若《诗》所谓里巷歌谣之义也"。认为它和史书有同样的"垂鉴后世"之作用,但又没有历史著作"理微义奥""不通乎众人"的缺点,能使"观者有所进益"。说明小说和"六经"中的史、诗有同样的社会教育作用,而且由于它的通俗性、形象性,更易为人们所接受。而后正德年间,闽人林瀚在《隋唐志传通俗演义序》中进一步明确提出小说乃是"正史之补,勿第以稗官野乘目之"。嘉靖年间张尚德以修髯子为名在《三国志通俗演义引》中指出:通俗小说可以使"是是非非,了然于心目之下,裨益风教,广且大焉"。他认为小说"羽翼信史而不违",和正史一样具有真实性。到了万历年间,小说创作有了极大的发展,这种对小说的地位和作用的看法就更多了。天都外臣的《水浒传叙》就把《水浒传》和《史记》相比,指出它"往往似之"。并且说:

  载观此书,其地则秦、晋、燕、赵、齐、楚、吴、越,名都荒落,绝塞遐方,无所不通;其人则王侯将相,官师士农,工贾方伎,吏胥厮养,驵侩舆台,粉黛缁黄,赭衣左衽,无所不有;其事则天地时令,山川草木,鸟兽虫鱼,刑名法律,韬略甲兵,支干风角,图书珍玩,市语方言,无所不解;其情则上下同异,欣戚合离,捭阖纵横,揣摩挥霍,寒暄嚬笑,谑浪排调,行役献酬,歌舞谲怪,以至大乘之偈,《真诰》之文,少年之场,宵人之态,无所不该。纪载有章,烦简有则。发凡起例,不染易于。如良史善绘,浓淡远近,点染尽工;又如百尺之锦,玄黄经纬,一丝不纰。

此可与雅士道,不可与俗士谈也。

这段论述对小说内容之广阔丰富、森罗万象,表达感情之无微不至、无所不包,描写世态人情之千姿万状、惟妙惟肖,叙述得淋漓尽致,几乎把《水浒》说成了一部百科全书。与此同时,李贽在《童心说》中更进一步认为《水浒》乃"天下之至文",比"六经"、《论语》《孟子》要高得多。到了万历后期,这种对小说的地位和作用的看法,在小说批评领域中遂成为普遍的认识。冯梦龙以可一居士名义写的《醒世恒言序》中说:"以《明言》《通言》《恒言》为六经国史之辅不亦可乎?"刊于明崇祯年间的《平房传》作者吟啸主人写的序中说:"苟有补于人心世道者,即微讹何妨?"强调小说要有积极的社会教育作用。所以到晚明时小说在许多人的心目中,已经有了比较高的地位,认为它并不亚于正统诗文。

第二,注意到了小说的真实性、生动性、形象性,以及由此而产生的强烈艺术魅力,表现了对小说审美特征的比较深刻的认识。

明代小说理论在强调小说是"六经国史之辅"的同时,也研究了小说的社会作用和历史著作的不同,指出小说的特点是生动具体地描绘人情物态,恰如天都外臣《水浒传叙》中说的,"如良史善绘,浓淡远近,点染尽工"。胡应麟在《少室山房笔丛》中说《水浒传》是"不事文饰,而曲尽人情"。睡乡居士《二刻拍案惊奇序》中说小说必须要能"举物态人情,恣其点染",使人"欲歌欲泣于其间"。对"人情物态"的真实描写使小说不像历史那样枯燥,而有具体生动的形象,这种审美特征给予小说以特殊的艺术魅力,是一般抽象、概念的理论性著作所不可能有的。明末的冯梦龙在他所编"三言"的《喻世明言》前以绿天馆主人名义写的《古今小说序》中,对此有一段很深刻的论述。他说:

> 大抵唐人选言,入于文心;宋人通俗,谐于里耳。天下之文心少而里耳多。则小说之资于选言者少,而资于通俗者多。试令说话人当场描写,可喜可愕,可悲可涕,可歌可舞;再欲捉刀,再欲下拜,再欲决脰,再欲捐金;怯者勇,淫者贞,薄者敦,顽钝者汗下。虽日诵《孝经》《论语》,其感人未必如是之捷且深也。

冯梦龙指出了小说这种形象的教育,可以激发人的感情,使之产生强烈的共鸣,其作用远比《孝经》《论语》之类伦理道德著作要大得多,要更加"捷且深"。也就是说,再现生活中的"物态人情",寓是非褒贬于形象之中,比抽象的概念化的说理,其影响要深得多,有力得多。吴门可观道人在冯梦龙改编的《新列国志叙》中说:"凡国家之废兴存亡,行事之是非成毁,人品之好丑贞淫,一一胪列,如指诸掌,是故鉴于褒姒骊姬而知嬖不可以篡嫡,鉴于子颓阳生而知庶不可以奸长。"作者的倾向正是借对"人情物态"的描写而体现出来的。欣欣子《金瓶梅词话序》中说:"窃谓兰陵笑笑生作《金瓶梅传》,寄意于时俗,盖有谓也。"也是说的这个意思,作家的意图不须直接叙说,而是隐含于对生活本身的真实、生动、形象的描绘之中。明代小说理论批评中对此已认识得非常清楚。

第三,探讨了历史小说创作中的历史真实(即生活真实)和艺术真实的关系问题。

中国古代的白话小说发展中,历史演义小说是发展得比较早,而且数量相当多的,如果再加上写历史题材的英雄传奇小说和其他历史题材小说,那么可以说历史题材的小说占了中国古代全部小说的一半以上。因此,小说和历史有没有区别,其区别在什么地方,就成为明代小说理论批评发展中的重大的问题,在本质上是历史真实和艺术真实的关系问题,这在历史演义小说中尤为突出。围绕着历史小说能不能虚构,可以虚构到什么程度,出现了几派明显不同的意见。一派认为历史小说必须严格地遵循历史事实,不允许有任何的虚构,要严格按照历史著作的"实录"原则来创作。张尚德提出的"羽翼信史而不违"即是一种比较典型的表现。余邵鱼在《题全像列国志传引》中说:"编年取法麟经,记事一据实录。凡英君良将,七雄五霸,平生履历,莫不谨按五经,并《左传》、十七史、《纲目》《通鉴》《战国策》《吴越春秋》等书,而逐类分纪。"说明《列国志》一书完全是严格按史实来写的。余象斗《题列国序》中也说此书是"旁搜列国之事实,载阅诸家之笔记,条之以理,演之以文,编之以序⋯⋯譬之治丝者,理绪而分,比类而理,毫无舛错,是诚诸史之司南,吊古者之骏骎也"。持这种主张的人当时还是比较多的。如胡应麟在《少室山房笔丛》中也说道:

> 古今传闻讹谬,率不足欺有识。惟关壮缪明烛一端,则大可笑,乃读书之士,亦什九信之,何也?盖缘胜国末,村学究编魏、吴、蜀演义,因《传》有"羽守邳,见执曹氏"之文,撰为斯说,而俚儒潘氏,又不考而赞其大节,遂致谈者纷纷。案《三国志》羽传及裴松之注,及《通鉴》《纲目》,并无此文,演义何所据哉!

胡应麟在论及唐人传奇时,是肯定其虚构的,对明人《剪灯新话》《剪灯余话》也肯定其"幻设",但对历史小说则认为不能虚构,必须符合历史事实,所以批评了《三国演义》中关公秉烛立于户外自夜达旦一节,可见这一派认为历史演义小说,即使是一个小的细节也是不能虚构的。

另一派认为历史小说创作只要基本史实不违背正史即可,不必所有细节都符合正史。此种观点早在蒋大器《三国志通俗演义序》中已有所表现,他说历史小说"留心损益","事纪其实,亦庶几乎史",基本上符合历史即可。可观道人在《新列国志叙》中说此书"虽敷演不无增添,形容不无润色,而大要不敢尽违其实"。他认为在"敷演""形容"过程中,是可以有若干虚构的内容和描写的。陈继儒在《唐书演义序》中讲得更明白:"载揽演义,亦颇能得意。独其文词,时传正史,于流俗或不尽通。其事实,时采谲狂,于正史或不尽合。"他认为演义小说是一种"喻俗书",因此不必严格按照正史,可以加入传说的内容,它应当比史书更加丰富生动。他在《叙列国传》一文中说《列国志》是"世宙间之大帐簿也""足补经史之所未赅""与经史并传可也"。小说不同于历史,"有学士大夫不及详者,而稗官野史述之;有铜螭木简不及断者,而渔歌牧唱能案之"。小说应当也必须和正史有所区别。甄伟在《西汉通俗演义序》中说:"若谓字字句句与史尽合,则此书又不必作矣。"总之,这一派认为"大要"不可违背史实,但小说应当和正史有所不同,应当比正史更丰富、更生动,故而可增加"事实",作文字渲染,也就是说可以适当地有一些虚构的内容。

第三派则侧重于强调小说必须有虚构,历史小说不仅可以写与正史记载完全不同的内容,而且与史书不同正是小说的特点。这一派可以熊

大木与袁于令为代表。熊大木在《新刊大宋演义中兴英烈传序》中说:
"然而稗官野史实记正史之未备,若使的以事迹显然不泯者得录,则是书竟难以成野史之余意矣。"他并且举了西施的故事为例,说明文学作品描写的事实可以和正史记载不同。他说:

> 如西子事昔人文辞往往及之,而其说不一。《吴越春秋》云吴亡西子被杀;则西子之在当时固已死矣。唐宋之问诗云:"一朝还旧都,靓妆寻若耶。鸟惊入松网,鱼畏沉荷花。"则西子尝复还会稽矣。杜牧之诗云:"西子下姑苏,一舸遂鸱夷。"是西子甘心于随蠡矣。及东坡《题范蠡》诗云:"谁遣姑苏有麋鹿,更怜夫子得西施。"则又以为蠡窃西子,而随蠡者或非其本心也。质是而论之,则史书小说有不同者,无足怪矣。

熊大木这段论述是从文学与历史的不同来说明小说不必完全按历史记载来写,小说作为文学创作是可以允许虚构的。此种意见到明末袁于令以吉衣主人名义于崇祯六年(1633)写的《隋史遗文序》中则更进一步提出了"传奇者贵幻"的观点,他所说的"传奇"即指英雄传奇小说。他说:

> 史以遗名者何?所以辅正史也。正史以纪事。纪事者何?传信也。遗史以搜逸。搜逸者何?传奇也。传信者贵真:为子死孝,为臣死忠,摹圣贤心事,如道子写生,面面逼肖。传奇者贵幻:忽焉怒发,忽焉嘻笑,英雄本色,如阳羡书生,恍惚不可方物。

袁于令认为正史是记事的,其目的在"传信",故必须讲究严格的真实。而小说是"遗史",是为了"搜逸",其目的在"传奇",故贵在幻妙,这样方可吸引人,所以要注重表现作家的幻想和虚构的内容。历史贵真,小说贵幻,这种看法接触到了历史和小说的根本区别,反映了对小说艺术的审美特征的认识。

上述对历史小说创作持不同意见的三派,在创作上的依据也不同:前两派主要以历史演义小说创作为出发点,而历史演义小说的创作中又存在严格遵循史实和只在"大要"上遵循史实、允许适当虚构两种不同情况。前者可以《列国志》为代表,后者可以《三国演义》为代表。第三派主要以英雄传奇小说创作为出发点,可以《水浒传》为代表。清代蔡元放在《东周列国志读法》中曾作过这样一段分析。他说:

> 《列国志》与别本小说不同,别本都是假话,如《封神》《水浒》《西游》等书,全是劈空撰出,即如《三国志》,最为近实,亦复有许多做造在内。《列国志》却不然,有一件说一件,有一句说一句,连记实事也记不了,那里还有功夫去添造。故读《列国志》,全要把作正史看,莫作小说一例看了。

蔡元放的观点我们可以不论,但他对《水浒》《三国》《列国志》在创作上的真实与虚构成分之不同情况的分析,大体是符合实际的,这和对历史小说创作的三派不同意见是一致的。对历史小说创作中的真实和虚构的关系,只要不影响小说作为艺术的创作特点和审美规律,对有没有虚构、虚构成分的多少,可以有不同的安排,但不应该拘泥于史实而妨碍形象的创造。所以第一派意见是不可取的,它没有认识到小说作为艺术和历史有本质的不同,而简单地把小说等同于历史,这样就抹杀了小说的特点。

第四,小说创作中的虚构和真实的关系。

对历史小说的历史真实和艺术真实的争论,进一步发展到对一般小说创作中的虚构和真实关系的研究。于是小说创作中的真和假的关系,或称虚和实的关系被提出来。随着小说批评的发展,对虚构的重要性和必要性的认识不断提高,许多人都提出小说创作中的"真",不是简单地"实录"生活或依据正史,而应当允许虚构而且必须要有虚构,小说中的"真"不是具体的人和事的真实,而是"情"和"理"的真实。早在嘉靖年间,王圻《稗史汇编》中就提出了必须有"虚",小说和戏剧方能写"活"。他说:"今读罗(贯中)《水浒传》,从空中放出许多罡煞,有从梦里收拾一场怪诞,其与王实甫《西厢记》始以蒲东邂会,终以草桥扬灵。是二梦语,殆同机局。总之,惟虚故活耳。"说明小说如果没有"虚",也就不成其为小说了。其后,万历年间的谢肇淛的《五杂俎》中也说:"小说及杂剧戏文,须是虚实相半,方为游戏三昧之笔,亦要情景造极而止,不必问其有无也。""近来作小说,稍涉怪诞,人便笑其不经,而新出杂剧,若《浣纱》《青衫》《义乳》《孤儿》等作,必事事考之正史,年月不合,姓字不同,不敢作也。如此,则看史传足矣,何名为戏?""古今小说家,如《西京杂记》《飞燕外传》《天宝遗事》诸书,《虬髯》《红线》《隐娘》《白猿》诸传,杂剧家如《琵琶》《西厢》《荆钗》《蒙正》等词,岂必真有是事哉?"他提出小说戏剧应以"情景造极"为目的,正是说明文学创作的要求是创造具有审美意义的形象,而不是记载历史,也不是照搬生活,为此"不必问其有无",须是"虚实相半",方是上乘之佳作。如果事事讲究符合真实,也就没有文学作品了。冯梦龙以无碍居士为名写的《警世通言叙》中对此讲得更为深入,他说:

> 野史尽真乎?曰:不必也。尽赝乎?曰:不必也。然则,去其赝而存其真乎?曰:不必也。……人不必有其事,事不必丽其人。其真者可以补金匮石室之遗,而赝者亦必有一番激扬劝诱、悲歌感慨之意。事真而理不赝,即事赝而理亦真,不害于风化,不谬于圣贤,不戾于诗书经史,若此者其可废乎!

他认为小说创作只要做到"理真",即事赝亦无妨碍。小说体现了人们普遍都能理解的生活真理,反映了事物内容的规律,那么就可以"触性性通,导情情出","未知孰赝而孰真也"。"事真而理不赝,即事赝而理亦真",这是冯梦龙对小说创作中虚构和真实关系的一个十分重要的理论概括。如果我们再作进一步的探索,那么这种思想在冯梦龙之前,在容与堂本《水浒传》的评语中已经提出来了。容本第一回回评中说:"《水浒传》事节都是假,说来却似逼真,所以为妙。"第十回回评中说:"《水浒传》文字原是假的,只为他描写得真情出,所以便可与天地相终始。"容本所说的"真情",与冯梦龙所说的"真理",其含意是一样的。他们都认为小说的内容、情节尽管是假的、虚构的,但是只要它写来合乎"物态人情",就有了高度的艺术真实性。不仅如此,当时的小说理论批评家还进一步认识到了"假"可以"胜真"的道理。睡乡居士在《二刻拍案惊奇序》中说:

>尝记《博物志》云:"汉刘褒画云汉图,见者觉热,又画北风图,见者觉寒。"窃疑画本非真,何缘至是?然犹曰:人之见为之也。甚而僧繇点睛,雷电破壁;吴道玄画殿内五龙,大雨辄生烟雾。是将执画为真,则既不可,若云赝也,不已胜于真者乎?然则操觚之家,亦若是焉则已矣。

从文学创作的角度说,完全写真人真事常常会影响它的艺术真实性,而充分发挥想象和虚构的作用,才可以真正达到更高水平的艺术真实。

与此相关的是对文学创作中如何运用史学写作中的"实录"原则,也有了较为正确的认识,批评者已经看到了小说创作中的"实录"并不排斥虚构,它只不过是要求达到"情真""理真"而已。容与堂本《水浒传》第五十五回回评云:"李和尚曰:宋公明凡遇败将,只是一个以恩结之。所云知雄守雌也,的是黄老派头。吾尝谓他假道学、真强盗。这六个字,实录也,即公明知之,定以为然。"《水浒传》乃是"劈空撰出"的虚构之作,而并非实录"信史之作。此处说宋江是"假道学、真强盗",并认为这就是"实录",那么这"实录"的含义乃是指对宋江本质的概括,而非指对具体人与事的描写。这种"实录"含义,是与"情真""理真"相一致的,而非指"人真""事真",是很明白的。后来曹雪芹在《红楼梦》第一回中说他的作品"大旨不过谈情,亦只实录其事","其间离合悲欢,兴衰际遇,俱是按迹循踪,不敢稍加穿凿,至失其真"。这种"实录"自然也是指"情真""理真",而非指"人真""事真"也。这样,就把对史学写作所提出的"实录"原则,按照文学创作的特点进行了改造,运用到了文学创作中。

第五,对浪漫主义小说及其创作特点的分析。

从中国古代小说史的发展来说,浪漫主义作品的地位是十分突出的。对浪漫主义小说特点的探讨是明代小理论批评中的一个重要问题。当时研究得比较多的主要是两个问题:一是关于浪漫主义小说的作者寓意和社会作用,一是关于浪漫主义小说创作中的幻和真的关系问题。这两方面是有联系的,归根到底是浪漫主义作品的现实基础问题。《西游记》作者吴承恩在其《禹鼎志序》中曾明确提出了神怪小说的现实寓意问题。他说:"虽然吾书名为志怪,盖不专明鬼,时纪人间变异,亦微有鉴戒寓焉。"

假托鬼怪,而寓以现实内容,运用人鬼结合的方式,寄寓作家的鉴戒,这大约也是我国古代志怪小说的一个基本特征。谢肇淛在《五杂俎》中曾分析过《西游记》的意义,他说:"小说野俚诸书,稗官所不载者,虽极幻妄无当,然亦有至理存焉。如《水浒传》无论已,《西游记》曼衍虚诞,而其纵横变化,以猿为心之神,以猪为意之驰,其始之放纵,上天下地,莫能禁制,而归于紧箍一咒,能使心猿驯伏,至死靡他,盖亦求放心之喻,非浪作也。"这种对《西游记》的评价是否确切是可以研究的,但他强调说明作家绝非"浪作"妄为,而是借此种怪诞的故事寄托了自己的深沉寓意,这是有道理的。

中国古代对浪漫主义文学创作的基本要求是在奇幻怪诞的内容和形式中体现作家对现实生活的态度和评价。刘勰《文心雕龙·辨骚》篇对《楚辞》的分析中,就提出了"酌奇而不失其真,玩华而不坠其实"的主张。唐代皮日休论李白的诗云:"口吐天上文,迹作人间客。"(《七爱诗》)明代王思任所写《昌谷诗解序》中说诗人李贺"既孤愤不遇,而所为呕心之语,日益高渺。寓今托古,比物征事。大约言悠悠之辈,何至相吓乃尔!人命至促,好景尽虚,故以其哀激之思变为涩晦之调"。这都是强调浪漫主义作品虽然驰想天外,而其落脚点仍是在现实生活之中。明代对浪漫主义小说的批评也基本上运用了传统对浪漫主义诗歌创作的批评标准,明确地提出了"幻中有真"的思想。如睡乡居士在《二刻拍案惊奇序》中说:

> 即如《西游》一记,怪诞不经,读者皆知其谬。然据其所载,师弟四人,各一性情,各一动止,试摘取其一言一事,遂使暗中摩索,亦知其出自何人,则正以幻中有真,乃为传神阿堵。

《西游记》中的孙悟空、猪八戒既具有动物的特点,又具有人的性格;而他们虽是精怪,而言行举止、所作所为,却又和人一模一样。所以"试摘取其一言一事,遂使暗中摩索,亦知其出自何人",说明这种幻想又是建立在现实生活基础之上的。"幻中有真"的思想后来直接影响到后人对蒲松龄《聊斋志异》的评论。

晚明对《西游记》的评论,不仅强调其"幻中有真"的特点,而且还由此引出了"极幻""极真"的观点。袁于令在以幔亭过客为名写的《西游记题辞》中说:"文不幻不文,幻不极不幻。是知天下极幻之事,乃极真之事;极幻之理,乃极真之理。"作家的幻想愈充分,他所寄寓的意义也就愈深刻,所反映的生活真理也就更普遍、更确切。往往愈是"极幻之事"才充分展示了"极真之事",愈是"极幻之理",才充分体现了"极真之理"。这也说明浪漫主义作品完全可以比现实主义作品有更高的真实性,有更深广的现实意义。这是对浪漫主义小说的一种极高的评价。

第六,提出了小说人物塑造的理论。

在小说理论批评发展过程中,容与堂本《水浒传》的评点意义十分重大。后来金圣叹对《水浒传》的评点,有许多精彩的重要观点,是在容本评语的基础上发展起来的。容本评语最重要的贡献,除了许多具有进步意义的、借文艺进行的社会批评外,还在艺术分析上运用古代诗文书画的传统美学观点,探讨了小说创作中的人物塑造理论,并作了创造性的发挥。首先,它认为《水浒传》人物塑造的主要成就,在于它具有"传神"写照、"咄咄逼真"的特点,达到了化工境界。这一点与李卓吾在《杂说》一文中的观点是完全一致的。例如第二十一回回评写道:

> 卓吾曰:此回文字逼真,化工肖物。摩写宋江、阎婆惜并阎婆处,不惟能画眼前,且画心上;不惟能画心上,且并画意外。顾虎头、吴道子安得到此?至其中转转关目,恐施、罗二君亦不自料到此,余谓断有鬼神助之也。

这里正是以中国古代画论中不仅要形似(即此所谓"画眼前"),而且更主要是要神似(即传神,亦即此处所说"画心上");不仅要有画面传神之妙,而且要在画外有含蓄无穷之意味(即此所谓"画意外"),来评论小说人物描写的。容本第十三回回评又说:

> 李贽曰:《水浒传》文字形容既妙,转换又神,如此回文字形容刻画周谨、杨志、索超处,已胜太史公一筹;至其转换到刘唐处来,真有

> 出神入化手段,此岂人力可到? 定是化工文字,可先天地始,后天地终也,不妄不妄。

自然、化工境界,正是李贽在《杂说》中提出的最高艺术境界。其所谓"人力可到"处,是指"画工"也。而化工近来亦即画论中所说的"逸品"境界,也即是庄学、玄学、禅学,特别是南宗画论所理想的审美境界。唯有传神写照而臻化工造物境界,才能给人以"咄咄逼真"之感。容本第九回回评云:

> 施耐庵、罗贯中,真神手也! 摩写鲁智深处,便是个烈丈夫模样;摩写洪教头处,便是忌嫉小人底身分。至差拨处,一怒一喜,倏忽转移。咄咄逼真,令人绝倒,异哉!

这种逼真在于作者能写出不同身份的人具有不同的性格特征。此一点也给了金圣叹以很大启发,后来他对此有进一步发挥。容本第二十五回回评中说:"这回文字,种种逼真。第画王婆易,画武大难;画武大易,画郓哥难。今试着眼看郓哥处,有一语不传神写照乎?"而这种"传神"之妙,正在于作者抓住了人物事件的特殊之处,即足以见出其本质的具体细节,作了生动描写之所致,这也就是苏轼所说的"传神"要善于把握对象之"得其意思所在"的道理。容本第二十三回回评说:"人以武松打虎,到底有些怯在,不如李逵勇猛也。此村学究见识,如何读得《水浒传》? 不知此正施、罗二公传神处:李是为母报仇,不顾性命者;武乃出于一时,不得不如此耳!"指出作者正是把握了武松打虎、李逵打虎的各自不同的"得其意思所在",故遂能传神也。

其次,容本《水浒》的评点者从把握"传神写照"必须抓住对象"得其意思所在"出发,指出了《水浒传》人物塑造之所以能做到个性鲜明,正是因为作者擅长确切地描写出各个人物不同的性格特征,做到"同而不同处有辨"。容本第三回回评说:

> 描画鲁智深,千古若活,真是传神写照妙手。且《水浒传》文字,妙

绝千古,全在同而不同处有辨。如鲁智深、李逵、武松、阮小七、石秀、呼延灼、刘唐等,众人都是急性的,渠形容刻画来,各有派头,各有光景,各有家数,各有身分,一毫不差,半些不混,读去自有分辨,不必见其姓名,一睹事实,就知某人某人也。

这是一段极其重要的论述,他强调《水浒》人物塑造的要害是同中有异,也即能从共性中进一步区别出其个性来,只要一看他的言语、动作、行为、举止,就可以知道他是谁,"不必见其姓名"。说明人物性格正是在对比之中始能显出他的特殊性来,因此既要写出他们的共同之处,更要写出他们的不同之处。这一点是容本评点在运用传统的"传神"理论基础上,针对小说以刻画人物性格为主所作的创造性发展,它对金圣叹的《水浒》评点也有重要启发。

再次,容本评点认为《水浒》人物塑造成功的最根本原因,是作者对现实生活有深入的观察和研究、广泛的接触和了解,没有熟悉生活的基础,是不能写得如此逼真传神的。容本卷首署名怀林写的《水浒传一百回文字优劣》中对此作了很好的分析。其云:

> 世上先有《水浒传》一部,然后施耐庵、罗贯中借笔墨拈出。若夫姓某名某,不过劈空捏造,以实其事耳。如世上先有淫妇人,然后以杨雄之妻、武松之嫂实之;世上先有马泊六,然后以王婆实之;世上先有家奴与主母通奸,然后以卢俊义之贾氏、李固实之。若管营、若差拨、若董超、若薛霸、若富安、若陆谦,情状逼真,笑语欲活,非世上先有是事,即令文人面壁九年,呕血十石,亦何能至此哉! 此《水浒传》之所以与天地相终始也与? 其中照应谨密、曲尽苦心,亦觉琐碎,反为可厌,至于披挂战斗,阵法兵机,都剩技耳,传神处不在此也。

这里作者首先强调了艺术来源于生活,只有充分了解生活,熟悉各种各样的生活,才能为艺术创作提供广阔的天地,写出个性鲜明、栩栩如生的人物,写出复杂多变、曲折生动的情节。这也是与我们传统美学思想中取法自然造化,表现真情实感的主张一致的,所以容本对人为雕饰、琐碎刻画都十分不满。至于那些没有生活基础的编造,更是看不起。如第九十七回回评中说:"文字不好处,只在说梦、说怪、说阵处。其妙处都在人情物理上。"此所谓"人情物理",从艺术表现上说,便是要合乎现实生活实际,做到自然而然,没有任何人为造作之痕迹。这和李贽《读律肤说》中的自然情性论是一致的。

综上所述,明代小说批评在理论上已经提出了一系列重要问题,它们既和传统的文艺美学思想有紧密的联系,又结合小说创作的特点作了许多新的发挥,提出了不少有价值的重要看法,为后来的小说批评发展,作出了积极的贡献。

第二十三章 明代的戏曲理论批评

第一节 明代戏曲理论批评的繁荣发展

明代戏曲理论批评的发展是很繁荣的,从数量上说比小说理论批评要多得多,而且有不少专著,不过从文学理论的角度看,它的理论价值和涉及理论问题的深度与广度,却不如小说理论批评。其原因是:一、戏曲理论批评大都侧重在戏曲的表演艺术方面,而较少涉及文学剧本的创作和人物、情节、结构等方面的问题。二、戏曲语言对唱词十分重视,而对宾白则比较轻视,往往不屑一顾。三、表演艺术偏重唱腔、音色等,而对动作、表情等艺术技巧较少涉及。由于戏曲理论批评的内容主要在曲词和音律上,和诗词理论批评较为接近,但在理论上超越诗词理论批评的地方却不多。然而也因为曲词本质上就是诗词,戏曲不仅在民间演出,也在宫廷内和贵族官僚家庭内演出,所以戏曲比小说要更为受到封建社会上层和正统文人的重视,有关戏曲创作的论述也比较多。同时,这也和明代以朱元璋为首的封建统治者的肯定和爱好有关。朱元璋很喜欢高明的《琵琶记》,徐渭《南词叙录》记载说:"时有以《琵琶记》进呈者,高皇笑曰:'五经四书,布帛菽粟也,家家皆有;高明《琵琶记》,如山珍海错,富贵家不可无。'既而曰:'惜哉,以宫锦而制鞋也!'由是日令优人进演。"他把戏曲创作比为"以宫锦而制鞋",说明仍未摆脱上层贵族对戏曲的鄙视,但又以《琵琶记》为富贵家不可无的山珍海错,将之作为宫廷的装点,多少还是促进了人们对戏曲的重视。

从明代戏曲理论批评发展的总趋势来看,自明初到嘉靖以前相对来说是比较沉寂的,朱元璋的第十七子朱权(1378—1448)酷爱戏曲,著有《太和正音谱》,此书是明前期最重要的一部戏曲理论批评著作,此外尚有贾仲明对《录鬼簿》的增补本及无名氏的《录鬼簿续编》。朱权《太和正音谱》主要是一部戏曲史资料和曲谱方面的著作,但也包含有戏曲理论的部分。它记载了戏曲史上杂剧作家的名录及部分重要作家的风格特色,能收集到的所有剧目,有名的善唱演员;曲谱部分按十二宫调共收入三百三十五支曲牌的句格谱式,并注明平仄四声。从戏曲理论角度说,有三点值得重视:一是对元代的重要杂剧作家和明代十六位杂剧作家,均以四字形象地比喻其作品的艺术风貌,例如说马致远如"朝阳鸣凤"、白朴如"鹏搏九霄"、王实甫如"花间美人"、关汉卿如"琼筵醉客"等,有如唐五代诗格中论诗势有"丹凤衔珠""孤雁失群""猛虎踞林"等一样。更为有价值的是朱权还为元代十二位著名剧作家写了较为详细的评语。例如评马致远云:"其词典雅清丽,可与《灵光》《景福》而相颉颃。有振鬣长鸣,万马皆暗之意。又若神凤飞鸣于九霄,岂可与凡鸟共语哉?宜列群英之上。"又评王实甫云:"铺叙委婉,深得骚人之趣。极有佳句,若玉环之出浴华清,绿珠之采莲洛浦。"不过,他的评论主要还是指曲词的艺术,而不是就剧情说的。二是他对杂剧,按其艺术特色归纳为十五种体式如丹丘体(豪放不羁)、宗匠体(词林老作之词)、江东体(端谨严密)、东吴体(清丽华巧,浮而且艳)等等,并提出曲词的九种对偶形式。三是他将杂剧按内容分为十二类,如"神仙道化""隐居乐道""忠臣烈士""铍刀赶棒""悲欢离合""烟花粉黛"等,并注意到了剧本创作在戏曲表演中的重要性,他在"杂剧十二科"部分曾引赵子昂所说,云:"杂剧出于鸿儒硕士、骚人墨客,所作皆良人也。若非我辈所作,娼优岂能扮乎?"但他鄙视民间戏曲演员,同意赵子昂所说杂剧扮演者分良家子弟与娼优两种,谓前者为"杂剧",为"行家生活",后者为"娼戏",为"戾家把戏",表现了封建贵族的偏见。从朱元璋到朱权都要求戏曲能反映明初的太平盛世,朱元璋之欣赏《琵琶记》,也许是和高则诚提出的"不关风化体,纵好也徒然"有关。朱权在《太和正音谱》中说:"猗欤盛哉!天下之治也久矣。礼乐之盛,声教之美,薄海内外,莫不咸被仁风于帝泽也,于今三十有余载矣。……夫礼乐虽出于人心,非人心之和,无以显礼乐之和;礼乐之和,自非太平之盛,无以致人心之和也。"他在"群英所编杂剧"中说:"盖杂剧者,太平之胜事,非太平则无以出。"在朱权之后,贾仲明(1343—1423?)曾就钟嗣成《录鬼簿》作了增订,为关汉卿、白朴、马致远、王实甫等八十余人补写了挽词,其中涉及对杂剧作家的评价问题。他和朱权不同,对关汉卿的评价很高。朱权说关汉卿"乃可上可下之才",只是因为他是"杂剧之始",才"卓以前列",而贾仲明则在其挽词中云:"珠玑语唾自然流,金玉词源即便有。玲珑肺腑天生就,风月情、忒惯熟。姓名香四大神物,驱梨园领袖。总编修师首,捻杂剧班头。"不仅肯定他是梨园领袖、杂剧班头,而且赞扬他的作品字字珠玑、玲珑透彻,有自然天成之美。他还称颂王实甫:"作词章,风韵美,士林中等辈伏低。新杂剧,旧传奇,《西厢记》天下夺魁。"他很重视杂剧作家的"风调才情",也重视杂剧的情节、结构,也就是"关目",他说武汉臣《散家财天赐老生儿》"关目真",又说姚守中的作品,"布关串目高吟吟",陈宁甫的《风月两无功》"关目奇,曲调鲜"。

明代自嘉靖以后,由于经济、思想、文化领域中新的特点的出现,为戏曲理论批评也注入了新的兴奋剂,促使它急剧地繁荣起来。嘉靖、隆庆时期戏曲文学思想的中心是提倡"本色",这是当时整个文艺领域中出现的新思潮之重要表现。首先是李开先(1502—1568),字伯华,"嘉靖八才子"之一,在文学创作方面他是一个诗文词曲都擅长的全才,著有诗文集《闲居集》,以及传奇、院本等,还有戏曲史方面的著作《词谑》,其中也有一些对戏曲的评论。他对戏曲作品十分重视积极的社会教育作用,但是这又首先要求戏曲能以情感人,使之心灵激荡,动人心魄,引起共鸣,因此戏曲作家必须有很高的天分和深厚的学力,善于领悟戏曲艺术的特点。他在《改定元贤传奇后序》中说:

> 传奇凡十二科,以神仙道化居首,而隐居乐道次之,忠臣烈士、逐臣孤子又次之,终之以神佛、烟花、粉黛。要之激劝人心,感移风化,非徒作,非苟作,非无益而作之者。今所选传奇,取其辞意高古,音调协和,与人心风教俱有激劝感移之功,尤以天分高而学力到、悟入深而体裁正者,为之本也。

他在《西野春游词序》中还认为:"词与诗,意同而体异,诗宜悠远而有余味,词宜明白而不难知。以词为诗,诗斯劣矣;以诗为词,词斯乖矣。"传奇戏曲是以词为主体部分的,因此与诗不同。词有自己的"本色","明白而不难知",故"用本色者为词人之词,否则为文人之词矣"。这种本色论是和他在诗文创作上主张直抒心灵、表现真实感情一致的。他曾经在《李中麓闲居集序》中借百岁老者之口说:"吾之于棋,信手而已;于诗,信口而已,于酒,取其淡白者解渴吻、润枯肠而已。"他说他年四十罢归田里之后,"诗不必作,作不必工。或抚景触物,兴不能已;或有重大事及亲友恳求,时出一篇,信口直写所见,如老者之诗、之棋酒",这正是本色之作。他在《市井艳词序》中赞扬民歌之作,"语意则直出肺肝,不加雕刻,俱男女相与之情,虽君臣友朋,亦多有托此者,以其情尤足感人也。故风出谣口,真诗只在民间"。所以他在戏曲上的本色论正是他诗文创作上强调"信口"而作思想的反映,也和唐顺之的本色论相互有所启发和影响。他还进一步指出戏曲之本色当以金元之作为准的。他在《西野春游词序》中说:

> 传奇戏文,虽分南北,套词小令,虽有短长,其微妙则一而已。悟入之功,存乎作者之天资学力耳。然俱以金元为准,犹之诗以唐为极也。何也?词肇于金,而盛于元,元不戍边,赋税轻而衣食足,衣食足而歌咏作,乐于心而声于口,长之为套,短之为令,传奇戏文,于是乎侈而可准矣。

对于曲词的艺术美,他在《乔梦符小令序》中一方面赞美乔梦符的词,另一方面又提出了自己的见解,说:"评其词者,以为若天吴跨神鳌,喷沫于大洋,波涛汹涌,有截断众流之势,此特言其雄健而已,要之未尽也。以予论之,蕴藉包含,风流调笑,种种出奇,而不失之怪;多多益善,而不失之繁;句句用俗,而不失其为文。自谓可与之传神,如梦符复生,当必首肯。"李开先的文艺美学观核心是注重抒写真实心灵的本色美,故提倡平易通俗、自然传神、含蓄风流而有文采。他在戏曲理论批评上的观点对明代中后期戏曲理论批评的发展有较明显的启发和影响。

与李开先同时的何良俊(1506—1573),字元朗,其《四友斋丛说》卷三十七有三十多条关于词曲的论述,他的戏曲美学观主要是强调本色美,比李开先论述的要更为充分。他明确提出:"盖填词须用本色语,方是作家。"他不赞成当时人们把《西厢记》作为杂剧之绝唱、《琵琶记》作为南戏之极致的一般看法,这主要是从提倡精练朴素的本色美出发的。他说:"盖《西厢》全带脂粉,《琵琶》专弄学问,其本色语少。"他并不是说《西厢》《琵琶》不好,而是从"本色"出发,认为元曲中尚有比此二剧更具本色美者。他又说:"近代人杂剧以王实甫之《西厢记》,戏文以高则诚之《琵琶记》为绝唱,大不然。夫诗变而为词,词变而为歌曲,则歌曲乃诗之流别;今二家之辞,即譬之李、杜,若谓李、杜之诗为不工固不可;苟以为诗必以李、杜为极致,亦岂然哉。"对于北戏杂剧,他说:"元人乐府称马东篱、郑德辉、关汉卿、白仁甫为四大家。马之辞老健而乏滋媚,关之辞激厉而少蕴藉,白颇简淡,所欠者俊语,当以郑为第一。"他之所以推崇郑德辉,正是因为他的作品情意真切,富有本色之美。他说:"至如(郑德辉)《王粲登楼》第二折,摹写羁怀壮志,语多慷慨,而气亦爽烈,至后《尧民歌》《十二月》,托物寓意,尤为妙绝,是岂作调脂弄粉语者可得窥其堂庑哉!"何良俊论戏曲重一个"情"字,"大抵情词易工","观十五国风,大半皆发于情",他说:"郑德辉所作情词,亦自与人不同,如《㑇梅香》头一折《寄生草》'不争琴操中单诉你飘零,却不道窗儿外、更有个人孤另',《六么序》'却原来群花弄影,将我来諕一惊',此语何等蕴藉有趣!大石调《初问口》内'又不曾荐枕席,便指望同棺椁,只想夜偷期,不记朝闻道',《好观音》内'上覆你个气咽声丝张京兆,本待要填还你枕剩衾薄',语不着相,情意独至,真得词家三昧者也。"他特别指出郑德辉《倩女离魂》中越调《圣药王》内"近蓼花,缆钓槎,有折蒲衰草绿兼葭。过水洼,傍浅沙,遥望见烟笼寒水月笼沙,我只见茅舍两三家","如此等语,清丽流便,语入本色;然殊不秾郁,宜不谐于俗耳也"。他对王实甫《西厢记》的评价是很高的,不过,他认为《西厢记》文辞过于浓艳而繁芜,不像郑德辉作品那样平淡自然。他说:"王实甫才情富丽,真辞家之雄;但《西厢》首尾五卷,曲二十一套,终始不出一'情'字,亦何怪其意之重复,语之芜类耶!"对《西厢记》中有本色美的方面,他同样是肯定的。他说:"王实甫《西厢》,其妙处亦何可掩?如第二卷《混江龙》内'蝶粉轻沾飞絮雪,燕泥香惹落花尘。系春心情短柳丝长,隔花阴人远天涯近。香消了六朝金粉,清减了三楚精神',如此数语,虽李供奉复生,亦岂能有以加之哉!"李白诗作是以清新自然的本色美著称的,此正是赞美王实甫也有这种艺术美。他又说:"王实甫《丝竹芙蓉亭》杂剧,仙吕一套,通篇皆本色语,殊简淡可喜。"但他认为《西厢记》中不少描写过于浓艳,故云:"郑词淡而净,王词浓而芜。"他说:"夫语关闺阁,已是秾艳,须得以冷言剩句出之,杂以诎笑,方才有趣;若既着相,辞复浓艳,则岂画家所谓'浓盐赤酱'者乎?画家以重设色为'浓盐赤酱',若女子施朱傅粉,刻画太过,岂如靓妆素服、天然妙丽者之为胜耶!"戏曲中的本色论即是诗文理论批评中强调直抒胸情、具备化工造物美的文学观之体现。何良俊对《拜月亭》的推崇,认为它高于《琵琶记》的缘由,也正是在这里。他说:"《拜月亭》是元人施君美所撰,《太和正音谱》'乐府群英姓氏'亦载此人。余谓其高出于《琵琶记》远甚。盖其才藻虽不及高,然终是当行。其《拜新月》二折,乃檃栝关汉卿杂剧语。他如《走雨》《错认》《上路》、馆驿中相逢数折,彼此问答,皆不须宾白,而叙说情事,宛转详尽,全不费词,可谓妙绝。《拜月亭·赏春·惜奴娇》如'香闺掩、珠帘镇垂,不肯放燕双飞',《走雨》内'绣鞋儿分不得帮和底,一步步提,百忙里褪了根儿',正词家所谓'本色语'。"何良俊对《西厢记》和《琵琶记》为北戏和南戏之首的地位的否定,曾引起了一场持续很久的争论,其中有的是属于文学思想上的差异,有的是由于对作品本身评价的不同。这些我们将在论述他们的戏曲文学思想时再加评说。

比李开先、何良俊年龄稍小一点的徐渭在戏曲理论批评上的贡献和影响就更大了。徐渭不仅自己创作过《四声猿》等剧本,还写了有关南戏的专门戏曲理论批评专著《南词叙录》,对南戏的源流、发展和创作等作了比较全面的论述。徐渭的戏曲文学思想和他的诗文创作思想是一致的。他认为高明《琵琶记》的高处并不像时人所说是在《庆寿》《成婚》《弹琴》《赏月》诸大套,这些"犹有规模可寻","惟《食糠》《尝药》《筑坟》《写真》诸作,从人心流出,严沧浪言'水中之月,空中之影',最不可到"。戏曲创作也和诗文一样,以从"人心流出"、无规矩可循为高。他认为南戏的最大特点是有本色之美,他说:"南曲固是末技,然作者未易臻其妙。《琵琶》尚矣,其次则《玩江楼》《江流儿》《莺燕争春》《荆钗》《拜月》数种,稍有可观,其余皆俚俗语也;然有一高处:句句是本色语,无今人时文气。"推崇本色的思想是对李开先、何良俊观点的发展,他在《西厢序》中说得更充分:

> 世事莫不有本色,有相色。本色犹俗言正身也,相色,替身也。替身者,即书评中婢作夫人终觉羞涩之谓也。婢作夫人者,欲涂抹成主母而多插带,反掩其素之谓也。故余于此本中贱相色,贵本色,众人啧啧者我煦煦也。岂惟剧者,凡作者莫不如此。

本色美是合乎自然的化工之美,而相色美则是做作装扮的人工之美,故如婢作夫人终觉羞涩而不自然。唯本色之作方有情真意切、生动自然之特点,所以最能感动人,并能长远地传之于后世。他在《选古今南北剧序》中说:"摹情弥真则动人弥易,传世亦弥远,而南北剧为甚。"他对以学问代替才情的作品特别不满,并认为这也是使作品丧失本色美的重要原因之一。他在《南词叙录》中说"《香囊》如教坊雷大使舞,终非本色",其原因即在"《香囊》乃宜兴老生员邵文明作,习《诗经》,专学杜诗,遂以二书语句勾入曲中,宾白亦是文语,又好用故事作对子,最为害事。夫曲本取于感发人心,歌之使奴、童、妇、女皆喻,乃为得体;经、子之谈,以之为诗且不可,况此等耶? 直以才情欠少,未免揍补成篇。吾意:与其文而晦,曷若俗而鄙之易晓也?"因提倡本色美而强调通俗平易和大众化,使奴、童、妇、女皆能听懂,这是和后来公安派思想一致的。这种思想也突出地体现在他对北曲杂剧的评论中,他在《题昆仑奴杂剧后》一文中说:"语入要紧处,不可着一毫脂粉,越俗、越家常、越警醒,此才是好水碓,不杂一毫糠衣,真本色。"对宾白他尤其强调本色语,因为宾白中更需要充分地表现人物的个性,过分讲究华艳浓郁的文采雕饰,反而会影响到生动传神地展现人物性格。故他强调说:"至散白与整白不同,尤宜俗宜真,不可着一文字,与扭捏一典故事,及截多补少、促作整句。锦糊灯笼,玉镶刀口,非不好看,讨一毫明快,不知落在何处矣。此皆本色不足,仗此小做作以媚人,而不知误入野狐,作娇冶也。""凡语入紧要处,略着文采,自谓动人,不知减却多少悲欢,此是本色不足者,乃有此病。"不过,徐渭虽提倡朴素平易,也反对文辞过于俚俗,仍要求含蓄而有余味。他说:"填词如作唐诗,文既不可俗,又不可(不)自有一种妙处,要在人领解妙悟,未可言传。"徐渭在《南词叙录》中,还对北方杂剧和南方戏文在艺术风格上的不同特点作了分析,他说:"听北曲使人神气鹰扬,毛发洒淅,足以作人勇往之志,信胡人之善于鼓怒也,所谓'其声噍杀以立怨'是已;南曲则纡徐绵眇,流丽婉转,使人飘飘然丧其所守而不自觉,信南方之柔媚也,所谓'亡国之音哀以思'是已。夫二音鄙俚之极,尚足感人如此,不知正音之感何如也。"由此可见,北方杂剧刚劲雄健,南方戏文柔媚流丽,这种艺术风貌上的南北差异是有悠久历史传统的,由于受地理环境和文化传统的影响,形成了各自不同的特色,自《诗经》和《楚辞》开始就有了明显的不同,从魏晋到明代又经过几度政治上的南北对立,北方受强悍的少数民族文化思想影响,所以形成了和以吴越为中心的南方汉民族文化很不同的特点。

与徐渭同时的王世贞也有不少关于戏曲理论批评方面的论述,这主要在《弇州山人四部稿》卷一百五十二,明人将其摘出单编,有四十余则,名为《曲藻》。王世贞是后七子的主要代表,他的戏曲评论和上述几家不太一样,他比较重在才情、学识,华丽辞藻,如说杨慎"才情盖世",周宪王"才情未至",谷继宗"微有才情",陈大声"亦浅才情"等,因此他不赞成何良俊对《西厢记》《琵琶记》的评价,认为"北曲故当以《西厢》压卷",其"雪浪拍长空,天际秋云卷,竹索缆浮桥,水上苍龙偃"等,是"骈俪中景语";"玉容寂寞梨花朵,胭脂浅淡樱桃颗"等,是"骈俪中情语";"他做了影儿里情郎,我做了画儿里爱宠"等,是"骈俪中诨语";"落红满地胭脂冷,梦里成双觉后单",是"单语中佳语"。并认为:"只此数条,他传奇不能及。"他也不赞成《拜月亭》高于《琵琶记》的说法,认为《拜月亭》和《琵琶记》相比有三短:一是"无词家大学问",二是"既无风情,又无裨风教",三是"歌演终场,不能使人堕泪"。这说明他在戏曲美学观点上与何良俊是不同的。王世贞在戏曲理论批上比较有价值的一点是,他十分重视剧本中对人情物态的描写。他说:"(高)则成所以冠绝诸剧者,不唯其琢句之工、使事之美而已,其体贴人情,委曲必尽;描写物态,仿佛如生;问答之际,了不见扭造;所以佳耳。至于腔调微有未谐,譬如见钟、王迹,不得其合处,当精思以求诣,不当执末以议本也。"这说明他很注意戏剧作品的整体美,看到了人物、情节等方面描写的重要性。这种对人情、物态描写的重视是和当时的小说理论批评一致的。

第二节　重音律的吴江派和重意趣的临川派之争论

明代后期产生了两个对立的戏曲流派,并在戏曲理论批评上有激烈的论争,这就是著名的吴江派和临川派。争论的焦点是戏曲创作应当重音律还是重意趣,争论起源于对汤显祖《牡丹亭》一剧的评价。吴江派的主要代表人物是沈璟(1553—1610),字伯英,号宁庵,又号词隐,著有传奇十多种。他精通音律,主张戏曲创作必须严格尊重传统戏曲的音律规定,能够充分合乎舞台演唱的要求,认为这才是戏曲的本色。临川派的主要代表人物是汤显祖,他强调戏曲作品的神情意趣,而不太注重音律,因此在舞台演唱上常常发生困难。他的《牡丹亭》(也称《还魂记》)以描写杜丽娘的生死不渝之情为主,于音律方面或常不谐调,其他作品也有这种情况。吴江派沈璟、吕玉绳、臧懋循、冯梦龙等遂对其《牡丹亭》等"临川四梦"加以修改而使之便于演出,然于原作之神情意趣则确是大有损害,于是引起汤显祖和拥护他戏曲创作主张的王思任、孟称舜、茅元仪等的不满,发生了一场激烈的争论。后来王骥德在《曲律》中总结他们的争论,作了如下评说:"临川之于吴江,故自冰炭。吴江守法,斤斤三尺,不欲令一字乖律,而毫锋殊拙;临川尚趣,直是横行,组织之工,几与天孙争巧,而屈曲聱牙,多令歌者齚舌。吴江尝谓:'宁协律而不工。读之不成句,而讴之始协,是为中之之巧。'曾为临川改易《还魂》字句之不协者,吕吏部玉绳(郁蓝生尊人)以致临川,临川不怿,复书吏部曰:'彼恶知曲意哉! 余意所至,不妨拗折天下人嗓子。'其志趣不同如此。"王骥德的概括还是比较符合实际的。沈璟之重音律显然是受何良俊的影响,何在《曲论》中认为声音之和乃是天地"元声"之体现,"金元人之笔也,词虽不能尽工,然皆入律,正以其声之和也。夫既谓之辞,宁声叶而辞不工,无宁辞工而声不叶"。从王骥德上述引文看,沈璟比何良俊走得更远,他对何良俊"宁声叶而辞不工,无宁辞工而声不叶"说是非常钦佩的,其《二郎神套曲》说:"何元朗,一言儿启词中宝藏,道欲度新声休走样。名为乐府,须教合律依腔,宁使时人不鉴赏,无使人挠喉捩嗓。""论词亦岂容疏放,纵使词出绣肠,歌称绕梁,倘不谐律吕,也难褒奖,耳边厢、讹音俗调,羞问短和长。"《元曲选》的编者臧懋循(1550—1620),字晋叔,是支持沈璟的,他也特别强调戏曲必须要有严密的格律,音韵和谐宜于歌唱,他在《玉茗堂传奇引》中说:"临川汤义仍为《牡丹亭》四记,论者曰:'此案头之书,非筵上之曲。'夫既谓之曲矣,而不可奏于筵上,则又安取彼哉?"又说:"今临川生不踏吴门,学未窥音律,艳往哲之声名,逞汗漫之词藻,局故乡之闻见,按亡节之弦歌,几何不为元人所笑乎?"冯梦龙也持这种看法,不过他认为汤显祖也并不是不懂得音律协调对戏曲的重要性,更不是不懂音律,只是他特别重才情,所以不愿为了音律而损害才情的自由驰骋而已,但是为了演出的需要,不能不对他的剧本作改动,故他在改《牡丹亭》为《风流梦》的小引中说:"夫曲以悦性达情,其抑扬清浊,音律本于自然。若士亦岂真以拗嗓为奇,盖求其所以不拗嗓音者而未遑时,强半为才情所役耳。识者以为此案头之书,非当场之谱。欲付当场敷演,即欲不稍加窜改而不可得也。"显然,冯梦龙的看法还是比较中肯而不像沈璟和臧懋循那样偏激。

吴江派虽重音律,但他们也并不是只讲音律不讲其他,像臧懋循和冯梦龙等对戏曲的情节、结构和描写人情物态的广泛性和深刻性,还是相当重视的。其《元曲选序二》中说:"宇内贵贱妍媸幽明离合之故,奚翅千百其状,而填词者必须人习其方言,事肖其本色,境无旁溢,语无外假,此则关目紧凑之难。"要求戏曲作品善于生动逼真地描绘出丰富多彩的现实生活。又说:"总之,曲有名家,有行家:名家者,出入乐府,文彩烂然,在淹通闳博之士,皆优为之;行家者,随所妆演,无不摹拟曲尽,宛若身当其处,而几忘其事之乌有,能使人快者掀髯,愤者扼腕,悲者掩泣,羡者色飞,是惟优孟衣冠,然后可与于此。"可见,他十分注意戏曲作品在曲词华美、音律和谐外,还必须有生动感人的故事情节、栩栩如生的人物形象,引起读者的强烈共鸣,说明臧懋循是很重视戏曲的文学剧本创作的。冯梦龙也十分重视戏曲要"达人之性情",强调"凡纪事之词,全要节次清楚,而过脉绝无痕迹",并说"子犹诸曲,绝无文彩,然有一字过人,曰真",认为不同作家应有不同风格,"词才天赋不同,梁伯龙以豪爽,张伯起以纤媚,沈伯英以圆美,龙子犹以轻俊,至于秀丽不得不推伯良"。(冯梦龙编《太霞新奏》中论曲语)他和臧懋循一样,很注意戏曲描写生活的生动性和丰富性、情节的曲折多变、结构的紧凑严密,他在《墨憨斋新定〈洒雪堂〉传奇》总评中说:"是记穷极男女生死离合之情,词复婉丽可歌,较《牡丹亭》《楚江情》,未必远逊;而哀惨动人更似过之,若当场更得真正情人,写出生面,定令四座泣数行下。是记情节关锁,紧密无痕,插科亦俱雅致。"冯梦龙之重视作品的情之感人和词之婉丽与临川派并无什么区别,吴江派和临川派只在戏曲作品是否必须有严格的音律问题上存在分歧,所以也不能简单地说吴江派重形式而临川派重内容。

汤显祖对沈璟、吕玉绳等改他的《牡丹亭》剧本是非常不满意的,他在《玉茗堂尺牍·与宜伶罗章二》中说:"《牡丹亭记》,要依我原本,其吕家改的,切不可从。虽是增减一二字以便俗唱,却与我原做的意趣大不同了。"其《答吕姜山》云:"凡文以意趣神色为主。四者到时,或有丽词俊音可用。尔时能一一顾九宫四声否?如必按字摸声,即有室滞迸拽之苦,恐不能成句矣。"又《答凌初成》云:"不佞《牡丹亭记》,大受吕玉绳改窜,云便吴歌。不佞哑然笑曰:昔有人嫌摩诘之冬景芭蕉,割蕉加梅,冬则冬矣,然非王摩诘冬景也。"可见,他是把意趣神色放在第一位的,绝不愿为了便于歌唱的音律需要而妨碍了意趣神色的自由畅达表现,所以,对戏曲创作来说,吴江派重在演出,而临川派重在文学剧本的阅读,故吴江派认为汤显祖的作品是案头之书,而非场上演出之作。汤显祖也知道自己的著作不利于演唱,不过他对此并不在乎,他在《答孙俟居》中说:"弟在此自谓知曲意者,笔懒韵落,时时有之,正不妨拗折天下人嗓子。"汤显祖论戏曲和他论诗文一样,也是重在要写出人间真情,认为"情"是戏曲的核心和灵魂,这在他的《牡丹亭记题词》中说得最为明白,他所提倡的意趣神色正是从情中流露出来的。所以,他对许多戏曲作品的评论中都贯穿了一个"情"字。如他说他的《二梦记》(即《南柯记》和《邯郸记》)是"因情成梦,因梦成戏"。其评《红梅记》说:《秋怀》一出"写闺怨亦宛而多情",《城破》一出"丑净诨语直刺世情",《寻遇》一出"曲、白都宛转有情",《夜晤》一出"细腻有情",等等。同时,他又十分重视戏曲描写生活的真实自然、生动传神,其《玉茗堂批评〈焚香记〉》总评说:"作者精神命脉,全在桂英冥诉几折,摹写得九死一生光景,宛转激烈。其填词皆尚真色,所以入人最深,遂令后世之听者泪,读者颦,无情者心动,有情者肠裂。何物情种,具此传神手!"他特别赞扬《焚香记》的"化工"之美,评《相决》一出云:"文人之口颠倒,化工全在此处。"评《离间》一出云:"曲、白色色欲真,妙手也。词坛有此,称化工矣。"评《会合》一出云:"一线索到底,宛转变化,妙不可言。传奇家有可称化工笔矣。"所谓"化工"正是指作品的高度真实自然而无人工痕迹,具有含蓄不尽、如在目前的艺术意境。其评《焚香记》中《逼嫁》一出云:"填词直如说话,此文家最上乘也,亦词家最上乘也。"评《构祸》一出云:"画出老鸨反复情状,并桂姐怨恨情由,真如活现。"又评《异梦记》说:"事出《艳异编》,兹经作者叙次点缀,实妙有化工。虽张曳白拾环冒亲,颇似《钗钏》,然境界又觉一新。"

汤显祖最重要的一篇戏曲论著是《宜黄县戏神清源师庙记》。首先他指出戏曲也是人之"情"自然流露的结果:"人生而有情。思欢怒愁,感于幽微,流乎啸歌,形诸动摇。或一往而尽,或积日而不能自休。盖自凤凰鸟兽,以至巴渝夷鬼,无不能舞能歌,以灵机自相转活,而况吾人。"戏曲正是人们用诗词、歌舞表演等相结合的综合艺术来传达内心真情的产物。其次,他指出:戏曲表现社会生活、自然事物是十分广泛而丰富的,它可以"生天生地生鬼生神,极人物之万途,攒古今之千变",善于创造出各种各样的不同个性的人物,描写古往今来种种复杂多变的社会生活状况,甚至能使人们"恍然如见千秋之人,发梦中之事"。再次,他对戏曲艺术的感染力评价很高,他说:戏曲可以"使天下之人无故而喜,无故而悲。或语或嘿,或鼓或疲,或端冕而听,或侧弁而咍,或窥观而笑,或市涌而排。乃至贵倨弛傲,贫啬争施。瞽者欲玩,聋者欲听,哑者欲叹,跛者欲起。无情者可使有情,无声者可使有声"。由于戏曲也是以情感人,通过形象地再现现实生活的真实来激起人们感情上的共鸣,不同的人可以从中感受到不同的内容,产生不同的作用。由于汤显祖论戏曲重在意趣神色,因此他对戏曲作品的整体美相当重视,强调戏剧结构的"串插""关目宛转",善于"意外设奇",对曲词和宾白都很重视,这是他戏曲文学思想中很有特色的方面。对吴江派和临川派的争论,应当看到不是戏曲美学思想的全面对立,而且他们的理论主张都有一定的片面性,因此,后来在吕天成的《曲品》和王骥德的《曲律》中,都是采取了一种调和折中的态度的。

第三节 吕天成的《曲品》和王骥德的《曲律》

明代后期戏曲理论方面有两部比较重要的专著,这就是吕天成的《曲品》和王骥德的《曲律》。吕天成(1580—1618),字勤之,号棘津,又号郁蓝生,浙江余姚人。他是吕玉绳的儿子,其戏曲理论批评代表作是《曲品》。吕天成虽属吴江派,但实际上是主张把吴江派和临川派的优点结合起来,互相吸取对方长处的。他对沈璟和汤显祖的评价都很高,"初无轩轾",在其《曲品》中均列为上品之上。他说沈璟是"金张世裔,王谢家风,生长三吴歌舞之乡,沉酣胜国管弦之籍。妙解音律,花月总堪主盟;雅好词章,僧妓时招佐酒"。并说他的创作是"运斤成风,乐府之匠石;游刃余地,词部之庖丁"。又说汤显祖是"绝代奇才,冠世博学","情痴一种,固属天生;才思万端,似挟灵气";"丽藻凭巧肠而浚发,幽情逐彩笔以纷飞";"信非学力所及,自是天资不凡"。他认为这两人都各有长处,并驾齐驱,不相上下,是明代戏曲创作中的双子星座,他说:"此二公者,懒作一代之诗豪,竟成千秋之词匠,盖震泽所涵秀而彭蠡所毓精者也。"他指出沈、汤两人之志趣不同,一重音律,一重意趣,不过,"予谓二公譬如狂狷,天壤间应有此两项人物,不有光禄(沈璟曾官至光禄寺丞),词硎弗新;不有奉常(汤显祖曾任南京太常寺博士,奉常即太常),词髓孰抉?倘能守词隐先生之矩矱,而运以清远道人之才情,岂非合之双美者乎?"应该说,这是非常通达的观点,也是合乎实际的思想。因此,吕天成的戏曲美学思想是音律与意趣并重的,也是比较稳妥而中肯的。

吕天成很推崇南戏,他对杂剧和传奇曾作了比较,说明传奇之取代杂剧的原因:"自昔伶人传习,乐府递兴。爨段初翻,院本继出,金元创名杂剧,国初沿作传奇。杂剧北音,传奇南调。杂剧折惟四,唱惟一人;传奇折数多,唱必众派。杂剧但摭一事颠末,其境促;传奇备述一人始终,其味长。无杂剧则孰开传奇之门?非传奇则未畅杂剧之趣也。传奇既盛,杂剧浸衰,北里之管弦播而不远,南方之鼓吹簧而弥喧。"可见传奇之繁荣乃是在杂剧基础上的一个新发展,在形式上、表演上有超过杂剧的许多优点,由此也可以看出他对戏曲文学剧本之重视,杂剧但叙一事颠末,而传奇则备述"一人始终",更重在广泛地表现社会生活和人物的性格刻画。对传奇的创作,他也不只是重音律,还很注意文学内容和技巧,他说:"故赏其绝技,则描画世情,或悲或笑;存其古风,则凑泊常语,易晓易闻。有意架虚,不必与实事合;有意近俗,不必作绮丽观。不寻宫数调,而自解其发;不就拍选声,而自鸣其籁。极质朴而不以为俚,极肤浅而不以为疏。商彝周鼎,古色照人;玄酒太羹,真味沁齿。"这里,吕天成不仅特别重视戏曲描写世态人情的真实性,而且要求有古朴平易的本色美;不仅重视文学的真实性,而且对这种真实性的要求,并非事实的真实,而是有虚构在内的艺术的真实;他虽然重戏曲的音律,但是并不以音律作为高于一切的标准,而要自然流畅的天籁之美。因此他的"本色""当行"之论也有不同于前人的特点。他说:

> 博观传奇,近时为盛。大江左右,骚雅沸腾;吴浙之间,风流掩映。第当行之手不多遇,本色之义未讲明。当行兼论作法,本色只指填词。当行不在组织饾饤学问,此中自有关节局段,一毫增损不得,若组织正以蠹当行。本色不在摹剿家常语言,此中别有机神情趣,一毫妆点不来;若摹剿正以蚀本色。今人不能融会此旨,传奇之派,遂判而为二:一则工藻缋以拟当行;一则袭朴淡以充本色。甲鄙乙为寡文,此嗤彼为丧质。而不知果属当行,则句调必多本色矣;果具本色,则境态必是当行矣。今人窃其似而相敌也,而吾则两收之。即不当行,其华可撷;即不本色,其质可风。

他所说的"当行",不只是说的对戏曲本身特点的熟练把握,而且"兼论作法",亦即包括创作方法在内,戏曲创作不是"组织饾饤学问",而是在于对剧本中"境态"亦即指人情物态的真实描写,必须恰到好处,"一毫增损不得"。他说的"本色",虽然是专指"填词",但并非"摹剿家常语言",而要求曲词之中"别有机神情趣"亦即体现传奇的精神风貌,应当是一种艺术的语言,所以"摹剿正以蚀本色","一毫妆点不来"。特别是他要求戏曲中"境态"和"填词"两者的统一,即"当行"与"本色"的统一:"果属当行,则句调必多本色矣;果具本色,则境态必是当行矣。"所以他的戏曲美学观点是比较全面而稳妥的,并不偏向一面。对于戏曲的音律,他也是很重视的,但是他并不赞成把音律放在高于一切的位置,也不赞成过分追求音律的严密,而是比较欣赏自然和谐的"天籁""元声",所谓"吹以天籁,协乎元声"。

吕天成《曲品》分上下两卷，上卷评传奇作家，分旧传奇作家和新传奇作家两类。旧传奇作家按神、妙、能、具四品，是参考传统画品分等的方法来评戏曲作家的。新传奇作家分为上、中、下三等，每一等中又分上、中、下三级，实际是九等；下卷评作品，也分为旧传奇和新传奇两类。旧传奇也分神、妙、能、具四等；新传奇也分上、中、下三等，每等也分上、中、下三级。他在品评戏曲作家时，在旧传奇作家中列高则诚为神品，在新传奇作家中列沈璟、汤显祖为上品之上。其下卷所评作品大致和上卷作家是相应的。吕天成对作家和作品都有评语，总的说，他的品评分等标准主要有以下几方面：第一，从传奇作家来说，以才情为主，才情和音律并重。他对吴江派和临川派采取调和折中态度，他是沈璟的得意门生，自然是十分尊重沈璟的，但是他对汤显祖的才情、丽藻，是非常倾心和钦佩的，这从他对汤显祖的评价中可以看出来，显然比对沈璟的评价要更高。所以，实际上他是更重才情的，其卷上评此种思想处处可见。如评陆采："湖海豪才，烟霞仙品。"评张凤翼："烈肠慕侠，雅志采真。"评顾大典："俊度独超，逸才早贵。"评屠隆："逸才慢世，丽句惊时。"评郑之文："月露才华，风流雅格。"评车任远："蔚有才情，结撰亦富。"等等。第二，从传奇作品来说，他的评价受外舅祖孙月峰的影响很大，他在《曲品》卷下首先引用孙月峰的"十要"作为衡量传奇作品好坏的依据："凡南剧，第一要事佳，第二要关目好，第三要搬出来好，第四要按宫调、协音律，第五要使人易晓，第六要词采，第七要善敷衍，淡处做得浓，闲处做得热闹，第八要各角色派得匀妥，第九要脱套，第十要合世情、关风化。持此十要以衡传奇，靡不当矣。"在对各部作品的评价中基本上都贯穿了这一思想，但又有他自己的新发展。首先，他重视戏曲文学剧本内容的真实和情节的新奇，如评《荆钗记》云："以真切之调，写真切之情，情文相生，最不易及。"评《琵琶记》云："串插甚合局段，苦乐相错，具见体裁。"评《杀狗记》云："此真写事透澈，不落恶腐，所以为佳。"评《还魂记》云："杜丽娘事，甚奇。而著意发挥，怀春慕色之情，惊心动魄。且巧妙叠出，无境不新，真堪千古矣。"其次，他强调化工肖物之美，而无人工雕琢之迹。其卷上评高则诚时说："化工之肖物无心，大冶之铸金有式。"卷下评《拜月亭》云："天然本色之句，往往见宝，遂开临川玉茗之派。"评《弹铗》云："方诸生以其少天趣，短之。"再次,他要求剧本情景交融,生动传神。如评《琵琶记》云:"蔡邕之托名无论已,其词之高绝处,在布景写情,真有运斤成风之妙。"评《教子寻亲记》云:"真情苦境,亦甚可观。"评《双忠记》云:"境惨情悲,词亦充畅。"评《结发》云:"情景曲折,便觉一新。"评《明珠记》云:"抒写处有景有情。"评《冬青记》:"音律精工,情景真切。"最后,他要求描写人情世态细致入微。如评《金印记》:"写世态炎凉曲尽,真足令人感喟发愤。"评《符节》:"描写田、窦炎凉态,曲折毕尽,的是名笔。"由此可见,吕天成的《曲品》对戏曲的文学剧本是非常重视的,这在当时的戏曲理论批评中是比较突出的。

与吕天成《曲品》齐名的是王骥德的《曲律》。王骥德(？—1623),字伯良,一字伯骏,号方诸生,又署秦楼外史,浙江会稽人。他是明代后期著名的戏曲作家和戏曲理论批评家,是徐渭的学生,对汤显祖尤为钦佩,并和吕天成是好朋友。他在戏曲理论方面的主要著作是《曲律》,其内容比较偏重在戏曲音律方面,但也论述到不少关于戏曲文学理论批评方面的问题。他的戏曲美学思想受徐渭、汤显祖影响颇深,重在自然本色之美,强调戏曲作家的天赋才情,但又兼及辞藻婉丽、音韵和谐,所以在吴江、临川两派的争论中采取折中调和的态度,然其内心还是更倾心于以汤显祖为代表的临川派的。他在《曲律》卷四《杂论第三十九下》中对两派都有所肯定,也都有所批评,与吕天成相似,他对沈璟的评价是很高的,他说:"其于曲学、法律甚精,泛澜极博。斤斤返古,力障狂澜,中兴之功,良不可没。"并称"《红蕖》蔚多藻语,《双鱼》而后,专尚本色,盖词林之哲匠,后学之师模也"。但对沈璟也有批评,说他"生平于声韵、宫调,言之甚悉,顾于己作,更韵、更调,每折而是,良多自恕,殆不可晓耳"。他评汤显祖说:"临川汤奉常之曲,当置'法'字无论,尽是案头异书。所作五传,《紫箫》《紫钗》第修藻艳,语多琐屑,不成篇章;《还魂》妙处种种,奇丽动人,然无奈腐木败草,时时缠绕笔端;至《南柯》《邯郸》二记,则渐削芜颣,俯就矩度,布格既新,遣词复俊,其掇拾本色,参错丽语,境往神来,巧凑妙合,又视元人别一蹊径,技出天纵,匪由人造。使其约束和鸾,稍闲声律,汰其剩字累语,规之全瑜,可令前无作者,后鲜来哲,二百年来,一人而已。"对汤显祖他也有批评,但从其对汤显祖肯定、赞扬之高来看,评价实是远远超过了沈璟的。他对沈璟,主要是赞扬他在戏曲音律方面的贡献,而对汤显祖的赞扬则是在戏曲的文学创造方面,认为他"技出天纵,匪由人造",如稍稍注意声律和删其累赘之语,则将"前无作者,后鲜来哲",成为二百年来第一人。他认为吴江派与临川派之不同,在创作上体现为重人工与重天工之差别,他说:"词隐之持法也,可学而知也;临川之修辞也,不可勉而能也。大匠能与人规矩,不能使人巧也。其所能者,人也;所不能者,天也。"《杂论第三十九下》记载:

> 客问今日词人之冠,余曰:"于北词得一人,曰高邮王西楼。俊艳工炼,字字精琢,惜不见长篇。于南词得二人:曰吾师山阴徐天池先生,瑰玮浓郁,超迈绝尘,《木兰》《崇嘏》二剧,刳肠呕心,可泣神鬼。惜不多作!曰临川汤若士,婉丽妖冶,语动刺骨,独字句平仄,多逸三尺,然其妙处,往往非词人工力所及。惜不见散套耳!"问体孰近,曰:"于文辞一家得一人,曰宣城梅禹金,摘华捄藻,斐亹有致;于本色一家,亦惟是奉常一人,其才情在浅深、浓淡、雅俗之间,为独得三昧。余则修绮而非垛则陈,尚质而非腐则俚矣。若未见者,则未敢限其工拙也。"

由此可见,王骥德对汤显祖评价之高和心折之深。《曲律》中他对吕天成在《曲品》中将沈璟、汤显祖列为上上品,而以沈在前,是不太满意的。他说:"以沈先汤,盖以法论;然二君既属偏长,不能合一,则上之上尚当虚左。"

王骥德在戏曲美学思想上,也是和汤显祖较为接近的。他认为戏曲的要害在真实地表演真情、真性,他说:"作闺情曲,而多及景语,吾知其窘矣。此在高手,持一'情'字,摸索洗发,方抱之不尽,写之不穷,淋漓渺漫,自有余力,何暇及眼前与找相二之花鸟烟云,俾掩我真性,混我寸管哉。世之曲,咏情者强半,持此律之,品力可见矣。"所以他论戏曲十分注重作家的天赋才情、作品的神韵机趣。他说:"天之生一曲才,与生一曲喉,一也。天苟不赋,即毕世拈弄,终日咿呀,拙者仍拙,求一语之似,不可几而及也。然曲喉易得,而曲才不易得,则德成而上与艺成而下之殊科也。"在戏曲的剧作者与表演者方面,他是更看重剧作者的,但不管是"曲才"还是"曲喉",他都强调天赋才能的重要性。他在《论须读书第十三》中说:"词曲虽小道哉,然非多读书,以博其见闻,发其旨趣,终非大雅。须自《国风》《离骚》、古乐府及汉魏、六朝三唐诸诗,下迨《花间》《草堂》诸词,金、元杂剧诸曲,又至古今诸部类书,俱博搜精采,蓄之胸中,于抽毫时,掇取其神情标韵,写之律吕,令声乐自肥肠满脑中流出,自然纵横该洽,与剿袭口耳者不同。"虽是读古人书,在创作中仍要取其"神情标韵",从自己胸中流出,"作诗原是读书人,不用书中一个字"。他认为戏曲作品应以"模写物情,体贴人理"为主,所以文辞"一涉藻缋,便蔽本来",然而也不能太质朴,"纯用本色,易觉寂寥",此中"雅俗浅深之辨,介在微茫,又在善用才者酌之而已"。天赋英才,自能运用自如而恰到好处,此亦可见其对才的重视。他论戏曲的音律,虽对声律的要求也很严,以便于演唱,但是他又重在表现"天地之元声",认为这是"自然之至理"。由于重在意趣,所以他论咏物强调要如"佛家所谓不即不离,是相非相,只于牝牡骊黄之外,约略写其风韵,令人仿佛中如灯镜传影,了然目中,却摸捉不得,方是妙手"。他批评沈璟论戏曲"取其声,而不论其义","路头一差","为后来之误甚矣"。他主张"曲以婉丽俏俊为上",竭力赞扬金陵陈大声、吴县梁伯龙"颇著才情",又说"《拜月》语似草草,然时露机趣"。他还特别重视戏曲创作上的虚实结合方法,说:"剧戏之道,出之贵实,而用之贵虚。《明珠》《浣纱》《红拂》《玉合》,以实而用实者也;《还魂》、'二梦',以虚而用实者也。以实而用实也易,以虚而用实也难。"王骥德和汤显祖在戏曲美学思想上的不同,主要是在音律的问题上,他比汤显祖要求严格,强调戏曲不能变为"案头异书",而应当是适合于演出的剧本。他认为各种文学体裁都有自己的特点,不应当混淆。他说:"词之异于诗也,曲之异于词也,道迥不侔也。诗人而以诗为曲也,文人而以词为曲也,误矣,必不可言曲也。"戏曲和诗文不同,"世有不可解之诗,而不可令有不可解之曲","作剧戏,亦须令老妪解得,方入众耳,此即本色之说也"。在王骥德看来,各种文学体裁的特点即是其本色之所在。

第二十四章　王夫之和叶燮的诗歌理论

第一节　明末清初诗歌理论批评发展的特点

明末清初是中国古代文学理论批评发展的一个十分重要的阶段,在这一时期中出现了一些十分重要的著名文学理论批评家,如王夫之、金圣叹、叶燮、李渔等,他们的诗文理论、小说理论和戏曲理论,不仅在当时是最杰出的,而且在中国文学理论批评史上有十分重要的地位,是对中国古代文学理论批评发展经验的总结。这一时期文学理论批评的繁荣是与社会经济、政治的发展和思想文化的演变有密切关系的。明清之交,中国封建社会发展已经进入后期,商品经济的发展和城市的繁荣已经孕育着资本主义因素的萌芽,封建皇权受到了有民主主义和启蒙色彩的反皇权思想的冲击,思想文化领域也激荡着一股反传统的、具有个性解放色彩的新思潮,从李贽、袁宏道到黄宗羲、戴震,都可以鲜明地看出由思想文化到政治观念上的这种新变化。因此摆在人们面前的是一个很尖锐的问题:中国究竟应该往什么方向发展? 在探讨这个问题时,很自然地要从总结历史经验入手。所以从明末清初开始,尽管康熙、乾隆时期封建政治、经济都曾达到了一个繁荣发展的新高潮,但是在思想文化领域中这种总结历史经验教训、探讨未来发展方向的工作却从未停止过。所以,在文学理论批评上也表现出了这种特点。

明末清初的诗文理论批评是相当繁荣的,对公安派反对前后七子的复古模拟,提倡以抒写性灵为中心的文学思想,也有许多不同的看法和见解,这主要表现为以下几种不同的倾向:一是立足于前后七子、倾向复古,不赞成公安、竟陵的文学主张,但又不是简单地承袭和延续七子的老路,而是吸取了公安派提倡抒写真情的方面,反对其在内容上和文辞上的鄙俚、浅俗;提倡学习秦汉之文和盛唐之诗,但又反对模拟因袭,要求文学起到积极的社会教育作用;实际上对这两派,采取了扬长避短的态度。这可以陈子龙为代表。二是立足于公安派的性灵说,反对前后七子的复古模拟主张,但也反对竟陵派的幽深孤峭,而又强调要学习古人的长处。这可以钱谦益为代表。三是赞同公安派的抒写真实性情之说,而又不同意对性情不加规范地任其自然发展,主张文学要描写具有深刻社会内容的真实性情,这是对公安派的一种改革,但又带有传统的诗教烙印。这可以黄宗羲为代表。总的说来,明末文学理论批评发展有向传统回归的倾向,而这又是和当时晚明政治的腐朽与清兵的入关、汉族文人强调文学要紧密联系社会现实有关的。

陈子龙(1608—1647),字人中,又字卧子,号大樽,松江华亭(今上海松江区)人。他是崇祯十年(1637)的进士,曾为兵科给事中,积极参加明末的抗清斗争,后被捕,投水死。陈子龙的文学思想从总的方面说,是维护和肯定前后七子的,但是他之所以如此,是与他的政治思想直接相关的。他青年时代和夏允彝等组织幾社,虽以会文为主,但他们大都是一些比较关心国家兴亡的青年,后来很多都参加了抗清斗争。陈子龙是一个爱国主义英雄,他身处明末民族危亡之际,对文学创作特别强调要与现实斗争相联系,重视文学的社会教化作用。他要求文学能继承《风》《雅》以来的美刺比兴传统,赞扬唐诗的博大精深,特别是杜甫的诗能以高超的艺术形式体现"忠君忧国"之心,所谓"序世变,刺当涂,悲愤峭激,深切著明,无所隐忌,读之使人慷慨奋迅而不能止"(《左伯子古诗序》)。他不喜欢公安、竟陵那些缺乏社会内容,偏于抒发个人的闲情逸趣之作,他说:"今之为诗者,类多俚浅仄谲。"(《宣城蔡大美古诗序》)他认为"近世以来,浅陋靡薄,浸淫于衰乱矣"(《皇明诗选序》)。所以他肯定"北地(李梦阳)、信阳(何景明),力返《风》《雅》;历下(李攀龙)、琅琊(王世贞),复长坛坫,其功不可掩,其宗尚不可非也"(《仿佛楼诗稿序》)。他并不是要恢复七子的模拟因袭,他对七子的弊病有很清醒的认识,也作过尖锐的批评,但他不赞成对七子全盘否定,又走向另一个极端。他在《仿佛楼诗稿序》中紧接上文所引肯定七子语后,又指出:

特数君子者,摹拟之功多,而天然之资少,意主博大,差减风逸;气极沉雄,未能深永。空同壮矣。而每多累句;沧溟精矣,而好袭陈华;弇州大矣,而时见卑词。惟大复奕奕,颇能洁秀,而弱篇靡响,概乎不免。后人自矜其能,欲矫斯弊者,惟宜盛其才情,不必废此简格。发其眇渺,岂得荡然律吕,不意一时师心诡貌,惟求自别于前人,不顾见笑于来祀,此万历以还数十年间,文苑有罔两之状,诗人多侏儒之音也。

这里他不但对前后七子从总的方面切中要害地指出了其模拟多而天然少等弊病,而且对其代表人物李、何、李、王的优缺点都作了扼要的分析。同时,他又指出万历以后数十年间,文坛在批评七子时,又有很大的片面性,不能充分肯定其优点,不懂得"宜盛其才情",而不废其"简格","惟求自别于前人",不顾见笑于来哲。他虽然对公安、竟陵的诗风持否定态度,但对他们特别是公安派在文学思想上最有价值的基本方面,即提倡"真情"和注重"天然",不仅是肯定的,而且也吸收过来成为他文学思想的重要内容。他在《皇明诗选序》中深悼当时"元音之寂寥",《仿佛楼诗稿序》中批评前后七子"天然之资少",在《王介人诗余序》中赞美"天机所启,若出自然"之作,在《佩月堂诗稿序》中提倡"情真"之作,都可以充分说明他在文学思想上并非和公安派对立的,而是充分地接受了公安派文学思想的积极方面的。

陈子龙正是在对前后七子和公安、竟陵的上述认识基础上,提出了"情以独至为真,文以范古为美"的文学创作思想原则。所谓"情以独至为真",是说诗歌创作要表现诗人独有的发自内心之真情,而这种真情又是诗人有感于现实,激荡于内心,而不得不发之结果,所谓"其欢愉愁怨之致,动于中而不能抑者"(《王介人诗余序》)。他在《佩月堂诗稿序》中说道:"《记》有之,情动于中,故形于声;声成文,谓之音。盖古者民间之诗,多出于纤织井臼之余,劳苦怨慕之语,动于情之不容已耳。"他所主张的"情真"和公安派有所不同,他不像公安派那样认为只要是真情流露,不管什么样的情都是好的,他强调的是从现实中来,又能对现实起作用的情。所以,他在《六子诗序》中明确提出了"诗之本"并不在使自己的声名传播于后,能够得到不朽,而是"忧时托志者之所作也","苟比兴道备,而褒刺义合,虽涂歌巷语,亦有取焉";"夫作诗而不足以导扬盛美,刺讥当时,托物联类而见其志,则是《风》不必列十五国,而《雅》不必分大小也。虽工而余不好也"。从这种角度出发,他十分赞同司马迁的发愤著书说,突出诗歌的怨刺作用,认为文学创作和社会现实有极其密切的关系,文学家要敢于说真话是不容易的,特别是针砭时弊、大胆揭露现实黑暗面的创作更为不易,往往会遭到杀身之祸。他在《诗论》中说道:"三代以后,文章之士,不亦难乎!欲称引盛德赞宣显人,虽典颂衰雅乎,即何得非谄。其或慷慨陈辞,讥切当世,朝脱其口,暮婴其戮。呜呼!当今之世,其可以有言者鲜矣。"然而,真正的、有价值的文学创作,必须要求有怨刺,所以,他认为《诗经》中的《颂》表面上看是赞美"古之盛王"的,实际上正是对现实衰世的讥刺。他说:"我观于《诗》,虽颂皆刺也。时衰而思古之盛王,《崧高》之美申,《生民》之誉甫,皆宣王之衰也。至于寄之离人思妇,必有甚深之思,而过情之怨,甚于后世者。故曰皆圣贤发愤之所为作也。"他在《白云草自序》中进一步阐发此旨云:"诗者,非仅以适己,将以施诸远也。《诗》三百篇虽愁喜之言不一,而大约必极于治乱盛衰之际。""夫左徒、陈王之作,凄恻而缠绵,推其大旨,又何忠爱之至乎!"他认为先秦时代的庄子和屈原,虽然一个出世、一个入世,但也都是出于对黑暗现实的愤激和不满,他在《谭子庄骚二学序》中说:"战国时,楚有庄子、屈子,皆贤人也,而迹其所为绝相反。庄子游天地之表,却诸侯之聘,自托于不鸣之禽,不材之木,此无意当世者也;而屈子则自以宗臣受知遇,伤王之不明而国之削弱,悲伤郁陶,沉渊以没,斯甚不能忘情者也。""予尝谓二子皆才高而善怨者,或至于死,或遁于无乎有之乡,随其所遇而成耳。"可见,他对庄子和屈原的认识是很深刻的。所以他批评当时的文人说:"今之为诗者,我惑焉,当其放形山泽之中,意不在远,适境而止。又曰:我恐以言为戮也,一旦历玉阶,登清庙,则详缓其步,坐论公卿,彼柔翰徒滑我神,何益殿最为?如是,则国家之文,安能灿然与三代比隆,而人主何所采风存褒刺哉?"陈子龙这种强调文学创作要积极干预现实的主张,是他的强烈爱国主义精神在文学思想上的具体表现,在当时文坛上体现了一种蓬勃的生气,是颇有影响的。以陈子龙为代表的这股倾向于回归传统的文学思潮,绝非对前后七子的简单承续,也完全不同于七子的复古,而是在七子、公安、竟陵基础上的进一步发展,并成为明末清初文学思想发展中的一个基调。

在文学的艺术形式上,陈子龙提出的"范古"也绝非对古人的因袭模拟,而是在继承古代优秀文学艺术传统的基础上有所创造、有所发明的一种创作思想。他在《仿佛楼诗稿序》中说:"盖诗之为道,不必专意为同,亦不必强求其异。既生于古人之后,其体格之雅,音调之美,此前哲之所已备,无可独造者也。至于色采之有鲜萎,丰姿之有妍拙,寄寓之有浅深,此天致人工,各不相借者也。譬之美女焉,其托心于窈窕,流媚于盼倩者,虽南威不假颜于夷光,各有动人之处耳。若必异其眉目,殊其玄素,以为古今未有之丽,则有骇而走矣。"由此可见,陈子龙认为文学的艺术美不在于是否一定和前人完全不同,既不必专求同,也不必强求异,实际上文学创作也不可能对前人没有一点继承,而是应该在继承其优点的基础上有新的创造。他所追求的是折中于古今之间的适度与合宜,故而提出:"太文则弱,太率则俗,太达则肤,太坚则讹,太合则袭,太离则野。"(《六子诗序》)在意与词关系上,他很重视以意为主导下的意与词的统一。他在《佩月堂诗稿序》中说:"若夫后世之诗,大都出于学士家,宜其易于兼长而不逮古者,何也?贵意者率直而抒写则近于鄙朴,工词者黾勉而雕绘则苦于繁褥。盖词非意则无所动荡而盼倩不生;意非词则无所附丽而姿制不立。"他这种对文学创作的艺术形式的要求,是和他的整体文学思想一致的。

钱谦益(1582—1664),字受之,号牧斋,常熟(今属江苏)人,为明末清初著名诗人和文学批评家。钱谦益是万历三十八年(1610)进士,参加过东林党人活动,崇祯初为礼部侍郎,南明弘光朝时为礼部尚书。清兵南下时投降,但他后来又与反清活动有一定联系,顺治四年(1647)曾被捕,出狱后获赦归里。钱谦益家里有丰富的藏书,为著名的绛云楼,惜于顺治七年被大火焚毁。钱谦益文学思想的基本倾向是:坚决反对前后七子复古模拟,反对竟陵派偏狭的幽深孤峭,肯定公安派抒写性灵、表现真情、崇尚自然的基本方面,但也不赞成他们不重视学问、过于浅薄俚俗的弊病,要求在讲究真情自然流露的基础上,辅之以知识学问和继承前人的创作经验。钱谦益总结了有明一代诗歌发展的状况,编选了有两千余家诗人作品的《列朝诗集》,并附有小传,对其生平与其创作进行评述,后其族孙钱陆灿曾将他所写小传别辑为《列朝诗集小传》,这实际上就是明代的诗歌史与诗歌批评史。钱谦益在《读宋玉叔文集题辞》中曾讲到"余之从事于斯文,少自省改者有四":一是由"熟烂空同、弇州"到改读归有光之文;二是由"奉弇州《艺苑卮言》如金科玉条"到观王世贞晚年之追悔而推崇韩、欧;三是"午、未间(当为万历三十四、三十五年),客从临川来,汤若士寄声相勉曰:'本朝文自空同已降,皆文之舆台也。古文自有真,且从宋金华着眼。'自是而指归大定。"四是从唐顺之先学秦汉文,后遇王慎中痛言文章利病,改学唐宋文,"吴人蔡羽与王济之书极论其侧出非古,由是而益知古学之流传确有自来"。由此可见钱谦益文学思想由七子转向公安而又不排斥学古的发展过程。

钱谦益在《列朝诗集小传》中对前后七子的模拟因袭进行了严厉批评。这可以说是对自明代万历以来对前后七子批评的一个总结,并对叶燮等的诗学有较大影响。他在李梦阳小传中说:"献吉以复古自命,曰古诗必汉魏,必三谢;今体必初盛唐,必杜;舍是无诗焉。牵率模拟剽贼于声句字之间,如婴儿之学语,如桐子之洛诵,字则字、句则句、篇则篇,毫不能吐其心之所有,古之人固如是乎?天地之运会,人世之景物,新新不停,生生相续,而必曰汉后无文,唐后无诗,此数百年之宇宙日月尽皆缺陷晦蒙,直待献吉而洪荒再辟乎?"他在揭露李梦阳模拟剽贼如婴儿之学语同时,着重指出天地运会、人世景物,都是新新不停,生生相续的,这正是从变的观点对七子所作的批评。他在何景明小传中又指出:"余独怪仲默之论,曰:'诗溺于陶、谢力振之,古诗之法亡于谢;文靡于隋,韩力振之,古文之法亡于韩。'呜呼,诗至于陶、谢,文至于韩,亦可以已矣。仲默不难以一言抹摋者,何也?渊明之诗,钟嵘以为古今隐逸之宗,梁昭明以为跌宕昭彰、抑扬爽朗,横素波而傍流,干青云而直上。评之曰'溺',于义何居?运世迁流,风雅代变,西京不得不变为建安,太康不得不变为元嘉,康乐之兴会标举,寓目即书,内无乏思,外无遗物,正所以畅汉魏之飙流,革孙许之风尚,今必欲希风枚马,方驾曹刘,割时代为鸿沟,画晋宋为鬼国,徒抱刻舟之愚,自违舍筏之论。昌黎佐佑六经,振起八代,'文亡于韩',有何援据?吾不知仲默所谓'文'者,何文,所谓'法'者,何法也。"所谓"运世迁流,风雅代变"的思想,正是对公安派袁宏道《雪涛阁集序》中思想的发挥,而所谓"兴会标举,寓目即书",则和公安派所主张的任其自然、率性而作是一致的。他在李攀龙传中,也同样尖锐地批评了其模拟剽窃的弊病,他指出:"《易》云拟议以成其变化,不云拟议以成其臭腐也。"而李攀龙所写的乐府诗,"易五字而为《翁离》,易数句而为《东门行》《战城南》","影响剽贼,文义违反,拟议乎?变化乎?""今也句撦字掜,行数墨寻,兴会索然,神明不属,被断蕑以衣绣,刻凡铜为追蠡,目曰后十九,欲上掩平原之十四,不亦愚乎?"所以他说:"今人尊奉于鳞,服习拟议变化之论,自谓溯古选沿初唐,区别淄渑,穷极要眇,自通人视之,正严羽卿所谓下劣诗魔入其肺腑者也。"诗歌创作是诗人性灵的自然流露,所以各人都有自己的特点,"如人之有眉目焉,或清而扬,或深而秀,分寸之间,而标置各异,岂可以比而同之也哉?沈不必似宋也,杜不必似李也,元不必似白也","各不相似,各不相兼也"(《范玺卿诗集序》)。他和公安派一样,是十分重视文学的独创性的。

从钱谦益的上述论说来看,他在诗学观点上正是发挥了公安派的思想,而对前后七子作了进一步深入批评的。所以他对以袁宏道为代表的公安派给予了很高的评价,在袁宗道小传中赞扬他"厌薄俗学,力排假借盗窃之失",他在袁宏道小传中,说袁宏道"以通明之资,学禅于李龙湖,读书论诗,横说竖说,心眼明而胆力放,于是乃昌言击排,大放厥辞。以为唐自有诗,不必选体也。初、盛、中、晚皆有诗,不必初盛也。欧、苏、陈、黄各有诗,不必唐也。唐人之诗,无论工不工,第取读之,其色鲜妍,如旦晚脱笔研者。今人之诗虽工,拾人饤饾,才离笔研,已成陈言死句矣。唐人千岁而新,今人脱手而旧,岂非流自性灵与出自剽拟者所从来异乎"!认为自袁宏道之论出,七子之复古模拟风气,方得以廓清,文人才懂得"疏瀹心灵,搜剔慧性",并以此来"荡涤摹拟涂泽之病",所以,中郎的功绩是很伟大的。他在《陶仲璞遁园集序》中说道:"万历之季,海内皆诋訾王、李,以乐天、子瞻为宗,其说唱于公安袁氏。而袁氏中郎、小修,皆李卓吾之徒,其指实自卓吾发之。"又说:"夫诗至于香山,文至于眉山,天下之能事尽矣。袁氏之学,未能尽香山、眉山,而其抉摘芜秽,开涤海内之心眼,则功于斯文为大。"但是,他对公安派并不是没有批评的。他认为公安派对前后七子的批评有矫枉过正之处,而竟陵派更加将之引向极端,以至于走上了邪道。他在袁宏道小传中说:"(袁宏道)机锋侧出,矫枉过正,于是狂瞽交扇,鄙俚公行,雅故灭裂,风华扫地。竟陵代起,以凄清幽独矫之,而海内之风气复大变。譬之有病于此,邪气结轖,不得不用大承汤下之,然输泻太利,元气受伤,则别症生焉。北地、济南,结轖之邪气也,公安泻下之,劫药也;竟陵传染之,别症也。"由于钱谦益所处的时代和竟陵派钟惺、谭元春接近,正是竟陵派诗风盛行之际,所以,钱谦益对竟陵派的攻击尤为猛烈,他在钟惺小传中说道:"其所谓深幽孤峭者,如木客之清吟,如幽独君之冥语,如梦而入鼠穴,如幻而之鬼国,浸淫三十余年,风移俗易,滔滔不返。""钟谭之类,岂亦五行志所谓诗妖者乎!"钱谦益的文学思想是在公安派的基础上又有所改革,也在某种程度上表现了向"诗教"传统的回归。故而,他对严羽的批评也是很激烈的。他在《唐诗英华序》中指责严羽、高棅所分初、盛、中、晚四唐之说不科学,又说严羽"以禅喻诗"为"无知妄论",特别提出:"其似是而非,误入箴芒者,莫甚于妙悟之一言。彼所取于盛唐者,何也? 不落议论,不涉道理,不事发露指陈,所谓玲珑透彻之悟也。"他举出许多《诗经》中的例子,说明作为"诗之祖"的《诗经》已有不少"议论""道理""发露""指陈",今以"一知半见指为妙悟",有如"目瞖者别见空华,热病者旁指鬼物,严氏之论诗,亦其瞖热之病耳"。他在《唐诗鼓吹序》中又说:"嗟夫唐人一代之诗,各有神髓,各有气候。今以初盛中晚,厘为界分,又从而判断之曰:此为妙悟,彼为二乘;此为正宗,彼为羽翼。支离割剥,俾唐人之面目,蒙幂于千载之上,而后人之心眼,沉锢于千载之下,甚矣,诗道之穷也。"他从批评七子而追溯其根源,认为七子之推崇盛唐实是由严羽诗论而来。他本人在学习古人方面是设格较宽的,从《诗经》《楚辞》到汉魏六朝,到唐宋金元,一直到明代,凡属优秀的诗作,都在他学习之列。他虽然批评严羽,但还是肯定其对江西诗派的批评,他在《徐元叹诗序》中说:"宋之学者,祖述少陵,立鲁直为宗子,遂有江西宗派之说,严羽(仪)卿辞而辟之,而以盛唐为宗,信羽(仪)卿之有功于诗也。"他对严羽之强调诗歌要以吟咏性情为主的思想不仅不反对,而且是他诗学思想中的重要部分。他在《曾房仲诗序》中说:"学杜有所以学者矣,所谓'别裁伪体''转益多师'者是也。"这也正是他诗学思想的基本特征。

钱谦益十分强调文学创作是"天地元声"的体现,是"天地之元气"发而为诗(《徐司寇画溪诗集序》)。而这种"元气"又是与人的"灵心"相结合的产物,他说:"文章者,天地英淑之气,与人之灵心结习而成者也。"(《李君实恬致堂集序》)这是他对文学本质的一个很有见地的论述。他还特别指出:"诗者,志之所之也。陶冶性灵,流连景物,各言其所欲言者而已。"(《范玺卿诗集序》)诗歌乃是诗人内在的"性灵"与外界"景物"的融合而自然流露的不吐不快之志的体现。因此他特别重视诗歌感情的真实性,他在《季沧苇诗序》中说道:"有真好色,(按:钱谓:'士相媚,女相说,以至于风月婵娟,花鸟繁会,皆好色也。')有真怨诽,而天下始有真诗。一字染神,万劫不朽。"然而这种"真诗"的创作,又不能离开对前人的学习和借鉴,诗人应当有广博的知识和学问,他在《爱琴馆评选诗慰序》中说:"古之为诗者,学溯九流,书破万卷,要归于言志、永言,有物、有则,宣导情性,陶写物变,学诗之道,亦如是而止。"他特别推崇汤显祖,也正是因为汤显祖之作不仅抒写性灵、吟咏情性,而且学于曾、王,词由己出。他在《汤义仍先生文集序》中说:"义仍晚年之文,意象萌苗,根荄屈蟠,其源汨汨然,其质熊熊然,盖义仍之于古文,可谓变而得正,而于词可谓己出者也。"他认为诗"不可以苟作",必须是有深情郁结于内,而不得不发之所为作也。他在《虞山诗约序》中说道:"古之为诗者,必有深情畜积于内,奇遇薄射于外,轮囷结轖,朦胧萌折,如所谓惊澜奔湍,郁闭而不得流;长鲸苍虬,偃塞而不得伸;浑金璞玉,泥沙掩匿而不得用;明星皓月,云阴蔽蒙而不得出。于是乎不能不发之为诗,而其诗亦不得不工。"所以他在《冯定远诗序》中说:"故曰:诗穷而后工。诗之必穷,而穷之必工,其理然也。"他是很重视文学要有充实内容,并能对现实起到积极作用的,也是从这个角度,他肯定了"诗教"的意义。他在《施愚山诗集序》中说:"《记》曰:'温柔敦厚,诗之教也。'说《诗》者谓《鸡鸣》《沔水》殷勤而规切者,如扁鹊之疗太子,《溱洧》《桑中》咨嗟而哀叹者,如秦和之视平公,病有浅深,治有缓急,诗人之志在救世,归本于温柔敦厚一也。"在《娄江十子诗序》中,他指出古人学诗"非以诗为所有事而学之也",而是"自宽柔静正以逮于温良能断之德各有执焉",故古人以"温柔敦厚"为"诗教"也。可是"今之为诗者不知诗学,而徒以雕绘声律剽剥字句者为诗",这是他所坚决反对的。

他在《冯定远诗序》中又说:"古之为诗者,必有独至之性,旁出之情,偏诣之学,轮囷逼塞,偃蹇排奡,人不能解而己不自喻者,然后其人始能为诗,而为之必工。"诗人必须有超脱一般世俗之见,有与流行观念不同的独特思想、爱好、习惯,然后他才能创作出真正有价值的诗歌。他还说:"是故软美圆熟,周详谨愿,荣华富厚,世俗之所叹羡也,而诗人以为笑;凌厉荒忽,敖僻清狂,悲忧穷蹇,世俗之所訽姗也,而诗人以为美。人之所趋,诗人之所畏;人之所憎,诗人之所爱。人誉而诗人以为忧,人怒而诗人以为喜。"只有有了这样的"独至之性,旁出之情",他的诗作才会有创造性,形成自己特有的风格。他和陈子龙在文学思想上的基本出发点不同,但他们在重视文学的现实社会作用,为此而强调"诗教"、回归传统这一点上是一致的。钱谦益有关诗歌的论著是非常多的,可惜的是,他虽对历代诗歌特别是明代诗歌作了很多评论,但是在诗歌理论上却没有形成自己的体系,具有深刻理论价值的独创性新见不多,所以他在诗学理论上的成就也就不能和王夫之、叶燮等相比了。

黄宗羲(1610—1695),字太冲,号南雷,人称为梨洲先生,浙江余姚人。他生活在明末清初,身处民族危亡之秋,是一位有强烈爱国主义思想并能坚持民族气节的文学家,也是一位具有民主主义思想色彩的思想家,他所写的《明夷待访录》和《明儒学案》表现了批评皇权、君权的进步思想因素。他的文学思想也反映了这种民族思想和民主思想的影响。

黄宗羲和钱谦益一样,也是反对前后七子而肯定公安派的。在古文写作上,他是比较肯定唐宋派而不赞成前后七子的,他在《明文案序上》中说:"议者以震川为明文第一,似矣。"《明文案序下》中,他对前后七子的"文必秦汉"说,进行了比较尖锐的批评:"自空同出,突如以起衰救弊为己任,汝南何大复友而应之,其说大行。""当空同之时,韩、欧之道如日中天,人方企仰之不暇,而空同矫为秦汉之说,凭陵韩、欧,是以旁出唐子,窜居正统,适以衰之弊之也。其后王、李嗣兴,持论益甚,招徕天下,靡然而为黄茅白苇之习。曰古文之法亡于韩,又曰不读唐以后书,则古今之书去其三之二矣。又曰视古修辞宁失诸理,六经所言唯理,抑亦可以尽去乎?"在诗歌创作上,他更不赞成前后七子"诗必盛唐"说,他在《张心友诗序》

中说道:"余尝与友人言诗:诗不当以时代而论,宋、元各有优长,岂宜沟而出诸于外,若异域然?即唐之时,亦非无蹈常袭故、充其肤廓而神理蔑如者,故当辩其真与伪耳。"他论诗重在真情真意之自然流露,心有所感而情之不发不快,他在《黄孚先诗序》中赞扬孚先之诗论说:"孚先论诗大意,谓声音之正变,体制之悬殊,不特中、晚不可为初、盛,即《风》《雅》《颂》亦自有迥然不同者;若身之所历,目之所触,发于心著于声,迫于中之不能自已,一倡而三叹,不啻金石悬而宫商鸣也;斯亦奚有今昔之间,盖情之至真,时不我限也。斯论美矣。"此处所谓"情之至真""发于心著于声"之说,正与公安派之提倡性灵、真情完全一致。并由此说明每个时代有每个时代的文学,各有自己的长处,不必以某一时代为唯一典范和标准。他在《明文案序上》中还指出:"凡情之至者,其文未有不至者也。则天地间街谈巷语、邪许呻吟,无一非文,而游女、田夫、波臣、戍客,无一非文人也。"在《论文管见》中云:"所谓文者,未有不写其心之所明者也。"他虽然反对七子肯定公安,但并不否定七子的长处,也不否定公安的弱点。他在《范道原诗序》中说:"竟陵、公安攻北地、太仓者,亦曾有北地、太仓之学问乎?攻竟陵、公安者,亦曾有竟陵、公安之才情乎?"他要求的正是才情和学问的统一。

值得我们注意的是,黄宗羲所说的"真情"和公安派的"真情"又不完全相同,他对"情"之真伪有很严格的要求,认为诗歌的"情"必须是感人至深的真切之情,而不能是一时的矫情,否则就不能感人至深而起到积极的社会作用,这也正是古人之情和今人之情的不同之处。他在《黄孚先诗序》中又说:

> 情者,可以贯金石动鬼神。古之人情与物相游,而不能相舍,不但忠臣之事其君,孝子之事其亲,思妇劳人结不可解,即风云月露,草木虫鱼,无一非真意之流通,故无溢言曼辞以入章句,无诡笑柔色以资应酬,唯其有之,是以似之。今人亦何情之有,情随事转,事因世变,干啼湿哭,总为肤受,即其父母兄弟亦若败梗飞絮,适相遭于江湖之上。劳苦倦极,未尝不呼天也;疾痛惨怛,未尝不呼父母也。……由此论之,今人之诗非不出于性情也,以无性情之可

出也。

强调"情"要具有广泛的社会意义,这正是黄宗羲论情和公安派不同之所在。为此,他还提出了"一时之性情"与"万古之性情"的不同,他在《马雪航诗序》中说:"诗以道性情,夫人而能言之。""盖有一时之性情,有万古之性情。夫吴歈越唱,怨女逐臣,触景感物,言乎其所不得不言,此一时之性情也。孔子删之以合乎兴、观、群、怨、思无邪之旨,此万古之性情也。"此所谓"万古之性情"与"一时之性情",即是人性中之共性与个性,不过,黄宗羲把这种"共性"看作就是孔子提出的"兴、观、群、怨、思无邪"而已。"后之为诗者"不能寓"万古之性情"于其中,故而其诗"不过一人偶露之性情",若能懂得将"万古之性情"寄寓于"一时之性情"中,"则吴、楚之色泽,中原之风骨,燕、赵之悲歌慷慨,盈天地间,皆恻隐之流动也,而况于所自作之诗乎!"他不赞成公安派的俚俗,而主张回归"诗教"传统,很重要的一点即在于此。他不赞成公安派对"情"不加任何规范,他要求对"情"给予严格的政治规范、道德规范,使之有普遍的社会现实意义。但他所理解的"诗教"传统,并非事父事君、止乎礼义,他更为强调的是像"变风""变雅"那样对衰世、乱世的怨刺,认为在"厄运厄时",文学产生于济世救时之急需,所以更有生气和活力。他也认为文学是天地间之"元气"的体现,然而只有在危难的时代,这种"元气"才能真正显出它的"奇",他在《谢皋羽年谱游录注序》中说道:"夫文章,天地之元气也。元气之在平时,昆仑旁薄,和声顺气,发自廊庙,而鬯浃于幽遐,无所见奇。逮夫厄运危时,天地闭塞,元气鼓荡而出,拥勇郁遏,坌愤激讦,而后至文生焉。故文章之盛,莫盛于亡宋之日,而皋羽其尤也。"盛世衰世都可以产生文学,但盛世文学往往不如衰世文学更具有激动人心的力量,其原因就在文学主要不是歌颂升平,而是要干预现实,促进社会的进步与发展。动乱衰败的时代更易于触发文人济世安民的强烈责任感和改革现实的奔放激情,更易于使他们产生骨鲠在喉、不吐不快的创作冲动。所以他非常赞同韩愈《荆潭唱和诗序》中"和平之音淡薄,而愁思之声要妙;欢愉之辞难工,而穷苦之言易好"的观点。他说:"向令《风》《雅》而不变,则诗之为道,狭隘而不及情,何以感天地而动鬼神乎?是故汉之后,魏、晋为盛;唐自天宝而后,李、杜始出;宋之亡也,其诗又盛。无他,时为之也。"(《陈苇庵年伯诗序》)他也非常推崇韩愈的"不平则鸣"思想,他在《朱人远墓志铭》中说:"夫人生天地之间,天道之显晦,人事之治否,世变之污隆,物理之盛衰,吾与之推荡磨砺于其中,必有不得其平者。故昌黎言'物不得其平则鸣'。此诗之原本也。"由此可见,真正的文学往往产生于变革的时代,诗人在那种时代往往遭遇不幸,心中郁结不平遂发而为诗,而文学创作也往往是在变革的时代得到空前的繁荣发展。

从这种文学思想出发,黄宗羲在文学的内容和形式上都要求有独创性。他在《寿李杲堂五十序》中说:"夫文章不论何代取而读之,其中另有出色,寻常经营所不到者,必传。文也,徒工词语嚼蜡了无余味者,必不可传者也。"他认为韩愈所说"惟陈言之务去"和陆机所说的"怵他人之我先",只有具备"深湛之思,贯穿之学"者,方能做到。他指出真正有价值的诗歌,不应当只求之于自然景物,也不应当求之于模仿古人,更不应当去追逐时俗之好尚,而应当求之于自己性情的真实而充分地表达,并且有与表达自己性情相适应的独创艺术形式。他在《金介山诗序》中说:"古人不言诗而有诗,今人多言诗而无诗。其故何也?其所求之者非也。上者求之于景,其次求之于古,又其次求之于好尚。以花鸟为骨,烟月为精神,诗思得之坝(灞)桥驴背,此求之于景者也。赠别必欲如苏、李,酬答必欲如元、白,游山必欲如谢,饮酒必欲如陶,忧悲必欲如杜,闲适必欲如李,此求之于古者也。世以开元、大历之格绳作者,则迎之而为浮响;世以公安、竟陵为解脱,则迎之而为率易,为混沦,此求之于一时之好尚者也。夫以己之性情,顾使之耳目口鼻皆非我有,徒为殉物之具,宁复有诗乎!"所以他赞扬金介山的作品"读之者知其为介山之人,知其为介山之诗而已,昔人不欲作唐以后一语,吾谓介山直不欲作明以前一语也"。他能够做到"自尽其情","胸中所欲邕之语,无有不尽,不以博温柔敦厚之名,而蕲世人之好也"。所以,凡是不求之于充分表达自己性情,而唯求摹写景物、因袭古人、追逐时尚者,必然会丧失独创的风格、鲜明的个性,自然也就起不到什么社会作用了。

从上面我们对陈子龙、钱谦益、黄宗羲文学思想的简略分析中,可以看出明末清初文学思潮的基本倾向是在比较全面地总结前后七子、公安、竟陵的优缺点同时,结合当时社会动荡、民族危亡的现实,强调文学与社会现实的密切关系,文学的社会教育作用,在一定程度上表现了向"诗教"传统的回归。这个时期在诗学思想上有创造性重大贡献的,主要是王夫之和稍后的叶燮。

第二节　王夫之的"兴观群怨"论和"情景融和"论

明末清初在诗歌理论批评上成就最高的是王夫之。王夫之(1619—1692),字而农,号姜斋,湖南衡阳人。王夫之是一位杰出的爱国主义思想家、政治家,同时又是一位十分重要的文艺理论批评家。清兵进入湖南后,王夫之曾在衡山组织武装抗清,失败后,又投奔南明桂王政权,然而受到排挤,不得不到桂林和瞿式耜一起抗清。瞿式耜殉难后,他流亡到湘西,晚年隐居于石船山,撰写了大量学术著作,人称船山先生。现存有《船山遗书》三百五十八卷。他的文学研究和文学理论批评著作,主要有《诗广传》《楚辞通释》《诗译》《南窗漫记》以及《夕堂永日绪论》内外编、《古诗评选》《唐诗评选》《明诗评选》等。王夫之的诗歌理论一方面总结了中国古代诗论史上特别是宋元以来的一些有争论的重大理论问题,另一方面又提出了许多深刻精辟的重要见解,开了清代诗歌理论批评的先河,因此是一位具有承上启下、继往开来的重要作用的文学理论批家。

王夫之的诗学思想是以论诗歌的"兴观群怨"和论诗歌创作中的情景关系为中心的。他认为诗歌创作的目的在于"曲写心灵,动人兴观群怨"(《夕堂永日绪论·内编》),这个对诗歌的本质和特征与其社会作用的看法,是在他总结诗歌理论批评的历史发展经验中提出来的。关于诗歌的本质,中国古代很早就有"言志"和"缘情"之不同说法,先秦的言志说比较侧重在诗歌要表现儒家的政治抱负,其中也包含着吟咏情性的方面,但要求受礼义的规范,故《毛诗大序》既说诗歌是"吟咏情性"的,又说诗歌创作要"发乎情,止乎礼义",很强调诗歌中的思想内容方面,认为"情"必须受到"礼义"的约束。而"缘情"说的提出,正是为了要打破诗歌表现感情时的这种束缚,不受儒家"礼义"的限制。到宋元以来遂发展成为情、理之争,宋诗受理学的影响,重在主理,而不重情。严羽《沧浪诗话》的要点之一即是强调诗歌是主情的,而反对说理,但矫枉过正,要求诗歌"不涉理路",于是又引起了情理关系上的长期争论。在明代以李贽、公安三袁、汤显祖等为代表的文艺新思潮中,从反道学、反传统的角度出发,其中心问题就是强调文学应当以表现"真情"为主而反对"假理",亦即认为文学应当抒写真实心灵,而不应当去表现代表封建礼教的"天理",把情理之争又推上了一个新的高峰。从文学理论批评发展史上看,主张言志、载道的偏向主理一派,往往由于强调文学的社会教育作用,而忽略了诗歌的抒情本质和审美特征;而主张缘情、抒写性灵的偏向主情一派,往往对诗歌情中有理的方面认识不足,并对情缺乏积极的引导,不能正确地揭示情的社会根源,严羽偏于学古,公安重在师心,都没能真正解决文学创作的源泉问题。王夫之诗歌理论的重大历史贡献之一,就是比较科学地总结了这场情理之争,能够充分地吸取两派之长,扬弃其所短,从而对诗歌的本质和特征,作了比较深刻而精辟的分析,提出了许多发人深省的新见解。

第一,诗歌是人的"心之元声"之体现。王夫之在《夕堂永日绪论·内编序》中认为诗和乐是不可分的,"乐语孤传为诗",从根本上说,诗和乐一样,"二者一以心之元声为至",只有"心之元声"才能起到"兴观群怨"的作用,所以,"舍固有之心,受陈人之束,则其卑陋不灵,病相若也"。他在《古诗评选》中评王俭《春诗》时,特别赞扬它是"元声"的体现。又在评梁元帝《春别应令》诗时说:"中唐以兴会为主,雅得元音故也。"王夫之的思想立场和李贽、袁宏道等不同,他是属于比较正统的道学一派的,受温柔敦厚的诗教思想影响也较深。然而他的"心之元声"说和李贽的"童心"说却有相通的地方,都强调文学应当是人内心真实感情的自然流露;它和公安派提倡的"独抒性灵,不拘格套"也是一致的。故而他对前后七子复古模拟文学思想十分不满,进行了猛烈的抨击,主张要不受"陈人之束","去古今而传己意"(《述病枕忆得》),"盖心灵人所自有,而不相贷,无从开方便法门,任陋人支借也",只有做到"曲写心灵,动人兴观群怨",方能"使陋人无从支借"(《夕堂永日绪论·内编》)。因此他不赞成给诗歌定一些死法、死格,而主张作家要有自己独创性,如果一味模拟因袭,会使文学创作缺乏生气而进入死胡同。他说:"有皎然《诗式》而后无诗,有《八大家文抄》而后无文。"(《夕堂永日绪论·外编》)他又说:"诗之有皎然、虞伯生,经义之有茅鹿门、汤宾尹、袁了凡,皆画地成牢以陷人者,有死法也。死法之立,总缘识量狭小。如演杂剧,在方丈台上,故有花样部位,稍移一步则错乱。若驰骋康庄,取涂千里,而用此步法,虽至愚者不为也。"他特别痛恨立门户派别,因为一立门户派别就会有其固定的格局、死板的方法,也就会失去自己的性情、自己的心灵。他又说:"诗文立门庭使人学己,人一学即似者,自诩为'大家',为'才子',亦艺苑教师而已。高廷礼、李献吉、何大复、李于鳞、王元美、钟伯敬、谭友夏,所尚异科,其归一也。才立一门庭,则但有其局格,更无性情,更无兴会,更无思致;自缚缚人,谁为之解者?昭代风雅,自不属此数公。""李文饶(德裕)有云:'好驴马不逐队行。'立门庭与依傍门庭者,皆逐队者也。""立门庭者必饾饤,非饾饤不可以立庭。"他尖锐地指责前后七子和竟陵派立门庭的罪过,但却没有批评公安派,这是因为他的诗学思想是以公安派的性灵说为基础的,其核心是重性情、抒心灵、慕才情,所以,对于明代的诗歌创作,他说道:"若刘伯温之思理,高季迪之韵度,刘彦昺之高华,贝廷琚之俊逸,汤义仍之灵警,绝壁孤骞,无可攀蹑,人固望洋而返;而后以其亭亭岳岳之风神,与古人相辉映。次则孙仲衍之畅适,周履道之萧清,徐昌谷之密赡,高子业之戍削,李宾之之流丽,徐文长之豪迈,各擅胜场,沉酣自得。正以不悬牌开肆,充风雅牙行,要使光焰熊熊,莫能掩抑,岂与碌碌余子争市易之场哉?"(《夕堂永日绪论・内编》)这里他所举的作家都是有自己的创造性,而不是从模拟因袭中去讨活计的。

  但是,王夫之的诗学思想和公安派的思想又有明显的不同,而表现了向传统回归的特点,他对儒家"温柔敦厚"的诗教传统是很肯定的,而很不赞成公安派之流于"俗诞",他企图把抒写性灵和温柔敦厚调和起来,所以他主张的是一种高雅的性灵论。这种以性灵为主而向传统回归的思想在明末清初的出现,是有现实的社会政治原因的。明朝的衰亡和清兵的入关,对许多具有爱国主义思想的汉族文人来说,都经历了一个痛苦的思想发展过程,他们对明朝衰亡表示深深惋惜,在总结明朝汉族政权覆灭的经验教训时,从文化思想方面来说,他们认为正是儒家思想之失控,经学礼义之不行,纵情任性思想之泛滥,隐居学禅风气之兴盛,才使人们不再关心经世治国,而置国家危亡于不顾,这同时也是朝纲不振、腐败横行的重要原因。因此,在文学思想的发展上遂出现了重视诗教、提倡温柔敦厚的倾向,但这时已不可能是旧传统的简单回归了,而是需要吸取文学思想发展上的新成果,对旧传统进行改造,这在王夫之身上就表现为"曲写性灵"与"动人兴观群怨"的结合。所以,他对公安派在肯定的前提下也有所批评,他认为袁宏道是有自己的个性和才学的,不像前后七子和竟陵派那样只是模拟别人而无自己的个性才学,"中郎诗以己才学白、苏,非从白、苏入也。李、何、王、李俱有从入;舍其从入,即无自位。钟、谭无自位,亦无从入,暗靠元、白、孟、贾、陈无己、黄鲁直作骨子,而显则相叛"。他于廓清王、李之功自不可没,"王、李笼罩天下,无一好手敢于立异,中郎以天姿迥出,不受其弹压,一时俗目骇所未见,遂推为廓清之主"。中郎虽推崇白、苏,但并非要模拟白、苏,而只是兴会之所至,赞扬其独任性灵也。"中郎舍王、李而归白、苏,亦其兴会之偶然,不与开帐登坛、争名闻利养者志同趣合。"(以上均见《明诗评选》袁宏道《和萃芳馆主人鲁印山韵》评语)同时王夫之对公安派的任性"俗诞"是很反对的,他在《明诗评选》李梦阳《赠青石子》一诗评语中说:"公安乍起,即为竟陵所夺,其党未盛,故其败未极,以俗诞而坏公安风矩者,雷何思、江进之数子而已。""俗诞"不符合《风》《雅》的"温柔敦厚"之旨。所以,王夫之对徐渭、汤显祖评价比对袁宏道评价更高,正是因为徐渭、汤显祖也是力主性灵、抒写真情的,但是他们没有公安派的"俗诞"之弊,如他所说,汤显祖写的艳情诗虽"屡为泄笔,而固不失雅步"(《夕堂永日绪论·内编》)。他在批评竟陵派所录不符合"诗教"之旨的艳诗时,曾说:"自竟陵乘闰位以登坛,奖之使厕于风雅。乃其可读者一二篇而已。其他媟者如青楼哑谜,黠者如市井局话,蹇者如闽夷鸟语,恶者如酒肆拇声,涩陋秽恶,稍有须眉人见欲啐。而竟陵唱之,文士之无行者相与效之,诬上行私,以成亡国之音,而国遂亡矣。竟陵灭裂风雅,登进淫靡之罪,诚为戎首。而生心害政,则上结兽行之宫城,以毒清流;下传卖国之贵阳,以殄宗社。'凡民罔不譈,非竟陵之归而谁归耶?"(《古诗评选》中对《子夜春歌》的评语)由此可见,他从竟陵派收录不符合儒家诗教的艳诗,引申到害政亡国,正好说明他之强调传统确是和当时的社会现实状况有不可分割的关系的。由于他既重视诗歌的抒情本质,又重视诗歌的"兴观群怨"作用,因此对文学创作中的情、理关系有比较科学的分析。

王夫之认为诗歌作为"心之元声"的表现,是与人的感情非常紧密地联系在一起的。他在《古诗评选》中评李陵《与苏武诗》时,曾说:"诗以道情,道之为言路也。情之所至,诗无不至。诗之所至,情以之至。"凡诗所到之处,皆有情相伴随;而情之所到,亦必然要发而为诗。诗离不开情,情也往往离不开诗。评乐府相和曲《陌上桑》时亦云诗歌"必笔墨气尽,吟咏情长",方为佳作。"诗以道情"的特点,正是诗歌作为文学艺术和非文学的诗哲学、历史、政治等著作的不同之处。其《明诗评选》评徐渭的《严先生祠》一诗时说:

> 诗以道性情,道性之情也。性中尽有天德、王道、事功、节义、礼乐、文章,却分派与《易》《书》《礼》《春秋》去,彼不能代诗而言性之情,诗亦不能代彼也。

文学和非文学之间有根本性质的不同,不能混为一谈。诗歌是艺术,是以表现感情为其主要特征的。所以,他是充分肯定严羽关于诗歌创作不能以学问来代替的思想的,在评阮籍《咏怀》(昔日繁华子)诗时说"故知诗不以学"。王夫之在前人所说"六经"包括文学、哲学、历史、政治等不同部门的基础上,进一步指出人的"性"中包含许多不同方面,而诗只和其中的"情"有关系,是专门表现"情"的。"性"中的"情"和"性"中的"天德""王道"等互相不能任意取代,前者和诗歌相联系,而后者是和学问相联系的。宋、元、明以来文艺思想发展中主理派的主要弱点就是在创作思想上混淆了文学与非文学的差别,从而抹杀了文学表现感情的特点。更值得注意的是,即使是主情派中也有不少人对文学和非文学差别认识得不太清楚,常常把文学和非文学作品都用一个"文"的概念统在一起。所以,王夫之这一论述也就更加难能可贵了。

第二,诗家之理和经生之理是不同的。王夫之在强调诗歌的本质是表达人的感情时,没有把它和理对立起来,他不否定诗歌中也有理,也不认为诗歌创作中完全不能有理语。他在《诗译》中说:"王敬美谓'诗有妙悟,非关理也'。非理抑将何悟?"不过诗歌中的理和一般的理不同,它不是抽象的、概念化的学者之理,所以他在《古诗评选》中评鲍照《登黄鹤矶》一诗时说:"经生之理,不关诗理,犹浪子之情,无当诗情。"又在评司马彪《杂诗》时说:"非谓无理有诗,正不得以名言之理相求耳。"此所谓"名言之理"即"经生之理",他在对司马彪《杂诗》的具体分析中,将其与"诗理"的区别作了十分生动形象的说明。原诗云:

> 百草应节生,含气有深浅。秋蓬独何辜,飘飘随风转。长飙一飞薄,吹我之四远。搔首望故株,邈然无由返?

最后两句用拟人化的手法来写飞蓬,极为生动形象。王夫之评道:"且如飞蓬何首可搔,而不妨云搔首,以理求之,讵不蹭蹬。"这里所说的"以理求之"的"理",即是指"名言之理"或"经生之理",按照这种"理"来理解,"飞蓬"怎么会"搔首",又怎么会"望故株"呢?岂不是很荒唐吗?然而在诗歌中这是合乎艺术审美特性的表现方法,于诗理是非常合适而不会使人感到奇怪的。

王夫之认为诗中之理不是以赤裸裸的概念方式出现的,而是与生动的艺术形象紧密地结合在一起的。诗歌创作中不是不能说理,只是不能变成僵化的死理。他在评谢灵运《入华子冈是麻源第三谷》诗时说:"理关至极,言之曲到,人亦或及此理,便死理中,自无生气,此乃须捉著,不尔飞去。"又评庐山道人《游石门诗》云:"此及远公诗说理而无理臼,所以足入风雅。"因此"通人于诗,不言理而理自至"。(评陶潜《癸卯岁始春怀古田舍》,以上均见《古诗评选》)他是主张要情理融成一片的,只要符合诗歌的审美特征,能充分体现"心之元声",那么即使有理语入诗,也仍然可以成为很好的诗歌。他在《古诗评选》中评陆机的《赠潘尼》一诗时说:"诗入理语,惟西晋人为剧。理亦非能为西晋人累,彼自累耳。诗源情,理源性,斯二者岂分辕反驾者哉?不因自得,则花鸟禽虫,累情尤甚,不徒理也。取之广远,会之清至,出之修洁,理顾不在花鸟禽鱼上耶?"说明情和理都源于人的性情,不是互相对立的。他所谓"自得",即是指诗中之理要发自内心真情,如果不是发自内心真情,那么不要说以理语入诗,就是描写花鸟禽虫,也会情物两乖,花鸟禽虫反而会"累情尤甚"。故他赞扬陶渊明《饮酒》诗中《幽兰生前庭》一首是"真理真诗","说理诗必如此,方不愧作者"。他指出谢灵运诗中也有理语,如《田南树园激流植援》一诗,以老庄哲理入诗,有"寡欲不期劳,即事罕人功","赏心不可忘,妙善冀能同"等句,但由于理、情、趣浑然一体,不影响其成为好诗。他评此诗道:"亦理亦情亦趣,透迤而下,多取象外,不失圜中。"这种对情理关系的认识,避免了严羽的过激和片面之处,更为科学,也更加稳妥,从而对争论了数百年的情、理关系作了比较圆满的总结。

在此基础上,王夫之还进一步提出,文学艺术创作中作家的感情和思想,都是在形象地再现自然和社会生活过程中体现出来的,诗歌中的情和理都不能离开对外界景和事的描写。他在《夕堂永日绪论·内编》中说,诗歌"要以俯仰物理,而咏叹之",使"理随物显"。在《唐诗评选》中评杜甫《喜达行在所》一诗说:"悲喜亦于物显,始贵乎诗。"诗歌为了充分抒发诗人内心的广阔深远情怀,不仅可以写现在的一切景和事,而且还可以写过去和未来的一切景和事。他在《古诗评选》中评阮籍《咏怀·开秋兆凉气》一诗时说:

> 唯此窅窅摇摇之中,有一切真情在内,可兴可观可群可怨,是以有取于诗。然因此而诗则又往往缘景、缘事、缘已往、缘未来,终年苦吟而不能自道,以追光蹑景之笔,写通天尽人之怀,是诗家正法眼藏。

将诗人主观的情与理,和外界客观的景与事融为一体,"以追光蹑影之笔,写通天尽人之怀",体现了主体和客体的有机结合,这就是诗歌艺术创作的基本特征,即"诗家正法眼藏"。绮丽动人的外界自然景象会对人产生强烈的吸引力,但它本身并不成为艺术,必待人的感情融入其中,赋予它以活的灵魂,始成为华彩照人的生动形象。他在《古诗评选》中评谢庄《北宅秘园》一诗时说:

> 两间之固有者,自然之华,因流动生变,而成其绮丽。心目之所及,文情赴之,貌其本荣,如所存而显之,即以华奕照耀,动人无际矣。

内心和外境的默契,是诗歌创作的理想境界。在这个过程中,自然景象虽得人之灵气,然而仍以本来面貌显示,不过,已和原始状态有了本质不同,而变得"华奕照耀,动人无际矣"。

第三,对孔子"兴观群怨"说的发展。王夫之非常重视文学的社会教育作用,他在主张诗歌表现感情的同时,还特别强调诗歌中的情应当是积极的、健康的,必须具有"动人兴观群怨"的作用。他是肯定公安派的性灵说的,但不像公安派那样认为只要是真情流露便是好诗,而不给情以任何规范。他对健康的爱情诗是肯定的,不像道学家那样视之为"淫邪"之作,但是反对格调低下的情,批评过于猥亵的色情之作。他在《夕堂永日绪论·内编》中说:

> 艳诗有述欢好者,有述怨情者,《三百篇》亦所不废。顾皆流览而达其定情,非沉迷不反,以身为妖冶之媒也。嗣是作者,为"荷叶罗裙一色裁""昨夜风开露井桃",皆艳极而有所止。至如太白《乌栖曲》诸篇,则又寓意高远,尤为雅奏。其述怨情者,在汉人则有"青青河畔草,郁郁园中柳",唐人则"闺中少妇不知愁""西宫夜静百花香",婉娈中自矜风轨。迨元、白起,而后将身化作妖冶女子,备述衾裯中丑态;杜牧之恶其蛊人心,败风俗,欲施以典刑,非已甚也。近则汤义仍屡为泚笔,而固不失雅步。唯谭友夏浑作青楼淫咬,须眉尽丧;潘之恒辈又无论已。

这里王夫之对元、白的艳情诗提出了较为偏激的看法,但总的说对艳情诗并不一概排斥,例如对《诗经》《乐府》、唐人王昌龄、李白等的艳情诗都是肯定的,他的主张是"艳极而有所止""婉娈中自矜风轨",符合雅的原则。他这番议论应当说是有现实针对性的,因为明末文艺思想发展过程中,文人受公安派文艺思想中消极面的影响,放纵感情的自由发展,而不加任何限制,所以文学创作中出现了不少低级的色情内容,赤裸裸地进行性的描写。正是有感于此,王夫之论诗歌特别强调要合乎雅正的原则,要求诗歌能起到有益的社会教育作用。

王夫之对孔子的"兴观群怨"说作了新的发挥,他不仅认识到"兴观群怨,诗尽于是矣",而且还提出了"摄兴观群怨于一炉锤"的思想(参见

《唐诗评选》中杜甫《野望》一诗评语)。他认识到诗歌的美学作用、教育作用、认识作用,是统一于一个完整的艺术形象中的,所以兴、观、群、怨四者之间有不可分割的密切关系。他在《诗译》中说:

"诗可以兴,可以观,可以群,可以怨。"尽矣。辨汉、魏、唐、宋之雅俗得失以此,读《三百篇》者必此也。"可以"云者,随所"以"而皆"可"也。于所兴而可观,其兴也深;于所观而可兴,其观也审。以其群者而怨,怨愈不忘;以其怨者而群,群乃益挚。出于四情之外,以生起四情;游于四情之中,情无所窒。作者用一致之思,读者各以其情而自得。故《关雎》,兴也;康王晏朝,而即为冰鉴。"吁谟定命,远犹辰告",观也;谢安欣赏,而增其遐心。人情之游也无涯,而各以其情遇,斯所贵于有诗。

王夫之指出,兴、观、群、怨四者不是各自独立而无关的,而是紧密联系、相互补充的:兴中可观,观中有兴,群而愈怨,怨而益群,四者配合而使之更有艺术的感染力量,每一方面只是一个特殊的角度而已。因此对一个完整的艺术形象来说,读者情况不同,各人从中所体会到的内容也往往各不相同。"作者用一致之思,读者各以其情而自得。"故而像《关雎》本是一首写爱情的兴诗,但又可以起到"康王晏朝,而即为冰鉴"的"观"的作用。《大雅·抑》本是讲周王朝如何才能修德守礼,安排政治谋略,从中以观政治得失的,但谢安又可以从其振兴朝纲、统一祖国的政治理想出发,欣赏其诗而发兴,以"增其遐心"。由于"人情之游也无涯,而各以其情遇",故而诗才更加可贵。正如他在《古诗评选》中评袁彖《游仙》一诗时所说:"读者可以其所感之端委为端委,而兴观群怨生焉。"所以他特别反对割裂兴观群怨的诗歌分析方法,他在《夕堂永日绪论·内编》开首就曾经明确地提出:"兴、观、群、怨,诗尽于是矣。经生家析《鹿鸣》《嘉鱼》为群,《柏舟》《小弁》为怨,小人一往之喜怒耳,何足以言诗?'可以'云者,随所'以'而皆'可'也。"他认识到文学作品所产生的社会作用是一种精神作用,而不是具体的物质作用。他曾用一个生动的比喻来说明这一点:"诗云:'角弓其觩','旨酒斯柔'。弓,宜觩也。酒,宜柔也。诗之为理,与酒同德,而不与弓同用。"(《古诗评选》应场《报赵淑丽》一诗评语)诗歌对人所起的作用,不像弓那样有明显直接的物质效果,而是像酒一样给人以潜移默化的精神感染作用。

第四,从对诗歌本质和特点的正确认识出发,王夫之对宋元明以来的"诗史"说中所表现的混淆文学和历史差别的错误,进行了尖锐的批评。文学和历史之严格要求记载真人真事不同,文学艺术不要求具体的人和事之真实,人和事都可以是虚构的,而且必须要虚构才能概括更广泛的生活内容,它要求作品内在的情和理的真实性,亦即人情物理的真实性。中国古代文艺思想发展史上,比较重视文学和历史的共同性,而对其区别和本质不同则注意不够,所以常常划不清两者的界限,以致忽略了文学本身的艺术特征。宋人尊杜诗为"诗史",这从积极方面说,是对杜甫诗歌反映现实深刻性的崇高评价,但是也有不少人因此而以写历史著作标准来要求文学创作,把文学和历史这两个不同部门相混淆,以诗证史,认为诗中所写的都是历史事实,于是就出现了很多从杜诗来考证地理、人名,乃至唐时酒价等荒唐可笑的事。王夫之在杨慎批评诗史说的基础上,又作了进一步的发挥,他在《诗译》中说:"夫诗之不可以史为,若口与目之不相为代也,久矣。"针对"诗史"说的错误,他在《夕堂永日绪论·内编》中,尖锐地嘲笑了宋人刘攽的《中山诗话》、陈岩肖的《庚溪诗话》根据杜甫《逼侧行赠毕四曜》来考证唐时酒价的荒谬。杜甫这首诗中有"我欲相就沽斗酒,恰有三百青铜钱"两句,刘、陈遂以为唐时酒价每斗三百钱,王夫之说杜甫同时诗人崔国辅《杂诗》中说:"与沽一斗酒,恰用十千钱。"那么,"就杜陵沽处贩酒,向崔国辅卖,岂不三十倍获息钱邪?"其实杜甫和崔国辅所说都不是唐时酒价,而全是用的典故。王嗣奭《杜臆》云:"北齐卢思道尝云:'长安酒钱,斗价三百。'此诗'酒价苦贵'乃实语,'三百青钱',不过袭用成语耳。"而崔国辅之诗中酒价乃用曹植《名都篇》"我归宴平乐,美酒斗十千"之典故,均非唐时酒价。王夫之懂得诗歌中的虚构比实写往往具有更大的艺术真实性,"假"可以胜"真",从而使作品更加真实。他的《古诗评选》中评鲍照《采菱歌》云:"通首假胜真,真者益以孤尊矣。"诗歌不像历史那样以叙述历史事实来教育人,而是通过抒情写景以美的形象来教育人,因此完全用写史的方法来写诗,就会使诗歌丧失其特点,而无法起到它应有的效果。他在《古诗评选》中评古诗《上山采蘼芜》时云：

> 诗有叙事叙语者，较史尤不易，史才固以檃括生色，而从实著笔自易。诗则即事生情，即语绘状，一用史法，则相感不在永言和声之中，诗道废矣。此"上山采蘼芜"一诗所以妙夺天工也。杜子美仿之作《石壕吏》，亦将酷肖，而每于刻画处，犹以逼写见真，终觉于史有余，于诗不足。论者乃以"诗史"誉杜，见驼则恨马背之不肿，是则名为可怜悯者。

历史著作也要有概括、有选择，不能事事都写，故虽然以"檃括生色"，但必须"从实著笔"，而诗歌则在概括、选择生活素材的基础上，必须"即事生情，即语绘状"，以虚构的形象来表现生活，所以两者是有原则不同的。王夫之对诗歌与历史异同的认识，很可能受到明代中期以后小说创作理论中有关历史小说真实性问题争论的影响，从这场争论中可以看出已有很多人认识到小说和历史的差别，正是在有没有虚构这一点上。如熊大木、袁于令等都很清醒地认识到小说和历史有原则不同，历史"贵真"，而小说"贵幻"，谢肇淛《五杂俎》中说小说创作"须是虚实相半，方为游戏三昧之笔"。冯梦龙在《警世通言叙》中也强调"野史"不必"尽真"，"人不必有其事，事不必丽其人"，而只要求"理真"。这虽然是说的小说和历史的关系，但其原理对诗歌和历史的关系也是适用的。王夫之对诗和史的异同之认识，正是明代后期重视区分文学和历史不同的文艺思潮在诗歌领域内的具体表现。

第五，王夫之认为诗与非诗的标准，即在于可不可以"兴"。他在《唐诗评选》中评孟浩然《鹦鹉洲送王九之江左》一诗时说道："'诗言志，歌永言'，非志即为诗，言即为歌也。或可以兴，或不可以兴，其枢机在此。""兴"按朱熹说法是"感发志意"（《四书集注》），实际就是讲的诗歌的审美特征问题，诗歌的"言志"不是一般的"言志"，而是指通过艺术形象，激发人的感情，振奋人的精神，这个"志"是蕴藏于形象之中的，它不是抽象的"志"，而是具体的、生动的、形象的"志"。所以不能说简单地说"言志"就是诗，应当是"言志"而可以"兴"才是诗。与此相关的是，对诗歌中"意"

的认识,王夫之在他的诗论中对诗歌的"以意为主",有两种截然不同的态度:有的地方他明确提出诗歌创作应当"以意为主",而有的地方则又坚决反对"以意为主",表面看来这似乎是矛盾的,但是实际上这两种说法都是正确的,因为其中所说的"意"之含义不同。他在《夕堂永日绪论·内编》中曾强调诗文创作都要"以意为主",他说道:"无论诗歌与长行文字,俱以意为主。意犹帅也。无帅之兵,谓之乌合。李、杜所以称大家者,无意之诗十不得一二也。烟云泉石,花鸟苔林,金铺锦帐,寓意则灵。若齐梁绮语,宋人抟合成句之出处,役心向彼搜索,而不恤己情之所自发,此之谓小家数,总在圈缋中求活计也。"这个"意",实际上是与"象"相结合的具体的"意",即是指"意象"而言的,烟云泉石、花鸟苔林都有诗人的寓意,所以这个"意"不是抽象的而是具体的、形象的,并且是与情相联系的,是隐含于情之中的。他所赞成的"以意为主"是指这种"意"。他在《古诗评选》《明诗评选》等著作中所坚决反对的"以意为主"的"意",则是指抽象的、理性的、概念化的"意"。他在评鲍照《拟行路难》中《君不见柏梁台》一诗时说:"全以声情生色。宋人论诗,以意为主,如此类直用意相标榜,则与村黄冠盲女子所弹唱,亦何异哉!"宋人的"以意为主",实际就是"以理为主",这是王夫之所绝不赞成的。他在评高启《凉州词》一诗时又说:"诗之深远广大,与夫舍旧趋新也,俱不在意。唐人以意为古诗,宋人以意为律诗绝句,而诗遂亡。如以意,则直须赞《易》陈《书》,无待《诗》也。'关关雎鸠,在河之洲;窈窕淑女,君子好逑。'岂有入微翻新、人所不到之意哉?此《凉州词》总无一字独创,乃经古今人尽力道不出。镂心振胆,自有所用,不可以经生思路求也如此。"这里说得更清楚了,他所反对的就是以《易经》《书经》中的抽象的"意"来作为诗之"意"。他很深刻地指出,这种"以意为主"乃是"经生思路",而不是诗人的思路,也就是说,这两种不同的"意",是由于两种不同的思维方式产生的,经生家的"思路"是理性的、逻辑的、概念化的思维,而诗人的思维则是感性的、形象的、具体的。故而他在《古诗评选》中评郭璞《游仙》诗时说道:"故知以意为主之说,真腐儒也。诗言志,岂志即诗乎?"中国古代文学理论中对"意"的理解历来有两种不同的情况,一种是与"理"类似的、抽象的"意",一种是与"象"结合的具体的"意",但是没有人对它作过认真的理论分析,王夫之则是对历史上的"意"的含义作了一个很好的总结。

　　王夫之在对诗歌的本质和特征作深刻论述的同时,还特别突出地论述了诗歌创作中的情景关系问题。情景关系是中国古代文学创作理论中的一个核心问题,王夫之在南朝刘勰、宋代范晞文、元代方回和明代谢榛等人论述的基础上作了重大的发挥,对情景关系进行了全面的、充分的、系统的、深刻的阐述。王夫之所说的情景关系,和一般人理解的借自然景色抒诗人之情不完全相同,他所说的"景"的概念,含义比较广,不仅是指自然景物之"景",而且也指社会现实生活之"景"。其《古诗评选》曹植《当来日大难》一诗评语云:"于景得景易,于事得景难,于情得景尤难。'游马后来,辕车解轮',事之景也;'今日同堂,出门异乡',情之景也。"其评刘令娴《美人》诗云:"景中有人,人中有景。"评任昉《济浙江》诗又云:"全写人中之景,遂含灵气。"他之所谓"景之景""事之景""情之景""人之景"等等,即是说诗歌可以描写自然景物、社会生活、感情状态、人物性格等不同方法来构成艺术形象。所以广义的"景"的概念,其含义大体相当于我们今天所说的"形象"。情景交融实际上就是指诗人的主观情思和外界客观景物的和谐统一,也就是文学创作中作家的思想感情和现实生活的和谐统一。

　　王夫之认为在文学创作中情和景是紧密结合而不可分的,他最反对宋、元以来割裂情景、强分为二的形而上学观点。他认为情和景是一个完整艺术形象中的两个基本方面,它们是融洽无间、不分彼此的,否则就没有诗歌、没有艺术形象了。他在《古诗评选》中赞美谢灵运《邻里相送至方山》一诗是"情景相入,涯际不分"。他又在《夕堂永日绪论·内编》中说道:"近体中二联,一情一景,一法也。'云霞出海曙,梅柳渡江春。淑气催黄鸟,晴光转绿蘋。''云飞北阙轻阴散,雨歇南山积翠来。御柳已争梅信发,林花不待晓风开。'皆景也。何者为情?若四句俱情,而无景语者,尤不可胜数。"这里杜审言《和晋陵陆丞早春游望》诗虽写景而景中皆有情,而李峤《奉和圣制从蓬莱向兴庆阁道中留春雨中春望之作应制》一诗又何处无情?都是情景双收之作。王夫之论情景交融比别人更深一层的地方,是他看到了在艺术构思和创作中,情景从一开始就是同时产生而不可分离的。艺术家不是先有了"情",再去找与之相应的"景",也不是先有了"景",再去纳入一定的"情",情景两者是互相触发、互相依存的。"情景虽有在心在物之分,而景生情,情生景,哀乐之触,荣悴之迎,互藏其宅。"离开"景"则"情"无所寓,即非文学艺术之"情";离开"情"则景无所依,失其灵魂,亦不成其为文学艺术之"景"。它们必须"互藏其宅",才能成为文学艺术的形象。故王夫之又说:"夫景以情合,情以景生,初不相离,唯意所适。"(以上均见《夕堂永日绪论·内编》)"初不相离"四字,比较充分地体现了艺术思维中情景交融的重要特点,也是艺术创造的重要特点。任何一个艺术品的产生,从它在作家思维过程中的酝酿开始,主体和客体就是不可分割地联系在一起的。情和景的相触相生,一般都是在作家灵感冲动中出现的。王夫之说:"一用兴会标举成诗,自然情景俱到。恃情景者不能得情景也。"(《明诗评选》评袁凯《春日溪上书怀》诗语)若无"兴会",则情景不可能自然融合一片。

王夫之提出情景交融的艺术境界,按照其构成特点,可以分为几种不同的类型。《夕堂永日绪论·内编》说:

> 情景名为二,而实不可离。神于诗者,妙合无垠,巧者则有情中景,景中情。景中情者,如"长安一片月",自然是孤栖忆远之情;"影静千官里",自然是喜达行在之情。情中景尤难曲写,如"诗成珠玉在挥毫",写出才人翰墨淋漓、自心欣赏之景。凡此类,知者遇之,非然,亦鹘突看过,作等闲语耳。

情景交融的最高境界是两者"妙合无垠"、难分物我的"物化"状态。然而,要达到这种境界是比较难的,一般情况下的情景交融,大体可以分为"情中景"和"景中情"两类。"景中情"以生动地写景为主,是指比较客观地描写自然和社会生活景象的过程中,能比较隐蔽地体现诗人的思想感情的艺术表现方法。表面看来似乎是纯客观的描写,但其中又流露着诗人的主观情意。如他所举的李白《子夜吴歌》中的"长安一片月",写的是长安月夜景象,但其中却深深地体现着"孤栖忆远之情"。杜甫的《喜达行在所》中之"影静千官里",写的是百官上朝面君景象,然而其中却表露着杜甫内心的"喜达行在之情"。诗人在描写客观景象时,早已融情入景了。他在《夕堂永日绪论·内编》中说道:"古人绝唱句多景语,如'高台多悲风','胡蝶飞南园','池塘生春草','亭皋木叶下','芙蓉露下落',皆是也,而情寓其中矣。以写景之心理言情,则身心中独喻之微,轻安拈出。"这就是后来王国维《人间词话》中所说的"无我之境","以物观物,故不知何者为我,何者为物"。"情中景"以深切地写情为主,是指诗人直接抒发自己的强烈感情,来创造鲜明的抒情主人公形象,使诗中描写的物象都带上浓厚的主观感情色彩,而掩盖了客观物象本来的面貌。如王夫之所举杜甫《奉和贾至舍人早朝大明宫》诗中之"诗成珠玉在挥毫",虽也写了某些客观物象,但重点不在描写物象,而在使之带上杜甫本人的主观感情色彩,以突出诗中的抒情主人公形象。王夫之又举杜甫诗说:"'亲朋无一字,老病有孤舟。'自然是登岳阳楼诗。尝试设身作杜陵,凭轩远望观,则心目中二语,居然出现,此亦情中景也。"王夫之之所以认为"情中景"尤难曲写,是因为要使客观的景物"人化",带上作者的主观色彩,具有喜怒哀乐之情,这是很不容易的。这"情中景"就是后来王国维所说的"有我之境","以我观物,故物皆著我之色彩"。

在如何创造情景交融的诗歌艺术境界方面,王夫之在钟嵘倡导的书写"即目所见"的"直寻"说基础上,提出了"即景会心"的"现量"说。他在《夕堂永日绪论·内编》中说道:

> "僧敲月下门",只是妄想揣摩,如说他人梦,纵令形容酷似,何尝毫发关心?知然者,以其沉吟"推""敲"二字,就他作想也。若即景会心,则或推或敲,必居其一,因景因情,自然灵妙,何劳拟议哉?"长河落日圆",初无定景;"隔水问樵夫",初非想得:则禅家所谓现量也。

禅宗的"现量",从佛学上说有现在义、现成义、显现真实义,《相宗络索》中"现量"条云:"现在不缘过去作影;现成一触即觉,不假思量计较;显现真实,乃彼之体性本自如此,显现无疑,不参虚妄。"王夫之借佛学的"现量"来说明情景交融的艺术境界是心目相应的一刹那自然地涌现出来的,它是当时真实地存在着的,是"一触即觉,不假思量计较"的,没有经过理性思考的,是绝对没有虚妄成分的。所以,从钟嵘的"直寻"说到王夫之的"现量"说,都具有明显的强调直觉思维作用的意义,认为诗歌创作(实际也是指整个文学创作)中许多优秀的佳作往往不是靠理性思维,而是在直感的触发下产生的。钟嵘的"直寻"说虽是为了反对烦琐地堆砌典故,但是他所提倡"即目""所见"的合乎"自然英旨"之作,正是强调了诗歌创作过程中抓住心目相接瞬间所产生的直感之重要性。后来,司空图在《与李生论诗书》中所说的"直致所得,以格自奇"也正是此意,宋人诗话中所强调的"直书目前所见""宛然在目""殆如直述"等,也都是对这一思想的发挥。王夫之正是对这一传统创作思想作了深刻的总结。他在《夕堂永日绪论·内编》中说:"'池塘生春草','胡蝶飞南园','明月照积雪',皆心中目中与相融浃,一出语时即得珠圆玉润。要亦各视其所怀来而与景相迎者也。"这种心目默契的直感所得,不是在一种先验的理性认识指导下创作出来的,而是在灵感冲动时不由自主地产生的,这正是艺术思维的特点。他在《唐诗评选》中评张子容《泛永嘉江日暮回舟》时说:"只于心目相取处,得景得句,乃为朝气,乃为神笔。景尽意止,意尽言息,必不强括狂搜,舍有而寻无,在章成章,在句成句。文章之道,音乐之理,尽于斯矣。"心目相取,顺乎造化,自然成章,方为妙笔。此种境界的获得源于主体和客体在直觉思维中自然契合,"心理所诣,景自与逢,即目成吟,无非然者"(《古诗评选》评江淹《无锡县历山集》诗语)。这就是文章之道、音乐之理,亦即艺术真谛。

王夫之在论述"即景会心"的创作特征时,十分强调作家丰富生活实践之重要作用,认为作家对自己所描写的现实生活内容,必须要有亲身经历和实际体会,他在《夕堂永日绪论·内编》中说:

> 身之所历,目之所见,是铁门限。即极写大景,如"阴晴众壑殊""乾坤日夜浮",亦必不逾此限。非按舆地图便可云"平野入青徐"也,抑登楼所得见者耳,隔垣听演杂剧,可闻其歌,不见其舞;更远则但闻鼓声,而可云所演何出乎?

这里实际上涉及了文学创作的源泉问题,艺术创作的最终根源是在现实生活，但作家艺术家不可能事事都有亲身经历，也不可能对所写的内容都有过实际的体会，因此"身之所历，目之所见，是铁门限"的说法是有一定片面性的。但他的这种主张对前后七子的师古说和公安派的师心说，自然是更为科学的，具有明显的补弊纠偏积极作用。

王夫之在论述情景关系的同时，还特别分析了诗歌创作中意和势的关系。他说："以意为主，势次之。势者，意中之神理也。唯谢康乐为能取势，宛转屈伸以求尽其意；意已尽则止，殆无剩语；夭矫连蜷，烟云缭绕，乃真龙，非画龙也。"(《夕堂永日绪论·内编》)这里的"意"是具体、形象的意，而非抽象、概念的"意"，实际就是指诗歌中的意象，而所谓"势"即是指诗歌意象内在的自然规律，所以说是"意中之神理"。王夫之所说的"神理"有合乎自然的含义，他在《唐诗评选》中评杜甫《千秋节有感》一诗说："杜于排律，极为漫烂，使才使气，大损神理。"即是指杜诗中有的过分强调发挥主观作用，使才使气太多，以致损害了作品内在的自然规律，丧失了自然之美。又说杜甫《石壕吏》"片段中留神理，韵脚中见化工"，这"神理"与"化工"对文，"神理"即是"化工"之义。在《古诗评选》中他赞扬曹操《短歌行》"尽古今人废此不得，岂不存乎神理之际哉"。重视诗歌中的"势"，要求顺乎诗歌内在的"势"，可以使作品具有更大的真实性，而没有任何人工痕迹。他在《夕堂永日绪论·内编》中说："论画者曰：'咫尺有万里之势。'一'势'字宜着眼。若不论势，则缩万里于咫尺，直是《广舆记》前一天下图耳。"据《南史·竟陵文宣王传》："(萧贲)能书善画，于扇上图山水，咫尺之内，便觉万里为遥。"后来杜甫在《戏题王宰画山水图歌》云："尤工远势古莫比，咫尺应须论万里。"画的山水本是假的，但由于讲究取势，所以能使人感到和真的山水一样。他特别反对以主观意愿强加于客观现实，从而使作品丧失应有的真实性。所以他在《夕堂永日绪论·内编》中提出要反对"霸气"，所谓"霸气"即是指诗歌中主观意识过于强烈，从而损害了其自然化工之美。

王夫之的诗歌理论不仅是对传统诗歌理论发展的一个重要的总结，而且对清代诗歌理论的发展有十分重要的启示。清代许多重要诗论家的思想在王夫之诗论中已经有所表现。他对诗歌中的理、事、情、景几个主要因素的分析，以及对诗歌艺术思维特征的认识，虽然叶燮不一定见到过,但确是早于叶燮已经提出了的。他的"心之元声"说便是上承李贽和公安派性灵说,而下开袁枚之诗论的。他的兴、观、群、怨说以及重视含蓄蕴藉的审美观和沈德潜的诗论也有直接的联系。他论诗的"神韵"和以"神龙"喻诗,也对王渔洋的诗论有重要的影响。因此他是明清之际一位承上启下的十分重要的诗歌理论家和文学批评家。

第三节 叶燮《原诗》的理、事、情论和才、胆、识、力论

叶燮(1627—1703),字星期,号己畦,浙江嘉兴人,晚年定居吴江横山著书讲学,亦作吴江人,世称横山先生。叶燮只小王夫之八岁,是清初一位很重要的文学理论批评家,他是沈德潜的老师,其诗学思想对沈德潜有很深刻的影响。叶燮的主要诗论著作是《原诗》,分内、外两篇,每篇内又分上、下两部分。《原诗》不同于一般的诗话,不像诗话那样零散、琐碎,而是比较完整、系统的理论著作,可以说在中国古代文学理论批评著作中,除《文心雕龙》以外,还很少有这样阐述得很透彻、分析得很细密、理论性和逻辑性都很强的著作。叶燮的诗学思想特点和王夫之有接近的地方,他也是继承和发展了公安派的文学思想,进一步对复古主义文学思潮作了深入的批判,纠正了公安派的偏向,理、事、情论和才、胆、识、力论构成其诗学体系的核心,但他比王夫之更明显、更突出地表现了向"温柔敦厚"诗教传统的回归。这后一方面是与清朝建国以后加强思想控制,提倡程、朱理学有密切关系的。叶燮的诗歌理论比较多的是对前人理论的系统阐述和总结发挥,而不像王夫之那样有很多精辟独到的创见。他的诗学思想比较重要的有以下几方面:

第一,反对复古模拟和强调发展变化的正变说。叶燮《原诗》的中心是阐述诗歌的源流发展和演变状况的,他在《原诗》的内篇第一条就批评前代"称诗之人,才短力弱","既不能知诗之源流本末正变盛衰",又"不能辨古今作者之心思才力深浅高下长短",所以不能正确说明诗歌发展中"孰为沿为革,孰为创为因,孰为流弊而衰,孰为救衰而盛",并"一一剖析而缕分之,兼综而条贯之",这实际上也就是他的《原诗》之宗旨所在,目的在于解决前代"称诗之人"所没有解决的问题。他论述诗歌的源流发展,重在一个"变"字,他说:"盖自有天地以来,古今世运气数,递变迁以

相禅。古云:'天道十年而一变。'此理也,亦势也,无事无物不然;宁独诗之一道,胶固而不变乎?"诗歌要发展,就必然要有变化,这是其客观规律,即使是孔夫子也无法改变的。他说:"今就《三百篇》言之:《风》有正风,有变风;《雅》有正雅,有变雅。《风》《雅》已不能不由正而变,吾夫子亦不能存正而删变也,则后此为风雅之流者,其不能伸正而诎变也明矣。"而在这种发展变化之中,有因有创,诗歌才不断有所进步,这是历史发展的必然。"汉苏、李始创为五言,其时又有亡名氏之《十九首》,皆因乎《三百篇》者也;然不可谓即无异于《三百篇》,而实苏、李创之也。建安、黄初之诗,因于苏、李与《十九首》者也。然《十九首》止自言其情;建安、黄初之诗,乃有献酬、纪行、颂德诸体,遂开后世种种应酬等类;则因而实为创。此变之始也。"此后凡是成就比较突出的诗人,都是既有"因"而又有"创"的,他们"不肯沿袭前人以为依傍,盖自六朝而已然矣"。至开元、天宝而大变,"高(适)、岑(参)、王(维)、孟(浩然)、李(白)","各有所因,而实一一能为创"。而作为"集大成如杜甫,杰出如韩愈,专家如柳宗元"等,"一一皆特立兴起",乃至于宋、明也无不如此。这种"变"的思想显然是来源于公安派的,是对袁宏道在《雪涛阁集序》中观点的发挥。

叶燮在论"变"的同时,又吸收了萧统《文选序》中提出的"踵事增华"说,强调这种"变"总是愈来愈进步的,后代一定会超越前代。他说:"上古之音乐,击土鼓而歌《康衢》;其后乃有丝、竹、匏、革之制,流至于今,极于九宫南谱。声律之妙,日异月新,若必返古而听《击壤之歌》,斯为乐乎?……大凡物之踵事增华,以渐而进,以至于极。故人之智慧心思,在古人始用之,又渐出之;而未穷未尽者得后人精求之,而益用之出之。乾坤一日不息,则人之智慧心思,必无尽与穷之日。"这种朴素的进化论思想和他的发展变化的文学观,毫无疑问是批判复古模拟文学思想的有力武器。他说:"惟有明末造,诸称诗者专以依傍临摹为事,不能得古人之兴会神理,句剽字窃,依样葫芦。如小儿学语,徒有喔咿,声音虽似,都无成说,令人哕而却走耳。乃妄自称许曰:'此得古人某某之法。'尊盛唐者,盛唐以后,俱不挂齿。"可见,叶燮正是接受了前人的有价值理论,加以综合发展,对复古主义文学思潮作了比较深入的批评。不过,"踵事增华"说只能从总的发展趋向上来加以肯定,而文学的实际发展过程则是很复杂的,从某个特定时期或阶段来说,并不一定比前代更好,甚至可能是很萧条的,远远赶不上前代的。所以如果机械地、形而上地运用这种观点分析文学发展状况,就不容易得出正确的结论。例如叶燮在论述诗歌历史发展时说:"譬诸地之生木然,《三百篇》则其根,苏、李诗则其萌芽由蘖,建安诗则生长至于拱把,六朝诗则有枝叶,唐诗则枝叶垂荫,宋诗则能开花,而木之能事方毕。"显然把宋诗看成是诗歌发展中的顶峰、艺术上最成熟的阶段,是不符合实际的,这就是机械地用"踵事增华"说来分析的结果。

叶燮在上述思想的基础上提出了他的"正变"说。他认为诗歌的历史发展过程都是由"正"而逐渐达到极致,然后就开始衰亡;于是必然会有"变",新变而使之兴盛,这是新的"正"。这新的"正"又会逐渐由极盛而至衰,于是有会有新的"变"产生。在这样的循环往复之中,文学也就不断有新的创造。他指出:

> 历考汉魏以来之诗,循其源流升降,不得谓正为源而长盛,变为流而始衰。惟正有渐衰,故变能启盛。如建安之诗,正矣,盛矣;相沿久而流于衰,后之人力大者大变,力小者小变。六朝诸诗人,间能小变,而不能独开生面。唐初沿其卑靡浮艳之习,句栉字比,非古非律,诗之极衰也。而陋者必曰此诗之相沿至正也。不知实正之积弊而衰也。迨开宝诸诗人,始一大变。彼陋者亦曰:此诗之至正也。不知实因正之至衰变而为至盛也。

叶燮这个"正变"说也是在袁宏道的"法因于敝而成于过"说的基础上发展起来的,其基本思想和袁宏道没有什么不同,都是就文学发展中必然会出现盛衰递变状况而言的,说明文学发展和其他事物一样,当它发展到顶峰以后,就会逐渐走向衰亡,被另一种新的文学所代替。不过叶燮又提出《诗经》之正变和后代其他诗歌之正变的不同,有"以时言诗"和"以诗言时"的差别,他说道:"且夫《风》《雅》之有正有变,其正变系乎时,谓政治、风俗之由得而失、由隆而污。此以时言诗,时有变而诗因之。时变而失正,诗变而仍不失其正,故有盛无衰,诗之源也。吾言后代之诗,有正有变,其正变系乎诗,谓体格、声调、命意、措辞、新故升降之不同。此以诗言时,诗递变而时随之。故有汉魏、六朝、唐、宋、元、明之互为盛衰,惟变以救正之衰故递衰递盛,诗之流也。"这里可以看出叶燮诗学思想中的保守方面,由于强调"诗教",要突出《诗经》的地位,所以说《风》《雅》之"正变系乎时",而后代之诗,"其正变系乎诗",其实无论是"诗之源"的《诗经》,还是"诗之流"的后代之诗,其正变都和"时"与"诗"有关,都是既"系乎时"也"系乎诗"。与此相关的是,叶燮对"文运"和"世运"关系的看法,他在《百家唐诗序》中说:"自有天地即有古今。古今者,运会之迁流也。有世运,有文运。世运有治乱,文运有盛衰,二者各自为迁流。"又说:"文之为运,与世运异轨而自为途。"他很正确地看到了"文运"不同于"世运",有自己的特点和规律,但是他又否定"文运"有受"世运"影响的一面,不承认它有随"世运"变迁的一面,把两者割裂开来,这显然是不正确的。

第二,推崇杜甫、韩愈和提倡"温柔敦厚"。叶燮论诗反对复古模拟、反对建立门庭,批评前后七子的"文必秦汉,诗必盛唐",但他还是有所依傍的。沈德潜在《叶先生传》中说叶燮道:"论诗以少陵、昌黎、眉山为宗,成《原诗》内外篇。"《清史列传·文苑传》也说他"言诗以杜甫、韩愈为宗"。从理论上说,他认为诗歌是不断发展的,不能说哪一个时代、哪一个诗人就是最好的,但是在实际上,他是偏向于杜、韩和宋诗的。宋人论诗以学杜宗韩为主,因此叶燮的诗学思想是和清初的宋诗派一致的。所以他论唐代诗歌对宋人所尊崇的杜甫、韩愈评价特别高,认为唐诗中杜甫为集大成者,韩愈为最杰出者,论诗歌的历史发展进程以宋诗为诗歌发展的最成熟、最全面、艺术水平最高的顶峰时期。其《原诗》外篇中专有论杜、韩、苏诗一段,其云:

> 杜甫之诗,独冠今古。此外上下千余年,作者代有,惟韩愈、苏轼,其才力能与甫抗衡,鼎立为三。韩诗无一字犹人,如太华削成,不可攀跻。若俗儒论之,摘其杜撰,十且五六,辄摇唇鼓舌矣。苏诗包罗万象,鄙谚小说,无不可用。譬之铜铁铅锡,一经其陶铸,皆成精金。庸夫俗子,安能窥其涯涘。并有未见苏诗一斑,公然肆其讥

弹,亦可哀也!韩诗用旧事而间以己意易以新字者,苏诗常一句中用两事三事者;非骋博也,力大故无所不举。然此皆本于杜。细览杜诗,知非韩、苏创为之也。必谓一句止许用一事,如七律一句,上四字与下三字,总现成写此一事,亦非谓不可;若定律如此,是记事册,非自我作诗也。诗而曰"作",须有我之神明在内。如用兵然:孙吴成法,懦夫守之不变,其能长胜者寡矣;驱市人而战,出奇制胜,未尝不愈于教习之师。故以我之神明役字句,以我所役之字句使事,知此,方许读韩、苏之诗。不然,直使古人之事,虽形体眉目悉具,直如刍狗,略无生气,何足取也!

从他对杜、韩、苏的诗歌创作之论述中,可以看出叶燮对他们诗歌艺术的倾心,主要还是在用事精深与字句之工,故与江西诗派所论,没有多少区别。不过他对杜、韩、苏诗歌的思想内容有较高的评价,指出他们善能抒写性情而具有自己的创作个性,而不只局限于文字技巧的方面。他说道:"'作诗者在抒写性情。'此语夫人能知之。夫人能言之;而未尽夫人能然之者矣。'作诗有性情必有面目。'此不但未尽夫人能然之,并未尽夫人能知之而言之者也。如杜甫之诗,随举其一篇,篇举其一句,无处不可见其忧国爱君,悯时伤乱,遭颠沛而不苟,处穷约而不滥,崎岖兵戈盗贼之地,而以山川景物友朋杯酒抒愤陶情;此甫之面目也。我一读之,甫之面目跃然于前。……举韩愈之一篇一句,无处不可见其骨相棱嶒,俯视一切;进则不能容于朝,退又不肯独善于野,疾恶甚严,爱才若渴:此韩愈之面目也。举苏轼之一篇一句,无处不可见其凌空如天马,游戏如飞仙,风流儒雅,无入不得,好善而乐与,嬉笑怒骂,四时之气皆备:此苏轼之面目也。"由此可以看出叶燮之崇尚杜、韩、苏,又有比江西诗派高出一头的地方,他十分钦佩杜、韩、苏的思想与性格,认为诗歌创作应当体现忧国忧民的思想感情、积极入世的政治理想,应当是内心性情的真实流露,并有自己的独特个性。

在叶燮诗学的研究中,有一种看法认为:叶燮是反对"温柔敦厚"的诗教的,而他的学生沈德潜提倡"温柔敦厚"是对他老师的背叛。这是完全不符合实际的。其实,叶燮诗学思想的重要特点之一,就是向儒家"温柔敦厚"的诗教传统之回归,但又不是简单地恢复,而是在充分吸收以公安派为代表的反传统文学思想中注重真实抒发性灵的核心,反对前后七子注重模拟复古创作思想的前提下,力图把抒写性灵和诗教传统调和统一起来。他的基本立足点是在"诗教"方面,但又不是固守传统,而是比较开明的,他对诗教的含义理解得比较宽泛,认为它可以结合不同时代的现实,而在具体内容上给以新的补充和发展,这和他主张"变"的思想是一致的。"温柔敦厚"的诗教也是随着时代的不同而有其不同的内容。所以,他说:

> 或曰:"'温柔敦厚,诗教也。'汉魏去古未远,此意犹存,后此者不及也。"不知"温柔敦厚",其意也,所以为体也,措之于用,则不同;辞者,其文也,所以为用也,返之于体,则不异。汉魏之辞,有汉魏之"温柔敦厚",唐、宋、元之辞,有唐、宋、元之"温柔敦厚"。譬之一草一木,无不得天地之阳春以发生。草木以亿万计,其发生之情状,亦以亿万计,而未尝有相同一定之形,无不盎然皆具阳春之意。岂得曰若者得天地之阳春,而若者为不得者哉!且"温柔敦厚"之旨,亦在作者神而明之;如必执而泥之,则《巷伯》"投畀"之章,亦难合于斯言矣。

这里他强调说明"温柔敦厚"在不同时代创作中,应当结合当时实际情况有自己的具体内容,而不应当模拟因袭《诗经》中的表现。其意主要是在强调"变",要适合不同时代的现实需要,而不能"执而泥之"。但"温柔敦厚"是"体",是基本的方面;而他在各个时代创作中带有特色的表现,则是"用",是"温柔敦厚"的具体运用。所以,他绝无否定"温柔敦厚"的意思。说他提出的"神而明之"之说是不敢明目张胆地反对诗教,是采用了一种"迂回战术",这显然是不符合实际的。至于他所批评的那些"奉老生之常谈,袭古来所云忠厚和平、浑朴典雅、陈陈皮肤之语",正是反对以古代诗教陈言作表面装潢,而不能结合不同时代特点去灵活地运用诗教精神的现象。以此作为他反对"诗教"的表现,则是完全误解了他的本意的。(参见人民文学出版社《原诗》前言)

叶燮维护"温柔敦厚"的诗教传统的思想，在他《已畦集》的许多文章中都有清楚地表达。他在《答沈昭子翰林书》中，他说他自幼学文只是"好六朝骈丽使事属辞饾饤藻缋，未尝从事于六经，而根原于古昔圣贤之旨"，到年长以后，才懂得要以六经为根基，以古昔圣贤之旨为指导，"必折衷于理道而后可"，使文章"无戾于古昔圣贤之理道"。在《〈乘龙鼎〉剧本题辞》中，更明确指出《诗经》三百篇之所以为"经"，即在于它能"发乎情，止乎礼义"，故能"终则要归乎正"。"以情发端，端见而情已谢，由是循循以归乎礼义。""若其始也，依乎情，则以情为本，求其止乎礼义则难矣。"后世之诗赋词曲等在叶燮看来，正是由于不明此理，而"以情为本"，不能"止乎礼义"，故"淫词邪说为礼义之罪人"。他赞扬《乘龙鼎》剧本不仅是"发乎情，止乎礼义"，而且"直可谓发乎礼义以止乎礼义者矣"。在《汪秋原浪斋二集诗序》一文中，叶燮他更加明确地提出诗之变中有不变者，"一言以蔽之曰雅。雅也者，作诗之原而可以尽乎诗之流者也。"他认为诗歌之变化虽多，然"各得诗人之一体。一体者，不失其命意、措辞之雅而已"。雅者，正也，它即是"温柔敦厚"的诗教之核心。在《友人诗集序》中他还尖锐地批评了诗歌创作中以"六义之旨皆为浮响不根之言"的倾向。在《与友人论文书》中，他说："文之为用，实以载道。""道者何也？六经之道也。"他是维护诗教传统的，又是推崇宋诗的，因此他对严羽的诗论是很不喜欢的。他说：

> 最厌于听闻，锢蔽学者耳目心思者，则严羽、高棅、刘辰翁及李攀龙诸人是也。羽之言曰："学诗者以识为主，入门须正，立意须高，以汉、魏、晋、盛唐为师，不作开元、天宝以下人物。若自退屈，即有下劣诗魔，入其肺腑。"夫羽言学诗须识，是矣。既有识，则当以汉、魏、六朝、全唐及宋之诗，悉陈于前，彼必自能知所决择、知所依归，所谓信手拈来，无不是道。若云汉、魏、盛唐，则五尺童子，三家村塾师之学诗者，亦熟于听闻、得于授受久矣。此如康庄之路，众所群趋，即瞽者亦能相随而行，何待有识而方知乎？吾以为若无识，则一一步趋汉、魏、盛唐，而无处不是诗魔；苟有识，即不步趋汉、魏、盛唐，而诗魔悉是智慧，仍不害于汉、魏、盛唐也。羽之言何其谬戾而意且矛盾也！

彼棅与辰翁之言,大率类是;而辰翁益觉惝恍无切实处。诗道之不振,此三人与有过焉。

他对严羽的批评,确也道出了严羽诗论中的某些弱点,如强调"以盛唐为法",有可能发展为复古模拟的不良倾向,但他对严羽的功绩采取完全抹杀的态度自然是片面的、不公允的,其原因就是他在诗学思想上和严羽有重大的分歧:严羽是"扫除美刺,独任性灵",鄙弃诗教的,而叶燮则是维护诗教传统的;严羽是崇唐贬宋的,而叶燮则认为宋诗比唐诗成就更高;严羽是从诗歌以兴趣为主的角度肯定盛唐而推崇李、杜的,而叶燮则明显地有贬李扬杜倾向,而且是从字句之工角度来崇杜的。严羽反对江西诗派、反对"以文字为诗,以才学为诗,以议论为诗",对韩愈的评价很低,他对杜甫的肯定也与江西诗派之学杜完全不同。而叶燮则和江西诗派一样学杜尊韩,对韩愈评价是非常高的。所以,叶燮在推崇"温柔敦厚"的诗教方面,是和后来的沈德潜完全一致的,沈德潜正是受他老师的影响,而结合他所处的时代又有所发展的。

第三,论诗歌的理、事、情三要素。叶燮认为诗歌创作不外乎主体和客体两个方面,主体方面主要有才、胆、识、力四要素,而客体方面则有理、事、情三要素。他说:

> 曰理、曰事、曰情,此三言者足以穷尽万有之变态。凡形形色色,音声状貌,举不能越乎此。此举在物者而为言,而无一物之或能去此者也。曰才、曰胆、曰识、曰力,此四言者所以穷尽此心之神明。凡形形色色,音声状貌,无不待于此而为之发宣昭著。此举在我者而为言,而无一不如此心以出之者也。以在我之四,衡在物之三,合而为作者之文章。大之经纬天地,细而一动一植,咏叹讴吟,俱不能离是而为言者矣。

这正是叶燮对文学创作的主体和客体内涵之具体分析,也是他对文学创作主体和客体的具体要求。作家内在的才、胆、识、力和外界事物的理、事、情相结合,于是就产生了文学作品。由于外界事物的理、事、情是各不相同的,而作家的才、胆、识、力也是千差万别的,因此文学创作是没有一定的死法可依的,由此他对以前后七子为代表的复古派提倡的死法进行了严厉的批评。他说:"自开辟以来,天地之大,古今之变,万汇之赜,日星河岳,赋物象形,兵刑礼乐,饮食男女,于以发为文章,形为诗赋,其道万千。余得以三语蔽之:曰理、曰事、曰情,不出乎此而已。然则,诗文一道,岂有定法哉!先揆乎其理,揆之于理而不谬,则理得。次征诸事,征之于事而不悖,则事得。终絜诸情,絜之于情而可通,则情得。三者得而不可易,则自然之法立。故法者,当乎理,确乎事,酌乎情,为三者之平准,而无所自为法也。"公安派和王夫之等是从创作主体的角度来批评死法的,因为文学是人的性灵或"心之元声"的表现,而人的心灵又是各不相同的,所以不能用死法来束缚创作,而叶燮则是从创作客体的角度来批评死法的,这两方面的结合对复古派提倡的死法就批评更彻底了。

那么,叶燮所说的理、事、情,其含义究竟是什么呢?他认为天地间万物的构成,不外乎理、事、情三个方面。他说:"曰理、曰事、曰情三语,大而乾坤以之定位、日月以之运行,以至一草一木一飞一走,三者缺一,则不成物。"而文学作品"所以表天地万物之情状也",因此,也可以用理、事、情三者来概括。"譬之一木一草,其能发生者,理也。其既发生,则事也。既发生之后,夭乔滋植,情状万千,咸有自得之趣,则情也。"也就是说,事物的产生发展有其内在的规律,即所谓"理";在它发生之后,就表现为一定的、具体的"事";而每一事物又有它自己特殊的情状,这就是"情"。理、事、情是构成事物的三要素,也是诗歌中所描写的客观物象之三要素,这个分析总的说是比较科学的。他还指出,事物的理、事、情都要有"气"来统率,"气"指的就是事物的内在生命力,文学创作不只是要描写事物的理、事、情,而且要写出由"气"来统率的活的理、事、情,这是叶燮论诗歌创作比较有价值的地方。把理、事、情作为诗歌创作中客体的基本构成因素,不始于叶燮,比他略早的王夫之在其诗歌评论中就已经提出过,例如《古诗评选》中评《古诗十九首·迢迢牵牛星》云:"终始咏牛、女耳,可赋、可比、可理、可事、可情,此以为十九首。"就把事、理、情、景作为诗歌的主要构成因素。我们不能考定叶燮是否看见过王夫之的诗评,但王夫之确实比他提出得更早。同时,从叶燮的理、事、情之内涵来看,实际上就是中国古代文学理论中所说的"神""形""势"。苏轼的"常形""常理"说,和王夫之的不仅要写出"物态"还要写出"物理",都是说的"理"和"事",而所谓"情"并非感情的情,而是指"势",也就是指事物特有的态势。文学作品中对物象的艺术描写,不仅要真实地描绘其"事"、其"形",还要善于体现其"理"、其"神",展示其"情"、其"势"。从这方面说,叶燮的理、事、情说也是对中国古代文学创作理论中有关艺术形象描写的一个总结。

应当指出的是,叶燮的理、事、情说和儒家之道、六经之道有十分密切的联系。他在《与友人论文书》中说道:"仆尝有《原诗》一编,以为盈天地间万有不齐之物之数,总不出乎理、事、情三者,故圣人之道自格物始。盖格夫凡物之无不有理、事、情也。为文者,亦格之。文之为物而已矣。夫备物者,莫大于天地,而天地备于六经。六经者,理、事、情之权舆也。"也就是说,理、事、情的"理"与六经之"道"是相通的。事物内在的理即是道的具体化,所以文的本源是在六经之道。他又说:"合而言之,则凡经之一句一义皆各备此三者,而互相发明;分而言之,则《易》似专言乎理;《书》《春秋》《礼》似专言乎事;《诗》似专言乎情。此经之原本也,而推其流之所至,因《易》之流而为言,则议论辨说等作是也;因《书》《春秋》《礼》之流而为言,则史传纪述典制等作是也;因《诗》之流而为言,则辞赋诗歌等作是也。数者条理各不同,分见于经,虽各有专属,其适乎道则一也。而理者与道为体,事与情总贯乎其中。惟明其理,乃能出之而成文。"这种说法和刘勰《文心雕龙·宗经》篇的思想差不多,认为后来各种文体都是由六经派生出来的,而其作为道的体现是一致的,故云:"文之为道,一本而万殊,亦万殊而一本者也。"事物中所贯穿的道,只有儒家一家之道,而不允许有二家之道。因此他对庄、列之文,虽也认为可以成一家之文,但却"与六经之道为角",而"外篇叛道尤极",故"不可谓为是"。又说司马迁之文,"固知尊向六经,然徒能貌其郛廓耳,于道虽未能适,其志则道也,故其自谓成家可也"。叶燮十分强调要辨别"道与非道",他认为文章有了"美",不一定能达到"通";"美而通",不一定达到"是";有了"美""通""是",不一定能"适于道"。可见,"道"在他心目中有多么高的地位! 在《赤霞楼诗集序》一文中,他说:"理一而已,而天地之事与物有万,持一理以行乎其中,宜若有格而不通者,而实无不可通,则事与物之情状不能外乎理也。""理"为一,而"事与物"为万,任何事物中都有"理",是"理"的具体体现,故"即一可以见其全"。"理"是运行乎万物之中的,是儒家之道,这就是理学家的"理一分殊"说在文学创作上的运用。所以叶燮的"理、事、情"说归根到底,还是从儒家之道中引申出来的,和他的"温柔敦厚"的"诗教"说是相统一的。

第四,论作家的胸襟和"才、胆、识、力"。叶燮对创作主体的要求,十分强调要有高尚而广阔的胸襟,这是进行诗歌创作的基础。"我谓作诗者,亦必先有诗之基焉。诗之基,其人之胸襟是也。"所谓"胸襟",即是指作家的思想境界和精神情操。"有胸襟,然后能载其性情、智慧、聪明、才辨以出,随遇发生,随生即盛。"他曾举杜甫和王羲之为例来说明"胸襟"之重要。他说:"千古诗人推杜甫。其诗随所遇之人之境之事之物,无处不发其思君王、忧祸乱、悲时日、念友朋、吊古人、怀远道,凡欢愉、幽愁、离合、今昔之感,一一触类而起,因遇得题,因题达情,因情敷句,皆因甫有其胸襟以为基。如星宿之海,万源从出;如钻燧之火,无处不发;如肥土沃壤,时雨一过,夭乔百物,随类而兴,生意各别,而无不具足。"至于王羲之的《兰亭集序》,"寥寥数语,托意于仰观俯察,宇宙万汇,系之感忆。而极于死生之痛。则羲之之胸襟,又何如也!由是言之,有是胸襟以为基,而后可以为诗文"。所以,思想境界和精神情操的高尚纯洁,是文学创作的基本出发点。

诗人的"胸襟"具体体现在才、胆、识、力四个方面。他说:"大凡人无才,则心思不出;无胆,则笔墨畏缩;无识,则不能取舍;无力,则不能自成一家。"作家的才、胆、识、力,既与人的天赋禀性有关,也与人的后天学习有关。"在我者虽有天分之不齐,要无不可以人力充之。"叶燮肯定人的天才的重要,但更重视后天人为学习的作用。所以,他认为才、胆、识、力四者之中,识最为重要。他说:"四者无缓急,而要在先之以识;使无识,则三者俱无所托。"识,是天才之所凭而见者,而又可以补天才之不足。他说:"其优于天者,四者具足,而才独外见,则群称其才,而不知其才之不能无所凭而独见也。其歉乎天者,才见不足,人皆曰才之歉也,不可勉强也;不知有识以居乎才之先,识为体而才为用,若不足于才,当先研精推求乎其识。"识是指作家辨认事物理、事、情的能力,"人惟中藏无识,则理事情错陈于前,而浑然茫然,是非可否,妍媸黑白,悉眩惑而不能辨,安望其敷而出之为才乎!文章之能事,实始乎此"。识,又是鉴别诗歌及其艺术表现特点的能力,所以他说:"今夫诗,彼无识者,既不能知古来作者之意,并不自知其何所兴感、触发而为诗。或亦闻古今诗家之诗,所谓体裁、格力、声调、兴会等语,不过影响于耳,含糊于心,附会于口;而眼光从无着处,腕力从无措处。即历代之诗陈于前,何所抉择?何所适从?"识的能力是可以通过道德修养和学习经书而得到培养和提高的,这样就可以补充天才之不足,也就是说"可以人力充之"。

识,对才、胆、力都有重要的指导作用。才,是指作家的才能,包括认识和把握宇宙间各种事物,并能发现其独特之处的才能,也是指作家艺术地表现社会生活、描绘自然事物的能力。所以说:"才者,诸法之蕴隆发现处也。"胆,指作家敢于突破传统观念、不囿于一般流行之见,而善于提出具有独创性新见的胆略,所以说:"无胆则笔墨畏缩。"力,指作家的艺术功力和气魄,所以他说:"无力则不能自成一家。"而这三者必须要待有"识"方能正而不邪。他又说:"无识而有胆,则为妄、为卤莽、为无知,其言背理、叛道,蔑如也。无识而有才,虽议论纵横,思致挥霍,而是非淆乱,黑白颠倒,才反为累矣。无识而有力,则坚僻、妄诞之辞,足以误人而惑世,为害甚烈。""惟有识,则能知所从、知所奋、知所决,而后才与胆力,皆确然有以自信;举世非之,举世誉之,而不为其所摇。"叶燮所强调的"识",显然是吸收江西诗派的"识"和严羽的"识"而发展起来的,他的贡献是扩大了"识"的内容和范围,不只是对文学作品的"识",而更主要是对客观事物的理、事、情之"识"。此外,叶燮的"识"作为艺术的鉴赏能力来说,重在作家具有自己创造性的独立见识,而不像严羽所说的"识"那样,侧重于对诗歌艺术审美特征的认识、对盛唐诗歌"惟在兴趣"的认识,具有反对复古模拟、强调个性和顺乎自然的特色。他说:"惟有识,则是非明;是非明,则取舍定。不但不随世人脚跟,并亦不随古人脚跟。非薄古人为不足学也;盖天地有自然之文章,随我之所触而发宣之,必有克肖其自然者,为至文以立极。"叶燮认为:才、胆、识、力四者具有"交相为济"的关系,"胆"既有赖于"识",又能扩充和发展"才","惟胆能生才,但知才受于天,而抑知必待扩充于胆邪!"而"才"则又须有"力"以载之,"惟力大而才能坚,故至坚而不可摧也。历千百代而不朽者以此。昔人有云：'掷地须作金石声。'六朝人非能知此义者，而言金石，喻其坚也。此可以见文家之力。"所以若无"力"，则"才"不能充分地展示出来。一个作家必须才、胆、识、力均备，方能对万物之理、事、情有充分的认识，作出生动丰富的描写。

第五，论诗歌的审美本质和艺术思维的特点。叶燮在论述诗歌的理、事、情时，涉及了诗歌创作的艺术思维特点问题。《原诗》内篇下在阐述了理、事、情的问题后，叶燮专门对诗歌中的理、事、情之特征和诗歌的审美性能作了分析。他是以设问和回答的方式来阐述的：

> 或曰："先生发挥理、事、情三言，可谓详且至矣。然此三言，固文家之切要关键。而语于诗，则情之一言，义固不易；而理与事，似于诗之义，未为切要也。先儒云：'天下之物，莫不有理。'若夫诗，似未可以物物也。诗之至处，妙在含蓄无垠，思致微渺，其寄托在可言不可言之间，其指归在可解不可解之会，言在此而意在彼，泯端倪而离形象，绝议论而穷思维，引人于冥漠恍惚之境，所以为至也。若一切以理概之，理者，一定之衡，则能实而不能虚，为执而不为化，非板则腐。如学究之说书，闾师之读律，又如禅家之参死句、不参活句，窃恐有乖于风人之旨。以言乎事：天下固有有其理，而不可见诸事者；若夫诗，则理尚不可执，又焉能一一征之实事者乎！而先生断断焉必以理、事二者与情同律乎诗，不使有毫发之或离，愚窃惑焉！此何也？"予曰：子之言诚是也。子所以称诗者，深有得乎诗之旨者也。然子但知可言可执之理为理，而抑知名言所绝之理之为至理乎？子但知有是事之为事，而抑知无是事之为凡事之所出乎？可言之理，人人能言之，又安在诗人之言之！可征之事，人人能述之，又安在诗人之述之！必有不可言之理，不可述之事，遇之于默会意象之表，而理与事无不灿然于前者也。

叶燮这里的设问实际上是指以严羽为代表的宋元明以来流行的对诗歌审美特征的认识，所说诗歌艺术境界的妙处是在"含蓄无垠，思致微渺"，似可言而又不可言，似可解而又不可解，故其意境具有"言在此而意在彼，泯端倪而离形象,绝议论而穷思维"的特点,这和严羽所说的"羚羊挂角,无迹可求。故其妙处,透彻玲珑,不可凑泊,如空中之音,相中之色,水中之月,镜中之象,言有尽而意无穷",是一样的。他对此基本上是同意的,所以他肯定提问者的"称诗"是"深有得乎诗之旨者",但是他对诗歌以情为主而不宜言理与事的说法是不同意的,也就是说,他对严羽的"不涉理路,不落言筌"说和反对"以文字为诗,以才学为诗,以议论为诗",是有不同看法的。他认为诗歌中同样可以有理、有事,不过诗歌中的理和事有自己的特点,乃是"不可言之理,不可述之事",即"名言所绝之理之为至理"和"无是事之为凡事之所出",这种说法和王夫之所说要区别"名言之理"和"诗理"、"经生之理"和"诗人之理",是完全一致的。叶燮所说的"不可言之理,不可述之事,遇之于默会意象之表,而理与事无不灿然于前",也和冯班之《严氏纠缪》所说诗歌之理"与寻常文笔言理者不同","其理玄,或在文外",也是一样的。但叶燮更全面地、更完整地总结了诗歌中的理、事、情之特点:"惟不可名言之理,不可施见之事,不可径达之情,则幽渺以为理,想象以为事,惝恍以为情,方为理至、事至、情至之语。"这就比前人更进了一步。

为了具体地说明诗歌的审美性质和艺术思维的特点,叶燮还专门举出了四句杜甫诗中的名句作了详细的分析,即《冬日洛城北谒玄元皇帝庙》中的"碧瓦初寒外"、《春宿左省》中的"月傍九霄多"、《船下夔州郭宿雨湿不得上岸别王十二判官》中的"晨钟云外湿"、《晚秋陪严郑公摩诃池泛舟得溪字》中的"高城秋自落"。这里举其第一例为代表,其云:

> 如《玄元皇帝庙作》"碧瓦初寒外"句,逐字论之:言乎"外",与内为界也。"初寒"何物,可以内外界乎?将"碧瓦"之外,无"初寒"乎?"寒"者,天地之气也。是气也,尽宇宙之内,无处不充塞;而"碧瓦"独居其"外","寒"气独盘踞于"碧瓦"之内乎?"寒"而曰"初",将严寒或不如是乎?"初寒"无象无形,"碧瓦"有物有质;合虚实而分内外,吾不知其写"碧瓦"乎?写"初寒"乎?写近乎?写远乎?使必以理而实诸事以解之,虽稷下谈天之辨,恐至此亦穷矣!然设身而处当时之境会,觉此五字之情景,恍如天造地设,呈于象、感于目、会于心。

意中之言,而口不能言;口能言之,而意又不可解。划然示我以默会相象之表,竟若有内、有外,有寒、有初寒。特借"碧瓦"一实相发之,有中间,有边际,虚实相成,有无互立,取之当前而自得,其理昭然,其事的然也。昔人云:"王维诗中有画。"凡诗可入画者,为诗家能事。如风云雨雪,景象之至虚者,画家无不可绘之于笔;若初寒内外之景色,即董巨复生,恐亦束手搁笔矣!天下惟理事之入神境者,固非庸凡人可摹拟而得也。

叶燮这一段分析相当精彩,他从如何理解杜甫这一句诗的含义出发,生动具体地说明了诗歌中的形象描写是无法以常情、常理来解释的,"碧瓦"怎么在"初寒"外?"初寒"与"寒"又怎么区分?按经生之理是说不通的,但诗理则可通,却如王夫之分析"飞蓬"之"搔首望故株"一样。不仅如此,这样的描写还能把当时的情景非常真实地呈现在读者面前,犹如亲临其境一般。这也就是苏轼所说的"反常合道"之奇趣。

第六,叶燮诗论的美学思想基础。叶燮和别的文学理论批评家相比,有一个很突出的地方,就是他有比较系统的美学思想作为其文学理论批评的基础。叶燮在他《已畦集》的文章中比较自觉地探讨了美和美感的问题,虽然他论述的主要是自然美,但其基本观点则是和他的文学观相通的。他认为美在于客观事物的本身,美不美是事物的自然本性决定的。他在《滋园记》一文中说:"凡物之生而美者,美本乎天者也。本乎天自有之美也。"其《假山说》一文中又提出真正的美应当"求之天地之真",而不要"求之画家之假"。譬如画美人不应该只是模仿纸上的美人,而要按照真的西子去画。这样,他就把对自然美的观点运用到了艺术美上。叶燮在文学理论批评上坚决反对复古模拟,强调要真实地表现客观事物的理、事、情,正是这种美学观的体现。叶燮认为美虽在客观事物本身,但它往往是分散的,所以就有待于人的发现,把它集中起来,这样才能使美更加突出,"其美始大"。他在《滋园记》中说:"孤芳独美,不如集众芳以为美。待乎集,事在乎人者也。"自然美虽是客观存在着的,但必须有善于鉴赏美的人,才能使之充分展示出来。他在《集唐诗序》中说:"凡物之美者,盈天地间皆是也,然必待人之神明才慧而见。"因此文学创作的目的就是要能够从自然和社会中去发现美,把各种美集中起来,以艺术的形式再现出来。其《黄山倡和诗序》中说:"名山者,造物之文章也。造物之文章,必借乎人以为遇合,而人之与为遇合也,亦借乎其人之文章而已矣。"他特别强调美的发现和创造,必须要依靠人的智慧和才华。所以他认为文学创作从主体方面来说,必须要求作家具有很高的才、胆、识、力,否则理、事、情即使铺陈在面前,你也是看不见的。同时,叶燮认为人对美和丑的感受不是绝对的,而是有相对性的。他指出事物都有对立的两方面,它们在一定条件下是可以转化的,尤其是社会生活方面的美和丑更是如此,这就是所谓"对待之义"。叶燮在《原诗》中说:"人皆美生而恶死,美香而恶臭,美富贵而恶贫贱。然逢比之尽忠,死何尝不美!江总之白首,生何尝不恶!幽兰得粪而肥,臭以成美。海木生香则萎,香反为恶。富贵有时而可恶,贫贱有时而见美,尤易以明。"从文学创作来说,陈熟和生新也是相对的和可以互相转化的,所以诗歌"舒写胸襟,发挥景物,境皆独得,意自天成,能令人永言三叹,寻味不穷,忘其为熟,转益见新,无适而不可也"。人对美的感受是各不相同的,美与不美对不同的人往往是不同的。叶燮在《黄叶村庄诗序》中提出了"境一而触境之人之心不一"的思想,说明对同一外在境界,不同的人会有完全不同的感受,这也就是美感的差异性问题。

  叶燮的诗歌理论是比较全面的,阐述极为详尽细密,分析得也很深入、很透彻,但是为什么它在清代的影响不大呢?其原因就在于他的诗歌理论主要在综合前人论述,使之条理化、系统化,其主要观点都是前人已经论述过的,不过没有他那么充分、清晰,叶燮本人的独创新见并不很多。所以把他的《原诗》说成是中国文学理论批评史上最重要的著作,显然是不恰当的。

第二十五章 金圣叹和清代的小说理论批评

第一节 金圣叹及其对《水浒传》的批评

中国古代小说理论批评发展过程中,金圣叹毫无疑问是贡献最大的一位杰出的批评家,在对古代小说艺术的研究方面,他是最深入、最有成就的。清代其他的小说评点家如毛宗岗、张道深等都是在他的影响下进行小说评点的,可是都没有能超过他的水平。

金圣叹(1608—1661),名人瑞,又名喟,号圣叹,庠姓张,原名采,字若采,江苏吴县(今苏州)人。金圣叹的性格狂放怪诞,他的思想带有封建社会后期较为激进的文人思想特点,他对封建王朝还是忠诚的,但是又对封建统治的黑暗腐败非常痛恨,在客观上具有一定程度的叛逆性。他之因"哭庙案"而被杀头,就是最有力的证明。清顺治十八年(1661)清世祖福临去世,金圣叹与诸庠生因不满吴县县令的贪赃枉法,借世祖遗诏到苏州,而相聚哭于文庙攻讦吴令,鸣钟击鼓,集千余人,至府堂进揭帖。结果许多人被捕,金圣叹等十八人被扣以聚众倡乱,震惊先帝的罪名处决。其实,他不反对朝廷,但是他的言行为朝廷所不容。他的文学思想主要体现在他对《离骚》《庄子》《史记》、杜诗、《水浒》《西厢》六部书的评点中,他称六部书为"六大才子书",而其中最重要的是对《水浒传》和《西厢记》的批评。他关于《西厢记》的批评,我们将在论清代戏曲理论部分中叙述。他对《水浒传》的批评,是其文学思想和美学思想的集中表现。金圣叹对《水浒传》的删改和批评,应该说是有功有过的,自然功大于过,但是,也不应该把他的"过"也说成是"功"。金圣叹评点《水浒》是在崇祯十四年(1641)前后,他的序即写于这一年的二月十五日。这时正是明末以李自成、张献忠为首的农民起义风起云涌的时期。这一年的一、二月,他们分别攻陷了洛阳与襄阳,声势浩大。在苏州的金圣叹显然也是感到了此种

"山雨欲来风满楼"之势,故而他在评点《水浒》中对农民起义是否定的,也是对农民起义进行了咒骂的。尤其是他的《水浒传序二》明确地说,水浒一百零八人"其幼,皆豺狼虎豹之姿也;其壮,皆杀人夺货之行也;其后,皆敲扑剮刖之余也;其卒,皆揭竿斩木之贼也"。所以他坚决反对给《水浒传》冠以"忠义"之名,他说:"故夫以忠义予《水浒》者,斯人必有忿其君父之心,不可以不察也。"因此鲁迅在《谈金圣叹》一文中说他是"痛恨流寇"而"近于官绅"的(见《南腔北调集》)。金圣叹认为施耐庵写《水浒》的目的,不是为了赞美水浒英雄,而是怕后人效法他们,以致天下大乱,故而要以春秋笔法来下诛心之笔:"由耐庵之《水浒》言之,则如史氏之有《梼杌》是也,备书其外之权诈,备书其内之凶恶,所以诛前人既死之心者,所以防后人未然之心也。"他在《读第五才子书法》中又说施耐庵是独恨宋江,处处揭露其权诈、阴险,"《水浒》独恶宋江,亦是'奸厥渠魁'之意,其余便饶恕了"。第十七回评语说作者写宋江"私放晁盖",即是为了说明他的"通天大罪",是一种"微言大义"的春秋笔法,如此机密之行而被宋江破坏,故"凡费若干文字,写出无数机密,而皆所以深著宋江私放晁盖之罪。盖此书之宁恕群盗而不恕宋江,其立法之严有如此者。世人读《水浒》而不能通,而遽便以忠义目之,真不知马之几足者也"。又说作者写诸人均是"直笔",而唯独写宋江是"曲笔"(见第三十五回评语)。这些,显然是违背了作者原意,而强加给施耐庵的。更有甚者,他又假托一个所谓"古本",肆意删改原作。当然,经过他的修改,在文字表达、艺术水平上是有提高的,这是应当充分肯定的,但是也应当看到他有些改动是不恰当的,特别是他为了否定农民起义而给水浒英雄硬加了一个斩尽杀绝的结局。这些可以充分说明金圣叹不是为农民起义辩护,他之咒骂农民起义也不是像有些研究者所说,是民主倾向上蒙上的一层外衣,为了借此遮人耳目,而是作为封建文人对农民起义自然而然的恐惧和厌恶。

不过,我们仅仅看到金圣叹的这一方面,显然是不够的。金圣叹对《水浒》的倾心,不只是为其艺术之高超,也是由于《水浒》比较充分地体现了对贪官污吏的尖锐揭露和批判,对当权统治者昏庸无能的谴责和鞭挞。金圣叹对农民起义的态度有矛盾两重性:他一方面维护皇权,不赞成农民起义;另一方面又认为农民起义之所以遍地皆是,并非农民不安本分,而是酷吏赃官逼迫出来的。金圣叹认为《水浒》中所写的英雄原本都是老老实实的好百姓,是忠于王朝的官吏和顺民,不仅如此,他们有不少人还有杰出的才华,有将帅之能,只是由于他们得不到朝廷的赏识和重用,更受到贪官污吏的无端迫害,活不下去,走投无路,才一个个铤而走险,上了梁山。这就是他反复叙说的"英雄失路"。"英雄失路"究竟是"谁之过欤"?他的明确回答是:"群小得势","天下无道"。"天下无道",故"乱自上作"。因此,说金圣叹的思想"反动到了极点",是不对的,相反,他倒是有很进步的一面的,而且在那个时代是很不容易的。第一回评语中他说施耐庵之先写高俅即是在于说明"乱自上作",此是"作者之所深惧也"。故而,金圣叹提出了一个读《水浒》的三段论法:

> 高俅来而王进去矣。
> 王进去而一百八人来矣。
> 则是高俅来而一百八人来矣。

高俅来而王进去,即说明"天下无道"。高俅是贪官代表,高俅怎么来的呢?金圣叹也有分析:"小苏学士,小王太尉,小舅端王,嗟乎!既已群小相聚矣,高俅即欲不得志,亦岂可得哉!"高俅正是在那个"群小"当权的环境里得势的。这个端王就是后来的宋徽宗,他也被列入了"群小"的行列。金圣叹又说:"作者于道君皇帝,每多微词焉,如此类是也。"他还分析了高俅名字的由来。他说:"毛傍者何物也(按:高俅原名高毬),而居然自以为立人,人亦从而立人之,盖当时诸公衮衮者,皆是也。"整个上层社会的腐败,使得好人无法容身,像王进这样忠孝两全的典型顺民,也就不得不远走延安府了。金圣叹说:

> 王进者,何人也?不坠父业,善养母志,盖孝子也。吾又闻古有"求忠臣必于孝子之门"之语,然则王进亦忠臣也。孝子忠臣,则国家之祥麟威凤,圆璧方珪者也,横求之四海而不一得之,竖求之百年而不一得之。不一得之而忽然有之,则当尊之、荣之,长跪事之。必欲骂之、打之,至于杀之,因逼去之,是何为也!

他认为既然王进这样的忠臣孝子被逼而去之,则天下无道;天下无道,庶人则议,于是一百八人来矣,犯上作乱之民来矣。这就是讲的"官逼民反"的道理。

所以,金圣叹在评点中表现了对贪官污吏的强烈愤恨。第十四回写阮小五道:"如今那官司一处处动掸便害百姓;但一声下乡村来,倒先把好百姓家养的猪羊鸡鹅尽都吃了,又要盘缠打发他。"金圣叹批道:"千古同悼之言,《水浒》之所以作也。"阮小二说梁山泊有"强人",官司也不敢来,"我虽然不打得大鱼,也省了若干科差。"金批道:"十五字抵一篇《捕蛇者说》。"第十八回写何涛领兵围剿石碣村,"未捉贼,先捉船",金批道:"殊不知百姓之遇捉船,乃更惨于遇贼。"说明百姓之怕官军,更甚于怕"强盗"。阮小五歌云:"酷吏赃官都杀尽,忠心报答赵官家。"金批云:"以杀尽赃酷为报答国家,真能报答国家者也!"阮小五骂官军:"你这等虐害百姓的贼!直如此大胆!敢来引老爷做什么!"金批云:"官是贼,贼是老爷。然则官也,贼也;贼也,官也,老爷也。一而二,二而一者也!"可见,金圣叹认为官军是贼而且比真贼还要可怕。此回总评说:"前半幅借阮氏口痛骂官吏,后半幅借林冲口痛骂秀才,其言愤激,殊伤雅道,然怨毒著书,史迁不免,于稗官又奚责焉!"这种"怨毒著书"的思想,与李贽《忠义水浒传序》中说的《水浒》乃"发愤之所作也",是完全一致的。金圣叹对林冲、杨志尤为同情,认为他们是"英雄失路"之代表。既是英雄,又不得重用,遂流落为寇,金圣叹不能不为之叹息也。当杨志失陷花石纲,被高俅从殿帅府赶出来,金批道:"写当时朝廷无人不如高俅,无人不被恶如杨志也。"当杨志回到店中,悲愤地想当时不上梁山,为的是"不肯将父母遗体来点污了。指望把一身本事,边庭上一枪一刀,博个封妻荫子,也与祖宗争口气"。金圣叹批道:"痛哭语,又写得壮健,又写得洒落。"杨志卖刀,金圣叹又批道:"止为英雄失路,一哭!"可见,金圣叹对梁山英雄是怀着深深的同情的,这是和他对贪官污吏的痛恨分不开的,但是对他们上梁山、做"强盗",用武力对抗封建王朝,他又是不能赞同的,故称之为"失路"。他的这种思想倾向和他在"哭庙案"中的表现及其最后被杀头是完全一致的。他之所以参加"哭庙",正是因为他十分痛恨贪官污吏,但他又采取的是"哭文庙"的方式来反抗,结果被杀,这正是他思想上矛盾两重性的表现。

金圣叹的这种思想状况,在明末清初的进步文人中间是带有普遍性的。从表面上看,他和李卓吾对《水浒》的态度不同,他是反对以"忠义"冠于水浒英雄身上的。但是实际上他们的思想是接近的。在反对贪官污吏,反对无道之君,认为农民起义是"官逼民反"的结果,认为农民起义中的英雄值得同情,是有才有德之人,只是不得已才做了"强盗",等等方面,他们是完全一致的。金圣叹的许多观点和李卓吾《忠义水浒传序》《因记往事》中的观点,也是基本相同的。李卓吾说"宋室不竞,冠履倒施,大贤处下,不肖处上",不就是金圣叹所说的"群小相聚"吗?李卓吾说《水浒》诸人"皆大力大贤有忠有义之人",出于不得已才"啸聚水浒",不就是金圣叹所说:"才调皆朝廷之才调,气力皆疆埸之气力也,必不得已而尽入于水泊,是谁之过也?"(第二回评语)李卓吾主张"招安",金圣叹主张"杀绝",本质上都是从维护封建皇权出发的,由于他们所处时代的不同,主张也就有了差异。李卓吾在《因记往事》中说林道乾虽是英雄,有"二十分才,二十分胆",但作为"盗贼"使闽浙至广东这些"财赋之产,人物隩区者,连年遭其荼毒,攻城陷邑,杀戮官吏,朝廷为之旰食"。他也和金圣叹一样,不赞成农民起义,具有思想上的矛盾两重性。他们处在封建社会崩溃没落时期,资本主义萌芽因素还非常微弱,他们不满于封建社会的黑暗、腐朽,但还不可能彻底否定皇权,甚至还要维护它,所以此种矛盾两重性存在,也是很自然的了。

第二节　金圣叹评点《水浒》在艺术上的贡献

金圣叹评点《水浒》的主要成就是在小说创作的艺术理论上。金圣叹对中国古代的诗文书画艺术均有很深的造诣,对古代文艺美学传统也十分熟悉,同时他对小说、戏曲有很广泛的研究,对明代的小说、戏曲批评也极为了解,因此,他对《水浒传》的艺术分析,虽然也有一些八股气的影响,但是绝大部分是相当精彩的。他对《水浒》艺术分析的主要特点是,善于把中国古代传统的文艺美学和小说创作的实际密切地结合起来,继承和发展了明代小说理论批评的成果,把中国古代小说理论批评发展到了最高峰。

金圣叹对小说的艺术特征有较为深刻的认识。在《读第五才子书法》（下简称《读法》）中，他在总结明代关于小说和历史异同的争论的基础上，通过对《史记》和《水浒》的比较，提出了两者在创作上的不同特点。他说：

> 某尝道《水浒》胜似《史记》，人都不肯信，殊不知某却不是乱说。其实《史记》是以文运事，《水浒》是因文生事。以文运事，是先有事生成如此如此，却要算计出一篇文字来，虽是史公高才，也毕竟是吃苦事。因文生事即不然，只是顺着笔性去，削高补低都由我。

他说《史记》写作是"以文运事"，正是说明《史记》中的"事"（包括人物和事件）都是先已有的，即是已经存在的大量历史事实，作者不能任意改变或虚构，只是要用有文采的笔把它写出来。而《水浒》的创作则是"因文生事"，是为了构想一篇小说而虚拟若干人和事，小说中的"事"，不一定是真实的历史事实，是由作家在概括大量生活现实的基础上按照自己的理想构想出来的。这样他就把有文学色彩的历史著作和纯粹的艺术文学作品小说的不同特点，作了明确的区分。小说以塑造美的形象为目的，不受现实中或历史上是否实有的限制。而像《史记》这样具有文学色彩的历史传记，毕竟还是历史，必须受历史事实的限制，因此两者的根本性质是不同的。金圣叹的这种概括和分析，显然比明代有关的论述要高出一头。但是他过分强调"以文运事"难于"因文生事"也不完全对，其实"因文生事"也不完全是主观随意而信笔写去的，它也要符合"情真""理真"的原则，而且要有更高的艺术概括性，也不是容易的。

金圣叹在《水浒传序一》中提出了文章"三境"说，这是他评价《水浒传》的基本美学指导原则。他说：

> 心之所至，手亦至焉者，文章之圣境也。心之所不至，手亦至焉者，文章之神境也。心之所不至，手亦不至焉者，文章之化境也。

金圣叹"三境"说的直接思想来源,是李卓吾《杂说》中的"化工""画工"说。大体上说,他的"化境"即李卓吾之"化工"境界,而其"圣境"即李卓吾的"画工"境界,而其"神境"则是介乎李卓吾"化工"与"画工"之间的一种境界,既有"化工"成分,又没有完全脱离"画工"境界。从中国古代评画的评级来说,有逸、神、妙、能四等(见宋代黄休复《益州名画录》),其"逸品"即是"化境"的产物,其"神品"即是"神境"的产物,而"妙品""能品"大致相当于"圣境"的产物。金圣叹运用中国古代对心手关系的论述,来分析这三种境界的特点。所谓"心之所至,手亦至焉者",指心能自由地指挥手,手能适应心的要求,这从"人工"的角度来说,已经是很高的水平了,并非一般人所能达到,故曰"圣境"。所谓"心之所不至,手亦至焉者",指心没有完全想到的,手也能神妙莫测地表达出来了。这种境界比"人工"要高出很多,已经有了某种非"人工"所能达到的水平,但还没有完全与自然相合,也就是庄子所说的"有待",故曰"神境"。所谓"心之所不至,手亦不至焉者",指已经达到了心、手两忘,完全没有"人工"的痕迹,而合乎化工造物的境界了。这也就是庄子所说的"天籁"境界,亦即是达到了"以天合天",进入了"物化"状态的境界,如庖丁解牛、轮扁斫轮、梓庆削木为镰的境界。金圣叹在《水浒》全书的评点中,都贯穿了这样一个美学标准,用"化境"来衡量和评价《水浒》的艺术描写,特别是人物塑造。这一点在他分析著名的武松打虎一段时,有非常鲜明的表现。他说:

> 我常思画虎有处看,真虎无处看;真虎死有处看,真虎活无处看;活虎正走,或犹偶得一看;活虎正搏人,是断断必无处得看者也。乃今耐庵忽然以笔墨游戏,画出全副活虎搏人图来。……传闻赵松雪好画马,晚更入妙,每欲构思,便于密室解衣踞地,先学为马,然后命笔。一日管夫人来,见赵宛然马也。今耐庵为此文,想亦复解衣踞地,作一扑、一掀、一剪势耶?东坡《画雁》诗云:"野雁见人时,未起意先改。君从何处看,得此无人态?"我真不知耐庵何处有此一副虎食人方法在胸中也。

这两段评语中,金圣叹指出施耐庵对武松打虎一段的描写已达到了"化境",是"全副活虎搏人图"。本来活虎搏人情状"是断断必无处得看"的,全凭作者想象、虚构,然而施耐庵却能把它写得与真的一样,确是像化工造物一般。此种"化境"的获得必须要使审美主体和审美客体达到高度统一,进入"物化"状态,如赵松雪之"宛然马也",然后方能有苏轼《画雁》诗中所说的"无人态"。这里我们可以看出金圣叹正是运用我国古典诗画艺术的美学标准来分析《水浒》的艺术创作成就的。他在第十二回评语中说:"古语有之:画咸阳宫殿易,画楚人一炬难;画舳舻千里易,画八月潮势难。今读《水浒》至东郭争功,其安得不谓之画火、画潮第一绝笔也。"其第九回评语又说:"旧人传言:昔有画北风图者,盛暑张之,满座都思挟纩;既又有画云汉图者,祈寒对之,挥汗不止。于是千载啧啧,诧为奇事。殊未知此特寒热各作一幅,未为神奇之至也。耐庵此篇(按:指"林教头风雪山神庙 陆虞侯火烧草料场"一回)独能于一幅之中,寒热间作,写雪便其寒彻骨,写火便其热照面。昔百丈大师患疟,僧众请问:'伏惟和上尊候若何?'丈云:'寒时便寒杀阇黎,热时便热杀阇黎。'今读此篇亦复寒时寒杀读者,热时热杀读者,真是一卷'疟疾文字',为艺林之绝奇也。"金圣叹所引用的中国画论史上这些有名的论述,都是对那种逼真、传神而合乎造化自然的"化境"之赞美,而它们都被金圣叹用来赞扬《水浒》的艺术描写了。

金圣叹的《水浒传》评点在艺术上的最大贡献是深刻地分析了《水浒》的人物形象塑造特点,指出了《水浒》各种不同人物的鲜明独特性格特征。他在《读法》中说:"别一部书,看过一遍即休,独有《水浒传》,只是看不厌,无非为他把一百八个人性格,都写出来。""《水浒传》写一百八个人性格,真是一百八样。若别一部书,任他写一千个人,也只是一样,便只写得两个人,也只是一样。"其《水浒传序三》中说:"《水浒》所叙,叙一百八人,人有其性情,人有其气质,人有其形状,人有其声口。"小说艺术的核心,是要创造与众不同的特殊性格,金圣叹对《水浒》的批评就抓住了这一核心。他在总结和吸取李卓吾及容与堂评本等的成就之基础上,对《水浒传》中创造独特性格的艺术经验,作了全面而深入的研究和分析,提出了许多有价值的重要思想。这些大致可以归纳为以下几方面:

第一,金圣叹指出《水浒传》之所以能使它所写的一百八人有一百八样性格,是因为作者善于运用中国传统的文艺美学原则来描写人物,注重神似而不拘泥于形似,能够把"以形写神""得其意思所在"这些艺术表现方法用来创造特殊性格,从而使自己笔下的人物能达到"传神""逼真"的"化境"。他在评点中,凡是比较生动形象的人物性格描写,他都有"传神""如画"一类的评语。比如第三十七回写李逵出场,原文云:"戴宗便起身下去,不多时引着一个黑凛凛大汉上楼来。宋江看见,吃了一惊。"金圣叹在"黑凛凛大汉"五字下批道:"画李逵只五字,已画得出相。"又说:"黑凛凛三字,不惟画李逵形状,兼画出李逵顾盼、李逵性格、李逵心地来。下便紧接宋江吃惊句。盖深表李逵旁若无人,不晓阿谀,不可以威劫,不可以名服,不可以利动,不可以智取。宋江吃一惊,真吃一惊也。""黑凛凛"是一种"形"的描写,即"画李逵形状",但目的是"传神",表现出李逵的"顾盼""性格""心地",这种"形"就是"神"之"得其意思所在"。

第二,金圣叹认为要使人物形象传神和逼真,必须善于写出人物性格中的"同中之异"来,这是对容与堂本"同而不同处有辨"的发挥。只有写出了"同中之异",才是真正的本事。他在《读法》中说道:

> 《水浒传》只是写人粗卤处,便有许多写法。如鲁达粗卤是性急,史进粗卤是少年任气,李逵粗卤是蛮,武松粗卤是豪杰不受羁靮,阮小七粗卤是悲愤无说处,焦挺粗卤是气质不好。

都是"粗卤",又随着各人的思想品质、生活经历、文化教养等的不同而各有明显的差别,这样就显出了各人不同的个性。又比如第二回评语写道:

> 此回方写过史进英雄,接手便写鲁达英雄;方写过史进粗糙,接手便写鲁达粗糙;方写过史进爽利,接手便写鲁达爽利;方写过史进剀直,接手便写鲁达剀直。作者盖特地走此险路,以显自家笔力,读者亦当处处看他所以定是两个人,定不是一个人处,毋负良史苦心也。

鲁达和史进有很多共同之处,但作者写来完全是两个性格鲜明的不同的人,而不是一个人。尤其是金圣叹指出的,作者偏要把他们两人的相同特点放在一处写,而又叫读者清楚地看到他们各人是各人,相混不得,从对比中来突出人物鲜明的个性特征。史进本是财主家少年公子,而鲁达则是军官出身,粗放惯了。他们的气概性情自然不同。第十二回写杨志与索超在北京比武,一场恶斗,周围人都看呆了。然而观看的人中由于身份各不相同,其表现情状也各不相同。金圣叹于此批道:

> 又要看他每一等人,有一等人身分。如梁中书只是呆了,是个文官身分。众军官便喝采,是个众官身分。军士们便说出许多话,是众人身分。李成、闻达叫好斗,是两个大将身分。

金圣叹指出人物的身份不同,在对待同一件事上也各有不同的态度和表达方式。掌握好这一表现方法,就能使人物性格一个个鲜明如画。

第三,金圣叹指出了《水浒传》中善于借次要人物的陪衬描写来突出主要人物的性格。第二回写鲁达在酒店中碰到唱曲的金老父女,同情他们的遭遇,要凑钱救济他们,因自己银子带得不多,便向史进借。史进拿出十两银子,说:"直甚么要哥哥还!"金圣叹于此处批道:"史进银,多似鲁达一倍,非写史进也,写鲁达所以爱史进也。"接着又向李忠借,说:"你也借些出来与洒家。"李忠从身边摸出二两银子,鲁达当面就说他:"也是个不爽利的人!"金圣叹批道:"虽与鲁达同是一摸字,而一个摸得快,一个摸得慢,须知之。"又说鲁达骂他不爽利,"真是眼中不曾见惯",说明此处写李忠小气也是为了反衬鲁达的豪爽性格。又比如第二十六回写武松在杀西门庆后到阳谷县自首,又被解到东平府。"且说陈府尹哀怜武松是个仗义的烈汉,时常差人看觑他。因此节级牢子都不要他一文钱,倒把酒食与他吃。陈府尹把这招稿卷宗都改得轻了,申去省院详审议罪;却使个心腹人赍了一封紧要密书,星夜投京师来替他干办。"金圣叹于此下批道:"此篇写武松既写得异常,则写四边人定不得不都写得异常。譬如画虎者,四边草木都须作劲势,不然,便衬不起也。不知文者,竟漫谓难得陈文昭,真痴人说矣。"金圣叹指出作者把陈府尹和节级牢子等写得这么好,正是为了要突出武松是一个刚强烈汉。"不然,便衬不起也。"草木都作劲势,老虎的神威也就更加吓人了。

第四，金圣叹还指出《水浒传》作者常常用"以反托正"的方法来生动地刻画人物性格。比如第二回写鲁智深打镇关西郑屠。鲁智深本是一个粗犷、直率、不会作假的人物，但是作者偏偏要他作假，又让读者一眼看穿。他本来做事比较鲁莽，但作者偏偏要写他某些时候又有精细之处。他本来是光明磊落的大丈夫，作者偏偏要写他某时某刻的"权诈"表现。例如他看到郑屠只有出气、没有入气了，便"假意道：'你这厮诈死，洒家再打！'"此处金批道："鲁达亦有假意之口，写来偏妙。"鲁达见郑屠面皮渐渐地变了，知道已被打死，于是决定趁早撤开。此处金批道："写粗人偏细，妙绝。"鲁达一边走一边骂："你诈死！洒家和你慢慢理会！"然后大踏步走了。金批道："鲁达亦有权诈之日，写来偏妙。"这种表现方法与中国古代诗词艺术中欲写静而故意写动，如"蝉噪林逾静，鸟鸣山更幽"，"月出惊山鸟，时鸣春涧中"之类，有相似之处。第二十六回评语中，金圣叹还指出作者写武松杀嫂一节，完全是忠义烈汉，而在十字坡遇张青一节中耍孙二娘一段，则是"殊不知作者正故意要将顶天立地、戴发噙齿之武二，忽变作迎奸卖俏、不识人伦之猪狗"，这也是一种以反托正的表现方法。金圣叹指出《水浒传》作者懂得刻画人物性格，只从正面写有时反而不深入，而故意写一些相反的方面倒反能在更深大层次上揭示出人物的正面性格特征。第五十三回评语中说："李逵朴至人，虽极力写之，亦须写不出，乃此书但要写李逵朴至，便倒写其奸滑。写得李逵愈奸滑，便愈朴至，真奇事也。"第三十七回评语中说："写李逵粗直不难，莫难于写粗直人处处使乖说谎也。"可见，这种以假托正的写法是更不容易的。此回中写李逵听戴宗说前面黑汉子即是宋江，不肯相信，对戴宗说："节级哥哥，不要赚我拜了，你却笑我。"金批道："偏写李逵作乖觉语，而其呆愈显，真正妙笔。"这确实比正面写他的呆要难得多。此种人物性格描写方法，也即是《读法》中所说的"背面铺粉法"，"如要衬宋江奸诈，不觉写作李逵真率；要衬石秀尖利，不觉写作杨雄糊涂是也"。

第五，金圣叹特别注意到了《水浒传》人物塑造方面善于使之合乎"人情物理"，而不是故意把英雄拔高、神化，使人感到他们既是理想的英雄，也是现实的、活生生的人。第二十二回评语说："天下莫易于说鬼，而莫难于说虎。无他，鬼无伦次，虎有性情也。说鬼到说不来处，可以意为补接,若说虎到说不来时,真是大段着力不得。"他指出施耐庵写武松打虎的优点即是在能做到"皆是写极骇人之事,却尽用极近人之笔"。这在对打虎一段的具体分析中,有很细致的阐述。金圣叹指出此段写武松并不是神,他对老虎也有害怕心理,他虽有打虎之威力,但毕竟也是人,也累,如果再有老虎出来,他也很难打得过了。金圣叹说:

> 读打虎一篇,而叹人是神人,虎是怒虎,固已妙不用说矣。乃其尤妙者,则又如读庙门榜文后,欲待转身回来一段(按:说明武松也怕虎,本待回店,怎奈已先夸口说绝了,不好回去得);风过虎来时,叫声"阿呀",翻下青石来一段;大虫第一扑,从半空里撺将下来时,被那一惊,酒都做冷汗出了一段;寻思要拖死虎下去,原来使尽气力,手脚都苏软了,正提不动一段;青石上又坐半歇一段;天色看看黑了,惟恐再跳一只出来,且挣扎下冈子去一段;下冈子走不到半路,枯草丛中钻出两只大虫,叫声"阿呀,今番罢了"一段,皆是写极骇人之事,却尽用极近人之笔。

金圣叹认为对英雄人物的不寻常行为描写,也必须合情合理,这才能给人以真实、自然之感,而其结果也就会更加使人敬仰。如果把英雄变成神,夸大得不近情理,也就必然要失去真实感,这样会丧失其艺术魅力。

第六,金圣叹在评点中指出了《水浒传》善于通过人物特殊的行为、动作、举止、处事方式,来表现其特殊的性格。第三十七回写当李逵知道面前真的就是一向所敬仰的宋江时,"扑翻身躯便拜"。金批道:"写拜亦复不同。'扑翻身躯'字,写他拜得死心塌地。'便'字,写他拜的更无商量。"在李逵骗得宋江十两银子后,"推开帘子,下楼去了"。金批道:"要拜便拜,要去便去,要吃酒便吃酒,要说谎便说谎。嗟乎!世岂真有此人哉!"又说李逵抢钱,"一手兜银,一手提人,便一脚踢门矣,活画出此时李大哥来"。说明《水浒传》正是从描写李逵特有的行为、动作、举止,来刻画其性格特征。又如第二回写鲁达打店小二"只一掌",打镇关西"只一拳""只一脚",金圣叹上有眉批云:"一路鲁达文中皆用只一掌、只一拳、只一脚,写鲁达阔绰,打人亦打得阔绰。"第六回写林冲妻子被高衙内调戏,林冲一把扳过来此人,要打,只见是高衙内,先自手软了,只是怒气冲冲地瞅着他。此处金圣叹批道:"写英雄在人廊庑下,欲说不得说,光景可怜。"鲁智深引了众泼皮来帮林冲打,反而是林冲劝住了他。金批道:"是可让,何不可让?住人廊庑,虽林武师无可如何矣,哀哉!"又说:"本是林冲事,却将醉后鲁达极力一写,便反做了林冲劝鲁达,真令人破涕为笑,奇文奇文。"回前总评还说:"林冲娘子受辱,本应林冲气忿,他人劝回,今偏倒将鲁达写得声势,反用林冲来劝",是"奇恣笔法"。这些地方都清楚地告诉读者,《水浒传》在描写鲁达、林冲的性格特征时,非常注意他们有个性的动作和处事方式。

第七,金圣叹在评点中还详细地分析了《水浒传》中具有性格特征的人物语言,非常赞赏这些个性化的语言。第三回写鲁达观看通缉他的榜文,被金老一把抱住拉开,并问他为什么这么大胆,差点被公人抓了。鲁达说:"洒家不瞒你说,因为你上,就那日回到状元桥下,正迎着郑屠那厮,被洒家三拳打死了,因此上在逃。"金批道:"是鲁达爽直声口,在别人口中,便有许多谦逊,此却直直云'因为你上'。"在赵员外家,金老拜倒在地。鲁达说:"却也难得你这片心。"金批道:"鲁达托大声口,如画。"赵员外很尊敬鲁达,待如上宾。鲁达说:"洒家是个粗卤汉子,又犯了该死的罪过;若蒙员外不弃贫贱结为相识,但有用洒家处,便与你去。"金批道:"活鲁达。""泪下之言。"在桃花村刘太公庄上,鲁达说他会说因缘,教强盗不娶其女,刘太公很担心,说道:"好却甚好,只是不要捋虎须。"鲁达说:"洒家的不是性命?你只依着俺行。"金批道:"是鲁达语,他人说不出,快绝妙绝,一句抵千百句。"《水浒传》描写三阮时,金圣叹指出他们是渔民,没有文化,因此语言上也表现出这种特点。在讲到梁山泊被好汉占领,不好再夫打金色鲤鱼时,阮小七说:"若是每常,要三五十尾也有,莫说十数个,再要多些,我弟兄们也包办得。如今便要重十斤的也难得。"金批道:"既说三五十尾,又说再要多些,写不通文墨人口中,杂沓无伦,摹神之笔。"当阮小七说:"这个梁山泊去处,难说难言!"金圣叹在下批道:"四字不通文墨之极,盖难说即难言也,难言即难说也,而必重之,不通极矣。"说明《水浒传》写渔民便有渔民语言,与有文化人语言完全不同。第五十二回写李逵让戴宗拴上马甲后,两腿如飞,不由自己做主,他说:"阿也!我这鸟脚不由我半分，只管自家在下边奔了去。不要讨我性发，把大斧砍了下来！"金批道："如此妙语，自非李大哥，谁能道之！"又说："以大斧唬吓自家之脚，妙语，非李大哥不能道。"第三十七回写李逵得知面前真是宋江时，便说："我那爷，你何不早说些个，也教铁牛欢喜。"金批道："称呼不类，表表独奇。""却反责之，妙绝，妙绝。""写得遂若不是世间性格，读之落泪。""'铁牛欢喜'四字，又是奇文。"可见《水浒传》中各个主要人物的语言，乃至一些次要人物的语言，也都有鲜明的个性特点。

金圣叹不仅总结了《水浒》人物塑造、性格刻画方面的艺术经验，而且从作家的主体修养方面研究了之所以能创造出众多性格各别的人物形象之原因。他认为作家必须十分熟悉生活，有丰富的切身体会，然后经过长期酝酿，成竹于胸，方能把人物写活。这一点可以说也是受到容与堂评本启发的。他在《水浒传序三》中说：

> 天下之文章，无有出《水浒》右者；天下之格物君子，无有出施耐庵先生右者。学者诚能澄怀格物，发皇文章，岂不一代文物之林，然但能善读《水浒》，而已为其人绰绰有余也。《水浒》所叙，叙一百八人，人有其性情，人有其气质，人有其形状，人有其声口。夫以一手而画数面，则将有兄弟之形；一口而吹数声，斯不免再映也。施耐庵以一心所运，而一百八人各自入妙者，无他，十年格物而一朝物格，斯以一笔而写百千万人，固不以为难也。

所谓"澄怀格物"，就是要求作家内心虚静，排除一切杂念干扰，专心一致地在自己胸中反复酝酿、琢磨、推敲，使他所要写的人物先在自己心中活起来，然后才能写出栩栩如生的人物形象。"格物"一语源于理学家所崇奉的"格物致知"，它是说要细致推究事物的原理，而获得深刻的认识和了解。但是理学家多偏重运用内省功夫去"格物致知"。金圣叹则是借此来强调作家必须在熟悉生活的基础上，深入地研究分析人物的性格特点，以及各个人物之间的性格差异。他说，"格物"的方法，"以忠恕为门"。《论语·里仁》云："曾子曰：夫子之道，忠恕而已矣。"邢昺疏云："忠谓尽中心也。恕谓忖己度物也。言夫子之道唯以忠恕一理以统天下万事之理，更无他法,故云而已矣。"朱熹《四书集注》谓:"尽己之谓忠,推己之谓恕。"金圣叹说格物的方法以忠恕为主,即是强调作家在酝酿、构思人物时,应当能推己及人,设身处地去想一想如我在那种境遇下,会怎样行动、怎样处事、怎样说话。这样就有可能把人物写得真实、贴切,合乎人情物理。那么怎么才能真正把握好"忠恕之门"呢?金圣叹认为还必须懂得"因缘生法"的道理。"因缘生法"是佛教述语,因缘,即是指原因和条件。一切事物和现象都是依据于一定的原因和条件而产生或出现的。金圣叹强调"因缘生法",就是要求作家在推己及人地构思人物时,应当研究和分析人物的言论、行动、性格所赖以产生的原因和条件,这样才能准确地把握其特点。在第五十五回的评语中,金圣叹指出作家对他所写的人物,有些是可以有亲身体会的,比如写豪杰,也许作家本身就是豪杰,甚至于写奸雄,也许他本人就是奸雄,但是一个作家不可能对各种人物都有切身体会,他不可能既是豪杰,又是奸雄,又是偷儿,又是淫妇。但是他如果能从"因缘生法"的角度去了解和把握这些人物,那么,他本人并不是豪杰、奸雄、偷儿、淫妇,也一定能写好豪杰、奸雄、偷儿、淫妇,"其文亦随因缘而起"。作家懂得"因缘生法",他创作时就会"动心"。"动心"是说作家可以把自己设想成为豪杰、奸雄、偷儿、淫妇,然后按照"因缘生法"的道理,把握好他们性格形成的原因和条件,把他们描写得十分逼真和传神。所以,他在《水浒传序三》中说:"忠恕,量万物之斗斛也。因缘生法,裁世界之刀尺也。施耐庵左手握如是斗斛,右手持如是刀尺,而仅乃叙一百八人之性情、气质、形状、声口者,是犹小试其端也。"

金圣叹对《水浒传》艺术结构的分析,虽然有像鲁迅所说的"布局行文,也都被硬拖到八股的作法上"的弊病(见《谈金圣叹》),但是,也有许多深刻的、有价值的分析和论述。在金圣叹以前关于小说、戏剧的艺术结构,李贽及容与堂《水浒》评本都提出过一些重要看法,金圣叹在他们的基础上作了进一步发展,提出了许多有创造性的独到见解。

首先,金圣叹重视艺术结构的整体性,要求做到"有全锦在手,无全锦在目;无全衣在目,有全衣在心;见其领,知其袖;见其襟,知其袯也"。认为小说创作贵在落笔之前有一个全局的安排,必须成竹在胸,然后知各部分之联系,如何疏密相间,等等。这些正是中国古代诗画创作中强调"意在笔先""成竹在胸"思想在小说艺术结构方面的具体运用。刘勰在《文心雕龙·总术》篇中也提出过：为文"务先大体，鉴必穷源。乘一总万，举要治繁"。金圣叹对中国古典美学是十分熟悉的，他认为在构思过程中的"惨淡经营"非常重要，必须把小说的整体艺术结构酝酿得极其充分和成熟，然后才能开始创作。因为"凌云蔽日之姿，其初本于破荄分荚；于破荄分荚之时，具有凌云蔽日之势；于凌云蔽日之时，不出破荄分荚之势"。能做到这样，说明这个作家才是真正有才华的。真正高水平的作家，其才必绕乎构思、布局、琢句、安字。

其次，在小说艺术结构和人物塑造的关系上，金圣叹认为艺术结构应当为塑造人物形象服务。他说施耐庵写《水浒》，"只是贪他三十六个人，便有三十六样出身、三十六样面孔、三十六样性格，中间便结撰得来"（《读法》）。无论是场面、情节的安排，还是细节、插笔的描写，都是为了突出人物性格特征。金圣叹对《水浒传》全书艺术结构的精彩分析，是和表现人物性格紧紧联系在一起的。

最后，金圣叹认为艺术结构安排既要符合现实生活的真实，又要尽量运用多种多样的方法，使之具有极大的生动性与丰富性。《读法》中说："《水浒传》不说鬼神怪异之事，是他气力过人处。《西游记》每到弄不来时，便是南海观音救了。"说明《水浒传》虽然结构庞大，但是和现实生活逻辑发展是一致的，没有借助"鬼神怪异"之事来弥补其艺术结构上的不足。他有说《水浒传》："笔有左右，墨有正反；用左笔不安换右笔，用右笔不安换左笔；用正墨不现换反墨，用反墨不现换正墨。"这里的左笔、右笔、正墨、反墨指的是各种不同的艺术表现方法，而这是和情节、结构的安排有密切关系的。他提出的许多"文法"，如倒插法、夹叙法、草蛇灰线法、大落墨法、绵针泥刺法、背面铺粉法、弄引法、獭尾法、正犯法、略犯法、极不省法、极省法、欲合故纵法、横云断山法、鸾胶续弦法等等，虽有八股气味，但是实际上都是小说中很重要的艺术表现技巧。如所谓"正犯法"和"略犯法"，都是指如何突出"同中之异"来刻画不同性格的方法；所谓"獭尾法"，是指艺术描写上的高潮和低潮、动和静、叙事和抒情之间的巧妙结合；所谓"横云断山法"，是指艺术上的穿插描写；等等。

金圣叹对《水浒传》的评点开创了小说评点的新局面，除了上述许多重要成就之外,从评点方法上说也有很大贡献。他对《水浒传》的批评,不仅书前有序及读法,对全书作总的评价,提出基本的美学原则和批评标准,具有相当的理论深度,而且在每一回前对这回的内容和艺术特色作比较全面的分析,改变了容本、袁本等仅在回后发几句议论的方法。他把传统的行间夹批改为文字中间的小字夹批,这样就改革了行间夹批只能写几个字的局限。他这种文中小字夹批可以自由发挥,要短就短,要长就长,甚至可以发上一段议论。后来的一些重要的小说评点,如毛宗岗评《三国演义》、张竹坡评《金瓶梅》等,就都是运用了金圣叹这种方式的。而且他们在艺术理论方面,大都也是承袭金圣叹的观点的,不过在某些方面又有了新的发展。

第三节 毛宗岗、张道深和脂砚斋的小说理论批评

继金圣叹评点《水浒》之后,在对长篇小说的评点方面,最有名的是毛纶、毛宗岗父子评点《三国演义》、张竹坡评点《金瓶梅》和脂砚斋评点《红楼梦》。他们都深受金批《水浒》的影响,而毛氏父子和张竹坡对金圣叹尤为钦佩。他们在对小说创作的看法上,很多是和金圣叹一致的,甚至是直接运用金批的一些观点来进行批评的。但是他们又在有些观点上和金圣叹是不一致的,有些则在金圣叹的基础上有了新的发展,此外也有他们自己的某些独创性见解。

《三国演义》的毛评本是毛纶和其子毛宗岗共同完成的。毛纶,字德音,后号声山,其子毛宗岗,字序始,号子庵,长洲(今江苏苏州)人。毛氏父子是金圣叹的同乡,和金圣叹是同时代人。毛纶一生穷困不仕,中年后双目失明,他曾评点过《琵琶记》和《三国演义》,因为视力不行,由毛宗岗代笔,而毛宗岗也参与评点,并有很多发挥。毛纶在《绘风亭评第七才子书琵琶记》的总论中,曾说因对《琵琶记》和《西厢记》的比较,而想到《三国演义》和《水浒传》的比较,"昔罗贯中先生作《通俗三国志》,共一百二十卷。其纪事之妙,不让史迁,却被村学究改坏。予甚惜之,前岁得读其原本,因为校正,复不揣愚陋,为之条分节解,而每卷之前又各缀以总评数段,且许儿辈亦得参附末论,共赞其成"。但是从他自己说的评《琵琶记》情况看:"予因病目,不能握管,每评一篇,辄命岗儿执笔代书,而岗儿

亦时有所参论。又复有举予引端之旨而畅言之,举予未发之旨而增补之者,予以其言可采,使亦附布于后,以质高明。"下所列"毛序始曰"内容相当多,不亚于他自己的评语。这可以说明不论是评《琵琶记》还是评《三国演义》,毛宗岗都是参加了的,而且有很多是他自己的见解。《琵琶记》署的是毛声山评,《三国演义》一般署毛宗岗评,显然在《三国演义》的评论中,毛宗岗的意见就更多了,而且是由他定稿的,毛批《三国演义》刊刻时毛纶已去世,因此,《三国演义》毛评本的主要功绩是属于毛宗岗的。

毛评《三国演义》在清康熙初年,比金圣叹评《水浒》要晚,毛评本《三国演义》前题为金圣叹写的序,显然是毛宗岗伪托的,目的是借金圣叹之名以提高其书之地位。毛评在许多方面都是模仿金圣叹的,但是在政治思想和文学思想上,毛氏父子和金圣叹是有所不同的,在小说艺术理论上也有一些新的发展。毛氏父子批评《三国演义》据毛纶《评第七才子书琵琶记》总论所说,当在清康熙初年,托名金圣叹的原序题为顺治甲申,即顺治元年(1644),当是因伪托而故意题为顺治甲申的。金圣叹对清代统治者的不满,从哭庙案来看,主要在对官吏贪污腐败的痛恨,但其间也不能说没有掺杂某种民族意识。毛氏父子和金圣叹的时代相近,但他们批评《三国演义》则比金圣叹批评《水浒传》要晚二十多年。这时清朝的政权已经稳固,绝大部分士人也大抵适应了清代的统治,在清廷的提倡下,程朱理学又重新复苏,封建的伦理纲常和维护皇权的思想又开始盛行起来。因此,毛氏父子在批评《三国演义》中强调"拥刘反曹"的正统思想,宣传封建的三纲五常,皇权至上,反对篡逆行为,是与当时的政治思想和文化思想潮流一致的。所以我们可以看到清代前期的许多才子佳人小说中,不厌其烦地宣传封建伦理道德,千篇一律的"后花园私订终身,落难公子中状元",与明代后期小说的截然不同面貌,这并不是偶然的。有的研究者认为贯穿于全书的"拥刘反曹"正统思想是反清的民族思想,实在是没有根据和很牵强的。毛氏在《读三国志法》中一开始就提出魏、蜀、吴三国应当是蜀汉代表正统,明确指出这是根据朱熹的《资治通鉴纲目》来确定的,同时批评了司马光《资治通鉴》以魏为正统的错误。他说:"读《三国志》者,当知有正统、闰运、僭国之别。正统者何?蜀汉是也。僭国者何?吴、魏是也。闰运者何?晋是也。魏之不得为正统者,何也?论地则以中原为主,论理则以刘氏为主,论地不若论理,故以正统予魏者,司马光《通鉴》之误也。以正统予蜀者,紫阳《纲目》之所以为正也。"他认为陈寿《三国志》对三国之中何者为正统不加分辨、实际上以魏为正统是错误的,为此,他在批评《三国演义》时"故折衷于紫阳《纲目》,而特于演义中附正之"。毛氏批评《三国演义》中所贯穿的"拥刘反曹"的正统思想,是和《三国演义》本身的思想倾向完全一致的。毛氏父子也仿效金圣叹,伪托有一个"古本",而对之进行修改,他们的修改,一方面是为了突出"拥刘反曹"的主题,另一方面也对原作文字粗糙之处,作了修改润色。

毛氏父子对《三国演义》的批评,在艺术上基本上是沿袭金圣叹的,他们和金圣叹的最大不同是:金圣叹十分重视小说创作中虚构的意义和作用,而毛氏父子则比较强调"实录"。金圣叹赞扬《水浒传》的"因文生事",而毛氏父子则赞扬《三国演义》是"据实指陈,非属臆造,堪与经史相表里",并说:"作演义者以文章之奇而传其事之奇,而且无所事于穿凿,第贯穿其事实,错综其始末而已。"(见其伪托金圣叹之《原序》)在毛氏父子看来,虚构成文,要写得奇妙,是比较容易的;而要对已有之实事,在不损害其真实性前提下,做到妙笔生花,这是比较不容易的。《读三国志法》中说:"读《三国》胜读《水浒传》。《水浒》文字之真,虽较胜《西游》之幻,然无中生有,任意起灭,其匠心不难。终不若《三国》叙一定之事,无容改易,而卒能匠心之为难也。"所以,他们对于《西游记》更为看不起,又说:"读《三国》胜读《西游记》。《西游》捏造妖魔之事,诞而不经。不若《三国》实叙帝王之事,真而可考也。"但是,毛氏父子不要求把小说写得像历史一样,对小说和历史的不同,他们还是有所了解的。他们曾对《三国演义》和文学性最强的历史著作《左传》《国语》《史记》作过比较,也和相当忠实于历史的演义小说《列国志》作过比较。其云:

> 《三国》叙事之佳,直与《史记》仿佛,而其叙事之难则有倍难于《史记》者。《史记》各国分书,各人分载,于是有本纪、世家、列传之别。今《三国》则不然,殆合本纪、世家、列传而而总成一篇。分则文短而易工,合则文长而难好也。
>
> 读《三国》胜读《列国志》。夫《左传》《国语》诚文章之最佳

者,然左氏依经而立传,经既逐段各自成文,传亦逐段各自成文,不相联属也。《国语》则离经而自为一书,可以联属矣。究竟《周语》《鲁语》《晋语》《郑语》《齐语》《楚语》《吴语》《越语》八国分作八篇,亦不相联属也。后人合《左传》《国语》而为《列国志》,因国事多烦,其段落处,到底不能贯串。今《三国演义》,自首至尾读之无一处可断,其书又在《列国志》之上。

毛氏父子对文学和历史的区别认识得不是很清楚,不过他们看到了作为小说的《三国演义》有自己的艺术结构,不像历史著作那样平铺直叙,人物、国家各自分散,而是曲折周旋、波澜起伏,是一个完整的整体。《三国演义》与《列国志》相比,也要奇妙得多,这与清人蔡元放在《东周列国志读法》中的观点也不同。蔡元放是强调历史演义小说要严格遵循史实的,他认为《三国演义》虽近实,而仍有许多"做造"在内,不如《列国志》那样更近实而可以当作正史看。所以,毛氏父子对《三国演义》的评价虽较重实录,但不是要求像史学家那样的实录,而是允许有某种程度的虚构和夸张的。

毛氏父子对《三国演义》中的几个主要人物如诸葛亮、关羽、曹操等的性格特征,作过相当生动而深刻的分析,认为是三国时的"三奇","可称三绝",是贤相、名将、奸雄的典型。同时,他们还指出除这"三绝"之外,尚有无数具有各种各样性格和特征的人物,如运筹帷幄的徐庶、庞统,行军用兵的高手周瑜、陆逊、司马懿,料人料事如神的郭嘉、程昱、荀彧,迈等越伦的张飞、赵云、黄忠,冲锋陷阵、骁勇异常的马超、许褚、典韦,等等,是"人才一大都会",所以说是"入邓林而选名材,游玄圃而见积玉,收不胜收,接不暇接,吾于三国有观止之叹矣"。他们对人物形象塑造方法也作过许多分析,这方面虽然没有金圣叹那样深刻而富有独创性,但是在有些方面也在金圣叹的基础上有所发展。比如毛氏父子在批评《三国演义》过程中,很重视其人物描写上对传统的虚实结合方法之运用,指出了小说创作中虚实结合的方法有其自己的特点,这是和诗文创作中的虚实结合之表现不同的。小说创作中用虚实结合的方法刻画人物性格,主要表现为对人物性格往往不只有如实的正面描写,更多的是从侧面作虚的描写,使两者相结合,这样就能收到很好的效果。例如"温酒斩华雄"一段是刻画关羽性格的重要片段之一,当时袁绍联军与董卓大战,董卓手下勇将华雄,连斩数人,袁绍方面的俞涉、潘凤均不到三合就被杀。毛批指出:俞、潘被斩两段描写都是虚写,即都是通过探子来报告,不写正面交战情况,而是写指挥帐里大家听到的情况。这是写华雄之勇,也是写关羽,毛批说:"写得华雄声势,越衬得云长声势。"小说接着又写袁绍看不起云长,认为派一个马弓手出去太丢脸,这也是为写关羽之勇作衬托的。然后小说又写识英雄的曹操支持关羽,并温酒鼓励他。这是写袁绍、曹操的对比,表现他们的不同性格,但也是写关羽。而在关键的关羽和华雄一战中,作者却没一笔正面描写,全是虚写。其云:"(关羽)出帐提刀,飞身上马。众诸侯听得关外鼓声大振,喊声大举,如天摧地塌,岳撼山崩,众皆失惊。"毛批云:"亦用虚写。"接着小说又写:"正欲探听,鸾铃响处,马到中军,云长提华雄之头,掷于地上。其酒尚温。"连探子都没有他快。故毛批:"写得百倍声势。"而这"百倍声势"正是运用虚实结合的表现方法之结果,特别是虚写在刻画云长的英雄气概中起了主要作用。又如在写孔明之前,先写水镜先生之提出"伏龙、凤雏,两人得一,可安天下",写单福(即徐庶)之辅助刘备获新野大捷,实际上都是为写孔明作铺垫的。毛批三十五回"玄德南漳逢隐沦　单福新野遇英主"总评云:"此卷为玄德访孔明,孔明见玄德作一引子耳。将有南阳诸葛庐,先有南漳水镜庄以引之;将有孔明为军师,先有单福为军师以引之。""'庞统'二字在童子口中轻轻逗出,而玄德却不知此人之即为凤雏;'元直'二字在水镜夜间轻轻逗出,而玄德却不知此人之即为单福。隐隐约约,如帝内美人,不露全身,只露半面,令人心神恍惚,猜测不定。至于诸葛亮,三字通篇更不一露,又如隔墙闻环佩声,并半面亦不得见。纯用虚笔,真绝世妙文。"更为突出的是刘备三顾茅庐一段对孔明形象的描写。此一段为了刻画孔明的性格纯用虚写:作者写刘备几次去拜访孔明而不见,于是写孔明的住处、环境如何清静幽雅、柴门半掩,写孔明的朋友、岳父、兄弟乃至童子都有隐居高士的风度,聪慧而多才,均称孔明比他们要高明得多,从他们口中隐隐约约地透露出孔明的性格特征。第三十七回总评写道:

> 此篇极写孔明,而篇中却无孔明。盖善写妙人者,不于有处写,正于无处写。写其人如闲云野鹤之不可定,而其人始远;写其人如威凤祥麟之不易睹,而其人始尊。且孔明虽未得一遇,而见孔明之居,则极其幽雅;见孔明之童,则极其古淡;见孔明之友,则极其高超;见孔明之弟,则极其旷逸;见孔明之丈人,则极其清韵;见孔明之题咏,则极其俊妙。不待接席言欢,而孔明之为孔明,于此领略过半矣!

经过这样的侧面虚写,然后再实写见刘备到孔明的情状,以及隆中对策,孔明的形象自然就高大地站立起来了。毛氏父子也和金圣叹一样,认识到小说中的人物描写等艺术表现方法,是和中国古代文学艺术的传统表现方法有不可分割的内在联系,是它在新的文学形式中的发展。

毛氏父子批评《三国演义》,对人物描写的另一个重要贡献是在金圣叹的基础上进一步发展了从对比中展现人物性格的表现方法。他们在《读三国志法》中归纳出了两条重要经验:一是"以宾衬主之妙",就是以对许多次要人物的描写来衬托和突出主要人物。比如,汉末诸侯群起争霸,作品中以魏、蜀、吴为主,但实际写了很多诸侯,其中有主有宾,"叙刘、关、张及曹操、孙坚之出色,并叙各镇诸侯之无用,刘备、曹操、孙坚其主也,各镇诸侯其宾也"。从各镇诸侯与刘、曹、孙的对比中来显出刘、曹、孙三人的杰出才能和特殊的性格特征,这是以反衬正。又如"刘备将遇诸葛亮而先遇司马徽、崔州平、石广元、孟公威等诸人,诸葛亮其主也,司马徽诸人其宾也"。从司马徽诸人的风度才华来表现诸葛亮的风度才华,这是以正衬正。"赵云先事公孙瓒,黄忠先事韩玄,马超先事张鲁,法正、严颜先事刘璋,而后皆归刘备。备其主也,公孙瓒、韩玄、张鲁、刘璋其宾也。"这是以公孙瓒等人和赵云等人关系,与刘备和赵云等人的关系对比,来说明刘备真英主也。"太史慈先事刘繇,后归孙策,甘宁先事黄祖,后归孙权;张辽先事吕布,徐晃先事杨奉,张郃先事袁绍,贾诩先事李傕、张绣,而后皆归曹操。孙、曹其主也,刘繇、黄祖、吕布、杨奉等诸人其宾也。"二是"同树异枝,同枝异叶,同叶异花,同花异果之妙"。人物描写的同中有异,本是容与堂本《水浒传》评语已经提出了的,后来金圣叹又作了发挥,而毛氏父子则论述得更细密了。他还说道:"譬犹树同是树,枝同是枝,叶同是叶,花同是花,而其植根安蒂,吐芳结子,五色纷披,各成异采。"说明可以有小同大异,也可以有大同小异。比如,"写权臣则董卓之后又写李傕、郭汜,傕、汜之后又写曹操,曹操之后又写一曹丕,曹丕之后又写一司马懿,司马懿之后又并写一师、昭兄弟,师、昭之后又继写一司马炎,又旁写一吴之孙綝,其间则无一字相同"。

毛氏父子对《三国演义》中的情节安排、艺术结构、表现技巧等也有许多论述,虽然大都是从金圣叹那里继承来的,但也有不少丰富发展之处。从情节和结构方面来说,毛氏父子特别强调不能平铺直叙,要有复杂多变的情节和波澜起伏的结构。他们说:"假令今人作稗官,欲平空拟一三国之事,势必劈头便叙三人,三人便各据一国,有能如是之绕乎其前、出乎其后,多方以盘旋乎其左右者哉?古事所传,天然有此等波澜,天然有此等层折,以成绝世妙文,然则读《三国》一书,诚胜读稗官万万耳。"毛氏父子认为《三国演义》情节、结构之所以如此曲折交错,首先是由三国历史本身所决定的,如蜀国统一是"人心之所甚愿",如魏国统一是"人心之所大不平",而上苍不从人心所愿,也不出人心之所大不平,"特假手晋以一之,此造物者之幻也"。魏以臣弑君,而后又为其臣所灭,此可戒天下后世,"是造物者之巧也","幻既出人意外,巧复在人意中,造物者可谓善于作文矣"。所以,丰富多彩的艺术结构,乃是由实际的现实生活决定的,这种思想毛氏父子在许多地方都有所表现。第四十八回总评中说道:"有此天然妙事,凑成天然妙文,固今日作稗官者构思之所不能到也。"《读三国志法》又说:"此非作者有意为如此之文,而实古来天然有如此之事。""只因古人踪迹无常,遂使后人文字变幻。""岂非天然有此变化之事,以成此变化之文耶?"但是,艺术家也必须善于巧妙地组织安排,将此"天然妙事"变成为"天然妙文"。毛氏父子称赞《三国演义》中的变化多端、出人意料的情节、结构特点为:"有星移斗转、雨覆云翻之妙。"其云:"杜少陵诗曰:'天上浮云如白衣,斯须改变成苍狗。'此言世事之不可测也,《三国》之文亦犹是尔。本是何进谋诛宦官,却弄出宦官杀何进,是一变。本是吕布助丁原,却弄出吕布杀丁原,则一变。本是董卓结吕布,却弄出吕布杀董卓,则一变。本是陈宫释曹操,却弄出陈宫欲杀曹操,则一变。陈宫未杀曹操,反弄出曹操杀陈宫,则一变。……论其呼应有法,则读前卷定知其有后卷;论其变化无方,则读前文更不料其有后文。于其可知,见《三国》之文之精;于其不可料,更见《三国》之文之幻矣。"毛氏父子对《三国演义》作者如何把"天然妙事"变为"天然妙文"的艺术技巧,进行了归纳和总结,提出了如下许多方法:

横云断岭,横桥锁溪——"文有宜于连者,有宜于断者。如五关斩将,三顾茅庐,七擒孟获,此文之妙于连者也。如三气周瑜,六出祁山,九伐中原,此文之妙于断者也。""文之长者,连叙则惧其累坠,故必叙别事以间之,而后文势乃错综尽变。"

将雪见霰,将雨闻雷——"将有一段正文在后,必先有一段闲文以为之引;将有一段大文在后,必先有一段小文以为之端。如将叙曹操濮阳之火,先写糜竺家中之火一段闲文以启之。"

浪后波纹,雨后霡霂——"凡文之奇者,文前必有先声,文后亦必有余势。如董卓之后又有从贼以继之。"

寒冰破热,凉风扫尘——"如关公五关斩将之时,忽有镇国寺内遇普静长老一段文字。""或僧,或道,或隐士,或高人,俱于极喧闹中求之,真足令人躁思顿清,烦襟尽涤。"

笙箫夹鼓,琴瑟间钟——"如正叙黄巾扰乱,忽有何后、董后两宫争论一段文字;正叙董卓纵横,忽有貂蝉凤仪亭一段文字。""令人于干戈队里,时见红裙,旌旗影中,常睹粉黛。"

隔年下种,先时伏着——"善圃者投种于地,待时而发。善弈者下一闲着于数十着之前,而其应在数十着之后。文章叙事之法亦犹是已。"

添丝补锦,移针匀绣——"凡叙事之法,此篇所阙者,补之于彼篇,上卷所多者,匀之于下卷。不但使前文不沓拖,而亦使后文不寂寞;不但使前事无遗漏,而有使后事增渲染,此史家妙品也。"

近山浓抹,远树轻描——"画家之法,于山与树之近者,则浓之重之,于山与树之远者,则轻之淡之。""武侯退曹丕五路之兵,唯遣使入吴用实写,其四路皆虚写。"

奇峰对插,锦屏对峙——"其对之法,有正对者,有反对者,有一卷之中自为对者,有隔数十卷而遥为对者。如昭烈则自幼便大,曹操则自幼便奸……"

首尾大照应,中间大关锁——"如首卷以十常侍为起,而末卷有刘禅之宠中贵以结之,又有孙皓之宠中贵以双结之,此一大照应也。"

以上这些方法中有些是金圣叹论到过的,如"横云断岭"即金圣叹的"横云断山","将雪见霰"即金圣叹的"弄引法","浪后波纹"即金圣叹的"獭尾法",但毛氏父子论述得更细,并且又有不少新的发现。

继毛氏父子对《三国演义》的批评之后,比较重要的有张道深对《金瓶梅》的批评。张道深(1670—1698),字自得,号竹坡,彭城(今江苏徐州)人。张道深二十九岁就去世了,故刘廷玑说"惜其年不永"(《在园杂志》)。他以张竹坡为名批评《金瓶梅》约在康熙三十四年(1695)前后,其小说理论和批评方法受金圣叹影响很深,但因为《金瓶梅》是一部世情小说,和历史演义、英雄传奇不同,所以他的批评有许多新的特色。张道深对《金瓶梅》这部书的认识是比较深刻的,他认为一般人把《金瓶梅》看成一部"淫书"是不正确的,他明确指出《金瓶梅》是一部"世情"小说,是对人情世态的丑恶极其不满的"泄愤"之作。他在《竹坡闲话》中说:"《金瓶梅》何为而有此书也哉?曰:此仁人志士、孝子悌弟,不得于时,上不能问诸天,下不能告诸人,悲愤呜唈,而作秽言以泄其愤也。"《金瓶梅》的主要人物是西门庆,他是清河县的一霸,上通官府,直至朝廷蔡京,下结豪绅地痞、流氓无赖,荒淫酒色,无恶不作,作者借西门庆的典型形象来概括社会的丑恶面、黑暗面,对之进行了无情的揭露和批判。张道深对这一点认识得非常清楚,他指出:"《金瓶梅》因西门庆一分人家,写好几分人家,如武大一家,花子虚一家,乔大户一家,陈洪一家,吴大舅一家,张大户一家,王招宣一家,应伯爵一家,周守备一家,何千户一家,夏提刑一家,他如翟云峰在东京不算,伙计家以及女眷不对往来者不算。凡这几家,大约清河县官员大户,屈指已遍,而因一人写及一县。"不只是由一人而写及一个县,此一人还与上面朝廷的蔡太师等大官相联系,"西门庆之恶,十分满足,则蔡太师之恶,不言而喻矣"(四十七回中评语)。"夫太师之下,何止百千万西门,而一西门之恶已如此,其一太师之恶为何如也!"(四十八回评语)"夫作书者必大不得于时势,方作寓言以垂世。今止言一家,不及天下国家,何以见怨之深而不能忘哉。"(七十回回评)所以他说作者是"借西门氏以发之"而"少泄吾愤"。西门庆的丑恶集中表现在对财色的迷恋,故张道深指出:"此书独罪财色。"其《第一奇书非淫书论》中有这样一段话:"'诗三百,一言以蔽之,曰:思无邪。'注云:'诗有善有恶,善者起发人之善心,恶者惩创人之逆志。'圣贤著书立言之意,固昭然于千古也。今夫《金瓶》一书作者,亦是将《蹇裳》《风雨》《箨兮》《子衿》诸诗细为摹仿耳。夫微言之而文人知儆,显言之而流俗皆知,不意世之看者,不以为惩劝之韦弦,反以为行乐之符节,所以目为淫书,不知淫者自见其为淫耳。"此篇文字是否确系张道深所作,尚待考定,然其思想无疑是符合张道深本意的。他认为《金瓶梅》的作者对他所写的主要人物西门庆是极其痛恨的,"作者直欲使此清河县之西门氏冷到彻底,并无一人,虽属寓言,然而其恨此等人,直使之千百年后永不复望一复燃之灰"。由于《金瓶梅》的主要思想是对社会黑暗腐朽的极其深刻的揭露和批判,所以,张道深在《批评第一奇书金瓶梅读法》中提出了"《金瓶梅》是一部《史记》"的看法。他说:"凡人谓《金瓶》是淫书者,想必伊止知看其淫处也。若我看此书,纯是一部史公文字。"他认为《金瓶梅》中的人物都是有"寓意"的,但作者不存其人之真姓名,甚至"不露自己之姓名",然而,其人其事又是的的确确真实存在于社会上。他说《金瓶梅》是"一部炎凉书",是描写世态炎凉的,又是一部"惩人的书",可以作为世人"戒律",因此它与《史记》有同样的社会效果。他认为读《金瓶梅》会使人产生愤世嫉俗的强烈感情,所以他说:"读《金瓶》,必须置唾壶于侧,庶便于击。""必须列宝剑于右,或可划空泄愤。""必置大白于左,庶可痛饮,以消此世情之恶。"张道深批评《金瓶梅》的主要成就正是在他强调了《金瓶梅》的重大社会意义,要求人们懂得此书描写世态人情的深刻性,从它对社会阴暗面的暴露、揭发方面去认识它的价值,而不把它看作一部渲染淫秽的色情作品。

张道深对《金瓶梅》艺术成就的肯定,也是从他对《金瓶梅》的内容和价值的上述认识出发的。《金瓶梅》写的不是像《三国演义》那样的国家社会政治大事,更没有以帝王将相为中心人物,它也不像《水浒传》那样写的是一群各色各样的英雄人物,表现他们的造反故事,《金瓶梅》写的是社会一个小角落的各种类型人物的日常生活,然而它又是社会大时代的缩影。作为"世情"小说,它在艺术上有不同于历史演义和英雄传奇的自己的特点,它要求在细腻地描写日常生活过程中刻画各种不同类型人物的性格,张道深认为《金瓶梅》在艺术上的最大特色,是对"世情"描写得真实、自然,他在《读法》中说道:"其各尽人情,莫不各得天道,即千古算来,天之祸淫福善,颠倒权奸处,确乎如此。读之似有一人亲曾执笔,在清河县前西门家里,大大小小、前前后后、碟儿碗儿,一一记之,似真有其事,不敢谓为操笔伸纸做出来的。吾故曰:得天道也。"所谓尽人情而得天道,是指对"世情"的描写非常具体、深入、逼真、自然,而无人为做作痕迹,"处处体贴人情天理"。这种化工之笔,使人感到似亲临其境,置身于真人真事之中,而不会觉得是在看小说。他又说:"夫金瓶梅花,全凭人力,以补天工,则又如此书,处处以文章夺化工之巧也夫!"

张道深认为对"世情"描写的这种化工之笔,最主要是体现在人物形象塑造的合情合理上。他在《读法》中说:"做文章不过是情理二字。今做此一篇百回长文,亦只是情理二字。于一个人心中,讨出一个人的情理,则一个人的传得矣。虽前后夹杂众人的话,而此一人开口,是此一人的情理。非其开口便得情理,由于讨出这一人的情理,方开口耳。是故写十百千人,皆如写一人,而遂洋洋乎有此一百回大书也。"小说中人物的性格应当写得合乎情理,这样才会显得真实和自然。每一个人物都有自己的"情理",都和别人不一样。所以,必须从每一个人的心中"讨出这一人的情理",体现其独有的特点,不管是写十个、一百个、一千个,也都各有各的"情理"。《金瓶梅》"其书凡有描写,莫不各尽人情。然则真千百化身,现各色人等,为之说法者也。"为此,这就要求作者有丰富的生活经验,了解复杂的人情世故之方方面面,才能够使人物形象生动传神。他说:"作《金瓶梅》者,必曾于患难穷愁,人情世故,一一经历过,入世最深,方能为众脚色摹神也。"从作者方面来说,自然不能要求他对各种人物的生活都有过亲身经历,但是一个有才华的作家可以有广博的知识,能够从种种人情世故中正确地把握各种人物的心态。所以他又说:"作《金瓶梅》,若果必待色色历遍,才有此书,则《金瓶梅》又必做不成也。何则?即如诸淫妇偷汉,种种不同,若必待身亲历而后知之,将何以经历哉?故知才子无所不通,专在一心也。"所谓"专在一心",即是指能认真地去研究生活、研究各种不同人物的心态。研究清楚了,熟悉了各种人物的特点,写起来也就生动逼真,如亲身经历过一般。故而他又说:"一心所通,实又真个现身一番,方说得一番。然则其写诸淫妇,真乃各现淫妇人身,为人说法者也。"张道深提出的这种"心通"说是对金圣叹"因缘生法"说的发展。人物形象要写得生动鲜明,作者必须先在构思中酝酿成熟,这就是中国传统艺术创作上的"意在笔先"说,张道深认为《金瓶梅》作者也是运用这种方法来刻画人物的。他说:"写花子虚,即于开首十人中,何以不便出瓶儿哉?夫作者于提笔时,固先有一个瓶儿在其意中也。先有一个瓶儿在其意中,其后如何偷期,如何迎奸,如何另嫁竹山,如何转嫁西门,其着数俱已算就,然后想到其夫,当令何名,夫不过令其应名而已。"这里虽然不是专门论说"意在笔先"的问题,但正是运用了这种创作思想来分析的。在塑造人物的艺术表现方法上,张道深特别指出了"白描"的特点。"白描"本是指绘画中一种朴素、自然的艺术表现方法,即不作烦琐的渲染,只用简要的数笔描绘出对象的生动传神形象,多用于水墨写意画,金圣叹曾用来评论《水浒传》,如说"林教头风雪山神庙"一回中对雪景描写是"龙眠白描,庶几有此"。龙眠是指龙眠居士,即北宋画家李公麟,擅长画马,亦好画佛像、山水、人物,重在传神,不重形相。邓椿《画继》说他曾画自在观音,认为其"自在""在心不在相","平时所画不作对,多以澄心堂纸为之,不用缣素,不施丹粉,其所以超乎一世之上者此也"。张道深正是受到了中国古代画论和金圣叹评《水浒传》的启发,用白描来评述《金瓶梅》对人情世态和人物的描写。他在《读法》中说道:"读《金瓶》,当看其白描处,子弟能看其白描处,必能自做出异样省力巧妙文字来也。"他在评《金瓶梅》中对潘金莲、应伯爵等人物的描写时也都强调了其白描的特点,比如说"描写伯爵处,纯是白描追魂摄影之笔",又说写潘金莲"总是现妒妇身说法,故白描入化也",等等。此外,张道深还指出《金瓶梅》在人物描写上能从对比中写出同中之异和善于穿插叙述等,这些都是沿用了金圣叹的观点的。值得我们注意的是,张道深提出了人物的"寓意"说,他在《金瓶梅寓意说》一文中云:"稗官者,寓言也,其假捏一人,幻造一事,虽为风影之谈,亦必依山点石,借海扬波。故《金瓶》一部,有名人物不下百数,为之寻端竟委,大半皆属寓言。"他认为《金瓶梅》的书名、人名、地名,乃至孟玉楼簪上刻的"玉楼人醉杏花天",都是有作者寓意在内的。应该说《金瓶梅》作者在某些方面是有其寓意在内的,其书名即是指潘金莲、李瓶儿和春梅，而中国古代小说创作中确也常常在书名、人名、地名、物品描写等方面有所寓意，但是，张道深对作品中寓意的分析显然是过分牵强附会，变成主观臆测了，这就导致了后来小说研究中索隐派的发展。所以，对张道深的"寓意"说应当作一分为二的评价。

清代乾隆年间在小说理论批评上比较重要的有脂砚斋对《石头记》的评点。国内所藏脂评《石头记》的抄本有很多种，如甲戌、己卯本、庚辰本等，各本评语也不大相同，所署笔名也有好几个，也可能不是一人所评。俞平伯先生曾将几个主要版本的评语集在一起，辑有《脂砚斋红楼梦辑评》一书。脂砚斋究竟是谁，现在还弄不清楚，可能是曹雪芹的亲友，与曹雪芹的时代大体相当。脂评对研究《红楼梦》的内容、版本和曹雪芹的思想都有很重要的意义。从小说理论批评方面说，脂评也是很有价值的，这主要在人物形象的塑造方面。《红楼梦》的主要艺术成就正是在创造了像贾宝玉、林黛玉、王熙凤等一系列出色的典型艺术形象，脂评对此赞不绝口，对作者如何创造这些具有高度典型意义的艺术形象，结合作品的具体描写作了比较深入的分析。首先，脂评继承和发展了金圣叹、张竹坡等人的小说批评观点，认为《红楼梦》中的人物描写，不论是语言、动作、行为、处事，都写得合情合理，使人感到十分真实、自然，是"至情至理之妙文"（甲戌本）。即使是一些近乎荒唐的描写，其中也有至理真情在。如第十六回写秦钟之死，写到他的魂魄还记挂着智能儿，脂评云："《石头记》一部中皆是近情近理，必有之事，必有之言。又如此等荒唐不经之谈，间亦有之，是作者故意游戏之笔，聊以破色取笑，非如别书认真说鬼话也。"（庚辰本）此类的评语在脂批中是很多的，例如第四十三回写尤氏把给王熙凤过生日凑的份子钱还给平儿、周、赵等人，脂批道："尤氏亦可谓有才矣。论有德比阿凤高十倍，惜乎不能谏夫治家，所谓人各有当也。此方是至理至情。最恨近之野史中恶则无往不恶，美则无一不美，何不近情理之如是耶。"（庚辰本）说明《红楼梦》对人物的描写不是凭作家主观的好恶，更不把人写得绝对化，而是有长处有短处，有优点也有缺点，合情合理才使人感到真切动人。其次，脂批所指出的《红楼梦》人物描写的另一个重要特点是，善于运用虚实结合的方法来刻画其性格特征。例如写林黛玉进贾府、贾宝玉出场之前，已经通过冷子兴的口、林黛玉母亲对黛玉所说过的贾宝玉的情况以及王夫人对林黛玉的嘱咐,从侧面把贾宝玉形象的特征早就写出来了。所以,虽然贾宝玉还没有出场,读者心目中却早已有了一个印象了。脂批于王夫人向黛玉介绍宝玉时评曰:"不写黛玉眼中之宝玉,却先写黛玉心中已毕有一宝玉矣。幻妙之至,只冷子兴口中之后,余已极思欲一见,及今尚未得见,狡猾之至。"(甲戌本)在叙述黛玉回忆母亲所讲宝玉时,脂批云:"这是一段反衬章法。"(甲戌本)又如写黛玉之容貌,并不是由作者来叙述,脂评说:"又从宝玉目中细写一黛玉,直画一美人图。"(甲戌本)他又评自"两弯似蹙非蹙罥烟眉"至"行动处似弱柳扶风"这八句说:"是宝玉眼中。"评"心较比干多一窍"一句云:"是宝玉心中。"可见,《红楼梦》是特别善于从侧面来衬托人物的性格。再次,脂评指出《红楼梦》对人物的刻画之所以特别"逼真""传神",是因为作者善于抓住能体现人物性格特征的典型细节,作深刻而生动的描写。例如写林黛玉进贾府见到贾母时的情景:"黛玉方进入房时,只见两个人搀着一位鬓发如银的老母迎上来,黛玉便知是他外祖母。方欲拜见时,早被他外祖母一把搂入怀中,心肝儿肉叫着,大哭起来。"脂批于最后两句旁夹批道:"几千斤力量写此一笔。"又于此段上面眉批云:"此书得力处,全是此等地方,所谓颊上三毫也。""颊上三毛",是东晋著名画家顾恺之画裴楷像的故事。因为裴楷的特点是"俊朗有识具",而"三毛"正是其"识具",故谓"益三毛,如有神明"。这也就是苏轼在《传神记》中所说画人物要"得其意思所在",然后方能传神的意思。《红楼梦》正是运用这种绘画美学思想来描写人物的。如送宫花一节,黛玉先看了一看,问周瑞家的:"还是单送我一个人的,还是别的姑娘们都有?"周瑞家的说:"各位都有了,这两枝是姑娘的了。"黛玉又再看了一看,冷笑道:"我就知道,别人不挑剩下的,也不给我,替我道谢罢。"这是一个非常典型地体现林黛玉性格特征的细节,脂批说:"将阿颦之天性,从骨中一写,方知亦系颦儿正传。"(甲戌本)最后,脂评认为《红楼梦》在艺术上的一个重要成就是不用理念去创造人物,而是努力从审美方面去表现人物,所以它所塑造的人物具有"囫囵不解之中实可解,可解之中又说不出理路"的特点。他说:

　　按此书中写一宝玉,其宝玉之为人,是我辈于书中见而知有此人,实未目曾亲睹者。又写宝玉之发言,每每令人不解;宝玉之生性,件件令人可笑。不独于世上亲见这样的人不曾,即阅今古所有之小说奇传中,亦未见这样的文字,于颦儿处更为甚。其囫囵不解之中实可解,可解之中又说不出理路。合目思之,却如真见一宝玉,真闻此言者,移之第二人万不可,亦不成文字矣。余阅《石头记》中至奇至妙之文,全在宝玉、颦儿至痴至呆、囫囵不解之语中。其诗词、雅谜、酒令、奇衣、奇食、奇玩等类,固他书中未能,然在此书中,评之犹为二着。(庚辰本)

这段论述中对宝玉形象的阐述,不仅指出了他的独特性,而且说明了他的性格很难用理性的分析去说清楚,要从艺术形象本身去领会其特点。表面看来是不可理解的,实际上又是可以理解的,但是不能从理念的角度去理解,而必须从审美的角度去理解。不仅宝玉的形象是如此,黛玉的形象更是如此。由此可见,脂评在小说理论批评上是有新的发展的,我们应当充分肯定它在这方面的意义。

第四节　清代对《聊斋志异》和《儒林外史》的批评

蒲松龄的《聊斋志异》是清代最著名的文言短篇小说集,同时,也是继《西游记》之后,我国最重要的浪漫主义小说之杰出代表。围绕着《聊斋》,清代有不少评论,也有对《聊斋》的评点。蒲松龄本人写有《聊斋自志》,对他们的创作目的作过说明,而在各种版本的序跋和题词中有很多重要的评论,其中比较有理论价值的有康熙十八年(己未)高珩的序,乾隆五年(庚申)蒲松龄之孙蒲立德的跋,乾隆三十年(乙酉)余集的序,嘉庆二十三年(戊寅)冯镇峦的《读聊斋杂说》等,王士禛和但明伦等人也评点过《聊斋志异》,不过评点的内容在理论上的价值不太大。对《聊斋志异》的评论比较集中地表现了写花妖狐鬼的浪漫主义小说特点及其艺术手法,它比明代对以《西游记》为代表的浪漫主义小说的批评又大大地前进了一步。归纳起来,主要有以下几方面:

第一,普遍地认识到了这些以写花妖狐鬼为题材的小说,都是作家怨愤之情的寄托,是用曲折的方式对现实黑暗的揭露和批判,也有对人间美好真情的歌颂,都是有深刻的寓意的,它和真实地描写现实生活的作品,有同样的社会教育意义。虽然它所写的是些"子不语"的内容,但却"足辅功令教化之所不及",实"可与六经同功"(高珩序),乃是"有关世教之书"(冯镇峦评),"于人心风化,实有裨益"(但明伦序)。蒲松龄在他的《聊斋自志》中曾说:"披萝带荔,三闾氏感而为骚;牛鬼蛇神,长爪郎吟而成癖。自鸣天籁,不择好音,有由然矣。松落落秋萤之火,魑魅争光;逐逐野马之尘,罔两见笑。才非干宝,雅爱搜神;情类黄州,喜人谈鬼。闻则命笔,遂以成篇。"可见,他是深受屈原和李贺创作的影响而进行《聊斋》的创作的,不论是屈原的香草美人,还是李贺的幽灵鬼怪,都是寄托了作者深深的感慨和现实的寓意的。蒲松龄也是如此,所谓"集腋为裘,妄续幽冥之录;浮白载笔,仅成孤愤之书:寄托如此,亦足悲矣!"作者所写虽似记载街谈巷议的奇闻逸事,甚至是些荒诞不经的鬼怪传说,然而十之八九都有寄寓在内。雍正元年(癸卯)的南村题跋说:"余读《聊斋志异》竟,不禁推案起立,浩然而叹曰:嗟乎!文人之不可穷有如是夫!聊斋少负艳才,牢落名场无所遇,胸填气结,不得已为是书。余观其寓意之言,十固八九,何其悲以深也!向使聊斋早脱鞿去,奋笔石渠、天禄间,为一代史局大作手,岂暇作此郁郁语,托街谈巷议,以自写其胸中磊块诙奇哉!"

第二,从上述基本认识出发,清人对《聊斋》的评论,都十分重视这些花妖狐鬼故事的现实生活基础,并分析了它的社会教育意义。高珩认为《聊斋》艺术上的主要特点是:"驰想天外,幻迹人区。"前者说的是其浪漫主义特色,后者则是指其根植于现实土壤而说的,天外之景不过是人间社会的一个幻影而已。这种对浪漫主义特点的看法,在历史上也是有深刻的渊源的。刘勰在论《楚辞》的创作经验时就曾说过:"酌奇而不失其真,玩华而不坠其实。"(《文心雕龙·辨骚》)皮日休曾说李白的诗是:"口吐天上文,迹作人间客。"(《七爱诗·李翰林》)明人评《西游记》所谓"幻中有真"也是此意。但清人对《聊斋》的评论中则进一步发展了这种思想。余集在序中指出,《聊斋》所写的虽是狐鬼而非人类,而人类中却有很多比狐鬼更不如者,蒲松龄正是有感于此,才借狐鬼来与之对比,而歌颂美好,惩罚丑恶。他说:

> 嗟夫！世固有服声被色，俨然人类；叩其所藏，有鬼蜮之不足比，而豺虎之难与方者。下堂见蛩，出门触蜂，纷纷营营，莫可穷诘。惜无禹鼎铸其情状，镯镂决其阴霾，不得已而涉想于杳冥荒怪之域，以为异类有情，或者尚堪晤对；鬼谋虽远，庶其警彼贪淫。呜呼！先生之志荒，而先生之心苦矣！

人世间有多少表面上道貌岸然，而实际上其行藏远比鬼怪豺虎更为凶狠恶毒者，而蒲松龄书中不少狐鬼却是善良多情、品行高洁者，作者正是以此来讽刺、鞭挞这些人间丑类的。作者对现实有细致的观察，深刻的认识，所以蓄积了无限的感慨，然后寄寓于创作之中，因此其作品都有丰富的现实内容。正如冯镇峦《读聊斋杂说》中所说："先生意在作文，镜花水月，虽不必泥于实事，然时代人物，不尽凿空。"《聊斋》从这方面说，对世态人情实是作了相当广泛而深入的描写的。蒲松龄的孙子蒲立德说得很好，他指出蒲松龄不仅有许多诗文著作，"而于耳目所睹记，里巷所流传，同人之籍录，又随笔撰次而为此书。其事多涉于神怪，其体仿历代志传；其论赞或触时感事，而以劝以惩；其文往往刻镂物情，曲尽世态，冥会幽深，思入风云；其义足以动天地、泣鬼神，俾畸人滞魄，山魈野魅，各出其情状而无所遁隐"。蒲松龄创作的源泉在现实生活之中，他将从民间所搜集的许多故事结合自己对现实生活的认识所写成的《聊斋志异》，不是毫无目的的随意笔录，更不是作者荒唐好奇的主观臆想，而大都是有深刻的社会意义的。

第三，与上述《聊斋》深刻的思想内容相联系的，清人对《聊斋》的评论特别指出了这种浪漫主义小说艺术表现方法上的特征。这就是作品在描写花妖狐鬼时，都使它具有人的性情，而作品艺术结构安排上也都符合现实的人情物理，故而具有真真假假之妙。此点，冯镇峦说得最透彻："盖虽海市蜃楼，而描写刻画，似幻似真，实一一如乎人人意中所欲出。"他不赞成金圣叹在评《水浒》时所说的"天下莫易于说鬼，而莫难于说虎"的观点，金说本于中国古代画论中所说的"画鬼魅易，画犬马难"，是现实主义创作的角度来说的。冯镇峦说：

> 昔人谓:莫易于说鬼,莫难于说虎。鬼无伦次,虎有性情也。说鬼说到不来处,可以意为补接;若说虎到说不来处,大段著力不得。(按:此是金圣叹在评《水浒》武松打虎时所说的一段话。)予谓不然。说鬼亦要有伦次,说鬼亦要得性情。谚语有之:说谎亦须说得圆。此即性情伦次之谓也。试观《聊斋》说鬼狐,即以人事之伦次,百物之性情之。说得极圆,不出情理之外;说来极巧,恰在人人意愿之中。虽其间亦有意为补接,凭空捏造处,亦有大段吃力处,然却喜其不甚露痕迹牵强之形,故所以能令人人首肯也。

这种浪漫主义作品看来似乎是在说谎,但是又能说得很圆,合情合理,不使人感到是在说谎,反而给人以一种强烈的真实感,这才是其艺术的高明之处。写的虽然是狐鬼,但给人的印象则是活生生的人,而作者正是借助这种似真非真、似幻非幻的艺术方法,非常充分地表达了人们在现实中难以实现的愿望。所以,"山精水怪,不妨以假为真;牛鬼蛇神,未必将无作有"(乾隆辛未练塘老渔跋)。这些花妖狐鬼因为具备了人的性情,所以使读者感到十分亲切。他们既有花妖狐鬼的特征,又有人的性格,是两者的复合体。故"凡事境奇怪,实情致周匝,合乎人意中所欲出,与先正不背在情理中也"(冯镇峦语)。

在有关《聊斋》的评论中,冯镇峦的《读聊斋杂说》是一篇比较全面、深入而又相当完整的论著,在中国古代小说理论批评中像这样的评论文章也不多见。它除了对《聊斋》的浪漫主义艺术作了较为深刻的分析外,还指出了《聊斋》在艺术描写上也继承和发扬了中国古代文艺美学的传统特点。他说:"文有设身处地法。昔赵松雪好画马,晚更入妙,每欲构思,便于密室解衣踞地,先学为马,然后命笔。一日管夫人来,见赵宛然马也。又苏诗《题画雁》云:'野雁见人时,未起意先改。君从何处看,得此无人态?'此文家运思入微之妙,即所谓设身处地法也。《聊斋》处处以此会之。"这也就是金圣叹所曾说的"化境",也是道家重在天生化成之美的表现。《聊斋》之所以能写出各种场景、塑造各种人物,是与此分不开的。冯镇峦说:"《聊斋》之妙,同于化工赋物,人各面目,每篇各具局面,排场不一,意境翻新,令读者每至一篇,另长一番精神。如福地洞天,别开世界；如太池未央，万户千门；如武陵桃源，自辟村落。不似他手，黄茅白苇，令人一览而尽。"正是由于如此，《聊斋》不愧为中国古代文言短篇小说中最优秀的作品。

乾隆年间的《儒林外史》是一部以科举和士人生活为题材的长篇小说，也是中国古代小说中的"六大名著"之一。清代中后期对《儒林外史》也有一些重要的评论，这主要是嘉庆八年（1803）的卧闲草堂本《儒林外史》，前有闲斋老人序，署乾隆元年（1736）作，未知确否。各回均有回评，不知何人所评。卧闲草堂本的评语和闲斋老人的序着重分析了《儒林外史》艺术描写上的现实主义特征，这对总结中国古代小说创作的艺术经验是很有价值的。比较重要的有以下几点：

第一，指出了《儒林外史》以白描的手法，生动具体地再现了现实生活的真实，达到了高度逼真、传神的艺术水平。闲斋老人序中说，人们常夸《水浒传》《金瓶梅》"章法之奇，用笔之妙，且谓其摹写人物事故，即家常日用米盐琐屑，皆各穷神尽相，画工化工合为一手，从来稗官无有出其右者"，实际上《儒林外史》要高明得多，只是他们没有看见的缘故。他说《儒林外史》"以功名富贵为一篇之骨，有心艳功名富贵而媚人下人者；有倚仗功名富贵而骄人傲人者，有假托无意功名富贵自以为高被人看破耻笑者，终乃以辞却功名富贵、品地最上一层，为中流砥柱。篇中所载之人不可枚举，而其人之性情心术，一一活现纸上。读之者，无论何人品，无不可取以自镜"。用极其朴素的艺术表现方法，把现实生活如实地写出来，使各种不同人物一一活现纸上，达到传神写照的程度，这是很不容易的，同时也是《儒林外史》的最主要的艺术特点。卧闲草堂本评论是很肯定"画鬼魅易，画犬马难"的观点的，这一点和欧阳修、冯镇峦等重视浪漫主义的观点不同。第六回回评说：

> 此篇是放笔写严老大官之可恶，然行文有次第，有先后，如原泉盈科，放乎四海，虽支分派别，而脉络分明，非犹俗笔稗官，凡写一可恶之人，便欲打欲骂欲杀欲割，惟恐人不恶之，而究竟所记之事皆在情理之外，并不能行之于当世者，此古人所谓"画鬼怪易，画人物难"。世间惟最平实而为万目所共见者，为最难得其神似也。

卧本评指出《儒林外史》的艺术描写,作者不加许多主观评述,而如实地表现最平实而为大家所见到的事实,所以更具有传神写照之妙,而使人感到呼之欲出,如在目前。例如第四十五回评道:"观余敷、余殷两弟兄之口谈,知其为一字不通之人,堪舆之学不必言矣。其妙处在于活色生香,呼之欲出,呆形呆气,如在目前也。"作者不加粉饰,不加雕琢,纯用白描手法,让现实生活以其本来面目展示在读者面前,又如第二十三回写牛浦郎假冒诗人牛布衣一段,这回的回评中说:"牛浦未尝不同安东董老爷相与,后来至安东时董公未尝不迎之致敬以有礼,然在子午宫会道士时,则未尝一至安东与董公相晋接也,刮刮而谈,诌出许多话说,书中之道士不知是谎,书外之阅者深知其谎,行文之妙,真李龙眠白描手也。"

第二,指出了《儒林外史》中善于运用传统的"以形写神""得其意思所在"的艺术表现方法,抓住有代表性的细节来刻画人物的性格,所以人物的个性极为鲜明生动,表现出其蕴含的深刻的典型概括意义。如第五回"王秀才议立偏房 严监生寿终正寝"在描写严氏兄弟、王氏兄弟、偏房赵氏等人物的各自性格都是十分生动传神的,特别是其中所着意描写的几个典型细节,更是给人以难忘的印象,如写巴不得正房王氏早死的赵氏在王氏病床前的哭泣,写王氏兄弟见"遗念"(王氏留给他们的每人一百两银子)前后的截然不同表现,写猫翻箧篓露出银子时严监生对王氏的追念,写严监生寿终正寝时伸出两个手指头不肯断气等,把赵氏的虚伪、严监生的吝啬、王氏兄弟的嘴脸,刻画得淋漓尽致。卧本评曰:

> 此篇是从功名富贵四个字中,偶然拈出一个富字,以描写鄙夫小人之情状,看财奴之吝啬,荤饭秀才之巧点,一一画出,毛发皆动,即令龙门执笔为之,恐亦不能远过乎此。
> 严大老官之为人,都从二老官口中写出,其举家好吃,绝少家教,漫无成算,色色写到,恰与二老官之为人相反。然而大老官骗了一世的人,说了一生的谎,颇可消遣,未见其有一日之艰难困苦;二老官空拥十数万家赀,时时忧贫,日日怕事,并不见其受用一天。此造化之微权,不知作者从何窥破,乃能漏泄天机也。

  赵氏谋扶正之一席,想与二老官图之久矣。在床脚头哭泣数语,虽铁石人不能不为之打动,而王氏之心头口头,若老大不以为然者。然文笔如蚁,能穿九曲之珠也。

  王氏兄弟是一样性情心术,细观之,觉王仁之才又过乎王德。所谓识时务者呼为俊杰也。未见"遗念"时"本丧着脸,不则一声",既见"遗念"时,"两眼便哭的红红的"。因时制宜,毫发不爽。想此辈必自以为才情可以驾驭一切,习惯成自然了,不为愧怍矣。

  除夕家宴,忽然被猫跳翻箧篓,掉出银子来,因而追念逝者,渐次成病,此亦柴米夫妻同甘共苦之真情。觉中庭取冷,遗挂犹存,未如此之可伤可感也。文章妙处真是在语言文字之外。

单这一回中就写了这么多的生动深刻的典型细节,也正是这些细节使各个人物都活生生地站立在读者面前。这正是对中国传统美学中"以形写神""得其意思所在"的艺术表现方法在小说创作中的灵活运用,也是对这种艺术表现方法的继承和发展。在第十一回写老阿呆杨执中也是很突出地表现了这种艺术手法的,卧本评曰:"杨执中是一个活呆子。今欲写其呆状呆声,使俗笔为之,将从何处写起?看此文只用摩弄香炉一段,叙说误认姓柳的一段,闯进醉汉一段,便表现出一个老阿呆的声音笑貌。此所谓颊上三毫,非绝世文心,未易办此。"《儒林外史》中所写的这种细节都是日常生活中的真实存在,它并非作者的虚构想象,只是一般人常常不甚注意,而吴敬梓却观察得特别细,把它凸显了出来,这样就对刻画人物性格起到了十分重要的作用。

  第三,《儒林外史》的现实主义创作特征还表现在:作家的是非褒贬态度都是通过客观的真实的描写流露出来的,作家本人绝不加任何主观的评说。卧本第四回评道:"张静斋劝堆牛肉一段,偏偏说出刘老先生一则故事,席间宾主三人侃侃而谈,毫无愧怍,阅者不问而知此三人为极不通之品。此是作者绘风绘水手段,所谓直书其事,不加断语,其是非自见也。"这实际上就是中国古代传统所谓的"春秋笔法""微言大义",司马迁写《史记》也是如此,作家的倾向是通过叙事表现出来的,而不是由自己在作品中叙说的。卧本第七回评语也说:"荀员外报丁忧是第三段。呜呼,天下岂有报丁忧而可以且再商议者乎!妙在谋之于部书,而部书自有法;谋之于老师,而老师'酌量而行';迨至万无法想,然后只得递呈。当其时举世不以为非,而标目方且以'敦友谊'三字许王员外。然则作者亦胸怀贸贸竟不知此辈之不容于圣王之世乎?曰:奚而不知也!此正古人所谓直书其事,不加论断,而是非立见者也。"表面看来,作者只是客观地描写,不加任何主观的判断,而实际上在如实的描写中,读者可以鲜明地感觉到作家的是非褒贬态度。像这种"直书其事,不加论断,而是非立见"的特点,在《儒林外史》以前的《水浒传》《红楼梦》等作品中,也都有所体现,乃是中国古代小说中现实主义的重要特点之一。

清代小说理论批评是很繁荣、很发达的,各种评点本也非常之多,还有很多人为各种小说版本写过序跋,在许多文人的笔记杂著中也有不少论述,以上所述只是最重要的几个方面,虽不免挂一漏万,但大致可以看出清代小说理论批评的基本面貌。

第二十六章 李渔和清代的戏曲理论批评

第一节 李渔《闲情偶寄》中的戏曲文学理论

明清之交,在戏曲理论批评方面,出现了中国古代戏剧理论的最重要代表人物李渔,李渔(1611—1680),字笠鸿,又字谪凡,号笠翁,别号笠道人、新亭客樵、随庵主人等,祖籍浙江兰溪,生于江苏如皋,晚年居于杭州西湖。他是一位很有名的戏剧、小说作家,著有传奇集《十种曲》、小说集《十二楼》等,又是著名的戏剧理论批评家,著有《闲情偶寄》,其中有关戏剧的论述,就其体系的完整和理论的深刻性来说,别的论著都无法与他相比。李渔曾以他的家姬组成戏班子,周游各地演出,招待达官贵人。他的人品也曾遭到时人非议,如袁于令就说其演出活动,"其行甚秽,真士林所不齿也"。但是他在戏剧理论方面确是作出了重大贡献的,《闲情偶寄》共分六卷,包括词曲、演习、声容、居室、器玩、饮馔、种植、颐养八个部分,不仅有戏剧理论,也有园林建筑及其他方面的内容。有关戏剧的理论集中在前三个部分中,比较全面地论述了有关戏剧的文学剧本创作、演员的表现艺术以及导演艺术等重要问题。

《闲情偶寄·词曲部》主要是讲戏剧创作的,其中分为结构、词采、音律、宾白、科诨、格局六个不同方面。李渔的戏剧理论在中国古代戏剧理论批评史上具有突破性的重要意义,这就是他特别重视戏剧文学剧本的创作,明确地提出了"结构第一"的思想。中国古代的戏曲理论批评一般都偏重在音律和词采方面,而对戏剧的文学剧本创作,特别是主题、人物、情节、结构、戏剧冲突、宾白对话等重视不够,所以,虽然有不少比较完整的专著,但往往文学理论价值不大,而侧重在演出和唱腔方面。李渔所理解的"结构",其含义是比较广泛的,包括了"戒讽刺""立主脑""脱窠臼""密针线""减头绪""戒荒唐""审虚实"七个方面,体现了李渔对戏剧文学创作的艺术构思、典型化、创作方法、独创性、主题思想、戏剧的主要矛盾冲突等一系列重大文学理论问题的看法。因此,我们可以说,李渔的"结构第一"的思想,实际上就是要求把文学剧本的创作放在第一位。他认为:"填词非末技,乃与史传诗文同源而异派者也。"他对为什么要重"结构"而不重"音律",曾有明确的论述。他说:

> 填词首重音律,而予独先结构者,以音律有书可考,其理彰明较著。自《中原音韵》一出,则阴阳、平仄,画有膦区,如舟行水中,车推岸上,稍知率由者,虽欲故犯而不能矣。《啸余》《九宫》二谱一出,则葫芦有样,粉本昭然。前人呼制曲为"填词"。填者,"布"也,犹棋枰之中,画有定格,见一格布一子,止有黑白之分,从无出入之弊。彼用韵而我叶之,彼不用韵而我纵横流荡之。至于引商、刻羽、戛玉、敲金,虽曰神而明之,匪可言喻,亦由勉强而臻自然,盖遵守成法之化境也。至于"结构"二字,则在引商刻羽之先,拈韵抽毫之始,如造物之赋形,当其精血初凝,胞胎未就,先为制定全形,使点血而具五官百骸之势。倘先无成局,而由顶及踵,逐段滋生,则人之一身,当有无数断续之痕,而血气为之中阻矣。工师之建宅亦然,基址初平,间架未立,先筹何处建厅,何方开户,栋需何木,梁用何材,必俟成局了然,始可挥斤运斧。倘造成一架,而后再筹一架,则便于前者不便于后,势必改而就之,未成先毁,犹之筑舍道旁,兼数宅之匠、资,不足供一厅一堂之用矣,故作传奇者,不宜卒急拈毫。袖手于前,始能疾书于后。有奇事,方有奇文。未有命题不佳,而能出其锦心,扬为绣口者也。尝读时髦所撰,惜其惨澹经营,用心良苦,而不得被管弦、副优孟者,非审音协律之难,而结构全部规模之未善也。

李渔所说"结构"即是戏剧创作的总体布局,进入具体创作之前,必须在构思中首先形成一个作品的基本的框架,一个有机的意象体系,而不能枝枝节节为之,这是创作成败的关键。李渔的这一段论述实际上是把中国古代传统书画美学中的"意在笔先""胸有成竹"思想在戏剧创作中的具体运用,同时也可以看出他能不囿于传统戏曲理论的束缚,大胆提出自己独创见解的革新精神。音律当然也可以有些新的创造,然既为"填词",则是按曲谱填新词,守成法即可达到"化境"。可是,"结构"则不同,必须是一种新的创造,要求在落笔之前有一个具备新境界的总体构想。如果创作之前"先无成局","由顶及踵逐段滋生",则如"人之一身,当有无数断续之痕,而血气为之中阻矣"。譬如造房子也得先有一个整体设计,经过惨淡经营,使"结构全部规模"有妥善的安排,然后才能建造好。他认为当时许多戏剧作品的失败,就是因为不重视"结构"的缘故。

李渔提出的"结构第一"的七个方面,就其理论内容来说,大体可以概括为下列五个方面:

第一,艺术构思和创作过程中虚构和真实的关系。李渔所说的"审虚实",就是从如何对待不同题材作品的虚构和真实出发,要求作家认真重视和正确解决戏剧创作中的生活真实和艺术真实的关系。他首先指出:戏剧创作中的题材内容有虚有实,"传奇所用之事,或古、或今,有虚、有实,随人拈取"。那么,什么是古、今、虚、实呢?他又说:"古者,书籍所载,古人现成之事也;今者,耳目传闻,当时仅见之事也;实者,就事敷陈,不假造作,有根有据之谓也;虚者,空中楼阁,随意构成,无影无形之谓也。"古和今是指题材内容的不同,虚和实是指内容的虚构成分和真实成分。他不赞成"古事多实,近事多虚"说法,认为戏剧作品并非写真人真事,而是虚构的产物。他说:"传奇无实,大半皆寓言耳。""凡阅传奇而必考其事从何来,人居何地者,皆说梦之痴人,可以不答者也。"古事也未必都实,他举例说道:"若谓古事皆实,则《西厢》《琵琶》,推为曲中之祖,莺莺果嫁君瑞乎?蔡邕之饿莩其亲,五娘之干蛊其夫,见于何书?果有实据乎?孟子云:'尽信书不如无书',盖指《武成》而言也,经史且然,矧杂剧乎?"这种重视艺术虚构的思想是对明代中叶以来对文学创作中虚构重要性论述的继承和发展。那么为什么要虚构呢?李渔看到了虚构具有典型概括的作用,可以使人和事达到高度的典型化,起到更大的社会教育作用。他说:

> 欲劝人为孝,则举一孝子出名,但有一行可纪,则不必尽有其事,凡属孝亲所应有者,悉取而加之,亦犹纣之不善不如是之甚也。一居下流,天下之恶皆归焉。其余表忠表节,与种种劝人为善之

剧,率同于此。

应该说,这是中国古代文学理论中对创作过程中的典型化之意义与作用的最清楚明白论述。经过虚构的艺术真实比普通的生活真实,其典型性要高得多,这正是为了使作品更加感人,具有更深刻的认识价值。在此基础上,他进一步提出了对历史题材和现实题材在虚构和真实关系上不同的看法:现实题材可以完全是虚构的,因为,"若纪目前之事,无所考究,则非特事迹可以幻生,并其人之姓名,亦可以凭空捏造,是谓虚则虚到底也"。然而,历史题材则不同,因为历史上的这些人和这些事,人们都非常熟悉,"烂熟于胸中",如果作者虚构一些内容,写得和人们平时的了解不一样,人们就会说它不真实,所以,"若用往事为题,以一古人出名,则满场脚色,皆用古人,捏一姓名不得;其人所行之事,有必本于载籍,班班可考,创一事实不得"。强调历史题材严格的真实性,和说"传奇无实,大半寓言",是不矛盾的,因为"古人填古事,犹之今人填今事",流传下来的历史记载,并非都是真实的。历史题材的创作只是要求必须有载籍的依据,目的是防止熟悉历史的人说它不真实,达不到应有的教育效果,而不是要求它绝对是真人真事。所以提出历史题材作品要"实则实到底",不否定虚构的必要性。不过,李渔的这种说法也有一定的片面性和绝对化倾向,实际上,历史题材的作品多数还是有虚构成分的,只要它不和大家都熟悉的历史记载发生明显的冲突,是允许的,也不会影响其艺术的真实性。

第二,强调戏剧创作必须对现实生活作客观的和真实的描写,使之具有广泛深刻的社会意义,反对把戏剧创作变成泄私愤、报私仇的工具,或写些荒诞不经的内容作为个人的消遣之用。为此,他特别提出"戒讽刺"和"戒荒唐"的问题。戏剧文学作品是具有很强烈的劝善惩恶的教育作用的,但是一个正直的剧作家应当针对社会上的普遍性问题进行歌颂或暴露、褒奖或贬斥,而不应当借戏剧创作来诽谤和讽刺他所不喜欢或者与自己有怨仇的人。他指出戏剧作品比其他的文学作品具有更广泛的社会教育作用,因为它是要演出的,有文化的人和没有文化的人都可以看,识字的和不识字的人都可以懂,所以影响也特别大。他曾说:"窃怪传奇一书,昔人以代木铎。因愚夫愚妇识字知书者少,劝使为善,诫使勿恶,其道无由,故设此种文词,借优人说法,与大众齐听,谓善者如此收场,不善者如此结果,使人知所趋避,是药人寿世之方,救苦弭灾之具也。"可见,李渔对戏剧创作的社会功用认识得很清楚。同时他对戏剧创作作为舆论工具的一种其重要性也有很深刻的认识。他又说:"武人之刀,文士之笔,皆杀人之具也。刀能杀人,人善知之;笔能杀人,人则未尽知也。然笔能杀人,犹有或知之者;至笔之杀人较刀之杀人,其快、其凶,更加百倍,则未有能知之而明言以戒世者。"因为刀子杀人的痛苦是暂时的,而笔之杀人的痛苦是长久的。从某种意义上说,这种见解也是高人一筹,相当精彩的。他所说的"戒讽刺",不是指对社会丑恶现象的讽刺,而是指欲行个人报复之讽刺,而这是绝对要不得的。故他非常尖锐地批评了"后世刻薄之流,以此意倒行逆施,借此文报仇泄怨,心之所喜者,处以生、旦之位;意之所怒者,变以净、丑之形,且举千百年未闻之丑行,幻设而加于一人之身,使梨园习而传之,几为定案,虽有孝子慈孙不能改也。噫!岂千古文章,止为杀人而设;一生诵读,徒备行凶造孽之需乎?"为此,他要求戏剧作者,"先要涤去此种肺肠,务存忠厚之心,勿为残毒之事",要有"正气"贯穿于作品之中,有诚实正派的创作指导思想,方能写出有价值的作品。他说:"凡作传世之文者,必先有可以传世之心,而后鬼神效灵,予以生花之笔,撰为倒峡之词,使人人赞美,百世流芬,传非文字之传,一念之正气使传也。"他还驳斥了《琵琶记》为讥王四而作的说法,如果说因为"琵琶"两字上有四"王"字,即是寓意王四,作者与王四有仇,故以不孝加之,那么,为什么作者与蔡邕无仇,而要明叱其名,而对王四反而暗寓其名呢?李渔认为一部真正有影响、受到大家欢迎的作品不可能是泄私愤之作。文学创作应当真实地描写现实生活,而不能只是写表现个人褊狭情绪的作品。因此文学创作从内容上说必须符合人情物理,而不能任凭作者按照不切实际的主观臆想,去写些荒唐可笑而没有任何现实生活根据的内容。所以,李渔是比较赞成韩非子"画鬼魅易,画犬马难"的观点的,故他说:"以鬼魅无形,画之不似,难于稽考;狗马为人所习见,一笔稍乖,是人得以指谪。可见事涉荒唐,即文人藏拙之具也。"对当时那些内容怪诞不经的戏剧作品,他非常不满意:

> 王道本乎人情,凡作传奇,只当求于耳目之前,不当索诸闻见之外。无论词曲,古今文字皆然。凡说人情物理者,千古相传;凡涉荒唐怪异者,当日即朽。《五经》《四书》《左》《国》《史》《汉》以及唐宋诸大家,何一不说人情。何一不关物理?及今家传户颂,有怪其平易而废之者乎?《齐谐》,志怪之书也,当日仅存其名,后世未见其实。此非平易可久,怪诞不传之明验欤?

李渔的创作思想是比较倾向于现实主义的,他主张应写目前之事,写符合人情物理的内容,要求从平凡的日常生活中去发掘其深刻的意义。他认为"世间奇事无多,常事为多;物理易尽,人情难尽","性之所发,愈出愈奇,尽有前人未作之事,留之以待后人"。日常生活中的事态日新月异、绚丽多彩,其中寄寓的人情更是千姿百态、无穷无尽,这就为文学创作提供了丰富的素材,不仅"前人未见之事,后人见之,可备填词制曲之用",而且,"即前人已见之事,尽有摹写未尽之情,描画不全之态"。如果作者能够"设身处地,伐隐攻微",则就可"以生花之笔,假以蕴绣之肠,制为杂剧",即使写的是"前人已见之事",也能使人于欣赏其"极新极艳之词,而竟忘其为极腐极陈之事"。李渔反对写有鬼怪内容的作品,对这些浪漫主义作品的意义认识也是不足的,但是他对真实描写现实生活作品的积极提倡,无疑是很有意义的。

第三,提倡戏剧创作的独创性。这主要表现在"脱窠臼"一节中。重视独创和革新本是中国古代文学理论批评发展史上的一个传统特点。中国古代的文学创作由于受儒家"述而不作,信而好古"思想的影响,往往有比较严重的复古模拟倾向,所以许多有远见的文学理论批评家,都十分强调"变"的思想,认为文学的发展必须要有革新和独创的精神。李渔则从戏剧创作的角度,进一步发展了这种思想。他说:

> 人惟求旧,物惟求新。新也者,天下事物之美称也。而文章一道,较之他物,尤加倍焉。戛戛乎陈言务去,求新之谓也。至于填词一道,较之诗、赋、古文,又加倍焉,非特前人所作,于今为旧,即出我

一人之手，今之视昨，亦有间焉。昨已见而今未见也，知未见之为新，即知已见之为旧矣。古人呼剧本为"传奇"者，因其事甚奇特，未经人见而传之，是以得名。可见非奇不传。新，即奇之别名也。若此等情节，业已见之戏场，则千人共见，万人共见，绝无奇矣，焉用传之！

这种追求变革、创新的思想，从明代后期李贽、公安派等反对前后七子复古主义文艺思潮以来，逐渐有所发展，在明末清初的各个文艺领域都有很突出的表现，如诗文方面有王夫之、叶燮，小说方面有金圣叹，绘画方面有石涛，而在戏剧创作方面的代表就是李渔。他不但强调每个人应有自己的特点，而且认为就某一个人来说，他的创作也应该不断有新的变化，所以他说："填词之难，莫难于洗涤窠臼；而填词之陋，亦莫陋于盗袭窠臼。"他对当时戏剧创作上模拟因袭、拼凑剽窃之作是非常不满意的，对此他曾进行了极为尖锐的讽刺和嘲笑，他说："吾观近日之新剧，非新剧也，皆老僧碎补之衲衣，医士合成之汤药，取众剧之所有，彼割一段，此割一段，合而成之，即是一种传奇，但有耳所未闻之姓名，从无目不经见之事实。"李渔对能否创新看得非常重，他说："窠臼不脱，难语填词。凡我同心，急宜参酌。"

第四，确立主题和题材，突出主要戏剧冲突。这集中表现在"立主脑"和"减头绪"两节中。李渔所说的"立主脑"，包含着两方面意思：一是指戏剧作品中的主题，他说："主脑非他，即作者立言之本意也。传奇亦然。"二是指与这个主题直接相联系的基本题材，他说："一本戏中，有无数人名，究竟俱属陪宾；原其初心，止为一人而设。即此一人之身，自始至终，离合悲欢，中具无限情由，无穷关目，究竟俱属衍文；原其初心，又止为一事而设。此一人一事，即作传奇之主脑也。"主题是通过具体的题材来体现的，也就是说，要通过剧中的主要人物和主要事件来展示。因此，所谓"立主脑"，便是要求戏剧创作必须有明确的中心思想和体现这个中心思想的主要人物和主要事件，而其他的人物和事件则是围绕着主要人物和主要事件而展开的。这体现"作者立言本意"的"一人一事"，集中地反映了剧本的主要矛盾冲突。例如《琵琶记》的主要人物是蔡伯喈，其主要事件则是重婚牛府，它体现了作者对见利忘义、背亲弃妻的批评。故李渔说:"如一部《琵琶》,止为蔡伯喈一人;而蔡伯喈一人,又止为重婚牛府一事。其余枝节,皆从此一事而生:二亲之遭凶,五娘之尽孝,拐儿之骗财、匿书,张大公之疏财、仗义,皆由于此。是'重婚牛府'四字,即作《琵琶记》之主脑也。"他又举《西厢记》之例说:"一部《西厢》,止为张君瑞一人;而张君瑞一人,又止为白马解围一事。其余枝节,皆从此一事而生:夫人之许婚,张生之望配,红娘之勇于作合,莺莺之敢于失身,与郑恒之力争原配而不得,皆由于此。是'白马解围'四字,即作《西厢记》之主脑也。"无论是"重婚牛府"也好,"白马解围"也好,从表面看似乎只是讲的一个中心事件,实际上其他一切都是由此而生发出来的,这个中心事件包含了剧本中的主要矛盾冲突,其他矛盾冲突都是由此而展开的。因此,"立主脑",即确立一部戏剧作品的主题、题材和主要矛盾冲突,是戏剧创作构思过程中首先要解决的问题。李渔所说的"减头绪"是和"立主脑"密切相关的。一部戏剧作品必须突出主要人物、主要事件和主要矛盾冲突,这和其他文学体裁相比尤为重要。因为戏剧是要演出的,观众在看戏时须凭演员的唱词和对白来了解剧情和体会人物性格特征。演员的说唱一过去就不再重复,不能像读诗文小说那样可以反复阅读研究,为此必须要围绕一个中心展开,不能头绪太多太复杂。一部戏剧一般应该只有一个主要的矛盾冲突,其他次要矛盾冲突要为突出主要矛盾冲突服务,不能喧宾夺主。因此要尽可能减少不必要的人物和事件。李渔说:"头绪繁多,传奇之大病也。《荆》《刘》《拜》《杀》之得传于后,止为一线到底,并无旁见侧出之情。三尺童子,观演此剧,皆能了了于心,便便于口,以其始终无二事贯串只一人也。"他认为要使戏剧作品有强烈的艺术效果,在一剧中的人物不能太多,否则许多人物上上下下,观众对谁都没有较深的印象。同时观众的年龄层次、文化程度、知识水平都不一样,要使各个不同阶层的人都看得懂,必须使主要人物能得到较多的表演机会、出场次数比较频繁,这样就能给观众以深刻的印象。他说:"与其忽张忽李,令人莫识从来,何如只扮数人,使之频上频下,易其事而不易其人,使观者各畅怀来,如逢故物之为愈乎?"这说明李渔对戏剧的特点是有很深刻的认识的,所以对戏剧文学剧本的创作也有特殊的要求。他指出:"作传奇者,能以'头绪忌繁'四字刻刻关心,则思路不分,文情专一,其为词也,如孤桐劲竹,直上无枝,虽难保其必传,然已有《荆》《刘》《拜》《杀》之势矣。"

第五,情节安排的合理性和细节描写的真实性。李渔所说的"密针线"即是指戏剧创作中情节的组织应当是合乎生活实际的,各部分之间需要有照应、有联系,情节的发展要顺乎情理,符合于生活本身的逻辑。他说:

> 编戏有如缝衣,其初则以完全者剪碎,其后又以剪碎者凑成。剪碎易,凑成难。凑成之工,全在针线紧密;一节偶疏,全篇之破绽出矣。每编一折,必须前顾数折,后顾数折。顾前者,欲其照映;顾后者,便于埋伏。照映、埋伏,不止照映一人,埋伏一事,凡是此剧中有名之人,关涉之事,与前此后此所说之话,节节俱要想到。宁使想到而不用,勿使有用而忽之。

情节安排要合情合理、周密细致,这也是使剧本具有高度真实性的重要条件。他指出元人戏剧往往在这一方面做得不够,常常有不少疏忽之处。他曾举《琵琶记》为例说:"元曲之最疏者,莫过于《琵琶》,无论大关节目,背谬甚多:如子中状元三载,而家人不知;身赘相府,享尽荣华,不能自遣一仆,而附家报于路人;赵五娘千里寻夫,只身无伴,未审果能全节与否,其谁证之。诸如此类,皆背理妨伦之甚者。再取小节论之。如五娘之剪发,乃作者自为之,当日必无其事。以有疏财仗义之张大公在,受人之托,必能忠人之事,未有坐视不顾,而致其剪发者也。"他还特别指出剧中赵五娘和张大公说的那些话,如"只为上山擒虎易,开口告人难"等,对一个恩重如山的人来说是很不妥的,似有"怼怨大公之词"。然而他认为《琵琶记》中也有针线很紧密的地方,"如'中秋赏月'一折,同一月也,出于牛氏之口者,言言欢悦;出于伯喈之口者,字字凄凉。一座两情,两情一事,此其针线之最密者"。这里实际讲的是作品中细节的真实性。为此,他提出:"然传奇,一事也,其中义理,分为三项:曲也,白也,穿插联络之关目也。元人所长者,止居其一,曲是也;白与关目,皆其所短。吾于元人,但守其词中绳墨而已矣。"元人擅长于曲,而忽略白与关目,而李渔则特别强调白与关目,这正是他识见高明的地方。

李渔对戏剧的语言也是非常重视的。他在"词采第二"中,对戏剧语言提出了四点要求:"贵显浅""重机趣""戒浮泛""忌填塞"。之所以要"贵显浅",是因为戏剧的语言和诗文、小说等不同,它是依靠听觉来起作用的,而不像别的文学形式是依靠阅读或朗诵来起作用的。阅读文学作品可以反复咀嚼,比较深奥、不易理解的可以多读几遍,然而,戏剧作品则不行,它一听就过去了,如果有一个地方没有听明白,下面就接不上,就会影响对整个剧情的了解。中国古代戏剧和西方戏剧不同,是有唱词、有宾白,带有歌剧性质,因此对语言的要求必须考虑到观众的接受能力。他说:

> 曲文之词采,与诗文之词采非但不同,且要判然相反。何也?诗文之词采贵典雅而贱粗俗,宜蕴藉而忌分明。词曲不然,话则本之街谈巷议,事则取其直说明言。凡读传奇而有令人费解;或初阅不见其佳,深思而后得其意之所在者;便非绝妙好词;不问而知,为今曲,非元曲也。元人非不读书,而所制之曲,绝无一毫书本气,以其有书而不用,非当用而无书也;后人之曲,则满纸皆书矣。元人非不深心,而所填之词,皆觉过于浅近,以其深而出之以浅,非借浅以文其不深也。后人之词,则心口皆深矣。

词的浅显,不是鄙俗,而是要深入而浅出,其目的是不让观众感到费解,以至影响戏剧效果。他曾举汤显祖的《牡丹亭》(即《还魂记》)"惊梦"一折首句"袅晴丝吹来闲庭院,摇漾春如线"为例说:"以游丝一缕,逗起情丝。发端一语,即费如许深心,可谓惨澹经营矣。然听歌《牡丹亭》者,百人之中有一二人解出此意否?若谓制曲初心并不在此,不过因所见以起兴,则瞥见游丝,不妨直说,何须曲而又曲,由情丝而说及春,由春与情丝而悟其如线也?若云作此原有深心,则恐索解人不易得矣。索解人既不易得,又何必奏之歌筵,俾雅人俗子同闻而共见乎?其余'停半晌,整花钿,没揣菱花,偷人半面'及'良辰美景奈何天,赏心乐事谁家院','遍青山啼红了杜鹃'等语,字字俱费经营,字字皆欠明爽。此等妙语,止可作文字观,不得作传奇观。"但是李渔也指出汤显祖作品中大部分还是写得很好的,如"寻梦"中的"明放着白日青天,猛教人抓不到梦魂前,是这答儿压黄金钏匾"等,"此等曲则纯乎元人","意深词浅,全无一毫书本气也"。对戏剧作家来说,读书要广,知识面要宽,无论经、史、子、集,道家佛氏、九流、百工之书,甚至《千字文》《百家姓》之类,都要熟读,不过,"形之笔端,落于纸上,则宜洗濯殆尽"。即使偶而用着成语,也要"妙在信手拈来,无心巧合,竟似古人寻我,并非我觅古人"。

要求戏剧语言"贵显浅",不是要让戏剧语言变得很粗俗,所以李渔又提出"戒浮泛"的问题。粗俗的语言在戏剧中也不是完全不能有,但是要看是哪一种角色。他说:"词贵显浅之说,前已道之详矣。然一味显浅,而不知分别,则将日流粗俗,求为文人之笔而不可得矣。元曲多犯此病,乃矫艰深隐晦之弊而过焉者也。极粗极俗之语,未尝不入填词,但宜从脚色起见。如在花面口中,则惟恐不粗不俗;一涉生、旦之曲,便宜斟酌其词。无论生为衣冠、仕宦,旦为小姐、夫人,出言吐词,当有隽雅春容之度;即使生为仆从,旦作梅香,亦须择言而发,不与净、丑同声:以生、旦有生、旦之体,净、丑有净、丑之腔故也。""浮泛"的另一种表现是脱离人物事件的空泛而无意义的景物描写,这在戏剧作品中也是要不得的。李渔要求戏剧中的景色描写必须与人物的思想感情、情节的曲折变化紧密相关。他说,如果只写所见之景而不结合情者,"有十分佳处,只好算得五分",因此,"善咏物者,妙在即景生情"。例如,《琵琶记》中"赏月"四曲,"同一月也,牛氏有牛氏之月,伯喈有伯喈之月。所言者月,所寓者心。牛氏所说之月可移一句于伯喈,伯喈所说之月可挪一字于牛氏乎?"只有情景合一,才能做到语言精美而不浮泛。

"重机趣",是说戏剧语言不仅要生动活泼地传达剧情,使之血脉相连,而且要能体现人物的精神风貌、气质个性。他说:"'机趣'二字,填词家必不可少。机者,传奇之精神;趣者,传奇之风致。少此二物,则如泥人、土马,有生形而无生气。"为此他提出了填词必须注意的两条原则:"勿使有断续痕,勿使有道学气。"所谓"勿使有断续痕"者,是指一部戏剧的语言必须有统一的风格,使剧情前后相连,互相之间有所照应,"非止一龃接一龃,一人顶一人,务使承上接下,血脉相连,即于情事截然绝不相关之处,亦有连环细笋,伏于其中,看到后来方知其妙"。所谓"勿使有道学气"者，则是说"非但风流跌宕之曲、花前月下之情当以板腐为戒，即谈忠孝节义与说悲苦哀怨之情，亦当抑圣为狂，寓哭于笑"，务使戏剧语言带有鲜明的人物个性。所以李渔说："填词种子，要在性中带来。性中无此，做杀不佳。"他认为戏剧语言要如王阳明之讲道学，以"良知"为核心，即是此意。语言不能程序化，而要体现各人的不同心态。他还指出："性中带来一语，事事皆然，不独填词一节，凡作诗、文、书、画、饮酒、斗棋，与百工技艺之事，无一不具夙根，无一不本天授。"这也可以说是性灵说思想在戏剧语言上的运用。

由于"重机趣"，就必须要"忌填塞"。所谓"填塞"，就是指戏剧语言过多运用生僻典故，堆砌辞藻，"直书成句"造成的毛病。李渔说："其所以致病之由，亦有三：借典核以明博雅，假脂粉以见风姿，取现成以免思索。"因为传奇不比文章，"文章做与读书人看，故不怪其深；戏文做与读书人与不读书人同看，又与不读书之妇人小儿同看，故贵浅不贵深"。为此，他说古来填词之家，"其事不取幽深，其人不搜隐僻，其句则采街谈巷议。即有时偶涉诗书，亦系耳根听熟之语，舌端调惯之文，虽出诗书，实与街谈巷议无别者"。李渔对戏剧语言的要求总是处处考虑到其演出的效果，考虑到观众的水平和接受能力。

以上对戏剧语言的要求主要是针对唱词来说的，与此同时，李渔还特别重视戏剧宾白的语言。这一点也是李渔的过人之见，并且是对戏剧理论批评一个重要的发展。因为"自来作传奇者，止重填词，视宾白为末著"，于是"常有《白雪》《阳春》其调，而巴人下里其言者"。历来戏剧的创作和理论都以唱词为重而轻视宾白，这虽然有戏剧创作发展本身的历史原因，但也确是一个重大的缺陷。李渔指出元人之所以重在唱词而不重宾白，是因为元人杂剧中宾白很少，"每折不过数言"，"即抹去宾白而止阅填词，亦皆一气呵成，无有断续，似并此数言亦可略而不备者"。后人则因为"元人尚在不重，我辈工此何为！遂不觉日轻一日，而竟置此道于不讲也"。为此，李渔强调宾白的重要性，他说："曲之有白，就文字论之，则犹经文之于传注；就物理论之，则如栋梁之于榱桷；就人身论之，则如肢体之于血脉，非但不可相无，且觉稍有不称，即因此贱彼，竟作无用观者。故知宾白一道，当与曲文等视。有最得意之曲文，即当有最得意之宾白。"因为宾白和曲词是互相联系、互相补充、互相促进,自然相生而不可分离的。"但使笔酣、墨饱,其势自能相生。常有因得一句好白而引起无限曲情,又有因填一首好词而生出无穷话柄者,是文与文自相触发,我止乐观厥成,无所容其思议。"宾白是构成整部戏剧的有机组成部分。宾白不合适就会损害整个剧本。

对宾白语言的要求,李渔提出了八个方面:"声务铿锵""语求肖似""词别繁减""字分南北""文贵洁净""意取尖新""少用方言""时防漏孔"。认为宾白语言也需要有抑扬顿挫的音乐美,他说道:"宾白之学,首务铿锵。一句聱牙,俾听者耳中生棘;数言清亮,使观者倦处生神。世人但以音韵二字,用之曲中,不知宾白之文,更宜调声协律。"宾白的语言要个性化,必须生动活泼地表现人物的性格。"言者,心之声也。欲代此一人立言,先宜代此一人立心。"他又说:"立心端正者,我当设身处地,代生端正之想;即遇立心邪辟者,我亦当舍经从权,暂为邪辟之思。务使心曲隐微,随口唾出,说一人肖一人,勿使雷同,弗使浮泛,若《水浒传》之叙事,吴道子之写生,斯称此道中之绝技。"李渔的剧作,宾白大为增加,他自己说"传奇中宾白之繁,实自予始"。这样做的原因是以往作者只顾填词,宾白甚简,而是留待艺人自己去作补充,结果"优人之中,智愚不等,能保其增益成文者,悉如作者之意,毫无赘疣、蛇足于其间乎?"所以他认为不如作者自己把宾白写得好一些更为妥善。不过,宾白多了,要使之能更有利于表现人物性格和深化戏剧冲突,也不能过繁,应当做到当长即长,当减即减。所以戏剧语言又要求做到"洁净","洁净者,简省之别名也"。"洁净"和"白不厌多"是不矛盾的,因为"多而不觉其多者,多即是洁;少而尚病其多者,少亦近芜"。而"洁净"的要害是在"意则期多,字惟求少"。李渔认为宾白要考虑到南北方语言的差别,例如"南音自呼为'我',呼人为'你',北音呼人为'您',自呼为'俺'、为'咱'之类是也"。宾白语言要注意这种不同,但是又不可滥用方言,而应当尽可能少用方言。李渔所说的宾白要"意取尖新",这"尖新"就是"纤巧"。"纤巧"一般被认为是带有贬义的词,然而,李渔认为在戏剧创作上独不戒此二字。"传奇之为道也,愈纤愈密,愈巧愈精。""以尖新出之,则令人眉扬目展。"宾白语言切忌"老实",这也是从观众的兴趣爱好和作品的戏剧效果上提出来的。此外,宾白语言还要求严密、准确,防止出现各种漏洞,如道姑错用尼僧语言等。

关于科诨,李渔也提出了不少精辟的见解。李渔对科诨的重要性作了很深刻的论述。他说:

> 插科打诨,填词之末技也。然欲雅俗同欢,智愚共赏,则当全在此处留神。文字佳,情节佳,而科诨不佳,非特俗人怕看,即雅人韵士,亦有瞌睡之时。作传奇者,全要善驱睡魔。睡魔一至,则后乎此者,虽有《钧天》之乐,《霓裳羽衣》之舞,皆付之不见、不闻,如对泥人作揖、土佛谈经矣。予尝以此告优人,谓:戏文好处,全在下半本。只消三两个瞌睡,便隔断一部神情。瞌睡醒时,上文下文已不接续,即使抖起精神再看,只好断章取义作零出观。若是,则科诨非科诨,乃看戏之人参汤也。养精益神,使人不倦,全在于此,可作小道观乎?

把科诨作为全剧中的重要组成部分之一,这也是李渔不同于前人的创见。对科诨的语言,他也提出了"戒淫亵""忌俗恶""重关系""贵自然"等重要原则。他说"科诨之设,止为发笑","人间戏语尽多,何必专谈欲事?"即使是谈欲事,也应当有限度,不能"以口代笔,画出一幅春意图"。他还指出:"科诨之妙,在于近俗,而所忌者又在于太俗。"必须"俗而不俗",方是"文人最妙之笔"。而且更为重要的是,科诨不只是引人发笑,驱散瞌睡,而应当与剧情发展、人物性格刻画有密切关系,能够"于嘻笑诙谐之处,包含绝大文章",这就叫"重关系"。此外,科诨的运用必须自然,"妙在水到渠成,天机自露。我本无心说笑话,谁知笑话逼人来,斯为科诨之妙境耳"。

李渔所说的"格局",是指戏剧的结构组织方式。戏剧是有一定的组织方式的,这是戏剧本身的特点所形成的。这种组织方式有的是可以变动的,有的则是不能变动的。他所说的开场、冲场是指戏剧的开端,对此他非常重视,要求开场数语应"包括通篇",而冲场则须"蕴酿全部"。他说:"开场数语,谓之家门,虽云为字不多,然非结构已完,胸有成竹者,不能措手。"一剧的起首就把基本的立意、宗旨交代清楚,"即古文之冒头,时文之破题,务使开门见山,不当借帽覆顶"。"冲场"则"务以寥寥数言,道尽本人一腔心事,又且蕴酿全部精神,犹'家门'之括尽无遗也"。这是中国古代戏剧一种很高明的手法,使观众一下就进入剧情之中,非看一个究竟不可。对于脚色的出场,李渔也提出了很好的意见,认为主角不宜出场太迟,以免使配角喧宾夺主,"虽不定在一出二出,然不得出四五折之后"。关于结尾,李渔也特别重视。他认为上半部之末出应有"小收煞""令人揣摩下文,不知此事如何结果","全本收场,名为大收煞,此折之难,在无包括之痕,而有团圆之趣"。这种"团圆之趣","须要自然而然,水到渠成",而且应当是在"水穷山尽之处,偏宜突起波澜,或先惊而后喜,或始疑而终信,或喜极、信极而反致惊疑,务使一折之中,七情俱备,始为到底不懈之笔,愈远愈大之才,所谓有团圆之趣者也"。

李渔的戏剧理论受金圣叹的影响颇深,所以他对金圣叹之评《西厢》评价极高,在美学思想上也受金圣叹的文章三境说的启发,强调心手统一的化境。他说:"心之所至,笔亦至焉,是人之所能为也。若夫笔之所至,心亦至焉,则人不能尽主之矣。且有心不欲然,而笔使之然,若有鬼物主持其间者,此等文字,尚可谓之有意乎哉?"李渔的戏剧文学创作思想构成一个完整严密的体系,是对中国古代戏剧理论批评发展的全面总结。王夫之、叶燮的诗论和金圣叹的小说理论、李渔的戏曲理论,共同形成了文学理论批评发展成就卓越的新高潮,使明末清初成为中国文学理论批评史上又一个辉煌的时期。

第二节 清代的其他戏曲理论批评

清代的戏曲理论批评除李渔之外,很少人有完整理论体系的著作,其成就也都无法与李渔相比。和李渔基本是同时代人的金圣叹,对《西厢记》的评点比较早,但金圣叹的主要成就是在小说理论批评方面,他对《西厢记》的批评是他对《水浒传》批评的一种延伸。所以他之评《西厢》主要是在文学创作的艺术手法方面,而不像李渔那样集中在戏剧创作的美学特征方面。针对道学家把《西厢记》看作有伤风化的淫书这种封建观点,金圣叹则明确提出:"盖《西厢记》所写事,便全是《国风》所写事。"他对《西厢记》的创作特点、人物描写和表现技巧,作了多方面的分析。他认为《西厢记》最妙之处是善于抓住作者灵感闪现时所产生的精彩构想,将之淋漓尽致地描写出来。他在《读第六才子书西厢记法》中说:"文章最妙,是此一刻被灵眼觑见,便于此一刻放灵手捉住。盖于略前一刻亦不见,略后一刻便亦不见,恰恰不知何故,却于此一刻忽然觑见,若不捉住,便更寻不出。今《西厢记》若干文字,皆是作者于不知何一刻中灵眼忽然觑见,便疾捉住,因而直传到如今。"这种对创作灵感的重视,和苏轼、王夫之等的论述如出一辙。他认为《西厢记》的主要艺术特点是作家不将自己所要描写的意图(或人物的意图)直截了当地写出来,而是在对许多似乎是与此无关的情景描写中逐渐让读者鲜明地体会到、认识到这种意图。他称此为"目注彼处,手写此处",这就很像后来卧闲草堂本评《儒林外史》时所说的"直书其事,不加论断,而是非立见"的特点。而这种方法正是《左传》《史记》中春秋笔法的特点在文学创作中的表现。金圣叹对此在《西厢记》读法中有两段很重要论述,他说:

> 文章最妙,是目注彼处,手写此处;若有时必欲目注此处,则必手写彼处。一部《左传》,便十六都用此法。若不解其意,而目亦注此处,手亦写此处,便一览已尽。《西厢记》最是解此意。
>
> 文章最妙,是目注此处,却不便写,却去远远处发来,迤逦写到将至时,便且住,却重去远远处,更端再发来,再迤逦又写到将至时,便又且住。如是更端数番,皆去远远处发来,迤逦写到将至时,即便住,更不复写出目所注处,使人自于文外瞥然亲见。《西厢记》纯是此一方法,《左传》《史记》亦纯是此一方法。

《西厢记》中对莺莺和张生的描写正是如此,他们彼此深深相爱,但谁也不愿明言,几次三番已近而又远,然其妙处也正是在这里。金圣叹十分重视《西厢记》中的人物描写,他指出全剧中的主要人物有三个,这就是:双文、张生、红娘,其他次要人物都是为写这三个主要人物服务的,而最主要的人物则是双文,从某种意义上说,"写红娘止为写双文,写张生亦止为写双文",说明描写人物着重在突出主要人物。同时,每个人物又都是高度个性化的,双文是相府千金,不同于一般平常人家闺女,所以说:"看他写相府小姐,便断然不是小家儿女。笔墨之事,至于此极,真神化无方。"不同人物的语言,也都有个人的特点,"观其发于何人之口,人即分为何人之言"。他对《西厢记》的评论和他对《水浒传》的评论,在一些基本的文学和美学观点上是一致的,所以对清代的戏剧理论批评产生了很大的影响。

以评《三国演义》出名的毛纶和其子毛宗岗对《琵琶记》的评论也很值得注意。毛氏父子评《琵琶记》,与金圣叹之评《西厢记》有类似之处,也是以评小说的方法来评戏曲作品。比如毛声山在《第七才子书琵琶记总论》中说:"才子之文,有着笔在此而注意在彼者。譬之画家,花可画,而花之香不可画,于是舍花而画花傍之蝶,非画蝶也,仍是画花也。""高东嘉作《琵琶记》,多用此法。而彼伧父者,不知其惨淡经营,于画花、画雪、画月之妙,乃漫然以为画蝶、画炉、画书而已也,则深没作者之工良心苦也。"又比如他说:"大约文章之法,于正笔则着墨无多,全赖旁笔为之衬染。至于衬染既精,觉旁笔皆成正笔,则才子之才,真有化工之手也。"并举作品之例云:"将写牛氏之贤于后,先写牛氏之贞于前。写其贤于后者,正笔也。写其贞于前者,旁笔也。而旁笔之中,又有旁笔焉。牛氏之贞,不能自述,则为奴仆口中述之。牛氏自守之贞,不可见,则为其规奴见之。自言其贞,不若使人言其贞。唯能使人尽言其贞,而其贞不待自言而明矣。"(《牛氏规奴》评语)毛宗岗的评论大体也与其父一致,如他在《参论》中说《琵琶记》情节曲折之妙,其云:"文章不曲折,则不妙。《西厢记》张生终得与莺莺配合,全赖红娘之力,乃妙在莺莺偏要瞒着红娘。《琵琶记》赵氏再得与伯喈团圆,全赖牛氏之贤,乃妙在伯喈偏要瞒着牛氏。其曲折处,正是一样笔墨。然莺莺瞒红娘,红娘不曾猜破,却是张生道破;伯喈瞒牛氏,伯喈不曾当面说破,却被牛氏背地听破。一样笔墨,又是两样文法。"毛氏父子的批评,大都是对《琵琶记》的写作技法之分析,而大半都还是从金圣叹批评《水浒传》《西厢记》那里继承来的,只是有些小的发挥而已。

清初最杰出的戏剧作品是洪昇的《长生殿》和孔尚任的《桃花扇》,因此许多戏剧批评也反映在对这两部作品的评价上。关于《长生殿》的评论,首先应当说到作者本人的看法。洪昇(1645—1704),字昉思,号稗畦,浙江钱塘(今杭州)人。他是清代很有名的诗人,赵执信《谈龙录》中记载他所说以画龙比喻写诗的看法,是比较重在具体写实的,即所谓"诗

如龙然,首、尾、爪、角、鳞、鬣一不具,非龙也"。所以他创作《长生殿》也表现了这种思想,他在《自序》中说:

> 余览白乐天《长恨歌》及元人《秋雨梧桐》剧,辄作数日恶。南曲《惊鸿》一记,未免涉秽。从来传奇家非言情之文,不能擅场;而近乃子虚乌有,动写情词赠答,数见不鲜,兼乖典则。因断章取义,借天宝遗事,缀成此剧。凡史家秽语,概削不书,非曰匿瑕,亦要诸诗人忠厚之旨云尔。然而乐极哀来,垂戒来世,意即寓焉。且古今来逞侈心而穷人欲,祸败随之,未有不悔者也。玉环倾国,卒至陨身。死而有知,情悔何极。苟非怨艾之深,尚何证仙之与有。孔子删《书》而录《秦誓》,嘉其败而能悔,殆若是欤?第曲终难于奏雅,稍借月宫足成之。要之广寒听曲之时,即游仙上升之日。双星作合,生忉利天,情缘总归虚幻。清夜闻钟,夫亦可以蘧然梦觉矣。

在这篇《自序》中,作者着重强调了戏剧创作要合乎历史事实的真实,指出严肃的剧作不应有污秽之语,不能借此去媚俗,故提出"义取崇雅,情在写真"(《凡例》),故他的创作则是依据天宝遗事而写成,并非子虚乌有,他在《长生殿·例言》中更明确地说:"止按白居易《长恨歌》、陈鸿《长恨歌传》为之。而中间点染处,多采天宝遗事,杨妃全传。若一涉秽迹,恐妨风教,绝不阑入,览者有以知予之志也。"他特别强调戏剧创作要重在写情,必须以情感人。他说:"从来传奇家非言情之文,不能擅场。"其《凡例》中又说,此剧经三次改定,"后又念情之所钟,在帝王家罕有,马嵬之变,已违凤誓,而唐人有玉妃归蓬莱仙院、明皇游月宫之说,因合用之,专写钗合情缘,以《长生殿》题名,诸同人颇赏之"。他对写情的重视和汤显祖的思想颇为接近,所以,据其女洪之则记叙,其父对汤显祖的《牡丹亭》特别欣赏,认为汤剧"肯綮在死生之际","其中搜抉灵根,掀翻情窟,能使赫蹄为大块,隃糜为造化,不律为真宰,撰精魂而通变之"(见《昭代丛书》中《三妇评牡丹亭杂记》)。《长生殿》曾受到当时人们广泛的赞扬,其中尤以其友吴仪一(别号吴人)的评点最为突出。吴人在为《长生殿》所写的序中说洪昇编此剧,"芟其秽嫚,增益仙缘;亦本白居易、陈鸿《长恨歌传》,非臆为之也","是剧虽传情艳,而其间本之温厚,不忘劝惩"。他在评点中也突出其写情特点,所谓"不知未经离别,则欢好虽浓,习而不觉。惟意中人去,触处伤心,必得之而后快,始见钟情之至。所谓佳人难再得,生别死离,其致一也"。指出《长生殿》在艺术上具有"本色当行"之美,"笔有化工",其"行文之妙,更在用侧笔衬写。如以游人盛丽,映出明皇、贵妃之纵佚。以遗钿坠舄,映出三国夫人之奢淫,并禄山之无状,国忠之阴险,皆于虚处传神"。

《桃花扇》在清代戏剧中是写得最好的一部,写南明兴亡,现实性也最强。它与《长生殿》成为戏剧舞台上的双星,人称"南洪北孔"。对《桃花扇》的批评,以作者孔尚任为最深刻。孔尚任(1648—1718),字聘之,又字季重,自号云亭山人,山东曲阜人。他说自己的《桃花扇》是根据真实历史来写的,在《桃花扇本末》中他说道:"族兄方训公,崇祯末为南部曹。予舅翁秦光仪先生,其姻娅也。避乱依之,羁栖三载,得弘光遗事甚悉;旋里后,数数为予言之。证以诸家稗记,无弗同者,盖实录也。独香姬面血溅扇,杨龙友以画笔点之,此则龙友小史言于方训公者。虽不见诸别籍,其事则新奇可传,《桃花扇》一剧感此而作也。南朝兴亡,遂系之桃花扇底。"他在《桃花扇凡例》中也说道:"朝政得失,文人聚散,皆确考时地,全无假借。至于儿女钟情,宾客解嘲,虽稍有点染,亦非乌有子虚之比。"可见,他是十分强调历史题材戏剧的历史真实性的。因此,他在作品中深深地寄托了对明代兴亡的无限感慨,其《桃花扇小引》说:"《桃花扇》一剧,皆南朝(按:指南明)新事,父老犹有存者。场上歌舞,局外指点,知三百年之基业,隳于何人?败于何事?消于何年?歇于何地?不独令观者感慨涕零,亦可惩创人心,为末世之一救矣。"然而,对戏剧作品来说,不能只是简单地再现历史,而必须选择其中既有广泛深刻的典型意义,又有生动感人的奇特事件,才能起到积极的社会作用和产生强烈的艺术效果。所以他在《桃花扇小识》中说:"传奇者,传其事之奇焉者也,事不奇则不传。""《桃花扇》何奇乎?其不奇而奇者,扇面之桃花也;桃花者,美人之血痕也;血痕者,守贞待字,碎首淋漓不肯辱于权奸者也;权奸者,魏阉之余孽也;余孽者,进声色,罗货利,结党复仇,隳三百年之帝基者也。"以具有典型意义的题材情节,体现深刻的社会内容,这就是孔尚任强调传奇要

"传其事之奇"的意义之所在。

对《桃花扇》的艺术表现特点,孔尚任自己也有过很好的说明。首先,是运用白描的手法,刻画生动传神的人物形象。他在《桃花扇小引》中说:"传奇虽小道,凡诗赋、词曲、四六、小说家,无体不备。至于摹写须眉,点染景物,乃兼画苑矣。"他又在《桃花扇凡例》中说:"设科之嬉笑怒骂,如白描人物,须眉毕现,引人入胜者,全借乎此。今俱细为界出,其面目精神,跳跃纸上,勃勃欲生,况加以优孟摹拟乎。"栩栩如生的人物形象,一个个活灵活现,这是《桃花扇》艺术成就的最主要之处。其次,在情节的曲折和场面的描写方面能"独辟境界",不落俗套。孔尚任在《桃花扇凡例》中说:"排场有起伏转折,俱独辟境界;突如而来,倏然而去,令观者不能预拟其局面。凡局面可拟者,即厌套也。"再次,戏剧语言清新秀丽,有独创性。孔尚任在《桃花扇凡例》中说:"词必新警,不袭人牙后一字。""词中所用典故,信手拈来,不露饾饤堆砌之痕。化腐为新,易板为活。""说白则抑扬铿锵,语句整练,设科打诨,俱有别趣。"最后,唱词善于表达难言之情、难写之景。"词曲皆非浪填,凡胸中情不可说,眼前景不能见者,则借词曲以咏之。"词曲与说白不重复,而是互相补充。

清代前中期其他的戏曲论著还有不少,如刘廷玑的《在园杂志》中有关戏曲的论述,黄周星的《制曲枝语》,李调元的《雨村曲话》《雨村剧话》,焦循的《花部农谭》,等等,也均有一些很好的见解,但是在戏剧文学理论上的新创造并不多,这里就从略了。

第二十七章　清代前中期的诗词理论

第一节　康熙时期的文学批评和朱彝尊的自得说

康熙和乾隆时期是清代也是封建社会后期最为繁荣昌盛的时代，也是文学理论批评发展的高峰时期。清初的钱谦益、王夫之、叶燮等人，都是在诗学上很有贡献的，不过，钱谦益在康熙三年(1664)就去世了，王夫之一直不和清廷合作，叶燮生活在康熙时代，和朱彝尊、王士禛基本上是同时代人，他的文学思想主要还是属于明清易代到清代鼎盛的过渡阶段产物。康熙时代文坛上最有影响的是朱彝尊和王士禛，被称为"南朱北王"。从文学思想上说，两人的侧重点不同，朱彝尊重学问，王士禛重性情，但是他们之间也有可以沟通的地方，朱也不是不讲性情，王也不是不讲学问，只是重心不同而已。其实，这也是唐诗和宋诗的差别，也是宋元明清几百年来一直在争议的诗学中心问题。

朱彝尊(1629—1709)，字锡鬯，号竹垞，浙江秀水人。朱彝尊在诗文词的创作和理论上都是很有成就的，关于他的词论我们将在后面再讲，这里主要论述他的诗文理论批评。朱彝尊的文学思想核心是重道、宗经、博学，提倡"诗言志"的传统，同时强调言志抒情必须出于"自得"，内心之"不得已"。他在《与李武曾论文书》中说他在大同曾"闭户两月，深原古作者所由得，与今之所由失"，"然后知进学之必有本，而文章不离乎经术也"。他从历史发展中指出："西京之文，惟董仲舒、刘向经术最纯，故其文最尔雅。彼扬雄之徒，品行自诡于圣人，务掇奇字，以自矜尚，安知所谓文哉？魏晋以降，学者不本经术，惟浮夸是务，文运之厄数百年。赖昌黎韩氏始倡圣贤之学，而欧阳氏、王氏、曾氏继之，二刘氏、三苏氏羽翼之，莫不原本经术，故能横绝一世。"他认为从文章的发展来看，秦、汉、唐、宋都是"文之流委，而非其源也"，而六经才是文章的本源。他引用颜之推所说"文章者原出五经"，以及柳宗元、王禹偁、李涂等的有关言论，然后明确提出:"是则六经者,文之源也,足以尽天下之情、之辞、之政、之心,不入于虚伪,而归于有用。"不过,虽然是本乎经术,却并不是简单地重复圣人之言,而是要充分地表达自己所要说的意思,而不能像前后七子那样陷入复古模拟的死胡同。他在《报李天生书》中说:"仆少时为文,好规仿古人字句,颇类于鳞之体,既而大悔,以为文章之作,期尽我所欲言而已。""期大裨于世道人心,而不为虚发。"在《朱文公文钞序》中说"文原本乎道",以"载道"为目的,但又引孟子所说"予岂好辩哉,予不得已也",指出:"夫惟不得已而为文,斯天下之至文矣。"文章既是以"载道"为根本,同时又必须出于己所欲言,其《秋水集序》说:"文之有源者,无畔于经,无窒于理,本乎自得,抒中心所欲言,固不在袭古人以求同,离古人以自异也。"这是朱彝尊不同于一般载道派的地方,也是他文论思想的根本所在。这种出于己所欲言的"自得"之文,也是一种合乎天地自然的"无心成文"之文。他在《禹峰文集序》中说:"夫惟无心成文,辞必己出,革剿说雷同之弊,宣以天地自然之音,洵斯文之英绝者矣!"

朱彝尊论诗的基本思想也是和论文一样的。从大的方面看,他是主张以言志为中心的"诗教"传统的,这和他论文之本道宗经思想相一致的。他在《与高念祖论诗书》中说他自己对于诗的理解花了近十年时间:"仆之于诗,非有良师执友为之指诲也,盖尝反复求之。其始若瞽之无相,怅怅乎坠于渊谷而不知,如是者十年,不敢自逸,然后古人若引我于周行,而作者之意庶几其遇之矣。"确实,要真正懂得诗歌是不容易的,朱彝尊在经过长期潜心钻研后,充分肯定了传统的"诗言志"说,而且注重诗歌的美刺教化作用,他说:

> 《书》曰:"诗言志。"《记》曰:"志之所至,诗亦至焉。"古之君子,其欢愉悲愤之思感于中,发之为诗。今所存三百五篇,有美有刺,皆诗之不可已者也。夫惟出于不可已,故好色而不淫,怨悱而不乱,言之者无罪,闻之者足以戒。后之君子诵之,世治之污隆,政事之得失,皆可考见。故不学者比之墙面,学者斯授之以政,使于四方,盖诗之为教如此。魏、晋而下,指诗为缘情之作,专以绮靡为事,一出乎闺房儿女子之思,而无恭俭好礼廉静疏达之遗,恶在其为诗也?唐之

世二百年,诗称极盛,然其间作者,类多长于赋景而略于言志,其状草木鸟兽甚工,顾于事父事君之际,或阙焉不讲。惟杜子美之诗,其出之也有本,无一不关乎纲常伦纪之目,而写时状景之妙,自有不期工而工者。然则善学诗者舍子美其谁师也欤?明诗之盛,无过正德,而李献吉、郑继之二子深得子美之旨,论者或诋其时非天宝、事异唐代,而强效子美之忧时。嗟乎!武宗之时,何时哉?使二子安于耽乐而不知忧患,则其诗虽不作可也。今世之为诗者,或漫无所感于中,惟用之往来酬酢之际。仆尝病之,以为有赋而无比兴,有颂而无风雅,其长篇排律,声愈高而曲愈下,辞未终而意已尽。四始六义阙焉,而犹谓之诗,此则仆之所不识也。

在传统的"言志"派和"缘情"派的对立中,朱彝尊明确表示赞成"言志"派而反对"缘情"派,不过,他并不认为诗歌只是儒家伦理纲常的说教,而是承认诗歌是抒发感情的,并且强调诗歌必须是诗人真正有感于内心,而不得不发之作,所以说"古之君子,其欢愉悲愤之思感于中,发之为诗",反对那种"漫无所感于中,惟用之往来酬酢"的作品。不过,这种感情应当体现对"世治污隆""政事得失"的感受,表现温良恭谦让的道德品质,而不只是单纯的"闺房儿女之思",批评唐诗是"长于赋景而略于言志",他举杜甫诗为例说明诗歌并不是不要"赋景",而是要像杜诗一样,先有"关乎纲常伦纪"之本,再来达到"写时状景之妙",这样方能做到"不期工而工"。朱彝尊虽然是在言志彰教、有关政事的大前提下来论诗的,然而他更为实际的是在提倡出于"自得"的"不得已"之作。如果我们再看他的《钱舍人诗序》,就可以明白朱彝尊其实是非常肯定诗歌的缘情特点的,只是希望它能具有雅正的风貌,而不要过于轻佻淫艳。他说:"缘情以为诗,诗之所由作,其情之不容己者乎!夫其感春而思,遇秋而悲,蕴于中者深,斯出之也善,长言之不见其多,约言之不见其不足,情之挚者,诗未有不工者也。后之称诗者,或漫无所感于中,取古人之声律字句而规仿之,必求其合;好奇之士,则又务离乎古人,以自鸣其异。均之为诗,未有无情之言可以传后者也。惟本乎自得者,其诗乃可传焉。盖古人多矣,吾辞之工者未有不合乎古人,非先求合古人而后工也。"可见,诗歌实乃人之内心感情受到刺激,到不得不发、非说不可的时候才产生的,有"不容己"之情,本于"自得",其诗方能传之于后,而具有永久的魅力。他很欣赏中书舍人钱芳标的诗作,认为"其辞雅以醇,其志廉以洁。其言情也,绮丽而不佻,信夫情之挚而一本乎自得者欤"。

从"本乎自得"的思想出发,朱彝尊批评了复古派的主张,认为诗歌创作必须要从诗人内在的心性出发。他在《王先生言远诗序》一文中说:"顾正、嘉以后,言诗者本严羽、杨士弘、高棅之说,一主乎唐,而又析唐为四,以初、盛为正始正音,目中、晚为接武遗响,斤斤权格律声调之高下,使出于一。吾言其志,将以唐人之志为志,吾持其心,乃以唐人之心为心,其于吾心性何与焉?至谓唐以后事不必使,唐以后书不必读,则惑人之甚者矣。韩退之有云:'惟古于辞必己出,降而不能乃剽贼。'夫辞非己出,未有不流为剽贼者。"朱彝尊虽然是尊唐的,但是他竭力反对模拟唐人,也不认为唐以后诗无可学,而是强调一定要做到辞自己出,以抒发自己的心性为主。所以他称赞王言远的诗作,"凡山川风土,废兴治乱之迹,友朋离合之感,皆见于诗。不傍古人,不下古手,不为格律声调所缚,类发乎心性所得,而绝剽贼之患,盖卓然可传者也"。他在《高舍人诗序》中还提出诗歌创作要不"蹈袭古人"而能"发诸性情",方为真正佳作。在《叶指挥诗序》中他说:"三十年来海内谈诗者,每过于规仿古人,又或随声逐影,趋当世之好,于是己之性情汩焉不出。"重视"己之性情"这和公安派的"性灵"说是一致的。他和陈子龙一样,是在回归传统的前提下,又肯定从自己心灵出发的重要性;既提倡"言志""彰教"、重视诗歌社会教育功能,又要求诗歌必须写不得已的"自得"之情;在严厉批评复古模拟的同时,又充分肯定唐诗的经典范式意义,主张"以唐为师""以唐人为径"。他在《王学士西征草序》中他引用王珺湖学士的话说写文章如登山,必须有正确的路径,登华山则必须"极于三峰",学诗的道理也是如此,他说:"学诗者以唐人为径,此遵道而得周行者也。唐之有杜甫,其犹九达之逵乎,外是而高、岑、王、孟,若李,若韦,若元、白、刘、柳,则如崇期剧骖,可以交复而岐出;至若孟郊之硬也,李贺之诡也,卢仝、刘叉、马异之怪也,斯绠縻而登险者也。正者极于杜,奇者极于韩,此跻夫三峰者也。宋之作者不过学唐人而变之尔,非能轶出唐人之上,若杨廷秀、郑德源之流,鄙俚以为文,诙笑嬉袭以为尚,斯为不善变矣。顾今之言诗,或效之,何与夫登山者亦各有所乐矣。援琴而弹,坐石而啸,荷筱而行吟,其为音不同,皆足以移人之情。使杂以屠沽阛阓之声,熏以糟浆之气,游者将掩耳蒙袂疾走焉。舍唐人而称宋,又专取其不善变者效之,恶在其善言诗也。"有了正确的路径,学诗才能走上正道。学唐而不泥唐,善于从自己的心性出发,吸取前人创作的艺术经验,以成就最高的唐诗为典范,这样才能使自己的创作有因有革,既不脱离传统,又有自己新的创造。其实他也并不是绝对不主张学宋,而是认为应当从研究汉魏六朝诗歌的发展变迁中,充分地理解和认识唐人的诗歌,然后才会知道宋人诗歌的长处和不足,他在《丁武选诗集序》中说:"三十年来海内谭诗者,知嫉景陵邪说,顾仍取法于廷礼,比复厌唐人之规幅,争以宋为师。夫惟博观汉魏六代之诗,然后可以言唐,学唐人而具体,然后可以言宋,彼目不睹全唐人之诗,辄随响附影,未知正而先言变,高诩宋人,诋唐为不足师,必曰离之始工,吾未信其持论之平也。"

不论是文章写作还是诗歌创作,朱彝尊都认为要以博学作为基础。有深厚渊博的学识,才能在创作上自由驰骋。因此他对严羽作了严厉的批评,其《斋中读书十二首》曾说:"诗篇虽小技,其源本经史。必也万卷储,始足供驱使。别材非关学,严叟不晓事。"他特别看不起空疏浅薄的诗人,他在《棣亭诗序》中说:"今之诗家,空疏浅薄,皆由严仪卿'诗有别才,匪关学'一语启之,天下岂有舍学言诗之理?"严羽其实并不否定学问的重要。不过,他和朱彝尊的看法也确实有不同。严羽只把学问看作是一种修养和基础,并不要求在创作时处处显示学问,也就是说文学创作和学问不是那么直接地关联在一起的。朱彝尊则认为文学创作和学问的关系是比较直接的,当诗人有"不得已"的"自得"之情需要抒发时,没有丰富的知识学问"供驱使",是肯定写不好的,而且创作本身也要让人感到作者知识学问的广博。

朱彝尊对诗歌发展的历史,尤其是明代诗歌的发展,作过相当深入的研究。明末清初,钱谦益曾编《列朝诗集》,收集有明一代诗人近两千家,并为各个诗人写有小传,总结了明诗的发展。朱彝尊对此很不满意,也不赞同钱谦益的评价,所以重新做了总结梳理明诗的工作,编辑了《明诗综》,共收明代诗人达三千四百余家,其中还对每个诗人简要评述,其后,钱塘姚祖恩将其中诗话摘出,编辑为《静志居诗话》出版。朱彝尊在《明诗综》里所体现的文学思想和他上面有关诗文的论述是一致的。他不像钱谦益那样尖锐地批评前后七子,也没有像钱谦益那样高度评价以袁宏道为代表的公安派,他对前后七子是在充分肯定其成就的同时,指出了他们在创作上模拟蹈袭的错误。他在肯定公安派理论核心的价值时,着重批评了他们忽视传统、陷入空疏浅俗的弊病,而对竟陵派则和钱谦益一样,给予了严厉的批评。这些我们在《明诗综》对这些代表人物的评价中可以看得很清楚。例如他和钱谦益都是比较肯定茶陵派李东阳的,但是朱彝尊更强调他的出于"自得",说他"弘奖群英,力追正始,由其天材颖异,长短丰约,高下疾徐,滔滔莽莽,惟意所如。其自序谓:'耳目所接,兴况所寄,左触右激,发乎言而成声,虽欲止之,有不可得而止者。'此其自得之言也"。至于说到李梦阳,则认为当时台阁体和理学家的性气诗,使"诗道傍落,杂而多端",所以"北地(李梦阳)一呼,豪杰四应,信阳(何景明)角之,迪功(徐祯卿)掎之","霞蔚云蒸,忽焉丕变,呜呼盛哉!"认为他的那些模仿之作,多"生吞语","非得意诗也",而其"唐以后书不必读,唐以后事不必使",则是"英雄欺人之言"。朱彝尊对李攀龙的创作还是批评居多,肯定很少的,说他的乐府是"止规字句,而遗其神明"。五言学步苏、李、曹、刘,"差具神理,然新警者寡矣"。七古五律绝句,"要非作家","惟七律人所工推,心慕手追者,王维、李颀也"。所以,"合而观之,句重字复,气断续而神尫离,亦非绝品"。他认为王世贞"才气十倍于鳞","乐府变,奇奇正正,易陈为新,远非于鳞生吞活剥者比"。但是,"病在爱博",当时人们对他有"推崇过实"之处。可见,朱彝尊对前后七子都是有批评的,很不喜欢他们的模拟蹈袭,不过,还是肯定了他们的历史功绩。他在评价袁宏道时,应该说也是比较公允的。他说:"传有言,琴瑟既敝,必取而更张之,诗文亦然,不容不变也。隆、万间,王、李之遗派充塞,公安昆弟起而非之,以为'唐自有古诗,不必选体,中、晚皆有诗,不必初、盛。欧、苏、陈、黄各有诗,不必唐人。唐时色泽鲜妍,如旦晚脱笔砚者,今诗才脱笔砚,已是陈言。岂非流自性灵,与出自剽拟,所从来异乎?'一时闻者涣然神悟,若良药之解散,而沉疴之去体也。"问题是当时那些效法公安的"不善学者",专门以袁宏道集中那些"俳谐调笑"之作为典范,于是就陷入了鄙俚之弊。由此我们可以知道朱彝尊的文学主张其实还是在调和七子和公安,以唐为师而不排斥宋,在充分重视学问的前提下,提倡写"不得已"的"自得"之情。所以他和王渔洋虽然诗学主张不同,但是并没有发生明显的对立。

第二节 王士禛的神韵说

清代前期的诗文创作和诗文理论发展中,最有代表性的人物是王士禛和方苞,故袁枚的《仿元遗山论诗》绝句中有"一代正宗才力薄,望溪文集阮亭诗"之说,不仅方苞的文章和王士禛的诗是清前期的"一代正宗",方苞的文论和王士禛的诗论也同样是清前期的最有代表性的文学理论。之所以这样说,是因为他们的文学思想是适应于当时清廷的政治需要,也是清廷文化政策下的产物。王士禛是康熙时期影响最大、成就最高的诗论家,他的神韵说总结了我国古代文艺发展中的艺术审美特征,和乾隆时期沈德潜的格调说、袁枚的性灵说和翁方纲的肌理说,成为清代前中期最富有特色的四大诗歌派别。

王士禛(1634—1711),字子真,一字贻上,号阮亭,又号渔洋山人,山东新城(今桓台)人。顺治十二年(1655)进士,曾官至刑部尚书。死后因避讳,改名士正,乾隆时诏改名士禛。王士禛的诗文杂著非常之多,由他自己审定的选本《渔阳山人精华录》是流传最广的本子,雍正年间惠栋和金荣曾为之作训纂和笺注,他的诗论著作,除了《渔洋诗话》外,尚散见于他的文集和其他各种笔记、杂著之中,比如《池北偶谈》《香祖笔记》《古夫于亭杂录》《居易录》《分甘余话》《花草蒙拾》等,另外他还有一些重要的诗歌选本,如《唐贤三昧集》等,也都体现了他很重要的文学思想。他的学生张宗柟曾将他的诗论收集在此一起,分类编排,辑为《带经堂诗话》三十卷。

渔洋诗论的核心是提倡神韵,这一基本思想从他年青时代开始一直到晚年都没有变化。他早年编《神韵集》刚二十八岁,后来他编《唐贤三昧集》时为五十五岁。雍正三年(1725)俞兆晟写的《渔洋诗话序》中曾引用渔洋自述其一生诗学思想发展的一段话,其云:

少年初筮仕时，惟务博综该洽，以求兼长。文章江左，烟月扬州，人海花场，比肩接迹。入吾室者，俱操唐音；韵胜于才，推为祭酒。然而空存昔梦，何堪涉想？中岁越三唐而事两宋，良由物情厌故，笔意喜生，耳目为之顿新，心思于焉避熟。明知长庆以后，已有滥觞；而淳熙以前，俱奉为正的。当其燕市逢人，征途揖客，争相提倡，远近翕然宗之。既而清利流为空疏，新灵浸以佶屈，顾瞻世道，惄焉心忧。于是以太音希声，药淫哇锢习，《唐贤三昧》之选，所谓乃造平淡时也，然而境亦从兹老矣。

渔洋创作虽一生三变，但其神韵主张则是始终如一的，因为神韵不是只体现于唐诗之中，宋诗也自有神韵之作，不过其角度略有不同而已。具备神韵之作可以有各种不同的风格。

神韵，指的是一种理想的艺术境界，其基本美学特征是自然传神，韵味深远，天生化成，而无人工造作的痕迹。这从"神韵"一词的最初原始意义即可看出来。神韵，最早见于南朝谢赫的《古画品录》，他在评顾骏之的画时说："神韵气力，不逮前贤；精微谨细，有过往哲。"此所谓神韵，就是他所提倡的"气韵生动"之意。气，指生气，即人的生命活力，传神者自有生气活力；韵，指韵味，含蓄蕴藉之余味。神韵、气韵相近，均指绘画的传神写照、韵味幽远而言。后来，唐代张彦远在其《历代名画记》中又有所发挥，他说："至于鬼神人物，有生动之可状，须神韵而后全。若气韵不周，空陈形似；笔力未遒，空善赋彩，谓非妙也。"把神韵和气韵看作是一回事，而与形似对举，则侧重于指传神、神似之意。司空图的"韵外之致"即味外之味。范温《潜溪诗眼》论韵的含义是："有余意之谓韵。"明代胡应麟在《诗薮》中也多次论到神韵，也是偏重在自然神到、韵味深长，所谓"神韵超然，绝去斧凿"（卷五论七言），但与气势壮阔略相左，故云"唐人诗主神韵，不主气格"（同上），又评岑参诗云"句格壮丽而神韵未扬"，评韩愈诗"有大家之具，而神韵全乖，故纷拿叫噪之途开，蕴藉陶镕之义缺"（同上）。王夫之的诗论也多次论到神韵，大都是指神理自然、风韵飘逸，艺术上的一种"天工"境界。如《古诗评选》中说，汉高祖《大风歌》"一比一赋脱然自致"，"岂亦非天授也哉？"故"神韵所不待论"。他评嵇康《赠秀才入军》

一诗"虽体似《风》《雅》,而神韵自别",此神韵显然是指"目送归鸿,手挥五弦。俯仰自得,游心太玄"那种名士的风神远韵。又论徐孝嗣《答王俭》一诗云:"神清韵远,晋宋风流,此焉允托。"虽然王渔洋以前各家论神韵的含义和王渔洋的论神韵不尽相同,但神韵的某些基本美学特征是一致的,是有历史继承关系的。因此王渔洋论神韵也是在前人成果基础上的一种发展,不过,应当说是一种重大的发展,他以神韵为核心形成了自己的诗歌美学体系。王渔洋的神韵,作为一种理想艺术境界,是对中国古代文学艺术审美传统的总结,着重体现了具有民族特色的特定创作原则和美学风貌,所以它存在于不同时代、不同作家的作品中,也存在于许多不同风格的作品中,不像翁方纲《七言诗三昧举隅》中所理解的那么狭隘,这从王渔洋的《芝廛集序》一文中可以看得很清楚,从上引王渔洋对自己一生创作思想发展的叙述中也可以看得很清楚。

渔洋论神韵有受清代前期政治思想、文化思想影响的方面,他生活在清初政治局面稳定、经济繁荣发展的时期,他是忠实地为清廷效力的汉族文人,他的文艺思想也是和清廷的文化政策相一致的。清代从康熙时期开始一方面对汉族文人拉拢收买,另一方面竭力加强思想控制,大兴文字狱,严厉镇压有反满思想的文人;同时大力提倡程朱理学,提倡空谈义理心性,引导文人脱离现实,在书斋中消磨光阴;与此相关,在文学上提倡清真雅正的文风,诚如方孝岳先生在《中国文学批评》一书中所说:"'清真雅正'四个字,本是清初科举场中取录文章的标准,而影响及于其他一切文学。清初像康熙年间的韩菼、李光地、蔡世远这些人,都站在政府的地位提倡这种风气。"他又引康熙十七年(1678)上谕云:"韩菼种学绩文,湛深经术,制艺清真雅正,实开风气之先。""像蔡世远所选的《古文雅正》,李光地所选的《榕村诗选》,都是要树立诗文界'清真雅正'之风。但这些人虽然鼓吹'清真雅正',要建立和平的文学,然而不一定都是文学专家,所以如果要讨论'清真雅正'的原理,又必从这些人当中提出一二专家的议论,来作根据。所谓专家者,在诗学方面,即是王渔洋,在古文方面,即是和韩菼、李光地同时的方望溪了。"方先生这段分析是相当精确的。所以王渔洋论神韵,特别强调其"清远"的特色,他在《池北偶谈》中说:

> 汾阳孔文谷云:"诗以达性,然须清远为尚。"薛西原论诗,独取谢康乐、王摩诘、孟浩然、韦应物,言:"'白云抱幽石,绿筱媚清涟',清也;'表灵物莫赏,蕴真谁为传',远也;'何必丝与竹,山水有清音。''景昃鸣禽集,水木湛清华。'清远兼之也。总其妙在神韵矣。""神韵"二字,予向论诗,首为学人拈出,不知先见于此。

诗中所谓清远,实即文章方面之清真雅正也。所以王渔洋特别推崇王维、韦应物以冲和淡远为特色的田园山水诗。他选《唐贤三昧集》以严羽、司空图的诗论为指归,以"隽永超诣"为标准,选王右丞而下四十二人,表面上说仿王安石《唐百家诗选》例,不录李、杜,实际上还是和他的"清远"宗旨有关的。从王渔洋诗论的政治思想倾向这个角度讲,翁方纲在《七言诗三昧举隅》中所说:"先生于唐贤独推右丞、少伯以下诸家,得三昧之旨。盖专以冲和淡远为主,不欲以雄鸷奥博为宗。若选李、杜而不取其雄鸷奥博之作,可乎?吾窥先生之意,固不得不以李、杜为诗家正轨也,而其沉思独往者,则独在冲和淡远一派,此固右丞之支裔,而非李、杜之嗣音矣。"也还是有一定道理的。渔洋是不太喜欢杜甫诗歌的,据赵执信《谈龙录》云:"阮翁酷不喜少陵,特不敢显攻之,每举杨大年'村夫子'之目以语客。又薄乐天而深恶罗昭谏。"他不主张在诗歌中写政治性现实性很强的内容,也不喜欢在诗歌中发泄牢骚不满,因此他认为孟浩然的诗不如王维的诗,"孟诗有寒俭之态,不及王诗天然而工"(见《师友诗传续录》)。这大约是指孟浩然诗中有"不才明主弃,多病故人疏"之类感慨而言的。他和苏轼对韦、柳的评价不同,认为柳宗元不如韦应物,也是指柳诗在清远、冲淡方面不如韦诗。他在《分甘余话》中说:"东坡谓柳柳州诗在陶彭泽下、韦苏州上,此言误矣。余更其语曰:韦诗在陶彭泽下、柳柳州上。余昔在扬州作《论诗绝句》有云:'风怀澄澹推韦柳,佳句多从五字求。解识无声弦指妙,柳州那得并苏州。'又常谓陶如佛语,韦如菩萨语,王右丞如祖师语也。"这是因为柳宗元由于屡遭贬斥,长期生活在边远荒蛮地区,他的诗颇多牢骚不满,所以在艺术上不像韦应物诗那样冲和淡远,含有更多的深远韵味和言外之意。

但是,王渔洋的神韵论不只是为了适应清代思想文化政策的需要,他之所以提倡神韵,还有更为重要的一方面,这就是总结中国古代文学创作的丰富艺术经验,研究民族审美传统的独特特点。神韵,就是他对这种特点所作出的理论概括。神韵作为一种富有民族特色的诗歌艺术境界,根据王渔洋的论述,其主要特点有如下几方面:

首先,从诗歌的构思和创作方面说,神韵说的中心是要充分发挥意境创造中的"虚"的作用,可以说他的一系列有关神韵论述,都是围绕着这一中心而展开的。赵执信的《谈龙录》中曾记载了他和洪昇一起在王渔洋家中以画龙比喻作诗的故事。其云:

> 钱塘洪昉思,久于新城之门矣,与余友。一日,并在司寇宅论诗,昉思嫉时俗之无章也,曰:"诗如龙然,首、尾、爪、角、鳞、鬣一不具,非龙也。"司寇哂之曰:"诗如神龙,见其首不见其尾,或云中露一爪一鳞而已,安得全体!是雕塑绘画者耳。"余曰:"神龙者,屈伸变化,固无定体;恍惚望见者,第指其一鳞一爪,而龙之首尾完好,故宛然在也。若拘于所见,以为龙具在是,雕绘者反有辞矣。"

此所说"神龙"即指具有神韵的诗歌,如何才能画出"神龙",也就是如何才能创作出有"神韵"诗歌的问题。洪昇所说是一种完全写实的方法,但是正如王渔洋所说,那是一种"死法",这样画出来的龙是死龙,是图画上假龙,不是活龙、真龙。而诗歌创作是没有固定法式可循的,有如"神龙行空,云雾灭没,鳞鬣隐现,岂令人测其首尾哉!"(《带经堂诗话·答问类》)因此,王渔洋所说是一种虚实结合以充分发挥"虚"的作用的方法,它只画龙在云雾中露出的一爪一鳞,其他隐藏在云雾中的部分,则不需要画出来而由读者去想象。这样的龙就可能有无数种生动的姿态,而无法用实的描绘充分表现出来的龙的风神、气势、活力,都可以在人的想象中得到更加完美的体现。所以它就是真正的"神龙",是由创作者和鉴赏者所共同创造的。这种画龙的原理运用到诗歌创作上,也就是王渔洋所特别欣赏的

"不著一字,尽得风流"之旨。艺术表现上讲究虚实结合,强调"虚"的意义与作用,这是中国古代文艺美学发展中的重要传统之一,它源于老庄的有无相生,以无为本,文学创作上所强调的"文外之旨""言外之意""境生象外""象外之象""景外之景""韵外之致""味外之旨"等,都是由此生发出来的,它也是构成艺术意境的关键所在。王渔洋在其诗论中有不少这方面论述,如他在《香祖笔记》中说:"《新唐书》如近日许道宁辈画山水,是真画也。《史记》如郭忠恕画天外数峰,略有笔墨,然而使人见而心服者,在笔墨之外也。右王楙《野客丛书》中语,得诗文三昧。司空表圣所谓'不著一字,尽得风流'者也。"(转引自《带经堂诗话》,下凡引此者均不再注明出处。)郭忠恕不仅山水画妙在笔墨之外,而且其画亭台楼阁也有虚实相生之妙。宋代李廌《德隅斋画品》说他画的"栋梁楹桷,望之中虚,若可提足;阑楯牖户,则若可以扪历而开阖之也"。王渔洋在《蚕尾续文》中又说:"予尝闻荆浩论山水而悟诗家三昧矣。其言曰:'远人无目''远水无波''远山无皴'。……诗文之道,大抵皆然。"总之,艺术之妙在引起人的无穷联想,使人产生无穷的意趣,最忌说尽写尽,而不给人留下想象的余地。从某种意上说,没有"虚"也就没有艺术。神与形相比,形是实的,而神是虚的;韵之妙则更在于"虚",从声韵上来说,声比较实而韵比较虚,至于论人物风貌之韵致,可以说完全是虚的了,由此而引申到文学上自然也是如此。"神韵"实质上是讲的诗歌艺术的审美特征。神韵的特点就在其似有非有、似无非无、若隐若现、若存若亡,故如"蓝田日暖,良玉生烟,可望而不可置于眉睫之前",于虚虚实实之间,见镜花水月之景。他的《渔洋诗话》云:"洪昇昉思问诗法于施愚山,先述余凤昔言诗大指。愚山曰:'子师言诗,如华严楼阁,弹指即现;又如仙人五城十二楼,缥缈俱在天际。余即不然,譬作室者,瓴甓木石,一一须就平地筑起。'洪曰:'此禅宗顿、渐二义也。'"这样的诗歌意境具有含蓄不尽的言外之意,使人感到回味无穷,其深沉旨趣远超乎文字之表,如禅宗之顿悟,心领神会而不可言喻,能给人以真正的美感享受。

所以王渔洋特别欣赏严羽以禅悟论诗的主张,他自己也经常以禅宗话头来说明神韵的微旨。他在《居易录》中说:"《林间录》载洞山语云:'语中有语,名为死句;语中无语,名为活句。'予尝举似学诗者。今日门人邓州彭太史直上来问予选《唐贤三昧集》之旨,因引洞山前语语之,退而笔记。夹山曰:'坐却舌头,别生见解;参他活意,不参死意。'达观曰:'才涉唇吻,便落意思,并是死门,故非活路。'"所谓诗歌创作要做到"语中无语""参他活意"等,即是指严羽所说的"不涉理路,不落言筌"也。严羽的"兴趣",正是王渔洋之所谓"神韵"也。因此,王渔洋非常欣赏严羽的"镜花水月"之说,也特别强调"妙悟",认为是"不易之论",而对钱谦益、冯班对严羽的责难极为不满。他多次强调诗歌之神韵境界可以悟禅。他在《香祖笔记》中说:"唐人五言绝句往往入禅,有得意忘言之妙,与净名默然,达磨得髓,同一关捩。观王、裴《辋川集》及祖咏《终南残雪》诗,虽钝根初机亦能顿悟。"其《蚕尾续文》中说:"严沧浪以禅喻诗,余深契其说,而五言尤为近之。如王、裴辋川绝句,字字入禅。他如'雨中山果落,灯下草虫鸣','明月松间照,清泉石上流',以及太白'却下水精帘,玲珑望秋月',常建'松际露微月,清光犹为君',浩然'樵子暗相失,草虫寒不闻',刘眘虚'时有落花至,远随流水香',妙谛微言,与世尊拈花,迦叶微笑,等无差别。通其解者,可语上乘。"渔洋所举这些唐人名句,一方面具有清远、冲淡的特色,另一方面又都是含蓄深远、意在言外,融禅意与诗境于一体,富有韵外之致、味外之味之作。

其次,神韵之作以自然、入神为其重要特色。他在《渔洋诗话》中说道:"律句有神韵天然,不可凑泊者,如高季迪'白下有山皆绕郭,清明无客不思家',曹能始'春光白下无多日,夜月黄河第几湾',李太虚'节过白露犹余热,秋到黄州始解凉',程孟阳'瓜步江空微有树,秣陵天远不宜秋'是也。余昔登燕子矶有句云:'吴楚青苍分极浦,江山平远入新秋。'或庶几尔?"他在《香祖笔记》中也有类似的一段话,说这些诗句"皆神到不可凑泊",这与严羽所提倡的"诗之极致有一,曰入神",在艺术美特色上是一致的,但严羽的"入神"之作以李、杜为标准,而王渔洋所举的明人诗句,则大都是接近于王、孟之作。王渔洋又说道:"左太冲'振衣千仞冈,濯足万里流',不减嵇叔夜'手挥五弦,目送飞鸿'。愚案:左语豪矣,然他人可到;嵇语妙在象外。六朝人诗,如'池塘生春草''清晖能娱人',及谢朓、何逊佳句多此类,读者当以神会,庶几遇之。"(《古夫于亭杂录》)可见"神会"之作和"妙在象外"是紧密联系在一起的,必须含意深远、神游象外,方能使人感到神韵超然。他在《香祖笔记》说:"张道济手题王湾'海日生残夜,江春入旧年'一联于政事堂。王元长赏柳文畅'亭皋木叶下,陇首秋云飞',书之斋壁。皇甫子安、子循兄弟论五言,推马戴'猿啼洞庭树,人在木兰舟',以为极则。又若王籍'蝉噪林逾静,鸟鸣山更幽',当时称为文外独绝。孟浩然'微云淡河汉,疏雨滴梧桐',群公咸阁笔,不复为继。司空表圣自标举其诗曰:'回塘春尽雨,方响夜深船。'玩此数条,可悟五言三昧。"渔洋所举这些诗都有自然超脱之妙,也是"清远"之作,说明从神韵的美学特征来看,韵味深远的山水田园隐逸诗,很明显更易于符合神韵的要求。

渔洋之所以认为此种诗境之可以悟禅,即在其具有化工肖物,与自然造化相吻合的特色。故他在《香祖笔记》中说:"舍筏登岸,禅家以为悟境,诗家以为化境,诗禅一致,等无差别。"可见,渔洋认为诗禅说的妙处,正在于对诗歌创作上的化工境界,借禅以为喻而使人获得透彻的领悟。其《居易录》中又说:"《僧宝传》:石门聪禅师谓达观昙颖禅师曰:此事如人学书,点画可效者工,否者拙。何以故?未忘法耳。如有法执,故自为断续。当笔忘手,手忘心,乃可。此道人语,亦吾辈作诗文真诀。"此所谓"笔忘手,手忘心",就是金圣叹所说"心之所不至,手亦不至焉"的"化境"。这种没有任何人工痕迹、达到了化境的诗作,相当于绘画中的"逸品",王渔洋《分甘余话》云:"或问'不著一字,尽得风流'之说。答曰:太白诗:'牛渚西江夜,青天无片云;登高望秋月,空忆谢将军。余亦能高咏,斯人不可闻;明朝挂帆去,枫叶落纷纷。'襄阳诗:'挂席几千里,名山都未逢;泊舟浔阳郭,始见香炉峰。常读远公传,永怀尘外踪;东林不可见,日暮空闻钟。'诗至此,色相俱空,政如羚羊挂角,无迹可求,画家所谓逸品是也。"渔洋所举李白《夜泊牛渚怀古》和孟浩然《晚泊浔阳望香炉峰》二诗也是以自然、入神为其特色的,而绘画中的"逸品"的特点就是自然天成而臻化工造物之境界。(参见拙作《董其昌的文艺美学思想——兼谈山水画的南北宗问题》,1989年《中华国学》创刊号)唐代朱景玄《唐朝名画录》于神、妙、能三品外,特别提出"其格外有不拘常法,又有逸品"的思想。张彦远谓"失于自然而后神""自然者为上品之上",其所说"自然"即为"逸品"。北宋黄休复在《益州名画录》中更明确地将逸品置于神、妙、能三品之上,指出其特点是:"得之自然,莫可楷模,出于意表,故目之曰逸格尔。"得之自然,方能出于意表,故而意在言外和自然传神是不可分割的。王渔洋于《香祖笔记》中说道:"郭忠恕画山水,入逸品。"而郭忠恕之画重要特点是妙在笔墨之外。王渔洋在《古夫于亭杂录》中说嵇康"手挥五弦,目送归鸿","妙在象外",又说"顾长康云:'手挥五弦易,目送归鸿难。'兼可以悟画理。"所以,"逸品"就是自然、入神,意在言外的表现,它就是诗歌中的"神韵"。

再次,具有神韵的诗歌境界,只有在诗人灵感爆发、兴会神到之时方能创造出来,也就是说,神韵的诗歌境界,是诗人自然而达到,非人力强求所能达到。这和刘勰在《文心雕龙·养气》篇中所提出的"率志委和"说是一致的,也就是《神思》篇中说的"秉心养术,无务苦虑;含章司契,不必劳情"之意。所以,渔洋十分注重"伫兴",他在《渔洋诗话》中说:"萧子显云:'登高极目,临水送归,蚤雁初莺,花开叶落,有来斯应,每不能已。须其自来,不以力构。'王士源序孟浩然诗云:'每有制作,伫兴而就。'余生平服膺此言,故未尝为人强作,亦不耐为和韵诗也。"所引萧子显语见其《自序》,重在"伫兴",正是强调创作必须顺乎自然,必待兴会神到,自然高妙,若是苦吟强作,必无神韵。他在《香祖笔记》中又说:"南城陈伯玑允衡善论诗,昔在广陵评予诗,譬之昔人云'偶然欲书',行语最得诗文三昧。今人连篇累牍,牵率应酬,皆非偶然欲书者也。坡翁称钱唐程奕笔云:'使人作字不知有笔。'此语亦有妙理。"创作必待作家灵感萌发,有所冲动,而灵感之涌现是有偶然性的,不是你想要它来它就能来的,常常是你没有想到它却来了,恰如陆机所说"藏若景灭,行犹响起"。他又说:"越处女与勾践论剑术曰:'妾非受于人也,而忽自有之。'司马相如答盛览论赋曰:'赋家之心,得之于内,不可得而传。'诗家妙谛,无过此数语。"(同上)无论是"偶然欲书"也好,或是"忽自有之"也好,都是指诗歌创作重在兴会神到,而苦思强作的诗歌是很难具有神韵境界的。在兴会神到时所创作的作品,往往不拘泥于时间、地点是否确切,例如他说:"世谓王右丞画雪中芭蕉,其诗亦然。如'九江枫树几回青,一片扬州五湖白',下连用兰陵镇、富春郭、石头城诸地名,皆寥远不相属,大抵古人诗画只取兴会神到,若刻舟缘木求之,失其指矣。"(《池北偶谈》)这也就是诗人和经生家、诗歌和一般学术文章不同之所在。故他在《渔洋诗话》中又说道:"香炉峰在东林寺东南,下即白乐天草堂故址;峰不甚高,而江文通《从冠军建平王登香炉峰》诗云:'日落长沙渚,层阴万里生。'长沙去庐山二千余里,香炉何缘见之?孟浩然《下赣石》诗:'暝帆何处泊?遥指落星湾。'落星在南康府,去赣亦千余里,顺流乘风,即非一日可达。古人诗只取兴会超妙,不似后人章句,但作记里鼓也。"诗歌当随情性之所至,而无任何人为造作之痕迹,不必讲究是否符合具体时间、地点等的真实性。所以,他对白居易在《刘白唱和集序》中推举刘禹锡之"雪里高山头白早,海中仙果子生迟","沉舟侧畔千帆过,病树前头万木春",以为神妙,甚为不满,说这些诗句"最为下劣",当是指这些诗句尚存雕琢之迹,而少自然之风趣,过分求实,反而失去了自然神韵,故云:"宜元、白于盛唐诸家兴象超诣之妙,全未梦见。"(见《池北偶谈》《香祖笔记》)所以,渔洋十分赞赏钟嵘所提倡的"直寻"之作,而反对铺陈典故使作品丧失兴会神到之妙。其《戏效元遗山论诗绝句三十六首》云:"五字'清晨登陇首',羌无故实使人思。定知妙不关文字,已是千秋幼妇辞。"渔洋不反对用典,但要求做到不露痕迹,如自己口出一般。其《池北偶谈》中云:"作诗用事以不露痕迹为高。往董御史玉(文骥),外迁陇右道,留别予辈诗云:'逐臣西北去,河水东南流。'初谓常语,后读《北史》,魏孝武帝奔宇文泰,循河西行,流涕谓梁御曰:此水东流,而朕西上。乃悟董语本此,深叹其用古之妙。"所以,《师友诗传录》中记载他的话说:"若无性情而侈言学问,则昔人有讥点鬼簿、獭祭鱼者矣。"

王渔洋"神韵说"所包含的这种美学特征是不是只在冲和淡远的诗歌中才有呢?也不是。冲和淡远的诗歌中确实更易于体现神韵的特色,但是雄浑劲健的诗歌中也同样可以有神韵的特色。神韵和雄浑劲健不是对立的,而是可以统一的。神韵是对中国古代文艺审美传统的理论总结,它并非仅指一个时代、一个流派而言,如以王、孟为代表的冲和淡远类作品,而是认为不同时代、不同流派的作品都可以有神韵。这一点,王渔洋在《芝廛集序》一文中说得很清楚。《芝廛集序》是渔洋应著名画家和绘画理论家王原祁的请求为其父王揆的诗集所写的序。王原祁去找王渔洋的时候,曾带去了自己的画,还谈了自己对绘画创作的一些看法。所以王渔洋在序中首先阐述了王原祁绘画的美学思想，并将其引申发挥来发表自己对诗歌创作的看法。他说："大略以为画家自董(源)、巨(然)以来，谓之南宗，亦如禅教之有南宗。云得其传者元人四家，而倪(瓒)、黄(公望)为之冠；明二百七十年擅名者唐、沈诸人称具体，而董尚书为之冠；非是则旁门魔外而已。又曰：凡为画者，始贵能入，继贵能出，要以沉著痛快为极致。予难之曰：吾子于元推云林，于明推文敏，彼二家者，画家所谓逸品也，所云沉著痛快者安在？给事笑曰：否，否，见以为古淡闲远而中实沉著痛快，此非流俗所能知也。予闻给事之论，嗒然而思，涣然而兴，谓之曰：子之论画也至矣，虽然，非独画也，古今风骚流别之道，固不越此，请因子言而引申之可乎？唐、宋以还，自右丞(王维)以逮华原(范宽)、营丘(李成)、洪谷(荆浩)、河阳(郭熙)之流，其诗之陶、谢、沈、宋、射洪、李、杜乎？董、巨其开元之王、孟、高、岑乎？降而倪、黄四家以逮近世董尚书，其大历、元和乎？非是则旁出，其诗家之有嫡子正宗乎？入之出之，其诗家之舍筏登岸乎？沉著痛快，非惟李、杜、昌黎有之，乃陶、谢、王、孟而下莫不有之。子之论，论画也，而通于诗，诗也而几于道矣。"王原祁的画学其祖王时敏，而王时敏早年则深受董其昌的影响，王原祁的绘画美学思想也是宗董其昌的。从表面上看，渔洋是受王原祁的启发而有所领悟，实际上是王渔洋借王原祁的画论来说明其诗论思想的深层内涵。神韵者，即画家之所谓逸品也；逸品者，自然化工之境界也。画家之逸品，并非只有古淡闲远者方能达到，"沉著痛快"者亦可进入逸品等级，而"古淡闲远中而实沉著痛快"尤为不易。所以，诗歌中也是如此，画论而可以通于诗，"沉著痛快，非惟李、杜、昌黎有之，乃陶、谢、王、孟而下莫不有之"。他以南宗画家之自右丞以至范宽、李成、荆浩、郭熙，来比喻诗歌之陶、谢、沈、宋、射洪、李、杜，正说明诗歌之"古淡闲远"中含有"沉著痛快"，因为南宗画中不仅有董源、巨然闲淡超远的江南山水，而且也有荆浩、李成、范宽、郭熙等于平淡天真中含有壮阔气象的北方山水，它们皆可称为"逸品"。渔洋的这种文学思想并非他自己所独创，也是有历史渊源的。为渔洋所敬仰的司空图在竭力推崇王、韦的同时，不排斥李、杜，而是给予了很高评价的。他在《与王驾评诗书》中在强调"右丞、苏州趣味澄夐，若清沇之贯达"的同时，又说唐诗自"沈、宋始兴之后，杰出江宁，宏肆于李、杜，极矣!"并不把冲和淡远和雄浑劲健对立,正是要求在冲和淡远中有雄浑劲健。苏轼《书黄子思诗集后》一文中认为"李太白、杜子美以英玮绝世之姿,凌跨百代",而"独韦应物、柳宗元发纤秾于简古,寄至味于澹泊,非余子所及也"。说明他也是崇尚简古淡泊,而又不排斥豪放雄健的。严羽《沧浪诗话》强调"兴趣",他所推崇的"羚羊挂角,无迹可求"的"言有尽而意无穷"的诗歌境界,虽更明显地体现在"优游不迫"风格的诗歌上,但同样也体现在"沉著痛快"风格的诗歌上。而于"优游不迫"中见"沉著痛快",岂不更好?"神韵"和南宗画的"逸品"一样,其美学思想关键也是在自然神到,象外有象。冲和淡远也好,雄鸷奥博也好,不论是王、孟还是李、杜,都可以具有这种艺术特色。从这个角度说,翁方纲的《七言诗三昧举隅》中所说,则是并不确切的。所以,对渔洋的神韵诗论,既要看到它和当时政治背景相关而倾向冲和淡远的一面,又要看到它在艺术上总结了传统审美特征,而并不局限于冲和淡远,同时可以兼容雄鸷奥博的一面。这样方能对渔洋的神韵论作出比较全面而公正的判断,也才能对渔洋诗论的历史功过给予符合实际的正确评价。

第三节 乾隆时期的文学批评和沈德潜的格调说

康熙朝经历了六十一年,王士禛死于康熙五十年,雍正朝只有十三年。在康熙后期和雍正时期,比较重要的文论家是方苞,关于他我们将在下面论桐城派时再谈。在诗论方面有一定影响的是赵执信和李重华。赵执信(1662—1744)是王士禛的甥婿,但是赵执信个性很强,相当自负,对王士禛很不服气,在诗论上对王士禛有很多指摘批评。他们在诗歌主张上也很不一致,赵执信推崇冯班及其《严氏纠缪》,吴乔的《围炉诗话》支持冯班,也受到赵执信的倚重。他把吴乔的"诗之中须有人在"说,作为自己的论诗纲领,又从《东坡题跋》中拈出"诗外尚有事在"作为补充,并处处标榜和王士禛的不同,实际他自己并没有什么新的见解。不过他的《谈龙录》中记载了王士禛以画龙喻作诗的重要见解,倒是很有意义的。李重华(1682—1754)有《贞一斋诗说》,其中比较有价值的是提出了"诗有三要":音、象、意。什么是"音"?他说:"诗本空中出音,即庄生所云'天籁'是已。"这是从声音的角度来说的,中国古代论诗是声义并重的,说诗是"天籁",就是强调诗歌是人内心声音的自然流露。什么是"象"？他说："物有声即有色,象者,摹色以称音也。"就是指的诗歌的意象,所以说"诗家写景是大半工夫"。音是体现在象中的。什么是"意"？他说："意之运神,难以言传,其能者常在有意无意间。""意立而象与音随之。"这是说的诗歌创作过程中作家的立意和构思,只有立意和构思后,才能由象和音体现出来。到了清代的乾隆年间,文学批评进入更为繁荣的高峰,它在继承康熙时期文学批评的基础上,有了很多新的发展,成就最高的就是沈德潜和袁枚。

沈德潜(1673—1769)一生经历了康熙、雍正、乾隆三代,字确士,号归愚,长洲(今江苏苏州)人。他自二十三岁起即做教馆先生,参加科举考试十多次不中,直到乾隆四年(1739)六十七岁时才中进士,其后受到乾隆的宠信,官至内阁学士兼礼部侍郎,人称为大宗伯。著有《沈归愚诗文全集》,其诗学理论批评主要见于诗话《说诗晬语》及他编选的《古诗源》《唐诗别裁集》《明诗别裁集》《清诗别裁集》等。他的诗歌创作受到乾隆皇帝赏识,常与之唱和。乾隆曾说："朕与德潜,可谓以诗始,以诗终矣。"(袁枚《太子太师礼部尚书沈文悫公神道碑》)所以,在乾隆时期诗坛,沈德潜处于执牛耳的重要位置。

沈德潜是叶燮的学生,他的诗学思想在强调"诗教"、提倡"温柔敦厚"方面是和叶燮一致的,是与清廷之提倡程朱理学相适应的,特别是由于他晚年在政治上的特殊地位,其诗学思想自然会具有明显的维护封建统治的色彩。但在学唐还是学宋方面他则和叶燮不同,叶燮偏重于学宋,而沈德潜偏重于学唐。这在他几部诗选序中都可以清楚地看出来。他的几部诗选都是在中年以后编成的,《唐诗别裁集》初编于康熙五十六年(1717),至乾隆二十八年(1763)又重新经过修订。《古诗源》编成于康熙五十八年(1719),《明诗别裁集》编成于乾隆三年(1738),《清诗别裁集》初编于乾隆十年(1745),后增订完成于乾隆二十五年(1760)。他编选《唐诗别裁集》《古诗源》之宗旨一方面是在有助"诗教","去郑存雅","去淫滥以归雅正",欲求"诗教"之本原,须认真区分唐诗中"优柔平中顺成和动之音"与"志微噍杀流僻邪散之响",否则就会南辕北辙,不得要领。另一方面也是在于全面学习唐音而正本溯源,其《唐诗别裁集》原序中说:"有唐一代诗,凡流传至今者,自大家名家而外,即旁蹊曲径,亦各有精神面目,流行其间,不得谓正变盛衰不同,而变者、衰者可尽废也。然备一代之诗,取其宏博,而学诗者沿流讨源,则必寻究其指归。"他在《古诗源序》中又说:"诗至有唐为极盛,然诗之盛非诗之源也。""有明之初,承宋元遗习。自李献吉以唐诗振,天下靡然从风。前后七子,互相羽翼,彬彬称盛。然其敝也,株守太过,冠裳土偶,学者咎之。由守乎唐而不能上穷其源,故分门立户者得从而为之辞。则唐诗者宋元之上流,而古诗又唐人之发源也。"而在唐以前的诗歌中,他又特别指出,"即齐梁之绮缛,陈隋之轻艳,风标品格,未必不逊于唐,然缘此遂谓非唐诗所由出",也是完全不对的。可见,沈德潜提倡学习唐音,和前后七子的模拟复古不同,而他对唐诗之发源的理解也是较为宽广的,充分肯定了南朝诗歌对唐诗发展所起的作用。他在强调"诗教"的同时,更注意于诗歌本身发展规律的探讨,而没有从狭隘、保守的观点出发,去贬低和否定在诗歌发展史上曾经起过重要作用的诗人与诗作。沈德潜从中进士前后开始,对"温柔敦厚""诗教"的强调就逐步有所发展,如他在中进士前一年(乾隆三年)写的《明诗别裁集序》中明确提出他的选诗原则是:"皆深造浑厚和平渊雅,合于言志永言之旨,而雷同沿袭浮艳淫靡,凡无当于美刺者,屏焉。"而至乾隆二十五年为《清诗别裁集》所写的序谓其所选诗"唯祈合乎温柔敦厚之旨,不拘一格也"。乾隆二十八年又重新修订《唐诗别裁集》,增收了"有补世道人心"之作,而如"任华、卢仝之粗野,和凝《香奁诗》之亵嫚,与夫一切生梗僻涩及贡媚献谀之辞,概排斥焉",并且提出了诗歌理论批评总的原则和标准:"诗教之尊,可以和性情、厚人伦、匡政治、感神明,以及作诗之先审宗指,继论体裁,继论音节,继论神韵,而一归于中正和平。"王渔洋之诗论产生于清代政治、思想开始稳定,反清复明的思潮被镇压下去的时期,所以重点是在引导士人远离政治而移情山水,超脱现实而不问世事;而归愚之诗论则是产生于清代经历了长期的稳定之后,进入繁荣发展高潮的时期,士人中反清复明的民族思潮已成为过去,绝大多数人已适应了清代的统治,都在服服帖帖地考科举、求功名,故要求士人积极入世,以便为巩固清代统治,为封建政治、经济、文化的繁荣发展作更多贡献。

从诗歌艺术上说,沈德潜是讲究格调的,这也是与他提倡"温柔敦厚"

的"诗教"相一致的。渔洋欣赏隐居于山水田园的"清远"之作,故归之于有味外味的"神韵",德潜主张有益"诗教"、有补于世道人心的"中正和平"之作,故而归之于有法可循、以"唐音"为准的"格调"。不过,沈德潜的格调与明代前后七子的格调又有较大的差别。沈德潜和钱谦益在对明诗评价上是很不同的,从总体上说,他是肯定前后七子而否定公安、竟陵的,因此他和钱谦益的基本立场正好相反。不过,他对明代前后七子的评价是有褒有贬的,他肯定他们提倡唐音,但不赞成他们的模拟因袭。他在《明诗别裁集序》中说:

> 宋诗近腐,元诗近纤,明诗其复古也,而二百七十余年中,又有升降盛衰之别。尝取有明一代诗论之:洪武之初,刘伯温之高格,并以高季迪、袁景文诸人,各逞才情,连镳并轸,然犹存元纪之余风,未极隆时之正轨。永乐以还,体崇台阁,骩骳不振。弘正之间,献吉、仲默,力追雅音;庭实、昌谷,左右骖靳,古风未坠;余如杨用修之才华,薛君采之雅正,高子业之冲淡,俱称斐然。于鳞、元美,益以茂秦,接踵曩哲,虽其间规格有余,未能变化,识者咎其鲜自得之趣焉,然取其菁英,彬彬乎大雅之章也。自是而后,正声渐远,繁响竞作,公安袁氏、竟陵钟氏、谭氏,比之自郐无讥,盖诗教衰而国祚亦为之移矣。此升降盛衰之大略也。

沈德潜是把前后七子作为"正声",而把公安、竟陵作为"变体"来看待的,认为是衰世之音,这是从"诗教"的标准所作出的评价。但又指出前后七子由于仿真因袭而导致"规格有余,未能变化",所以无"自得之趣"。所以,前后七子的"格调"是以拟古的死法为基础的,而沈德潜的"格调"则是在神韵基础上侧重含蓄蕴藉而形成的,他所要遵循的"法"是活法而非死法,是合乎自然之"法"。他在《说诗晬语》中说道:"诗贵性情,亦须论法。乱杂而无章,非诗也。然所谓法者,行所不得不行,止所不得不止,而起伏照应,承接转换,自神明变化于其中。若泥定此处应如何、彼处应如何,不以意运法,转以意从法,则死法矣。试看天地间水流云在、月到风来,何处著得死法?"他所说的"以意运法"和"以意从法"的区别,显然与公安派袁中道(小修)在《中郎先生全集序》中所说的,应当"以意役法"而不应当"以法役意",是一致的。可见,他虽然对公安派持否定态度,但在批评前后七子的时候,实际上是吸收了公安派思想的积极方面的,他只是对公安派之背离"诗教"有所不满而已。沈德潜的"格调"除在"法"的含义上和前后七子有原则区别以外,还有较为丰富的艺术创作思想内容。

沈德潜不只是提倡浑厚、宏大的"唐音",更重要的是,他在总结以唐诗为代表的古代诗歌艺术经验中,对诗歌艺术的审美特征、创作方法、艺术技巧等,提出了许多很有价值的见解,对中国文学理论批评发展作出了十分重要的贡献。这些归纳起来主要有以下几点:

第一,他认识到诗歌是以塑造生动完美的艺术形象来传达诗人情意的,因此诗歌创作重在"蕴蓄",而不尚"质直"。《说诗晬语》(下凡引此书者不再注明)云:"事难显陈,理难言罄,每托物连类以形之。郁情欲舒,天机随触,每借物引怀以抒之。比兴互陈,反复唱叹,而中藏之欢愉惨戚,隐跃欲传,其言浅,其情深也。倘质直敷陈,绝无蕴蓄,以无情之语而欲动人之情,难矣。"诗歌中的事、理、情正是借助于"托物连类""借物引怀"的比兴方法来表现的,这正是诗歌艺术形象创造中的重要审美特征。蕴藉含蓄而不质直敷陈,方能有言浅意深、反复唱叹之妙,而能起到动人之情的作用。愈是深沉的感情,愈难用言语直白说出,必须要让读者自己去体会。所以,他在评《诗经·陟岵》时说:"《陟岵》,孝子之思亲也,三段中但念父母兄之思己,而不言己之思父母与兄,盖一说出,情便浅也。情到极深,每说不出。"他认为读《诗经》当知其"可以兴"也,如果"但求训诂,猎得词章记问之富",则"虽多奚为"?"可以兴"正是指诗歌的审美特征,而"词章记问之富"则是指学问而言的,这也就是严羽"诗有别才,非关学也"的意思。所以他说:"严仪卿有'诗有别才,非关学也'之说,谓神明妙悟,不专学问,非教人废学也。"因为重在"蕴蓄",也特别强调诗歌的言外之意、味外之味,他在《清诗别裁集·凡例》中说:"唐诗蕴蓄,宋诗发露。蕴蓄则韵流言外,发露则意尽言中。愚未尝贬斥宋诗,而趣向旧在唐诗。"其《说诗晬语》赞扬谢朓的诗说:"齐人寥寥,谢玄晖独有一代,以灵心妙悟,觉笔墨之中,笔墨之外,别有一段深情名理。"又论七言绝句则云:当以"语近情遥,含吐不露为主。只眼前景、口头语,而有弦外音、味外味,使人神远,太白有焉"。他赞美王昌龄的绝句云:"王龙标绝句,深情幽怨,意旨微茫。'昨夜风开露井桃'一章,只说他人之承宠,而己之失宠,悠然可思,此求响于弦指外也。'玉颜不及寒鸦色'两言,亦复优柔婉约。"他在《唐诗别裁集》中评王昌龄《听弹风入松阕赠杨补阙》一诗云:"弦外之音,味外之旨,可想不可说。"王诗中有"空山多雨雪,独立君始悟"之句,王士禛在《渔洋诗话》中曾经引用来作为如镜花水月般、具有"不著一字,尽得风流"特色的代表作。由此也可以看到,沈德潜的"格调"和王渔洋的"神韵"是不矛盾的,而是可以统一的。此点沈德潜也曾明确说过,他选诗的标准和王渔洋不同,但神韵也是其中一个方面。其《重订唐诗别裁集序》说:"新城王阮亭尚书选《唐贤三昧集》,取司空表圣'不著一字,尽得风流',严沧浪'羚羊挂角,无迹可求'之意,盖味在咸酸外也。而于杜少陵所云'鲸鱼碧海',韩昌黎所云'巨刃摩天'者,或未之及。余因取杜、韩语意定《唐诗别裁》,而新城所取亦兼及焉。"他认为:作诗要先审宗旨,然后才论体裁、音节、神韵。他对王渔洋神韵说中有关诗歌审美特征的分析是完全赞同的,也是在他的诗论中充分吸收了的。

第二,沈德潜对诗歌中的说理和议论作了许多很深刻的理论分析。他指出:诗歌创作应当富有"理趣",而不应当以"理语"入诗。他在《息影斋诗钞序》中说:"诗贵有禅理禅趣,不贵有禅语。王右丞诗:'行到水穷处,坐看云起时';'松风吹解带,山月照弹琴'。韦苏州诗:'经声在深竹,高斋空掩扉';'水性自云静,石中本无声'。柳仪曹诗:'寒月上东岭,泠泠疏竹根';'山花落幽户,中有忘机客'。随江山鱼鸟烟云花树友朋酬对,皆能悟入上乘,可以证禅理禅趣足也。"沈德潜所举王维、韦应物、柳宗元等的诗句,并无一字是禅家术语,却都体现着深刻的禅理禅趣。王维诗中也以禅语入诗者,例如其《夏日过青龙寺谒操禅师》中云:"欲问义心义,遥知空病空。山河天眼里,世界法身中。"但是这样的诗句反而没有禅趣,自然也没有诗味。他在《清诗别裁集·凡例》中说:"诗不能离理,然贵有理趣,不贵下理语。"比如谢灵运的诗在描写清新秀丽的山水中,常常含有深奥的玄理,两者比较紧密地联系在一起,所以特别富有理趣,有时也有理语入诗,但仍能与山水胜景融为一体。故其评谢诗云:"大约匠心独造,少规往则,钩深极微,而渐近自然,流览闲适中,时时浃洽理趣。"其《古诗源》中也说谢诗"山水闲适,时遇理趣",并说他的《从游京口北固应诏》一诗"理语入诗,而不觉其腐,全在骨高"。所谓"理语"即是王夫之所说的"名言之理"或"经生之理",而所谓"理趣"实即王夫之所谓"诗人之理"。对于"理趣"与"理语"的不同,沈德潜还曾用杜甫的诗和道学家邵雍的诗进行比较,作过十分生动、形象的说明。他说道:"杜诗:'江山如有待,花柳自无私。''水深鱼极乐,林茂鸟知归。''水流心不竞,云在意俱迟。'俱入理趣。邵子则云:'一阳初动处,万物未生时。'以理语成诗矣。王右丞诗不用禅语,时得禅理。"沈德潜所举杜甫的诗分别见于其《后游》《秋野》《江亭》。杜甫的《后游》诗是写游修觉寺时所见到的江山胜景、花柳倩姿,似乎都是在等待人们去欣赏,而毫无自私之心,它实际上包含着杜甫对现实人间种种私心的谴责。《秋野》诗中这两句讲水深鱼才能极其乐,林茂鸟才能知所归,隐喻只有政治清明,百姓才能安居乐业。《江亭》诗中这两句,沈德潜在《唐诗别裁集》中旁批道:"不著理语,自足理趣。"他由"水流""云在"而"心不竞""意俱迟",体会到自然界有它不以人们意志为转移的自然规律,他自己虽有忧国忧民的热忱真切心意,但并不能对改变社会现实状况起到作用。"战血流依旧,军声动至今。"社会的动乱仍在发展,如"水流""云在"那样依然如此。杜甫在这些诗中,都是说的一些非常深刻的道理,然而又都是以生动的形象来体现的,故而有"理趣"而无"理语"。然而,邵雍的诗则是以诗歌的形式讲道学的义理,以抽象的理学说教代替具体的艺术形象,所以枯燥无味而无理趣。沈德潜对"理趣"与"理语"不同的分析,是在王夫之论述基础上的发展,对自宋代以来诗歌创作中有关"理"的争论,作了一个很深刻的总结。与此相关的是他对诗歌创作中"议论"问题的看法,他在《说诗晬语》中说:"人谓诗主性情,不主议论,似也,而亦不尽然。试思二《雅》中,何处无议论?杜老古诗中,《奉先咏怀》《北征》《八哀》诸作,近体中《蜀相》《咏怀》《诸葛》诸作,纯乎议论。但议论须带情韵以行,勿近伧父面目耳。戎昱《和蕃》云:'社稷依明主,安危托妇人。'亦议论之佳者。"诗歌是抒情的,是富有审美趣味的,不能像理论文章那样干巴巴地发议论。所谓"议论须带情韵以行",正是指诗歌中议论的特点及其和一般文章中议论的不同处。杜甫写的《自京赴奉先县咏怀五百字》及《北征》二诗,都是夹叙夹议之作,议论融入抒情和叙事之中,诗从总体上看描写的是杜甫在旅途中的感受,他结合自己一路上的所见所闻,抒写了很多深沉的感慨,同时也对当时的社会状况和政治形势,发表了很多重要的议论,沈德潜在《唐诗别裁集》中评此诗道:"首叙抱负,次述道途所经,末述到家情事,身际困穷,心忧天下,自是希稷、契人语。"公元757年杜甫由唐肃宗所在地凤翔县回鄜州探家,《北征》是他记叙途中所见及归家后情况的作品,诗中有许多议论和感慨,如:"君诚中兴主,经纬固密勿。东胡反未已,臣甫愤所切。挥涕恋行在,道途犹恍惚。乾坤含疮痍,忧虞何时毕!""昊天积霜露,正气有肃杀。祸转亡胡岁,势成擒胡月。胡命其能久?皇纲未宜绝!"这些议论着重在表现诗人的忧国忧民精神,是塑造诗歌抒情主人公形象的重要组成部分,都是"带情韵以行"的,和一般理论文章的议论是完全不同的。议论要成为全诗总体审美形象的一个组成部分,这就和一般文章的抽象议论不同了。所以他说:"读《秋兴》八首、《咏怀古迹》五首、《诸将》五首,不废议论,不弃藻缋,笼盖宇宙,铿戛韶钧,而横纵出没中,复含酝藉微远之致。"(《说诗晬语》)杜诗中的议论正是诗歌中议论的典范。

第三,从诗歌艺术的审美理想方面看,沈德潜所欣赏的也是自然入神的化工境界,和王士禛的神韵是比较接近的。比如他赞美《孔雀东南飞》道:"诗共一千七百四十五言,杂述十数人口中语,而各肖其声口性情,真化工笔也。"又称赞李白的诗道:"太白想落天外,局自变生,涛浪自涌,白云卷舒,从风变灭。此殆天授,非人力也。"从诗歌的音韵说,也要"天机自到,人工不能勉强"。他也十分强调诗歌要表现"元声""元气",他在《说诗晬语自序》中说:"辛亥春,读书小白阳山之僧舍,尘氛退避,日在云光岚翠中,几上有山,不必开门见山也。寺僧有叩作诗指者,时适坐古松乱石间,闻鸣鸟弄晴,流泉赴壑,天风送谡谡声,似唱似答。谓僧曰:'此诗歌元声,尔我共得之乎?'僧相视而笑。"他对孟郊诗的批评,正是在其苦吟强作而元气有损,所以他说:"孟东野诗,亦从《风》《骚》中出,特意象孤峻,元气不无斫削耳。"诗歌当以合乎自然造化为最高境界,正是从这一角度,他十分赞扬陶渊明的诗作,他说:

梁、陈、隋间,专尚琢句。庾肩吾云:"雁与云俱阵,沙将蓬共惊。"

"残虹收宿雨,缺岸上新流。""水光悬荡壁,山翠下添流。"阴铿云:"莺随入户树,花逐下山风。"江总云:"露洗山扉月,云开石路烟。"隋炀帝云:"鸟警初移树,鱼寒欲隐苔。"皆成名句。然比之小谢"天际识归舟,云中辨江树",痕迹宛然矣。若渊明"采菊东篱下,悠然见南山","平畴交远风,良苗亦怀新",中有元化,自在流出,乌可以道里计?

此所谓"元化",即是指陶诗如天地间元声,合于自然造化,而无任何人工痕迹。所以,他在《古诗源》中评陶诗"采菊东篱下"一首云:"胸有元气,自然流出。稍著痕迹便失之。"他又在评"平畴交远风"一诗时云:"昔人问《诗经》何句最佳?或答曰:'杨柳依依',此一时兴到之言,然亦实是名句。倘有人问陶公何句最佳,愚答云:'平畴交远风,良苗亦怀新。'亦一时兴到也。"他在《说诗晬语》中也说:"李太白《夜泊牛渚》、孟浩然《晚泊浔阳》、释皎然《寻陆鸿渐》等章,兴到成诗,人力无与,匪垂典则,偶存标格而已。"他在《唐诗别裁》中评李白《夜泊牛渚怀古》云:"不用对偶,一气旋折。"说明兴到诗成,不必拘于对偶。此与王渔洋所欣赏的"兴会神到"是完全一致的。沈德潜很重视诗歌的"以声为用"的意义,他说:"乐府之妙,全在繁音促节,其来于于,其去徐徐,往往于回翔屈折处感人,是即'依永''和声'之遗意也。"他赞扬《饮马长城窟行》中"青青河畔草"一章的音韵"是神化不可到境界"。其《古诗源》评此诗音韵说道:"前面一路换韵,联折而下,节拍甚急。'枯桑'二句,忽用排偶承接,急者缓之,最是古人神妙处。"诗歌的音韵之美,全在自然而不能以人工求之。他说:"转韵初无定式,或二语一转,或四语一转,或连转几韵,或一韵叠下几语。大约前面舒徐,后则一滚而出,欲急其节拍以为乱也。此亦天机自到,人工不能勉强。"诗歌创作必须要做到一气贯穿,而不受人工的束缚。他说:"太白'五月天山雪,无花只有寒。笛中闻《折柳》,春色未曾看。'一气直下,不就羁缚。右丞'万壑树参天,千山响杜鹃。山中一夜雨,树杪百重泉。'分顶上二语而一气赴之,尤为龙跳虎卧之笔。此皆天然入妙,未易追摹。"对于绝句尤其要讲究化工自然之妙,他说:"绝句,唐乐府也。篇止四语,而倚声为歌,能使听者低徊不倦。旗亭伎女,犹能赏之,非以扬音抗节,有出于天籁者乎?"又说:"五言绝句,右丞之自然,太白之高妙,苏州之古澹,并入化机。"他这种艺术美的理想,实际上是和王渔洋的神韵理想没有多大区别的,所以他也赞扬诗歌的神韵,如说:"郑都官《咏鹧鸪》则云:'雨昏青草湖边过,花落黄陵庙里啼。'此又以神韵胜也。"不过,王渔洋不讲究法度,而沈德潜则还是讲究要有一定的规矩,要求有一种灵活的法度。

第四,沈德潜论诗不专在形式方面,还十分重视作品内容的主导作用。他曾说:"古人意中有不得不言之隐,借有韵语以传之。如屈原《江潭》、伯牙《海上》、李陵《河梁》、明妃《远嫁》,或慷慨吐臆,或沉结含凄,长言短歌,俱成绝调。若胸无感触,漫尔抒词,纵办风华,枵然无有。"他所举出的这些作品都是有充实感人的内容的,而并非仅仅是艺术形式上的华美。他指出:

> 诗贵寄意,有言在此而意在彼者。李太白《子夜吴歌》本闺情语,而忽冀罢征;《经下邳圯桥》本怀子房,而意实自寓;《远别离》本咏英皇,而借以咎肃宗之不振、李辅国之擅权。杜少陵《玉华宫》云"不知何王殿,遗构绝壁下",伤唐乱也;《九成宫》云"巡非瑶水远,迹是雕墙后",垂夏、殷鉴也;他若讽贵妃之酿乱,则忆王母于宫中;刺花敬定之僭窃,则想新曲于天上。凡斯托旨,往往有之。但不如《三百篇》有小序可稽,在读者以意逆之耳。

他特别强调诗歌必须要有寓意,体现诗人自己对现实的评价和观点。他所主张的"以意运法"而不"以意从法",正说明了他在内容和形式的关系上以内容为主导的基本思想。所以他提出:"有第一等襟抱,第一等学识,斯有第一等真诗。"诗人的心胸必须要很开阔,有高尚的理想抱负,有过人的远见卓识,有广博的知识学问,然后才能创作出第一等的真诗。为此他又说:"作文作诗,必置身高处,放开眼界,源流升降之故,了然于中,自无随波逐浪之弊。"文学家能高瞻远瞩,对文学发展的历史有全面深入的了解,能够正确地总结各个派别的源流升降历史,那么,就一定会找到自己创作的新道路、新方向。从创作的角度说,沈德潜认为诗歌在构思的过程中必须首先注重立意,他说:"写竹者必先有成竹在胸,谓意在笔先,然后着墨也。惨澹经营,诗道所贵。倘意旨间架,茫然无措,临文敷衍,支支节节而成之,岂所语于得心应手之技乎?""意在笔先",本是书、画创作上的理论,但其原理是和诗歌创作一致的。他又说:"沈云卿《龙池乐章》,崔司勋《黄鹤楼》诗,意得象先,纵笔所到,遂擅古今之奇;所谓'章法之妙,不见句法,句法之妙,不见字法'者也。"

从上述几方面看来,沈德潜的诗论不像有些研究者所说那样,完全是维护传统"诗教"的、保守的封建诗学观,其实,他的诗学思想中有许多很有价值的内容,他对诗歌艺术的审美特征是很有认识的,特别是他的几本诗选,选诗都是很有艺术眼光的,像《唐诗别裁集》《古诗源》都有相当大的影响,至今仍不失为很好的选本。他在这些诗选的评语中,不仅有对诗歌背景的介绍,有对诗歌思想内容和艺术特征的扼要分析,还包含有他的感想和发挥。应该说他对中国古代文学理论批评的发展是作出了重要贡献的。

第四节　袁枚的性灵说

乾隆时期,和沈德潜在文学思想上处于对立地位的重要诗歌理论批评家是袁枚。袁枚(1716—1798),字子才,号简斋,浙江钱塘(今杭州)人。袁枚也和沈德潜一样为乾隆四年(1739)进士,曾为江宁县令,后购得隋赫德之"隋织造园",将之改造为"随园"。三十三岁就辞官归家自适,以写作诗文为务,不再寻求仕途上的发展,世因称随园先生。他著有《小仓山房集》《随园诗话》《子不语》等,共三十余种。袁枚的思想是比较复杂的,从总的方面看,他有一定的反传统、反道学的叛逆精神,有追求个性解放的色彩,但是他也有不少维护封建正统伦理道德的言论。这种复杂的思想矛盾是与当时的社会经济条件和政治思想状况分不开的。从文学思想的历史发展来说,袁枚的文学思想是与明代中叶以后的文艺新思潮有密切关系的,是对李贽、汤显祖,特别是公安三袁的文学思想之继承和发展。中国封建经济到了明清时期已发展到了后期,走向了没落崩溃的阶段,从明代中叶起已经有了资本主义因素的萌芽,从思想界来说,也已出现了反皇权、反君权、反传统的叛逆精神,体现了某些具有启蒙色彩的个性解放和民主主义思想因素。但是,清兵入关明朝覆亡之后,封建经济的发展在某种程度上有所回升,而资本主义经济因素的发展也受到了压抑。清朝在思想文化上竭力提倡程朱理学,加强了严格的控制,所以具有民主主义色彩的启蒙思想和文艺上的新思潮之发展,也受到了严重的挫折,一度变得比较沉寂。然而这一切毕竟是暂时的,社会总是要向前发展的,新的思想也不可能长期被压制下去。到了乾隆中期,经济上的资本主义萌芽因素之发展,又有了新的回升,思想界也重新开始活跃起来了,然而毕竟还是比较微弱的,不足以与千百年来形成的封建传统相抗衡,所以,虽然文艺上有些新思潮出现,也还是带有很多旧的痕迹,像曹雪芹的《红楼梦》和袁子才的诗学,都是在这样的背景下产生的。

袁枚诗学思想的核心是提倡"性灵"。"性灵"这个概念并非袁枚首创,亦非公安派所首创,早在六朝时就已经提出来了。不过公安派和袁枚所说的"性灵"与历史上的"性灵"概念不完全相同。在文学理论中讲到性灵的,最早是齐梁时代的刘勰。他在《文心雕龙·原道》篇中曾说,人与天地并列而为"三才"之一,人作为"有心之器"和自然界的"无识之物"之不同,就在于人是"性灵所钟"。此"性灵"是指人的心,它是天地间灵气凝聚而成,所以,他说人"为五行之秀,实天地之心,心生而言立,言立而文明,自然之道也"。可见,他所说的"人文",也就是"心之文",亦即"性灵之文"。故而他在《文心雕龙·序志》篇中说:"岁月飘忽,性灵不居","文果载心,余心有寄"。心不仅是思维的枢纽,而且也是感情的渊薮。刘勰在《文心雕龙》中所说的"性灵",其含义应当包括人的思想和感情两方面。钟嵘在《诗品》中是强调诗歌"吟咏情性"的本质的,他评阮籍的诗歌时说,可以"陶性灵,发幽思。言在耳目之内,情寄八荒之表",其"性灵"的含义和刘勰基本一致,不过更偏重在感情方面。所以,后来袁枚特别赞赏钟嵘《诗品》,曾说:"天下有䛒太詅痴,误把抄书当作诗。抄到钟嵘《诗品》日,该他知道性灵时。"(《仿元遗山论诗》)颜之推在《颜氏家训·文章篇》中说文学是"标举兴会,发引性灵"的产物,其"性灵"含义也是包含思想和感情,但又侧重于感情的。"性灵"的这种基本思想此后就一直绵延下来,例如晚唐李商隐在《献相国京兆公启》中说:"人禀五行之秀,备七情之动,必有咏叹,以通性灵。"南宋杨万里反对江西诗派之剽窃古人,提倡"风趣专写性灵"(见《随园诗话》卷一所引),其意也都是如此。

然而,公安三袁和清代袁枚则把提倡"性灵"作为文艺上反道学、反传统、反复古,主张个性解放的基本理论武器,并且把"性灵"理解为"性情"的同义语。所谓"性情"或称"情性",本是包含着"性"与"情"两方面的含义的,然而在运用这个概念的时候,其侧重点是可以很不同的。经生家、道学家大都重在"性"的方面,而多数诗人和文学批评家则重在"情",例如道学家的"吟咏情性"和严羽的"吟咏情性"就很不同。袁枚所说"性情"是和严羽一致的,与"情"的含义是相同的。袁枚说:"诗者,人之性情也。"(《随园诗话》,下凡引此书者均不再注明)"诗写性情,惟吾所适。"(卷一)"凡诗之传者,都是性灵,不关堆垛。"(卷五)他又在《随园尺牍·答何水部》中说:"诗者,心之声也,性情所流露者也。""文以情生,未有无情而有文者。"在《答蕺园论诗书》中也说:"诗者,由情生者也,有必不可解之情,而后有必不可朽之诗。"其《续诗品》中说:"惟我诗人,众妙扶智。但见性情,不著文字。"这些都可以充分说明,袁枚的"性灵"与"性情""情"实际上是一回事。袁枚认为诗歌创作的好坏,完全取决于是否是性情的真实表现,"千古善言诗者,莫如虞、舜,教夔典乐曰:'诗言志。'言诗之必本乎性情也"(卷三)。儒家传统所讲的"诗言志"的"志",虽也包括了"情"在内,但那是经过儒家伦理道德规范的"止乎礼义"之"情",而不是诗人发乎心灵的真实自然之"情","志"的内容主要是指儒家的抱负,"齐家治国平天下"之志,实际也就是儒家之道,故"言志"和"载道"没有本质的差别。然而,袁枚所说的"诗言志"的"志",则是指的性情,亦即是情,而且是不受"礼义"束缚的、没有儒家伦理道德色彩的自由之情,所以,它与传统所说的"言志"有本质的不同。袁枚对《诗经》就有与传统不同的独特看法,他十分赞同常宁欧永孝序江宾谷诗时所说的:"《三百篇》,《颂》不如《雅》,《雅》不如《风》。何也?《雅》《颂》,人籁也,多后王、君公、大夫修饰之词。至十五《国风》,则皆劳人、思妇、静女、狡童矢口而成者也。《尚书》曰:'诗言志。'《史记》曰:'诗以达意。'若《国风》者,真可谓之言志而能达矣。"(卷三)袁枚认为《诗经》是普通百姓直抒性灵之作,这就是他们的"志",它和封建礼义是没有什么牵连的。他在《与邵厚庵太守论杜茶村文书》中说:"诗言志,劳人、思妇都可以言,

《三百篇》不尽学者作也。"他又引尹文端公曰:"言者,心之声也。古今来未有心不善而诗能佳者。《三百篇》大半贤人君子之作。溯自西汉苏、李五言,下至魏、晋、六朝、唐、宋、元、明,所谓大家、名家者,不一而足。何一非有心胸、有性情之君子哉?"(卷十二)因此他理解的"诗言志"已经摆脱了陈腐的"载道"内容,他在《再答李少鹤》中说:"来札所讲'诗言志'三字,历举李、杜、放翁之志,是矣。然亦不可太拘。诗人有终身之志,有一日之志,有诗外之志,有事外之志,有偶然兴到、流连光景、即事成诗之志。'志'字不可看杀也!"这个"志"就是"情"的意思,而且是没有受过道学污染的"情"。他说他最爱周栎园论诗时所说的话:"诗,以言我之情也,故我欲为则为之,我不欲为则不为。原未尝有人勉强之、督责之,而使之必为诗也。是以《三百篇》称心而言,不著姓名,无意于诗之传,并无意于后人传我之诗。嘻!此其所以为至与!"(卷三)正是从强调性情出发,他说:"余作诗,雅不喜叠韵、和韵及用古人韵。以为诗写性情,惟吾所适。"(卷一)为此,他特别不满意前人所作的那些所谓补亡之诗,他说:"凡古人已亡之作,后人补之,卒不能佳:由无性情故也。束晳补《由庚》,元次山补《咸英》《九渊》,皮日休补《九夏》,裴光庭补《新宫》《茅鸱》:其词虽在,后人读之者寡矣。"(卷二)所以他认为"提笔先须问性情"(《答曾南村论诗》),若无性情也就没有诗歌了。袁枚由此引申出了要求抒写真情、表现个性、提倡独创、化工自然、天才灵感等一系列重要的文学创作思想。

表现性灵,抒写性情,其最重要的意义是强调真实。袁枚和公安派一样,认为真正的诗歌,应当是诗人真情的自然流露。他说:"诗难其真也,有性情而后真;否则敷衍成文矣。"真情,是人内心感情之毫无掩饰的表现,诗歌必须表现这样的真情才有价值。能得"性情之真",方能"成一家之盛"。他所最喜欢的是"真而有味"之诗,故而特别赞赏王阳明说的:"人之诗文,先取真意;譬如童子垂髫肃揖,自有佳致。若带假面伛偻,而装须髯,便令人生憎。"(卷三)这种真情是与封建礼教、封建道学的假理、伪情相对立的。袁枚这种提倡真情的思想是对受王阳明心学影响的李贽童心说之继承和发挥。所谓童心即是真心,亦即赤子之心,所以袁枚说:"余常谓:诗人者,不失其赤子之心者也。"(卷三)诗人有未被封建的闻见道理所污染的"赤子之心",直接抒发内心的感想和怀抱,就能在诗歌创作中写出真情。今人作诗之所以不及古人,其原因也正是在此。他说:"《三百篇》不著姓名,盖其人直写怀抱,无意于传名,所以真切可爱。今作诗,有意要人知,有学问,有章法,有师承,于是真意少而繁文多。"(卷七)所以,袁枚认为诗人性情的真实自然流露才是"诗之本旨"(《答施兰垞论诗书》)。他批评王渔洋说:"阮亭主修饰,不主性情,观其到一处必有诗,诗中必用典,可以想见其喜怒哀乐之不真矣。"(卷三)他对渔洋诗的这种判断不够正确,因为渔洋并非不主性情,只重修饰,但是他重在真情的思想却从中可以看得很清楚。他在《与罗甥》的信中批评其诗"不能表见性情,有类泛交之友,静言思之,亦自觉少味矣"。诗是人内心世界的坦露,其生命在于真实。为此,他又说:"熊掌、豹胎,食之至珍贵者也;生吞活剥,不如一蔬一笋矣。牡丹、芍药,花之至富丽者也;剪彩为之,不如野蓼山葵矣。味欲其鲜,趣欲其真,人必知此,而后可与论诗。"(卷一)只有真实的作品才有真正的美。

人的性情是各不相同的,袁枚曾经明确指出"人各有性情",他说:"人问:'杜陵不喜陶诗,欧公不喜杜诗,何耶?'余曰:'人各有性情。陶诗甘,杜诗苦;欧诗多因,杜诗多创:此其所以不合也。元微之云:鸟不走,马不飞,不相能,胡相讥?'"(补遗卷一)诗歌在抒写人的性情时,必然会展示每个人的不同个性特征。他说:"凡作者,各有身分,亦各有心胸。毕秋帆中丞家漪香夫人有《青门柳枝词》云:'留得六宫眉黛好,高楼付与晓妆人。'是闺阁语。中丞和云:'莫向离亭争折取,浓云留覆往来人。'是大臣语。严冬友侍读和云:'五里东风三里雪,一齐排着等离人。'是词客语。"(卷四)是凡情至之语皆能活灵活现地显出诗人的个性,故云:"诗有情至语,写出活现者。"(卷十)从诗歌中的情景两方面来说,写景比较容易,因为景物总有其特定的特点,而言情则比较难,因为各人的情有多有少,而且是各有各的情之特征。他说:"凡作诗,写景易,言情难。何也?景从外来,目之所触,留心便得;情从心出,非有一种芬芳悱恻之怀,便不能哀感顽艳。然亦各人性之所近:杜甫长于言情,太白不能也。永叔长于言情,子瞻不能也。王介甫、曾子固偶作小歌词,读者笑倒,亦天性少情之故。"(卷六)人之性各不相同,故其情亦各有异,诗歌必须善于真实地表现各人不同的情,才能有感人的力量。所以,他提出作诗不可"无我"的主张,他说:"为人,不可以有我,有我,则自恃很用之病多,孔子所以'无固''无我'也。作诗,不可以无我,无我,则剿袭敷衍之弊大,韩昌黎所以'惟古于词必己出'也。北魏祖莹云:'文章当自出机杼,成一家风骨,不可寄人篱下。'"(卷七)诗歌如果"有人无我,是傀儡也"。袁枚在其《续诗品》中专有"著我"一章,其云:"不学古人,法无一可;竟似古人,何处著我。字字古有,言言古无,吐故吸新,其庶几乎!孟学孔子,孔学周公,三人文章,颇不相同。"在重视文学创作的独特个性方面,袁枚比公安三袁要更为突出,其论述也是相当充分的。

与重视诗歌要体现个性特征相联系的,是强调诗歌的独创性,反对雷同因袭。他说:

> 高青丘笑古人作诗,今人描诗。描诗者,像生花之类,所谓优孟衣冠,诗中之乡愿也。譬如学杜而竟如杜,学韩而竟如韩,人何不观真杜、真韩之诗,而肯观伪韩、伪杜之诗乎?孔子学周公,不如王莽之似也,孟子学孔子,不如王通之似也。唐义山、香山、牧之、昌黎,同学杜者;今其诗集,都是别树一旗。杜所伏膺者,庾、鲍两家;而集中亦绝不相似。萧子显云:"若无新变,不能代雄。"陆放翁曰:"文章切忌参死句。"黄山谷曰:"文章切忌随人后。"皆金针度人语。《渔隐丛话》笑欧公"如三馆画笔,专替古人传神",嫌其描也。五亭山人《嘲鹦鹉》云:"齿牙余慧虽偷拾,那识雷同转可羞。"又曰:"争似流莺当百啭,天真还是一家言。"(卷七)

文学在发展过程中,若无新变,则不能代雄,这是早在六朝已经提出了的,但是由于传统的"述而不作"思想影响,模拟因袭的情况在历代都是很严重的,尤其是明代更为突出,虽经公安派等的严厉批评,仍不能完全消除其影响,故袁枚在提倡性灵时,特别强调诗歌创作的独创性,并从这一角度进一步对复古模拟思想进行批判。诗歌是抒写性灵的,所以不必去强行区分唐宋的优劣,他说:"诗分唐、宋,至今人犹恪守。不知诗者,人之性情;唐、宋者,帝王之国号。人之性情,岂因国号而转移哉?"(卷六)各个时代的人有各自的性情,唐、宋、元、明各有自己特色:"明七子不知此理,空想挟天子以临诸侯;于是空架虽立,而诸妙皆捐。《淮南子》曰:'鹦鹉能言,而不能得其所以言。'"(卷六)他在《答施兰垞论诗书》中也说过:"夫诗无所谓唐宋也。唐、宋者,一代之国号耳,与诗无与也。诗者,各人之性情耳,与唐、宋无与也。若拘拘焉持唐宋以相敌,是子之胸中,有已亡之国号,而无自得之性情,于诗之本旨已失矣。"对于一个朝代来说,诗人各有自己特点,不必以一人覆盖一个朝代,如唐有李、杜、韩、白,宋有欧、苏、陆、范,各有自己的独创性。故而他说:"诗如天生花卉,春兰秋菊,各有一时之秀,不容人为轩轾。音律风趣,能动人心目者,即为佳诗;无所为第一、第二也。"(卷三)文学创作最怕的是依傍前人而无自己的创造性,袁枚在《答王梦楼侍讲》中说:"诗宜自出机杼,不可寄人篱下,譬作大官之家奴,不如作小邑之簿尉。"

从提倡表现赤子之心的真情出发,袁枚在诗歌艺术境界上要求有自然化工之美,反对有任何的人工痕迹。他说:"夫诗为天地元音,有定而无定,到恰好处,自成音节,此中微妙,口不能言。"(卷四)他欣赏的是一种天籁境界,他说:"或有句云:'唤船船不应,水应两三声。'人称为天籁。吾乡有贩鬻者,不甚识字,而强学词曲;《哭母》云:'叫一声,哭一声,儿的声音娘惯听,如何娘不应?'语虽俚,闻者动色。"(卷八)又说:"桐城张征士若驹《五月九日舟中偶成》云:'水窗晴掩日光高,河上风寒正长潮。忽忽梦回忆家事,女儿生日是今朝。'此诗真是天籁。"(卷八)天籁,是一种自然化工的境界,它没有任何的人工痕迹。所以文学从创作构思的角度说,他特别喜欢萧子显《自序》中所说的:"凡有著作,特寡思功;须其自来,不以力构。"他也欣赏陆游的"文章本天然,妙手偶得之"之说(卷四)。他说:"自古文章所以流传至今者,皆即情即景,如化工肖物,着手成春,故能取不尽而用不竭。"(卷一)从这一方面说,袁枚的性灵和王士禛提倡的神韵是不矛盾的,是可以互相包容的,所以袁枚的《续诗品》中也有"神悟"一章。

袁枚在文学观点上和沈德潜也并非完全对立,但在某些问题上有较大的分歧,曾经和沈德潜发生过激烈的争论。他写有《答沈大宗伯论诗书》及《再与沈大宗伯书》,在与沈德潜的争论中,袁枚进一步阐述了他以性灵为中心的诗学思想。他和沈德潜的分歧主要有以下几方面:第一,袁枚不赞成沈德潜提倡"温柔敦厚"的"诗教",他认为:"(沈德潜)所云诗贵温柔,不可说尽,又必关系人伦日用。此数语有褒衣大袑气象,仆口不敢非先生,而心不敢是先生。何也?孔子之言,戴经不足据也,惟《论语》为足据。子曰'可以兴,可以群',此指含蓄者言之,如《柏舟》《中谷》是也。曰'可以观,可以怨',此指说尽者言之,如'艳妻煽方处''投畀豺虎'之类是也。曰'迩之事父,远之事君',此诗之有关系者也。曰'多识于鸟兽草木之名',此诗之无关系者也。仆读诗常折衷于孔子,故持论不得不小异于先生,计必不以为僭。"袁枚这是以孔子的诗论来反对沈德潜提倡的"温柔敦厚"的"诗教"。《论语》中记载的孔子诗论,特别是他的"兴、观、群、怨"说,还是对诗歌社会教育作用和美学作用比较科学的论述,不像《礼记·经解》篇说的"诗教"那样有强烈的封建伦理道德色彩。《礼记·经解》篇所载是否确是孔子所说本来是可以研究的,袁枚正是借此来批评沈德潜的。在《再答李少鹤》中,袁枚曾明确指出:"《礼记》一书,汉人所述,未必皆圣人之言。"又说:"故仆以为孔子论诗,可信者兴观群怨也,不可信者温柔敦厚也。"其实,袁枚提倡诗人要有"赤子之心",诗歌创作要表现性灵,抒写真情,就包含着反对诗歌创作要"发乎情,止乎礼义"的意思,体现了对"温柔敦厚""诗教"的叛逆精神。第二,袁枚不赞成沈德潜专门提倡"唐音"、主张效法古人的创作思想,认为文学创作之优劣,不能以古今或唐宋来区分,而应当以是否真实地体现了性情、是否有创新变化来作为标准,否则就有可能走上复古模拟的错误道路。他指出:"尝谓诗有工拙,而无今古。自葛天氏之歌至今日,皆有工有拙,未必古人皆工,今人皆拙。即《三百篇》中,颇有未工不必学者,不徒汉、晋、唐、宋也;今人诗有极工极宜学者,亦不徒汉、晋、唐、宋也。"又说:"至于性情遭际,人人有我在焉,不可貌古人而袭之,畏古人而拘之也。今之莺花,岂古之莺花乎?然而不得谓今无莺花也。今之丝竹,岂古之丝竹乎?然而不得谓今无丝竹也。天籁一日不断,则人籁一日不绝。"因此作诗无所谓古今,亦无所谓唐、宋、元、明,主要在于能否写出真性情,由此他也反对提倡格调,"须知有性情,便有格律,格律不在性情外"。各人不同的性情中,自有不同的格调,"《三百篇》半是劳人思妇率意言情之事,谁为之格?谁为之律?"(卷一)文学发展的基本规律是"变",有"变"才有发展,"唐人学汉魏变汉魏,宋学唐变唐,其变也,非有心于变也,乃不得不变也。使不变,则不足以为唐,不足以为宋也"。第三,袁枚不赞成沈德潜对艳诗的评价,认为不应该把艳诗即爱情诗看作是有悖"诗教",有伤社会风化的作品。袁枚在《再与沈大宗伯书》中说道:"闻《别裁》中独不选王次回诗,以为艳体不足垂教,仆又疑焉。夫《关雎》即艳诗也,以求淑女之故,至于展转反侧。使文王生于今遇先生,危矣哉!《易》曰:'一阴一阳之谓道。'又曰:'有夫妇然后有父子',阴阳夫妇,艳诗之祖也。"同时,袁枚认为艳诗也是诗中之一体,一本好的诗选应当全面反映各种形式的诗体。"艳诗宫体,自是诗家一格,孔子不删郑、卫之诗,而先生独删次回之诗,不已过乎?"而且,"情所最先,莫如男女。古之人屈平以美人比君,苏、李以夫妻喻友,由来尚矣"(《答蕺园论诗书》)。袁枚对艳诗的充分肯定,也明显地体现了他对封建礼教的不满,具有对传统的叛逆精神。他对沈德潜在上述三方面的批评,正好击中了沈德潜诗学思想中的保守方面,也体现了袁枚文学思想的进步方面。

袁枚的性灵说和明代后期以公安派为代表的性灵说相比,又有不少新的发展,这主要表现在以下三个方面:

第一,他主张"师心"和"师古"的结合。公安派从反对前后七子出发,只强调"师心",而反对"师古",这有其正确方面,但也有明显的片面性。只讲究表现性情之真,而不注意吸取前人的创作经验,常常会产生浅薄、俚俗之弊病。袁枚在这方面和公安派有所不同,他比较注意克服公安派的弱点,主张在以抒写性灵为主的前提下,也要十分重视广泛地向古人学习。他曾说:"人闲居时,不可一刻无古人,落笔时,不可一刻有古人。平居有古人,而学力方深;落笔无古人,而精神始出。"(卷十)他在《续诗品》中"著我"一章说:"不学古人,法无一可;竟似古人,何处著我?""博习"一章又云:"万卷山积,一篇吟成,诗之与书,有情无情。钟鼓非乐,舍之何鸣,易牙善烹,先羞百姓。不从糟粕,安得精英?曰不关学,终非正声。"他在这里所说的意思,也是对严羽思想的一种修正,他和严羽一样强调诗歌创作要以吟咏情性为主,但认为知识学问也是不可或缺的重要方面。"师心"是指要真实地抒写自己的心灵,充分发挥天赋的才华;而"师古"是指要学习古人的创作经验,使自己有丰富的知识学问。他说:"学问之道,《四子书》如户牖,《九经》如厅堂,《十七史》如正寝,杂史如东西两厢,注疏如枢阒,类书如厨柜,说部如庖湢井匽,诸子百家诗文词如书舍花园。厅堂正寝,可以合宾;书舍花园,可以娱神。今之博通经史而不能为诗者,犹之有厅堂大厦,而无园榭之乐也。能吟诗词而不博通经史者,犹之有园榭而无正屋高堂也。是皆不可偏废。"(卷十)这种学问不应该只局限于某一家,而是应当力求广博。他说:"文尊韩,诗尊杜,犹登山者必上泰山,泛水者必朝东海也。然使空抱东海、泰山,而此外不知有天台、武夷之奇,潇湘、镜湖之胜;则亦泰山上之一樵夫,海船上之舵工而已矣。学者当以博览为工。"(卷八)

第二,他主张诗歌创作要以天工自然为主,但又不否定人工修饰的必要,他认为应当由人工修饰而达到天工自然之美。他说:"作古体诗,极迟不过两日,可得佳构;作近体诗,或竟十日不成一首。何也?盖古体地位宽余,可使才气卷轴;而近体之妙,须不著一字,自得风流;天籁不来,人力亦无如何。今人动轻近体,而重古风,盖于此道,未得甘苦者也。叶庶子书山曰:'子言固然。然人功未极,则天籁亦无因而至。虽云天籁,亦须从人功求之。'知言哉!"(卷五)他认识到天籁与人工之间是一种辩证的关系,如天籁不来,则人力亦无可奈何,因此天籁是最终的目的,但是天籁也须从人功而求之,若无人工努力,天籁亦不易得。公安派是强调天籁而蔑视人工的,而袁枚则要求以人工来补足天工,以人力来促使天籁境界的出现。他说:"诗宜朴不宜巧,然必须大巧之朴;诗宜澹不宜浓,然必须浓后之澹。"(卷五)这里的"朴"是指天然而言的,"巧"指的就是人工;"澹"是天然境界的体现,而"浓"则是人为努力的表现。所谓"大巧之朴"和"浓后之澹",就是指由人工之极而达到天工的境界。他在《箴作诗者》中说:"须知极乐神仙境,修炼多从苦处来。"所以,袁枚虽然提倡天才,力主性情,重在自然神到,但并不废人为的修饰,更不否定讲究具体的艺术技巧,他在《续诗品》中有许多章都是讲的诗歌写作的技巧,如"选材""用笔""布格""择韵""振采""结响""取径"等。他在"振采"中说:"明珠非白,精金非黄。美人当前,烂如朝阳。虽抱仙骨,亦由严妆。匪沐何洁,非熏何香!西施蓬发,终竟不臧。若非华羽,曷别凤凰!"因此,袁枚是很重视诗歌的人工修饰改的,但不能痕迹宛露。他说:"诗不可不改,不可多改。不改则心浮,多改则机窒。"(卷三)必须恰到好处。他既要求诗歌平淡,又要求诗歌精深。他说:"《漫斋语录》曰:'诗用意要精深,下语要平淡。'余爱其言,每作一诗,往往改至三五日,或过时而又改。何也?求其精深,是一半工夫。求其平淡,又是一半工夫。非精深不能超超独先,非平淡不能人人领解。"(卷八)

第三,在诗人的修养上,他认为应当把先天禀赋和后天学习结合起来。他说:"诗文自须学力,然用笔构思,全凭天分。往往古今人持论,不谋而合。李太白《怀素草书歌》云:'古来万事贵天生,何必公孙大娘浑脱舞。'赵松雪《论诗》云:'到老始知非力取,三分人事七分天。'"(卷十五)天分是基本的,没有天分就没有诗,但诗的好坏也与学力有很大关系,这和刘勰"才为盟主,学为辅佐"的思想是一致的,而这和公安派之只重才不重学的思想是不同的。袁枚认为诗人的天赋不可因学问而被掩盖起来,使之得不到发挥,然而,诗人也不能只靠天赋而遗弃学问,应该借后天的学问之精粹,来发扬其先天之才华。他曾说:

> 余尝谓鱼门云:"世人所以不如古人者,为其胸中书太少。我辈所以不如古人者,为其胸中书太多。昌黎云:'非三代两汉之书不敢观。'亦即此意。东坡云:'孟襄阳诗非不佳,可惜作料少。'施愚山驳之云:'东坡诗非不佳,可惜作料多。诗如人之眸子,一道灵光,此中着不得金屑,作料岂可在诗中求乎?'予颇是其言。或问:'诗不贵典,何以少陵有读破万卷之说?'不知'破'字与'有神'三字,全是教人读书作文之法。盖破其卷,取其神;非囫囵用其糟粕也。蚕食桑而所吐者丝,非桑也;蜂采花而所酿者蜜,非花也。读书如吃饭,善吃者长精神,不善吃者生痰瘤。"(卷十三)

他强调"一道灵光",即是重视天生的禀赋,而过多堆砌典故、炫耀学问,则是会磨灭这"一道灵光"的,然而他又不简单地否定学问,而是认为要"取其神",使之如蚕食桑而吐丝,蜂采花而酿蜜,要充分消化学问,成为自己的养分,从而使自己的先天禀赋得到更充分的发挥。他又说:"诗文之作意用笔,如美人之发肤巧笑,先天也;诗文之征文用典,如美人之衣裳首饰,后天也。"(补遗卷六)所以,天分和学力两方面不能有所偏废,都是不可废弃的。

袁枚的诗学思想从反传统、反理学的方面看,是有很明显的进步意义的,所以在当时曾经产生了较大的影响,然而,他在具体的诗歌评论中仍然还是有许多封建的东西。从提倡性灵的理论方面说,也比公安派有所前进,修正了公安派的一些明显的不足之处,但是在诗学理论上新的重大的创造不多,虽然他也提出了一些新见解,然而深度不够,比较一般。因此,把袁枚的诗学说得比王士禛、沈德潜要高出很多,也是不符合实际的。

第五节　纪昀的文学思想

纪昀(1724—1805),字晓岚,又字春帆,直隶献县(今河北沧州)人。纪昀是乾隆十九年(1754)进士,生活在乾隆朝极盛时期,曾官至礼部尚书、协办大学士,为《四库全书》的总纂官,是当时学识渊博的大学者。他在诗文、小说的创作上都很有成就,也是一位重要的文学批评家。纪昀的文学思想和沈德潜一样,也是代表乾隆朝的正统观念的,主张遵循"诗教"传统,提倡"诗言志"。但是,他不是像经生家那么简单而不懂得诗歌艺术的人,他不仅深知诗歌的抒情本质,而且对诗歌艺术美特征也是很有研究的。他在《云林诗钞序》中曾对古代诗学的发展作过一个概括性的论述,他认为扬雄的"诗人之赋丽以则,辞人之赋丽以淫"也可以用来说诗,"上下二千余年,刻骨镂心,千汇万状,大约皆此两派之变相"。是偏重诗歌的教化功用,还是偏重诗歌的艺术美,确实是两种不同的派别。纪昀论诗的纲领就是"发乎情,止乎礼义"。他说:

> "发乎情,止乎礼义"二语,实探风雅之大原,后人各明一义,渐失其宗。一则知"止乎礼义"而不必其"发乎情",流而为金仁山《濂洛风雅》一派,使严沧浪辈激而为"不涉理路,不落言诠"之论。一则知"发乎情"而不必其"止乎礼义",自陆平原缘情一语引入歧途,其究乃至于绘画横陈,不诚已甚与。夫陶渊明诗时有庄论,然不至如明人道学诗之迂拙也。李、杜、韩、苏诸集岂无艳体,然不至如晚唐人诗之纤且亵也。酌乎其中,知必有道焉。

这就是纪昀诗学的基本精神,既反对道学诗的干巴枯燥,又反对如齐梁艳体那样绘画横陈的淫靡之作。他对汉代以后这两种诗歌创作的不良倾向是很不满意的。他在《诗教堂诗集序》中说:"夫两汉以后,百氏争鸣,多不知诗之有教,亦多不知诗可立教。故晋、宋歧而元(玄)谈,歧而山水,此教外别传者也,大抵与教无裨,亦无所损。齐、梁以下,变而绮丽,遂多绮罗脂粉之篇,滥觞于《玉台新咏》,而弊极于《香奁集》。风流相尚,诗教之决裂久矣。有宋诸儒起而矫之,于是《文章正宗》作于前,《濂洛风雅》起于后,借咏歌以谈道学,固不失'无邪'之宗旨。然不言人事而言天性,与理固无所碍,而与'兴、观、群、怨','发乎情,止乎礼义'者则又大相径庭矣。"这就是对《云林诗钞序》中论述的具体补充。从他所举陶诗和李、杜等的诗对比来看,其意义已经远不止是否全面地来理解儒家的"发乎情,止乎礼义",而是涉及理性和感性、说理和抒情的关系,以及艳情和色情、华丽和淫靡的关系。陶诗中的"庄论"不是像玄言诗那样枯燥无味的理语,而是把庄子的思想观念寄寓在自然清新的审美形象之中的,所以不像道学家的诗那样迂阔空疏、淡而寡味,而是在悠闲抒情中给人一种思之不尽、味之无穷的哲理意味。李、杜、韩、苏也有艳体诗,但是有华丽高雅的情怀,而不是那种纤巧亵狎的色情之作。应该说,纪昀反对这两种诗歌创作倾向毫无疑问是正确的,不过,以"发乎情,止乎礼义"作为衡量诗的标准,还是和乾隆时代的官方文艺思想有关系的,和沈德潜提倡"温柔敦厚"的"诗教"也是一致的。他对陆机的批评也可以看出其儒家正统诗学思想的保守方面。

纪昀比较可贵的地方是对诗歌的艺术思维和审美特征有比较深刻的认识,他在《挹绿轩诗集序》中指出"诗之本旨"是"诗言志""思无邪""发乎情,止乎礼义"时,特别提出诗歌创作过程的心物交融、情景相生的艺术思维特征和兴象玲珑、余味无穷的美学风貌。为此他肯定了严羽所说是和"风人之旨"并不相违背的。他说:

其间触目起兴,借物寓怀,如杨柳雨雪之类,为后人所长吟而远想者,情景之相生,天然凑泊,非六义之根柢也。然风会所趋,质文递变,如食本疗饥,而陆海穷究其滋味;衣本御寒,而纂组渐斗其工巧。

于是乎咏物之作起于建安，游览之篇沿于典午，至陶、谢而标其宗，至王、孟、韦、柳而参其妙，至苏、黄而极其变，自唐至今，遂传为诗学之正脉，不复能全宗《三百篇》矣。饴山老人（赵执信）作《谈龙录》，力主诗中有人之说，固不为无见，要其冥心妙悟，兴象玲珑，情景交融，有余不尽之致，超然于畦封之外者，沧浪所论与风人之旨固未尝相背驰也。

他看到像《诗经》中的"昔我往矣，杨柳依依；今我来思，雨雪霏霏"这些生动感人的描写，是诗人心物交融的产物，其间"情景之相生，天然凑泊"，并非"根柢"于"六义"，而是艺术创作本身的特性之体现。所以，他肯定诗歌在历史发展中必然会愈来愈追求艺术上的完美，如"食本疗饥""衣本御寒"，但是一定会逐渐趋向于"陆海穷究其滋味""纂组渐斗其工巧"，这是很自然的事，与诗歌的"本旨"是并不矛盾的。从诗歌创作的角度来说，纪昀认为实际上离不开模拟和创新两个基本途径，也就是他所说的"拟议"和"变化"。他在《鹤街诗稿序》中说："在心为志，发言为诗。古之风人特自写其悲愉，旁抒其美刺而已。"然而，诗歌创作是诗人的心灵和外界景物的结合，"心灵百变，物色万端，逢所感触，遂生寄托，寄托既远，兴象弥深，于是缘情之什渐化为文章。如食本以养生，而八珍五鼎缘以讲滋味；衣本以御寒，而纂组锦绣缘以讲工巧。相沿而至，莫知其然而亦遂相沿不可废，故体格日新，宗派日别，作者各以其才力学问智角贤争，诗之变态遂至于隶首不能算。然自汉、魏以至今日，其源流正变，胜负得失，虽相竞者非一日，而撮其大概，不过拟议变化之两途"。从总结文学的历史发展来说，确实不外乎拟议变化两途，而纪昀所赞赏的则是既要出自自己的心灵性情，又要吸收古人的艺术经验，拟议中要有变化，变化中不抛弃传统。所以他赞扬童鹤街的诗作："一一能抒其性情，戛戛独造，不落因陈之窠臼，而意境遥深，隐合温柔敦厚之旨，亦不偭古人之规矩，其鲜华秀拔，神骨天成，不强回笔端作朴素之貌，而自然不入于纤丽，是真能自言其志，毅然自为一家矣。"既不落入因陈窠臼，又不违背古人规矩，抒情而情中有志，言志而不离性情，意境深远，神骨自然，这才是诗歌创作的正道。纪昀在《四百三十二峰草堂诗钞序》中对拟议和变化的关系说得更明确:"论者谓王、李之派有拟议而无变化,故尘饭土羹;三袁、钟、谭之派有变化而无拟议,故価规破矩。盖必心灵自运,而后能不立一法,不离一法,所谓神而明之,存乎其人也。""不立一法"就是讲究变化,善于创新;"不离一法"就是要有拟议,继承传统。而这两者都是建立在"心灵自运"基础上的。纪昀的文学思想实际上是和朱彝尊、沈德潜的思想比较一致的,偏重于言志彰教,而能注意到必须从抒发自己心灵出发,在对文学审美特性的认识上他和沈德潜也是很相似的,特别重视神韵自然的艺术意象的创造,也充分体会到文学创作中思维活动的特点。

纪昀论诗注重一个"变"字。他不仅指出"变"是诗歌发展中的一个必然的规律,而且特别强调要有新变,不过,这种"变"又要继承优良的传统,不能背离传统的基本精神。他在《四百三十二峰草堂诗钞序》中说:"诗日变而日新。"但是明代诗歌的发展恰恰是或者没有新变,或者变得过头走入邪道。七子和公安正好表现了这样两个极端。纪昀说:"余校定《四库》,所见不下数千家,其体已无所不备。故致嘉、隆七子变无可变,于是转而言复古,古体必汉、魏,近体必盛唐,非如是不得入宗派。然摹拟形似,可以骇俗目,而不可以炫真识,于是公安、竟陵乘机别出,么弦侧调,纤诡相矜,风雅遗音迨明季而扫地焉。"前后七子模拟复古而没有创新变化,公安、竟陵则又不懂如何变,而陷入俚俗之弊。在《冶亭诗介序》中,他认为:"夫文章格律与世俱变者也,有一变必有一弊,弊极而变又生焉。"这种思想是和公安派袁宏道在《雪涛阁集序》中的观点一样的。变久而生弊,因弊而必又有变。这是文学发展演变的一个规律。纪昀具体分析了从唐末到明清诗歌发展的状况来说明这一点。他说:

> 唐以前毋论矣,唐末诗猥琐,宋杨、刘变而典丽,其弊也靡;欧、梅再变而平畅,其弊也率;苏、黄三变而恣逸,其弊也肆;范、陆四变而工稳,其弊也袭;四灵五变,理贾岛、姚合之绪余,刻画纤微;至江湖末派,流为鄙野,而弊极焉。元人变为幽艳,昌谷、飞卿遂为一代之圭皋,诗如词矣;铁厓矫枉过直,变为奇诡,无复中声。明林子羽辈倡唐音,高青邱辈讲古调,彬彬然始归于正;三杨以后,台阁体兴,沿及正、嘉,善学者为李茶陵,不善学者遂千篇一律,尘饭土羹;北地、信阳,挺

然崛起,倡为复古之说,文必宗秦、汉,诗必宗汉、魏、盛唐,踔厉纵横,铿锵震耀,风气为之一变,未始非一代文章之盛也。久而至于后七子,勦袭摹拟,渐成窠臼。其间横轶而出者,公安变以纤巧,竟陵变以冷峭,云间变以繁缛,如涂涂附,无以相胜也。

国初变而学北宋,渐趋板实;故渔洋以清空飘渺之音变易天下之耳目,其实亦仍从七子旧派,神明运化而出之。赵秋谷掊击百端,渔洋不怒;吴修龄目以"清季李于鳞",则衔之终身,以一言中其隐微也。故七子之诗虽不免浮声,而终为正轨,吐其糟粕,咀其精英,可由是而盛唐,而汉、魏。惟袭其面貌,学步邯郸,乃至如马首之络,篇篇可移,如土偶之衣冠,虽绘画而无生气耳。

纪昀不只是具体说明了文学发展中的由变而弊、由弊而变的规律,而且也对唐、宋、元、明,一直到清代前期的诗歌创作思想潮流,作了相当概括和深入的分析,指出了从唐末到清代前期各个诗歌流派的成就、贡献及其不足和弊病。他的中心思想是认为"变"是文学发展的必然,这种"变"就是要革除文学发展中出现的弊端。历史上每一种文学思潮都有一个兴起、繁荣、高潮、衰落的过程,当它发展到极端的时候,就必然会出现弊病,于是就一定会有新的思潮来代替它。如果没有"变",也就没有文学的日新月异的发展。文学之所以有"变",是因为"人生境遇不同,寄托各异,心灵浚发,其变无穷","其兴象之深微,寄托之高远,则固别有在也"(《瀛奎律髓刊误序》)。

纪昀还对《文心雕龙》《瀛奎律髓》《玉台新咏》以及李商隐、苏轼、陈师道等人的诗歌进行了评点。其中最著名的是对《文心雕龙》的评点,他是清代研究《文心雕龙》的代表性人物。他的评点也是和他的整体文学思想一致的。他很重视《文心雕龙》的《原道》篇,认为"道"是文的本源,他批道:"文以载道,明其当然。文原于道,明其本然。识其本,乃不逐其末。"他看出刘勰重在宗经,他说:"本经术以为文,亦非六代文士所知。"他很赞成刘勰在《明诗》篇中对"诗言志"的肯定,他说:"此虽习见之语,其实诗之本原,莫逾于斯。后人纷纷高论,皆是枝叶工夫。"在艺术上,纪昀特别重视以自然为宗,而反对雕饰,他在《原道》篇批道:"齐梁文藻日竞雕华,标自然以为宗,是彦和吃紧为人处。"在《神思》篇中他批道:"意在游心虚静,则腠理自解,兴象自生,所谓自然之文也。"在《风骨》篇批语中,他特别不赞成黄叔琳"气是风骨之本"的观点,明确提出:"气即风骨,更无本末。"从他对这部古代文论巨著的评点中,我们可以看出纪昀对文学的本质和特点是有相当深刻认识的。

纪昀是《四库全书》的总纂官,《四库全书总目提要》更是在他的直接指导下编成的。虽然我们已经不能确定究竟哪些是他写的和改写的,但是毕竟他是主编,所以那里有关文学家文集的提要和有关文艺批评的论著之提要是可以和纪昀的文学思想来参照研究的。纪昀不愧为清代的大学者,也是十分重要的文学批评家。只可惜他没有提出很有影响的文学理论批评新思想,也没有构成很系统的理论体系。这是比较遗憾的事。

第六节　乾嘉学派的兴起和翁方纲的肌理说

翁方纲(1733—1818),字正三,号覃溪,大兴(今北京)人,著有《复初斋诗文集》《石洲诗话》等。翁方纲生活在乾隆、嘉庆时期,正属清代考据学派盛行之时,他的诗学思想深受乾嘉考据学派的影响,他的基本特点是以学问是否丰富笃实,典故是否确切有据,义理是否清晰深入,文辞是否合乎法度,来作为评论诗歌优劣的标准。这和袁枚力主性情、不重学问的文学思想是对立的。什么是所谓"肌理"呢?翁方纲的"肌理"从词义上说,是出于杜甫《丽人行》的"肌理细腻骨肉匀",即是指诗文之写作当如肌肤之有纹理,也就是说,诗歌创作不能流于空疏而要讲究切实,如人的肌肤之有具体清晰纹理。这也是他所以不赞成神韵、格调而要提倡肌理的原因,其《志言集序》中说:"士生今日,经籍之光,盈溢于世宙,为学必以考证为准,为诗必以肌理为准。"他在《蛾术集序》中说:"士生今日经学昌明之际,皆知以通经学古为本务,而考订诂训之事与词章之事,未可判为二途。"诗歌创作必须以扎扎实实的学问为基础,要经得起严格考证的检验。不过,诗歌中的"理"和文章中的"理"是有差别的,所以其《延晖阁集序》中说:"诗必研诸肌理,而文必求其实际。"道学家的"理"和诗人的"理",从根本含义上说是并无不同的,但在实际表现上则是各异的,他在《杜诗"熟精〈文选〉理"理字说》中说,杜甫的"理"不同于陈白沙、庄定山所推崇的《伊川击壤集》之"理"。其云：

> 少陵所谓理者，非夫《击壤》之流为白沙、定山者也。客曰理有二欤？曰：理安得有二哉！顾所见何如耳。……然则何以别夫《击壤》之开陈、庄者欤？曰：理之中通也，而理不外露，故俟读者而后知之云尔。若白沙、定山之为《击壤》派也，则直言理耳，非诗之言理也。故曰："如玉如莹，爰变丹青。"此善言文理者也。理者，治玉也，字从玉，从里声。其在于人，则肌理也；其在于乐，则条理也。《易》曰："君子以言有物。"理之本也。又曰："言有序。"理之经也。天下未有舍理而言文者。

可见，翁方纲所说的"肌理"之"理"，不是抽象的理、直言之理，而是包含在艺术形象中"不外露"的理，其实际意义是要求诗歌能"言有物"和"言有序"。从义理上说，它和道学之理并无二致，但在表现形式上则是不同的。他在《志言集序》中说："言者，心之声也。文辞之于言，又其精者。诗之于文辞，又其谐之声律者。然则'在心为志，发言为诗'，一衷诸理而已。理者，民之秉也，物之则也，事境之归也，声音律度之矩也。是故渊泉时出，察诸文理焉；金玉声振，集诸条理焉；畅于四支，发于事业，美诸通理焉。义理之理，即文理之理，即肌理之理也。""肌理"之理，从思想倾向方面说，是"义理之理"，而从艺术表现方面说是"文理之理"。"义理之理"即在"文理之理"中，"文理之理"也不能离开"义理之理"。他认为：不论是杜甫的"熟精《文选》理"，还是韩愈的"雅丽理训诰"，也都既是"义理之理"，又是"文理之理"。他在《韩诗"雅丽理训诰"理字说》中说："风、雅、颂为三经，赋、比、兴为三纬，经与纬皆理也。理之义备矣哉！"三经主要是义理，而三纬则主要是文理，但经纬交错，两者在作品中是不可分割的。

从提倡"肌理"的文学思想出发，翁方纲在诗歌创作上强调要讲究诗法。他指出：法是必须遵循的，但法又有其灵活的一面。他在《诗法论》中说："欧阳子援扬子制器有法以喻书法，则诗文之赖法以定也审矣。忘筌忘蹄，非无筌蹄也。律之还宫，必起于审度，度即法也。顾其用之也无定方，而其所以用之，实有立乎法之先而运乎法之中者。故法非徒法也，法非板法也。"对于同一诗也、同一法也,而各人"用之之理、用之之趣",都不相同。他认为文学创作中的"法",有"正本探源"者,有"穷形尽变"者,他说:

> 文成而法立。法之立也,有立乎其先、立乎其中者,此法之正本原源也;有立乎其节目、立乎其肌理界缝者,此法之穷形尽变也。杜云"法自儒家有",此法之立本者也;又曰"佳句法如何",此法之尽变者也。夫惟法之立本者,不自我始之,则先河后海,或原或委,必求诸古人也。夫惟法之尽变者,大而始终条理,细而一字之虚实单双,一音之低昂尺黍。其前后接笋,乘承转换、开合正变,必求诸古人也。乃知其悉准诸绳墨规矩,悉效诸六律五声,而我不得丝毫以己意与焉。故曰,禹之治水,行其所无事也。行乎所不得不行,止乎所不得不止。应有者尽有之,应无者尽无之,夫然后可以谓之诗,夫然后可以谓之法矣。

讲究诗歌创作的法度,并不始于翁方纲,而有着源远流长的历史。大体说来:儒家要求严密的法度,道家则不讲法度而任其自然;强调复古者重视法度,主张创新者不重法度或主张活法;重在学问者讲究法度,提倡性情者反对死法。翁方纲的诗学思想受儒家传统和理学思想影响较深,强调文学创作要以笃实学问为基础,偏向于认真向古人学习,所以非常重视法度。他在论诗法时,和前人相比又有所发展。他把"法"分为"正本探源"和"穷形尽变"两个方面。所谓"正本探源"者,是指文学创作必须遵循"诗教"传统而言的,所以举杜甫"法自儒家有"为证,就其"肌理"说而论,是指诗中要有渊博的学问和精深的义理;所谓"穷形尽变"者,是指文学创作在艺术形式上的传统表现方法和表现技巧,就其"肌理"说而论,是指诗歌创作中要讲究严格的诗法,亦即所谓"文理"也,所以举杜甫"佳句法如何"为证。翁方纲认为不管是"正本探源"也好,"穷形尽变"也好,都必须"求诸古人",但又不能拘泥于古人死法,要以古人诗法为基础,按照今时、今地、今人的不同情况,而采取不同的创新方法。因为,"同一时、同一境、同一事之作,而其用法之所以然,父不能得之于子,师不能传之于弟;即同一在我之作,而今岁不能仿昨岁语,今日不能用昨日之语,况其隔时地、分古今,而强我以就古人之法,强执古人以定我之法,此则蔑古之尤者也,而可谓之效古哉?"那么,怎样才能使"求诸古人"和适应实际创作需要相统一呢?翁方纲认为关键是在诗人的灵活运用,"诗中有我在也,法中有我以运之也"。所以,翁方纲的诗法既强调学习古人,同时又是一种活法,而不是死法。最终还是要达到这样的境界:"行乎所不得不行,止乎所不得不止。应有者尽有之,应无者尽无之。"

翁方纲的"肌理"说之核心是突出学问在诗歌创作中的主导作用,其弊病主要是往往会发展为以堆砌学问代替诗歌创作的倾向。这种诗学观点和创作倾向在中国古代也有其久远的历史渊源,早在刘宋时期就出现过,颜延之的创作即是一个典型代表。当时钟嵘在其《诗品》中就严厉批评过以炫耀学问、堆砌典故代替诗歌审美形象的创作倾向,讽刺他们是"虽谢天才,且表学问",萧纲在《与湘东王书》一文中也曾对这种"竞学浮疏,争为阐缓"的倾向表示怀疑和不满,认为它"既殊比兴,正背《风》《骚》"。宋代以江西诗派为代表的诗风之所以受到严羽的批评,也正是因为其"以文字为诗,以才学为诗,以议论为诗",而核心即是以学代诗,以理代情,用典故,掉书袋。在清代,浙派朱彝尊、厉鹗等在诗歌创作方面,也是注重学问,以学为诗的,主张学宋诗,朱彝尊曾说:"天下岂有舍学言诗之理。"(《楝亭诗序》)厉鹗也说:"故有读书而不能诗,未有能诗而不读书。"(《绿杉野屋集序》)桐城派也是主张学问渊博的,与翁方纲同时的姚鼐特别提出义理、考据、词章的统一,这一派后人称之为学者之诗,这些对翁方纲的文学思想有直接的影响,"肌理"说正是在这个基础上的发展,使"学者之诗"成为较有影响的诗派。因此,翁方纲的诗论也可以说是学者的诗论,是对历来学者诗论的总结和发展。

翁方纲由于注重学问在诗歌创作中的重要性,所以他对元稹赞扬杜甫诗歌创作中的铺陈排比是很肯定的。他在《石洲诗话》卷一中曾说:

> 元相作《杜公墓系》有铺陈排比、藩翰堂奥之说,盖以铺陈终始,排比声韵之中,有藩篱焉,有堂奥焉。语本极明。至元遗山作《论诗绝句》,乃曰:"排比铺张特一途,藩篱如此亦区区。少陵自有连城璧,争奈微之识碔砆。"则以为非特堂奥,即藩翰,亦不止此。所谓"连

城璧"者,盖即杜诗学所谓参苓、桂术、君臣、佐使之说。是固然矣。然而微之之论,有未可厚非者。诗家之难,转不难于妙悟,而实难于铺陈终始,排比声律,此非有兼人之力,万夫之勇者,弗能当也。

他认为在妙悟和学问之间,学问是更难的,也是更重要的。诗歌创作要"铺陈终始,排比声律",没有深厚的学问根底是不可能做到的,故而他又说白居易的《和梦游春》《游悟真寺》等"看之似平易,而为之实艰难","元、白之铺陈排比,尚不可跻攀若此,而况杜之铺陈排比乎? 微之之语,乃真阅历之言也"。翁方纲的这种观点,显然是和严羽的思想是根本不同的,也和袁枚完全不同。他还说:"杜公之学所见直是峻绝,其自命稷、契,欲因文扶树道教,全见于《偶题》一篇,所谓'法自儒家有'也。此乃羽翼经训,为风骚之本,不但如后人第为绮丽而已。无如飞腾而入者,已让过前一辈人,不得不怀江左之逸、谢邺中之奇;而缘情绮靡,斯已降一格以相从矣。"(《石洲诗话》卷一)他更重视的是"扶树道教""羽翼经训",为此他强调的诗歌创作道路,不是王渔洋的路子,而是朱竹垞的路子。他在《石洲诗话》卷四中说:"渔洋先生则超明人而入唐者也。竹垞先生则由元人而入宋而入唐者也。然则二先生之路,今当奚从? 曰:吾敢议其甲乙耶? 然而由竹垞之路为稳实耳。"不过,翁方纲虽然特别强调深厚的学问在诗歌创作中的重要作用,但是他对诗歌的艺术特征也还是有认识的,很重视诗歌"兴象"的创造,他在《石洲诗话》中曾多次说到这一点。卷一中说:"右丞五言,神超象外,不必言矣。"又说:"盖唐人之诗,但取兴象超妙。"又说唐代杜甫等诗人早朝大明宫、登慈恩寺塔的唱和之作,"率由兴象互相感发"。所以翁方纲的肌理说也是吸收了王渔洋神韵说的内容的。

翁方纲在提出他的肌理说时,还特别阐述了它和神韵说、格调说的关系,他专门写有《神韵论》上、中、下三篇和《格调论》上、中、下三篇。他没有写有关性灵说的论著,但是实际上肌理说的提出和性灵说有密切的关系。袁枚在诗歌创作上虽不否定学问的必要性,然而始终是明确地把性灵放在第一位的,认为如无性灵则无诗,而无学问则仍可以有诗,不过不易写出艺术上高水平的精致之作而已。所以民间的劳人思妇虽无高学问,也仍可以写出有真性灵的佳作。正是在这一点上,翁方纲的观点与之完全相反。翁方纲也不否定性情,但他认为诗歌创作首要的是学问,有广博扎实的学问,然后可以言诗。所以,他的肌理说是作为对性灵说的否定而出现的。而袁枚对浙派的强调学问就已经有过尖锐的批评。他曾在《万拓坡诗集跋》中说道:"明七子貌袭盛唐,而若辈乃皮傅残宋,弃鱼菽而啖稀苓,尤无谓也。"对当时以考据学问为诗的倾向,他也作过批评:"人有满腔书卷,无处张皇,当为考据之学,自成一家。其次,则骈体文,尽可铺排,何必借诗为卖弄?自《三百篇》至今日,凡诗之传者,都是性灵,不关堆垛。惟李义山诗,稍多典故;然皆用才情驱使,不专砌填也。""近见作诗者,全仗糟粕,琐碎零星,如剃僧发,如拆袜线,句句加注,是将诗当考据作矣。"所以,袁枚说他们是"误把抄书当作诗"。翁方纲认为他的肌理说是为了补神韵说和格调说的不足而提出来的,从根本上说,肌理说和神韵说、格调说没有什么区别。他在《神韵论上》中说:"吾谓新城变格调之说而衷以神韵,其实格调即神韵也。今人误执神韵,似涉空言,是以鄙人之见,欲以肌理之说实之。其实肌理亦即神韵也。"不过这只是翁方纲的一种理解,实际上神韵、格调、肌理虽然有某种内在联系,都是指诗歌创作所要达到的一种理想境界,但是它们各自有很不同的特点。按照翁方纲的理解说,神韵乃是"诗之所固有者",而非渔洋"言诗之秘",他说:

> 且杜云"读书破万卷,下笔如有神",此神字即神韵也。杜云"精熟《文选》理",韩云"周诗三百篇,雅丽理训诰",杜牧谓"李贺诗使加之以理,奴仆命骚可矣",此理字即神韵也。神韵者,彻上彻下,无所不该。其谓"羚羊挂角,无迹可求",其谓"镜花水月,空中之象",亦皆即此神韵之正旨也,非堕入空寂之谓也。其谓"雅人深致",指出"讦谟定命,远猷辰告"二句以质之,即此神韵之正旨也,非所云理字不必深求之谓也。然则神韵者,是乃所以君形者也。

由此可见,翁方纲是把神韵理解为形神之神,神韵即是传神了,所以神韵也就无所不该、无所不包了。当然,神韵之作是能够传神的,但是传神不等于就是神韵。他举杜甫之"读书破万卷,下笔如有神",是指精深广博的学问,有助于诗人在创作中达到运用如神的境界,这与他的肌理说倒是有接近之处。至于杜甫、韩愈、杜牧所说的理,则不仅各人的理之含义不同,而且更与神韵没有直接关系,最多只能说对于使作品传神有一定作用。翁方纲认为王士禛之所以提倡神韵,并非因为是他自己所首创,而是"特为明朝李、何一辈之貌袭者言之",反对他们仅从形貌上模拟古人,而要求能体现其内在之神,所以他又说:"诗有于高古浑朴见神韵者,亦有于风致见神韵者,不能执一以论也。"(《坳堂诗集序》)故格调和神韵并无根本差别,强调神韵只是为了克服格调之弊病而已。然而,神韵本身又陷于空寂玄妙,不易捉摸,于是翁方纲提出"肌理",认为在学问的基础上,重视义理、文理,按照他灵活的诗法,就可以具有神韵境界,自然也就有了高超的格调。他对从前后七子到沈德潜的格调都是有批评的,认为格调随时、随地、随人而异,不能说某一种格调就是最好的。他在《格调论上》中说:"诗之坏于格调也,自明李、何辈误之也。李、何、王、李之徒,泥于格调而伪体出焉。非格调之病也,泥格调者病之也。""是则格调云者,非一家所能概,非一时一代所能专也。古之为诗者,皆具格调,皆不讲格调。格调非可口讲而笔授也。唐人之诗,未有执汉、魏、六朝之诗以目为格调者;宋之诗,未有执唐诗为格调;即至金、元诗,亦未有执唐宋为格调者。独至明李、何辈,乃泥执《文选》体以为汉、魏、六朝之格调焉;泥执盛唐诸家以为唐格调焉。于是不求其端,不讯其末,惟格调之是泥;于是上下古今,只有一格调,而无递变递承之格调矣。"翁方纲所着重批评的是格调派的泥古而不懂得变化,不懂得格调之随时而变,随人而异,而坠入模拟因袭前人格调的错误倾向。为此,他在《格调论下》中提出:"化格调之见而后词必己出也,化格调之见而后教人自为也,化格调之见而后可以言诗,化格调之见而后可以言格调也。"他指出,对于实际诗歌创作来说,"夫其题内有拟古仿古者,尚且宜自为格制,自为机杼也,而况其题本出自为,其境其事属我自写者,非古人之面而假古人之面,非古人之貌而袭古人之貌,此其为顽钝不灵,泥滞弗化也"。翁方纲对格调的批评,其矛头主要针对明前后七子,而基本不涉及沈德潜者,主要原因有二:一是沈德潜的格调论虽有继承前后七子者,但已经和前后七子很不同,他是反对死法,不赞成模拟因袭的。他之提倡"唐音",是羡慕其宏大浑厚、含蓄蕴藉,要求从"唐音"中体会诗歌的审美特征和天生化成的神韵艺术境界,而不是简单地模仿其形迹。从这一点说,翁方纲和他没有什么区别,只是翁方纲主张学习古人要不拘于一格,而其内心又是偏向于学习宋诗,强调学问考据的重要,因此别创肌理说而与格调说相左。二是沈德潜提倡"温柔敦厚"的"诗教",与翁方纲肌理说之注重学问、义理,本是很接近而可以相通的,他们的文学思想都有明显的维护封建正统的特点。翁方纲虽说他的肌理是对神韵、格调的补偏纠弊之说,然而从诗歌创作来说,实际上他是更加偏离了正确的方向。不管是王士祯的神韵说也好,沈德潜的格调说也好,都还是相当重视诗歌艺术的审美特征的,也都很重视诗歌的抒情本质,可是翁方纲的肌理说,恰好在这些诗歌艺术的根本规律上产生了偏向,走上了以学问考据代替诗歌创作,实际上也就是严羽所批评的江西诗派的老路,继承和发展了宋代已出现的"学者之诗"这一派。

第七节 清代的词论

词学的发展在明代和词的创作一样是处于衰落时期。从论词的著作来说,也只有陈霆《渚山堂词话》、王世贞《艺苑卮言》中论词数十则,俞彦《爰园词话》、杨慎《词品》等数种。而从词学理论上说除王世贞偶有独立识见外,余均无较深入之论述。王世贞曾经说:"词须宛转绵丽,浅至儇俏,挟春月烟花于闺幨内奏之,一语之艳,令人魂绝,一字之工,令人色飞,乃为贵耳。至于慷慨磊落,纵横豪爽,抑亦其次,不作可耳。作则宁为大雅罪人,勿儒冠而胡服也。"显然是反对苏轼等豪放派以诗为词的,故以柳永、张先、周邦彦、李清照等为"词之正宗"。到了清代,词的创作才有了大的发展,上承宋元,而又有新的发展。词学理论批评也得到复苏,词学著作也就相当多了。清初之词论当以李渔《窥词管见》颇有新意,他提出词当立于诗曲二者之间,其谓:"作词之难,难于上不似诗,下不类曲,不淄不磷,立于二者之中。""当令浅者深之,高者卜之,一俯一仰,而处于才不才之间,词之三昧得矣。"并指出:"词之关键,首在有别于诗固已。"而许多曲语在词中则是用不得的。他还提出词规意新,语贵自然,不能有道学气、书本气、禅和子气。而且强调词的创作主要在情景二字,而情景有须分主客,"情为主,景是客"。这都说明李渔对词的特点还是有比较清醒的认识的。

清代词学的发展兴盛的关键是以朱彝尊为代表的浙派词的兴起,以及他们的词学观点之影响。朱彝尊曾辑自唐以至元人所为词共二十六卷为《词综》(后汪森补十卷为三十六卷),所选词以"雅正"为指归,其《词综发凡》中指出:"言情之作,易流于秽,此宋人选词,多以雅为目。"又在《群雅集序》中说:"盖昔贤论词,必出于雅正。"这种词学思想和选词标准,实是和当时清廷提倡"清真雅正"的文章直接有关的。所以,他认为韩愈"欢愉之辞难工,而穷苦之言易好"的观点,只适用于诗,而不适用于词。他在《紫云词序》中说:"至于词或不然,大都欢愉之辞,工者十九,而愁苦者十一焉耳。""词则宜于宴嬉逸乐,以歌咏太平,此学士大夫并存焉而不废也。"朱彝尊论词特别推崇南宋姜夔,他在《黑蝶斋诗余序》中曾说道:"词莫善于姜夔,宗之者张辑、卢祖皋、史达祖、吴文英、蒋捷、王沂孙、张炎、陈允平、张翥、杨基,皆具夔之一体。"他认为词和诗是不同的,它善于表达诗所不能表达的内容,他在《陈纬云红盐词序》中说:"词虽小技,昔之通儒钜公往往为之。盖有诗所难言者,委曲倚之于声,其辞愈微,而其旨益远。善言词者,假闺房儿女之言,通之于《离骚》变雅之义,此尤不得志于时者所宜寄情焉耳。"则表明了他也没有完全把词作为"歌咏太平"之作,仍是肯定词有其寄托哀怨之意的。他的朋友汪森在为《词综》所写的序中更特别强调不能把词看作是"诗余",认为"古诗之于乐府,近体之于词,分镳并骋,非有先后;谓诗降为词,以词为诗之余,殆非通论矣"。他认为西蜀、南唐以后词之发展,"言情者或失之俚,使事者或失之伉。鄱阳姜夔出,句琢字炼,归于醇雅"。于是沿之而起者纷纷然,"而词之能事毕矣"。汪森的思想正可与朱彝尊互相发明,成为浙派词人之基本词学观。与朱彝尊同时,而在词学观点上不太相同的有陈维崧,在《词选序》中不赞成"极意《花间》,学步兰畹,矜香弱为当家,以清真为本色"的词学观点和创作倾向,而特别推崇苏、辛的豪放派词作,认为"东坡、稼轩诸长调,又骎骎乎如杜甫之歌行与西京之乐府也"。

清代词学发展最重要的变化是常州词派的兴起。常州词派的理论基础是强调词要有寄托,这实际上是用传统论诗的观点来论词。浙派论词重在"雅正",而以姜夔为代表,常州词派讲"寄托",其面就比较宽。其代表人物为张惠言(1761—1802),字皋文,江苏武进人。他在词的理论和创

作上影响最大的是其所编辑之《词选》。他在《词选序》中说:

> 词者,盖出于唐之诗人,采乐府之音以制新律,因系其词,故曰"词"。传曰:"意内而言外,谓之词。"其缘情造端,兴于微言,以相感动,极命风谣里巷男女哀乐,以道贤人君子幽约怨悱不能自言之情,低徊要眇,以喻其致。盖诗之比兴,变风之义,骚人之歌,则近之矣。然以其文小,其声哀,放者为之,或跌荡靡丽,杂以昌狂俳优。然要其至者,莫不恻隐盱愉,感物而发,触类条鬯,各有所归,非苟为雕琢曼辞而已。

他把词与《诗》《骚》相比,认为在"缘情造端,兴于微言,以相感动"方面,词与《诗》《骚》并无区别,只是"以其文小,其声哀,放者为之,或跌荡靡丽,杂以昌狂俳优",而与《诗》《骚》有小异,"然要其至者,莫不恻隐盱愉,感物而发,触类条鬯,各有所归,非苟为雕琢曼辞而已"。强调词不只是一种赏心悦目的娱宾遣兴之作,而是和诗歌一样有抒情达志的作用的文学形式,不过其表现方法更为含蓄委婉,并指出其特点是"意内而言外",是有所寄托的。按照这种观点,他在《词选》中的一些评语也都体现了类似的思想。如评温庭筠《菩萨蛮》(小山重叠金明灭)一首云:"此感士不遇也。篇法仿佛《长门赋》,而用节节逆叙。此章从梦晓后,领起'懒起'二字,含后文情事,'照花'四句,《离骚》初服之意。"又评冯延巳《蝶恋花》(六曲阑干偎碧树)(莫道闲情抛弃久)(几日行云何处去)云:"三词忠爱缠绵,宛然《骚》辨之义。延巳为人,专蔽嫉妒,又敢为大言。此词盖以排间异己者,其君之所以信而弗疑也。"又评欧阳修《蝶恋花》(庭院深深几许)云:"'庭院深深',闺中既以邃远也。'楼高不见',哲王又不寤也。'章台''游冶',小人之径。'雨横风狂',政令暴急也。"由此可见,张惠言在具体分析词的寄托内容时,颇多牵强附会之处,往往不符合作者原意,而是以己意强加于作者。不过从总体上说,认为词并非"苟为雕琢曼辞",而是有所为而作,是寄托了作者某种思想情绪的,这一基本观点还是有道理的,也是符合许多词的实际创作思想的。

常州词派主要理论家是周济(1781—1839),字保绪,又字介存,号止庵,其主要词论著作是《介存斋论词杂著》和他所编选的《宋四家词选》的目录序论。他在强调词的确寄托方面,比张惠言更为突出,他在《宋四家词选目录序论》中说:

序曰:清真。集大成者也。稼轩敛雄心,抗高调,变温婉,成悲凉。碧山餍心切理,言近指远,声容调度,一一可循。梦窗奇思壮采,腾天潜渊,返南宋之清泚,为北宋之秾挚。是为四家,领袖一代。余子荦荦,以方附庸。夫词,非寄托不入,专寄托不出。一物一事,引而伸之,触类多通,驱心若游丝之罥飞英,含毫如郢斤之斫蝇翼。以无厚入有间,既习已,意感偶生,假类毕达,阅载千百,謦欬弗违,斯入矣。赋情独深,逐境必寤,酝酿日久,冥发妄中;虽铺叙平淡,摹缋浅近,而万感横集,五中无主;读其篇者,临渊窥鱼,意为鲂鲤,中宵惊电,周识东西,赤子随母笑啼,乡人缘剧喜怒,抑可谓能出矣。问涂碧山,历梦窗、稼轩以还清真之浑化。余所望于世之为词人者,盖如此。

这篇序中周济明确地提出了词"非寄托不入,专寄托不出"的重要思想,后来谭献在《复堂词话·宋四家词选》中说:"以有寄托入,以无寄托出,千古辞章之能事尽,岂独填词为然!"所谓"非寄托不入",是指词的创作应包含有作者的深刻寓意,而不是泛泛的即兴之作;所谓"以无寄托出",是指从词的表面上不易直接看出作者之寓意,也就是所谓"意内而言外",必须对词作反复涵泳,方能体会其中之深意。而从读者来说,则是见仁见智,可以各以其不同感受而得到美的享受。他在《介存斋论词杂著》中说:"初学词求空,空则灵气往来。既成格调,求实,实则精力弥满。初学词有寄托,有寄托,则表里相宜,斐然成章。既成格调,求无寄托,无寄托,则指事类情,仁者见仁,知者见知。"词的创作既要空,又要实,空灵则给人以丰富的想象余地,实则让人感到具体生动,启发人去了解其寄托之真意所在。所以他说:"学词先以用心为主,遇一事、见一物,即能沉思独往,冥然终日,出手自然不平。"之所以要"沉思独往,冥然终日",就是要使自然的情志能恰到好处地寄寓于事物之中,而不是随意地对事物作无目的的描写。所以周济特别强调词要含蓄,他批评姜夔说:"白石好为小序,序即是词,词仍是序,反复再观,如同嚼蜡矣。词序,序作词缘起,以此意词中未备也。"从他对苏轼词的肯定和否定也可以看出他这种思想,他说:"人赏东坡粗豪,吾赏东坡韶秀;韶秀是东坡佳处,粗豪则病也。"他不喜欢豪放爽直,而喜含蓄蕴藉,要求有寄托,不主张坦率直露。他又说:"感慨所寄,不过盛衰:或绸缪未雨,或太息厝薪,或已溺已饥,或独清独醒,随其人之性情学问境地,莫不有由衷之言。见事多,识理透,可为后人论世之资。诗有史,词亦有史,庶乎自树一帜矣。若乃离别怀思,感士不遇,陈陈相因,唾沈互拾,便思高揖温、韦,不亦耻乎?"周济特别欣赏浑厚之作,他说周邦彦的词"愈勾勒愈浑厚",批评辛稼轩的有些词"锋颖太露",说姜夔的作品,"惟'暗香''疏影'二词,寄意题外,包蕴无穷,可与稼轩伯仲。余皆俱据事直书,不过手意近辣耳",也都是要求浑厚含蓄的意思。常州词派的文学思想是和诗歌创作上王渔洋、沈德潜的美学观比较接近的,也许正是诗学思想的影响在词学上的反映吧。

第二十八章　桐城派的文论和章学诚、阮元的文学观

第一节　方苞"清正古雅"的"义法论"

清代桐城派的文章理论影响非常之大,之所以称为桐城派,是因为它的三位主要代表人物:方苞、刘大櫆、姚鼐,都是安徽桐城人。桐城派的理论主要是讲文章的写作,而这文章的概念是相当广泛的,它几乎包括了一切用语言文字书写的著作。因此,他们讲的是文章学的理论和创作,不能简单地说成就是文学理论和创作。但是,他们所说的这种极为广义的文章,也是包含了文学在内的。他们的文章学理论有不少是和文学创作理论可以相通的,而有许多则主要是针对文学创作而说的,所以对文学理论批评的发展曾产生了很深远的影响。桐城派古文理论上承以韩、柳为代表的唐宋八大家,其理论核心是提倡文章写作上的义理、词章、考据的统一,这也是和当时清廷鼓吹程朱理学,引导文人钻故纸堆的思想一致的。因此,从总体上说,桐城派是为适应清代统治者为巩固封建制度之需要而产生的思想文化方面的重要流派,然而对桐城派的评价又不能简单化,而应当有分析地对待。桐城派颇受乾嘉学派影响,而乾嘉学派虽是在清廷文化政策影响下出现的,但他们对中国古代学术文化的整理、研究和探讨,作出了十分重大的贡献,他们在学术上的成就和严谨踏实的学风,以及他们注重事实、详细论证的研究方法,是应当得到充分肯定的,即使对今天的学术研究也还有很重要的借鉴意义。

桐城派的始祖为方苞(1668—1749),字灵皋,号望溪,著有《方望溪文集》。方苞生活在康熙、乾隆之际,比王士禛略晚,他的文章和王渔洋的诗,诚如袁枚所说,同为清朝"一代正宗"。方苞的文章学理论之核心是强调"清真古雅"的"义法",什么是"义法"?从其词义上说,是从司马迁《史记·十二诸侯年表》中说孔子"西观周室,论史记旧闻,兴于鲁而次《春

秋》,上记隐,下至哀之获麟,约其辞文,去其烦重,以制义法,王道备,人事浃"而来的。方苞在《又书货殖传后》一文中于此有明确的论述,他说:"《春秋》之制义法,自太史公发之,而后之深于文者亦具焉。义即《易》之所谓言有物也,法即《易》之所谓言有序也。义以为经而法纬之,然后为成体之文。"他又在《书归震川文集后》一文中说道:"孔子于艮五爻辞释之曰'言有序',家人之象系之曰'言有物',凡文之愈久而传未有越此者也。""义"是指文章的内容,"法"是指与其内容相统一的形式。"法"是随"义"之不同而有所变化的。他的《书五代史安重诲传后》一文对"义法"的含义又作了更为具体的论述:

> 记事之文,惟《左传》《史记》,各有义法。一篇之中,脉相灌输而不可增损,然其前后相应,或隐或显,或偏或全,变化随宜,不主一道。《五代史安重诲传》,总揭数义于前,而次第分疏于后,中间又凡举四事,后乃详书之。此书疏论策体记事之文,古无是也。《史记》伯夷、孟荀、屈原传,议论与叙事相间,盖四君子之传,以道德节义,而事迹则无可列者,若据事直书,则不能排纂成篇,其精神心术所运,足以兴起乎百世者,转隐而不著。故于伯夷传叹天道之难知,于孟荀传见仁义之充塞,于屈原传感忠贤之蔽壅,而阴以寓己之悲愤,其他本纪、世家、列传,有事迹可编者,未尝有是也,重诲传乃杂以论断语。夫法之变,盖其义有不得不然者。欧公最为得《史记》法,然犹未详其义而漫效焉。后之人,又可不察而仍其误邪。

由此可见,所谓"义",包括了文章的叙事内容和作者的议论评价,而所谓"法",则是文章的写作方法和技巧,指组织严密、条理清楚等而言。这种"法"不是固定不变的,而是随"义"的表达之需要而有所变化的。"义法"源于儒家经典,而以《左传》《史记》为最精,而唐宋八大家之古文即承此而来。他在《古文约选序》中说:"盖古文所从来远矣。《六经》《语》《孟》其根源也,得其枝流而义法最精者,莫如《左传》《史记》。"又说:"唐宋八家之文,篇各一事,可择其尤,而所取必至约,然后义法之精可见。"他的"义法"论虽以载道为目的,但主要还在文章写作上,这和唐宋古文家的思想是一致的。但方苞的"义法"论又有它的时代特征。

方苞所说的"义法",是与清廷所提倡的程朱理学密切联系着的,因为他的"义法"论不只是就古文说的,也包括时文即八股文,其"义法"有具体的标准,这就是"清真古雅"。由他所编选的乾隆时《钦定四书文》之《凡例》中说明人制义"至正、嘉作者,始能以古文为时文,融液经史,使题之义蕴,隐显曲畅,为明文之极盛"。他选四书文的标准也非常明确:"故凡所录取,皆以发明义理,清真古雅,言必有物为宗,庶可以宣圣主之教思,正学者之趋向。"这"清真古雅"是直接根据雍正、乾隆时对文章的"清真雅正"圣谕而提出来的,它也是对古文写作的要求。他在《凡例》中说得十分明白:

> 唐臣韩愈有言"文无难易,惟其是耳",李翱又云"创意造言,各不相师",而其归则一,即愈所谓"是"也。文之清真者,惟其理之是而已,即翱所谓创意也。文之古雅者,惟其辞之是而已,即翱所谓造言也。而依于理以达乎其词者,则存乎气。气也者,各称其资材而视所学之浅深以为充歉者也。欲理之明,必溯源六经,而切究乎宋元诸儒之说;欲辞之当,必贴合题义,而取材于三代两汉之书;欲气之昌,必以义理洒濯其心,而沉潜反复于周、秦、盛汉、唐、宋大家之古文。兼是三者,然后能清真古雅而言皆有物。

方苞所谓的"清真古雅",即是对"义法"说的具体发挥。"清真",即是对"义"的要求;"古雅",即是对"法"的要求。"清真古雅"也就是他说的"雅洁"。"清真"的要求在"理之是",而"理"的内容必溯源六经而穷究宋元诸儒之说,也就是要合乎理学的思想原则。"古雅"的要求在"辞之是",而"辞之当"必贴合题意而取材于三代两汉之书。理是辞当的水平之高下,体现在作品"气之昌"与否,而这又是和作者的学识修养直接相关的。他在《进四书文选表》中说:"臣闻言者,心之声也。古之作者,其气格风规,莫不与其人之性质相类,而况经义之体,以代圣人贤人之言,自非明于义理,挹经史古文之精华,虽勉焉以袭其形貌,而识者能辨其伪,过时而湮没无存矣。"他还特别指出:古文的写作尤重人品与文品的统一,其

《答申谦居书》说:"艺术莫难于古文。自周以来,各自名家者,仅十数人,则其艰可知矣。苟无其材,虽务学不可强而能也;苟无其学,虽有材不能骤而达也。有其材有其学而非其人,犹不能以有立焉。盖古文之传,与诗赋异道。魏晋以后奸佥污邪之人,而诗赋为众所称者有矣。以彼瞑瞒于声色之中,而曲得其情状,亦所谓诚而形者也,故言之工而为流俗所不弃。若古文,则本经术而依于事物之理,非中有所得,不可以为伪。"这种说法自然也是不很确切的,古文家也未必人品都好。然而他对作者仁义道德修养之重视,确是继承了韩愈等古文家的传统思想的。

第二节 刘大櫆论古文的神气、音节、文字

方苞的"义法"论虽为桐城派文论奠定了基本原则,但是对古文写作的具体论述不多,继方苞之后,对古文写作理论作了进一步发挥的是他的学生刘大櫆。

刘大櫆(1689—1779),字才甫,号海峰,著有《论文偶记》,他是在方苞和姚鼐之间承前启后的重要人物。刘大櫆在其《论文偶记》中,首先提出文章写作艺术技巧的重要性,他认为文章的内容固然是最重要的,内容和形式的关系也要有主有次,但是文章的形式是有其相对独立性的,不重视这一点,文章也是写不好的。他强调说:"盖人不穷理读书,则出词鄙倍空疏。人无经济,则言虽累牍,不适于用。故义理、书卷、经济者,行文之实,若行文自另是一事。譬如大匠操斤,无土木材料,纵有成风尽垩手段,何处设施?然即土木材料,而不善设施者甚多,终不可为大匠。故文人者,大匠也;神气、音节者,匠人之能事也;义理、书卷、经济者,匠人之材料也。"义理、书卷、经籍是文人进行文章写作的材料,然而对这些材料如何设施,则又是另一回事,不是有了材料就一定能写好文章的。例如大匠虽有丰富的优质材料,若无善于设施的才能和本领,则不能成器。所以,他又说:"当日唐、虞纪载,必待史臣。孔门贤杰甚众,而文学独称子游、子夏。可见自古文字相传,另有个能事在。"此所谓的"另有个能事在",即是指文章写作的能力和水平。他特别重视文章形式的独立性,也就是文章写作中的艺术技巧和方法的重要性。他认为:"作文本以明义理,适世用。而明义理,适世用,必然有待于文人之能事;朱子谓'无子厚

笔力发不出'。"这样明确地、突出地强调文章写作的形式技巧之重要作用,不仅是对方苞文论思想的重大发展,也是对唐宋以来古文家理论思想的重大突破。他的《论文偶记》之要害是在探讨这"另一个能事"的具体内容,亦即怎样才能使文章达到"成风尽垩"的高超手段。

刘大櫆认为衡量一篇文章美不美的主要关键在于是否能达到神、气的自然流露,行文之"能事"正是在这里。他说:"行文之道,神为主,气辅之。曹子桓、苏子由论文,以气为主,是矣。然气随神转,神浑则气灏,神远则气逸,神伟则气高,神变则气奇,神深则气静,故神为气之主。"这正是以中国文学批评发展史上传统的神气说来作为文章写作的最高美学标准。刘大櫆所说的神、气的含义是什么呢？神是指文章中自然天成、不落痕迹,又能充分展示作者精神面貌特征的化工境界,气是指文章中具体体现这种化工境界、带有作者个性和气质的行文气势。神与气的关系,他也有相当精辟的论述,他说:"神者,文家之宝。文章最要气盛;然无神以主之,则气无所附,荡乎不知其所归也。神者气之主,气者神之用。神只是气之精处。"神是比较抽象的,而气则相对地说比较具体,气是神的集中表现。他非常赞赏唐代李德裕《文章论》中所引的李翰的话:"文章如千军万马;风恬雨霁,寂无人声。"认为"此语最形容得气好"。重气实际上也就是重神,他又说:"气最要重。""今粗示学者:古人行文至不可阻处,便是他气盛。非独一篇为然,即一句有之;古人下一语,如山崩,如峡流,觉阑当不住,其妙只是个直的。""昔人云:'文以气为主,气不可以不贯;鼓气以势壮为美,而气不可以不息。'此语甚好。"不过重神气并非刘大櫆的创见,而是古已有之的。刘大櫆的贡献是在提出了神气、音节、文字三者的关系,使神气不再玄虚不可捉摸,而变得具体而可以探求了。《论文偶记》中最精彩的一段是他对神气、音节、文字三者关系的论述:

> 神气者,文之最精处也;音节者,文之稍粗处也;字句者,文之最粗处也;然论文而至于字句,则文之能事尽矣。盖音节者,神气之迹也;字句者,音节之矩也。神气不可见,于音节见之;音节无可准,以字句准之。

他认为文章中的神气并不是抽象而难以把握的,神气是通过文章的音节而体现出来的,只有在吟诵的过程中才能深深地体会神气之特点。他的这种说法虽然也有一点绝对化,但却是符合中国文学的传统特点的。因为中国古代的诗文不只是写给人看,而首先是供人们来吟诵的;只有在吟诵中才更容易领会其神气韵味,所以,特别讲究文字的音韵之美。不仅诗歌和骈文有严密的格律,即使是散体的古文也要求有自然的、和谐的、节奏感很强的、抑扬顿挫的音乐美。然而,音节之美毕竟还是不够具体的,难以有明确的准则,所以就要落实到文字。字有四声,有平仄的不同,有清浊、轻重的差别,故音节之美要从文字上体现出来。他说:"音节高则神气必高,音节下则神气必下,故音节为神气之迹。一句之中,或多一字,或少一字;一字之中,或用平声,或用仄声;同一平字仄字,或用阴平、阳平、上声、去声、入声,则音节迥异,故字句为音节之矩。积字成句,积句成章,积章成篇,合而读之,音节见矣;歌而咏之,神气出矣。"重神气而从音节、文字着手,不管怎么说,都给予作者以一种具体的方法。从文学创作来说,神气不都体现在音节上,它首先是与意象的构成和意境的创造密切相关的,自然音乐美也是其重要的组成部分之一。从一般非文学的文章来说,神气也是和其思想内容、逻辑力量等有直接关系的,也不全在音节、文字上。因此,刘大櫆的神气、音节、文字之说有过分强调文字技巧的缺点,这是我们必须清醒地认识到的。

刘大櫆论文的另一个重要贡献是他提出了对文章艺术美的具体要求,如文贵奇、高、大、远、简、疏、变、瘦、华、参差、去陈言等十一条标准。这里我们可以看出刘大櫆创作思想中的一些比较有价值的地方,归纳起来有以下几点:第一,他要求文章有独创性。所谓"文贵奇"者,即是指要有不同于一般的独特之处,所谓"珍爱者必非常物"。而这种"奇"有不同的层次,其中以神奇、气奇为最高。为此,就要"贵去陈言",像韩愈所提倡的那样,"不蹈袭前人一言一句",像李翱所说的,要"创意造言,各不相师"。文章的风格则要高远宏大。第二,他要求文章含蓄深远,有味外之味。所谓"文贵远"者,即是指要含蓄味永,使"微情妙旨,寄之笔墨蹊径之外",有"意到处言不到,言尽处意不尽"之妙,所以文章要简练而疏脱。第三,他要求文章富于变化,不拘常法。他说文章"不得其神而徒守其法,则死法而已",要做到"一集之中篇篇变,一篇之中段段变,一段之中句句变,神变,气变,境变,音节变,字句变"。第四,他要求文章应该朴中见华,淡中有浓,"不著脂粉而精彩浓丽",既要华美又不能变得俗艳。这样,刘大櫆就在方苞的基础上,从文章写作的艺术技巧方面,大大地丰富了桐城派的理论。

第三节　姚鼐论义理、考据、词章的统一和阳刚之美与阴柔之美

桐城派文论的最重要代表人物是姚鼐(1732—1815),字姬传,又字梦谷,著有《惜抱轩文集》十六卷,《惜抱轩诗集》十卷,《惜抱尺牍》等,选有《古文辞类纂》七十五卷。姚鼐对方苞、刘大櫆的古文理论作了全面的总结,把桐城派的古文理论和创作推向最高峰,形成了相当完整的体系,在理论内容上有不少重要的新发展。姚鼐在方苞"义法"论的基础上,明确提出了桐城派文论的纲领:义理、考证、文章的统一。他在《述庵文钞序》中说:

> 余尝论学问之事有三端焉,曰:义理也,考证也,文章也。是三者,苟善用之,则皆足以相济;苟不善用之,则或至于相害。今夫博学强识而善言德行者,固文之贵也,寡闻而浅识者,固文之陋也。然而世有言义理之过者,其辞芜杂俚近,如语录而不文,为考证之过者,至繁碎缴绕,而语不可了。当以为文之至美而反以为病者,何哉?其故由于自喜之太过,而智昧于所当择也。夫天之生才,虽美不能无偏,故以能兼长者为贵。而兼之中又有害焉,岂非能尽其天之所与之量,而不以才自蔽者之难得与?

姚鼐在这一段论述中指出学问之事有三个基本方面:义理、考证、文章,三者统一才是最高最美的境界,而学者往往各有偏至,不能兼通;即使有兼长之美,又往往因为"自喜之太过","智昧于所当择",而"不善用之",反而使三者"相害"。为此他特别强调要"善用"三者而使之"皆足以相济",既有精深而不芜杂的义理,又有翔实而不繁碎的考证,能用鲜明、生动、准确的语言来表达,这样才是最理想的完美文章。既要能善明义

理,又要"以考证助文之境"(《与陈硕士》尺牍)。姚鼐之所以提出义理、考证、文章三者的统一,是有一定的现实针对性的。他生活在乾隆、嘉庆两朝,处于封建社会末期,正是向近代社转变之时,士人对经义、理学厌弃日益加剧,他在《停云堂遗文序》中说:"士不知经义之体之可贵,弃而不欲为者多矣。美才藻者求工于词章声病之学,强闻识者博稽于名物制度之事,厌义理之庸言,以宋贤为疏阔,鄙经义为俗体,若是者,大抵世聪明才杰之士也。国家以精义率天下士,固将率其聪明才杰者为之,而乃遭其厌弃,惟庸钝寡闻不足与学古者,乃促促志于科举,取近人所以得举者而相效为之。夫如是,则经义安得而不日陋。"姚鼐说的这种情况,不正是《儒林外史》中所生动形象地描绘的内容吗？姚鼐强调义理、考证、文章三者的统一,显然是从维护摇摇欲坠的封建统治出发的,所以他在上文中又说:"国家法令之所重,而士乃反视之,甚卑可叹也。"他希望"聪明才杰之士"能"守宋儒之学,以上达圣人之精","而通乎古作者文章极盛之境",则"可以为文章之至高",而远胜于辞赋笺疏十倍百倍。所以他特别重视文章的"明道义,维风俗"的作用,他在《复汪进士辉祖书》中说:"夫古人之文,岂第文焉而已,明道义、维风俗以诏世者。君子之志,而辞足以尽其志者,君子之文也。"由此可以清楚地看出姚鼐提倡义理、考证、文章三者统一的政治、思想背景。不过从治学本身来看,士人的才能在这三方面往往是有所偏的,他在《谢蕴山诗集序》中说道:"且夫文章学问一道也,而人才不能无所偏擅,矜考据者每窒于文词,美才藻者或疏于稽古,士之病是,久矣。"故而他主张义理、考证、文章的统一也还是有其合理性的。如果我们撇开其封建性内容的话,要求把鲜明的思想观点、确凿的事实材料、精练的文字表达三者统一,实是一种严谨踏实的学风,至今仍是有现实意义的。

姚鼐所编纂的《古文辞类纂》,是体现桐城派文论思想的古文选集。《古文辞类纂》之体裁共分为十三类:论辨、序跋、奏议、书说、赠序、诏令、传状、碑志、杂记、箴铭、颂赞、辞赋、哀祭。从这个分类来看,姚鼐所说的古文辞所包括的范围是相当广泛的,与传统所说的广义的文章概念是一致的,也就是经、史、子、集四部中的集部中除诗歌以外的部分。其中有很多不是文学作品,而是一般的应用文章,然而,姚鼐在归纳文章写作方法时所提出的八个大字:神、理、气、味、格、律、声、色,则是偏向于文学作品的创作方法与艺术技巧的。姚鼐在《古文辞类纂序目》中说:

> 凡文之体类十三,而所以为文者八。曰:神、理、气、味、格、律、声、色。神、理、气、味者,文之精也;格、律、声、色者,文之粗也;然苟舍其粗,则精者亦胡以寓焉?学者之于古人,必始而遇其粗,中而遇其精,终则御其精者而遗其粗者。

姚鼐提出的这八个字是对刘大櫆的神气、音节、文字说的继承和发展。神,是与刘大櫆所说含义一样的,指文章中的神化境界。理,此非指义理之理,乃是指文理通顺之理,即文章中的自然文理。气,也与刘大櫆一样,指行文的气势。味,是指文章的韵味,即含蓄的言外之意。这神、理、气、味,是指文章中比较虚的方面,也是比较难于把握的方面,然而正因为这样,才是"文之精"处。格,是指文章的格调,格调有高下之分。律,是指文章的律法、法度,其中也包括声律的内容。声,是指文章的音乐美,包括抑扬、轻重、节奏感等。色,是指文章的色彩,即辞藻的华美等。格、律、声、色,是指文章中比较实的方面,也就是比较具体的方面,所以说是"文之粗"处。他所说的"文之精"处寓于"文之粗"处,也就是刘大櫆所说的"神气不可见,于音节见之;音节无可准,以字句准之"的意思。这种思想他在《答翁学士书》中也说过:"夫道有是非,而技有美恶。诗文皆技也。技之精者必近道,故诗文美者,命意必善。文字者犹人之言语也。有气以充之,则观其文也,虽百世而后,如立其人而与言于此,无气则积字焉而已。意与气相御而为辞,然后有声音节奏高下抗坠之度,反复进退之态,采色之华,故声色之美,因乎意与气而时变者也。"意与气是文之精者,而辞之音节、色采则是文之粗者,是随意与气而时变者也。但是他又发展了刘大櫆的思想,提出了寓精于粗、御精遗粗的思想,非常精辟地阐明了文章写作过程和鉴赏过程的不同特点。作者在写作时是寓精于粗,先有神理气味而后以格律声色来表述之;读者的鉴赏则是先接触其粗而后领会其精,恰如刘勰所说的"夫缀文者情动而辞发,观文者披文以入情",并且还要遗其粗方能得其精,颇类似于庄子所说的得意忘言。

姚鼐对中国古代文学理论批评贡献最大的是,他对阳刚之美和阴柔之美关系的论述。这虽然是从广义的文章角度提出来的,但实际上是对中国古代文艺和美学上的风格论的总结和发展。这集中反映在他的《复鲁絜非书》和《海愚诗钞序》两篇文章中。姚鼐认为文章之美虽然千姿百态,各不相同,但总的说起来不外乎阳刚之美和阴柔之美两大类。他在《复鲁絜非书》中说:

> 自诸子而降,其为文无弗有偏者。其得于阳与刚之美者,则其文如霆,如电,如长风之出谷,如崇山峻崖,如决大川,如奔骐骥;其光也,如杲日,如火,如金镠铁;其于人也,如冯高视远,如君而朝万众,如鼓万勇士而战之。其得于阴与柔之美者,则其文如升初日,如清风,如云,如霞,如烟,如幽林曲涧,如沦,如漾,如珠玉之辉,如鸿鹄之鸣而入廖廓;其于人也,漻乎其如叹,邈乎其如有思,暖乎其如喜,愀乎其如悲。观其文,讽其音,则为文者之性情形状举以殊焉。

从姚鼐的生动形象描绘中,可以看出阳刚之美指一种雄伟壮阔、崇高庄严、汹涌澎湃、刚劲有力之美,而阴柔之美则是指一种柔和悠远、温婉幽深、细流涓涓、纤陋明丽之美。这大致也符合西方的壮美和优美。

那么,为什么文章的风格美可以分为阳刚之美和阴柔之美两大类呢?姚鼐认为其根源在宇宙本身就是阴阳二气结合的产物。天地万物都是禀阴阳二气而生的,人为万物之灵,自然也是如此,所以其个性、气质就有阴阳刚柔的不同。文如其人,文章是人的心灵世界之表现,当然也就有阳刚、阴柔的不同。他在《复鲁絜非书》中说:"鼐闻天地之道,阴阳刚柔而已。文者天地之精英,而阴阳刚柔之发也。"在《海愚诗钞序》中说:"吾尝以谓文章之原,本乎天地。天地之道,阴阳刚柔而已。苟有得乎阴阳刚柔之精,皆可以为文章之美。"也就是说,他是从中国传统的天人合一思想角度来论述文章的风格美的。他在《敦拙堂诗集序》一文中说得更明确:"夫文者,艺也。艺与道合,天与人一,则为文之至。"因此,诗文之美的最高标准在于能否达到"艺与道合,天与人一",他在《荷塘诗集序》中也说:"夫诗之至善者,文与质备,道与艺合,心手之运,贯彻万物,而尽得乎人心之所欲出,若是者,千载中数人而已。"真正的诗人不为诗而写诗,而是与天地自然相合,有"忠义之气,高亮之节,道德之养,经济天下之才",自然发之于诗,所以,"古之善为诗者,不自命为诗人者也,其胸中所蓄高矣广矣远矣,而偶发之于诗,则诗与之为高广且远焉"。

然而,文章中的阳刚之美和阴柔之美指的是两种基本的风格美类型,对具体作家作品来说不是"一有一绝无",而只是或偏重于阳刚之美,或偏重于阴柔之美。同是阳刚之美或同是阴柔之美,也有强弱多少之差别、深浅浓淡之不同。阳刚之美和阴柔之美是可以互相调剂、互相补充的,所以文章的风格美也就千差万别、纷纭复杂。这也是和宇宙万物的状况一致的,《复鲁絜非书》说:"且夫阴阳刚柔,其本二端,造物者糅而气有多寡进绌,则品次亿万,以至于不可穷,万物生焉。故曰:一阴一阳之为道。夫文之多变,亦若是已。糅而偏胜可也,偏胜之极,一有一绝无,与夫刚不足为刚,柔不足为柔者,皆不可以言文。"姚鼐认为最好的理想文章应当是刚柔并重而无所偏的,不过那是非常难也是非常少的,"惟圣人之言,统二气之会而弗偏,然而《易》《诗》《书》《论语》所载,亦间有可以刚柔分矣"。文章风格上的阳刚之美和阴柔之美不是绝对对立的,而这种偏重于一方面的情况也是和"天地之道"一致的。姚鼐在《海愚诗钞序》中曾进一步对此有所论述。他说:

> 阴阳刚柔并行而不容偏废,有其一端而绝亡其一,刚者至于偾强而拂戾,柔者至于颓废而阘幽,则必无与于文者矣。然古君子称为文章之至,虽兼具二者之用,亦不能无所偏优于其间,其故何哉?天地之道,协合以为体,而时发奇出以为用者,理固然也。其在天地之用也,尚阳而下阴,伸刚而绌柔,故人得之亦然。文之雄伟而劲直者,必贵于温深而徐婉。温深徐婉之才不易得也;然其尤难得者,必在乎天下之雄才也。夫古今为诗人者多矣,为诗而善者亦多矣,而卓然足称为雄才者,千余年中数人焉耳。甚矣其得之难也。

姚鼐从天地之道讲到为文之道,说明文章的艺术美应该刚柔相济而又有所侧重,这是和天地之道完全一致的。"偾强而拂戾"和"颓废而阘幽",都是不好的,"雄伟而劲直"和"温深而徐婉"相结合才是真正的好文章。姚鼐的这种说法是符合中国文学发展的实际状况的。中国古代文学无论是时代风格,还是流派风格,或是作家个人风格,乃至一篇作品的风格,大都存在着以阳刚或阴柔中一种为主而兼有另一种风格美的特点。例如建安文学虽以慷慨悲壮、雄劲有力的阳刚之美为主,但也有情韵连绵、温婉深长的特色。曹操、曹植的诗作阳刚之美多一些,曹丕、王粲的诗作阴柔之美就多一些。即如一个诗人来说也是如此,曹操的诗歌也都体现了二者兼济的特点,例如《短歌行》中"对酒当歌,人生几何"一节与"山不厌高,水不厌深"一节,主要是一种慷慨悲壮的阳刚之美,而"青青子衿,悠悠我心"一节与"明明如月,何时可掇"一节,则主要是一种阴柔之美。唐代高、岑的边塞诗,既有英雄豪迈、苍茫悲凉的阳刚之美,又有乡思之苦、儿女情长的阴柔之美,这两者在他们的许多作品中是统一的。

姚鼐的阳刚之美和阴柔之美说的提出,也是有其长远的历史渊源的。从哲学思想上来说,他本于中国古代的阴阳说。阴阳说的起源是很早的,《周易》中的乾坤二卦就以符号的形式反映了这种观点,整部《周易》就可以说是以阴阳观念作为其理论基础的,万物都是禀阴阳二气而产生的。最早以阴阳二气来解释文学风格的是曹丕,他在《典论·论文》中提出"文以气为主,气之清浊有体"。他所说的"清气",即是指阳刚之美,而他所说的"浊气",则偏向于阴柔之美。刘勰在《文心雕龙·体性》篇中论述文学风格与作家才性关系时曾指出:"风趣刚柔,宁或改其气。"认为作家的个性气质之阳刚或阴柔,是影响作品风格的重要因素之一。后来宋代的严羽在《沧浪诗话》中论诗之品是说:"其大概有二:曰优游不迫,曰沉著痛快。"实际上,所谓"沉著痛快"即是指阳刚之美,而"优游不迫"即是指阴柔之美。清代王士禛也曾提出过要在"古澹闲远而中实沉著痛快"的问题。这些应该说对姚鼐都是有影响的,但是都远没有姚鼐论述得那么充分、那么深入,成为对中国古代文学风格美的重要理论总结,对中国古代美学的发展作出了十分重要的贡献。姚鼐的阳刚之美和阴柔之美说,还直接影响了后来王国维《人间词话》中所说的"无我之境"属优美,"有我之境"属壮美的说法。

第四节　章学诚和阮元的文学观

在清代的乾隆后期到嘉庆、道光时期,在文论方面除桐城派外,值得注意的尚有章学诚和阮元。章学诚(1738—1801),字实斋,会稽(今浙江绍兴)人,是一位造诣很深的史学家和学识渊博的学者,他的代表作是《文史通义》。《文史通义》是一部有很高学术价值的著作,其中体现着章学诚的文学观念,它一方面代表了乾、嘉时期许多学者的文学观念,另一方面又表现了章氏不同于一般学者的精辟见识。关于中国古代文学观念的发展,郭绍虞先生在《文学观念与其含义之变迁》一文中曾经指出:"自周以迄南北朝,文学观念逐渐演进,逐渐正确","但从此以后,一般人对于文学的观念复为复古思潮所笼罩,眷怀往古,取则前修,不惜再为逆流的进行,而传统的文学观遂于以形成。这实是中国文学批评史上重大的问题"(《照隅室古典文学论集》上编)。可惜的是一般研治文学批评史者对这个"重大的问题",似乎不很重视。其实,这个问题直接涉及文学理论批评史内容的取去,也涉及对一些文学批评家的评价问题。郭先生提出的问题非常重要,他的上述概括也是符合实际的,不过,我们应该加以补充的是,唐宋以后由于诗文分论,文学理论批评的主要方面集中在诗论上,而一般的广义的文论中涉及的文学理论问题不太多,所以辨析文学观念的问题也就不很突出。到了清代乾、嘉时期由于以学为文倾向的急剧发展,以及桐城派理论和创作的巨大影响,文学观念的辨析又变得很突出了。章学诚所持属于传统的广义的文学观念,他虽然不属于桐城派,但他对文章的看法和桐城派是基本一致的。他在《文史通义·原道下》篇中说:"义理不可空言也,博学以实之,文章以达之,三者合于一,庶几哉周、孔之道虽远,不啻累译而通矣。"不过,他之所谓"义理"并非桐城派所说宋明理学之"义理",而是指事物内在的原理、规律,也即是"道"。他说他讲的"原道"之"道",既不同于《淮南子》的"道",也不同于刘勰的"道",也不同于韩愈的"道",其《原道上》篇说:"道者万事万物之所以然,而非万事万物之当然也。"从这样广义的文学观念出发,他提出了"六经皆史"的观点。其《易教上》篇说:"六经皆史也。古人不著书,古人未尝离事而言理,六经皆先王之政典也。""六经皆史"是从内容上说的,但从表现形式方面说,则"六经皆文"也。故而他所说的文章不只是包括了非文学的应用文章,而且是包括了学术著作在内的文章。其《原道下》篇说:"一阴一阳,道也。文章之用,或以述事,或以明理。事溯已往,阴也。理阐方来,阳也。其至焉者,则述事而理以昭焉,言理而事以范焉,则主适不偏,而文乃衷于道矣。"他不反对文章可以有一定的艺术性,"以谓文贵明道,何取声情色采以为愉悦,亦非知道之言也。夫无为之治而奏薰风,灵台之功而乐钟鼓,以及弹琴遇文,风雩言志,则帝王致治,贤圣功修,未尝无悦目娱心之适,而谓文章之用,必无咏叹抑扬之致哉?"但是,他要求文章必须以明道为目的,以学问为基础,而不能以艺术为目的。他在《文史通义·答问》篇中分文章为"著述之文"和"文人之文",并明显地贬斥"文人之文",他说:

> 文人之文,与著述之文,不可同日语也。著述必有立于文辞之先者,假文辞以达之而已。譬如庙堂行礼,必用锦绅玉佩,彼行礼者,不问绅佩之所成。著述之文是也。锦工玉工,未尝习礼,惟借制锦攻玉以称功,而冒他工所成为己制,则人皆以为窃矣。文人之文是也。故以文人之见解,而议著述之文辞,如以锦工玉工,议庙堂之礼典也。

当然,章学诚也有反对片面追求文章形式美而不重视内容的意思在内,他在《文史通义·文理》篇中说:"夫立言之要,在于有物。古人著为文章,皆本于中之所见,初非好为炳炳烺烺,如锦工绣女之矜夸采色已也。"其《原道下》又说:"太上立德,其次立功,其次立言,立言与立功相准。盖必有所需而后从而给之,有所郁而后从而宣之,有所弊而后从而救之,而非徒夸声音采色,以为一己之名也。"然而,他强调的是文章要以学术著述为主,故《文理》篇说:"至于文字,古人未尝不欲其工。孟子曰:'持其志,无暴其气。'学问为立言之主,犹之志也;文章为明道之具,犹之气也。求自得于学问,固为文之根本;求无病于文章,亦为学之发挥。"他没有看到所谓"著述之文"和所谓"文人之文",不只是一个是否偏重文字华美的问题,而且是在创作方法和根本性质上有原则差别的,因此没有能分清文学与非文学之间的不同。

作为一个知识渊博的学者，章学诚的文学观念是明显地倾向于复古和守旧的，但是他和一般的道学家、古文家都不同，对作为艺术的文学的特点还是有其独到的精辟见解的。比较突出的有以下几个方面：

第一，他认识到文学作品是以创造形象来表现现实生活和体现作者思想观点的，并由此指出了《易》象和《诗》之比兴相通的问题。他在《易教》上、中、下三篇中，通过具体分析说明《易经》是以符号形象来比喻和象征现实事物的，它所运用的方法实际上就是《诗经》中的比兴方法。虽然《易》象不同于诗歌的形象，但是，"观物取象"这一点和《诗经》是一致的。他说："《易》之象也，《诗》之兴也，变化而不可方物矣。"他认为《诗经》也是以具体的"象"来比喻象征事物的，"雎鸠之于好逑，樛木之于贞淑，甚而熊蛇之于男女，象之通于《诗》也"。由此可见，《诗经》的比兴方法的运用很可能是受到《易经》"观物取象"的启发的。而且不仅是《诗经》，所有的文学作品都是运用比兴的方法来写作的，所以都是和《易》象相通的。他说：

> 《易》象虽包六艺，与《诗》之比兴，尤为表里。夫《诗》之流别，盛于战国人文，所谓长于讽喻，不学《诗》，则无以言也。然战国之文，深于比兴，即其深于取象者也。《庄》《列》之寓言也，则触蛮可以立国，蕉鹿可以听讼。《离骚》之抒愤也，则帝阙可上九天，鬼情可察九地。他若纵横驰说之士，飞钳捭阖之流，徒蛇引虎之营谋，桃梗土偶之问答，愈出愈奇，不可思议。

章学诚非常深刻地指出，《诗经》之后以《庄子》《列子》为代表的散文艺术和屈原的《离骚》都是运用了和《易经》一样的比喻、象征方法来创作的，这是《诗经》的比兴方法之继续与发展。所谓"深于取象"，正是指《庄》《骚》善于构造生动的形象来体现作者的思想观点和感情愿望。这说明章学诚对文学作品的形象特征和以比兴为代表的创作方法，有十分深刻的认识。

第二，他认识到文学艺术的形象是"人心营构之象"，而"人心营构之象"则又是来源于"天地自然之象"的，说明构成艺术形象的最终根源在现实的自然和社会现象。《易教下》篇说：

> 有天地自然之象,有人心营构之象。天地自然之象,《说卦》为天为圜诸条,约略足以尽之。人心营构之象,睽车之载鬼,翰音之登天,意之所至,无不可也。然而心虚用灵,人累于天地之间,不能不受阴阳之消息;心之营构,则情之变易为之也。情之变易,感于人世之接构,而乘于阴阳倚伏为之也。是则人心营构之象,亦出天地自然之象也。

章学诚所说的"天地自然之象"是指《周易》以符号仿真的天地自然现象,还不是天地自然现象本身,但是它可以代表天地自然现象。而"人心营构之象"则往往是现实中不存在的,是作者"意之所至"想象的产物。然而"心之营构"也不是完全无根据的妄想之结果,而是由"情之变易"产生的,"情之变易"则又往往受"人世之接构"的感触,以及自然界变化之影响,所以,从根本上说,"人心营构之象"之终极根源还是在"天地自然之象"。章学诚的这个观点,无疑是对文学艺术创作源泉的极为精辟的论述,是非常值得我们重视的。

第三,他认为文学作品应当是"公言",而不应该"私据为己有"。这正是强调文学作品应当有广泛的社会意义,而不应该成为一己的私有之作。他在《文史通义·言公上》中说:"古人之言,所以为公也,未尝矜于文辞,而私据为己有也。志期于道,言以明志,文以足言。其道果明于天下,而所志无不申,必其言之果为我有也。"他又举具体文学创作例子来说明此点:

> 司马迁曰:"《诗》三白篇,大抵贤圣发愤所为作也。"是则男女慕悦之辞,思君怀友之所托也。征夫离妇之怨,忠国忧时之所寄也。必泥其辞,而为其人之质言,则《鸱鸮》实鸟之哀音,何怪鲋鱼怨诮于庄周,《苌楚》乐草之无家,何怪雌风慨叹于宋玉哉?夫诗人之旨,温柔而敦厚,主文而谲谏,言之者无罪,闻之者足戒,舒其所愤懑,而有裨于风教之万一焉,是其所志也。因是以为名,则是争于艺术之工

巧,古人无是也。故曰:古人之言,所以为公也,未尝矜于文辞,而私据为己有也。

章学诚的这段分析,如果我们撇开其某些封建礼教观点来看,正是强调了文学创作表面看来虽似写个人悲欢离合、兴衰际遇,实际上则是表现了有关国家政治、社会风俗等极为广阔的社会内容的,绝不是仅仅为一己私利而写作的。所以他对后人那些缺乏广泛社会意义的作品是很看不起的,他在《言公中》篇中说:"古人之言,欲以喻世;而后人之言,欲以欺世。""古人巧而后人拙也,古人是而后人非也,名实之势殊,公私之情异,而有意于言与无意于言者,不可同日语也。故曰:无意于文而文存,有意于文而文亡。"这些说法虽不无片面之处,但其中重"公言"而轻"私言"之旨则是非常明确的。由此出发,他十分强调文学作品思想内容的主导作用,而反对只追求文辞形式美的倾向。他说:

> 或曰:指远辞文,《大传》之训也。辞远鄙倍,贤达之言也。"言之不文,行之不远。"辞之不可以已也。今日求工于文字之末者非也,其何以为立言之则欤?曰:非此之谓也。《易》曰:"修辞立其诚。"诚不必于圣人至诚之极致,始足当于修辞之立也。学者有事于文辞,毋论辞之如何,其持之必有其故,而初非徒为文具者,皆诚也。有其故,而修辞以副焉,是其求工于是者,所以求达其诚也。"《易》奇而法,《诗》正而葩","《易》以道阴阳",《诗》以道性情也。其所以修而为奇与葩者,则固以谓不如是,则不能以显阴阳之理与性情之发也。故曰非求工也。无其实而有其文,即六艺之辞,犹无所取,而况其他哉?

章学诚在文学作品内容与形式关系上强调内容的主导作用,和他重视文学创作的社会意义是相辅相成的。而他比较可贵的地方是并不认为作品的内容必须是儒家的义理,所以在解释"诚"的含义时特别指出,"诚不必于圣人至诚之极致,始足当于修辞之立也","学者有事于文辞,毋论辞之如何,其持之必有其故,而初非徒为文具者,皆诚也"。他正是从一般性的内容和形式关系上来立论的,而这也就更有其普遍性的价值。

第四,他强调作家的"文德",是指作家写作时应有的严肃认真之态度。他在《文史通义·文德》篇中说:

> 古人论文,惟论文辞而已矣。刘勰氏出,本陆机氏说而昌论文心;苏辙氏出,本韩愈氏说而昌论文气;可谓愈推而愈精矣。未见有论文德者,学者所宜深省也。夫子尝言"有德必有言",又言"修辞立其诚",孟子尝论"知言""养气",本乎集义,韩子亦言,"仁义之途","《诗》《书》之源",皆言德也。今云未见论文德者,以古人所言,皆兼本末,包内外,犹合道德文章而一之;未尝就文辞之中言其有才,有学,有识,又有文之德也。凡为古文辞者,必敬以恕。临文必敬,非修德之谓也。论古必恕,非宽容之谓也。敬非修德之谓者,气摄而不纵,纵必不能中节也。恕非宽容之谓者,能为古人设身而处地也。嗟乎!知德者鲜,知临文之不可无敬恕,则知文德矣。

由此可见,章学诚说的"文德",与传统所说的"文德"在含义上是不全相同的。后来章太炎在《国故论衡》中说章学诚的"文德"论不过是窃取王充《论衡》论"文德"和杨遵彦《文德论》之说,则是不公正的。诚如程千帆先生在《文论十笺》中所说:"盖王充之所谓文德,则形文情文之宜称也;杨遵彦之所谓文德,则作者道德文章之当并重也;实斋之所谓文德,则临文态度之必敬以恕也。而其要归,则'修辞立其诚'一语足以括之。"而此"诚"字之含义,前面我们已经分析过了。章学诚之所谓"敬",是指作者创作时必须"心平,而气有所摄","夫识生于心也,才出于气也。学也者,凝心以养气,炼识而成其才者也"。这样,才、学、识三者才能得到很好的发挥。章学诚之所谓"恕",是指作者创作时对待前人著作不仅要"知其世",而且要"知古人之身处",而不会"妄论古人文辞"。能检摄心气而"谨防其一往不收之流弊",论古而"能为古人设身而处地",有此文德,则其文必能独立于天地间,而自有其存在之价值。

当桐城派和章学诚等学者在文学观念上强调复古,把文学和非文学的文章,甚至学术著作混为一谈之际,也有一些学者对这种不科学的宽泛文学观念提出了不同的见解。这就是被称为骈文派代表的阮元以及其学生们。阮元(1764—1849),字伯元,号芸台,江苏仪征人。阮元是乾嘉时代的著名学者,著有《揅经堂集》。阮元对于自唐宋八大家以来把文学散文和非文学的应用文章,甚至于经、史、子之作统称为古文,是很不赞成的。这种看法是很有见地的。传统的所谓杂文学观念混淆了文学和非文学的界限,造成了文学观念上的模糊不清状况,然而却没有人对此认真地加以分辨,诚如阮元所说的:"千年坠绪,无人敢言,偶一论之,闻者掩耳。"(《与友人论古文书》)这种情况甚至到今天仍然如此,以致我们的文学批评史中常常花了许多笔墨去叙述那些与文学理论无关的纯粹的文章学理论问题。阮元在他的一系列有关区分文学与非文学的文章中,曾经非常尖锐地提出了这个问题。中国古代文学观念是有一个演进和发展过程的,从先秦到南北朝,文学观念是逐步在明确起来的,特别是南北朝时期,有很多人在自觉地探讨文学和非文学的界限,这点我们在本书上卷第七章论文笔之争一节中已经作过分析。然而自中唐以后,在儒学复古主义思潮影响下,不仅基本中断了南朝对文学和非文学区别的探讨,而且在提倡古文的理论和创作之影响下,反而又把文学散文和非文学的文章混同为一了。这种现象一直持续到清代,而以桐城派为代表的古文家,以及像章学诚那样的学者,更进一步强调了这种所谓的杂文学观念。阮元再次延续南朝的文笔说提出这个问题,虽然在理论上超越南朝的地方不多,但无论如何是有重要的现实意义的。他在《书梁昭明太子〈文选序〉后》一文中说:

> 自唐宋韩、苏诸大家,以奇偶相生之文为"八代之衰"而矫之,于是昭明所不选者,反皆为诸家所取。故其所著者,非经即子,非子即史,求其合于昭明《序》所谓文者,鲜矣;合于班孟坚《两都赋序》所谓文章者,更鲜矣。

萧统《文选序》的中心不仅要把经、史、子从文学中排除出去,而且对一般文章也要求按"事出于沉思,义归乎翰藻"的标准来选录,而班固的《两都赋序》则以诗赋为真正之文学。阮元对"文"的看法是以南朝文笔说和萧统、萧绎等的观点为基础的,他在《文言说》中认为"文"应当具备以下几个条件:一是有音韵之美。这音韵美不只是在押韵上,也包括行文中的四声平仄,而且不只是诗赋,散文也同样可以有音韵之美。所以他在《文韵说》中回答其子阮福提出"昭明《文选》所选之文,不押韵脚者甚多,何也"的疑问时说:"梁时恒言所谓韵者,固指押脚韵,亦兼谓章句中之音韵,即古人所言之宫羽,今人所言之平仄也。"他又说:"八代不押韵之文,其中奇偶相生,顿挫抑扬,咏叹声情,皆有合乎音韵宫羽者;《诗》《骚》而后,莫不皆然。"二是文辞的偶对之美。他在《文言说》中认为"文""不但多用韵,抑且多用偶",他说孔子作《周易·文言》即曾大量运用偶对,如"云龙风虎""本天本地""宽居仁行"等,所以他说:"凡偶皆文也。于物两色相偶而交错之,乃得名曰文,文即象其形也。"三是华丽的词采。故其《文韵说》云:"综而论之,凡文者,在声为宫商,在色为翰藻。即如孔子《文言》'云龙风虎'一节,乃千古宫商、翰藻、奇偶之祖。"其《书梁昭明太子〈文选序〉后》说"必沉思翰藻,始名之文"。此外,他也注意到了诗歌"吟咏情性"的特点,《文韵说》云:"子夏《诗序》'情文声音'一节,乃千古声韵、性情、排偶之祖。"他所说的这些"文"的标准,虽对南朝时的论述有些发展(如关于音韵美等),但主要论点是差不多的。他也没有能更进一步对文学和非文学的界限作深入的阐述,按照他的标准仍然不能真正分清什么是文学,什么是非文学,然而他强调指出许多所谓"古文"实际上并非文学,这无论如何是正确的,也是很有意义很有价值的。他在《文言说》中指出:"孔子于乾、坤之言,自名曰'文',此千古文章之祖也。为文章者,不务协音以成韵,修词以达远,使人易诵易记,而惟以单行之语,纵横恣肆,动辄千言万字,不知此乃古人所谓直言之言,论难之语,非言之有文者也,非孔子之所谓文也。"为此,他在《书梁昭明太子〈文选序〉后》一文中,坚决反对把经、史、子等学术著作当作文学。他说:"凡以言语著之简策,不必以文为本者,皆经也,子也,史也;言必有文,专名之曰文者,自孔子《易·文言》始。传曰:'言之无文,行之不远,'故古文言贵有文。孔子《文言》,实为万世文章之祖。此篇奇偶相生,音韵相和,如青白之成文,如《咸韶》之合节,非清言质说者比也,非振笔纵书者比也,非佶屈涩语者比也。是故昭明以为经也,子也,史也,非可专名之为文也;专名为文,必沉思翰藻而后可也。"阮元的这种说法也有其不确切之处,比如说孔子作的《文言》"为万世文章之祖"就并不妥当。且不说《文言》是否确为孔子所作,即就《文言》本身而说,主要是解释"乾""坤"二卦的,不是严格的文学作品,他与阮元所否定的某些他归入经、史、子的文章并没有什么大的不同,而《文言》的音韵和偶对也不能成为它是文学作品的根据,他对《文言》的分析也暴露出了他所主张的"文"的标准也是不全面的、不够科学的。因此,我们只能说阮元对混淆文学和非文学的现象提出的批评是有价值的,而他的区分文学和非文学的标准和所举的某些例子,则是不确切的,因此也就不能真正解决文学与非文学的界限问题。也许中国文学批评上的这个"重大的问题",在那个时代还不可能得到真正的解决吧。

第五编
中国文学理论批评和西方文艺美学的交汇
——近代时期

概　说

　　中国文学理论批评发展到近代时期,产生了一个明显的变化,这就是传统文学理论批评与新传入的西方文学理论和美学思想的碰撞、交汇,并开始向现代文学理论批评发展。这个变化自然是和中国社会发展的变化相适应的。1840年鸦片战争的大炮,轰开了清朝闭关自守的封建王国大门,中国从此进入了一个半殖民地半封建的时代。在西方政治经济势力侵入古老中国的同时,西方的思想文化也开始逐渐地被介绍到中国来。许多志士仁人在受到国耻的羞辱而对帝国主义的暴行表示强烈愤恨的同时,也对腐败的清王朝产生了极度的不满,要求改革的呼声日益高涨,而这种改革的目标已经不是传统的"仁政",而是西方的科学和民主,是"君主立宪",以后又逐渐发展到推翻帝制,建立资产阶级的共和国。不过,这种变化也是一个相当长的过程,而并非一开始就那么明确的。早在鸦片战争之前,一些先进的知识分子就已经感受到腐朽黑暗的封建专制制度的严重压抑,而迫切地希望打破那种"万马齐喑"的沉闷局面,并对烂透了的清王朝进行了有力的批判。但是,他们拿不出什么能使人耳目一新的改革方案,诚如龚自珍所说的:"何敢自矜医国手?药方只贩古时丹。"(《己亥杂诗》)经历了鸦片战争的耻辱,他们中间有些人虽也提出了要"师夷之长技以制夷"(魏源《海国图志序》)的新思想,然而,并没有从根本的政治体制上提出改革主张。一直到19世纪90年代,以康有为、梁启超为代表的变法维新思想兴起才有了较大的变化,君主立宪乃至共和政体的思想开始变得时髦起来。后来,由于变法维新的失败,才产生了以孙中山为代表的激进的资产阶级革命派,开始了推翻帝制、建立资产阶级共和国的革命斗争。

　　近代文学理论批评的发展也是与近代社会发展的状况同步的。从鸦片战争到甲午战争前的五十年中,文学思想的发展基本上还是以承继传统为主的,但也有一些新的特点,这主要表现在从带有启蒙色彩思想的角度出发,对腐朽黑暗现实的批判和提倡经世致用;反对程朱理学对人性的压抑,而主张抒写人的真实感情,表现人的自然个性。这些当然也是在明代中叶以来李贽、公安派、袁枚等思想基础上的发展,不过,社会发展已经到了封建制度走向彻底崩溃的时期,像龚自珍、魏源等人在对社会认识的深刻程度上已远非前人可比,他们自觉不自觉地感到了这个封建王朝已不可救药,而需要有狂暴的"风雷"来冲击它,应当有一个新的社会秩序来代替它,但这个新的社会秩序是什么,他们也还说不清楚。然而,他们文学思想中所包含的要挽救民族危亡的忧患意识,则显然是前所未有的。由于他们并没有一个不同于以往的、新的文学思想体系,因此,他们在文学理论批评方面的功绩,仍然是在发扬古代文论中的积极内容,总结具有民族特色的审美传统,这一方面最有成就的当推刘熙载的《艺概》以及陈廷焯、况周颐的词话。从19世纪90年代开始,由于洋务运动的发展,变法维新的兴起,西方的科学文化大量输入,改良派的文学思想有了很大的发展,其早期代表人物就是黄遵宪。随后,更为激进的是梁启超,他主张以"欧西文思"之输入作为"起点",明确提出了"诗界革命"和"文界革命""小说界革命"的口号。由此开始了东西方文化思想的直接交流与融会,而在这一方面真正作出了很大成绩,并对后来文学思想发展由古代向现代过渡产生了重大影响的是王国维,他是把传统文艺美学和西方文艺美学有机结合起来的第一人,是世纪转换期最重要的文艺理论批评家。

第二十九章 传统文学思想的总结和革新

第一节 近代文学思想发展的特点

近代的中国文学理论批评,是中国古代文学理论批评向现代文学理论批评发展的过渡时期。这个过渡时期的文学思想有非常鲜明的特点,它主要表现在以下几个方面。

第一,普遍的忧患意识。这个时期的文学理论批评和社会政治关系非常密切,而且反映得相当直接。由于清政府的腐败和帝国主义的入侵,中华民族处于危亡时刻,先进人士都在为国家和民族的前景感到深深的忧虑,所以在从鸦片战争到甲午战争的五十多年中,传统文学理论批评虽然没有提出什么新的重大文学理论,然而一个最为突出的现象是,具有一种前所未有的忧患意识,这在鸦片战争前已经愈来愈明显,而鸦片战争则进一步促进了这种忧患意识的发展。那些有良心的文学家都要求文学创作能够充分地表现这种忧患意识,在文学批评中也竭力肯定创作中的这一类作品。正是它给文学批评带来了生气勃勃的新的活力。即使是在一些看起来是很传统的提倡"诗教"、主张"言志载道"的论述背后,也是强调要针对现实,惩治弊端,振兴国家,使之起到挽救国家民族危亡的作用。这一时期凡是提倡经世致用的文学家,都不是泛泛之论,而是和对国家民族的忧患意识紧密地联系在一起的。不论是龚自珍所说"以良史之忧忧天下",还是魏源所说"六经皆圣人忧患之书",或者姚莹所说要有益于"经济世务",张际亮所说"墨汁欲洗民瘼疮",乃至于林昌彝强调的"射鹰"(射英),写作《射鹰楼诗话》,在他们的文学批评中都贯穿了这样的精神。这是近代文学理论批评的一个核心点。

第二,传统诗文批评的没落。传统的诗文批评在清代前期已经达到了古代文学理论批评发展的最高峰,从文学理论本身说,近代时期并没有提出什么特别重要的新观点、新体系,在总结传统诗文批评成就方面,也没有出现像王夫之、叶燮、王士禛、沈德潜、袁枚那样的大家,或者说已经很难再超过这些大家。不过,从数量上说,传统的诗文批评还是占有主要的地位。而且在一些具体的艺术见解上也还有不少创造性的发挥。最为突出的还是龚自珍在主张个性解放思想基础上所提出的"尊情"说,它具有呼唤新的文学创造的重要意义。姚莹在《论诗绝句六十首》中对历代重要诗人的评论,可以说是对诗歌发展历史的一个概要总结,同时也体现了他对诗学思想论争中一系列重要问题的看法。方东树的《昭昧詹言》则是一部最有代表性的"以文论诗"的诗话,它集中表现了桐城派在诗歌创作上的基本思想和理论。而刘熙载的《艺概》则是近代在总结传统文学理论批评方面的代表性著作。他无论对文学的本质特征,还是文学的意象创造,都提出了较为精辟的见解,特别是他观察问题的方法比较辩证、比较客观,范围涉及诗、文、词、曲等各个方面,可以看作是一部非常概要的中国文学史论,这也是过去所没有出现过的。而到梁启超的《饮冰室诗话》,则已经属于既是旧时代的最后一部重要诗话,又是新时代的第一部诗话了。我们可以看出,传统诗文批评在近代时期已经是走到了它的历史发展的尽头。

第三,词学的高峰。近代时期虽然诗文批评没有太多新的重要发展,可是在词学方面却出现了一个繁荣兴旺的新局面,达到了词学史上前所未有的高峰。这可能是和我国古代词创作的发展和词学发展本身的状况有关系的。因为从词的创作来看,成就最高、词家辈出的是宋代。而在元、明两代则是词的创作相当萧条的时期,可以说找不出几个成就高的词人,真正继承宋词、又有新的发展的是清代词的创作。清代词的创作从清初开始就出现了令人振奋的状况,词派纷呈、名家众多,特别以朱彝尊、厉鹗为代表的浙派到张惠言、周济为代表的常州词派,逐渐掀起了一个新高潮,也造就了很多声名卓著的词人,如前期的陈维崧、朱彝尊、纳兰性德等,中期的厉鹗、张惠言、周济等。浙派朱彝尊提倡清空、醇雅,推崇姜夔,厉鹗推崇周邦彦、姜夔;常州派提倡比兴、寄托,张惠言推崇温庭筠,周济推崇周邦彦。总的说,他们都是倾向于婉约派的。他们既主张要保持词的本色,又强调词和诗有同样重要的地位,应该说清代的词家都有很强的"尊体"意识。和词的创作面貌相适应的是词学的空前繁荣发展。特别是清代后期,也就是近代时期,是我国古代词学发展的最高峰。我们从唐圭璋先生编的《词话丛编》看,该书共收入八十五种词话,其中宋代十三种,元代二种,明代四种,其他都是清代的。而在清代的六十六种里面,就有三分之二是近代的词话。我国古代成就最高的词话著作,如《白雨斋词话》《蕙风词话》《人间词话》等均出现在近代。近代词学的繁荣,除了词本身发展的原因外,可能和社会环境、思想文化的新特点有关系。因为词在正统文人眼里是表现个人私生活情趣的,是不登大雅之堂的,是无聊时娱宾遣兴的,所以在个性受到压抑的封建社会里,是不受重视的,文人编文集一般也不收入词作。但是,到了封建社会已经崩溃没落的近代,人们开始要求个性得到尊重,很自然地会要求提高词的地位,这就促使词的"尊体"观念得到极大的发展,它反过来就会影响到词的创作和词学的繁荣。

第四,维新派和革命派文学创作和文学批评的兴起。自鸦片战争后,一些开明之士开始学习西方的科学技术,希望"师夷之长技以制夷",于是就有洋务运动的兴起。甲午战争的失败,在巨大国耻的愤激之下,人们认识到洋务并不能救中国,于是改革政体、改革思想文化,主张君主立宪的维新思想成为时代的潮流。这无疑是对封建专制政体和文化思想的一次声势浩大的猛烈冲击。当戊戌变法失败后,维新派认为主要是由于民众的不觉悟,所以就要竭力向他们宣传改革思想,从文化教育方面彻底批判和否定封建文化,首先是从文学方面开始,提出了"诗界革命""文界革命""小说界革命"等口号,他的主要代表人物是梁启超,另外就是黄遵宪、裘廷梁、康有为、谭嗣同、丘逢甲、蒋智由、夏曾佑等。他们在思想上也不完全一样,例如黄遵宪就不赞成用"革命"二字,但是基本方向是一致的。他们主张的核心是运用西方的一些文学观念来批评文学,提倡文学必须服务于政治的维新,学习西方的宪政来改革中国的封建专制政体。但是,维新派的文学革命虽然一时很热闹,实际上也只能是昙花一现,并没有多少生命力。不过它对我国由封建的旧文学向现代新文学的过渡还是有很大作用的,它使人们开始用西方的文学理论观念来批评文学,从而使文学批评有了和传统不同的新面貌。在维新派文学思想蓬勃发展的时候,资产阶级革命派的文学创作和文学批评也开始出现,不过它的声势和影响没有维新派的文学革命那么大,毕竟革命派的力量还是有限的,而且他们主要是在政治上活动,在文学方面他们也有一些论述,就是要求文学要体现革命思想,为推翻封建、建立共和起到应有的作用。不过他们中的有些人如章炳麟,在文学观念上还是很传统的,看不出多少新观念。

第五,近代的文体改革论。近代文学批评发展中有一个很重要的问题是对旧文体的改革。提倡新文学就需要有新的文体,否则,就不容易清楚地看出新文学究竟新在什么地方。近代的文体改革主要表现在两个方面:一是提倡白话文学,二是要求文学尽量接近口语,努力做到"言"和"文"尽可能地统一。中国古代早期的文学本来也是接近口语的,但是书面语言有相当大的稳定性,而口语是随着社会生活的发展而变化的。所以就可能在实际上产生书面语言离口语愈来愈远的问题。在我们的文学批评史上,像东汉王充在《论衡》中,唐代刘知幾在《史通》中都有过论述,都提出过这方面的要求。韩愈虽主张学习三代两汉古文,但是他竭力要求做到"惟陈言之务去","必出于己,不蹈袭前人一言一句",其实也是要求尽量使书面语言更接近唐代口语。但是真正明确提出要改革文体,用白话写作则是在近代。当然以白话替代文言的完成是在"五四"以后,然而它的发源是在近代,近代是由文言转向白话的过渡时期。梁启超在宣传维新思想、否定封建文化的过程中,曾明确指出:"盖'文''言'相离之为害,起于秦汉以后,去古愈久,相离愈远,学'文'愈难。"(《沈氏音书序》)而裘廷梁的著名文章《论白话为维新之本》,更是明确把白话作为维新变法的重要内容,要求"崇白话而废文言"。于是在20世纪初,出现了很多所谓白话报纸。以白话代替文言,成为当时文学革命的一个重要方面。

第六,小说戏曲地位的突出和小说戏曲批评的新面貌。中国古代的小说和戏曲,相对于正统的诗文来说,一直处于不登大雅之堂的低下地位。虽然在明代中期以后,由于李贽等人的提倡和诗文创作的逐渐衰落,小说戏曲不论是创作还是理论批评都有了重大发展,而且它在文学发展中的重要性也日益显著。但是在文坛上毕竟没有符合它实际情况的地位。在甲午战争以前,基本上也是如此。但是到维新派的改革开展起来之后,小说和戏曲成为他们宣传和提倡变法维新的极为重要的工具,他们认为要启发开导民智,使民众支持变法维新,必须要借助于小说和戏曲,而旧的小说和戏曲显然不能达到这一要求,因此,梁启超特别提出要进行"小说界革命"。写作了维新派文学理论批评方面最有代表性的文章《论小说与群治之关系》,对小说在变法维新中的作用给了很高的评价。他还编辑出版了《新小说》杂志,发表了大量鼓吹"小说界革命"的文章。受当时"文学革命"思潮的影响,在戏曲方面也有很多人提出了改良的主张,这主要表现在对旧戏曲的改造,强调戏曲对社会人心的陶冶作用,突出戏曲在变法维新中的意义与价值,如天僇生(王锺麒)写了《论戏曲改良与群治之关系》,即是运用梁启超论小说的思想来论戏曲。陈独秀写了《论戏曲》,认为要改革戏曲封建性的内容,吸收西方戏剧长处,使之有益于世道人心。同时,近代戏曲的一个重要变化是受西方戏剧的影响,出现了和传统以唱为主的形式完全不同的以对话为主的话剧。这也是现代戏剧发展的萌芽。当时改革派之所以特别重视小说和戏曲,是因为他们从西方的文化输入中接受了许多有关小说戏曲的新观念,充分认识到小说戏曲和诗词散文的不同特点,感觉到这种文学形式的长处,尤其是小说具有生动丰富的情节和众多类型的人物形象,在反映社会生活的全面性、深刻性、具体性等方面要远远超过诗词散文,对人的感染力也特别的强。同时,对于宣传变法维新来说,其作用自然要比诗词散文大得多。所以,近代时期的小说戏曲的地位,就比其他文学形式要突出得多,也重要得多。

第二节　龚自珍和魏源的文学思想

龚自珍(1792—1841),字尔玉,号定盦,浙江仁和(今杭州)人,道光九年(1829)进士,曾任内阁中书、礼部主事等官,是一位开近代风气的重要思想家和文学家,诚如梁启超所说:"晚清思想之解放,自珍确与有功焉。"(《清代学术概论》)龚自珍主要生活在鸦片战争的前夕,正是封建社会日薄西山、崩溃没落的时代。他出生在一个世代书香门第的家庭,是戴震高足段玉裁的外孙,其思想颇受戴震的影响,但他对以乾嘉学派为代表的汉学之脱离现实又是颇为不满的。他赞同章学诚的"六经皆史"说,反对文人只钻故纸堆,或空谈义理心性,要求把学术研究和当时的社会政治密切结合起来,提倡经世致用,从单纯的训诂考据中走出来,而重在借古论今议论政事。所以他对公羊学很有兴趣,"往往引公羊义讥切时政,诋排专制"。(同上)他在《明良论》《乙丙之际箸议》《尊隐》等文章和《己亥杂诗三百十五首》等诗歌中,痛斥当时封建专制的极端腐败,揭露现实政治的种种弊端,呼唤着扫荡污秽的"风雷",盼望着切中要害的"改革"。他说:"一祖之法无不敝,千夫之议无不靡,与其赠来者以勍改革,孰若自改革?"(《乙丙之际箸议第七》)他已预感到封建社会如"将萎之华",故"起视其世,乱亦竟不远矣",他深深地为严重的时局危机感到忧虑:"是故智者受三千年史氏之书,则能以良史之忧忧天下。"(《乙丙之际箸议第九》)他曾写过《赋忧患》一诗,其云:"故物人寰少,犹蒙忧患俱。春深恒作伴,宵梦亦先驱。"为此,他迫切地希望有风雷激荡的改革来打破当时那种"万马齐喑"的局面,他的文学思想是和这种政治思想密切地联系在一起的,从这种具有鲜明时代特色的忧患意识和经世致用的现实目的出发,龚自珍对那些高谈阔论、评文说诗而脱离社会现实的文论家,是很不感兴趣的,所以他说自己"口绝论文","独不论文得失,未尝为书一通"(《绩溪胡户部文集序》)。但是,实际上他并不是没有自己的文学观点,他在不少诗文论著中还是发表了很多重要的见解,要求文学能为挽救国家民族的危亡、要为改革现实社会的弊病发挥应有的作用。龚自珍强调文学创作是人内心思想感情不得不发之产物,他说:"言也者,不得已而有者也,如其胸臆本无所欲言,其才武又未能达于言,强之使言,茫茫然不知将为何等言。"(《述思古子议》)他又说:"古之民莫或强之言也。忽然而自言,或言情焉,或言悟焉,或言事焉,言之质弗同,既皆毕所欲言而去矣。"(《绩溪胡户部文集序》)因此他反对那些"剽掠脱误,摹拟颠倒,如醉如癫以言,言毕矣,不知我为何等言"的文章(《述思古子议》),而赞扬像江南生那样的,"必欲达其意而后已",这种"意"乃是"平生蓄于中,时时露于文采者也"(《江南生橐笔集序》)。龚自珍的思想和李贽在《杂说》中的观点是一致的。所以他特别强调要"尊情",重视情的不得不发之真切自然的表达,他在《长短言自序》中说:

情之为物也,亦尝有意乎锄之矣;锄之不能,而反宥之;宥之不已,而反尊之。龚子之为《长短言》何为者邪?其殆尊情者邪?情孰为尊?无住为尊,无寄为尊,无境而有境为尊,无指而有指为尊,无哀乐而有哀乐为尊。情孰为畅?畅于声音。声音如何?消瞀以终之。如之何其消瞀以终之?曰:先小咽之,乃小飞之,又大挫之,乃大飞之,始孤盘之,闷闷以柔之,空阔以纵游之,而极于哀,哀而极于瞀,则散矣毕矣。

为什么要"尊情"?他说得很清楚,是因为它"无住",即指它是自由自在、不受拘束的,不受儒、道、佛等各家思想限制;"无寄",即指它不以声色犬马或烦琐考证等来遣情;"无境而有境",它并不一定要专门创造某种境界而自有其境界;"无指而有指",它并不一定要具体地有所指而自有其所指;"无哀乐而有哀乐",它看似无哀乐而自有其哀乐。情之所以可尊,就在于它是人们在自己都无法压抑的情况下,在强烈的忧患意识触动下,自然喷发出来的真实感情。由于它是和国家兴衰、民族危亡紧密联系在一起的,所以他又说:"虽曰无住,予之住也大矣;虽曰无寄,予之寄也将不出矣。"尊重这样的"情",也就是尊重自己的个性,尊重自己的人格,尊重产生于这个特定时代的忧患意识。他说:"且惟其尊之,是以为《宥情》之书一通;且惟其宥之,是以十五年锄之而卒不克。"他在《宥情》一文中,对儒、佛等各家之论"情"明显地表示了不满,而他所感受到的是一种真正出乎"童心"的感情:"予童时逃塾就母时,一灯荧然,一砚、一几时,依一妪抱一猫时,一切境未起时,一切哀乐未中时,一切语言未造时。"如他引江沅所说,"其心朗朗乎无滓,可以逸尘埃而登青天",此时"阴气沉沉而来袭心",这正是时代所造成的忧郁感情之自然流露。由此可见,龚自珍提倡的"尊情"乃是对明代中期以后李贽、公安派所主张的"童心""真情"说的发展,要求摆脱传统思想的束缚,在个性解放的基础上,充分体现时代所造成的忧患意识。

龚自珍认为文学和时代环境有密切的关系,什么样的时代就有什么样的文学,这是他强调文学要表现时代的忧患意识之理论根据。他在《四先生功令文序》中说:"其为人也惇博而愈夷,其文从容而清明,使枯朦之士,习之而知体裁,望之而有不敢易视先达之志。盛世之盛,唐之开元、元和,宋之庆历、元祐,明之成化、弘治,尚近似之哉!尚近似之哉!其人多深沉恻悱,其文叫啸自恣,芳逸以为宗,则陵迟之征已。夫庄周、屈平、宋玉之文,别为初祖,而要其羡周任、史佚、尹吉甫之生,而愿游其世,居可知也。"盛世有盛世之文,衰世则有衰世之文,在封建专制制度面临崩溃之际,应当有彻底批判旧社会、迎接新社会到来的崭新的文学。面对当时的现实,文学创作要唤醒更多的人,使之都具有这种忧患意识。龚自珍认识到不仅社会时代对文学有重要影响,而且自然环境对文学也有很大的影响。《送徐铁孙序》中说:"平原旷野,无诗也;沮洳,无诗也;硗确狭隘,无诗也;适市者,其声嚣;适鼠壤者,其声嘶;适女闾者,其声不诚。"因此他所提倡的诗歌之极境是:"于是乃放之乎三千年青史氏之言,放之乎八儒、三墨、兵刑、星气、五行,以及古人不欲明言,不忍卒言,而姑猖狂恢诡以言之之言,乃亦摭证之以并世见闻,当代故实,官牍地志,计簿客籍之言,合而以昌其诗,而诗之境乃极。则如岭之表,海之浒,磅礴浩汹,以受天下之瑰丽,而泄天下之拗怒也,亦有然。"以"猖狂恢诡以言之之言","泄天下之拗怒",这才是诗歌之极境。所以诗歌应该和诗人的个性完全一致,其《书汤海秋诗集后》一文云:"人以诗名,诗尤以人名。唐大家若李、杜、韩及昌谷、玉谿;及宋、元,眉山、涪陵、遗山,当代吴娄东,皆诗与人为一,人外无诗,诗外无人,其面目也完。"人的个性都有鲜明的时代特色,诗歌是人的个性之体现,同时也自然具有时代的特征。这种个性鲜明的诗歌,也就是"童心""真情"的自然流露,他说:"何以谓之完也?海秋心迹尽在是,所欲言者在是,所不欲言而卒不能不言在是,所不欲言而竟不言,于所不言求其言亦在是。要不肯捋扯他人之言以为己言,任举一篇,无论识与不识,曰:此汤益阳之诗。"

与提倡"尊情""言其所不得不言"的诗学思想直接相关的是,龚自珍在诗歌艺术上强调自然美而反对人为造作,主张创新而反对模拟因袭。他曾说:"民饮食,则生其情矣,情则生其文矣。"(《五经大义终始论》)情与文都生于自然,"剽掠脱误,摹拟颠倒"(《述思古子议》),是最可耻的。"今世科场之文,万喙相因,词可猎而取,貌可拟而肖"(《与人笺》),怎么能求得真才呢?他在杂文《病梅馆记》中,非常清楚地表达了他崇尚自然的美学观点:

> 江宁之龙蟠,苏州之邓尉,杭州之西溪,皆产梅。或曰:"梅以曲为美,直则无姿;以欹为美,正则无景;梅以疏为美,密则无态。"固也。此文人画士,心知其意,未可明诏大号,以绳天下之梅也;又不可以使天下之民,斫直,删密,锄正,以夭梅、病梅为业以求钱也。梅之欹、之疏、之曲,又非蠢蠢求钱之民,能以其智力为也。有以文人画士孤癖之隐,明告鬻梅者,斫其正,养其旁条,删其密,夭其稚枝,锄其直,遏其生气,以求重价,而江浙之梅皆病。文人画士之祸之烈至此哉!

梅的美在于它自然生长的姿态,而不是在人们强为之之态,如果一定要"斫直""删密""锄正""夭其稚枝""遏其生气",那么只能使原来生气勃勃的梅生病夭折,也就没有什么美可言了。所以他说:"万事之波澜,文章天然好。"(《自春徂秋偶有所触拉杂书之漫不诠次得十五首》)龚自珍提倡不受传统束缚的独立创造精神,他在《文体箴》中说:"予欲慕古人之能创兮,予命弗丁其时!予欲因今人之所因兮,予荍然而耻之。"他在《己亥杂诗三百十五首》中赞扬汤海秋的诗说:"觥觥益阳风骨奇,壮年自定千首诗。勇于自信故英绝,胜彼优孟俯仰为。"充分肯定了他勇于独创的自信精神。龚自珍为大家所传诵的名篇:"九州生气恃风雷,万马齐喑究可哀!我劝天公重抖擞,不拘一格降人才。"实际也是呼唤一种不拘泥于传统的、新的创造精神之出现。

魏源(1794—1857),字默深,湖南邵阳人。魏源生活在鸦片战争前后,与龚自珍、林则徐相友好,思想上颇受他们的影响。他和龚自珍都是倾向于是今文经学,而提倡经世致用的。鸦片战争前,魏源主要是读书、考科举,并在陶澍、林则徐等的幕府协助他们作一些改革弊政的工作,鸦片战争中他曾入裕谦幕府参与了浙东抗英斗争。鸦片战争失败的耻辱激发了他强烈的爱国热情和民族自尊心,他写了长达四十余万字的《圣武记》,叙述了鸦片战争的过程,揭露了清政府在军事和政治上存在的问题。后来他又受林则徐的委托,编撰著名的《海国图志》,并在序中提出了"以夷攻夷""师夷之长技以制夷"的重要思想。他到五十一岁方中进士,后曾任高邮知州,晚年辞官,潜心佛学。魏源非常清醒地认识到了清王朝已不可救药,亲身感受到了国家民族的危机,不仅具有强烈的忧患意识,而且比较早地提出要向西方学习。他的主张虽然还只限制在学习西方"长技"的方面,但在当时则是相当激进的观点。

魏源和龚自珍一样,也要求诗歌能充分体现诗人的忧患意识。他有关诗文的论述,从表面上看似乎是比较传统、保守的,他强调"文以贯道""诗以言志",重视"诗教",但是实际上他的论述和儒家传统的说法有很大的不同,或者说已经有了质的改变,因为魏源是在他的"六经其皆圣人忧患之书"的前提下来作这些论述的。他在《默觚上·治篇二》中说:"君子读二《雅》至厉、宣、幽、平之际,读《国风》至二《南》、《豳》之诗,喟然曰:六经其皆圣人忧患之书乎!"在《嚜古吟八首与陈太初修撰为连日谈诗而作》中他说:"六经忧患书,世界忧患积。"在《京师接家书三章》中他又说:"文章声价贱,书史患忧真。"他在为自己的《诗古微》所写的序中曾说:"《诗古微》何以名?曰:所以发挥齐、鲁、韩三家诗之微言大谊,补苴其罅漏,张皇其幽渺,以豁除《毛诗》美、刺、正、变之滞例,而揭周公、孔子制礼正乐之用心于来世也。"魏源所理解的"周公、孔子制礼正乐之用心",不是别的,而是指他们忧患天下之用心。他又指出"明乎礼乐而后可以读《雅》《颂》","明乎《春秋》而后可以读《国风》","礼乐者,治平防乱,自质而之文;《春秋》者,拨乱反治,由文而返质。故《诗》之道,必上明乎礼乐,下明乎《春秋》,而后古圣忧患天下来世之心,不绝于天下"。所以他特别推崇司马迁"发愤著书"的思想,强调要继承自《诗经》《楚辞》以来的这个优秀传统。他在为陈沆《诗比兴笺》所写的序中说:"蕲水陈太初修撰以笺古诗《三百篇》之法,笺汉、魏、唐之诗,使读者知比兴之所起,即知志之所之也。"这个"志",就是发愤著书之志,他又说道:"《离骚》之文,依《诗》取兴,引类譬喻,词不可径也,故有曲而达,情不可激也,故有譬而喻焉:善鸟香草,以配忠贞;恶禽臭物,以比谗佞;灵修美人,以媲君王;宓妃佚女,以譬贤臣;虬龙鸾凤,以托君子;飘风雷电,以喻小人;以珍宝为仁义,以水深雪雰为谗构。荀卿赋蚕,非赋蚕也,赋云,非赋云也。诵诗论世,知人阐幽。以意逆志,始知《三百篇》皆仁圣贤人发愤之所作焉,岂第藻绘虚车已哉?"可见,魏源心目中的《诗经》《楚辞》乃至荀卿的赋篇,都是古代圣贤忧患意识的流露,愤激心情之喷发,而决非"藻绘虚车"之作。他所论虽是传统之说,但都是针对现实、有鲜明时代意识的。这在他的《简学斋诗集序》中可以看得很清楚:"昔人有言:'欢娱之词难工,愁苦之词易好。'使李、杜但在天宝以前,除《清平调》及《何将军山林》外,亦无以鸣豫而鼓盛。故诗人之境,类多萧瑟嵯峨,而《三百篇》皆仁贤发愤之所作焉。"他惋惜陈沆"中年即逝",并赞扬他之诗作"清深肃括之际,常有忧勤惕厉之思","使天假之年,大用于世,其所就岂独诗人已哉!然使君至今日目击东南之民物事变,其感怆承平清晏之福,又当何如!"他这里所说的"今日目击东南之民物事变",显然就是指鸦片战争事件。由于他亲身经历了这个巨大的国耻,故而对时局危机有了十分深刻的了解,大大加强了他的忧患意识,因此在诗歌创作上也就更加强调"发愤之所作",并进一步体会到韩愈所说的"欢愉之辞难工,而穷苦之言易好"确为至理名言。无论是读古人之诗还是自己创作之诗,他都将之和对时局危机的感慨紧紧地联系在一起。其《秦中杂感十三首》之十三说:"诗到邠丰销慷慨,游穷燕赵转和平。旅人忧乐关天下,客梦山川不世情。"其《寰海后十首》之九说:"曾闻兵革话承平,几见承平话战争。""梦中疏草苍生泪,诗里莺话稗史情。"

为此,魏源十分重视文学的社会功用,要求文学必须为救世济时服务,使之成为挽救时局危机、振兴国家民族的重要工具。他在《默觚上·学篇二》中曾说:"文之用,源于道德而委于政事,百官万民,非此不丑;君臣上下,非此不胹;师弟友朋,守先待后,非此不寿。夫是以内亹其性情而外纲其皇极,其缊之也有原,其出之也有伦,其究极之也,动天地而感鬼神,文之外无道,文之外无治也;经天纬地之文,由勤学好问之文而入,文之外无学,文之外无教也。执是以求今日售世哗世之文,文哉!文哉!《诗》曰:'巧言如簧,颜之厚矣!'"他把"文"和"道""治""学""教"合而为一,强调文学必须经世致用,而不能为文而文。其《秦中杂感十三首》之十一中说:"天地有时龙变化,英雄无运鹿奔驰。文章更在经纶后,落日柯亭吊所思。"他所希望的并不是文章的显赫,而是在经天纬地,为改革时弊贡献自己的才华。魏源的这些文学观点对近代传统文学思想的革新起了很重要的作用。

第三节　姚门弟子的文学批评和方东树的《昭昧詹言》

桐城派自姚鼐之后，比较重要的有方东树、姚莹、管同、梅曾亮，称为"姚门四杰"。方、姚为桐城人，管、梅是上元（今南京）人。其中管同（1780—1831），早死，其他三人均在鸦片战争后十多年才去世。他们在继承"桐城三祖"的文论同时，都有自己的创造性发挥，特别是方东树和姚莹在诗歌理论上论述较多，成为桐城派在诗学理论上的代表人物。他们四人中，方东树（1772—1851）最大，字植之，别号副墨子。方东树是姚门弟子中特别重视义理心性、提倡程朱理学的人物，曾撰写著名的《汉学商兑》。他和姚莹是桐城派中对诗学研究得比较多、论述得比较充分的人。

姚莹（1785—1853），字石甫，号明叔，自号幸翁，安徽桐城人。嘉庆十三年（1808）进士，道光十八年（1838）为台湾兵备道，积极抗英，后被贬官，咸丰时为广西按察使，参与镇压太平天国起义，后病死军中。姚莹是桐城派大师姚鼐的嫡传子弟，他在桐城派文学思想的发展中最突出的成就有两个方面：一是强调文章的经世致用价值，要有益于"经济世务"，"关乎人心风俗之盛衰"；二是强调"诗之与文，尤无二道"，以文论诗，在桐城诗学发展上作出了重要贡献。

姚莹论文的中心也是在强调"载道"，其《复吴子方书》说："仆少即好为诗古文之学，非欲为身后名而已，以为文者，所以载道，于以见天地之心，达万物之情，推明义理，羽翼六经，非虚也。"但是这"道"并非抽象的义理，而是"见天地之心，达万物之情"的、能解决现实具体问题的"道"。他在《复杨君论诗文书》中说得更为清楚，他认为孟子所讲"浩然之气"的"配义与道"，虽"不为诗文言之，吾以为诗文之道，无以易此矣"。他又说："夫诗之与文，其旨趣不同矣。顾欲善其事者，要必有囊括古今之识，胞与民物之量，博通乎经史子集以深其理，遍览乎名山大川以尽其状，而一以浩气行之，然后可以传于天下后世，岂徒求一韵之工，争一篇之能而已哉。""夫文者将以名天地之心，阐事物之理，君臣待之以定，父子赖之以亲，夫妇朋友赖之以叙其情，而正其义，此文之昭如日月者，六经所以不废。为文苟求其不废，舍斯道无由也。"说明他所讲究的"道"，是经济实用之道，如《黄石香诗序》所说"文章之大者，或发明道义，陈列事情，动关乎人心风俗之盛衰"。他对不关经济世务的文章是很不感兴趣的。在《与陈恭甫书》中说："海内名人先达，生平闻见多矣。精考订或拙于文章，工辞翰又弱于气节，至于经济世务，多迂曲鲜通。阁下独驰骋于翰墨之场，研参于贾郑之席，气节世务，矫然通伟，宜可以膺当世之任而塞人士之望矣。"他认为从这样的角度出发，文之与诗，实为一道，并无区别。他在《复杨君论诗文书》中说："故夫六经者，海也；观于《六经》，斯才大矣。诗文者，艺也；所以为之善者，道也。道与艺合，斯气盛矣。文与《六经》，无二道也；诗之与文，尤无二道也。凡此皆有得于天而又得于人者是也。"其实，诗文无二道的思想并非姚莹的发明，桐城派的集大成者姚鼐以神、理、气、味、格、律、声、色八字论文，实际上就是以创作诗歌的方法来要求文章的写作，以艺术美的标准来衡量一般文章的好坏，即是以诗论文，只是没有姚莹那么明确地提出诗无二道而已！

姚莹有关诗歌的论述主要见于他的《论诗绝句六十首》。这是姚莹一组系统的论述诗歌史上各个代表诗人创作特色的论诗诗，起自汉魏古诗一直到清代康熙年间的王士禛。姚莹对历代诗人的评价中，我们可以清楚地看出他的诗学思想特点。他论诗要求符合孔子"兴观群怨"的宗旨。他说："辛苦十年摹汉魏，不知何故远风骚。而今悟得兴观旨，枉向凡禽乞凤毛。"从汉魏诗中学习风骚的传统毕竟已落第二义矣，只有直接从"诗""骚"中领会方能得其真谛。在诗歌艺术风貌上主张风清骨峻的气概和自然流畅之本色美，所以他论建安文学，特别推崇曹植的诗作和左思的《咏史诗》，其云："高宴陈诗铜雀台，子桓兄弟不须猜。胡床粉鬌天人语，独有思王八斗才。"论正始文学则引用刘勰《文心雕龙》的评价，很赞赏"嵇旨清峻"和"阮旨遥深"。论西晋文学则对陆机、潘岳的词采富艳华丽不感兴趣，而对左思的风骨给予充分肯定，"伧父当年笑左思，三都赋出竞雄奇。宁知陆海潘江外，别让临淄咏史诗"。对陶、谢的真切自然十分钦佩，"文章真性柴桑酒，山水清音康乐辞。一种天然去雕饰，后人何事竞钻皮"。他感慨庾信的乡关之思，对陈子昂的感遇诗及其力振衰淫的功绩给予高度评价，认为四杰、沈、宋均无法与之相比。论盛唐诗歌则重在李白之淳真和杜甫之雄才，他和严羽一样特别强调盛唐诗歌的"兴趣"："王李高岑竞一时，盛唐兴趣是吾师。何人解道襄阳俗，始信嘉州已好奇。"论中唐诗既则心折于韦应物的平淡寂静,"古澹谁如韦左司,空山叶落暮钟时。分明一卷楞伽字,未许声闻小果知"。又十分同情柳宗元的幽怨牢骚,"史洁骚幽并有神,柳州高咏绝嶙岣。吴兴却选淮西雅,不及平生五字真"。他赞扬韩愈"主持雅正""文起八代之衰"的伟大功绩,也大力肯定他在诗歌创作上独辟蹊径的创造性,"文体能兴八代衰,韵言尤自辟藩篱。主持雅正惟公在,底事卢樊别赏奇"。对于清代诗学批评中的唐宋之争,他站得高、看得远,认为每个时代各有自己的特色,各有自己的优秀诗人,不应当偏于哪一个时代。他说:"妙语天成偶得之,眉山绝趣苦难追。纷纷力薄争唐宋,断港横流也未知。"他对南宋的陆游尤为欣赏,正是从陆游始终不渝的爱国热情中受到鼓舞,也表现了他对民族危亡之秋的深深忧虑。"铁马楼船风雪里,中原北望气如虹。平生壮志无人识,却向梅华觅放翁。"对于明初的诗人,姚莹比较推崇高启和贝琼。他对前后七子的才华和贡献有比较高的估计,而对公安、竟陵则颇多批评,所以他不太满意钱谦益,而给予陈子龙为代表的云间派以很高的地位。他对王渔洋也不大满意,认为他过分流于"空冥"。由此可见,姚莹的《论诗绝句六十首》,实际上是对诗歌史的发展作了一个历史性的总结,他的观点是比较公平和稳妥的。

方东树的《昭昧詹言》是桐城派最重要的诗话著作,它的中心是"以文论诗"。方东树受方苞"义法"说的影响很深,用"言有物"和"言有序"的标准来论诗,是他的基本出发点。他在《昭昧詹言》中说:"诗以言志。如无志可言,强学他人说话,开口即脱节。此谓言之无物,不立诚。若又不解文法变化精神措注之妙,非不达意,即成语录腐谈。是谓言之无文无序。"他又根据唐人李翱《答朱载言书》中的说法,提出文、理、义三要素,认为写文写诗都要把握好此三要素。他说:"文者,辞也;其法万变,而大要在必去陈言。理者所陈事理、物理、义理也;见理未周,不贱不备,体物未亮,状之不工,道思不深,性识不超,则终于粗浅凡近而已。义者法也;古人不可及,只是文法高妙,无定而有定,不可执著,不可告语,妙运从心,随手多变,有法则体成,无法则伧荒。率尔操觚,纵有佳意佳语,而安置布放不得其所,退之所以讥六朝人为乱杂无章也。"由于主张诗文的统一,以文为诗,所以他特别推崇杜甫和韩愈,"惟杜公,本《小雅》《屈子》之志,集古今之大成,而全浑其迹。韩公后出,原本六经,根本盛大,包孕众多,巍然自开一世界"。他正是运用韩愈有关古文写作的理论来论述诗歌创作的。他说:"薑坞先生(姚范)曰:'大凡文字援据,虽有详略,然必具见端末。'余谓作诗无援据之事,而必有序题。大凡变化恣肆,文法高古,超妙入神,全在此一事上讲求。"(以上均见《昭昧詹言》卷一)他认为杜甫、韩愈的诗是诗家之极致、最高的典范,他说:"杜、韩尽读万卷书,其志气以稷、契、周、孔为心,又于古人诗文变态万方,无不融会于胸中,而以其不世出之笔力,变化出之,此岂寻常龌龊之士所能辨哉!"他把杜甫和韩愈比作诗歌创作中的稷、契、周、孔,强调他们的诗作全是"元气",而非一般人所能比拟。他说:"杜公包括宇宙,含茹古今,全是元气,迥如江河之挟众流,以朝宗于海矣。"(以上见卷八)"韩公诗,文体多,而造境造言,精神兀傲,气韵沉酣,笔势驰骤,波澜老成,意象旷达,句字奇警,独步千古,与元气侔。"桐城派的文学观念是比较复杂的,他们本来讲的是文章学理论,他们所说的文章包含着艺术文学的部分和非艺术文学的部分,而且后者还占有主要地位,也就是说,他们所说的文章含义是十分宽广的,但是在桐城派文论的发展过程中,逐渐趋向于用艺术文学创作的方法来论述广义的文章写作,这在桐城派集大成的代表人物姚鼐身上体现得最为明显。他所提出的八个大字:神、理、气、味、格、律、声、色,其实就是运用诗歌艺术的审美标准来要求广义文章的写作,可以说就是以诗论文。而方东树论诗则是用一般文章的写作方法来讲诗歌创作,是典型的以文论诗。他们没有对广义文章中属于艺术文学的部分和非艺术文学的部分加以区分,没有正确地认识到非艺术的文章和艺术文学在思维和创作上的差别。当然,这是中国传统文学观念发展上的一个老问题,我们也不必对他们过于责备,不过,在我们研究他们的文论和诗论时,又必须对此有清醒的认识。

第四节　刘熙载的《艺概》

龚自珍和魏源在文学理论批评史上的贡献,主要是把时代的忧患意识引进文学,而在总结和发展传统文论的成就,特别是审美理论的成就方面,在近代贡献比较大的主要是刘熙载、陈廷焯和况周颐,以及更晚一些的王国维(关于王国维我们将在下章再专论)。

刘熙载(1813—1881),字伯简,号融斋,又号寤崖子,江苏兴化人,道光二十四年(1844)进士,官至国子司业、广东提学使,晚年在上海龙门书院讲学,著有《古桐书屋六种》及《古桐书屋续刻三种》。《古桐书屋六种》中的《艺概》是他有关文艺美学方面的代表作,也是近代时期总结和发展传统文论方面的最重要著作。据作者在《艺概》自序中说,定稿于清同治十二年(1873),为作者晚年之作。《艺概》分为《文概》《诗概》《赋概》《词曲概》《书概》《经义概》六个部分,说明刘熙载对"艺"的认识是相当宽泛的,他所说的"文"包括"六经"在内,而《经义概》则是讲流行的八股文,但其书的主要部分还是诗、文、词、赋等纯文学。他的书之所以称为"概",并非仅仅讲的一般概况,而是指各类文艺创作最主要的要点。他在序中说:"若举此以概乎彼,举少以概乎多,亦何必殚竭无余,始足以明指要乎!"又说:"《庄子》取'概乎皆尝有闻',太史公叹'文辞不少概见','闻''见'皆以概为言,非限于一曲也。概得其大义,则小缺为无伤,且触类引伸,安知显缺者非即隐备者哉!"《艺概》既是一部包含各类艺术史的著作,又是对各类艺术创作理论的阐述。它采取纵横结合、史论并重的方法,深刻地论述了作者对文艺基本问题的看法。《艺概》中六个部分的每一部分,都包括了三个方面的内容:一是对此类文艺的历史发展过程之概要叙述,二是对有代表性的作家创作特征的分析,三是对此类文艺创作理论和表现手法的研究。史以论为依据,论以史为内容,两者皆以对最重要的作家作品准确深入的分析为基础,充分体现了文学理论批评和文学创作实际紧密结合的特点,这一方面它明显地受到刘勰《文心雕龙》的影响。

《艺概》在文学理论批评上的主要成就有以下几方面:第一,刘熙载的文学理论批评既认真总结了传统文论的成就,又不受传统文论的束缚,而有自己的独立见解,这当然是与他所处的时代思想比较解放、传统观念遭到人们怀疑有密切关系的。所以他论文虽也以"六经"为本源,引刘勰《文心雕龙》"百家腾跃,终入环内"之说,但主要还是从文体形式方面来论的,而并不强调"原道""载道"之说。特别是他论文不局限于"六经",而兼重诸子百家,对《左传》与《庄子》的评价尤为突出。他对《左传》的写作艺术极为欣赏,曾说:"左氏叙事,纷者整之,孤者辅之,板者活之,直者婉之,俗者雅之,枯者腴之,鞭裁运化之方,斯为大备。"又说:"文得元气便厚,左氏虽说衰世事,却尚有许多元气在。"对《庄子》的文学特色他也认识得很清楚。他说:"庄子文看似胡说乱说,骨里却尽有分数。彼固自谓猖狂妄行而蹈乎大方也,学者何不从蹈大方处求之?""庄子寓真于诞,寓实于玄,于此见寓言之妙。""意出尘外,怪生笔端,庄子之文可以是评之。""文之神妙,莫过于能飞,庄子之言鹏曰'怒而飞',今观其文,无端而来,无端而去,殆有飞之机者。"于此可见,刘熙载对《左传》及《庄子》的艺术表现特征,都有相当精辟的论述。他论诗文颇受刘勰、钟嵘的影响,但又能对他们的不足之处或片面之处提出不同见解。例如《诗概》中说:"《古诗十九首》与苏、李同一悲慨,然《古诗》兼有豪放旷达之意,于苏、李之一于委曲含蓄,有阳舒阴惨之不同。知人论世者自能得诸言外,固不必如钟嵘《诗品》谓《古诗》出于《国风》,李陵出于《楚辞》也。"在论建安诗歌时,又说:"曹公诗气雄力坚,足以笼罩一切,建安诸子,未有其匹也。子建则隐有'仁义之人,其言蔼如'之意。钟嵘品诗,不以'古直悲凉'加于'人伦周、孔'之上,岂无见乎?"他认为曹操诗在当时最有代表性、成就最高,这也是很有见地的。在《赋概》中,他对刘勰关于赋的特点是"体物写志"说作了补充,他说:"《屈原传》曰:'其志洁,故其称物芳,'《文心雕龙·诠赋》曰:'体物写志。'余谓志因物见,故《文赋》但言'赋体物'也。"他也不同意传统以"正变"论赋的说法,他说:"赋当以真伪论,不当以正变论,正而伪,不如变而真。"班固在《汉书·艺文志》中说:"学诗之士,逸在布衣,而贤人失志之赋作矣。"刘熙载对此提出了不同看法:"所谓失志者,在境不在己也。屈子《怀沙》赋云:'离慜而不迁兮,愿志之有像。'如此虽谓失志之赋即励志之赋可矣。""余谓赋无往而非言志也。"他在《词概》中论到词的发展,不赞成一般人所说苏轼"以诗为词"、以"豪放"易"婉约"是词之变体的说法,而认为最早的词是以豪放为正体的,他说:"太白《忆秦娥》,声情悲壮,晚唐、五代,惟趋婉丽,至东坡始能复古。后世论词者,或转以东坡为变调,不知晚唐、五代乃变调也。"这些地方我们都可以看出刘熙载不囿于传统而具有自己独创性见解的特点。

第二,刘熙载对文艺的特点和规律有相当深刻的认识。他从对不同形式文学体裁创作特点的分析中,清楚地指出了文学从根本上说是人的情志之体现,而人的情志又是要借助于天地自然的物象来表现的,他在《诗概》中说道:"《诗纬·含神雾》曰:'诗者,天地之心。'《文中子》曰:'诗者,民之性情也。'此可见诗为天人之合。"所谓"天人之合",实际上就是人与自然之结合,情志与物象的统一。诗和赋从根本上说,都是人情志的体现,但其表达的方式有所不同:"诗或寓义于情而义愈至,或寓情于景而情愈深"(《诗概》);"赋起于情事杂沓,诗不能驭,故为赋以铺陈之"(《赋概》)。所以《赋概》中又说:"诗为赋心,赋为诗体。"然而,赋也同样言情,不过更强调借物以言情,他引李仲蒙说:"叙物以言情谓之赋。"他引《西京杂记》中所载司马相如的"赋心""赋迹"之说道:"迹,其所;心,其能也。心迹本非截然为二。"又说:"《楚辞·涉江》《哀郢》,'江''郢',迹也;'涉''哀',心也。推诸题之但有迹者亦见心,但言心者亦具迹也。"所谓"心"与"迹",实际上也就是指人与自然,"在外者物色,在我者生意,二者相摩相荡而赋出焉"。词的创作也是如此,"词或前景后情,或前情后景,或情景齐到,相间相融,各有其妙"。他又说:"词深于兴,则觉事异而情同,事浅而情深。"(《词曲概》)情和景,或情和事,也就是指情和物,或心和迹。上述有关诗、赋、词的论述,充分说明了文学创作的本质即是主体和客体的统一。由于刘熙载对文学特征有相当深入的认识,所以他在论广义的"文"的时候,也能侧重从文学特征角度来分析,像《庄子》《史记》本属于子、史的范围,而刘熙载的分析则着重讲它们的文学特色。《庄子》已见前论。《文概》中分析《史记》的文学特色重在一个"情"字,他说《史记》"第论其恻怛之情,抑扬之致,则得于《诗》三百篇及《离骚》居多"。《史记》本是一部历史著作,但其"叙事,文外无穷,虽一溪一壑,皆与长江、大河相若",有文学散文的特点。尤其是它"学《离骚》得其情",使它的许多人物传记篇章成为优秀的文学传记散文之典范。

刘熙载对艺术意象的创造,一方面指出它在根本上是天地自然之象的反映,另一方面又指出它在"构象"上有"按实肖象"和"凭虚构象"的不同。"按实肖象"是指直接模仿自然物象的艺术意象,也就是运用具体写实方法而形成的艺术意象;而"凭虚构象"则是指由作家虚构而产生的艺术意象,也就是按照表现理想的原则来创作的艺术意象。刘熙载认为在这两种方法中,后者比前者要更难一些。他在《赋概》中说:"赋以象物,按实肖像易,凭虚构象难,能构象,象乃生生不穷矣。"由此可见,刘熙载对艺术创造中虚构的极端重视,这是和明清以来文艺思想发展中摒弃简单的"实录"和对虚构的强调分不开的。他在《赋概》中又说:"相如一切文,皆善于架虚行危,其赋既会造出奇怪,又会撒入窅冥,所谓'似不从人间来者'此也。至模山范水,尤其末事。"刘熙载这里所说的"按实肖象"和"凭虚构象",实际上也就是后来王国维所说的"写境"和"造境"。

第三,刘熙载在论述文学理论问题的时候充满了辩证的观点,善于运用对立统一的原则去分析文学的创作原理和艺术表现方法。其《文概》说:"《易·系传》:'物相杂故曰文。'《国语》:'物一无文。'徐锴《说文通论》:'强弱相成,刚柔相形,故于文人乂为文。'《朱子语录》:'两物相对待故有文,若相离去便不成文矣。'为文者,盍思文之所由生乎?"中国古代有"和""同"之论,《国语·郑语》记载史伯曾说:"夫和实生物,同则不继。"又说:"声一无听,色一无文,味一无果,物一不讲。"认为宇宙万物的生长发展都是由于其内部矛盾的对立统一,是不同因素相互作用而又和谐统一的结果。如果事物都是相同的、一样的,就不可能有发展变化,也不会有新的事物产生。"和",才能产生美;如果都是"同",就没有美了。然而光讲"对立"也是不够的,必须看到"统一"的意义,刘熙载特别提出了"一"和"不一"的关系,他说:"《国语》言'物一无文',后人更当知物无一则无文。盖一乃文之真宰,必有一在其中,斯能用夫不一者也。"他在这里所说的"一"和"不一"的关系,也就是"一"和"多"的关系。刘勰在《文心雕龙》中曾提出过"杂而不越"和"乘一总万"的思想,司空图在《二十四诗品》中曾提出过"不著一字,尽得风流"和"万取一收"的思想,刘熙载所论正是对他们的发展。强调在"一"和"不一"的关系中"一"的重要性,这可能和清初石涛《画语录》中提倡"一画之法"的思想有关,石涛曾说:"盖自太朴散而一画之法立矣,一画之法立而万物著矣。"艺术意象必须是一个完整的整体,但它又包含了许多不同的因素、对立的因素,所以"一"和"不一"是不能偏废的。刘熙载运用这种思想去看待文学的本质,遂提出了"天人之合"、物我一体的观点。运用这种思想去分析庄子散文的浪漫主义特征,遂得出了寓真实于玄诞的结论。运用这种思想去研究继承和创新的关系,则指出了用古和变古相结合的必要性,要"阐前人所已发",扩前人所未发",要"因时适变","通其变,遂成天地之文"。运用这种思想去考察艺术意境的特征,则突出了结实与空灵相结合,他说:"文或结实,或空灵,虽各有所长,皆不免著于一偏。试观韩文,结实处何尝不空灵,空灵处何尝不结实?"运用这种思想去论述文学的风格,则强调阳刚与阴柔的相互调剂,要求骨与韵的并重,"情韵婉"与"魄力雄"的统一,他说:"刘梦得诗稍近径露,大抵骨胜于白,而韵逊于刘。"又说:"唐初七古,节次多而情韵婉,咏叹取之;盛唐七古,节次少而魄力雄,铺陈尚之。"运用这种思想去研究文学的表现技巧和方法,故提倡工与不工的统一,放得开与收得回的统一,文与质的统一,自然与人工的统一(即"立天定人"与"由人复天"的统一)。

第四,刘熙载对重要作家和作品的艺术特征,各类文体的创作要点,有很多深刻而精辟的概括。他善于运用历史的比较的方法,对作家作品的艺术特征作出切中要害的评述。有时虽然只有三言两语,但却有很重的分量。例如他在《文概》中论司马迁与司马相如时说:"学《离骚》得其情者为太史公,得其辞者为司马长卿。长卿虽非无得于情,要是辞一边居多,离形得似,当以史公为尚。"这不仅对他们的创作渊源作了准确的分析,而且把他们的各自所长与相互区别也论述得清清楚楚。又比如《诗概》中论李白云:"太白诗言在口头,想出天外,殆亦如是。""李诗凿空而道,归趣难穷,由风多于雅,兴多于赋也。"又论杜甫云:"杜诗云:'畏人嫌我真',又云:'直取性情真',一自咏,一赠人,皆与论诗无与,然其诗之所尚可知。""'不敢要佳句,愁来赋别离'二句,是杜诗全旨。""太白早好纵横,晚学黄、老,故诗意每托之以自娱。少陵一生却只在儒家界内。"这就把唐代两位大诗人创作,一重理想、一重现实的艺术特色,以及他们的思想渊源,论述得明明白白。在《词曲概》中他论苏、辛词的特征也是十分精当的。他说:"东坡词颇似老杜诗,以其无意不可入,无事不可言也。若其豪放之致,则时与太白为近。""东坡词具神仙出世之姿,方外白玉蟾诸家,惜未诣此。"指出苏词兼有李白、杜甫诗的特点,既有李之豪放磊落,又有杜之深远广大。他又评辛词云:"稼轩词龙腾虎掷,任古书中理语、廋语,一经运用,便得风流,天姿是何敻异!"辛弃疾的词虽用典很多,但是他的长处也正在用典而能更得风流,故而说:"稼轩豪杰之词。"他认为苏、辛同为"至情至性人",所以他们的词有"潇洒卓荦"之姿。

  刘熙载对文、赋、诗、词等各类文体的创作特点,都作了较为深刻的分析,并且对各种文体的不同特点进行了比较。他认为文学作品都是体现作家之"志"的,但是又各有不同。关于"文",他认为从广义上说,都是"明理"的,"文无论奇正,皆取明理"。作者之"志"是从"明理"中显示出来的,然而文艺性的散文,则尚需有"情"有"态"。"'圣人之情见乎辞',为作《易》言也。作者情生文,斯读者文生情。"情和气不可分,所以"文要与元气相合"。情和气往往是从对人事物态的描写中表现出来的,他说:"柳州记山水,状人物,论文章,无不形容尽致;其自命为'牢笼百态',固宜。"他又说:"李习之文,苏子美谓'辞不逮韩,而理过于柳';苏老泉《上欧阳内翰书》取其'俯仰揖让之态'。合理与态,而其全见矣。"关于诗,他认为是人的性情之流露,"情"中有"志",并以比兴为其主要表现方法。故"文所不能言之意,诗或能言之,大抵文善醒,诗善醉,醉中语亦有醒时道不到者,盖其天机之发,不可思议也"。文以明理为主,故善醒人;诗以言情为主,故善醉人。然诗亦有以言理为主者,但须有"理趣",而不可坠入"理障"。他曾说:"陶、谢用理语各有胜境。钟嵘《诗品》称孙绰、许询、桓、庾诸公诗,皆平典似《道德论》。此由乏理趣耳,夫岂尚理之过哉!"又说:"朱子《感兴诗》二十篇,高峻寥旷,不在陈射洪下。盖惟有理趣而无理障,是以至为难得。"赋的创作中也有理趣、理障之不同,他说:"以老、庄、释氏之旨入赋,固非古义,然亦有理趣、理障之不同。如孙兴公《游天台山赋》云:'骋神变之挥霍,忽出有而入无。'此理趣也。至云:'悟遣有之不尽,觉涉无之有间。泯色空以合迹,忽即有而得玄。释二名之同出,消一无于三幡。'则落理障甚矣。"赋是古诗之流,刘熙载说:"言情之赋本于《风》,陈义之赋本于《雅》,述德之赋本于《颂》。"赋的特点是铺陈叙物而寓情于其中。赋之有别于诗者,"诗辞情少而声情多,赋声情少而辞情多"。古代辞、赋并称即说明其"尚辞"之特点。赋也言情,但它是"叙物以言情"。赋也言志,但它是"志因物见"。这就把赋和诗的不同分析得很清楚。他指出:词曲实际就是乐歌,"乐歌,古以诗,近代以词","故词,声学也"。词曲是配乐的诗歌,所以若说诗是"言有尽而意无穷",则词曲就是"言有尽而音意无穷也"。他还指出:"词导源于古诗,故亦兼具六义。"但是"六义之取,各有所当,不得以一时一境尽之"。词不仅在形式上以长短句而与诗有别,而且在艺术表现上有其独特之处。他说:"空中荡漾,最是词家妙诀。上意本可接入下意,却偏不入,而于其间传神写照,乃愈使下意栩栩欲动,《楚辞》所谓'君不行兮夷犹,蹇谁留兮中洲'也。"这是强调词在创作上要更讲究意象的跳跃性,从而启发人们丰富的联想。词和曲有共同的地方,也有不同的地方。曲是词之一种,好像赋是诗的一种一样。"词如诗,曲如赋,赋可补诗之不足者也。昔人谓'金元所用之乐,嘈杂、凄紧、缓急之间,词不能按,乃更为新声',是曲亦可补词之不足也。"对每一类文体中不同形式的作品,刘熙载也都能指出其不同创作特点,并给以具体分析。如对诗歌中的古体、近体、乐府、律诗、绝句,五言、七言等不同形式,他都作了详细的论述。因此《艺概》也是一部研究各种文学体裁特点及历史发展状况的专著。

第三十章 谭献、陈廷焯、况周颐和近代词论

第一节 常州词派的发展和谭献的《复堂词话》

近代的词学主要是继承和发展了常州词派的词学理论。在王国维以前,谭献、陈廷焯、况周颐最为突出,成就也最高。

谭献(1832—1901),原名廷献,字仲修,号复堂,是浙江仁和(杭州)人。谭献是同治六年(1867)举人,做过知县,后归隐治学。他是近代著名的词人,他的词作在当时词坛影响很大。他的词论散见于他的文集、日记(见《复堂类稿》),以及他编纂的《箧中词》和对周济《词辨》的评论,后来他的学生徐珂收集整理为《复堂词话》。他在文学思想上提倡"折衷诗教"(《唐诗录序》),重视诗歌"言志永言"(《明诗》)的传统,要通过比兴的方法,表达百姓的心态,而有助于现实政治之改革。其《古诗录序》中说:"诗者,古之所以为史,托体比兴,百姓与能,劳人思妇,陈之太师。"虽然历代诗歌随乎运会,变化颇多,但是"性情所统,千古同之"。所以,"诗也者,根柢乎王政,端绪乎人心,章句篆组,盖其末也"。他对词的看法也是和诗一致的,在《复堂词录序》中他认为:"词为诗余,非徒诗之余,而乐府之余也。"又说:"愚谓词不必无颂,而大旨近雅。于雅不能大,然亦非小,殆雅之变者与。"和诗相比,词除了和诗在基本方面相同之外,还有自己的特点:"其感人也尤捷,无有远近幽深,风之使来。是故比兴之义,升降之故,视诗较箸。"当然,这也要看词人怎么写,不同的词的创作,其效果也是不一样的:"上之言志,永言次之。志洁行芳,而后洋洋乎会于风雅。雕琢曼词,荡而不反,文焉而不物者,过矣靡矣,又岂词之本然也哉!"他强调词之"本然"与诗是相同的,也是人之性情的流露,和诗一样合乎风雅,而及于物,起到现实的社会政治作用。如果过分雕琢艳丽,是违背词的本质特征的。词之合乎风雅本质,不只是因为它是"诗余",而且是因

它也是"乐府之余",它的音乐性是源于"古乐"的,"古乐之似在乐府,乐府之余在词。昔云:'礼失而求之野。'其诸乐失而求之词乎!"古乐也好,乐府也好,古代都是和社会政治、人民生活的状况,有比较直接的联系的。强调词的"乐府之余"的性质,正是为了突出词的社会政治作用。所以他说他和周济词论上的差别是:"大抵周氏所谓变,亦予所谓正也。"周济把温飞卿词作为正,而把李后主词作为变。而谭献则认为像李后主这样的亡国哀伤之词也是正而不是变,说明他要求词能够充分反映国家和民族危亡时期的忧患意识。同时,谭献又非常清楚地看到词有它自己的特点,它比诗有更加突出的生动性和形象性,而又更为含蓄蕴藉、耐人寻味。特别是他认识到文学作品还常常具有作家自己都想象不到的作用和效果,这在词的创作中尤为明显,由于它"侧出其言,旁通其情,触类以感,充类以尽",往往"作者之用心未必然,而读者之用心何必不然",也就是说,它的客观意义会大于作者的主观意图。所以,"言思拟议之穷,而喜怒哀乐之相发,向之未有得于诗者,今遂有得于词"。谭献对词的风雅本性之论述和他对词的委婉曲折的寄托特征的分析,正是为了说明词有和诗一样的地位和作用,应该受到充分的尊重,是对清代以来词的尊体意识的继承和发扬。

从这样一种对词的理解出发,他自然是倾向于以比兴寄托为中心的常州词派的。同时他也成为近代常州词派的最有影响的代表人物。他对常州词派的评价非常之高,他说张惠言与其弟张琦所编选的《宛邻词选》"虽町畦未辟,而奥窔始开。其所自为,大雅遒逸,振北宋名家之绪"。"要之倚声之学,由二张而始尊耳。"(见《复堂词话》,下引均同)他又说:"茗柯《词选》(即《宛邻词选》)出,倚声之学,日趋正鹄。张氏甥董晋卿(董毅),造微踵美。止庵(周济)切磋于晋卿,而持论益精。"他在引用了周济有关词"非寄托不入,专寄托不出"等论述后说:"周氏撰定《词辨》《宋四家词筏》(即《宋四家词选》),推明张氏之旨,而广大之,此道遂与于著作之林,与诗赋文笔同其正变。"他还说:"以有寄托入,以无寄托出,千古辞章之能事尽,岂独填词为然。""周介存有'从有寄托入,以无寄托出'之论,然后体益尊,学益大。"其推崇常州词派可于此见一般。不过,谭献对常州词派的弊端也是看得清楚的,也有所批评。他对以朱彝尊和厉鹗为

代表的浙派词,也是在肯定其贡献的基础上又有所批评。他说:

> 填词至嘉庆,俳谐之病已净。即蔓衍阐缓,貌似南宋之习,明者亦渐知其非。常州派兴,虽不无皮傅,而比兴渐盛。故以浙派洗明代淫曼之陋,而流为江湖。以常派挽朱、厉、吴、郭(原注:频伽流寓)佻染饾饤之失,而流为学究。

应该说他对浙派和常州派的历史作用和缺点认识得非常清楚。这就是说在纠正一种偏向或弊病时,往往会陷入另一个极端,于是又会出现新的偏向或弊端。关于浙派之"流为江湖",他还有一段话可以作为补充。他说:"南宋词敝,琐屑饾饤。朱、厉二家,学之者流为寒乞。"关于常州派之"流为学究",他也说过:"常州词派,不善学之,入于平钝廓落,当求其用意深隽处。"他对清代前期词的创作的代表性人物陈维崧、朱彝尊也有概括性的评述,他说:"锡鬯、其年出,而本朝词派始成。顾朱伤于碎,陈厌其率,流弊亦百年而渐变。锡鬯情深,其年笔重,固后人所难到。"他对浙派的批评是比较多的,如说厉鹗:"太鸿思力可到清真,苦为玉田所累。填词至太鸿,真可分中仙、梦窗之席,世人争赏其饾饤窳弱之作,所谓微之识碱砆也。"不过,从上述论述中,也可以看出谭献虽然属于常州词派,但是他对各家各派的评价还是比较客观的。

谭献在对词的审美要求上,非常明确地提出了"柔厚""虚浑"的标准。他说他和周济虽然对正变的理解不同,但是"折衷柔厚则同"。他赞扬晏幾道的《临江仙》词是:"名句千古,不能有二。所谓柔厚在此。"又说:"南宋人词,情语不如景语,而融法使才,高者亦有合于柔厚之旨。"柔厚的意思从温柔敦厚的"诗教"来的,是符合婉约派词的特点的。谭献显然更多地强调诗歌的委婉曲折,不喜欢过于直露的作品。善于让读者能够充分发挥自己的联想,这样才会有作者未必有如此用心,而读者却很自然地感到有此种用心。这正是常州词派希望有的艺术风格,也是依靠比兴寄托达到的效果。为此,从艺术风貌上说,就要求有"虚浑"的特色。谭献在评王沂孙词时说:"《诗品》云:'反虚入浑。'妙处传矣。"他又说:"阅蒋鹿潭水云楼词,婉约深至,时造虚浑。"冯煦的词"时有累句,能入而不能出,此病当救以虚浑"。所谓"虚浑"就是司空图所引戴叔伦说的那种境界:"蓝田日暖,良玉生烟,可望而不可置于眉睫之前也。"也就是"超以象外,得其环中"的境界,上句为虚,下句为浑,这就是"返虚入浑"。他评冯延巳词云:"金碧山水,一片空蒙。此正周氏所谓有寄托入、无寄托出也。"有有无无,虚虚实实,清清空空,朦朦胧胧,给人以无穷的遐想余地,这才是词境之最美处。具体地说,就是他评龚自珍词时说的"意内言外之旨",评宗山词时说的"诗篇秀逸,词旨遥深"。所谓"文外独绝,言之有味"。谭献的这些论述进一步发扬了常州词派的基本思想,更加突出了词的尊体意识,在近代有较大的影响。

第二节　陈廷焯的《白雨斋词话》

陈廷焯(1853—1892),原名世焜,字耀先,又字亦峰,江苏丹徒人,后流寓泰州。光绪十四年(1888)举人。陈廷焯一生未曾为官,专攻词学。早年学浙派,编有词选《云韶集》,并著《词坛丛话》。后受庄棫影响,改从常州词派,如他所说:"过此以往,精益求精,思欲鼓吹蒿庵(庄棫),共成茗柯(张惠言)复古之志。"(《白雨斋词话》卷六,以下凡引本书只注卷数。)他编选了《词则》,著有《白雨斋词话》十卷,经五易其稿,于光绪十七年末定稿,此书在他生前未曾刊行,乃其学生许正诗等整理,由其父陈铁峰审定,删成八卷,与《白雨斋诗钞》《白雨斋词存》一同刊行。《白雨斋词话》是中国古代词话中篇幅最大、成就较高的一部重要著作,今人屈兴国曾有《白雨斋词话足本校注》,为本书较好的注本。

陈廷焯的词学思想核心是强调"沉郁"。其自序中称:"萧斋岑寂,撰《词话》十卷,本诸《风》《骚》,正其情性,温厚以为体,沉郁以为用,引以千端,衷诸壹是,非好与古人为难,独成一家言,亦有所大不得已于中,为斯诣绵延一线。"这说明他之提倡"沉郁",是有所寄托的。"沉郁"的含义按他自己所说是:

> 所谓沉郁者,意在笔先,神余言外,写怨夫思妇之怀,寓孽子孤臣之感。凡交情之冷淡,身世之飘零,皆可于一草一木发之。而发之又必若隐若现,欲露不露,反复缠绵,终不许一语道破。非独体格之

高,亦见性情之厚。(卷一)

又说:

> 作词之法,首贵沉郁,沉则不浮,郁则不薄。顾沉郁未易强求,不根柢于《风》《骚》,乌能沉郁?十三国变风,二十五篇《楚词》,忠厚之至,亦沉郁之至,词之源也。不究心于此,率尔操觚,乌有是处?(卷一)

陈廷焯在这两段对"沉郁"的论述中,不仅说明了"沉郁"在思想内容上的特点,同时也指出了"沉郁"在艺术形式上的特色。历来论词都分为豪放、婉约两派,而陈廷焯认为:"诚能本诸忠厚,而出以沉郁,豪放亦可,婉约亦可;否则豪放嫌其粗鲁,婉约又病其纤弱矣。"(卷一)"沉郁"是对所有各种风格词的共同要求。"沉郁"在思想内容上的特点是:"哀怨""忠厚"。"哀怨"中充满着"凄惋"与"感慨",这自然是和他所处的时代与现实环境分不开的。陈廷焯生活在封建专制制度极端腐朽、帝国主义列强入侵的民族危亡之秋,每一个有良心的中国人都在为国家的前途担忧,陈廷焯也不例外,他所推崇的词的"哀怨",正反映了他对国家民族命运的关心。所以他赞扬:"飞卿词全祖《离骚》,所以独绝千古。""飞卿《菩萨蛮》十四章,全是《楚骚》变相,古今之极轨也。"他又说:"后主词,思路凄惋,词场本色。"并强调韦庄的《菩萨蛮》四章有"惓惓故国之思,而意惋词直",认为其中"未老莫还乡,还乡须断肠","凝恨对斜晖,忆君君不知"等,与《归国遥》《应天长》词中"别后只知相愧,泪珠难远寄","夜夜绿窗风雨,断肠君信否","皆留蜀后思君之辞,时中原鼎沸,欲归不能,端己人品未高,然其情亦可哀矣"。他对辛弃疾的《水调歌头》评价很高,说它有"一种悲愤慷慨,郁结于中"。又说:"稼轩《鹧鸪天》云:'却将万字平戎策,换得东家种树书。'衰而壮,得毋有'烈士暮年'之慨耶!"(均见卷一)他特别欣赏姜夔的词,曾说:"南渡以后,国势日非,白石目击心伤,多于词中寄慨。不独《暗香》《疏影》二章,发二帝之幽愤,伤在位之无人也。特感慨全在虚处,无迹可寻,人自不察耳。感慨时事,发为诗歌,便已力据上游。特不宜说破,只可用比兴体,即比兴中亦须含蓄不露,斯为沉郁,斯为忠厚。"(卷二)他还说陈允平的"西湖十咏,多感时之语,时时寄托,忠厚和平";王沂孙的词有"感时伤世之言,而出以缠绵忠爱",并说他的《望梅》"惓惓故国,忠爱之心,油然感人,作少陵诗读可也"。他又说张炎的词"感伤时事,与碧山(王沂孙)同一机轴"(卷二)。这些可以充分说明,陈廷焯非常重视感时伤事的词作,他是借历史上爱国词人的作品来表达自己对当时国事日非的深沉忧虑,《丹徒县志摭余·儒林文苑》说他"性磊落,敦品行,素有抱负,尤能豪饮。尝念朝政不纲,辄中宵不寐,痛饮沉醉"。年轻时为诗学杜,其友王耕心说:"吾友陈君亦峰,少为诗歌,一以少陵杜氏为宗,杜以外不屑道也。"(《白雨斋词话序》)而杜诗的特点正是沉郁顿挫,这种风格刚好深刻地体现了杜甫忧国忧民的深厚感情,陈廷焯恰好在这一点上和杜甫有着强烈的共鸣。不过陈廷焯并没有接受多少西方新思想的影响,他对清王朝还是抱有幻想的,所以在提倡"沉郁"的同时也十分强调"忠厚",主张"哀怨"而不能过分,要求符合"温柔敦厚"的原则,把"诗教"思想运用到词的创作中。他主张:"词贵缠绵,贵忠爱,贵沉郁。"又说秦观的词"恋恋故国,不胜热中,其用心不逮东坡之忠厚,而寄情之远,措语之工,则各有千古"。他评价周邦彦的《满庭芳》说:"但说得虽哀怨,却不激烈,沉郁顿挫中,别饶蕴藉。"说黄公度的《眼儿媚》"情见乎词矣,而措语未尝不忠厚"(以上均见卷一)。他的思想没有越出封建正统的范围,然而又是十分希望国家富强兴旺、人民安居乐业的,对当时的现实表示了深深的忧虑和热切的关怀。

"沉郁"说在艺术上的特征是"意在笔先,神余言外","若隐若现,欲露不露"。陈廷焯撰《白雨斋词话》的重要目的是深入阐明词的艺术特点,全书开宗名义就说:"词兴于唐,盛于宋,衰于元,亡于明,而再振于我国初,大畅厥旨于乾、嘉以还也。国初诸老,多究心于倚声,取材宏富,则朱氏(彝尊)《词综》;持法精严,则万氏(树)《词律》,他如彭氏(孙遹)《词藻》《金粟词话》、《西河词话》(毛奇龄)、《词苑丛谈》(徐釚)等类,或讲声律,或极艳雅,或肆辩难,各有可观,顾于此中真消息,皆未能洞悉本原,直揭三昧。余窃不自量,撰为此编,尽扫陈言,独标真谛,古人有知,尚其谅我。"那么什么是词的"本原"和"三昧"呢?他认为就是"沉郁"。诗也有

"沉郁"的,但词的"沉郁"和诗有所不同。他说:"诗词一理,然亦有不尽同者。诗之高境,亦在沉郁,然或以古朴胜,或以冲淡胜,或以钜丽胜,或以雄苍胜。纳沉郁于四者之中,固是化境;即不尽沉郁,如五言七言大篇,畅所欲言者,亦别有可观。若词则舍沉郁之外,更无以为词。盖篇幅狭小,倘一直说去,不留余地,虽极工巧之致,识者终笑其浅矣。"(卷一)又说:"诗词皆贵沉郁,而论诗则有沉而不郁,无害其为佳者,杜陵情到至处,每多痛激之辞,盖有万难已于言之隐,不禁明目张胆一呼,以舒其愤懑,所谓不郁而郁也。作词亦不外乎是。惟于不郁处,犹须以比体出之,终以狂呼叫嚣为耻,故较诗为更难。"(卷六)他还提出了诗词"同体异用"的思想,他说:"温厚和平,诗词一本也。然为诗者,既得其本,而措语则以平远雍穆为正,沉郁顿挫为变,特变而不失其正,即于平远雍穆中,亦不可无沉郁顿挫也。词则以温厚和平为本,而措语即以沉郁顿挫为正,更不必以平远雍穆为贵。诗与词同体异用者在此。"(卷十)词由它的特殊形式所决定,篇幅都比较短小,没有诗那种五言、七言大篇,所以特别讲究要含蓄、凝练,留有余地,而不可一直说破。诗可以痛快淋漓,也可以平远雍穆,而词则不然,它更要求沉郁顿挫,如周邦彦那样"意余言外,而痕迹消融",像秦少游那样"义蕴言中,韵流弦外"(卷十)。"沉郁"在艺术上的特点正是在此。常州词派讲"比兴""寄托",也具有这种意思,而陈廷焯讲"沉郁",则进一步发挥了常州词派的词学思想,更突出地强调了词不同于诗的艺术特点。这种思想也体现在陈廷焯对明、清词的创作的评价中,他说:

> 明代无一工词者,差强人意,不过一陈人中而已。自国初诸公出,如五色朗畅,八音和鸣,备极一时之盛,然规模虽具,精蕴未宣,综论群公,其病有二:一则板袭南宋面目,而遗其真,倖色揣称,雅而不韵;一则专习北宋小令,务取秾艳,遂以为晏、欧复生,不知晏、欧已落下乘,取法乎下,弊将何极?况并不如晏、欧耶!反是者一陈其年,然第得稼轩之貌,蹈扬湖海,不免叫嚣。樊榭窈然而深,悠然而远,似有可观,然亦特一丘一壑,不足语于沧海之大,泰、华之高也。(卷一)

他认为明、清两代词人均未得宋词之真谛,"学古人词,贵得其本原,舍本求末,终无是处。其年学稼轩,非稼轩也;竹垞学玉田,非玉田也;樊榭取径于《楚骚》,非《楚骚》也,均不容不辨"。这里陈廷焯并不是要后人机械地模仿因袭宋词,而是说后人创作的词,不如宋词那样具有词的独特特点。他说:"词至美成,乃有大宗。前收苏、秦之终,后开姜、史之始,自有词人以来,不得不推为巨擘。后之为词者,亦难出其范围。然其妙处,亦不外沉郁顿挫。顿挫则有姿态,沉郁则极深厚。既有姿态,又极深厚,词中三昧,亦尽于此矣。""沉郁顿挫"为什么能尽"词中三昧"呢?这是因为它有"若隐若现,欲露不露"的特点,它虽抒情写物,而又并不"一语道破",他说:"美成词,极其感慨,无处不郁,令人不能遽窥其旨。如《兰陵王》柳云:'登临望故国,谁识京华倦客。'二语是一篇之主。上有'隋堤上,曾见几番,拂水飘绵送行色'之句,暗伏'倦客'之根,是其法密处。故下接云:'长亭路,年去岁来,应折柔条过千尺。'久客淹留之感,和盘托出,他手至此,以下便直抒愤懑矣;美成则不然,'闲寻旧踪迹'二叠,无一语不吞吐,只就眼前景物,约略点缀,更不写淹留之故,却无处非淹留之苦。直至收笔云:'沉思前事,似梦里、泪暗滴。'遥遥挽合,妙在才欲说破,便自咽住,其味正自无穷。"他又说周邦彦的《齐天乐》结尾'醉倒山翁,但愁斜照敛'二句,"几于爱惜寸阴,日暮之悲,更觉余于言外。此种结构,不必多费笔墨,固已意无不达"。这样就给人以无穷的余味,引起读者更丰富的联想。为此他最反对词中有"激烈""叫嚣"和"剑拔弩张"的表现,而要求"温厚""浑雅"。他说:"辛稼轩,词中之龙也。气魄极雄大,意境却极沉郁。不善学之,流入叫嚣一派,论者遂集矢于稼轩,稼轩不受也。"他认为辛稼轩的《破阵子》《水龙吟》等作,"不免剑拔弩张",而他的《鹧鸪天》等作,"信笔写去,格调自苍劲,意味自深厚。不必剑拔弩张,洞穿已过七札,斯为绝技"(上均见卷一)。他又说:"姜尧章词,清虚骚雅,每于伊郁中饶蕴藉,清真之劲敌,南宋一大家也。"上文曾引他说姜夔《暗香》《疏影》二章于"比兴"中"含蓄不露",亦是此意。他还说:"白石长调之妙,冠绝南宋,短章亦有不可及者,如《点绛唇》丁未过吴淞作一阕,通首只写眼前景物,至结处云:'今何许,凭栏怀古,残柳参差舞。'感时伤事,只用'今何许'三字提唱;'凭栏怀古'下,仅以'残柳'五字咏叹了之,无穷哀感,都在虚处。令读者吊古伤今,不能自止,洵推绝调。"(卷二)这里所说的"无穷哀感,都在虚处",正是"沉郁"词作在艺术上的精妙之处。他特别赞扬姜白石的词有"神味""韵味","难以言传",其意也正在此。他说:"白石《翠楼吟》武昌安远楼成后半阕云:'此地宜有神仙,拥素云黄鹤,与君游戏。玉梯凝望久,叹芳草、萋萋千里。天涯情味,仗酒祓清愁,花消英气。'一纵一操,笔如游龙,意味深厚,是白石最高之作。此词应有所刺,特不敢穿凿求之。"(卷二)姜夔的词意境深远,含蓄蕴藉,其意难以直白说尽,此词如陈廷焯所说"应有所刺",但很难具体坐实,而其妙也正是在此。

因此,陈廷焯很重视词的意境创造,他有关词的意境的论述对王国维的意境论有直接的影响。他认为只有达到"沉郁",才是词之"高境""胜境""化境"。不过,陈廷焯论词的意境,很注重要把艺术上的"神余象外""欲露不露"和内容上的"忠厚之意"结合在一起,所以他说柳永词之所以"意境不高",即是因为他失去了"温、韦忠厚之意",又说"毛泽民词,意境不深,间有雅调"(卷一),而辛稼轩之词则"气魄极雄大,意境却极沉郁"。故他在评周邦彦时说:"美成《菩萨蛮》上半阕云:'何处望归舟,夕阳江上楼。'思慕之极,故哀怨之深。下半阕云:'深院卷帘看,应怜江上寒。'哀怨之深,亦忠爱之至。似此不必学温、韦,已与温、韦一鼻孔出气。"(卷一)为此,他要求词的意境必须要"深厚",既是艺术表现上的"深厚",也是思想内容上的"深厚"。他评张翥的《水龙吟》云:"'船窗雨后,数枝低入,香零粉碎。不是当年,秦淮花月,竹西歌吹。'系以感慨,意境便厚。"(卷三)他又说:"钱湘瑟(钱芳标)工为艳词,造语尤妙。如《忆少年》云:'小屏残烛,小窗残雨,小楼残梦。铢衣已烟散,只蘼芜香重。'雅丽语能入幽境,意味便永。然亦仅在皮毛上求深厚,非吾所谓深厚也。"(卷三)真正意境深厚的词作,应当像姜夔词那样"情景逼真",而使"无穷哀感,都在虚处",方有含蓄不尽的无穷"韵味"。他说:"白石《扬州慢》淳熙丙申至日过扬州云:'自胡马窥江去后,废池乔木,犹厌言兵。渐黄昏、清角吹寒,都在空城。'数语写兵燹后情景逼真,'犹厌言兵'四字,包括无限伤乱语。他人累千百言,亦无此韵味。""白石长调之妙,冠绝南宋。短章亦有不可及者,如《点绛唇》丁未过吴淞作一阕,通首只写眼前景物,至结处云:'今何许,凭栏怀古,残柳参差舞。'感时伤事,只用'今何许'三字提唱;'凭栏怀古'下,仅以'残柳'五字咏叹了之,无穷哀感,都在虚处。令读者吊古伤今,不能自止,洵推绝调。"(卷二)思想感情必须深厚才有力量,他说:"渔洋词含蓄有味,但不能深厚;盖含蓄之意境浅,沉厚之根柢深也。彼力量薄者,每以含蓄为深厚,遂自谓效法北宋,亦吾所不取。"他批评纳兰性德的《饮水词》"意境不深厚,措辞亦浅显",又说彭孙遹的词,"意境较厚,但不甚沉著,仍是力量未充"(卷三)。运用凝练的简洁语句,对眼前景物作逼真描写,寄托无穷的哀怨情思,意在言外而不说尽,故使读者感到韵味深长、浑厚有力,从而产生浮想联翩的艺术效果。这就是陈廷焯对词的"深厚"意境的追求。陈廷焯还多次讲到"造境"的问题,对创造词的独特艺术境界,是有自己的看法的。

陈廷焯虽然强调词有不同于诗的特别的沉郁顿挫、含而不露的境界,但他并不由此而排斥豪放派的词,相反,由于他从所处的时代及本人的爱国主义精神出发,对豪放派词给予了充分的肯定。当然陈廷焯对豪放派词的认识和评价,也有一个发展过程,早年编《云韶集》时虽然对豪放派词已经有较高评价,但是仍沿用旧说将其归入"非正声"一类,如云:"两宋词人,前推方回、清真,后推白石、梅溪、草窗、梦窗、玉田诸家,苏、辛横其中,正如双峰雄峙,虽非正声,自是词曲内缚不住者;独至处,美成、白石亦不能到。"(《云韶集》卷五)而在《白雨斋词话》中则多次明确否定了"非正声"说法,他说:"苏、辛并称,然两人绝不相似。魄力之大,苏不如辛;气体之高,辛不逮苏远矣。东坡词寓意高远,运笔空灵,措语忠厚,其独至处,美成、白石亦不能到。昔人谓东坡词非正声,此特拘于音调言之,而不究本原之所在,眼光如豆,不足与之辨也。"又说:"太白之诗,东坡之词,皆是异样出色,只是人不能学,乌得议其非正声?"(卷一)昔人批评苏轼"以诗为词",而非词之"正声",除音调外主要是说苏轼以诗语入词,而陈廷焯对此则有自己的看法。他说:"诗中不可作词语,词中不妨有诗语,而断不可作一曲语。温、韦、姜、史复起,不能易吾言也。"又说:"昔人谓:诗中不可著一词语,词中亦不可作一诗语,其间界若鸿沟。余谓诗中不可作词语,信然;若词中偶作诗语,亦何害其大雅?且如'似曾相识燕归来'等句,诗词互见,各有佳处。彼执一而论者,真井蛙之见。"(卷七)这些充分说明陈廷焯有许多超越前人的独到之见。

第三节　况周颐的《蕙风词话》

在清末四大词人王鹏运、郑文焯、况周颐、朱祖谋中,从词论方面说,最有成就的当推况周颐。况周颐(1859—1926),原名周仪,字夔笙,号蕙风词隐,广西临桂(今桂林)人。其主要论词著作是《蕙风词话》五卷,续编二卷。另有《玉栖述雅》,为未刊稿,写于1920年至1921年间,后唐圭璋收入《词话丛编》。此外,在《蕙风丛书》所收的随笔中也有一些有关词和词人的考订,其中的《薇省词钞》十卷也反映了他的某些词学主张。况周颐在词学上的主要贡献是有关词的"重、拙、大"的意境的论述。近代词论家在词学批评上都比较普遍地使用"意境"的概念,这从刘熙载的《艺概》中即可以看出来,而到陈廷焯、况周颐就更加明显了。况周颐使用"意境"概念的频率是最高的,不过,可惜的是他没有对"意境"概念作出系统的理论分析,所以就不像王国维那样有重大的影响。但是他有关词的意境的许多论述和王国维是接近的。《蕙风词话》的刊行于1911年,比王国维的《人间词话》发表要晚三年,但其实际写作时间可能要早一点。

《蕙风词话》的中心是讲"词境"的特征及其创造。所谓"词境",实际就是说的词的意境。况周颐认为"词境"的形成和创造,需要词人能进入一个特殊的精神境界,也就是我们传统所说的"虚静""物化"的境界。他在《蕙风词话》卷一中说:

> 人静帘垂。灯昏香直。窗外芙蓉残叶,飒飒作秋声,与砌虫相和答。据梧冥坐,湛怀息机。每一念起,辄设理想排遣之。乃至万缘俱寂,吾心忽莹然开朗如满月,肌骨清凉,不知斯世何世也。斯时若有无端哀怨,帐触于万不得已;即而察之,一切境象全失,惟有小窗虚幌、笔床砚匣,一一在吾目前。此词境也。三十年前,或月一至焉。今不可复得矣。

这是对词人在进入构思创作时的"虚静""物化"境界的极其生动、形象的描绘。"湛怀息机""万缘俱寂",也就是《庄子·达生》篇所说的"斋以静心",或如刘勰《文心雕龙·神思》篇所说的"疏瀹五藏,澡雪精神"。排除了一切主观和客观因素的干扰,具备了一种纯净的心灵世界,消除了物我的界限,也忘却了自身的存在,"若有无端哀怨,枨触于万不得已;即而察之,一切境象全失"。此时按照自己的直觉感受书之于纸,方有可能创造情景融和之词境。况周颐此处所说的"词境",并非已经描写出来的词的意境,而是指进行词的创作时词人灵感勃发时的精神状态。不仅词的创作需要这种境界,词的鉴赏也同样需要这种境界。他说:"读词之法,取前人名句意境绝佳者,将此意境,缔构于吾想望中。然后澄思渺虑,以吾身入乎其中,而涵泳玩索之。吾性灵与相浃而俱化,乃真实为吾有,而外物不能夺。"(卷一)在词的意境创造过程中,况周颐强调要充分体现词人内心世界的真实感情,他称此为"词心"。他说:

> 吾听风雨,吾览江山,常觉风雨江山外有万不得已者在。此万不得已者,即词心也。而能以吾言写吾心,即吾词也。此万不得已者,由吾心酝酿而出,即吾词之真也,非可强为,亦无庸强求。视吾心之酝酿何如耳。吾心为主,而书卷其辅也。书卷多,吾言尤易出耳。(卷一)

这里所说的"万不得已者",即是词人内心酝酿许久、不吐不快的真情;他所说的"词心"和"书卷"的关系,实际上也就是传统诗学中所说的性情和学问的关系。诗和词在本质上是一样的,都是人的性情或性灵的自然流露。"吾心为主,而书卷其辅",正是为了强调词的创作必须以性灵为中心,但他并不否定学问的重要作用。所以他又说:"填词之难,造句要自然,又要未经前人说过。自唐五代已还,名作如林,那有天然好语,留待我辈驱遣。必欲得之,其道有二:曰性灵流露,曰书卷酝酿。性灵关天分,书卷关学力。学力果充,虽天分少逊,必有资深逢源之一日。书卷不负人也。中年以后,天分便不可恃。苟无学力,日见其衰退而已。江淹才尽,岂真梦中人索还囊锦耶?"(卷一)"词境"的创造虽以体现"词心"为根本目的,然而"词心"则又必须借"词境"来表达,所以他说:"填词要天资,要学力。平日之阅历,目前之境界,亦与有关系。无词境,即无词心。"(卷一)这种"万不得已"的"词心",出现在灵感闪光的时刻,带有偶然的直觉的性质,故而它在"词境"中的体现也是含蓄的、朦胧的,具有"言有尽而意无穷"之妙。对此,况周颐有一段极为精彩的论述:"吾苍茫独立于寂寞无人之区,忽有匪夷所思之一念,自沉冥杳霭中来。吾于是乎有词。洎吾词成,则于顷者之一念若相属若不相属也。而此一念,方绵邈引演于吾词之外,而吾词不能殚陈,斯为不尽之妙。非有意为是不尽,如书家所云无垂不缩,无往不复也。"(卷一)他描绘的这种词家所创造的艺术效果,其实和陈廷焯所说的"沉郁"的艺术特征,"意在笔先,神余言外","若隐若现,欲露不露",所达到的艺术效果是一致的,但况周颐是从词家的构思和创作的全过程来说的,所以分析得要为透彻一些。从上述认识出发,况周颐也把情和景看成是构成意境的两个基本要素,他说:"盖写景与言情,非二事也。善言情者,但写景而情在其中。"(卷二)优秀的词作贵"能融景入情,得迷离惝恍之妙"(卷二),"填词景中有情,此难以言传也"(卷三)。他比较看重王国维所说的那种"无我之境",他说:"词有淡远取神,只描取景物,而神致自在言外,此为高手。然不善学之,最易落套。亦如诗中之假王、孟也。刘招山《一剪梅》过拍云:'杏花时节雨纷纷。山绕孤村。水绕孤村。'颇能景中寓情。"(《续编》卷一)这里我们还要着重指出的是,况周颐在论词的意境创造时,不仅强调了"词心"的重要,以及直觉感受和艺术灵感的作用,而且也充分肯定了深厚的学力和熟练的技巧的必要性。他所一再说到的"词笔",即是指词不同于诗、文的独特写作技巧。

对词的意境之美学要求,况周颐强调的是"重、拙、大"。他说:"作词有三要,曰重、拙、大。"(卷一)这并不是他的发明,而是对王鹏运主张的阐释,其在《餐樱词自序》中说:"己丑(1889)薄游京师,与半塘(王鹏运号)共晨夕。半塘于词夙尚体格,于余词多所规诫,又以所刻宋元人词属为斠雠,余自是得窥词学门径。所谓重、拙、大,所谓自然从追琢中出,积心领神会之,而体格为之一变。"但是,王鹏运本人并未留下直接论述,因此,对于"重、拙、大"的论述还应该归功于况周颐。什么是"重、拙、大"?从总的方面说,是指词的意境美,具体地说,"重"是指词的意境之沉着、深厚,有真情实感的蕴育,有理论抱负的寄托,神理自然而无雕琢之痕,含蓄不尽而有无穷余味。这和陈廷焯所说的"沉郁顿挫"也是一致的。故况周颐说:"重者,沉著之谓。在气格,不在字句。于梦窗词庶几见之。即其芬菲铿丽之作,中间隽句艳字,莫不有沉挚之思,灏瀚之气,挟之以流转。令人玩索而不能尽,则其中之所存者厚。沉著者,厚之发见乎外者也。"(卷二)他又指出:"填词先求凝重。凝重中有神韵,去成就不远矣。所谓神韵,即事外远致也。""沉著""凝重"和词人的性情、学力都有关系:"词学程序,先求妥帖、停匀,再求和雅、深秀,乃至精稳、沉著。精稳则能品矣。沉著更进于能品矣。精稳之'稳'与妥帖迥乎不同。沉著尤难于精稳。平昔求词词外,于性情得所养,于书卷观其通。优而游之,餍而饫之,积而流焉。所谓满心而发,肆口而成,掷地作金石声矣。情真理足,笔力能包举之。纯任自然,不假锤炼,则'沉著'二字之诠释也。"(卷一)如果说"重"比较侧重指词的意境所包含的情思内容特色,那么,"拙"则比较侧重在指词的意境之艺术表现特色。所谓"拙",是指词的意境的朴素自然之本色美,它和人为雕琢的工巧美是相对的。他说:"问哀感顽艳,'顽'字云何诠?释曰:'拙不可及,融重与大于拙之中,郁勃久之,有不得已者出乎其中而不自知,乃至不可解,其殆庶几乎。犹有一言蔽之:若赤子之笑啼然,看似至易,而实至难者也。'"(卷五)这里所谓"融重与大于拙之中",正是说要使深沉、浑厚、博大的情思熔铸于朴素自然的艺术形式之中。《老子》曾说:"大直若屈,大巧若拙,大辩若讷。"此所谓"拙",非真拙也,实为"大巧",而非"小巧",是没有经过人为加工的、"纯任自然"的美。他说:"真字是词骨。情真、景真,所作必佳,且易脱稿。""词笔固不宜直率,尤切忌刻意为曲折。以曲折药直率,即已落下乘。昔贤朴厚醇至之作,由性情学养中出,何至蹈直率之失。若错认真率为直率,则尤大不可耳。"(卷一)区别"真率"和"直率"非常重要。"直率"如元、白之诗,意思说尽而无余味,此于诗尚且不可,于词则更为切忌。"真率"则看来似拙,而实质纯朴自然而韵味无穷。他说:"宋词名句,多尚浑成。""朴质为宋词之一格。""清真又有句云:'多少暗愁密意,唯有天知。''最苦梦魂、今宵不到伊行。''拚今生、对花对酒,为伊泪落。'此等语愈朴愈厚,愈厚愈雅,至真之情,由性灵肺腑中流出,不妨说尽而愈无尽。"(卷二)然而,他所说的"拙",又并不排斥修饰加工,不反对人为的努力,他说:"欲造平淡,当自组丽中来。"(《续编》卷一)又说:"曾鸥江《点绛唇》后段云:'来是春初,去是春将老。长亭道。一般芳草。只有归时好。'看似毫不吃力,政恐南北宋名家未易道得。所谓自然从追琢中出也。"(卷三)所谓"大",况周颐本人没有作具体的阐述,然而,从他的整体词学思想来看,当是指词的整体的博大、精深,既有内容上的含义宽广、托旨远大,又有形式上的不假造琢、浑成秾粹,也可以说就是"重"与"拙"相结合而显示出的大气魄、大手笔。他所希望的词应是大家闺秀,而不是小家碧玉。从词人来说,要有广阔的胸襟怀抱,故云:"填词第一要襟抱。唯此事不可强,并非学力所能到。"(卷二)从词作来说,要有宏大的气魄和高雅的风度。不仅要有元遗山词的"浑雅""博大",还要有苏轼词的豪放、雄健(参见卷三)。"重、拙、大"又是互为依托,不可分割的,三者相统一而构成理想的艺术美。况周颐还指出,词的"重、拙、大"之美,是和静穆的意境密切地联系在一起的。他说:"词有穆之一境,静而兼厚、重、大也。淡而穆不易,浓而穆更难。知此,可以读《花间集》。""词境以深静为至。韩持国《胡捣练令》过拍云:'燕子渐归春悄。帘幕垂清晓。'境至静矣,而此中有人,如隔蓬山。思之思之,遂由浅而见深。"(卷二)这种静穆的意境似乎看不见主体的存在,而实际是"此中有人",需经读者反复思索,而其义愈见深远,景中之情亦味之不尽。况周颐把"重、拙、大"的美学原则贯穿在他对历代词人和词作的具体批评之中。它之所以在当时产生了重大影响,主要是因为"重、拙、大"之说进一步深化了常州词派的词学思想,把深远的寄托、朴素的形式和高雅的风格融为一体,是对我国古代传统文艺美学思想的继承和发展。

第三十一章　梁启超和新兴资产阶级的文学理论批评

第一节　梁启超和维新派的文学思想

近代中国文学理论批评的发展,除了对传统文学理论批评的总结和革新外,最大的特点是开始了中西文学思想的直接交流和融会,而梁启超和王国维是这方面最为重要的代表人物。梁启超(1873—1929),字卓如,号任公,别署饮冰室主人,广东新会(今江门)人。他不仅是中国近代最著名的改良主义思想家、政治家,而且也是中国近代学术史上声名卓著、影响深远的人物,是开一代新风气的文学理论批评家。郑振铎先生在1929年梁启超逝世后所写的纪念文章《梁任公先生》中曾说:"他生于同治十二年癸酉正月二十六日,正是中国受外患最危急的一个时代;也正是西欧的科学、文艺以排山倒海之势输入中国的时代;一切旧的东西,自日常用品以至社会政治的组织,自圣经旧典以至思想、生活,都渐渐的崩解了,被破坏了,代之而起的是一种崭新的外来的东西。梁氏恰恰生于这一个伟大的时代,为这一个伟大时代的主动角之一。"梁启超于光绪十五年(1889)中乡试,第二年赴京会试下第归,秋天拜谒康有为,从之学陆、王心学并兼及史学、西学,"自是决然舍去旧学"。光绪二十年又到北京,与夏曾佑、谭嗣同等为莫逆之交。甲午战争失败后,他随康有为发动公车上书,请求变法。强学会成立,他为书记员。黄遵宪在上海办《时务报》请他南下担任撰述,他写了许多鼓吹变法的文章,又到湖南时务学堂讲学,影响很大。戊戌变法前他再次到北京,参与变法维新活动,受命办大学堂译书局。戊戌变法失败后他流亡到日本,开始了他办报、著述、进行舆论宣传的新时期。他创办《清议报》,主办《新民丛报》《新小说》杂志,发表了大量文章和著作,在日本的十多年可说是他一生中最辉煌的时期。他通过日文的翻译,研究和阅读了许多西方的学术文化著作,思想言论也比原来更为激进,努力介绍西方的科学、文化,批判中国的封建旧学,积极宣传政治、学术、文化的改革,同时运用新的思想和方法来研究中国传统文化,成为改良主义文学运动中的领袖人物。辛亥革命后他回国,曾任袁世凯政府司法总长,后又反对袁世凯称帝,并参与段祺瑞讨平张勋复辟,出任财政总长,不久即辞职。他于1918年出游欧洲,1920年回国,以后主要从事学术著作,曾在清华大学研究院任国学教授。他撰写和出版了很多重要著作,涉及哲学、文学、历史、法学、宗教、艺术等许多人文科学领域,成为中国近代学术思想发展的主要代表人物。

梁启超的文学思想是和他激进的改良主义政治主张不可分割地联系在一起的。他清醒地看到了旧社会、旧制度的极端腐败,特别是在经历了"百日维新"的失败,谭嗣同等六君子的被杀,又在日本接受了大量西方文化思想影响之后,认为要挽救中国的危亡,改变中国的落后面貌,奋发图强、振兴中华,必须要从政治体制到学术文化上,彻底粉碎和抛弃一切旧的东西,学习西方的科学与文化来改造社会,以建立一个繁荣富强的新的中国。他在《新民说》这部名著中的《论进步》一篇里说:

> 然则救危亡求进步之道将奈何?曰:必取数千年横暴混浊之政体,破碎而蘼粉之,使数千万如虎如狼如蝗如蝻如蛾如蛆之官吏,失其社鼠城狐之凭借,然后能涤荡肠胃以上于进步之途也。必取数千年腐败柔媚之学说,廓清而辞辟之,使数百万如蠹鱼如鹦鹉如水母如畜犬之学子,毋得摇笔弄舌舞文嚼字为民贼之后援,然后能一新耳目以行进步之实也。而其所以达此目的之方法有二:一曰无血之破坏,二曰有血之破坏。无血之破坏者,如日本之类是也;有血之破坏者,如法国之类是也。中国如能为无血之破坏乎,吾馨香而祝之。中国如不得不为有血之破坏乎,吾衰经而哀之。虽然,哀则哀矣,然欲使吾于此二者之外,而别求一可靠救国之途,吾苦无以为对也。呜呼!吾中国果能行第一义也,则今日其行之矣,而竟不能,则吾所谓第二义者遂终不可免。呜呼!吾又安忍言哉!呜呼!吾又安忍不言哉!

他希望中国走日本的明治维新之路,而不希望走法国大革命之路,但又感到实际上中国已经无法走明治维新之路,而最终不可避免要走法国大革命之路,这说明他的思想已经比变法维新时有了进步,但还并没有达到革命派的思想水平。他认为要达到改造中国的目的,使国家兴旺发达,关键是在提高国民的素质,改变落后的国民性格,所以他大力鼓吹"新民之道",在《新民说·叙论》中,他说:"国也者,积民而成。""未有其民愚陋怯弱涣散混浊,而国犹能立者。""欲其国之安富尊荣,则新民之道不可不讲。"故提出"新民为今日中国第一急务"。那么,怎样才能"新民"呢?他在《新民说·释新民之义》中说:"新民云者,非欲吾民尽弃其旧以从人也。新之义有二:一曰淬厉其本有而新之,二曰采补其所本无而新之,二者缺一,时乃无功。"这就是说,要改造国民,既要改造传统,又要引进西方,并使二者结合起来。要有新的国家,首先要有新的国民。"凡一国之能立于世界,必有其国民独具之特质,上自道德法律,下至风俗习惯文学美术,皆有一种独立之精神。"而文学艺术对宣传"新民之道",培养"新民",有着特别重要的地位和作用,所以,他竭力提倡"诗界革命""文界革命""小说界革命",都是本着这样一个目的出发的。

"诗界革命"的口号是梁启超在流亡日本之后,于1899年所写的《夏威夷游记》(又名《汗漫录》)中提出的,其目的是要以"欧洲之真精神真思想"输入中国,改造中国传统的诗歌,使之具有"新意境""新语句",但是又不完全抛弃自己的传统,"以古人之风格入之",具备这样三条,就可以成为"诗界之哥仑布、玛赛郎",他说:"吾虽不能诗,惟将竭力输入欧洲之精神思想,以供来者之诗料,可乎?要之,支那非有诗界革命,则诗运殆将绝。虽然,诗运无绝之时也。今日者革命之机渐熟,而哥仑布、玛赛郎之出世,必不远矣。"可见所谓"诗界革命",就是要运用诗歌作为武器,批判封建的旧制度、旧秩序、旧道德、旧风俗,提倡西方资本主义的科学、民主、自由、人权,以及由此而建立的政治体制,以改变中国的贫困落后、备受欺凌面貌。从诗歌创作实践上看,在戊戌变法以前,谭嗣同、夏曾佑等人已开始写作新体诗,梁启超在《饮冰室诗话》中说:"复生(谭嗣同)自意其新学之诗。""盖当时所谓新诗者,颇喜掸扯新名词以自表异。丙申、丁酉间,吾党数子皆好作此体。提倡之者为夏穗卿,而复生亦綦嗜之。"他又说:"谭浏阳志节学行思想,为我中国二十世纪开幕第一人,不待言矣。其诗亦独辟新界而渊含古声。"不过,他最为推崇的"诗界革命"代表诗人则为黄遵宪,他在《饮冰室诗话》中给予极高的评价:"近世诗人能镕铸新理想以入旧风格者,当推黄公度。"这里所说的"新理想",正是指黄遵宪随使日本、欧美之后,在西方文明的启发和影响下,对腐败的封建社会之愤恨,对国家民族危亡的忧虑。梁启超说:"黄公度尝语余云:'四十以前所作诗多随手散佚。庚辛之交,随使欧洲,愤时势之不可为,感身世之不遇,乃始荟萃成编,借以自娱。'即在湘所见之稿也。""要之,公度之诗,独辟境界,卓然自立于二十世纪诗界中,群推为大家,公论不容诬也。"他又说:"吾尝推公度、穗卿、观云为近世诗家三杰,此言其理想之深邃闳远也。"他说黄遵宪的《以莲菊桃杂供一瓶作歌》"半取佛理,又参以西人植物学、化学、生理学诸说,实足为诗界开一新壁垒"。又赞扬黄遵宪的《出军歌》,特别是其末章中所写"鼓勇同行,敢战必胜,死战向前,纵横莫抗,旋师定约,张我国权",说"其精神之雄壮活泼沉浑深远不必论,即文藻亦二千年所未有也,诗界革命之能事至斯而极矣"。在《人境庐诗草跋》中,梁启超对黄遵宪诗中所体现的"新理想"作过说明,他说:"人境庐主人者,其诗人耶?彼其劬心营目憔形,以斟酌损益于古今中外之治法,以忧天下,其言用不用,而国之存亡,种之主奴,教之绝续,视此焉。吾未见古之诗人能如是也。"梁启超认为"诗界革命"的这种"新理想"不应该仅仅停留在用一些新名词上,而主要是在以新思想新精神来创造新意境。他说:"过渡时代,必有革命。然革命者,当革其精神,非革其形式。吾党近好言诗界革命。虽然,若以堆积满纸新名词为革命,是又满洲政府变法维新之类也。能以旧风格含新意境,斯可以举革命之实矣。苟能尔尔,则虽间杂一二新名词,亦不为病。不尔,则徒示人以俭而已。"他很欣赏丘逢甲的一联诗:"黄人尚昧合群理,诗界差存自主权。"认为它"意境新辟"。梁启超所提倡的"诗界革命"在艺术形式上虽然强调要继承传统,"以旧风格含新意境",但是要求在语言上比较平易通俗,如黄遵宪之以"我手写我口",尽可能向口语靠拢。所以梁启超非常赞赏丘逢甲的《己亥秋感八首》中"遗偈争谈黄檗禅"一首,能"以民间流行最俗最不经之语入诗,而能雅驯温厚乃尔,得不谓诗界革命一钜子耶?"这些思想对后来白话诗之产生与发展不无启迪之处。

在倡导"诗界革命"同时,梁启超也大力提倡"文界革命"。他在《夏威夷游记》中说:"余既戒为诗,乃日以读书消遣,读德富苏峰所著《将来之日本》及《国民丛书》数种。德富氏为日本三大新闻主笔之一,其文雄放隽快,善以欧西文思入日本文,实为文界别开一生面者,余甚爱之。中国若有文界革命,当亦不可不起点于是也。"由此可见,梁启超的"文界革命"也是为了救国而引进"欧西文思",反对封建的旧思想、旧文化,以开发民智,造就"新国民"。他在《清议报一百册祝辞并论报馆之责任及本馆之经历》一文中也有类似的观点,他认为报纸应该做到"思想新而正","摧陷廓清""古来误谬之理想","取万国之新思想以贡于其同胞",特别是对那些切中时弊、符合中国需要的新思想,尤其要"全力鼓吹之","以语言文字开将来之世界也"。所以凡是"觉世之文",文章的语言形式就要作有利于宣传新思想的改革,能为普通民众所读懂,务求浅显明白、通俗易懂,其《湖南时务学堂学约》提出:"学者以觉天下为任,则文未能舍弃也。传世之文,或务渊懿古茂,或务沉博绝丽,或务瑰奇奥诡,无之不可。觉世之文,则辞达而已矣。当以条理细备,词笔锐达为上,不必求工也。"故而梁启超在倡导"文界革命"时,特别要求做到言文一致,使文章尽可能接近口语,在这一点上他和黄遵宪的主张是一致的。他在《变法通议·论幼学》中说:"古人之言即文也,文即言也。自后世语言文字分,始有离言而以文称者。然必言之能达,而后文之能成,有固然矣。"他在《沈氏音书序》中说:"国恶乎强?民智斯国强矣。民恶乎智?尽天下人而读书而识字斯民智矣。""文与言合,而读书识字之智民,可以日多矣。"他认为言文分离的原因是文字没有随着口语的变化而变化:"抑今之文字,沿自数千年以前,未尝一变;而今之语言,则自数千年以来,不啻万百千变,而不可以数计。以多变者与不变者相遇,此文言相离之所由起也。"其实古代的文学很多就是用当时的口语写的,他说:"古者妇女谣咏,编为诗章,士夫问答,著为辞令,后人皆以为极文字之美,而不知皆当时之语言也。"言文的分离是和崇古思想有关系的,"后之人弃今言不屑用,一宗于古,故文章尔雅,训词深厚,为五洲之冠","是以中国文字能达于上不能逮于下,盖文言相离之为害,起于秦汉以后,去古愈久,相离愈远,学文愈难,非自古而即然也"。梁启超这种文体改革思想与谭嗣同的思想也是一致的,谭嗣同在《〈管音表〉自叙》中曾说:"今中国语言、声音变既数千年,而犹诵写二千年以上之文字,合者由是离,易者由是难,显者由是晦,浅者由是深。""求文字还合乎语言、声音,必改象形字体为谐声,易高文典册为通俗。"同时,梁启超还认为西方各国之强盛,也是与他们言文一致,能够充分运用百姓都能读懂的文章来传播新思想有密切关系的。他也在自己的写作实践中贯彻了这种主张,其《清代学术概论》说:"启超夙不喜桐城派古文,幼年为文,学晚汉魏晋,颇尚矜炼。至是自解放,务为平易畅达,时杂以俚语、韵语及外国语法,纵笔所至不检束。学者竞效之,号新文体。老辈则痛恨,诋为野狐。然其文条理明晰,笔锋常带感情,对于读者,别有一种魔力焉。"不过,梁启超并没有进一步提出白话的问题,其文体改革还是在文言的大范围之内,而与他对言文关系看法一致的裘廷梁(1857—1943),则比他要更为激进。他在1897年发表于《苏报》的著名文章《论白话为维新之本》中不仅强调要"崇白话而废文言",而且把提倡白话看作是"维新之本",认为白话有八大优点:一是"省日力",二是"除憍气",三是"免枉读",四是"保圣教",五是"便幼学",六是"炼心力",七是"少弃才",八是"便贫民"。"使古之君天下者,崇白话而废文言,则吾黄人聪明才力无他途以夺之,必且务为有用之学,何至暗没如斯矣?"变法维新失败后,各地提倡白话的思想不断继续,出现了不少白话报纸,成为白话文发展的最早渊源。

第二节 梁启超和近代小说理论批评的发展

梁启超在提倡"诗界革命""文界革命"同时,还特别强调"小说界革命",这比前两者影响要更大,他在这方面的代表作是发表于他所编的《新小说》杂志创刊号(1902年)上的《论小说与群治之关系》,这是一篇近代改良主义小说理论的纲领性论著。梁启超在这篇文章中突出地强调了小说在当时的政治、思想、文化、道德、风俗、习惯等方面的彻底改革中之重要作用。他说:

> 欲新一国之民,不可不先新一国之小说。故欲新道德,必新小

说;欲新宗教,必新小说;欲新政治,必新小说;欲新风俗,必新小说;欲新学艺,必新小说;乃至欲新人心,欲新人格,必新小说。

为什么小说有这么大的作用呢?梁启超认为这是小说的特点所决定的。因为小说和别的文学作品不同,它有最广泛的读者,这不仅仅是由于它的语言形式比较平易通俗,更重要的是由于小说对社会生活的描写要比别的文学作品更为全面、详细、生动,也更为感人。"小说之以赏心乐事为目的者固多,然此等顾不甚为世所重;其最受欢迎者,则必其可惊可愕可悲可感,读之而生出无量噩梦,抹出无量眼泪者也。"梁启超认为产生这种状况的原因有二:一是人们往往不满足于实际的现实生活,而希望看到或向往一种理想的生活,而这可以在小说中得到最为充分的体现。"凡人之性,常非能以现境界而自满足者也。""故常欲于其直接以触以受之外,而间接有所触有所受,所谓身外之身,世界外之世界也。"二是人们在长期的生活实践中,经历过许多令人难忘的喜怒哀乐,和不少惊心动魄的兴衰际遇,但自己往往并不能深刻理解它,"有行之而不知,习矣不察者;无论为哀为乐,为怨为怒,为恋为骇,为忧为惭,常若知其然而不知其所以然"。更没有能力将其生动真实地描绘出来,而小说家却能替你再现它,让你明白其中的底蕴缘由,把一切"和盘托出,澈底而发露之",你怎么能不为之"拍案叫绝"呢?

更进一步,他还十分具体地分析了小说特有的高强度的艺术感染力。"抑小说之支配人道也,复有四种力。"这就是:"熏""浸""刺""提"。所谓"熏"和"浸",都是指小说的艺术熏陶力量,不过前者是从空间上说的,后者是从时间上说的。"熏"的作用能使小说境界迅速占领人的心灵世界,其整个精神为小说境界所支配;"浸"的作用能使小说的境界在读完作品之后长期留在人的心灵里,"如酒焉,作十日饮,则作百日醉"。所谓"刺",是指小说在对人"熏""浸"的过程中,所给予人的强烈刺激作用,使人感情达到不能自制的程度,并与作品中人物共悲喜、同欢戚。所谓"提",是指读者入于小说之中,而将自身化为小说之主人公,"当其读此书时,此身已非我有,截然去此界以入于彼界"。此时读者的精神境界已得到净化和升华,进入到了完全虚静、物化的状态,甚至忘记了自身的存在。梁启超这种对艺术感染力的深刻领会,是和他对文学表情特质的认识分不开的。这一点我们对照他后期所写的文章可以看得更清楚。他在《中国韵文里头所表现的感情》中说:"天下最神圣的莫过于情感。""情感教育最大的利器,就是艺术。音乐、美术、文学这三件法宝,把'情感秘密'的钥匙都掌住了。"因为文学是以最强烈的情感去引起人的情感的共鸣,所以才会有如此巨大的艺术魅力,使小说具有"熏""浸""刺""提"这四种力,并能利用它来宣传改革,开发民智,培养新民,振兴国家。

梁启超对小说与群治关系之理解,显然有它的片面性,过分强调了小说的作用,他认为人们思想观念上的种种封建旧观念,大都是受旧小说影响之结果,他说:"吾中国人状元宰相之思想何自来乎?小说也。吾中国人佳人才子之思想何自来乎?小说也。吾中国人江湖盗贼之思想何自来乎?小说也。吾中国人妖巫狐鬼之思想何自来乎?小说也。""知此义,则吾中国群治腐败之总根原,可以识矣。"为此,他认为:"故今日欲改良群治,必自小说界革命始;欲新民,必自新小说始。"但是,他由此而引出的对小说界革命必要性和小说对群治重要作用的强调,则是很有意义的,也产生了极为广泛的影响。为了宣传西方的新思想,他特别重视对欧洲的政治小说的翻译,在《译印政治小说序》中,他说:"政治小说之体,自泰西人始也。""在昔欧洲各国变革之始,其魁儒硕学,仁人志士,往往以其身之所经历,及胸中所怀,政治之议论,一寄之于小说。于是彼中辍学之子,黉塾之暇,手之口之,下而兵丁、而市侩、而农氓、而工匠、而车夫马卒、而妇女、而童孺,靡不手之口之。往往每一书出,而全国之议论为之一变。彼美、英、德、法、奥、意、日本各国政界之日进,则政治小说为功最高焉。英名士某君曰:'小说为国民之魂。'岂不然哉!岂不然哉!"由此可见,梁启超是把小说革命作为挽救国家民族的危亡的最有力武器来看待的。他所主持的新小说报社,所发的广告性文章《中国唯一之文学报"新小说"》说:"本报宗旨,专在借小说家言,以发起国民政治思想,激励其爱国精神,一切淫猥鄙野之言,有伤德育者,在所必摈。"他倡导"小说界革命"的政治目的是非常清楚的。梁启超所说的"小说界革命"其范围并不限于小说,也包括戏剧在内,因为戏剧也同样有小说这些作用,故而他也提倡戏剧的改革。他不仅有理论批评,也有不少创作实践,创作了像《新中国未来记》等新小说。

在梁启超《论小说与群治之关系》一文发表前,严复、夏曾佑在他们所办的《国闻报》上曾发表了《本馆附印说部缘起》,虽然没有提出"小说界革命"的口号,但是他们对小说和变法维新的政治改革之关系、小说在传播西方先进的科学文化和新思想新精神方面的重要作用等的认识是一致的,如说:"夫说部之兴,其入人之深,行世之远,几几出于经史上。而天下之人心风俗,遂不免为说部之所持。""且闻欧、美、东瀛,其开化之时,往往得小说之助。"这些对梁启超《论小说与群治之关系》之写作有直接影响。梁文发表后,他所提倡的"小说界革命"在当时引起了巨大的反响,在他周围也有不少人写了鼓吹"小说界革命"的文章。梁启超还在《新小说》一、二卷上连载《小说丛话》,以笔谈的形式组织了许多人发表有关小说和社会政治关系、小说的社会地位和社会作用、小说的艺术特征等问题的见解。夏曾佑写了《小说原理》与梁文相呼应,其基本思想和梁启超是一致的,认为在提倡学习西方新思想之际,"欲求输入文化,除小说更无他途"。但是他也看到了这种宣传政治改革的"导世"小说,往往难于有较高的艺术水平。他认为写小说有五易五难:写小人易而写君子难,写小事易而写大事难,写贫贱易而写富贵难,写实事易而写假事难,叙实事易而叙议论难。然而,要写社会政治内容的"导世"小说,则"不能不写一第一流之君子,是犯第一忌;此君子必与国家之大事有关系,是犯第二忌;谋大事者必牵涉富贵人,是犯第三忌;其事必为虚构,是犯第四忌;又不能无议论,是犯第五忌。五忌俱犯,而欲求其工,是犹航断港绝潢而至于海也"。可见,他对"小说界革命"所鼓吹的政治宣传作品和小说本身特点难以统一的问题是看得很清楚的。又如楚卿(即狄葆贤,或号平子)的《论文学上小说之位置》在肯定梁启超《论小说与群治之关系》一文基本观点的同时,又作了补充阐述,认为小说在文学领域的各种文体中占有最重要的地位,"小说为文学之最上乘"。在文学作品的简与繁、古与今、蓄与泄、雅与俗、实与虚这五个方面,只有小说能"禀后五端之菁英以鸣于文坛者也"。他也十分赞同梁启超提倡通俗文学、主张言文一致的思想,他说:"饮冰室主人常语余,俗语文体之流行,实文学进步之最大关键也。各国皆尔,吾中国亦应有然。"而"言文分离,此俗语文体进步之一障碍,而即社会进步之一障碍也"。陶祐曾在《论小说之势力及其影响》中说:"自小说之名词出现,而膨胀东西剧烈之风潮,握揽古今利害之界线者,唯此小说;影响世界普通之好尚,变迁民族运动之方针者,亦唯此小说。"他把小说的作用提得非常之高,认为:"学术固赖以进步,社会亦赖以文明,个人固赖以卫生,国家亦赖以发达。""欲革新支那一切腐败之现象,盍开小说界之幕乎?欲扩张政法,必先扩张小说;欲提倡教育,必先提倡小说;欲振兴实业,必先振兴小说;欲组织军事,必先组织小说;欲改良风俗,必先改良小说。同胞注意注意!"他的观点虽有偏激之处,过分夸大了小说的作用,但对小说乃至整个文学的革新仍是有很积极的促进作用的。在这个声势浩大的"小说界革命"号召下,出现了很多有关小说理论批评的论著,其范围不仅限于改良主义的小说理论,而且也涉及很多对古典小说的评价问题,以及有关翻译小说的理论。像吴趼人、李伯元、王锺麒、黄人、林纾等,都是很重要的小说理论批评家。

梁启超在近代文学理论批评发展中的重要贡献,不仅表现在引进西方新思想新精神,主张文学救国,提倡"诗界革命""文界革命""小说界革命"上,同时还表现在他能运用西方的新思维、新方法来研究中国文学,从而使传统的文学理论批评发生了质的变化,为向现代文学理论批评的发展打开了通路。他在《论小说与群治之关系》一文中对小说的分类,已经抛弃了传统以题材内容分类的方法,而把它们分为"理想派"和"写实派"两类,这是运用西方文学创作方法中的浪漫主义和现实主义之不同对小说所作的分类。这种方法后来也被他运用在对古代诗词的分析中。在《中国韵文里头所表现的情感》里,他把中国古代韵文里的感情表现方法,分别从感情内容的表现特点和创作方法的表现特点作了分类,并对每一种类型的特点结合具体作品作了详细的阐述。他认为中国古代韵文里的感情表现,从内容上说可以分为:奔进的表情法、回荡的表现法、蕴藉的表现法等;从创作方法上说又可以分为象征派的表情法、浪漫派的表情法、写实派的表情法。后者显然是直接从西方输入的文学批评观点,前者则是运用西方擅长的科学分析的思维方法,对中国古代韵文作品中表现感情状况的分类。梁启超这部著作虽然成书比较晚,是他1922年在清华讲学的讲稿,但其中的基本思想和研究方法,则在20世纪初他流亡日本时已经有了,是和《论小说与群治之关系》一致的。它和梁启超在"五四"

以后所写的《情圣杜甫》《屈原研究》《陶渊明》等文学研究著作,都鲜明地表现了他运用西方的新思维、新方法研究中国古代文学所取得的成就。这些都为促进文学理论批评由古代向现代的转变起到了积极的推动作用。

第三节　黄遵宪的"我手写我口"诗歌理论

黄遵宪是我国近代文学思想发展中从传统向现代的转型时期的一个有代表性的人物。黄遵宪(1848—1905),字公度,号人境庐主人,广东嘉应州(今梅州)人。光绪二年(1876)举人,次年得同乡何如璋保举,随其出使日本,为驻日使馆参赞。光绪八年调任驻美国旧金山总领事,光绪十一年回国。光绪十五年随薛福成出使英、法、比、意四国,任驻英使馆参赞,光绪十七年调任驻新加坡总领事。在比较长时期的国外生活中,他接触到许多西方的新思想,对清王朝的腐败颇为不满,积极主张实行改良,光绪二十年末回国后,曾参加了不少维新变法活动。因此,他在文学思想和文学创作实践上,都锐意改革,作出了不少成绩,被梁启超称为"诗界革命"的代表人物(《饮冰室诗话》)。黄遵宪诗歌理论的核心,是提倡"我手写我口",反对"六经字所无,不敢入诗篇"的模拟因袭古人倾向,诗从心灵出,"古岂能拘牵?"(《杂感》)但是他与晚明公安派和乾隆时以袁枚为代表的性灵派不同,虽然他们在理论思想上有内在联系,然而由于时代的差异,黄遵宪的诗歌理论具有资产阶级的改良主义特色,如梁启超所说"近世诗人能镕铸新理想以入旧风格者,当推黄公度"(同上)。据黄遵宪的弟弟黄遵楷《人境庐诗草跋》中记载,黄遵宪曾说:

> 人各有面目,正不必与古人相同。吾欲以古文家抑扬变化之法作古诗,取《骚》《选》、乐府、歌行之神理入近体诗。其取材以群经、三史、诸子、百家及许、郑诸注,为词赋家所不常用者。其述事以官书、会典、方言、俗谚及古人未有之物、未辟之境,举吾耳目所亲历者,皆笔而书之。要不失为以我之手,写我之口云。

黄遵宪在光绪十七年于伦敦使署所写的《人境庐诗草自序》中也有类似的

说法,并说:"士生古人之后,古人之诗号专门名家者,无虑百数十家,欲弃去古人之糟粕,而不为古人所束缚,诚戛戛乎其难。虽然,仆尝以为诗之外有事,诗之中有人;今之世异于古,今之人亦何必与古人同?"从黄遵宪的诗歌创作实践来看,他在自己的诗歌和其他著作中,不仅表现了对帝国主义入侵的愤怒、对爱国将领(如冯子材)的歌颂,而且从描写他"耳目所亲历者"中,表现了他主张学习西方的科学技术,对某些民主政治内容的肯定,以及加强国防、抵抗帝国主义侵略等进步思想,因此他的"以我之手,写我之口",写"古人未有之物,未辟之境",实际上是突破了旧的封建传统,引进了具有资产阶级改良主义的内容。然而,他的诗歌理论的缺点是没有能鲜明地点出这种旧风格中的"新理想",所以,从理论本身看就不像梁启超那样具有强烈的改良色彩。

黄遵宪在诗歌创作上十分重视向民歌学习,主张用比较平易的口语来写作,强调言文的一致性。他在光绪十七年寄给胡晓岑的嘉应州《山歌》十五首后所写《题记》中说:"十五国风妙绝古今,正以妇人女子矢口而成,使学士大夫操笔为之,反不能尔,以人籁易为,天籁难学也。余离家日久,乡音渐忘,辑录此歌谣,往往搜索枯肠,半日不成一字。因念彼冈头溪尾,肩挑一担,竟日往复,歌声不歇者,何其才之大也!"他还讲到所收集的其他一些民歌,也都给予了很高的评价。他在《日本国志·学术志二·文学》中特别强调了言文一致的重要性,他说:"文字者,语言之所从出也。虽然,语言有随地而异者焉,有随时而异者焉;而文字不能因时而增益,画地而施行。言有万变而文止一种,则语言与文字离矣。""余闻罗马古时,仅用腊丁语,各国以语言殊异,病其难用。自法国易以法音,英国易以英音,而英、法诸国文学始盛。""盖语言与文字离,则通文者少;语言与文字合,则通文者多,其势然也。"他看到当时已出现了一些"明白晓畅,务期达意","绝为古人所无"的新文体,有些小说家"更有直用方言以笔之于书者,则语言文字几几乎复合矣"。为此,他迫切地希望改革文体,创造出一种使"天下之农工商贾妇女幼稚皆能通文字之用"的,"适用于今、通行于俗"的新文体。这是与他诗歌创作上的"我手写我口"主张一致的。此外,他还十分注意要创造自己特殊的风格,具有艺术上的独创性。在《与周朗山论诗书》中,他认为诗歌创作应该写"今日所遇之时,所历之境,所思之人,所发之思",不能"舍我以从人,而曰吾汉、吾魏、吾六朝、吾唐、吾宋,无论其非也,即刻画求似而得其形,肖则肖矣,而我则亡也;我已忘我,而吾心声皆他人之声,又乌有所谓诗者耶?"黄遵宪的诗歌理论表现了在社会转型时期对传统的大胆突破,他的"我手写我口"的主张对新文学的崛起具有一定的启发意义。

第四节 近代的戏剧理论

近代的戏曲理论也是经历了由传统转向现代的过程。在戊戌变法之前,戏曲理论基本上还是和传统的戏曲理论批评一样的,比较有成就、有代表性的是梁廷枏。梁廷枏(1796—1861),字章冉,号藤花亭主人,广东顺德人,做过澄海县教谕、广东海防书局总纂等,属于鸦片战争前后熟悉国内外形势、思想比较开放的人士,学识渊博,著有《粤海关志》《金石称例》等多种著作,又是戏剧作家和戏曲理论批评家。他创作的《圆香梦》《江海梦》《断缘梦》《昙花梦》杂剧被称为"小四梦",另有传奇《了缘记》。其戏曲理论批评著作为《曲话》五卷。书前李黼平写的序中说梁廷枏的《曲话》"自元、明暨近人院本、杂剧、传奇无虑数百家,悉为讨论,不党同而伐异,不荣古而陋今,平心和气,与作者扬榷于红芽、紫玉之间,知其用力于此道者邃矣"。《曲话》的第一卷是对元明以来剧目的考订,列举了数百种杂剧、传奇名目。第二、三两卷是对剧本文学创作内容的评述,比较具有文学理论价值。第四、五卷则是讲音律和版本。他的戏曲批评也没有太多突出且有深度的地方,不过,继承了李渔以来重视戏剧文学剧本的思路,如李黼平所说,"是书亦间论律,而终以文为主",这是他比较有贡献的地方。他特别重视戏剧的说白、唱曲和全剧布局的互相配合,他说:"吴昌龄《风花雪月》一剧,雅驯中饶有韵致,吐属也清和婉约。带白能使上下串连,一无渗漏;布局排场,更能浓淡疏密相间而出。在元人杂剧中,最为全璧,洵不多觏也。"他认为宾白和曲词内容应当互相照应,而不应该彼此脱节、各不相关,甚至白与曲自相矛盾。他说:"以白引起曲文,曲所未尽,以白补之,此作曲圆密处,元人百种多未见及。"曲和白还要和剧本的本事紧密联结在一起,他说:"关汉卿《玉镜台》,温峤上场,自《点绛唇》接下七曲,只将古今得志不得志两种人铺叙繁衍,与本事没半点关照,徒觉满纸浮词,令人生厌耳。"他认为戏剧应该是一个整体,白、曲、关目故事应该是互相照应互相配合的,如果互不相关,就会丧失戏剧效果。这方面比他稍后的杨恩寿(1835—1891)在《词余丛话》中也说过:"凡词曲皆非浪填。胸中情不可说、眼前景不可见者,则借词曲以咏之。若叙事,非宾白不能醒目也。使谨以词曲叙事,不插宾白,匪独事之眉目不清,即曲之口吻亦不合。"显然,是受梁廷枏影响而提出的。

他很反对戏剧情节、人物、场面的模仿和因袭,要求有创新精神。他说:"元人杂剧多演吕仙度世事,叠见重出,头面强半雷同。马致远之《岳阳楼》,即谷子敬之《城南柳》,不惟事迹相似,即其中关目、线索,亦大同小异,彼此可以移换。"他批评郑德辉的《㑳梅香》"如一本《小西厢》,前后关目、插科、打诨,皆一一照本模拟。"并举出二十处类似的地方。他不喜欢古代戏剧中大团圆的俗套,所以很欣赏《桃花扇》,他说:"《桃花扇》以余韵折作结,曲终人杳,江上峰青,留有余不尽之意于烟波飘渺间,脱尽团圆俗套。"对于戏剧中的唱曲曲词,他认为应该做到情景之间的自然交融,他举《汉宫秋》中的例子,指出元曲总是把情景的描写放在"当行""本色"的地位。他说:"写景,写情,当行出色,元曲中第一义也。"而且这种情景交融具有含蓄蕴藉、意在言外的特点。"言情之作,贵在含蓄不露,意到即止。其立言,尤贵雅而忌俗。然所谓雅者,固非浮词取厌之谓。此中原有语妙,非深入堂奥者不知也。"他举白朴《墙头马上》中的《鹊踏枝》一曲说:"'怎肯道负花期,惜芳菲,粉悴胭憔也(他)绿暗红稀。九十春光如过隙,怕春归又早春归。'如此,则情在意中,意在言外,含蓄不尽,斯为妙谛。"不管是曲词、宾白,还是关目结构,他都要求自然、真切。他赞扬"《荆钗》曲白都近自然",又说:"集牌名成曲,最难自然。""《四书》语入曲,最难巧切,最难自然。""元曲多有以本人名姓直入句中,读之愈觉情文真切者。"梁廷枏对清代洪昇的《长生殿》和孔尚任的《桃花扇》评价最高,特别对他们在人物刻画、情节结构、文辞华美等方面的成就,给予了热情的赞美。他说《长生殿》"为千百年来曲中巨擘","细针密线,触绪生情",而《桃花扇》则"笔意疏爽,写南朝人物,字字绘影绘声。至文词之妙,其艳处似临风桃蕊,其哀处似着雨梨花,固是一时杰构"。

戊戌变法以后，受维新派"新民"救国思想的影响，在梁启超竭力提倡"文学革命""小说界革命"的推动下，戏曲改革开始发展起来，其中心是要把戏曲和改良派的政治变革联系起来。梁启超在提倡小说革命时，实际也包含了戏剧，他在《小说与群治之关系》一文中也举到王实甫《西厢记》等戏剧作品。因为戏剧和小说一样，也是以人物和故事为中心的。所以在他的影响下，王锺麒写了《论戏曲改良与群治之关系》，认为"欲改革政治，当以易风俗为起点；欲易风俗而以正人心为起点，欲正人心当以改革戏曲为起点"。要求通过戏曲的改革，宣传变法维新以启迪民心。因为他们看到戏剧和普通百姓有相当密切的联系，并可以移人之性情。如陈独秀在《论戏曲》(《新小说》第二期) 一文中说："戏曲者，普天下人类所最乐睹、最乐闻者也，易入人之脑蒂，易触人之感情。"只要进入戏剧中，则其思想"未有不握于戏曲者之手矣"，所以，戏曲是"普天下之大学堂"，演员是"普天下之大教师"。他们反对演封建内容的旧戏曲，反对演神仙鬼怪戏、淫乱猥亵戏、功名富贵戏，要求改革戏曲的旧俗套，而要多演体现民族危亡的忧患意识、"激发国民爱国之精神"(欧榘甲《观戏记》)的新戏，以起到振兴国家、移风易俗的积极作用。从戏剧的形式上说，他们提倡学习西方的悲剧，抛弃传统大团圆结局，因为悲剧更能激发民众对腐朽专制制度的愤恨，燃起他们改革的强烈热情。

第五节　资产阶级革命派的文学理论批评

以孙中山为代表的新的资产阶级革命派的活动是从 19 世纪末开始的。戊戌变法失败后，一些先进分子开始认识到改良主义的路是走不通的，要挽救中国必须走彻底革命的道路。当革命派的活动蓬勃开展起来时，主张维新变法的改良派就变成了保皇派。在 20 世纪最初的一二十年中，在革命派的文人中也提出了不少有关文学批评的见解，其中最重要的是章炳麟、陈去病、柳亚子等人。资产阶级革命派的文学理论批评，和以往文学批评相比有极大的不同，他们在明确地要求文学成为用革命手段推翻清朝的舆论工具，但是他们的具体文学观点则又是十分复杂的，还只能说是文学批评中新的因素萌芽，实际上并没有形成新的完整的文学理论批评体系。

章炳麟(1869—1936),字枚叔,号太炎,浙江余姚人。作为资产阶级革命派的文学理论批评家,他的代表作是为邹容的《革命军》所写的序。在这篇《序〈革命军〉》的著名文章中,他感慨当时"以逐满为职志者,虑不数人",而"文墨议论又往任务为蕴藉,不欲以跳踉搏跃言之",提出必须要抛弃传统的"主文讽切,勿为动容"的风格,而应该"震以雷霆之声","以叫咷恣言","辞多恣肆,无所回避",而"为义师先声",直截了当地主张文章要为革命呼风唤雨。他还写了批评改良派保皇立场的著名文章《驳康有为论革命书》。不过,章炳麟是一个学者,对清代朴学有很深的造诣,虽然倾向革命,还是从种族革命的角度出发的,他的文学观念又有很传统的一面。他写过很多篇文学论著,如《文学说例》《文学总略》《辨诗》《定式》等,均为很长的专门论文。其中对文学含义的界定,和当时受西方影响、注重文学的审美特点不同,他是维护传统的宽泛的杂文学观念的。他反对自《昭明文选》一直到阮元《文言说》的区分文笔观念,认为:"文学者,以有文字箸于竹帛,故谓之文。论其法式,谓之文学。"(《文学总略》)这样,他就把学术和文章合在一起,总称文学。他不仅反对以有韵、无韵区别文学和非文学,而且也反对以学说、文辞区别文学和非文学,他专门驳斥了"学说以启人思,文辞以增人感"的说法。他的这些批评不是完全没有道理的,因为这些区分文学和非文学的标准,本身确实有不科学的地方,但是,文学和非文学的确是不同的,不能混为一谈。章炳麟则是强调了文学和非文学的广义上的共性,也就是他们都是用语言文字写出来的,都是属于意识形态范畴的东西,应该说这也没有错。所以他总是举王充《论衡》和刘勰《文心雕龙》中的最宽泛的"文"的概念来说明文学的含义。在文学和非文学的界限不易确定的情况下,他持杂文学的观念也是可以理解的。其实,他也不是对文学的特点毫无认识,如他对诗歌的特点就分析得很清楚。他在《辨诗》一文中说:"语曰:'在心为志,发言为诗。'此则吟咏情性,古今所同,而声律调度异焉。""盖诗赋者所以颂善丑之德,泄哀乐之情也,故温雅以广文,兴谕以尽意。"不过,文学和非文学的界限确实是很难分的,章炳麟的观点是比较保守了一点,然而,应该说也是情有可原,不必过于去谴责他的。

　　真正比较突出地体现革命派文学理论批评的是南社的代表人物。南社是当时在主张以革命方式推翻清朝的政治思想基础上形成的一个文学团体。它的代表人物是陈去病、柳亚子等。陈去病(1874—1933),原来名庆林,字佩忍,后改名去病,号巢南,江苏吴江人。担任过当时一些革命派报刊如《二十世纪大舞台》等的编辑,一直从事宣传反清革命的工作,加入孙中山的同盟会,是南社的发起人。他最有代表性的一篇文学论著是《论戏剧之有益》。这篇文章的中心是借戏剧中所展演的"汉官威仪"来激发民众的民族意识,鼓吹反清的民主革命。他认为现实中的民众大都是忘记了民族的耻辱,在清朝的统治下,"冠胡冠而服胡服","苟安其奴隶"地位,"惟兹梨园子弟,犹存汉官威仪;而其间所谱演之节目、之事迹,又无一非吾民族千数百年前之确实历史;而又往往及于夷狄外患,以描写其征讨之苦,侵凌之暴,与夫家国覆亡之惨,人民流离之悲;其词俚,其情真,其晓譬而讽喻焉,亦滑稽流走,而无有所凝滞。举凡士庶工商,下逮妇孺不识字之众,苟一窥睹乎其情状,接触乎其笑啼哀乐,离合悲欢,则鲜不情为之动,心为之移,悠然油然,以发其感慨悲愤之思而不自知;以故口不读信史,而是非已然于心,目未睹传记,而贤奸判然自别;通古今之事变,明夷夏之大防,睹故国之冠裳,触种族之观念:则捷矣哉,同化力之入之易而出之神也。闻当满清入关时,北方贩夫走卒类多有投河而死者,未始非由戏剧感人之故。由渲染然,其色立变,可不异夫!"他正是从这个角度来说明戏剧对社会有巨大的益处,尤其在鼓吹反清的民主革命中,可以充分发挥其教育民众、启发民众、激励民众的重大作用。他和汪笑侬等创办的戏剧刊物《二十世纪大舞台》其《招股启并简章》中说:"同人痛念时局沦胥,民智未迪,而下等社会犹如睡狮之难醒。侧闻泰东西各文明国,其中人士注意开通风气者,莫不以改良戏剧为急务,梨园子弟遇有心得,辄刊印新闻纸,报告全国,以故感化捷速,其效如响。"可见,他们之重视戏剧,办宣传戏剧的报刊,也是受到西方文明和日本明治维新的影响,希望把戏剧作为宣传民主革命的舆论工具。所以他在《论戏剧之有益》中归纳说:"综而论之,专制国中,其民党往往有两大计划:一曰暴动,一曰秘密,二者相为表里,而事皆鲜成。独兹戏剧性质,颇含两大计划于其中。苟有大侠,独能慨然舍其身为社会用,不惜垢污,以善为组织名班,或编明季稗史,而演汉族灭亡记,或采欧美近事,而演维新活历史,随俗嗜好,徐为转移,而潜以尚武精神、民族主义一一振起而发挥之,以表厥目的;夫如是,而谓民情不感动,士气不奋发者,吾不信也。矧夫运掉既灵,将他日功效之神妙,有不祇激励此区区汉族者而已;则渐离之筑,唐庄宗之事,夫何不可再见诸今日哉?"把戏剧和开发民智、宣传革命联系起来,不只是革命派戏剧理论的纲领,也是革命派文学主张的核心。

柳亚子(1887—1958),名慰高,后更名弃疾,号亚子,江苏吴江人。1906年参加同盟会,是南社的创始人,曾长期主持社务。南社是辛亥革命前成立的反清革命文学团体。柳亚子说:"它底名字叫南社,就是反对北庭的标志了。"(《新南社成立布告》)陈去病也说:"南者,对北而言,寓不向满清之意。"(《南社长沙雅集记事》)这时正是孙中山领导的革命活动蓬勃发展之时,南社的成立正如柳亚子所说:"是想和同盟会做掎角的。"(同上)在具体的文学批评方面,柳亚子比较突出的是提倡"唐音","重布衣之诗",反对推崇宋诗。其实,这里面是有一个政治背景的。因为清代同治、光绪年间出现的"同光体"是提倡学习宋诗的,而同光体的代表人物都是清代官方人物,如陈宝琛、郑孝胥等,他们有的在革命派起来后,成为地道的保皇派,特别是在辛亥革命前后,又从在野的地位纷纷出来做官,所以柳亚子之要求诗歌创作以"唐音"为典范,是为了和那些文学上维护清廷的代表人物划清界限。他在《胡寄尘诗序》中说:"而今之称诗坛渠率者,日暮途穷,东山再出,曲学阿世,迎合时宰,不惜为盗臣民贼之功狗,不知于宋贤位置中,当居何等也。"这里他所谴责的就是同光体诗人,他对这些诗人的人品和创作都非常鄙视。他说:"论者亦知倡宋诗以为名高,果作俑于谁氏乎?盖自一二罢官废吏,身见放逐,利禄之怀,耿耿勿忘。既不得逞,则涂饰章句,附庸风雅,造为艰深,以文浅陋。彼其声气权势,犹足奔走一世之十,十之夸毗无识者,辄从而和之,众响漂山,群盲诧日。"为此,柳亚子才决心以推崇唐诗来与之对抗。他说:"余与同人倡南社,思振唐音以斥伧楚,而尤重布衣之诗,以为不事王侯,高尚其志,非肉食者所敢望。海内贤达,不非吾说,相与激清扬浊,赏奇析疑,其事颇乐。"实际上,柳亚子是把"唐音"和"宋诗"看作是倾向革命还是保皇的问题来对待的,而并不是真正反对学习宋诗,他在《我和朱鸳雏的公案》中曾说:"我呢,对于宋诗本身,本来没有什么仇怨,我就是不满意于满清的一切,尤其是一般亡国大夫的遗老们。"柳亚子热情鼓吹文学要为开发民智、推翻清朝大造舆论,所以在他的《二十世纪大舞台发刊词》中说:"今兹《二十世纪大舞台》,乃为优伶社会之机关,而实行改良之政策,非徒以空言自见,此则报界之特色,而足以优胜者欤!嗟嗟!西风残照,汉家之陵阙已非;东海扬尘,唐代之冠裳莫问。黄帝子孙受建虏之荼毒久矣。中原士庶愤愤于腥膻异族者,何地蔑有?徒以民族大义,不能普及,亡国之仇,迁延未复。今所组织,实于全国社会思想之根据地,崛起异军,拔赵帜而树汉帜。他日民智大开,河山还我,建独立之阁,撞自由之钟,以演光复旧物、推倒虏朝之壮剧、快剧,则中国万岁!《二十世纪大舞台》万岁!"

除陈去病、柳亚子外,南社的发起人之一高旭,也有一些有关文学的论述。南社成员马君武、苏曼殊等也有关于学习西方文化的不少论述。但是,南社是一个成员情况比较复杂的革命文学团体,到"五四"前后就开始解体了。

第三十二章 王国维的文学思想和《人间词话》

第一节 王国维的生平和文学思想

王国维(1877—1927),字静安,号人间、观堂等,浙江海宁人。王国维是我国近现代相交时期的一位著名学者,尤以古文字的研究成就最为卓越。他的学问是极其广博的,诚如梁启超所说"以通方知类为宗"(《王静安先生墓前悼辞》)。他也是十分重要的美学思想家、文艺批评家。他和梁启超都是在东西方文化碰撞中所孕育出来的学术大师,对现代思想文化的发展产生过极为深远的影响。梁启超主要是一位政治家、思想家,而王国维则主要是一位学者,在学术上有极深造诣。

王国维出身于一个书香门第,自小接受严格的传统文化教育,有极好的国学根底,少年时代即被誉为"海宁四才子",十六岁即考中秀才。青年时代又受像潮水一般涌入的西方思想文化的冲击,在政治上倾向于资产阶级改良主义,十分敬慕康、梁的变法维新思想。戊戌变法那年,他到上海在梁启超等办的《时务报》馆当职员,同时在罗振玉的东文学社学习日文、英文及数理化等科学,热衷于西方的科学、文化,尤其是哲学和美学。1901年在罗振玉的资助下留学日本,不久即因病回国。其后,他在苏州和南通的师范学堂任教,讲授哲学、心理学、伦理学、社会学等课程,并从事哲学和美学的研究,对康德、叔本华、尼采等人的著作产生了浓厚的兴趣,也接触到洛克、休谟等的著作。他写过一些很有影响的文章,比较着重介绍了康德、叔本华、尼采的哲学和美学思想。1906年经罗振玉推荐,他到北京任学部总务司行走,后任京师图书馆编译,一直到辛亥革命爆发。这个时期他着重研究了文学史和艺术史,尤其是对词曲研究更为注意,撰写了《文学小言》(1906)、《屈子文学之精神》(1906)、《人间词话》(1908)和一些有关戏曲的论著(1913年初撰成《宋元戏曲考》,后改为

《宋元戏曲史》)。辛亥革命失败后,他随罗振玉流亡到日本,开始逐渐转向古史研究。1916年他回国后,曾在仓圣明智大学任教授,1925年后在清华大学国学研究院任教授,王国维后期在经学、史学、小学、考古等方面都有相当深入的研究,撰写了大量高水平的学术论著,特别是甲骨文、金文的研究,取得了令世人瞩目的巨大成就,如梁启超所说,"这是他的绝学!"(同上)1927年自沉于颐和园之昆明湖。

王国维的文艺美学思想的基本特征是中西结合,它是中国传统的古典文艺美学和西方当时流行的文艺美学思想相结合的产物。王国维对我国古代的文艺和美学有深厚的功底和专门的研究,同时又深入地钻研过西方的哲学和美学,特别爱好康德和叔本华的著作,并认真地对中西学术的不同作过对照比较。从他学术研究的发展历程来看,他正是在多年学习和研究西方的哲学和美学之后,紧接着进行有关古典诗词和戏曲的研究,所以他很自然地把西方的许多文艺和美学观点,以及西方学术研究的方法,引入到中国古代文艺和美学的研究中来。他不是简单地搬用一些新名词、新概念,而是善于运用西方的一些比较科学的新思维、新方法,来革新和改造中国传统的文艺研究。更为可贵的是,他清醒地看到了西方的学术观点和研究方法中也有它的缺点和片面性,而中国传统的学术观点和研究方法虽然有明显的缺点和不科学之处,但也有它的科学的、有价值的方面,他善于对中西双方的学术研究,取其所长,弃其所短,因而他对中国古代文艺和美学的研究,取得前人所难以达到的重大成就。他的这种学术研究的思路,以及他对中西思维和研究方法异同的观察,在《论新学语之输入》一文中有很清楚也是很正确的论述。他说:

> 抑我国人之特质,实际的也、通俗的也;西洋人之特质,思辨的也、科学的也,长于抽象而精于分类,对世界一切有形无形之事物,无往而不用综括(Generalization)及分析(Specification)之二法,故言语之多,自然之理也。吾国人之所长,宁在于实践之方面,而于理论之方面则以具体的知识为满足,至分类之事,则除迫于实际之需要外,殆不欲穷究之也。……故我中国有辩论而无名学,有文学而无文法,足以见抽象与分类二者,皆我国人之所不长,而我国学术尚未达

自觉(Selfconsciousness)之地位也。况于我国夙无之学,言语之不足用岂待论哉。夫抽象之过,往往泥于名而远于实,此欧洲中世学术之一大弊,而今世之学者犹或不免焉。乏抽象之力者,则用其实而不知其名,其实亦遂漠然无所依,而不能为吾人研究之对象。何则?在自然之世界中,名生于实,而在吾人概念之世界中,实反依名而存故也。事物之无名者,实不便于吾人之思索,故我国学术而欲进步乎,则虽在闭关独立之时代犹不得不造新名,况西洋之学术骎骎而入中国,则言语之不足用固自然之势也。

这是一段非常深刻而精要的概括和分析,他指出了西方的思维和研究方法重在科学的抽象的思辨的方面,善于用概括和分类的方法,来揭示事物的理性本质,而它的缺点是常常过于抽象而脱离具体的实际;中国传统的思维和方法,重在具体的实际,不善于概括和分类,缺乏抽象的思辨的能力,因此难于对事物的本质作理性的概括,也缺少这种名词,所以就需要输入"新学语",实际也就是输入新思想,因为"言语者,思想之代表也"。他既清醒地认识到我国学术要进步,必须吸收西方的新思维、新方法,又很冷静地看到了西方新思维、新方法所表现出来的弱点,而这又恰恰是我国传统学术之所长,所以真正要使学术能健康地向前发展,应该扬长避短,东西结合。王国维正是在这样一种思想和认识的指导下,来研究中国的文艺和美学的。他的《〈红楼梦〉评论》《文学小言》《屈子文学之精神》,特别是《人间词话》和《宋元戏曲史》,之所以有如此深刻的理论价值,对中国文学理论批评的发展产生重大影响,其原因就在这里。

  20世纪初是西学东渐的时代,由于清朝的落后、腐败,帝国主义的入侵,很多具有爱国思想的人,为了挽救国家民族的危亡,求助于西方的物质文明和"坚船利炮",对西方的科学文化采取全盘接受的态度。但王国维是一个有独立见解的人,他对于西方流行的美学思想虽然很欣赏,但并不一味照搬,而是有自己的看法和评价。他也一再说明对康德、叔本华等的哲学和美学思想是有一个认识过程的。比如对叔本华的哲学思想,开始他是十分崇拜的,"自癸卯(1903)之夏,以至甲辰(1904)之冬,皆与叔本华之书为伴侣之时代也。其所尤惬心者,则在叔本华之《知识论》,汗德之说得因之以上窥。然于其人生哲学观,其观察之精锐,与议论之犀利,亦未尝不心怡神释也"。然而,没有多久,他就发现叔本华哲学中有许多主观空想而不符合客观实际的东西,因此也对它产生了不少怀疑,"后渐觉其有矛盾之处,去夏所作《〈红楼梦〉评论》,其立论虽全在叔氏之立脚地,然于第四章内已提出绝大之疑问。旋悟叔氏之说,半出于其主观的气质,而无关于客观的知识"(《静庵文集自序》)。王国维政治上的改良主义立场,以及因改良主义在中国的失败而导致的悲观主义思想,使他和叔本华的悲观主义人生哲学产生了共鸣,但是感情上的投合和理性上的认识,又在他思想上发生了很大的矛盾。他在《自序二》中说:"哲学上之说,大都可爱者不可信,可信者不可爱。余知真理,而余又爱其谬误。伟大之形而上学、高严之伦理学,与纯粹之美学,此吾人所酷嗜也。然求其可信者,则宁在知识论上之实证论、伦理学上之快乐论,与美学上之经验论。知其可信而不能爱,觉其可爱而不能信,此近二三年中最大之烦闷,而近日之嗜好所以渐由哲学而移于文学,而欲于其中求直接之慰藉者也。"所以,在王国维的文学理论批评著作中,除《〈红楼梦〉评论》受叔本华的唯意志论和悲观主义思想影响较深以外,以《人间词话》为代表的其他文学理论批评著作中,主要是运用西方的一些科学文学观念和新的思维方法,对中国古典诗词和戏曲所作的理论研究,特别是运用了西方擅长的"综括"和"分类"的方法,加强了抽象的、思辨的分析,但又能结合中国具体的文学创作实际,发扬了传统研究方法中的优点,因而取得了具有突破性的重大成就。下面我们分别介绍其《〈红楼梦〉评论》《宋元戏曲史》及《人间词话》中的文学思想。

第二节 《〈红楼梦〉评论》和《宋元戏曲史》

王国维的《〈红楼梦〉评论》写于1904年,这时正是王国维集中学习西方文艺美学的时期。所以他的《〈红楼梦〉评论》是他运用西方文艺美学来评论中国古代文学的典范,具体地说,就是以叔本华的悲剧观念来阐述《红楼梦》所描写的悲剧故事。但是正如我们上面所引王国维自己的话,他也在《〈红楼梦〉评论》中说出了自己对叔本华悲剧观念的缺点的认识。《〈红楼梦〉评论》共分五章,第一章《人生及美术之概观》是阐述他评论《红楼梦》的立论基础,这里并未涉及《红楼梦》本身,只是概要地叙述叔本华从唯意志论出发的悲剧观念,以及其所产生的对人生和艺术的基本观点。他认为人生而有欲望,而欲望又往往不能满足,因为不断会有新的欲望产生,不能满足就会产生痛苦。他说:"生活之本质何?'欲'而已矣。欲之为性无厌,而其原生于不足。不足之状态,苦痛是也。"所以,"文化愈进,其知识弥广,其所欲弥多,又其感苦痛亦弥甚故也。然则人生之所欲,既无以逾于生活,而生活之性质,又不外乎苦痛,故欲与生活与苦痛,三者一而已矣"。人的知识都是和生活之欲相关的,是和人的利害相关的。随着人的知识的增进,人们不仅要知道"我与物之关系",而且要知道"此物和彼物之关系",然后在实践中"利用此物,有其利而无其害",使人的生活之欲,"增进于无穷"。因此,"吾人之知识与实践之二方面,无往而不与生活之欲相关系,即与苦痛相关系"。而要追求超然于利害之外的只有美术(这里是指广义的文学与艺术),美术非实物,和人无利害关系。"故美术之为物,欲者不观,观者不欲;而艺术之美所以优于自然之美者,全存于使人易忘物我之关系也。"

第二章《〈红楼梦〉之精神》是说人们追求超脱利害关系的文学艺术,其目的是解脱生活之欲的苦痛,而《红楼梦》的基本精神就是描写人的生活之欲及其苦痛,特别是要说明获得解脱的方法和途径。他说:"彼以生活为炉,苦痛为炭,而铸其解脱之鼎。"他说贾宝玉的玉"不过生活之欲之代表而已"。"男女之欲"的苦痛远大于"饮食之欲"的苦痛,"而《红楼梦》一书,实示此生活此苦痛之由于自造,又示其解脱之道不可不由自己求之者也"。王国维对什么是真正的解脱,结合对《红楼梦》的分析有一段重要的论述:

> 而解脱之道,存于出世,而不存于自杀。出世者,拒绝一切生活之欲者也。彼知生活之无所逃于苦痛,而求入于无生之域。当其终也,恒干虽存,固已形如槁木,而心如死灰矣。若生活之欲如故,但不满于现在之生活,而求主张之于异日,则死于此者,固不得不复生于彼,而苦海之流,又将与生活之欲而无穷。故金钏之堕井也,司棋之触墙也,尤三姐、潘又安之自刎也,非解脱也,求偿其欲而不得者也。

彼等之所不欲者,其特别之生活,而对生活之为物,则固欲之而不疑也。故此书中真正之解脱,仅贾宝玉、惜春、紫鹃三人耳。

不过,这种真正的解脱也还有"通常之人"和"非常之人"的不同:"通常之人,其解脱由于苦痛之阅历,而不由于苦痛之知识。唯非常之人,由非常之知力,而洞观宇宙人生之本质,始知生活与苦痛之不能相离,由是求绝其生活之欲,而得解脱之道。""前者之解脱,如惜春、紫鹃;后者之解脱,如宝玉。前者之解脱,超自然的也,神秘的也;后者之解脱,自然的也,人类的也。前者之解脱,宗教的;后者美术的也。前者平和的也;后者悲感的也,壮美的也,故文学的也,诗歌的也,小说的也。此《红楼梦》之主人公所以非惜春、紫鹃,而为宝玉者也。"这就是《红楼梦》的艺术精神之所在。

第三章《〈红楼梦〉之美学上之价值》则着重指出《红楼梦》是一部真正的悲剧,而且是悲剧中的悲剧。他说:"吾国之文学中,其具厌世解脱之精神者,仅有《桃花扇》与《红楼梦》耳。"但是《桃花扇》的解脱不是真解脱,"沧桑之变,目击之而身历之,不能自悟,而悟于张道士之一言;且以历数千里,冒不测之险,投缧绁之中,所索之女子,才得一面,而以道士之言,一朝而舍之,自非三尺童子,其谁信之哉?"王国维认为《桃花扇》的解脱是"他律的",而《红楼梦》的解脱是"自律的","《桃花扇》之作者,但借侯、李之事,以写故国之戚,而非以描写人生为事。故《桃花扇》,政治的也,国民的也,历史的也;《红楼梦》,哲学的也,宇宙的也,文学的也"。中国古代文学一般都是喜欢大团圆结局,所以"始于悲者终于欢,始于离者终于合,始于困者终于亨,非是而欲餍阅者之心,难矣"。而《红楼梦》则是"彻头彻尾之悲剧",它"大背于吾国人之精神,而其价值亦即存乎此"。王国维按照叔本华的观点,指出悲剧有三种类型:"第一种之悲剧,由极恶之人,极其所有之能力,以交构之者。第二种,由于盲目的运命者。第三种之悲剧,由于剧中之人物之位置及关系而不得不然者;非必有蛇蝎之性质,与意外之变故也,但由普通之人物,普通之境遇,逼之不得不如是;彼等明知其害,交施之而交受之,各加以力而各不任其咎,此种悲剧,其感人贤于前二者远甚。"《红楼梦》就是这第三种悲剧,"可谓悲剧中之悲剧也","由此之故,此书中壮美之部分,较多于优美之部分,而眩惑之原质殆绝焉"。所谓"眩惑"是指艺术中"使吾人自纯粹之知识出,而复归于生活之欲",如《西厢记》之"酬柬"、《牡丹亭》之"惊梦"等,它"不能使人忘生活之欲,及此欲与物之关系,而反鼓舞之也哉!"也就是说,"眩惑"不但不能使人解脱,而使人更加陷入生活之欲的苦痛。

第四章《〈红楼梦〉之伦理学上之价值》中,王国维认为《红楼梦》不仅有美学上的价值,而且同样在伦理学上也有很高的价值。因为从世俗的观点看来,他是一个"绝父子、弃人伦、不忠不孝之罪人",然而,"吾人从各方面观之,则世界人生之所以存在,实由吾人类之祖先一时之误谬","夫人之有生,既为鼻祖之误谬矣,则夫吾人之同胞,凡为此鼻祖之子孙者,苟有一人焉,未入解脱之域,则鼻祖之罪,终无时而赎,而一时之误谬,反复至数千万年而未有已也"。从这个角度来看,贾宝玉就不是不忠不孝的罪人,"若开天眼而观之,则彼固可谓干父之蛊者也。知祖父之误谬,而不忍反复之以重其罪,顾得谓之不孝哉?"也就是说,从叔本华的意志论的伦理学观点出发,这种超越生活之欲的解脱,正是一种最高的理想。所以《红楼梦》以贾宝玉的出家作为他求得真正解脱的结局,不仅有美学上的价值,而且也具有伦理学上的重要价值。

第五章《余论》是王国维对《红楼梦》研究中的索隐派和考证派的批评,对那些考证贾宝玉是纳兰性德,或是作者自写生平等说法作了很有力的批评。他指出文学作品写的是具体的个别人,但是它是对现实的概括和提高,不一定就是写某个具体的人和事。他说:"夫美术之所写者,非个人之性质,而人类全体之性质也。惟美术之特质,贵具体而不贵抽象。于是举人类全体之性质,置诸个人之名字之下。譬诸'副墨之子','洛诵之孙',亦随吾人之所好名之而已。善于观物者,能就个人之事实,而发见人类全体之性质;今对人类之全体,而必规规焉求个人以实之,人之知力相越,岂不远哉!故《红楼梦》之主人公,谓之贾宝玉可,谓之'子虚''乌有'先生可,即谓之纳兰容若,谓之曹雪芹,亦无不可也。"这里,王国维非常清楚地表达了他对文学艺术典型概括的看法。

王国维的《宋元戏曲史》完成于1913年,它不只是一部研究中国古代戏曲卓有成就的专著,其中也体现了王国维的重要文艺观点。王国维虽然写的是《宋元戏曲史》,但是实际上也是从上古至元代的戏曲史。因为宋代以前还没有很成熟的戏剧,所以王国维在第一章中写的是《上古至五代之戏剧》。这里,他对戏剧的萌芽、产生过程作了很详细的描述,认为戏剧实际是由古代的歌舞逐渐发展来的。他说:"古之俳优,但以歌舞及戏谑为事。自汉以后,则间演故事;而合歌舞以演一事者,实始于北齐。顾其事至简,与其谓之戏,不若谓之舞之为当也。然后世戏剧之源,实自此始。"他指出唐代的歌舞戏如《代面》《拨头》《踏摇娘》《参军戏》《樊哙排君难》等,有的出自北朝,有的则唐代自制,如《樊哙排君难》,虽"布置甚简,而动作有节",和别的歌舞之不同,就是它是"演故事"。另外就是滑稽戏,和歌舞戏相比,"一以歌舞为主,一以言语为主;一则演故事,一则讽时事;一为应节之舞蹈,一为随意只动作;一可永作演之,一则除一时一地外,不容施于他处;此其相异者也。而此二者之关纽,实在《参军》一戏"。不过,这些和南宋、金、元之戏剧,"尚未可同日而语也"。王国维认为戏剧之发展是和小说的发达有密切关系的。他在《宋之小说杂戏》一章中说:"宋之滑稽戏,虽托故事以讽时事,然不以演事实为主,而以所含之意义为主。至其变为演事实之戏剧,则当时之小说,实有力焉。"傀儡戏、影戏也对戏剧的发展有明显的影响。他指出元杂剧之所以成为真正的戏剧,它比前代戏剧的进步之处是在:一、"每剧皆用四折,每折易一宫调,每调中之曲,必在十曲以上。其视大曲为自由,而较诸宫调为雄肆"。二、"由叙事体而变为代言体",元杂剧和以前戏剧不同的是,它于"科白中叙事,而曲文全为代言"。

王国维对元杂剧的艺术美给予了很高的评价,他认为"自然"是元杂剧艺术美的基本特点。他说:

> 元曲之佳处何在?一言以蔽之,曰:自然而已矣。古今之大文学,无不以自然胜,而莫著于元曲。盖元剧之作者,其人均非有名位学问也。其作剧也,非有藏之名山,传之其人之意也。彼以意兴之所至为之,以自娱娱人。关目之拙劣,所不问也;思想之卑陋,所不讳也;人物之矛盾,所不顾也。彼但摹写其胸中之感想,与时代之情状,而真挚之理与秀杰之气,时流露于其间。故谓元曲为中国最自然之文学,无不可也。若其文字之自然,则又为其必然之结果,抑其次也。

中国古代文学追求自然之美,这是和老庄思想的影响分不开的。中国古代绘画中以逸品为最高,而逸品的特点就是与化工造物一样,以自然为其特征。李贽讲的"化工",金圣叹讲的"化境",都是这个意思。王国维正是以此来评价元杂剧的艺术美。与自然美相一致的是,元杂剧的自然美最突出地体现在其意境之中。王国维又说:

> 然元剧最佳之处,不在其思想结构,而在其文章。其文章之妙,亦一言以蔽之,曰:有意境而已矣。何以谓之有意境?曰:写情则沁人心脾,写景则在人耳目,述事则如其口出是也。古诗词之佳者,无不如是。元曲亦然。明以后其思想结构尽有胜于前人者,唯意境则为元人所独擅。

中国古代的戏剧和西方不同,演唱是其中的重要部分,曲词是主体,而曲词实质上也是一种诗歌,元曲的长处就在它有丰富的意境。从王国维所举出的许多例子中,可以看出他对那些"语语明白如画,而言外有无穷之意"的言情叙事曲词是非常赞赏的。如关汉卿《谢天香》第三折中的[正宫·端正好]云:

> 我往常在风尘,为歌妓,不过多见了几个筵席,回家来仍作个自由鬼。今日倒落在无底磨牢笼内。

又如写景的曲词,马致远的《汉宫秋》第三折:

> 呀,对著这迥野凄凉,草色已添黄,兔起早迎霜,犬褪得毛苍;人搦起缨枪,马负著行装。车运著糇粮,打猎起围场。他他他伤心辞汉主,我我我携手上河梁。他部从,入穷荒;我銮舆,返咸阳。返咸阳,过宫墙;过宫墙,绕回廊;绕回廊,近椒房;近椒房,月昏黄;月昏黄,夜生凉;夜生凉,泣寒螀;泣寒螀,绿纱窗;绿纱窗,不思量。

也是非常富有含蓄蕴藉的言外之意的。王国维说:"第一期之元剧,虽浅深大小不同,而莫不有此意境也。"元杂剧的意境又和诗词意境不同,它和俗语的运用直接相关。王国维说:"古代文学之形容事物也,率用古语,其用俗语者绝无。又所用之字数亦不甚多。独元曲以许用衬字故,故辄以许多俗语或以自然之声音形容之。此自古文学上所未有也。""由是观之,则元剧实于新文体中自由使用新言语,在我国文学中,于《楚辞》《内典》外,得此而三。然其源远在宋金二代,不过至元而大成。其写景抒情叙事之美,所负于此者,实不少也。"

王国维认为元代的南戏在基本审美特征上是和杂剧一样的,但是它们的风格不同。他说:"元南戏之佳处,亦一言以蔽之,曰自然而已矣。申言之,则亦不过一言,曰有意境而已矣。故元代南北二戏,佳处略同。唯北剧悲壮沉雄,南戏清柔曲折,此外殆无区别。此由地方之风气,及曲之体制使然。"王国维对元曲的评述,使我们进一步看到他的文艺美学思想在戏剧、小说和诗词中都是一样的,只是结合不同的文学形式有不同的发挥而已。而他的文艺美学思想体现得最为集中的还是《人间词话》。

第三节 《人间词话》

《人间词话》是王国维最有代表性的、影响最为广泛深刻的文学理论批评著作。它于1908年起在《国粹学报》分三期刊出,但这只是其主要部分,由作者自己在词话手稿中选出来的。1926年出单行本。王国维死后,赵万里编辑其遗著,又刊行了《人间词话未刊稿及其他》。其后罗振玉编王国维遗书,合两者为《人间词话》上、下卷。后来徐调孚的《校注人间词话》,又收集他论词片段,作为第三卷。新时期以来研究王国维的人很多,有的研究者又增补了十多条,并将其全部内容按原稿次序编排,这对我们研究王国维的文学思想之发展过程是有益的。不过,我们评价《人间词话》,当以王国维自己选编、发表于《国粹学报》的为主。因为王国维在从原稿中选出来时,显然是经过了郑重考虑的,是按照其理论体系来排列的,而且影响最大的也是这部分,其他部分只能作为参考之用,否则会冲淡对他的词学理论体系之认识。

《人间词话》的核心是讲境界,境界是属于艺术的审美方面的问题。

王国维强调境界是和他对文学的基本认识有关系的。他认为文学是纯艺术的、超功利的,这自然是和他受康德、叔本华思想的影响分不开的。他在《叔本华之哲学及其教育学说》中说:"唯美之为物,不与吾人之利害相关系,而吾人观美时,亦不知有一己之利害。何则?美之对象,非特别之物,而此物之种类之形式,又观之我,非特别之我,而纯粹无欲之我也。"在《〈红楼梦〉评论》中说:"美术之务,在描写人生之苦痛与其解脱之道,而使吾侪冯生之徒,于此桎梏之世界中,离此生活之欲之争斗,而得其暂时之平和,此一切美术之目的也。"他在《论哲学家与美术家之天职》中又说:"天下有最神圣、最尊贵而无与于当世之用者,哲学与美术是已。天下之人嚣然谓之曰无用,无损于哲学美术之价值也。至为此学者自忘其神圣之位置,而求以合当世之用,于是二者之价值失。夫哲学与美术之所志者,真理也。真理者,天下万物之真理,而非一时之真理也。其有发明此真理(哲学家),或以记号表之(美术)者,天下万世之功绩,而非一时之功绩也。唯其为天下万世之真理,故不能尽与一时一国之利益合,且有时不能相容,此即其神圣之所存也。"王国维认为哲学家和美术家(按:包括文学家和艺术家)不同于政治家和实业家,他们所创造的是"天下万世之真理",而非"一时之真理",不是为眼前某种实用的目的而创造的。所以他认为文学艺术的价值是在它的审美功能上,故而把境界的创造看作是最关键的所在。这种观点自然有其片面性,但是文艺的审美特征确也是一个重大的根本性问题,对它作深入的研究是非常必要的。《人间词话》中所论述的境界,也正是在审美是超功利的前提下提出来的。

　　《人间词话》中主要是讲诗词的境界,有时也讲意境,而在他托名樊志厚写的《人间词》甲乙稿两篇序中,则更多的是讲意境,《宋元戏曲史》中也是讲的意境。那么,境界和意境是什么关系呢?这两个概念的含义是相同的呢,还是有差别的呢?研究王国维的学者对此颇有不同看法。我们认为在中国古代文艺批评中所讲的境界和意境,其基本含义是一致的。境界的概念是直接从佛教中移植过来的,清人丁福保在《佛学大辞典》中的解释是"自家势力所及之境土",或"我得之果报界域"。佛教中称人的眼、耳、鼻、舌、身、意为六根,即指人的六种感觉器官,其所对应的是六境,即色、声、香、味、触、法。意根是指人的心之意识,法境是指这种意识所达到的状态。之所以称为境,丁福保说:"心之所游履攀缘者,谓之境。如色之为眼识所游履,谓之色境。乃至法为意识所游履,谓之法境。"所以,境界既可以是外界具体景象的状态,也可以是人意识到的内在心灵世界的状态。意境就是指文学艺术中所表现出来的这种状态。不过,文学艺术中的境界即使是外界具体的景象,也和其内在心灵世界是紧紧结合在一起的。因此,从一般的意义上说,境界的概念比较宽泛,可以有思想境界、精神境界、宗教境界、艺术境界等,而意境的概念专指文学艺术中的境界。文学艺术中所讲的境界和意境概念是没有什么区别的。

文学艺术中的境界和意境,并不是王国维首先提出的,这有一个漫长的产生发展过程。自唐代以来有很多文学理论批评家论述过意境的问题,但是王国维对意境理论论述得最全面、最充分、最深刻。他是从文学创作的本质和特征来认识和理解意境的美学内容的。他在《文学小言》中说:"文学中有二原质焉:曰景,曰情。前者以描写自然及人生之事实为主,后者则吾人对此种事实之精神的态度也。故前者客观的,后者主观的也;前者知识的,后者感情的也。"这里的"情"和"景"都是广义的,和王夫之所说的"情""景"之含义是一致的,也就是说文学是心和物、主观和客观相结合的产物。王国维认为文学意境的本质也是如此,他在托名樊志厚所写的《人间词乙稿序》中说:"文学之事,其内足以摅己,而外足以感人者,意与境二者而已。"意境就是意和境的融合、统一,不过两者结合的状态可以有不同的情况:"上焉者意与境浑,其次或以境胜,或以意胜。"这两方面可以"有所偏重,而不能有所偏废","苟缺其一,不足以言文学"。他又说:"原夫文学之所以有意境者,以其能观也。出于观我者,意余于境。而出于观物者,境多于意。"意必由境而显,故王国维说"非物无以见我";境必以意之需要而有所取舍,故"观我之时又自有我在"。其实,这也就是刘勰所说的"情以物兴"和"物以情观",以及因此而出现的王夫子所说"情中景"和"景中情"。王国维的论述对意境所体现的文学审美特征作了很深刻的分析。这也和他对文学艺术和哲学、历史等其他人文科学的不同之认识有关。他在《论哲学家与美术家之天职》中说哲学家是在"积年月之研究,而一旦豁然悟宇宙人生之真理",这自然是理性的、思辨的;而美术家则"以胸中惝恍不可捉摸之意境一旦表诸文字、绘画、雕刻之上",则是具体的、感性的。其《奏定经学科大学文学科大学章程书后》说:"特如文学中之诗歌一门,尤与哲学有同一之性质。其所欲解释者,皆宇宙人生上根本问题。不过其解释之方法,一直观的,一思考的;一顿悟的,一合理的耳。"艺术境界是由文艺家所创造的,没有文艺家也就没有艺术境界,因为艺术境界是主观和客观两方面的统一。王国维在《清真先生遗事尚论三》中说:"山谷云:'天下清景,不择贤愚而与之,然吾特疑端为我辈设。'诚哉是言!抑岂独清景而已,一切境界,无不为诗人设。世无诗人,即无此种境界。夫境界之呈于我心而见于外物者,皆须臾之物。惟诗人能以此须臾之物,镌诸不朽之文字,使读者自得之。遂觉诗人之言,字字为我心中所欲言而又非我之所能自言,此大诗人之秘妙也。"所以,"诗人之境界"与"常人之境界"是不同的。

从上面王国维对意境本质的分析来看,说明他认为意境从根本上说也就是文学作品的艺术形象,但又并非所有的文学作品都有意境,而只是一些优秀的作品才有意境。因此,意境应该说是一种特殊的艺术形象。王国维《人间词话》开宗明义第一条就说:"词以境界为最上。有境界则自成高格,自有名句。"可见,有境界的词毕竟是少数,然而不能说没有境界、不成高格的词就没有艺术形象。所以,艺术的意境不能等同于一般情景交融的形象。那么,意境作为一种特殊的艺术形象,有什么独有的特征呢?《人间词话》(以下凡引本书,包括删稿及附录,均不再注出处)中对此是有许多具体论述的,这些大都和历史上其他文学理论批评家的论述是一致的。王国维认为他所说"境界"和严羽所说"兴趣"、王渔洋所说"神韵"实际是一回事。他说:"沧浪所谓'兴趣',阮亭所谓'神韵',犹不过道其面目,不若鄙人拈出'境界'二字,为探其本也。"这是有道理的,所谓"兴趣",所谓"神韵",实际都是对境界美学特色的一种描绘。关于境界不同于一般形象的美学特征,王国维主要论述了以下几个方面:

第一,要有"言外之味""弦外之响"。他说:"古今词人格调之高,无如白石。惜不于意境上用力,故觉无言外之味,弦外之响,终不能与于第一流之作者也。"中国古代文艺创作由于受道家、玄学、佛学之"言不尽意""得意忘言"论影响,历来强调文学作品必须要有"言外之意",而不能"意尽言中",方有无穷"滋味"。刘勰的"隐秀"论和钟嵘以"文已尽而意有余"释"兴",是由魏晋玄学中言、象、意关系论向文学上的意境论转变之关键,唐代意境论的提出以及对它的美学特征的阐述正是在此基础上发展起来的。刘禹锡的"境生于象外"说和司空图的"象外之象,景外之景"说、"味外之旨"说,则为意境的美学特征作出了最为深刻而概括的说明。后来苏轼、严羽、王夫之、叶燮、王士禛、陈廷焯等,又从不同的角度对此作了补充,王国维的"言外之味,弦外之响"说,正是对我国古代文艺美学中有关意境美学特征论述的总结。

第二,意境的创造必须具有自然真实之美。王国维说:"境非独谓景物也。喜怒哀乐,亦人心中之一境界。故能写真景物、真感情者,谓之有境界。否则谓之无境界。"这种所谓"真景物、真感情"是指合乎自然造化,而无人为雕琢痕迹的事物和人心的自然态势。它来自作家的深刻观察和认识,而又有"即景会心"的直观性和偶然性。他说:"大家之作,其言情也必沁人心脾,其写景也必豁人耳目。其辞脱口而出,无矫揉妆束之态。以其所见者真,所知者深也。"又说:"纳兰容若以自然之眼观物,以自然之舌言情。此由初入中原,未染汉人风气,故能真切如此。北宋以来,一人而已。"这和他对元杂剧的艺术美之看法是一样的。这种自然真实之美,在我国古代也有悠久的传统,庄子所强调的"天籁"之美,其特点即是如此。到了六朝遂有"出水芙蓉,自然可爱"之说,钟嵘以之论诗,要求抒写"即目""所见"、具有"自然英旨"的"直寻"之作。唐代皎然赞美谢灵运之诗"真于性情,尚于作用,不顾词采,而风流自然"。司空图也在《诗品·自然》中说:"如逢花开,如瞻岁新。真与不夺,强得易贫。"自唐宋以后这一类论述更是不胜枚举,从苏轼的"行云流水""文理自然",到严羽的"镜花水月",到元好问的"一语天然万古新,豪华落尽见真淳",到王渔洋的"神韵天然,不可凑泊",都把自然真实作为诗歌的最高审美境界。而王国维则明确将之作为艺术境界的基本美学特征之一。

第三,意境以传神为美,重在神似而不在形似。他说:"词之雅郑,在神不在貌。"又举具体例子说:"美成《青玉案》(按:当是《苏幕遮》)词:'叶上初阳乾宿雨。水面清圆,一一风荷举。'此真能得荷之神理者。觉白石《念奴娇》《惜红衣》二词,犹有隔雾看花之恨。"这种重神似不重形似的思想,又和自然真实之美是分不开的。他又说:"人知和靖《点绛唇》、圣俞《苏幕遮》、永叔《少年游》三阕为咏春草绝调。不知先有正中'细雨湿流光'五字,皆能摄春草之魂者也。"所谓"摄春草之魂",即是指能传春草之神也。他说:"温飞卿之词,句秀也。韦端己之词,骨秀也。李重光之词,神秀也。"句秀,只是形似;骨秀、神秀方是传神。意境之妙全在神似逼真,而不在形似刻削。故他说:"'红杏枝头春闹',著一'闹'字,而境界全出。'云破月来花弄影',著一'弄'字,而境界全出矣。"这"闹""弄"两字有如绘画中的画龙点睛,传神写照之妙正在这里。

有了以上这些特点,才能达到"意与境浑",而具备"不隔"之美。王国维认为"隔"与"不隔"是判别意境优劣的基本标准。他说:"白石写景之作,如:'二十四桥仍在,波心荡、冷月无声。''数峰清苦,商略黄昏雨。''高树晚蝉,说西风消息。'虽格韵高绝,然如雾里看花,终隔一层。梅溪、梦窗诸家写景之病,皆在一'隔'字。北宋风流,渡江遂绝。抑真有运会存乎其间耶?"王国维这里对姜夔、史达祖、吴文英的批评,说他们写景之病在一"隔"字,主要是指他们用典僻涩、语言雕琢,而缺乏自然真切之美。他对"隔"与"不隔"的差别,曾举具体词例作过分析。他说:

问"隔"与"不隔"之别,曰:陶、谢之诗不隔,延年则稍隔矣。东坡之诗不隔,山谷则稍隔矣。"池塘生春草""空梁落燕泥"等二句,妙处唯在不隔,词亦如是。即以一人一词论,如欧阳公《少年游》咏春草上半阕云:"阑干十二独凭春,晴碧远连云。二月三月,千里万里,行色苦愁人。"语语都在目前,便是不隔。至云"谢家池上,江淹浦上"则隔矣。白石《翠楼吟》:"此地。宜有词仙,拥素云黄鹤,与君游戏。玉梯凝望久,叹芳草、萋萋千里。"便是不隔。至"酒祓清愁,花消英气"则隔矣。然南宋词虽不隔处,比之前人,自有浅深厚薄之别。

陶、谢之诗"不隔",是因为不堆砌典故,而有平淡自然、"芙蓉出水"之美;而颜延之的诗"殆同书抄","错采镂金""雕缋满眼",自然就"隔"了。苏轼的诗如"行云流水""文理自然",故"不隔";黄庭坚的诗则词语生僻,"掉书袋""无一字无来历",所以就"隔"了。欧阳修的词上阕自然传神,语如直叙,而下半阕则用典过深,意思不明朗,因而有"隔"与"不隔"

之别。姜夔的词也是如此,上半阕清新自然、无斧凿之痕,而至"酒祓清愁,花消英气",则语句雕琢之迹明显。可见,"不隔"的作品应当描写即目所见、即景会心之境界,务求自然传神,如化工造物一般。故云:"语语都在目前,便是不隔。"此种思想在《宋元戏曲史》中也有所表述。他说:"然元剧最佳之处,不在其思想结构,而在其文章。其文章之妙,亦一言以蔽之,曰:有意境而已矣。何以谓之有意境? 曰:写情则沁人心脾,写景则在人耳目,述事则如其口出是也。古诗词之佳者,无不如是。"他还指出文学创作不论写情还是写景,都有"隔"与"不隔"的区别。他说:"'生年不满百,常怀千岁忧。昼短苦夜长,何不秉烛游?' '服食求神仙,多为药所误。不如饮美酒,被服纨与素。'写情如此,方为不隔。'采菊东篱下,悠然见南山。山气日夕佳,飞鸟相与还。' '天似穹庐,笼盖四野。天苍苍,野茫茫,风吹草低见牛羊。'写景如此,方为不隔。""不隔"的思想一方面是受西方美学思想中强调艺术直观特性,以及重视艺术直觉作用的影响,他认为"美术之知识全为直观之知识,而无概念杂乎其间","故科学上之所表者,概念而已矣。美术上之所表者,则非概念,又非个象,而以个象代表其物之一种之全体,即上所谓实念者是也,故在在得直观之。如建筑、雕刻、图书、音乐等,皆呈于吾人之耳目者。唯诗歌(并戏剧小说言之)一道,虽借概念之助以唤起吾人之直观,然其价值全存于其能直观否。诗之所以多用比兴者。其源全由于此也"(《叔本华之哲学及其教育学说》)。另一方面这也是总结我国传统的文艺美学思想的产物。从绘画上宗炳的"应目会心"论,到文学上刘勰的"目既往还,心亦吐纳"论;从诗学上钟嵘的"直寻"说,到司空图的"直致所得,以格自奇"说;从梅尧臣、欧阳修的"状难写之景,如在目前"说,到王夫之提倡"即景会心"的"现量"说,乃至严羽的"妙悟"说、王渔洋的"神韵"说,都可以鲜明地看出重视艺术直觉作用的历史发展线索。王国维的"不隔"说正是结合中西美学思想的历史经验而提出来的。

王国维在《人间词话》中还运用西方有关浪漫主义和现实主义的理论,分析了创造艺术境界的基本方法。他指出艺术境界的构成有两种类型:一是写境,二是造境。前者以具体写实为主,后者以表现理想为主。前者是现实主义的作品,后者是浪漫主义的作品。同时他又指出了写境和造境是很难绝对对立的,因为"大诗人所造之境,必合乎自然,所写之境,亦必邻于理想故也"。浪漫主义和现实主义是就其主要表现方式来说的,实际上在文学创作中的理想和现实不可能截然分开。他说:"自然中之物,互相关系,互相限制。然其写之于文学及美术中也,必遗其关系、限制之处。故虽写实家,亦理想家也。又虽如何虚构之境,其材料必求之于自然,而其构造,亦必从自然之法律。故虽理想家,亦写实家也。"现实生活内容是极其丰富的,现实事物之间也有十分复杂的关系,作家在描写现实生活的时候,只能写其中的一个侧面,不可能把它全部描写出来,必然要有所取舍,而这种取舍毫无疑问是按照作家的理想和意愿来进行的。同样,作家在描绘自己的理想境界时,组成这种境界的材料又必然是从现实中来的,其中所体现的一些原则也是符合于现实的。比如《离骚》中所写的望舒开路、风伯护后、羲和驾车、雷神巡行这些神话境界,也都有现实生活中帝王诸侯外出巡行的影子。自然界之善鸟香草与恶禽丑物,亦人间善恶两类人物之象征。王国维对造境与写境的区分以及对它们关系的论述,也是运用西方文学观念对中国古代文学和文学思想发展的总结。中国古代不仅有这两类作品的悠久发展历史,在文学思想上也有重在"实录"写真和重在奇幻夸诞之不同,而且在"实录"写真过程中都强调有理想的"寄托",在描写奇幻夸诞时也从不忘"幻中有真"。

王国维还从美学上对境界的基本形态作了概括和分类。他认为境界可以分为"有我之境"和"无我之境"两种。他说:

> 有有我之境,有无我之境。"泪眼问花花不语,乱红飞过秋千去。""可堪孤馆闭春寒,杜鹃声里斜阳暮。"有我之境也。"采菊东篱下,悠然见南山。""寒波澹澹起,白鸟悠悠下。"无我之境也。有我之境,以我观物,故物我皆著我之色彩。无我之境,以物观物,故不知何者为我,何者为物。古人为词,写有我之境者为多,然未始不能写无我之境,此在豪杰之士能自树立耳。

所谓"有我之境"是指作家带着浓厚的主观感情去描写客观事物,故物皆含有明显的作家主观感情色彩,也就是说物"人化"了。所谓"无我之境"

是指作家在对客观事物的描写中,把自己的意趣隐藏于其中,表面上看不出有作家主观的感情色彩,也就是说人"物化"了。前者由于作家主观意识强烈,使客观的物主观化了,物本身的客观特征反而不明显了。后者则作家的主观意识淡化到了客体之中,所以看起来似乎是"无我",但实际上也是有"我"的。这就是说的文学创作中心和物结合的两种不同类型,亦即是《人间词乙稿序》中说的"意余于境"和"境多于意"。中国古代由于受老庄"物化"思想的影响,比较重视"无我之境",认为它是艺术创造中的最高境界,因而对这一类创作推崇备至。例如嵇康的"目送归鸿,手挥五弦",陶渊明的"采菊东篱下,悠然见南山",谢灵运的"池塘生春草,园柳变鸣禽",王维的"行到水穷处,坐看云起时",常建的"曲径通幽处,禅房花木深",等等。王国维认为这两类境界在美学风貌上的特点是:"无我之境,人惟于静中得之。有我之境,于由动之静时得之。故一优美,一宏壮也。"这种说法是直接从西方美学思想中引入的,他在《叔本华之哲学及其教育学说》中说:"而美之中,又有优美与壮美之别。今有一物,令人忘利害之关系,而玩之而不厌者,谓之曰优美之感情。若其物直接不利于吾人之意志,而意志为之破裂,唯由知识冥想其理念者,谓之曰壮美之感情。"在《〈红楼梦〉评论》中他说:"美之为物有二种:一曰优美,一曰壮美。苟一物焉,与吾人无利害之关系,而吾人之观之也,不观其关系,而但观其物;或吾人之心中,无丝毫生活之欲存,而其观物也,不视为与我有关系之物,而但视为外物,则今之所观者,非昔之所观者也。此时吾心宁静之状态,名之曰优美之情,而谓此物曰优美。若此物大不利于吾人,而吾人生活之意志为之破裂,因之意志遁去,而知力得独立之作用,以深观其物,吾人谓此物曰壮美,而谓其感情曰壮美之情。……而其快乐存于使人忘物我之关系,则固与优美无以异也。"可见王国维对优美、壮美的认识是建立在艺术与功利无关的基础上的,但是他在《人间词话》中对"无我之境"和"有我之境"、"优美"和"壮美"的分析,并没有直接把这种思想带进来,而这种分类本身对我们深入认识中国古代文学的艺术美特征是很有启发的。中国古代对文学作品艺术美的分类,认为有"阳刚之美"和"阴柔之美"的区别。虽然明确提出它的是清人姚鼐,但其思想渊源是很早的,在《周易·系辞》解释八卦时,就提出了"阳刚"和"阴柔"的思想。刘勰论文学风格曾有"风趣刚柔,宁或改其气"之说,已经接触到了文学作品艺术风貌的刚柔问题。后来严羽《沧浪诗话》说诗歌风格有"沉著痛快"和"优游不迫"两类,说的就是"阳刚之美""阴柔之美"问题。姚鼐所说的"阳刚之美""阴柔之美"和西方的"壮美""优美"是比较接近的。然而,王国维由于受康德、叔本华艺术与功利无关思想的影响,说"无我之境"是"优美","有我之境"是"壮美",则是不很合适也不够确切的。从中国古代文学创作的实际来看,"无我之境"并非都是"优美",而"有我之境"也不都是"壮美"。比如李白《庐山谣寄卢侍御虚舟》中所写的"登高壮观天地间,大江茫茫去不还。黄云万里动风色,白波九道流雪山",自然是一种"壮美",但显然属于"无我之境"。又比如李清照的《声声慢》写道:"寻寻觅觅,冷冷清清,凄凄惨惨戚戚。乍暖还寒时候,最难将息。三杯两盏淡酒,怎敌他,晚来风急!雁过也,正伤心,却是旧时相识。"这自然是"有我之境",但可以肯定说只是"优美"而不能说是"壮美"。

要创造最美的意境,就有一个诗人的修养问题。(这里所说的诗人是广义的,即文学家,包括诗文、词曲、小说等作家。下同。)王国维对此也有一些重要的见解:

第一,王国维认为诗人必须要能"对宇宙人生,须入乎其内,又须出乎其外。入乎其内,故能写之;出乎其外,故能观之。入乎其内,故有生气;出乎其外,故有高致"。所谓"入乎其内",是指作家要对具体的"宇宙人生"有深刻的观察和理解,能真正投入于其中,有亲身的实践经验,不仅要有丰富的阅历、广博的知识,而且要懂得很多生活的道理。所谓"出乎其外",是指作家必须从具体的"宇宙人生"中摆脱出来,从一个更高的角度更客观地来看待"宇宙人生",对它作出正确的评价和真实的描写,而不至于"坐井观天",只见树木不见森林。这也是从总结中国古代文学理论批评的历史经验而得来的。刘勰在《文心雕龙》中讲到创作前的准备时,一方面强调"虚静",另一方面又强调知识学问和经验阅历,这就包含了"出"和"入"两方面的意思。苏轼在《送参寥师》一诗中说诗人既要"阅世走人间",又要"观身卧云岭",也是讲的"入"和"出"的问题。宋代陈善在《扪虱新话》中说读书要懂得"入"和"出",他曾说:"读书须知出入法。始当求所以入,终当求所以出。见得亲切,此是入书法;用得透脱,此是出书法。"这虽是讲读书,但和文学创作上的道理是一样的。王国维还曾说过:"诗人必有轻视外物之意,故能以奴仆命风月。又必有重视外物之意,故能与花鸟共忧乐。"所谓"轻视外物",是指诗人要善于通过描写外物来表现自己的思想感情,而不是突出主观,否定客观。所谓"重视外物",是指诗人必须真实地描写客观事物,符合事物本身的客观规律,而使自己的感情很自然地寄寓于其中。这也就是讲的"出"和"入"的问题。

第二,诗人在艺术上要达到炉火纯青的程度,需要对艺术有极为深刻的领悟,而这种对艺术的领悟必然要经过三个不同的发展阶段。他说:"古今之成大事业、大学问者,必经过三种之境界:'昨夜西风凋碧树。独上高楼,望尽天涯路。'此第一境也。'衣带渐宽终不悔,为伊消得人憔悴。'此第二境也。'众里寻他千百度,回首蓦见,那人正在,灯火阑珊处。'此第三境也。"这实际上说的是诗人领会和掌握艺术的特殊规律之过程,这里不全是一种理性的认识,而更重要的是培养自己灵敏高超的艺术悟性。第一境界说的是要对文学艺术有广泛的学习和了解,熟悉各种不同的文体和各种不同风格的作家作品,体会他们不同的创作经验,也就是严羽所说的"遍参"各家,以识别其高下。第二境界说的是要刻苦地进行具体的创作实践,要有决心下一番苦功夫,虽体质减弱、精力耗尽,亦在所不惜。第三境界说的是经历了艰难的磨炼后,必然会在文学创作上由必然王国进入自由王国。这时自己所创造的高水平艺术境界,看起来似乎带有偶然性,但实际上是功到自然成,是有内在的必然性的。这三个阶段无论对学者还是对文学家,都是同样必须要经历的,也是符合人的认识和实践规律的。不过对艺术家来说,他所经历的这三个阶段不一定是很自觉的,而是隐蔽地体现在艺术悟性逐步提高的过程中的。

第三,诗人在创造艺术境界时必须有自己的真情实感。他曾引尼采的话说:"一切文学,余爱以血书者。"他赞扬李后主的词,认为这就是以血书者。他说:"词人者,不失其赤子之心者也。故生于深宫之中,长于妇人之手,是后主为人君所短处,亦即为词人所长处。"所谓"赤子之心",表面看来似乎和李贽所说的"童心"差不多,其实它们的含义是不同的。李贽所说的"童心",是指没有受过道学污染、没有世俗"闻见道理"侵入的纯真之心;而王国维所说的"赤子之心"是指完全超功利的、不受任何利害关系束缚的纯真之心。但是,他们都强调了诗人要写自己真情实感的重要性,这和我们传统文学理论批评中要求人品和文品高度统一的思想是一致的。不过,王国维由此而提出:"主观之诗人,不必多阅世。阅世愈浅,则性情愈真,李后主是也。"这是不正确的,显然也是和他强调艺术的无功利性有关的。其实,李后主词中最有价值的部分,恰恰是他经历了国破家亡之深沉痛苦、社会地位发生了根本性变化、阅世更多以后所写的那些作品。

王国维还曾提出:"词人观物,须用诗人之眼,不可用政治家之眼。"因为,"政治家之眼,域于一人一事。诗人之眼,则通古今而观之"。对于这一点有些研究者对他批评比较多,其实也应该有分析地来看待。他要求诗人观察事物,不可像政治家那样,受某种利害关系的影响,局限于一人一事,而应该从全局上、从整个历史发展上来考虑,这无疑是正确的。但是他忽略了以下两点:一、政治家的情况也有不同,先进的政治家并不局限于一人一事,而能高瞻远瞩,从全局上来观察事物,不受狭隘的利害关系影响。二、诗人情况也有不同,有的诗人观察事物也是有局限性的,也不能摆脱狭隘利害关系的束缚,并不都能很客观地去看待事物。

王国维以《人间词话》为中心所体现的文学思想,充分反映了我国近现代交替时期文学思想发展的特点,是在中西文化思想碰撞影响下的产物,标志着中国古代文学理论批评发展的终结和现代文学理论批评发展的开始。他是这个历史发展的重大转变时期最具有代表性的文学理论批评家。他不仅为中国古代文学理论批评发展作了很好的总结,而且为现代文学理论批评的产生和发展开辟了新路。虽然他也存在着这样那样的不足,但是他的重大贡献必将随着历史的发展而愈来愈为人们所认识,并受到应有的尊重。

后 记

本书是《中国文学理论批评发展史》的修订本，书名改为《中国文学理论批评史》。这次修订主要是吸收近十年来文学批评史研究的新成果，对某些重要的理论问题和重要的文学批评专著，作了适当的增补和改动，如先秦诗论和乐论的关系、文学的独立和自觉、刘勰的风骨论、钟嵘的《诗品》、王昌龄的意境论、司空图的《二十四诗品》等。清代部分则增加了两位重要的文学理论批评家：朱彝尊和纪昀。同时，每一编均补充了概说，增写了第五编近代部分。并对全书重新作了修订润色。本书原合作者参与写作的个别章节已经由我重新改写，从文责自负的角度出发只署我的名字。

张少康

2004 年 8 月于北大蓝旗营寓所